中国语言文学
一流学科建设文库

国家社科基金青年项目"民初小说编年史"（14CZW047)结项成果
国家"双一流"建设学科"华中师范大学中国语言文学"资助项目

民初小说编年史

（1912-1914）

黄曼 编著

WUHAN UNIVERSITY PRESS
武汉大学出版社

图书在版编目(CIP)数据

民初小说编年史:1912-1914/黄曼编著.—武汉:武汉大学出版社,2021.5(2022.4重印)
ISBN 978-7-307-21743-0

Ⅰ.民…　Ⅱ.黄…　Ⅲ.小说史—研究—中国—1912-1914
Ⅳ.I207.409

中国版本图书馆 CIP 数据核字(2020)第 156282 号

责任编辑:白绍华　　责任校对:汪欣怡　　版式设计:马　佳

出版发行:**武汉大学出版社**　　(430072　武昌　珞珈山)
（电子邮箱:cbs22@ whu.edu.cn　网址:www.wdp.whu.edu.cn）
印刷:武汉邮科印务有限公司
开本:720×1000　1/16　印张:31　字数:429 千字　插页:1
版次:2021 年 5 月第 1 版　2022 年 4 月第 2 次印刷
ISBN 978-7-307-21743-0　　定价:99.00 元

凡　例

一、本编年史著录 1912—1914 年有关小说活动的重要事件，属《民初小说编年史》的第一部分内容。

二、本编年史以公历纪时，按时序著录各与小说有关之事件，据资料可准确到月或日者，则按月或日排列。

三、对无法确定时间的事件，则设置有"发生于本月但日期不详之事件"和"发生于本年但月份不详之事件"两个专栏进行收录。

四、按所录资料，有关小说信息一般包含：题材标识、小说题目、作者三个部分，如："侠情小说、《剑光寒》、（赓）（磬）"。本编年在其后另外增设"文言/白话"一项。

五、对报刊所连载之长篇小说，本编年详细录入每一期之回目。

六、所录资料中小说作者多以笔名题署，本编年直接录入，一律不追溯其本名。

七、民初各报刊所载有关小说之广告、告白、启事等，本编年对其中之内容进行完全之收录。

八、全书采用简体字横排。所录资料中原稿文字漫漶无法辨认者，以"□"代之；原稿中异体字，改用正字；原稿中通假字，原则上不改。

序

陈广宏

　　在中国历史上，晚清以来被认为经历了三千年未有之大变局。随着扩张的西方势力的突入，这个天朝上国被迫加入世界化的进程，无论政治、经济、文化、社会，皆呈现空前裂变，因而被划为向近现代过渡的文明史转型时期。文学亦然。在这样一个转型时期，鉴于文学文化语境发生巨变，从文学观念、审美理想，到文体文类及其语言表现形态，乃至文学的消费与传播方式，无不面临重大变局与挑战。也就在此等情势下，原来并不在传统文学之列的小说，骤然生机勃发，不仅被视作"文学之最上乘"，在政治乃至日常生活领域担当重要角色，而且开始融入世界现代文学的潮流。

　　或许可以这么说，晚清以来的小说在中国小说史上的地位，在很大程度上是由其作为文学观念转型与特殊文类生长的见证决定的。随着研究者凭借敏锐的学术眼光，由"五四"而晚清，节节前溯，不断追究中国文学文化现代性的发端，我们心里都明白，这种追溯及判断，如果要令人信服，更需要从最基本的文献资料搜集排比工作做起，需要坚实的求证相支撑。

　　黄曼博士的新作《民初小说编年史》，正是具有这般意义与价值的一项工作。该著是她在复旦大学中国语言文学博士后流动站工作报告基础上修订而成。从体制上言，乃踵继陈大康教授《中国近代小说编年史》之作，所谓"介于年谱与文学史之间的一种史料编排体例"，在时间上则正好相衔接。陈大康教授是黄曼的博士生导师，他长期从事的一个方面的工作，就是自资料相对丰赡的明代小说而下，实打实地从编年史做起，尽可能求得于小说历史一种相对精密的认知，用他自己的话来说，是将编年的编纂比作点的凸现与据此描绘曲线，"只有取得足够多的点，并能对可能产生的误差有所估计时，我们方有个可供作切实研究的基础。点取得越多，我们对研究对象的了解就越接近真实的情形"（《中国近代小说编年史》"导言"）。黄曼的这一选题及方法，显然受到导师的影响，也显示导师的一种布局。

我们知道，陈大康教授《中国近代小说编年史》以 1840 至 1911 年为限，逐年载录包括新作问世、旧作再版、作家概况、重要理论观点、清政府及租界关于小说的政策、出版小说的书局与期刊以及创作地域分布等在内的各项信息。其收录作品之全备是空前的，报刊小说、自著小说各在 4200 种以上，各项著录及甄辨则力求谨严、准确，并以能展示宗旨、过程及针对性为鹄，为把握近代小说生产、传播的动态演变轨迹，提供了一个容量巨大而详实有序的知识仓库，也为近代小说的基础性研究树立了相当高的标杆。

问题在于，随着《中国近代小说编年史》终于为学界提供可信赖的晚清小说研究基石，民初小说在基础性研究方面的缺弱就愈益明显，填补该项空白的需求亦愈益迫切。迄今为止，民初小说的家底，人们所知颇为不足。作为介乎晚清到"五四"之间的一个历史时期，近代小说如何由"小说界革命"向"五四"新文学迈进，民初小说创作及批评观念在其间所呈现出来的细节及变化曲线绝对具有显要的价值。我们常常说没有晚清、何来"五四"，那么，晚清与"五四"之间的这种衔接，倘若缺失民初这一板块，又如何可能实现？即就小说这一文体，或更显其关键。

民初小说所呈现的相对于晚清小说的变异，事实上已经受到关注，诸如哀情小说、稗史小说之盛，似乎又回归旧小说，并以其消闲的功能，消解某种政治功利的意图。然而，这种现象是否即是真相，其背后究竟是何种文化语境或动因？辛亥革命带来怎样的时代变化？上海作为近代商业都市，新型传媒勃兴与小说市场的成熟构成怎样的关系？小说的语言形式及其表现手法如何呈现更为复杂的现代转型格局？这些问题皆须在一种更为细密、立体的史料空间中予以考察、检证。这个时段的时间虽说不长，然关于小说研究的文献资料却极为浩繁，而实际的学术积累并未受到足够的重视。有鉴于此，黄曼下决心着手清理这一份家底，志在为学界提供一份足够详实、系统和全备的民初小说编年史，以还原的方式，尽可能深细地呈现其复杂多歧的面貌。

黄曼的这部著作，所编辑为 1912 至 1916 四年间关涉小说的纷繁资料，即以清帝逊位、民国建立为起点，新文化运动为终点，涵括 120 余种期刊、50 种报纸，而几如《近代小说编年史》那样布点，诸如小说作品刊行情况(涉及小说标题、著译者、发行者、所属栏目、版本、类型标识、语体、序跋等)、小说主张、小说方针、小说评点、小说征稿及售赠广告等。所涉既聚焦民初小说的语体、立意、题材、批评诸层面，也关注其背后的小说编刊制度与市场，依据作品、作家、事件、社会公共空间等多维要素设置系统的坐标，动态展开其历史过程。取材求其广，勾稽求其切，属词比事求其合理，力图以一种客观的姿态，为民初小说内涵、批评观念的演化及其生产、传播环境的变动，构建相对精确的现场实录。其以一人之力，处理如此浩瀚庞杂的材料，工作难度显而易见，而结果以铢积寸累，排比琢磨，成此宏大部帙，所付出之艰辛，实非常人所能承受。

该著在编纂过程中，也有据实际情形调整相关体例之处。比如为了切实展现民初人在小说观念上因新旧交替带来的含混与过渡特性，作者对其时"小说"一体的界定采取从宽的原则。一方面，当时人们虽未认定属于小说范围，而衡诸今天之观念有小说之实者，像报刊收入"杂录"、"笔记"等栏目的一些作品，编年史亦予以采入。另一方面，对其时确然标为"小说"而实际上与现代小说文体不相凿枘者，像一些被冠以"小说"之名的戏曲作品，也悉以纳入而略作说明。那个时代从某种意义上仍处于中西文化交接的初始阶段，已经输入的各时期西方小说观念尚未被完整地理解、接受，传统的小说观念依然具有深层的影响力，在这种情形下，采用兼容并包的文学观及小说观，或许是一种行之有效的办法。同样，在这样一个时代，小说的语言形式亦往往新旧杂陈，或文言，或白话，或文白夹杂，体式上或报章体，或说书体，或翻译体，其中又各有种种总杂不纯，而作者在编年史中特别标明诸作语体，则有助于人们对众多民初小说从形制到性质的判别。

需要指出的是，黄曼运用编年史这种著述形式，有其自觉的方法探索意识。这不仅仅在于以深耕并系统组织史料为目标，为民初小说建起一个坚实的研究基础，还因为这种历史编纂方式或更接近一般知识及背景，从创作、批评、出版、接受各环节，全方位展示小说生产与传播的日常实态，力图避免论者自身立场、观念的先入为主，使得进入一种过程的研究成为可能。就历史观念而言，看似是回归传统史纂体制，其实可以看作是当下破解直系进化论模式影响与后现代史学无着语境下的一种努力和选择。黄曼已经注意到近现代文学研究的学术生态，相当长时期以来建构为主要倾向，而小说编年史与小说版本学的成长，意味着新的小说史研究格局或将形成，这又表明，她对于小说研究，显然有更大的关怀在。

作为黄曼在复旦博士后流动站的联系导师，我对她以此为选题的缘起以及整个编纂过程，有更切近一些的了解。当年黄曼可以说是为数不多的真正在站工作的博士后之一，我们因而常常有见面的机会。她那时的状态，一边面对山一般的民国报刊资料感叹"压力山大"，一边又分秒必争地全身心投入。无论是在复旦图书馆或去上海图书馆，在报刊阅览室一坐就是一整天，翻阅长年积尘、发黄的旧报纸，并非是愉快的感受，即便能享用晚清民国报刊数据库之便利，从中勾稽、排比相关资料，分门别类摘录输入电脑，仍是机械而枯燥的工作，她戏称为体力活。两年在站工作的时间转瞬即逝，而她实际投入的工作量，远不止目前已纳入编年史的 120 余种期刊、50 种报纸，却因此完成了一项自己学术生涯中可成为标志的成果，当时即被中文站专家组评为优秀出站工作报告。如今，经过进一步的打磨、修订，这一成果终于付梓，黄曼郑重嘱我为序，而我深感专业所限，对她的这项工作及成绩，实难胜任精当的阐发，只能借此机会表述我由衷为她高兴的心情。黄曼是一位不断追求超越的青年学者，近年精力健旺，成果迭出，又计划赴海外访学，继续丰富、完善自己的知识结构。祝愿她前程锦绣，获得更大的发展。

目　　录

导　　言

　　民初距离晚清的小说历史，若以 1902 年那场声势浩大的小说界革命为端点，其间亦不过相去十多年。而时移势迁，小说的状况恰如同它的时局，迭经变幻，已颇不同于以前。20 世纪初那些针对小说的激进言论在民初不复存在。一些刊物即便在政治上主张激烈，面对小说仍然有相对平和的态度。即以《民权报》为例，它在民初位列"横三民"，以政论措辞激烈著称。但其发布的征购小说告示只说"辅助社会，增进文明"之类的话。1912 年它的小说栏目刊登的是《玉树后庭花》那样的清季稗史，继后又有李定夷《霣玉怨》、徐枕亚《玉梨魂》连载，这一类标为"哀情"的小说竟是后世所谓鸳鸯蝴蝶派。1912、1913 年的小说界如果说还只使我们看到政治功利意图的淡出（这与晚清最后几年尤其宣统朝的情况是一致的），那么到 1914 年、1915 年，随着专门小说报刊出现，那些主张小说当立意于消闲的言论便明晰起来。1914 年 6 月创刊的《礼拜六》是一个典型："以小银元一枚，换得新奇小说数十篇，游倦归斋，挑灯展卷，或与良友抵掌评论，或伴爱妻并肩互读，意兴稍阑，则以其余留于明日读之。晴曦照窗，花香入坐。一编在手，万虑都忘，劳猝一周，安闲此日，不亦快哉！"①王钝根的这一篇小文开宗明义，畅言个人逸乐的合理，以小说为悠游忘倦的辅助，是对小说消闲功用直言不讳的肯定。而就在此前一月《小说丛报》发表了它那可称盛况空前的创刊题

---

　　①　1914 年 6 月 6 日《礼拜六》第一期"礼拜六赘言"。

1

词，连篇累牍的四六文带着风雅自赏的口吻，也同样无关于社会家国，所谓"人家儿女，何劳替诉相思；海国春秋，毕竟干卿底事"，又谓"有口不谈家国，任他鹦鹉前头；寄情只在风花，寻我蠹鱼生活"。①

这些对消闲立意的直接推重确立了民初小说的基本格调，也是民初小说与晚清小说最实质的区别。20 世纪初的小说界未必没有重趣味而讲消遣者，甚至可以说那种现象大量存在，可在对小说态度的讲述上几乎无一人可以绕过小说新民强国大义，这不仅是简单的观念问题，而且意味着一代之形势，小说功利意图作为一种无上的"道"笼络全体，所有人都必定在它的影响下，或者即便质疑者也在针对它的质疑中耗费心力。但民初的小说界已不具备这样的势和道。这便是为什么当梁启超们站在 1902 年的立场环顾 1915 年的小说生态，深感到民初是那样轻佻的原因。时代悄然变换，绝无定性，而他们还没有适应。

当然民初小说立意于消闲也并不意味着小说社会责任的全然被放弃，或者说他们更倾向于把小说娱乐人生之外的那一点教化定位为劝百讽一。即如《眉语》那样宣扬及时行乐的女性刊物以如下文字一笔带出小说对人群的感化作用："虽曰游戏文章、荒唐演述，然谲谏微讽，潜移默化，于消闲之余，亦未始无感化之功也。"②1915 年包天笑主编《小说大观》，他回顾自晚清梁启超、狄葆贤以来众人对于小说改良社会作用的期许以及至今看来这种期许的徒然，心情颇为沉重。包天笑是亲历过晚清小说界社会改良的雄心和乐观的，所以尤其困惑于这样的惨败。小说转移人心风俗，抑或人心风俗转移小说？包天笑选择存而不论，他从来就不是理论家，而是一个脚踏实地的实践者。以之自勉，包天笑宣言《小说大观》要宗旨纯正，要杜绝民初浮薄狂荡的风气，要有益于社会，有功于道德。

民初报刊在小说栏目设置上分两个部分，一是正刊中的"小说"栏，

---

① 1914 年 5 月《小说丛报》第一期发刊词。
② 1915 年 2 月《眉语》第一号"眉语宣言"。

一是文艺附刊中的"小说"栏或曰"说部栏"。大部分刊物对小说的登载是两部分兼而有之，正附刊双管齐下而略有分工，正刊多连载长篇，附刊"小说"栏则以短篇为主，同时附刊下刊载小说广告。与晚清刊物格局相比，民初将小说广告后移。当晚清小说大兴之时，有关小说的启事告白出现在报刊头版是寻常事，而类似情况在民初很难看到。此期，报刊对于小说范畴的把握亦如晚清，还在古今中西之间，呈现出过渡的特点。戏剧、弹词之类偶尔会出现在小说栏目中。《小说月报》连载署名"泖东一蟹"的《小说丛考》，其所论对象即包含大量杂剧传奇，如《汉宫秋》《琵琶记》《渔家乐》等。不过，此期亦出现了像新剧小说社那种致力于将新戏剧改编为小说的机构。新剧小说社改编的戏剧有《恶家庭》《家庭恩怨记》《新茶花》等。

就题材类型来说，民初小说名目繁多，单从标识来看，即有侦探、言情、政治、科学、历史、教育、笔记、逸事、滑稽等。而尤盛者为哀情、稗史两种。这两类题材的繁荣可以说是民初小说的一大特色。民初哀情小说的盛况已为学界熟知。最典型者莫如徐枕亚《玉梨魂》，这部小说1912年8月开始在《民权报》连载，1913年夏天由民权出版部刊出单行本，到1916年初夏，已经发行到第九版，而据徐枕亚自己的交代这部书被盗版翻印的情况还屡有发生。国华书局出版的哀情小说如《红粉劫》《鸳湖潮》《赏玉怨》《湘娥泪》等也是初版、再版、三版而仍然供不应求。民初若说短篇小说是"滑稽"的天下，那么长篇即是"哀情"为主了。

这样的盛况在当时一些人看来就不禁要愤愤然，以其为社会颓丧糜烂的代表，"年来坊间出版小说汗牛充栋，然什八九哀情滑稽，非颓丧则醉梦，欲觅一顽廉懦立之佳构殊不可得"①。批评的声音越来越多，除了颓丧的立意，过于讲究词藻并用骈体文写作也是它遭人诟病的地方。恽铁樵评道："非不知骈文为中国文学上之一部分国粹，然断不可

---

① 1914年9月10日《民权素》。

施之小说"，"言情小说，心理学之一部耳，今不言其理，徒讲藻饰，此与搬弄新名词者何异"。① 及至后来民初的这些哀情小说被冠以"鸳鸯蝴蝶派"的名头，成为批判的中心，此不多述。

还有一类"稗史小说"甚为热门。清王朝的覆灭使大家在唏嘘慨叹之余又多了一样谈资。大量署为"清宫轶史"、"太平天国遗事"(即所谓"红羊佚事")的小说被登载刊行。满清皇族德龄用英文撰写的《清宫二年记》备受瞩目。从一个亲历者口中讲出慈禧宫闱事以及晚清国事，既新颖又可靠，它极大地调动起读者的阅读热情。商务印书馆标榜它是独一无二之奇书，旗下《东方杂志》甚至借由续载《清宫二年记》来吸引读者购买杂志。中华书局也闻风而动，推出了一部据称由两个英国人著述的《慈禧外纪》，该书写晚清宫廷逸事、宗室琐闻，以趣味吸引读者。还有陆士谔《清史演义》。陆士谔是清末小说名手，一入民国，元年年底即开始写作《清史演义》，而一发不可收拾。《清史演义》从初集、二集竟出至于五集、六集。1914 年的广告称"是书系青浦陆士谔先生最近之健著，将有清一代朝章国故，宫闱秘闻，朝廷轶事，言之甚详，可作小说观可作历史读，初二两集出版未及四月销售一空，购者纷至，敝局以赶印不及，殊深抱憾，兹特将再版初二集初版第三集同日出版，以副购者先睹为快之盛意"②。此为 1914 年事。一年多以后，这部书就出到了第五集，洋洋五十万言，时务书馆介绍这部书已被日本人译成和文并在中国台湾刊行。这是 1915 年 4 月 23 日《申报》的广告：

　　"空前之伟著历史小说《清史演义》"广告："一百回五十万言，共二十册分装五集，每集八角六折出售。本书出版仅二年，行销达万部(初集二集六版，三集四集五版)，经外国文豪重译海外，风行异邦(日人日下峰莲译成和文，登载台湾《日日新报》)，价值之

① 1915 年 4 月 25 日《小说月报》第六卷第四号《本社函件最录》之恽铁樵《答刘幼新论言情小说书》。
② 1914 年 3 月 27 日《生活日报》。

巨，新小说中堪称首屈一指，第五集现已出书。"①

到1916年底启新图书局又出版了《清史演义》第六集，这部书的盛行程度可以想见。洪秀全、杨秀清太平天国起义事谶纬说者附会为"红羊劫"，晚清时因为文网的关系，小说界中很少提及此段历史，只在宣统朝《醒游地狱记》中有一个回目为"红羊浩劫玉碎花残 白屋高歌灯昏酒冷"②。到民初红羊逸事骤然解禁，相关小说触处皆是。短篇中有标识为"红羊轶闻"、"红羊佚事"、"红羊残屑"者。1914年下半年小说丛报社合众人之力推出一部《红羊佚闻》，该书共分三卷，上卷《战血余腥录》和中卷《天京秘录》由胡仪鄑、徐枕亚、许指严等人合作编撰而成。下卷《从军速记》为海虞嵇问耕先生遗著，据称嵇氏曾为粤军书记，所著粤军琐记在前清因碍于禁令而未能刊行。这部《红羊佚闻》1914年末出版第一版，1915年4月即再版发行。还有一些书局或作家更向社会征集遗闻佚事，比如扫叶山房的这个告示：

　　"征求各种遗闻佚事"广告："略分四种，（甲）明季野史，（乙）清官秘史，（丙）红羊佚闻，（丁）革命外史。海内文豪倘有以上四种遗闻佚事，富于情节，饶有趣味，合于小说笔记资料者，不拘白话文言均可见惠借给。……函件请投松江西门外马路桥大街扫叶山房若洲手收可也。值课者若洲。"③

据此，文明书局《稗史丛书》以"古今"冠名，依次为：稗史丛书之一《古今宫闱秘记》、稗史丛书之二《古今宫闱秘记》、稗史丛书之三《古

---

①　1915年4月23日《申报》。
②　1911年10月《小说月报》第二卷第十期。另，1911年10月4日《正宗爱国报》"自了生"《金茂》篇首诗词有云："记得红羊劫数，联军大队游街。朱门大第任徘徊，宅内公卿何在。"
③　1914年《织云杂志》第二期。

今情海》、稗史丛书之四《太平天国轶闻》、稗史丛书之五《清代声色志》、稗史丛书之六《清代野记》、稗史丛书之七《康熙南巡秘记》。中华书局《清朝野史大观》共十二册，搜罗清朝稗史殆尽，首次特价即发行三千部。不过颇耐寻味的是从民初稗史热中我们其实很难见出如明清之际或者其他一切易代时那种搜罗往史、追怀故国的沉痛悲慨。无论关于宫闱的还是关于朝廷的，如扫叶山房所说都要"富于情节，饶有趣味"。说到底商业利益追逐、娱乐至上主义是民初这一股稗史热的实质和关键。

晚清新小说初兴之时，"旧小说"作为一个对立概念被赋予消极意味。它被认定为有碍人群进化，是需要批判和反思的对象。可到民国初立旧小说却迎来了它的一个高峰。大约在1911年底有正书局推出"原本加批《聊斋志异》"、"国初秘本原本《红楼梦》"两种小说。有正书局宣称自己颇费周折才寻到了这两个不同于以往的秘本，在民初前几年有关这两部书的广告仍时有可见。扫叶山房在晚清新小说方兴之时颇不失意，到民初此时则又活跃起来，新印了大量旧小说，比如《唐代小说丛书》《精本虞初志》《仿宋本宣和遗事》《说部撷华》《精本西厢记》《第二才子好逑传》《唐人说荟》《清人说荟》。扫叶山房所办的《文艺杂志》还开辟出"小说丛谭"专栏，这个专栏主要针对各家旧小说做出评析论述，它的篇目比如："《儒林外史》之人物"、"清初之重《三国演义》"、"《红楼梦》影明珠事"、"小说平话起于宋代"、"《封神榜》之来历"、"《聊斋》之名言"等。藜光社也是民初旧小说刊印的一个主力。1912年它发行的旧小说即有宋代洪迈《夷坚志》、清初潘永因《宋稗类钞》，晋干宝《搜神记》、陶渊明《搜神后记》、宋徐铉《稽神录》、宋郭彖《睽车志》。藜光社对这些小说进行逐句圈点校正，并且给出简要评价，比如它肯定干宝《搜神记》，称其为"古今一大奇书"。此后藜光社又刊有唐代刘肃的《唐新语》，标为"历史小说"。它的另一本署名为"旧藏秘本言情小说"的《哀恨集》较为特别。此书由钱振芝所辑，依言情题材而选录，"采取前代白香山、苏东坡、陆放翁、唐伯虎诸大家说部中精粹新颖言

6

情小说，分编哀恨两集"①，用意十分新巧，而其中新词妙句哀艳凄婉，据说有一种柔情旖旎之态，这与其时创作领域言情大盛的风气恰好相合。

到1914、1915年间旧小说刊行渐成规模。商务印书馆吴曾祺汇辑的《旧小说》，共六集十册，汇罗汉魏六朝以至近代的小说约千余种，是一部大书。吴曾祺协办涵芬楼，他所经眼的典籍当不在少数，所以这套《旧小说》取材选择为人称道，商务印书馆也自诩为"说部之国粹、稗官之模范"。国学维持社发行了"秘本旧小说七种"。广益书局冯清汇集《古今笔记精华》二十四册。明代那些经典的小说汇辑如《虞初志》《说郛》《广四十家小说》《古今说海》等此时也被重新发掘出来加以刊刻。以顾元庆《广四十家小说》为例，很多书局非常推崇它。振寰书局1915年7月刊行广告称："小说丛刻明代为多，惟顾元庆氏抉别最为精审，所刊四十家大半孤本，零落残缺者不采，远出《说郛》《说海》等书之上，学者得此可以广见闻于往日，资掇拾于临文。"②这部《广四十家小说》振寰书局刊行后不到两个月时间，文明书局即再次发行新本，而且文明书局称自己所据的是一个孤本："小说丛刻明代为多，芜杂割裂，事其通病，惟顾元庆氏抉别最审，其四十家小说风行已久，此则选辑尤精，为山右王氏所藏，海内实无二本，兹以重价购得印行之。"③此后，文明书局又从顾氏书中再辑出《明皇十七事》《杨太真外传》《梅妃外传》《李林甫外传》《高力士外传》《安禄山事迹》等，命为"秘本唐人小说六种"。

由各大书局选录的大型旧小说丛书也出现了。中国图书公司和记1915年发行《古今说部丛书》，搜罗历代掌故笔记，共十集六十册三百六十余种。众家之中，属文明书局刊印旧小说丛书最为用力。它的《笔记小说大观》从1915年8月发行第一辑，到1916年6月，不过一年时

---

① 1912年5月15日《民权报》。
② 1915年7月4日《申报》。
③ 1915年10月1日《小说大观》第二集。

间已发行四辑，共约一百一十种。《笔记小说大观》收罗极其丰富，第一辑如袁枚《子不语》、浩歌子《萤窗异草》、纪晓岚《阅微草堂》、宣瘦梅《夜雨秋灯录》；第二辑如张山来《虞初新志》、郑醒愚《虞初续志》；第三辑如洪迈《夷坚志》、王士禛《池北偶谈》。文明书局在 1915 年底刊行的《说库》亦是搜罗汉魏以迄明清小说名著，该书还仿照四库体例，在每卷卷首以提要形式作简单介绍，使阅者一目了然。

　　在这些被大规模刊刻的旧小说中笔记为其主体。文明书局发行的旧小说系列丛书绝大部分即属于笔记中之说部。所以民初旧小说的重兴更准确讲应该是笔记的重兴。而它可算是对晚清十多年小说界的一种反逆和矫正。晚清俗语运动以及小说社会改良的动因带来了小说中文人传统的被搁置，其中一个结果即是笔记体的式微。晚清人未始不知道中国小说"以纪实研理、足资考核为正宗"（邱炜菱），但他们正接受西方概念洗礼，同时于小说一体有更大社会野心。所以夏曾佑 1903 年给醒醉生《庄谐选录》作序，也不禁感慨笔记精神陨落，惋惜像醒醉生那样在兴趣促发之下日积月累的写作没有了，"隐喻托讽者为多，随事纪录者为少"①。但到民初，就是这部不受晚清人重视的《庄谐选录》在 1915 年笔记大兴的氛围中被重拾而精印出版，时人称赞它"搜罗广博，纪述雅驯"②。民初人讲笔记的好处："笔记与小说皆人人爱读之书也。而小说多虚构而笔记贵纪实，实则其事确其情真，其结构自然无强饰病，故其趣味亦无穷。"③"存国粹，救时弊……既深汲古之功，复得消闲之助，搜其典实，长我见闻，腹笥之索，无虑虚枵，文坛之临，何忧艰涩。"④

---

　　①　夏曾佑《庄谐选录·叙》。《庄谐选录》，光绪三十年十月发行，著述者醒醉生，发行所中外日报馆。
　　②　1915 年 6 月 29 日《申报》。
　　③　1915 年 3 月 23 日《时报》。
　　④　1916 年 6 月《小说大观》第六集。

民初小说市场在晚清所构筑的市场基础及其经验之上更趋发展和完善。规范的征稿制度保证了充分的稿源，像《申报》这样的大报无论短篇长篇都出现稿件供过于求的情况。① 编辑部与投稿者沟通日益密切，也更加注重小说推介和读者反馈，如民权报、小说丛报社就积极为它们的小说(《孽冤镜》《雪鸿泪史》《三白桃传》等)征求题词序跋。作家维权意识更加增强，许多小说刊载过程中始终附言"禁止转载"字样，比如陆士谔《清史演义》；《小说月报》连载的蔡元培《石头记索隐》，刚登载一期即宣布出版单行本，除了宣传目的，主要意图即是防止在后续登载中被人盗取；徐枕亚为对抗书商与盗版者双重侵压自行出资将《玉梨魂》重印赠送。② 小说家收入这时也受到关注，《游戏杂志》1913 年"译林"栏目不无欣羡地谈及伦敦报纸对于小说家收入的调查，得到的结论是以著述小说为生计比平常的文字生涯实惠可观得多。③ 小说出租业务

---

① 1912 年 12 月 5 日《申报》"日来小说稿堆积如山，请诸大文家暂缓投寄，如有关于时事之谐文笔记，最为欢迎。"1913 年 1 月 9 日《申报》："张禹甸先生鉴大著极□妙才，只以敝处小说稿堆积太多，一时殊难插入此洋洋数万言之长篇，遗珠引憾，无可如何，维先生谅之。"

② 1915 年 11 月 16 日《小说丛报》第十六期刊载"枕亚启事"："鄙人前服务《民权报》时，系编辑新闻。初不担任小说。《玉梨魂》登载该报纯属义务，未尝卖与该报，亦未尝与该报有关系之个人，完全版权应归著作人所有，毫无疑义。嗣假陈马两君出版两年以还，行销达两万以上，鄙人未沾利益。至前日始有收回版权之议。几费唇舌，才就解决。一方面交涉甫了，一方面翻印又来。视眈欲逐，竟欲饮尽。鄙人之心血而甘心深恨。前著此书实自多事，今特牺牲金钱，将此书印行赠送，以息争端而保版权。此布。"

③ 1913 年《游戏杂志》"译林"栏刊载《小说家之入款》，署名"常觉"，全文如下："伦敦快报述小说家之入款，至堪惊骇。谓小说家之著名者每一小时可得美金五十元，每著一书，发行后可向发行之书肆按照售价取百分之二十五以为酬报。如有一书定价每部美金一元半，售出一万部著作者应得三千七百五十元之酬金。若购其版权，总须在二千五百元以上。此外如制为影戏，编为戏剧及转译等须另出费。概归著作者所得之数，亦至巨。近世女著作家梅丽可兰每著一书可得酬十万金元，而好尔开恩且有过之，是以著小说为生涯者，实比寻常文字为优矣。"

这时也颇有存在，有的书局比如时务书馆甚至为这种业务发布广告。①
小说销售方面定期打折成为重要手段，很多书局开始把夏季和春节作为
两个固定的促销季。以1916年夏季为例，先后即有文明书局、商务印
书馆、震亚书局、中国图书公司和记、中华图书馆等打出"读小说消
暑"、"消夏之品莫妙于小说"或者"照价对折"之类的广告。此时，发行
预约券成为流行的销售模式，尤其在大型小说丛书刊行发售方面，书局
具备了相当的风险意识，有计划稳健的运营方式被普遍采纳，如商务印
书馆的《说部丛书》《旧小说》，中国图书公司和记的《古今说部丛
书》等。

　　和晚清相比民初小说市场资源日趋于集中，大量业务被有垄断倾向
的出版集团掌控。商务印书馆、中华书局、文明书局、中国图书公司和
记等，每一个都有很大市场胃口，刊刻规模愈来愈大，市场网络不断拓
展。最激烈的角逐便在这少数几者之间展开。商务印书馆自晚清积累起
雄厚的资本，后起之秀中华书局，虎视眈眈。这两家在几乎所有的小说
项目上都有争夺，或此前或彼后，针锋相对。商务印书馆发行童话集，
中华书局就推出世界童话百种；商务印书馆说本局童话"情节奇诡，宗
旨纯正，文字浅白，图画精美"，中华书局说本局童话"文字浅显，图
画简明，使儿童易于领悟，乐于观览"；商务印书馆推出《清宫二年
记》，中华书局则有《慈禧外纪》；中华书局发售王梦阮、沈瓶庵《红楼
梦索隐》，商务印书馆则出版蔡元培《石头记索隐》。再如文明书局对商
务印书馆小说市场的抢夺：商务印书馆发行小本小说丛书，文明书局也
发行小本小说丛书；商务印书馆春节促销小说称"阴历新年唯一之消遣
品"，文明书局紧随其后也说"阴历新年唯一之消遣品"；林译小说是商

---

　　①　1913年11月2日《生活日报》刊载"看看看小说出租"广告："小说一道最
能增长智识，开通社会风气，有识者固早知之，毋庸赘述，然近时出版各小说每多
价昂，阅者苦难备购，本书馆有鉴于斯，爱搜集各局出版新旧小说数千种，廉价出
租，以厌阅者。租费只取书价十分之一，如欲租者，请至上海四马路望平街口五百
念一号时务书馆便是。"

务印书馆的一个品牌，由来已久，到 1915 年文明书局也来分一杯羹，它将林译早期作品重新出版，命题为"著名大小说家林琴南初著"，其中有的本子比如《黑奴吁天录》还增加名人圈点以示与他本的优劣区别。

而另有一些书局在激烈的竞争中衰落下去。比如改良小说社，这家书局在晚清小说界曾经非常活跃，尽管它出版的小说品质不高，但占有的市场份额却相当可观。但民国以后改良小说社几乎不再发声，就目前所见到的资料仅有关于它迁址的消息以及一个买小说赠书券的告白。广智书局曾为晚清最有影响力的书局，引领一代风气，此时也渐趋于消歇。在《庸言》报代售的广智书局小说中，十之八九为晚清刊印者，而就新市场的开拓来说它几乎没有作为。有正书局境况略好，但无论小说刊行数量还是书籍规模都无法与上述几家大书局抗衡。

以上粗略涉及民初小说的立意、题材、旧小说及市场。然而要探讨的内容还有很多，比如民初小说的语体、民初小说著译、小说价格、小说报载和刊刻、小说家流派与群像，更进一步者如民初小说在晚清与五四之间的角色担当及位置、它在传统和现代之间的取舍等。而要解答这些问题恐怕还有赖于更全面的资料整理和分析。所以以下将要呈现的这一份编年对于还原和研究民初小说的全部系统与存在环境来说仍然是未完待续。

1912 年

1 月

1 日 《申报》刊载广告"滑稽小说《加官末运演者优游》"。"自由谈"之"小说"栏刊载侠情小说《剑光寒》(八),(赓)(磬)(续初九日),文言。

同日,《时报》刊载"原本加批《聊斋志异》出版"广告。

同日,《新闻报》小说栏刊载《男女现世宝》(续),白话章回。至本月 14 日截止。

2 日 《申报》刊载"本馆出版名人杂著发行"广告:"◎曲园老人《荟蕞编》:是书系采取古今来忠臣孝子贞节义烈之见于诸家纪载者,荟萃而成,搜罗宏富,一以阐扬道德,感发后人为宗旨。非寻常稗官野乘可比。篇末间附按语,指觉迷悟,尤见曲园一片婆心。全书廿卷,装订十册,价洋六角。◎《霆军纪略》,中兴猛将,首推鲍忠壮公,其所称霆军,当时旌旗所指即善战,如粤贼陈玉成亦望风胆落,声威战迹,几驾湘淮两军而上之。是编自霆军成立,迄法越战役后裁撤止,年经事纬,所记战事情形如生龙活虎,不可捉摸,且考证确凿,几霆军事实之不见于奏议者,则旁采之曾胡彭左李诸公之书函,故较《大事纪》《平定粤匪方略》,诸书尤为详尽。当此铁血时代,有志讲求兵事及崇拜霆军者，不可不一读也。全书八册，价洋八角。◎《三异笔谈》，云间许小欧先生著，时先生著时，先生以春秋高罢官居武林，客来问话，辄以笔代舌，凡熙朝掌故，往代轶闻，均随手记录，积久成此，故名笔谈。每部两册，价洋三角。◎《鹂砭轩质言》，是书多记咸同间朝野琐闻而于中兴诸帅之轶事、粤捻诸党之蛮野及诸教匪左道惑人之术记载尤多，展读一过，如与天宝宫人谈开元旧事，增益见闻不少，每部两册，价洋三角。以上各书均系本馆旧刊之本，所存无多，购者从速。◎再本馆经售经史子集名人小说书画法帖初高等中学师范用各种教科书，躉批零售，价目从廉。◎申报馆售书处谨启。""自由谈"之"征文告白"："海内文家如有以诗词歌曲遗闻轶事以及游戏诙谐之作惠寄，本馆最为欢迎。即请开明住址以便随时通信。惟原稿恕不奉还。""自由谈"之小说栏刊载侠情小说《剑光寒》(九)，(赓)(磬)，文言。

3 日　《申报》"自由谈"之小说栏刊载侠情小说《剑光寒》(十)，(赓)(磬)，文言。

同日，《时报》刊载"原本加批《聊斋志异》出版"广告。刊载小说《非洲石壁》(二百七)，冷，白话。

4 日　《申报》"自由谈"之小说栏刊载侠情小说《剑光寒》(十一)(赓)(磬)，文言。

同日，《时报》刊载"原本加批《聊斋志异》出版"广告。

同日，《大共和日报》"小说"栏刊载寓言短篇《却病》，孤行，文言。

5 日　《申报》"自由谈"之小说栏刊载侠情小说《剑光寒》(十二)(赓)(磬)，文言。

同日，《大共和日报》"小说"栏刊载寓言短篇《却病》(续)，[孤][行]，文言。

6 日　《申报》"自由谈"之小说栏刊载侠情小说《剑光寒》(十三)(赓)(磬)，文言。刊载"原本加批《聊斋志异》出版"广告。刊载"国初秘本原本红楼梦出版"广告。

7 日　《申报》"自由谈"之小说栏刊载侠情小说《剑光寒》(十四)
(赓)(磬),文言。

同日,《时报》刊载"原本加批《聊斋志异》出版"广告。刊载"国初
秘本原本红楼梦出版"广告。

同日,《大共和日报》"小说"栏刊载《国家侦探》,孤行,文言。

8 日　《申报》"自由谈"之小说栏刊载侠情小说《剑光寒》(十五)
(赓)(磬),文言。

同日,《时报》刊载"原本加批《聊斋志异》出版"广告。刊载"国初
秘本原本红楼梦出版"广告。

同日,《大共和日报》"小说"栏刊载《国家侦探》,孤行,文言。刊
载广告:"《环游地球旅行记》出现,足本全书,每部二册。"

9 日　《申报》"自由谈"之小说栏刊载社会小说《催赋委员》(追往),
文言;刊载侠情小说《剑光寒》(十六)(赓)(磬),文言。

同日,《时报》刊载"原本加批《聊斋志异》出版"广告。刊载"国初
秘本原本红楼梦出版"广告。

同日,《大共和日报》刊载广告"《民国报》第一期第二期第三期出
版"广告,内有"小说"栏。"小说"栏刊载《国家侦探》,孤行,文言。
刊载广告:"《环游地球旅行记》出现,足本全书,每部二册"。

10 日　《申报》"自由谈"之小说栏刊载侠情小说《剑光寒》(十七)
(赓)(磬),文言。刊载"原本加批《聊斋志异》出版"广告。刊载"国初
秘本原本红楼梦出版"广告。

11 日　《申报》"自由谈"之小说栏刊载侠情小说《剑光寒》(十八)
(赓)(磬),文言。

同日,《时报》刊载"原本加批《聊斋志异》出版"广告。刊载"国初
秘本原本《红楼梦》出版"广告:"此秘本《红楼梦》与流行本绝然不同,
现用重价租得版权,并请著名小说家加以批评。先印上半部十册,共为
一套。定价一元八角。分发行所:南京奇望街有正书局、苏州都亭桥有
正书局、天津东门外东马路有正书局、汉口黄陂街有正书局;总发行

所：上海望平街有正书局、北京厂西门有正书局。"

同日，《大共和日报》刊载广告："中华共和新国民快睹唯一奇特文豪小说《环游地球旅行记》。"

12 日　《申报》"自由谈"之小说栏刊载侠情小说《剑光寒》(十九)(赓)(磐)，文言。

同日，《时报》刊载"苦情小说《空谷幽兰》出版"广告："此书为吴门天笑生所译，曾排日登载《时报》小说栏，久为社会欢迎，今另印出售，计上下两册，定价大洋七角。分发行所南京奇望街有正书局，天津东门外东马路有正书局，苏州都亭桥有正书局，总发行所上海望平街有正书局，北京厂西门有正书局。"刊载"原本加批《聊斋志异》出版"广告。

同日，《大共和日报》刊载广告："中华共和新国民快睹唯一奇特文豪小说《环游地球旅行记》。"

13 日　《申报》"自由谈"之小说栏刊载侠情小说《剑光寒》(二十)(赓)(磐)，文言。

同日，《时报》刊载"苦情小说《空谷幽兰》出版"广告。刊载"原本加批《聊斋志异》出版"广告。

同日，《大共和日报》刊载广告："中华共和新国民快睹唯一奇特文豪小说《环游地球旅行记》。"

14 日　《申报》"自由谈"之小说栏刊载侠情小说《剑光寒》(廿一)(赓)(磐)，文言。

同日，《时报》刊载"苦情小说《空谷幽兰》出版"广告。刊载"原本加批《聊斋志异》出版"广告。

同日，《大共和日报》"小说"栏刊载《国家侦探》(续第廿二日)，[孤][行]，文言。刊载广告："中华共和新国民快睹唯一奇特文豪小说《环游地球旅行记》。"

15 日　《申报》"自由谈"之小说栏刊载侠情小说《剑光寒》(廿二)(赓)(磐)，文言。

同日，《时报》刊载"《小说时报》十四号出版"广告："每册定价大洋六角，全年十册，连邮费五元五角，半年五册，二元八角，邮票九折，批发十分以上者七折。"并列该号小说目录。

同日，《大共和日报》"小说"栏刊载《国家侦探》，[孤][行]，文言。刊载广告："中华共和新国民快睹唯一奇特文豪小说《环游地球旅行记》。"

同日，《新闻报》"丛录"栏刊载短篇小说《自由神》，文言。

16 日 《申报》"自由谈"之小说栏刊载时事短篇《张园游览大会》，（爱），文言；刊载侠情小说《剑光寒》，（廿三），（赓）（磐），文言。

同日，《时报》刊载"《小说时报》十四号出版"广告。刊载小说《非洲石壁》，（二百八），（冷），白话，并附图画一张。刊载"苦情小说《空谷幽兰》出版"广告。刊载"原本加批《聊斋志异》出版"广告："此书原稿存山东，蒲氏子孙世守，秘不示人，以其中颇多抱汉族不平之语。俗刻本皆经删改，以见犯忌。今设法借抄付印，以广流传。其顶批旁批，除标明与俗本不同者外，皆系原有议论，极精极妙，可与圣叹接席，但不知何人手笔，是与想（想与）《聊斋》同时俦侣也。全部八本，定价大洋一元八角。总发行所：上海望平街有正书局、北京厂西门有正书局。"

17 日 《申报》"自由谈"之小说栏刊载短篇小说《棍徒筹饷会》，（嘉定二我），文言。

同日，《时报》刊载"《小说时报》十四号出版"广告。刊载"原本加批《聊斋志异》出版"广告："此书原稿存山东，蒲氏子孙世守，秘不示人，以其中颇多抱汉族不平之语。俗刻本皆经删改，以见犯忌。今设法借抄付印，以广流传。其顶批旁批，除标明与俗本不同者外，皆系原有议论，极精极妙，可与圣叹接席，但不知何人手笔，是与想（想与）《聊斋》同时俦侣也。全部八本，定价大洋一元八角。总发行所：上海望平街有正书局、北京厂西门有正书局。"刊载"国初秘本原本《红楼梦》出版"广告："此秘本《红楼梦》与流行本绝然不同，现用重价租得版权，并请著名小说家加以批评。先印上半部十册，共为一套。定价一元八角。分发行所：南京奇望街有正书局、苏州都亭桥有正书局、天津东门外东马路有正书局、汉口黄陂街有正书局；总发行所：上海望平街有正书局、北京厂西门有正书局。"刊载"苦情小说《空谷幽兰》出版"广告。

同日，《新闻报》"丛录"栏刊载《男女现世宝》，白话章回。至1912年2月29日止。

18日 《申报》"自由谈"之小说栏刊载短篇小说《棍徒筹饷会》，（嘉定二我），文言。

同日，《时报》刊载"国初秘本原本《红楼梦》出版"广告："此秘本《红楼梦》与流行本绝然不同，现用重价租得版权，并请著名小说家加以批评。先印上半部十册，共为一套。定价一元八角。分发行所：南京奇望街有正书局、苏州都亭桥有正书局、天津东门外东马路有正书局、汉口黄陂街有正书局；总发行所：上海望平街有正书局、北京厂西门有正书局。"刊载"原本加批《聊斋志异》出版"广告："此书原稿存山东，蒲氏子孙世守，秘不示人，以其中颇多抱汉族不平之语。俗刻本皆经删改，以见犯忌。今设法借抄付印，以广流传。其顶批旁批，除标明与俗本不同者外，皆系原有议论，极精极妙，可与圣叹接席，但不知何人手笔，是与想（想与）《聊斋》同时俦侣也。全部八本，定价大洋一元八角。总发行所：上海望平街有正书局、北京厂西门有正书局。"

19日 《时报》刊载"国初秘本原本《红楼梦》出版"广告："此秘本《红楼梦》与流行本绝然不同，现用重价租得版权，并请著名小说家加以批评。先印上半部十册，共为一套。定价一元八角。分发行所：南京奇望街有正书局、苏州都亭桥有正书局、天津东门外东马路有正书局、汉口黄陂街有正书局；总发行所：上海望平街有正书局、北京厂西门有正书局。"刊载"原本加批《聊斋志异》出版"广告："此书原稿存山东，蒲氏子孙世守，秘不示人，以其中颇多抱汉族不平之语。俗刻本皆经删改，以见犯忌。今设法借抄付印，以广流传。其顶批旁批，除标明与俗本不同者外，皆系原有议论，极精极妙，可与圣叹接席，但不知何人手笔，是与想（想与）《聊斋》同时俦侣也。全部八本，定价大洋一元八角。

总发行所：上海望平街有正书局、北京厂西门有正书局。"刊载"苦情小说《空谷幽兰》出版"广告。

20 日　《申报》"自由谈"之小说栏刊载短篇军事《刘家庙双杰传》，（嘉定二我），文言。

21 日　《申报》"自由谈"之小说栏刊载短篇滑稽《五虱大会议》，（嘉定二我），文言。

同日，《时报》刊载"国初秘本原本《红楼梦》出版"广告："此秘本《红楼梦》与流行本绝然不同，现用重价租得版权，并请著名小说家加以批评。先印上半部十册，共为一套。定价一元八角。分发行所：南京奇望街有正书局、苏州都亭桥有正书局、天津东门外东马路有正书局、汉口黄陂街有正书局；总发行所：上海望平街有正书局、北京厂西门有正书局。"刊载"原本加批《聊斋志异》出版"广告："此书原稿存山东，蒲氏子孙世守，秘不示人，以其中颇多抱汉族不平之语。俗刻本皆经删改，以见犯忌。今设法借抄付印，以广流传。其顶批旁批，除标明与俗本不同者外，皆系原有议论，极精极妙，可与圣叹接席，但不知何人手笔，是与想（想与）《聊斋》同时俦侣也。全部八本，定价大洋一元八角。总发行所：上海望平街有正书局、北京厂西门有正书局。"

22 日　《申报》"自由谈"之小说栏刊载短篇小说《黿君会》，（嘉定二我），文言。

23 日　《时报》刊载"国初秘本原本《红楼梦》出版"广告："此秘本《红楼梦》与流行本绝然不同，现用重价租得版权，并请著名小说家加以批评。先印上半部十册，共为一套。定价一元八角。分发行所：南京奇望街有正书局、苏州都亭桥有正书局、天津东门外东马路有正书局、汉口黄陂街有正书局；总发行所：上海望平街有正书局、北京厂西门有正书局。"刊载"原本加批《聊斋志异》出版"广告："此书原稿存山东，蒲氏子孙世守，秘不示人，以其中颇多抱汉族不平之语。俗刻本皆经删改，以见犯忌。今设法借抄付印，以广流传。其顶批旁批，除标明与俗本不同者外，皆系原有议论，极精极妙，可与圣叹接席，但不知何人手笔，是与想(想与)《聊斋》同时俦侣也。全部八本，定价大洋一元八角。总发行所：上海望平街有正书局、北京厂西门有正书局。"刊载"苦情小说《空谷幽兰》出版"广告。

24 日　《时报》刊载小说《龟大王》，(立志)，文言。

25 日　《时报》刊载"苦情小说《空谷幽兰》出版"广告。刊载小说《非洲石壁》(二百九)，(冷)，白话。

26 日　《申报》"自由谈"之小说栏刊载短篇小说《风流老公使》，(钝根)，文言。

同日，《时报》刊载"原本加批《聊斋志异》出版"广告。刊载小说《非洲石壁》(二百十)，(冷)，白话。

27 日　《申报》"自由谈"之小说栏刊载短篇小说《牺牲主义》，嘉定二我，文言。

同日，《时报》刊载小说《非洲石壁》(二百十一)，(冷)，白话。

28 日　《申报》"自由谈"之小说栏刊载社会小说《财奴》，(一)，(钝根)，白话。

同日，《时报》刊载小说《非洲石壁》(二百十二)，(冷)，白话。

29 日　《申报》"自由谈"之小说栏刊载社会小说《路毙老人》，(醉墨)，文言。

同日，《时报》刊载小说《非洲石壁》(二百十三)，(冷)，白话。

30 日　《申报》"自由谈"之小说栏刊载社会小说《路毙老人》，(续)，(醉墨)，文言。

同日，《时报》刊载小说《非洲石壁》(二百十四)，(冷)，白话。

31 日　《申报》"自由谈"之小说栏刊载《零碎小说》，其中有《丐儿》《醉汉》两篇。刊载"征求守钱虏事实"广告："阅报诸君，有以邱人头生平历史详细录示者，记者奉酬拾圆。"

同日，《时报》刊载"苦情小说《空谷幽兰》出版"广告。刊载"国初秘本原本《红楼梦》出版"广告："此秘本《红楼梦》与流行本绝然不同，现用重价租得版权，并请著名小说家加以批评。先印上半部十册，共为一套。定价一元八角。分发行所：南京奇望街有正书局、苏州都亭桥有正书局、天津东门外东马路有正书局、汉口黄陂街有正书局；总发行所：上海望平街有正书局、北京厂西门有正书局。"刊载小说《非洲石壁》(二百十五)，(冷)，白话。

发生于本月但日期不详之事件

《进步》第三册刊载《撷兰记》第三回。

《文艺杂志》第一期刊载《编辑大意》，其(二)曰："本杂志分类计十余门，诗文词，均系时贤新著，其前人名作之未经刊行者，亦间登录，借广流传，小说谐文，必取新颖雅驯之作，而每期笔记尤占多数，以引阅者兴趣"。刊载"《上海之骗术世界》(定价八角)"广告："云间颠公前辑《骗术奇谈》销行数万部，颇为社会欢迎。因其事迹奇幻，于人世间机械变诈诸术描写无遗，阅之可以知趋避之法，不特为消遣闲情计也。惟上海一隅地，其欺诈诓骗之事，尤较他处为多。颠公在报界数十年，就所见闻随时记录，凡妓院、赌场、茶楼、戏馆种种骗诈之伎俩，变幻百出，虽老于世故者，犹且防不胜防。兹为之逐一描写，几如禹鼎铸奸，他埠人士之初至上海者，苟一览是书，可藉知世途险巇，而不致受人诈骗，于旅行不无裨益也。总发行所上海棋盘街五百十三号扫叶山房。"刊载"扫叶山房新印书目"，内有《唐代小说丛书》定价二元、《精本虞初志》定价八角、《仿宋本宣和遗事》定价五角、《说部撷华》定价一元、《精本西厢记》定价三角五分、《第二才子好逑传》定价三角、《唐人说荟》(一百六十四种)定价二元五角、《清人说荟》(初集二十种)，定价一元二角、《绘图骗术奇谈》定价五角、《上海之骗术世界》定价八角、《满清官场百怪录》定价八角、《民国艳史》定价四角。刊载"扫叶山房新印书目"广告，内有赵学南先生校《洪容斋五笔》定价二角、《老学庵笔记》定价四角、《渔矶漫钞》定价八角、《人海记》定价四角、《香祖笔记》定价八角、《分甘余话》定价二角、《茶余客话》定价五角、《梁氏笔记三种》定价一元二角、《印雪轩随笔》定价八角、《庸闲斋笔记》定价八角、《金壶七墨》定价八角、《两般秋雨菴随笔》定价六角、《桐阴清话》定价八角、《庸菴笔记》定价六角。刊载"扫叶山房新印书目"广告，内有我佛山人《滑稽谈》定价二角五分、我佛山人《札记小说》定价二角五分。刊载"《满清官场百怪录》定价八角"广告："是书为云间颠公所著。颠公少年时游幕各省，嗣又厕身报界，数十年就生平所闻见，凡官场奇奇怪怪之事，一一笔之于书。有迂谬可笑者，有奸狡可恨者，有卑鄙可耻者，有荒唐可诧者，有糊涂可怜者。其刻画入神处，有如燃温矫之犀，铸大禹之鼎。而满清国祚之因此倾覆，即于言外得之。以视《官场现形记》等书籍空言以讽世者，其用意又不同也。总发行所上海棋盘街五百十三号扫叶山房北号。"刊载"《绘图骗术奇谈》定价八角"广告："是书为华亭雷君君曜所编辑，搜罗新奇骗术计得百则。有达官贵人而受骗者，有乞儿贫妇而受骗者，有骚人雅士而受骗者，至各店铺被骗尤多，甚至骗人者或亦为人所骗。奇之又奇，幻之又幻，世路之险，防不胜防。阅此书者可以长识见，增阅历。羁旅之人尤宜奉为枕中鸿宝。每则又绘有精图，随事指陈，颇饶趣味，诚近日小说书中唯一之特色也。总发行所上海棋盘街五百十三号扫叶山房北号。"刊载"《最新滑稽杂志》定价一元二角"广告："滑稽文字最为社会欢迎，因其寓庄于谐，易于动人之听闻也。兹云间颠公以其生平所著谐文与夫时下名贤之佳著汇辑成书，计分命令、电报、公牍、诗文、词曲、小说、杂俎等十一类，意甚诙谐，语必雅驯，茶余酒后阅之可以一洗胸中之块垒，序文一篇尤独创一格，有东方滑稽之风，试一展览，当必仰天大笑，冠缨欲绝也。"刊载《小说丛谭》十七则，颠公，此期刊载篇目为《六合外琐言》及《蟫史》、陈少逸撰《品花宝鉴》《品花宝鉴》之人物、《金台残泪记》燕兰小谱、《儒林外史》《儒林外史》之人物、文士沿袭演义之谬、岂有此理更岂有此理之秽亵、清初之重《三国演义》《红楼梦》影明珠事、《红楼梦》为谶纬之书、小说平话起于宋代、关云长出身之异说、《封神榜》之来历、《聊斋》之名言、《镜花缘》之名句、《儒林外史》之侠客伪人头。刊载短篇小说三篇：警世小说《芙蓉怨》，颠公，文言；记事小说《芦雁奇缘》，修竹乡人，文言；社会小说《火财神》，涵秋，文言。《文艺杂志》，扫叶山房发行，文艺刊物，登载文艺作品，有诗词、小说、笔记，而以笔记为多，还注意刊载古籍的消息。自 1912 年 1 月第一期起，至 1912 年 12 月第十二期止，共出 12 期。

《学生杂志》第一期刊载本社通告："本志月出一期，以广征心得，研究学术为宗旨，除三数同学课余撰述外，仍征求各校同志，如有名篇佳作，愿交本社刊行者，无论何种门类俱所欢迎，一经登载，当以本杂志一份相酬，惟原稿登载与否，概不检还。""小说"栏刊载《某村》，标"理想短篇"，署名"教员倪承灿"，（倪承灿：为《月月小说》第十四号作过祝词，署名"镇海倪承灿"；1920 年在上海发起友声社），文言。《学生杂志》编辑所原富学生杂志社，封面有"十二龄童傅空任"题签。

2 月

1 日　《申报》"自由谈"之小说栏刊载短篇小说《香阁围炉记》，（爱），文言。

同日，《时报》刊载"原本加批《聊斋志异》出版"广告。刊载小说《非洲石壁》（二百十六），（冷），白话。

2 日　《妇女时报》第五号刊载《鹃花血》，署名泰兴梦炎，文言。刊载"有正书局发行各种书籍广告"："《国初秘本原本红楼梦》出版：此秘本红楼梦与流行本绝然不同，现用重价租得版权，并请著名小说家加以批评，先印上半部，十册共为一套，定价一元八角。《原本加批聊斋志异》出版：此书原稿存，山东蒲氏子孙世守，秘不示人，以其中颇多抱汉族不平之语，俗刻本皆经删改，以见犯忌，今设法借抄付印以广流传，其顶批、旁批，除标明与俗本不同者外，皆系原有议论，极精极妙，可与圣叹接席，但不知何人手笔，是与想聊斋同时俦侣也，全部八本,定价大洋一元八角。"辛亥年十一月望日印刷,辛亥年十二月初五发行。

同日,《申报》"自由谈"之小说栏刊载短篇小说《花和尚》,(爱),白话。

同日,《时报》刊载"苦情小说《空谷幽兰》出版"广告。刊载"国初秘本原本《红楼梦》出版"广告:"此秘本《红楼梦》与流行本绝然不同,现用重价租得版权,并请著名小说家加以批评。先印上半部十册,共为一套。定价一元八角。分发行所:南京奇望街有正书局、苏州都亭桥有正书局、天津东门外东马路有正书局、汉口黄陂街有正书局;总发行所:上海望平街有正书局、北京厂西门有正书局。"刊载小说《非洲石壁》(二百十七),(冷),白话。

3日 《申报》"自由谈"之小说栏刊载社会小说《财奴》(二)(续念八日)(钝根),白话。

同日,《时报》刊载小说《非洲石壁》(二百十八),(冷),白话。

4日 《申报》"自由谈"之小说栏刊载社会小说《财奴》(三)(钝根),白话。

同日,《时报》刊载小说《非洲石壁》(二百十九),(冷),白话。

5日 《申报》"自由谈"之小说栏刊载社会小说《财奴》(四)(钝根),白话。

6日 《申报》"自由谈"之小说栏刊载短篇小说《梦游春》,(我我),文言。

同日,《时报》刊载小说《六畜谈》,(立志),文言。刊载小说《非洲石壁》(二百二十),(冷),白话。

7日 《申报》之小说栏刊载《俄王之侦探》(一)(无名),文言。"自由谈"之小说栏刊载短篇小说《医国手》,(凰),文言。

同日,《时报》刊载小说《非洲石壁》(二百廿一),(冷),白话。

8日 《申报》之小说栏刊载《俄王之侦探》(二)(无名),文言。"自由谈"之小说栏刊载短篇小说《风雪健儿》,(青心程焕章),文言。

同日,《时报》刊载小说《非洲石壁》(二百廿二),(冷),白话。

9 日 《申报》之小说栏刊载《俄王之侦探》(三)(无民),文言。"自由谈"之小说栏刊载短篇小说《成立大会》,(树立),文言。

同日,《时报》刊载小说《非洲石壁》(二百廿三),(冷),白话。

10 日 《申报》之小说栏刊载《俄王之侦探》(四)(无名),文言。"自由谈"之小说栏刊载短篇小说《送灶君之纪念品(竹灯盏)》,乐君,文言。

同日,《时报》刊载小说《非洲石壁》(二百廿四),(冷),白话。

11 日 《申报》之小说栏刊载《俄王之侦探》(五)(无名),文言。"自由谈"之小说栏刊载短篇滑稽《祝融氏遨游宝善街》,(嘉定二我),文言。

同日,《时报》刊载"原本加批《聊斋志异》出版"广告。刊载"苦情小说《空谷幽兰》出版"广告。刊载小说《非洲石壁》(二百廿五),(冷),白话。

12 日 《申报》之小说栏刊载《俄王之侦探》(六)(无名),文言。"自由谈"之小说栏刊载短篇小说《巫师技穷》,(天汉),文言。

同日,《时报》刊载小说《非洲石壁》(二百廿六),(冷),白话。

13 日 《申报》之小说栏刊载《俄王之侦探》(七)(无名),文言。"自由谈"之小说栏刊载短篇小说《明年会》,(嘉定二我),文言。

同日,《时报》刊载小说《非洲石壁》(二百廿七),(冷),白话。

21 日 《申报》之小说栏刊载《俄王之侦探》(八),无名,文言。"自由谈"之小说栏刊载短篇小说《万象更新》,(爱),文言;刊载短篇滑稽《开台酒》,(二我),文言;刊载短篇小说《恭贺新年》,(嘉定二我),白话。

同日,《时报》刊载法国革命外史《九十三年卷一》,嚣俄著,东亚病夫译,文言。刊载"国初秘本原本《红楼梦》出版"广告:"此秘本《红楼梦》与流行本绝然不同,现用重价租得版权,并请著名小说家加以批评。先印上半部十册,共为一套。定价一元八角。分发行所:南京奇望街有正书局、苏州都亭桥有正书局、天津东门外东马路有正书局、汉口黄陂街有正书局；总发行所：上海望平街有正书局、北京厂西门有正书局。"

22 日 《申报》之小说栏刊载《俄王之侦探》(九)，(无名)，文言。"自由谈"之小说栏刊载短篇小说《红庙烧开门香》，(爱)，文言；刊载滑稽小说《财神语》，(志云)。

同日，《时报》刊载法国革命外史《九十三年》(续)，嚣俄著，东亚病夫译，文言。刊载"国初秘本原本《红楼梦》出版"广告："此秘本《红楼梦》与流行本绝然不同，现用重价租得版权，并请著名小说家加以批评。先印上半部十册，共为一套。定价一元八角。分发行所：南京奇望街有正书局、苏州都亭桥有正书局、天津东门外东马路有正书局、汉口黄陂街有正书局；总发行所：上海望平街有正书局、北京厂西门有正书局。"刊载小说《非洲石壁》(二百廿八)，(冷)，白话。

23 日 《申报》之小说栏刊载《俄王之侦探》(十)，无名。"自由谈"之小说栏刊载短篇小说《财帛星君》，(嘉定二我)，文言；刊载短篇滑稽《鼠与白其》，苏生译，文言。

同日，《时报》刊载法国革命外史《九十三年》(续)，嚣俄著，东亚病夫译，文言。刊载小说《非洲石壁》(二百廿九)，(冷)，白话。

同日，《北京新报》"说聊斋"栏刊载《莲香》(十续)，尹箴明，白话。

24 日 《申报》之小说栏刊载《俄王之侦探》(十一)，无名。"自由谈"之小说栏刊载短篇小说《守旧先生》，(勤百)，文言；刊载短篇小说《东洋指挥刀》，(士登)，文言。

同日，《时报》刊载法国革命外史《九十三年》(续)，嚣俄著，东亚病夫译，文言。刊载"国初秘本原本《红楼梦》出版"广告："此秘本《红楼梦》与流行本绝然不同，现用重价租得版权，并请著名小说家加以批评。先印上半部十册，共为一套。定价一元八角。分发行所：南京奇望街有正书局、苏州都亭桥有正书局、天津东门外东马路有正书局、汉口黄陂街有正书局；总发行所：上海望平街有正书局、北京厂西门有正书局。"刊载小说《非洲石壁》(二百三十)，(冷)，白话。

　　25 日　《申报》刊载"本馆出版尺牍笔记杂记发行"广告，内有壹天录三角，霆军记略八角，荟蕞编六角，三异笔谈三角，鹦砭轩质言三角，西洋通俗演义六角，鸿雪因缘一元四角。"自由谈"之小说栏刊载短篇小说《蔗镜》，颂斌，文言；刊载短篇小说《幻境写真》，越痴，文言。

　　同日，《时报》栏刊载法国革命外史《九十三年》(续)，嚣俄著，东亚病夫译，文言。刊载滑稽小说《卫戈当》(东庐)，文言。

　　26 日　《申报》"自由谈"之小说栏刊载寓言小说《梦游月宫》，张树立，文言。

　　同日，《时报》刊载法国革命外史《九十三年》(续)，嚣俄著，东亚病夫译，文言。刊载滑稽小说《卫戈当》(东庐)(续)，文言。刊载"东方杂志社◎教育杂志社◎法政杂志社◎小说月报社悬赏征文广告"，内有"词章小说笔记"一栏，并附稿酬等级说明。

　　27 日　《申报》之小说栏刊载《俄王之侦探》(十二)，无名。"自由谈"之小说栏刊载苦情小说《鸳鸯泪》，乐君，文言。

　　同日，《时报》刊载法国革命外史《九十三年》(续)，嚣俄著，东亚病夫译，文言。刊载小说《非洲石壁》(二百三十一)，(冷)，白话。

　　28 日　《申报》之小说栏刊载《俄王之侦探》(十三)，无名。"自由谈"之小说栏刊载苦情小说《薄倖郎》，(定夷)，文言。

　　同日，《时报》刊载法国革命外史《九十三年》(续)，嚣俄著，东亚病夫译，文言。刊载小说《非洲石壁》(二百三十二)，(冷)，白话。

　　29 日　《申报》之小说栏刊载《俄王之侦探》(十四)，无名。"自由谈"之小说栏刊载滑稽短篇《签卜国都》，(子序)，文言；刊载纪事小说《金陵游记》(光复以前之著作)，(定夷)，文言。

　　同日，《时报》刊载法国革命外史《九十三年》(续)，嚣俄著，东亚病夫译，文言。刊载小说《非洲石壁》(二百三十三)，(冷)，白话。

发生于本月但日期不详之事件

《进步》第四册刊载《撷兰记》第四回。

3 月

1日 《申报》之小说栏刊载《俄王之侦探》(十五),无名,文言。"自由谈"之小说栏刊载纪事小说《金陵游记》(光复以前之著作),(定夷),文言。

同日,《时报》刊载法国革命外史《九十三年》(续),嚣俄著,东亚病夫译,文言。刊载小说《非洲石壁》(二百三十四),(冷),白话。《大共和日报》"小说"栏刊载铁血《护花记》(续),[鼎][隐],文言。

同日,《神州日报》刊载"东方杂志社、教育杂志社、法政杂志社、小说月报社悬赏征文广告",内有"词章小说笔记"一栏。"小说"栏刊载短篇滑稽《共和一席谈》,□窆,续,文言。刊载哀情小说《恒河鸯影》,天傀生,续,文言。刊载"改良小说社赠彩广告":"本社新出小说日新月异,久为各界欢迎,兹值新年,爱用特别赠品,以答诸君光顾之盛意,凡购本社小说满实洋一元者,送码洋二角半,多购照加,一月为限,欲得便宜,请从速购,外埠函购原班回件。""小说"栏刊载滑稽短篇《茶楼耳食录》,爱梧,白话。

同日,《新闻报》"丛录"栏刊载《男女现世宝》,白话章回。至本月6日止。

2日 《中华民国公报》连载滑稽小说《新山海经演义》,僧魂,白话。

同日,《申报》之小说栏刊载《俄王之侦探》(十六),无名,文言。"自由谈"之小说栏刊载纪事小说《金陵游记》(光复以前之著作)(再续),（定夷），文言。

同日，《时报》刊载"《小说月报》第九期第十期出版"广告。刊载法国革命外史《九十三年》(续)，嚣俄著，东亚病夫译，文言。刊载小说《非洲石壁》(二百三十四)，(冷)，白话。

同日，《大共和日报》"小说"栏刊载铁血《护花记》(续)，[鼎][隐]，文言。

同日，《神州日报》"小说"栏刊载滑稽短篇《茶楼耳食录》，爱梧，白话。

3 日　《申报》之小说栏刊载《俄王之侦探》(十七)，无名，文言。纪事小说《金陵游记》(光复以前之著作)(三续)，(定夷)，文言；刊载短篇小说《迎紫姑》，爱，文言；刊载短篇滑稽《共和锣鼓》，(嘉定二我)，文言；刊载短篇小说《和气羹》，(二我)，文言。

同日，《时报》刊载"《小说月报》第九期第十期出版"广告。刊载法国革命外史《九十三年》(续)，嚣俄著，东亚病夫译，文言。刊载小说《非洲石壁》(二百三十五)，(冷)，白话。

同日，《大共和日报》"小说"栏刊载铁血《护花记》(续)，[鼎][隐]，文言。

4 日　《申报》之小说栏刊载《俄王之侦探》(十八)，无名，文言。"自由谈"之小说栏刊载实事小说《兄弟》，乐君，文言。

同日，《时报》刊载法国革命外史《九十三年》(续)，嚣俄著，东亚病夫译，文言。刊载小说《非洲石壁》(二百三十六)，(冷)，白话。

同日，《大共和日报》"小说"栏刊载铁血《护花记》(续)，[鼎][隐]，文言。

同日，《神州日报》"小说"栏刊载历史小说《穆珠索郎》，□窭，文言。

5 日　《申报》"自由谈"之小说栏刊载短篇小说《上元踏灯记》，爱，文言；刊载短篇小说《文明拆字》，二我，白话。

同日，《时报》刊载法国革命外史《九十三年》(续)，嚣俄著，东亚

病夫译，文言。刊载小说《非洲石壁》（二百三十六），（冷），白话。刊载"国初秘本原本红楼梦出版"广告："一"。刊载"苦情小说《空谷兰》出版"广告。

同日，《大共和日报》"小说"栏刊载铁血《护花记》（续），[鼎][隐]，文言。

同日，《神州日报》刊载"《小说月报》第九期第十期出版"广告。"小说"栏刊载历史小说《穆珠索郎》，□窆，文言。

6日　《申报》之小说栏刊载《俄王之侦探》（十九），无名，文言。"自由谈"之小说栏刊载短篇小说《贫贱交》，（劣僧来稿），文言。

同日，《时报》刊载法国革命外史《九十三年》（续），嚣俄著，东亚病夫译，文言。刊载小说《非洲石壁》（二百三十），（冷），白话。

同日，《大共和日报》"小说"栏刊载铁血《护花记》（续），[鼎][隐]，文言。

同日，《神州日报》"小说"栏刊载历史小说《穆珠索郎》，□窆，文言。

7日　《申报》之小说栏刊载《俄王之侦探》（二十），无名，文言。"自由谈"之小说栏刊载《笛中血》（一），（野民），文言。

同日，《时报》刊载法国革命外史《九十三年》（续），嚣俄著，东亚病夫译，文言。刊载小说《非洲石壁》（二百三十一），（冷），白话。

同日，《大共和日报》"小说"栏刊载铁血《护花记》（续），[鼎][隐]，文言。

8日　《申报》之小说栏刊载《俄王之侦探》（廿一），无名，白话。"自由谈"之小说栏刊载寓言小说《黄金国》，愿深，文言；刊载《笛中血》（二），野民，文言。

同日，《时报》刊载法国革命外史《九十三年》（续），嚣俄著，东亚病夫译，文言。刊载小说《非洲石壁》（二百三十二），（冷），白话。

同日，《大共和日报》"小说"栏刊载铁血《护花记》（续），[鼎][隐]，文言。

同日,《神州日报》"小说"栏刊载历史小说《穆珠索郎》,□突,文言。

9 日 《申报》之小说栏刊载《俄王之侦探》(二十二),无名,白话。"自由谈"之小说栏刊载《笛中血》(三)(野民),文言。

同日,《时报》刊载法国革命外史《九十三年》(续),嚣俄著,东亚病夫译,文言。刊载小说《非洲石壁》(二百三十三),(冷),白话。

同日,《大共和日报》"小说"栏刊载铁血《护花记》(续),[鼎][隐],文言。

10 日 《申报》"自由谈"之小说栏刊载《笛中血》(四)(野民),文言。

同日,《时报》刊载法国革命外史《九十三年》(续),嚣俄著,东亚病夫译,文言。刊载小说《非洲石壁》(二百三十三),(冷),白话。

同日,《大共和日报》"小说"栏刊载铁血《护花记》(续),[鼎][隐],文言。

同日,《神州日报》刊载"侦探小说《一百十三案》再版已出"广告:"定价每部一元,又《裴乃杰奇案》每册大洋二角,《薛蕙霞》每册大洋三角,《尸光记》每册大洋三角,《盗面》每册大洋五角,寄售处江西路广智书局、棋盘街群益书局、三马路千顷堂。""小说"栏刊载历史小说《穆珠索郎》,□突,文言。刊载哀情小说《恒河鸾影》,天僇生,续,文言。

11 日 《申报》之小说栏刊载《俄王之侦探》(二十三),无名,白话。"自由谈"之小说栏刊载短篇滑稽《中国之福尔摩斯侦探谈》(涤骨),文言。

同日,《时报》刊载法国革命外史《九十三年》(续),嚣俄著,东亚病夫译,文言。刊载小说《非洲石壁》(二百三十四),(冷),白话。

同日,《大共和日报》"小说"栏刊载铁血《护花记》(续),[鼎][隐],文言。

同日,《新闻报》"小说"栏刊载《孤旅记》,健客,文言。至本月 20

日止。

12日 《申报》之小说栏刊载《俄王之侦探》(二十四),无名,白话。"自由谈"之小说栏刊载短篇滑稽《中国之福而摩斯侦探谈》(续)(涤骨),文言。

同日,《时报》刊载法国革命外史《九十三年》(续),嚣俄著,东亚病夫译,文言。刊载小说《非洲石壁》(二百三十五),(冷),白话。刊载"苦情小说《空谷兰》出版"广告。

同日,《大共和日报》"小说"栏刊载铁血《护花记》(续),[鼎][隐],文言。

同日,《神州日报》刊载哀情小说《恒河鸾影》,天僇生,续,文言。

13日 《申报》之小说栏刊载《俄王之侦探》(二十五),无名,白话。"自由谈"之小说栏刊载理想小说《电气世界》,乐君,文言。

同日,《时报》刊载法国革命外史《九十三年》(续),嚣俄著,东亚病夫译,文言。刊载小说《非洲石壁》(二百三十六),(冷),白话。

同日,《大共和日报》"小说"栏刊载铁血《护花记》(续),[鼎][隐],文言。

14日 《申报》之小说栏刊载《俄王之侦探》(二十六),无名,白话。"自由谈"之小说栏刊载理想小说《电气世界》,(续)(乐君),文言。

同日,《时报》刊载法国革命外史《九十三年》(续),嚣俄著,东亚病夫译,文言。刊载小说《非洲石壁》(二百三十七),(冷),白话。

15日 《中华民国公报》开始刊载哀情小说《英雄泪》,著者"锡光",分回,有词语作回目,但内容为文言。《申报》之小说栏刊载《俄王之侦探》(二十七),无名,白话。"自由谈"之小说栏刊载滑稽小说《孙行者》(二)(瘦蝶),白话。

同日,《时报》刊载法国革命外史《九十三年》(续),嚣俄著,东亚病夫译,文言。刊载小说《非洲石壁》(二百三十八),(冷),白话。

同日,《神州日报》"小说"栏刊载历史小说《穆珠索郎》,□奂,文言。

16 日 《申报》之小说栏刊载《俄王之侦探》，（二十八），无名，白话。"自由谈"之小说栏刊载滑稽小说《孙行者》（三）（瘦蝶），白话。

同日，《时报》刊载法国革命外史《九十三年》（续），嚣俄著，东亚病夫译，文言。刊载小说《非洲石壁》（二百三十九），（冷），白话。

同日，《神州日报》刊载哀情小说《恒河鸳影》，天僇生，续，文言。

17 日 《申报》之小说栏刊载《俄王之侦探》，（二十九），无名，白话。"自由谈"之小说栏刊载滑稽短篇《孙行者》（四）（瘦蝶），白话。

同日，《时报》刊载法国革命外史《九十三年》（续），嚣俄著，东亚病夫译，文言。刊载小说《非洲石壁》（二百四十），（冷），白话。

同日，《神州日报》刊载哀情小说《恒河鸳影》，天僇生，续，文言。

18 日 《申报》之小说栏刊载《俄王之侦探》，（三十），无名，白话。"自由谈"之小说栏刊载短篇小说《爱斯不难读》（俗称世界语），疾侵，文言。

同日，《神州日报》刊载哀情小说《恒河鸳影》，天僇生，续，文言。

19 日 《申报》之小说栏刊载《俄王之侦探》，（三十一），无名，白话。"自由谈"之小说栏刊载短篇小说《湘游纪略》，（爱），文言。

同日，《时报》刊载法国革命外史《九十三年》（续），嚣俄著，东亚病夫译，文言。刊载小说《非洲石壁》（二百四十一），（冷），白话。

20 日 《申报》之小说栏刊载《俄王之侦探》，（三十二），无名，白话。"自由谈"之小说栏刊载短篇小说《美人影》，天汉，文言。

同日，《时报》刊载"侦探小说《一百十三案再版已出》广告"："定价每部一元，又《裴迺杰奇案》每册大洋二角，《薛蕙霞》每册大洋三角，《尸光记》每册大洋一角，《盗面》每册大洋五角。寄售处江西路广智书局、棋盘街群益书局、三马路千顷堂。"刊载法国革命外史《九十三年》（续），嚣俄著，东亚病夫译，文言。刊载小说《非洲石壁》（二百四十二），（冷），白话。

21 日 《时报》刊载"侦探小说《一百十三案再版已出》广告"。刊载法国革命外史《九十三年》(续)，嚣俄著，东亚病夫译，文言。刊载小说《非洲石壁》(二百四十三)，(冷)，白话。

同日，《神州日报》"小说"栏刊载历史小说《穆珠索郎》，□窆，文言。刊载哀情小说《恒河鸾影》，天僇生，续，文言。

同日，《新闻报》"小说"栏刊载短篇小说《女儿乐》(新社会之一)，润，白话。

22日　《申报》之小说栏刊载《俄王之侦探》，(三十三)，无名，白话。

同日，《神州日报》"小说"栏刊载历史小说《穆珠索郎》，□窆，文言。刊载哀情小说《恒河鸾影》，天僇生，续，文言。

同日，《新闻报》"小说"栏刊载短篇小说《女儿乐》(新社会之一)，润，白话。

23日　《申报》之小说栏刊载《俄王之侦探》，(三十四)，无名，白话。

同日，《时报》刊载法国革命外史《九十三年》(续)，嚣俄著，东亚病夫译，文言。刊载小说《非洲石壁》(二百四十四)，(冷)，白话。

同日，《神州日报》刊载哀情小说《恒河鸾影》，天僇生，续，文言。

同日，《新闻报》"小说"栏刊载短篇小说《几误鸳鸯》，孤鸳，文言。

24日　《申报》之小说栏刊载《俄王之侦探》，(三十五)，无名，白话。

同日，《时报》刊载法国革命外史《九十三年》(续)，嚣俄著，东亚病夫译，文言。刊载小说《非洲石壁》(二百四十五)，(冷)，白话。《神州日报》刊载哀情小说《恒河鸾影》，天僇生，续，文言。

同日，《新闻报》"小说"栏刊载短篇小说《几误鸳鸯》，孤鸳，文言。至本月28日止。

25日　《申报》之小说栏刊载《俄王之侦探》，(三十六)，无名，白话。刊载申报馆"本馆出售各种书籍目录"广告，内有曲园老人《荟蕞编》六角、《霆军记略》八角、《三异笔谈》三角、《鹏砭轩质言》三角、《壶天录》三角、《鸿雪因缘》二元六角、《蟫史》六角、《同文聊斋》二元、《西洋通俗演义》六角、《明季稗史》七角，又曰"再本馆经售经史子集名人小说书画法帖各种教科书，趸批另售，价目从廉"。

同日，《时报》刊载法国革命外史《九十三年》(续)，嚣俄著，东亚病夫译，文言。刊载小说《非洲石壁》(二百四十六)，(冷)，白话。

同日，《神州日报》刊载哀情小说《恒河鸾影》，天傪生，续，文言。

26 日　《申报》之小说栏刊载《俄王之侦探》，(三十七)，无名，白话。"自由谈"之小说栏刊载短篇小说《黠盗》，(龙)，文言。

同日，《时报》刊载法国革命外史《九十三年》(续)，嚣俄著，东亚病夫译，文言。刊载小说《非洲石壁》(二百四十七)，(冷)，白话。

同日，《神州日报》"小说"栏刊载历史小说《穆珠索郎》，□窣，文言。刊载哀情小说《恒河鸾影》，天傪生，续，文言。

27 日　《申报》之小说栏刊载《俄王之侦探》，(三十八)，无名，白话。"自由谈"之小说栏刊载短篇小说《黠盗》(续)，(龙)，文言。

同日，《时报》刊载法国革命外史《九十三年》(续)，嚣俄著，东亚病夫译，文言。刊载"国初秘本原本《红楼梦》出版"广告："此秘本《红楼梦》与流行本绝然不同，现用重价租得版权，并请著名小说家加以批评。先印上半部十册，共为一套。定价一元八角。分发行所：南京奇望街有正书局、苏州都亭桥有正书局、天津东门外东马路有正书局、汉口黄陂街有正书局；总发行所：上海望平街有正书局、北京厂西门有正书局。"刊载小说《非洲石壁》(二百四十七)，(冷)，白话。

28 日　《申报》之小说栏刊载《俄王之侦探》，(三十九)，无名，白话。"自由谈"之小说栏刊载奇情小说《一掐狱》，(龙)，文言。

同日，《时报》刊载法国革命外史《九十三年》(续)，嚣俄著，东亚病夫译，文言。刊载"国初秘本原本《红楼梦》出版"广告："此秘本《红楼梦》与流行本绝然不同，现用重价租得版权，并请著名小说家加以批评。先印上半部十册，共为一套。定价一元八角。分发行所：南京奇望街有正书局、苏州都亭桥有正书局、天津东门外东马路有正书局、汉口黄陂街有正书局；总发行所：上海望平街有正书局、北京厂西门有正书局。"刊载小说《非洲石壁》(二百四十八)，(冷)，白话。刊载"原本加批《聊斋志异》出版"广告。

同日，《民权报》"小说一"栏刊载《茉莉花》，朕，文言。刊载"《上下古今谈前编》"广告："每部四册附铜版。一名'无量数世界变相'。此阳湖吴稚晖先生对于社会教育所演科学小说之一种。以家人厮养之精图，价洋八角。旅谈发挥宇宙玄迹之现象。如欲雅人俗人并悟。近日蔡民友先生教育方针之所谓世界观。此德可作一导标。盖从科学真理而悟。世界即我，我即世界。是为直截了当。其叙述兴味之浓，为消闲家之妙品。引据材料之当，为普通人之好友。指示进化，事实书确，则又为最新谈论社会主义者之护法也。""小说二"栏刊载《悲秋泪》，巨摩，白话。

29 日 《申报》之小说栏刊载《俄王之侦探》，(四十)，无名，白话。"自由谈"之小说栏刊载奇情小说《一摇狱》(续)，(龙)，文言。

同日，《时报》刊载法国革命外史《九十三年》(续)，嚣俄著，东亚病夫译，文言。刊载"国初秘本原本《红楼梦》出版"广告："此秘本《红楼梦》与流行本绝然不同，现用重价租得版权，并请著名小说家加以批评。先印上半部十册，共为一套。定价一元八角。分发行所：南京奇望街有正书局、苏州都亭桥有正书局、天津东门外东马路有正书局、汉口黄陂街有正书局；总发行所：上海望平街有正书局、北京厂西门有正书局。"刊载小说《非洲石壁》(二百四十九)，(冷)，白话。刊载"原本加批《聊斋志异》出版"广告。

同日，《民权报》"小说一"栏刊载《茉莉花》(续)，朕，文言。刊载"《上下古今谈前编》"广告。"小说二"栏刊载《悲秋泪》，巨摩，白话。

30 日 《申报》之小说栏刊载《俄王之侦探》，(四十一)，无名，白话。"自由谈"之小说栏刊载奇情小说《一摇狱》(再续)，(龙)，文言。

同日，《时报》刊载法国革命外史《九十三年》(续)，嚣俄著，东亚

病夫译，文言。刊载小说《非洲石壁》(二百五十)，(冷)，白话。刊载"国初秘本原本红楼梦出版"广告。刊载"原本加批《聊斋志异》出版"广告。

同日，《北京新报》"随缘录"栏开始刊载《一箭射双雕》，耀亭，白话。

同日，《民权报》刊载"共和新国民快睹……小说革命《环游地球旅行记》出版"广告："是书非革命小说也。即非革命小说，何革命以复标题之。曰革命，以原著者为革命文豪，而迻译者又为素名士也。著者何人？曰，首创共和民主国法兰西文豪房朱力士是也。译者何人，曰，夫妇同游，曾留学西洋之陈君逸士也。著者与译者之为人既足见重于世，而是书之内容，著者自称罗有专门学，字二万言，饶括共和自由道德法律之主旨，故其所叙述皆足为吾国革命。既成后之模范。其留心于政治社会者，凡我共和之新国民为宜手置一编，以资取镜也。洋装二册，价洋八角。发行者上海商务书馆、中华书局、集成图书公司、中国图书公司、新学会社、海左书局、江左书林、千顷、苏州振新书社、常州晋升书房、南京启新书局、武昌著易堂、长沙群益社、杭州锦文堂、宁波级补斋。""小说一"栏刊载《茉莉花》(续)，朕，文言。刊载"《上下古今谈前编》"广告。"小说二"栏刊载《悲秋泪》，巨摩，白话。《新闻报》"小说"栏刊载短篇小说《凤堕雅巢》，小柳，文言。

31 日　《时报》刊载法国革命外史《九十三年》(续)，嚣俄著，东亚病夫译，文言。

同日，《民权报》刊载《茉莉花》(续)，朕，文言。刊载《悲秋泪》，巨摩，白话。

同日，《新闻报》"小说"栏刊载短篇小说《凤堕雅巢》，小柳，文言。

发生于本月但日期不详之事件

1912 年 3 月《进步》第五册刊载《撷兰记》第五回，署名"英国项丹原著，澹兮、忧球"。

4 月

1 日 《少年》第九册刊载《绨袍记》，白话。

同日，《时报》刊载法国革命外史《九十三年》(续)，嚣俄著，东亚病夫译，文言。刊载"国初秘本原本红楼梦出版"广告。刊载"原本加批《聊斋志异》出版"广告。

同日，《民权报》刊载《茉莉花》(续)，朕，文言。刊载《悲秋泪》，巨摩，白话。《新闻报》"趣谈录"之"说书场"栏刊载短篇小说《凤堕雅巢》，小柳，文言。

2 日 《时报》刊载法国革命外史《九十三年》(续)，嚣俄著，东亚病夫译，文言。刊载"原本加批《聊斋志异》出版"广告。

同日，《民权报》刊载商务印书馆发行陈寿彭夫妇"共和新国民快睹革命小说《环游地球旅行记》出版"广告。刊载《茉莉花》(续)，朕，文言。刊载《悲秋泪》，巨摩，白话。

同日，《新闻报》"趣谈录"之"说书场"栏刊载短篇寓言小说《弥勒被困》，著者省四，文言。

3 日 《申报》刊载"扫叶山房精本书籍"广告，内有《唐人说荟》十六册二元五角。

同日，《时报》刊载法国革命外史《九十三年》(续)，嚣俄著，东亚病夫译，文言。

同日，《民权报》刊载《茉莉花》(续)，朕，文言。刊载《悲秋泪》，巨摩，白话。

同日，《新闻报》"趣谈录"之"说书场"栏刊载短篇理想小说《欢喜图》，龙，文言。

4 日 《申报》"自由谈"之小说栏刊载神怪小说《圆光》，乐君，文言。

同日，《时报》刊载短篇小说《饿死鬼》（碧秋投稿），白话。刊载"原本加批《聊斋志异》出版"广告。

同日，《民权报》刊载《茉莉花》（续），朕，文言。刊载《悲秋泪》，巨摩，白话。

同日，《新闻报》"趣谈录"之"说书场"栏刊载短篇小说《财虏恨》，龙，文言。

5 日　《申报》之小说栏刊载神怪小说《圆光》（续）（乐君），文言。

同日，《时报》刊载法国革命外史《九十三年》（续），嚣俄著，东亚病夫译，文言。刊载"国初秘本原本红楼梦出版"广告。刊载短篇小说《饿死鬼》（续）（碧秋投稿），白话。刊载"原本加批《聊斋志异》出版"广告。

同日，《民权报》刊载《茉莉花》（续），朕，文言。刊载《悲秋泪》，巨摩，白话。

6 日　《申报》之小说栏刊载《俄王之侦探》（四十二），无名，白话。（夹有文言词汇，如"余"、"乃"之类）

同日，《时报》刊载法国革命外史《九十三年》（续），嚣俄著，东亚病夫译，文言。刊载《非洲石壁》（二百五十一），（冷），白话。刊载短篇小说《饿死鬼》（碧秋投稿）（续），白话。刊载"原本加批《聊斋志异》出版"广告。

同日，《民权报》刊载《茉莉花》（续），朕，文言。刊载《悲秋泪》，巨摩，白话。《神州日报》"小说"栏刊载历史小说《穆珠索郎》，□窆，文言。

同日，《新闻报》"趣谈录"之"说书场"栏刊载社会小说《观灯》（新社会二），白话。

7 日　《申报》之小说栏刊载《俄王之侦探》（四十三），无名，白话。"自由谈"之小说栏刊载短篇小说《滑稽狐》，龙，文言。

同日，《时报》刊载法国革命外史《九十三年》（续），嚣俄著，东亚病夫译，文言。刊载《非洲石壁》(二百五十二)，(冷)，白话。

同日，《民权报》刊载《茉莉花》(续)，朕，文言。刊载《悲秋泪》，巨摩，白话。

同日，《新闻报》"趣谈录"之"说书场"栏刊载社会小说《观灯》(新社会二)，白话。

8日　《申报》之小说栏刊载《俄王之侦探》(四十四)，无名，白话。刊载"集成图书公司出版共和国民必读之书"，内有明季佚事《梦花杂志》，洋订一本，价洋三角，《明季稗史》，汉订六本，价洋七角。经售处望平街申报馆。"自由谈"之小说栏刊载短篇寓言小说《软足国》，龙，文言。

同日，《时报》刊载"《小说时报》十五号出版"广告。刊载法国革命外史《九十三年》(续)，嚣俄著，东亚病夫译，文言。刊载《非洲石壁》(二百五十三)，(冷)，白话。刊载短篇小说《饿死鬼》(碧秋投稿)(续)，白话。

同日，《民权报》刊载《茉莉花》(续)，朕，文言。刊载《悲秋泪》，巨摩，白话。

同日，《新闻报》"趣谈录"之"说书场"栏刊载短篇小说《阿香》，小柳，文言。

9日　《申报》之小说栏刊载《俄王之侦探》(四十五)，无名，白话。

同日，《时报》刊载法国革命外史《九十三年》(续)，嚣俄著，东亚病夫译，文言。刊载《非洲石壁》(二百五十四)，(冷)，白话。刊载短篇小说《饿死鬼》(碧秋投稿)(续)，白话。

同日，《民权报》刊载《茉莉花》(续)，朕，文言。刊载《悲秋泪》，巨摩，白话。

同日，《新闻报》"趣谈录"之"说书场"栏刊载短篇小说《鬼话连篇》(看云)，文言。

10日　《申报》之小说栏刊载《俄王之侦探》(四十六)，无名，白话。

同日，《时报》刊载法国革命外史《九十三年》(续)，嚣俄著，东亚病夫译，文言。刊载《非洲石壁》(二百五十五)，(冷)，白话。刊载短篇小说《饿死鬼》(碧秋投稿)(续)，白话。

同日，《民权报》刊载"本报征购小说"广告："本报加增纸页，亟思辅助社会，□进文明，拟添小说一门，备价征购，如系英文转译者，每千字三元，如系东文转译，每千字一元，必须译有成部，并请携原本以备印证，如系自家结撰有关时事者，价目酌定，此启。"刊载"《夷坚志》全书出齐广告"："是早已出齐，凡购预约券者，速来取书，外埠在各处购券者，请向外埠取书，特此通告，全书十六册，分装两布函，中国连史纸精印，逐句圈点校正无讹，定价大洋五元，上海四马路老巡捕房东首蕙福里藜光社。"刊载《茉莉花》(续)，朕，文言。刊载《悲秋泪》，巨摩，白话。

同日，《新闻报》"趣谈录"之"说书场"栏刊载短篇小说《鬼话连篇》(看云)，文言。

11 日　《申报》之小说栏刊载《俄王之侦探》(四十七)，无名，白话。

同日，《时报》刊载法国革命外史《九十三年》(续)，嚣俄著，东亚病夫译，文言。刊载《非洲石壁》(二百五十六)，(冷)。

同日，《民权报》刊载《茉莉花》(续)，朕，文言。刊载《悲秋泪》，巨摩，白话。

同日，《新闻报》"趣谈录"之"说书场"栏刊载短篇小说《西湖梦》(楼)，文言。

12 日　《申报》之小说栏刊载《俄王之侦探》(四十八)，无名，白话。"自由谈"之小说栏刊载短篇滑稽《钱党》，穷汉，文言。

同日，《时报》刊载法国革命外史《九十三年》(续)，嚣俄著，东亚病夫译，文言。刊载滑稽小说《九曲珠》，白话。

同日，《大共和日报》刊载"《满夷猾夏始末记》出版"广告。

同日，《民权报》刊载《茉莉花》(续)，朕，文言。刊载《悲秋泪》，巨摩，白话。

同日，《神州日报》"小说"栏刊载理想小说《华胥国游记》，寄尘旧作，文言。

同日，《新闻报》"趣谈录"之"说书场"栏刊载短篇小说《游风流地狱记》(楼)，文言。

13 日 《申报》"自由谈"之小说栏刊载苦情小说《霜天鹤唳》(一)(瘦蝶)，文言。

同日，《时报》刊载滑稽小说《九曲珠》(续)，白话。《民权报》刊载《茉莉花》(续)，朕，文言。刊载《悲秋泪》，巨摩，白话。

同日，《神州日报》"小说"栏刊载理想小说《华胥国游记》，寄尘旧作，文言。

同日，《新闻报》"趣谈录"之"说书场"栏刊载爱情小说《白鸽缘》，白话。至本年 5 月 2 日止。

14 日 《申报》之小说栏刊载《俄王之侦探》(四十九)，无名，白话。"自由谈"之小说栏刊载苦情小说《霜天鹤唳》(二)(瘦蝶)，文言。

同日，《时报》刊载法国革命外史《九十三年》(续)，嚣俄著，东亚病夫译，文言。刊载滑稽小说《九曲珠》(续)，白话。

同日，《民权报》刊载"藜光社广告"："空前绝后之小说。《宋稗类钞》国初常熟潘永因编，中国连史纸精印，十二册，分装两布函，逐句圈点，校正无讹，定价大洋三元，批发格外从廉。全书出齐，凡购预约者，速请取书。《夷坚志》宋文学家洪迈撰，中国连史纸精印，十六册，分装两布函，圈点校正无讹，定价大洋五元，全书出齐，凡购预约者，速请取书。《干宝搜神记》晋干宝为元帝时著作郎撰，集古来灵异神祇人物变化，为《搜神记》二十卷，古今一大奇书也。陶渊明鉴于《搜神记》之迷离，续成后纪一卷，亦一奇书也。全部大洋一元。《稽神录》宋徐铉撰，所记皆神奇怪异之事，今特就秘书中录出享世，以资谈助，洋装布面金字，定价大洋九角。《睽车志》洋装布面金字大洋八角。发行所上海四马路老巡捕房东首惠福里内。"刊载《悲秋泪》，巨摩，白话。

同日,《神州日报》"小说"栏刊载理想小说《华胥国游记》,寄尘旧作,文言。

同日,浙江嘉善《善报》刊载滑稽小说《公冶长》,刊载短篇小说《牛乡董》。

15 日 《申报》之小说栏刊载《俄王之侦探》(五十),无名,白话。"自由谈"之小说栏刊载苦情小说《霜天鹤唳》(三)(瘦蝶),文言。

同日,《时报》刊载法国革命外史《九十三年》(续),嚣俄著,东亚病夫译,文言。刊载滑稽小说《九曲珠》(续),白话。刊载《非洲石壁》,(二百五十七)(冷),白话。

同日,《民权报》刊载《茉莉花》(续),朕,文言。刊载《悲秋泪》,巨摩,白话。

同日,《神州日报》"小说"栏刊载理想小说《华胥国游记》,寄尘旧作,文言。

16 日 《申报》"自由谈"之小说栏刊载苦情小说《霜天鹤唳》(四)(瘦蝶),文言。

同日,《时报》刊载法国革命外史《九十三年》(续),嚣俄著,东亚病夫译,文言。刊载滑稽小说《九曲珠》(续),白话。刊载《非洲石壁》,(二百五十九)(冷),白话。刊载"国初秘本《原本红楼梦出版》"广告。

同日,《民权报》刊载《茉莉花》(续),朕,文言。刊载《悲秋泪》,巨摩,白话。

同日,《神州日报》"小说"栏刊载理想小说《华胥国游记》,寄尘旧作,文言。

17 日 《申报》之小说栏刊载《俄王之侦探》(五十一),无名,白话。"自由谈"之小说栏刊载苦情小说《霜天鹤唳》(五)(瘦蝶),文言。刊载"扫叶山房精本书籍(棋盘街五百三十号)"广告,内有《唐人说荟》十六册二元五角。

同日,《时报》刊载法国革命外史《九十三年》(续),嚣俄著,东亚病夫译，文言。刊载《非洲石壁》，（二百六十）（冷），白话。

同日，《民权报》刊载《茉莉花》（续），朕，文言。刊载《悲秋泪》，巨摩，白话。

18 日　《申报》之小说栏刊载《俄王之侦探》（五十二），无名，白话。"自由谈"之小说栏刊载短篇小说《奇女》，（龙），文言。

同日，《时报》刊载法国革命外史《九十三年》（续），嚣俄著，东亚病夫译，文言。刊载"国初秘本《原本红楼梦出版》"广告。刊载《非洲石壁》，（二百六十一）（冷），白话。

同日，《民权报》刊载《茉莉花》（续），朕，文言。刊载《悲秋泪》，巨摩，白话。

同日，《神州日报》"小说"栏刊载历史小说《穆珠索郎》，□窊，文言。刊载《燃犀录》，愤时，白话章回。

19 日　《民权画报》刊载记事小说《三云碑》，署名"虞西枕亚"，至5月29日止。刊载义烈小说《鹃娘血》，署名"定夷"。

同日，《申报》之小说栏刊载《俄王之侦探》（五十三），无名，白话。

同日，《时报》刊载法国革命外史《九十三年》（续），嚣俄著，东亚病夫译，文言。刊载"《小说时报》十五号出版"广告。刊载"国初秘本《原本红楼梦出版》"广告。刊载《非洲石壁》，（二百六十二）（冷），白话。

同日，《民权报》刊载《茉莉花》（续），朕，文言。刊载《悲秋泪》，巨摩，白话。附张《民权画报》刊载《玉树后庭花》（清季稗史之一），水心，此期刊载"楔子"，文言。

同日，《神州日报》"小说"栏刊载《燃犀录》，愤时，白话章回。

20 日　《申报》之小说栏刊载《俄王之侦探》（五十四），无名，白话。

同日，《时报》刊载法国革命外史《九十三年》（续），嚣俄著，东亚病夫译，文言。刊载《非洲石壁》，（二百六十三）（冷），白话。

同日，《北京新报》"说聊斋"栏开始刊载《大男》，尹箴明，白话。

同日，《民权报》刊载《茉莉花》（续），朕，文言。刊载《悲秋泪》，巨摩，白话。附张《民权画报》刊载《玉树后庭花》（清季稗史之二），水心，文言。

同日，《神州日报》"小说"栏刊载《燃犀录》，愤时，白话章回。

21 日　《申报》之小说栏刊载《俄王之侦探》（五十五），无名，白话。"自由谈"之小说栏刊载滑稽短篇《蠢公子》，（越痴），文言。

同日，《时报》刊载法国革命外史《九十三年》（续），嚣俄著，东亚病夫译，文言。刊载《非洲石壁》，（二百六十四）（冷），白话。

同日，《民权报》刊载《茉莉花》（续），朕，文言。刊载《悲秋泪》，巨摩，白话。附张《民权画报》刊载《玉树后庭花》（清季稗史之三），水心，文言。

同日，《神州日报》"小说"栏刊载历史小说《穆珠索郎》，□窆，文言。刊载《燃犀录》，愤时，白话章回。

22 日　《申报》"自由谈"之小说栏刊载滑稽小说《文明结婚》，钝根，文言。

同日，《时报》刊载"《小说月报》第十一十二期出版"广告。刊载法国革命外史《九十三年》（续），嚣俄著，东亚病夫译，文言。刊载《非洲石壁》，（二百六十五）（冷），白话。

同日，《民权报》刊载"《小说月报》第十一十二期出版"广告。刊载《茉莉花》（续），朕，文言。刊载《悲秋泪》，巨摩，白话。附张《民权画报》刊载《玉树后庭花》（清季稗史之四），水心，文言。

同日，《神州日报》刊载《燃犀录》，愤时，白话章回。

23 日　《申报》之小说栏刊载《俄王之侦探》（五十六），无名，白话。"自由谈"之小说栏刊载短篇滑稽《瞌睡》，钝根，文言。

同日，《时报》刊载法国革命外史《九十三年》（续），嚣俄著，东亚病夫译，文言。刊载《非洲石壁》，（二百六十六）（冷），白话。

同日，《民权报》刊载《茉莉花》（续），朕，文言。刊载《悲秋泪》，巨摩，白话。附张《民权画报》刊载《玉树后庭花》(清季稗史之五)，水心，文言。

24 日　《申报》之小说栏刊载《俄王之侦探》(五十七)，无名，白话。"自由谈"之小说栏刊载短篇写情《薄倖郎》，(龙)，文言。

同日，《时报》刊载法国革命外史《九十三年》(续)，嚣俄著，东亚病夫译，文言。刊载《非洲石壁》，(二百六十七)(冷)，白话。刊载"国初秘本《原本红楼梦出版》"广告。

同日，《民权报》刊载《茉莉花》(续)，朕，文言。刊载《悲秋泪》，巨摩，白话。附张《民权画报》刊载《玉树后庭花》(清季稗史之六)，水心，文言。

同日，《神州日报》刊载《燃犀录》，愤时，白话章回。

25 日　《申报》之小说栏刊载《俄王之侦探》(五十八)，无名，白话。"自由谈"之小说栏刊载短篇写情《薄倖郎》，(续)(龙)，文言。

同日，《时报》刊载法国革命外史《九十三年》(续)，嚣俄著，东亚病夫译，文言。刊载《非洲石壁》，(二百六十八)(冷)，白话。

同日，《民权报》刊载《茉莉花》(续)，朕，文言。刊载《悲秋泪》，巨摩，白话。附张《民权画报》刊载《玉树后庭花》(清季稗史之七)，水心，文言。

同日，《神州日报》刊载《燃犀录》，愤时，白话章回。

26 日　《申报》"自由谈"之小说栏刊载短篇写情《薄倖郎》，(再续)(龙)，文言。

同日，《时报》刊载法国革命外史《九十三年》(续)，嚣俄著，东亚病夫译，文言。刊载"原本加批《聊斋志异》出版"广告。

同日，《民权报》刊载《茉莉花》(续)，朕，文言。刊载《悲秋泪》，巨摩，白话。附张《民权画报》刊载《玉树后庭花》(清季稗史之八)，水心，文言。

同日，《神州日报》刊载《燃犀录》，愤时，白话章回。

27 日　《申报》之小说栏刊载《俄王之侦探》(五十九)，无名，白话。"自由谈"之小说栏刊载短篇小说《苦儿院》，黑子，白话。

同日，《时报》刊载法国革命外史《九十三年》（续），嚣俄著，东亚病夫译，文言。刊载《非洲石壁》，（二百六十九）（冷），白话。

同日，《民权报》刊载《茉莉花》（续），朕，文言。刊载"共和纪念小说大减价"广告："醒世小说《嫖界秘密史》每部八册，原价二元四角，今减大洋六角。警世小说《魑魅魍魉记》每部三册原价七角五分，今减大洋二角，以上两部合购大洋七角，以三百部为限，外埠加邮费二角，邮票九折，以一分者为限，幸勿观望自误，上海四马路望平街口时务书馆启。"刊载"历史小说《唐新语》出版"广告："唐刘肃撰，所记起唐武德之初，迄大历之末，凡分三十门，皆取轶闻旧事谐语奇文有裨劝戒者，为历史小说中不可多得之本，洋装布面字金，定价大洋一元五角，上海四马路老巡捕房东首惠福里内藜光社。"刊载《悲秋泪》，巨摩，白话。附张《民权画报》刊载《玉树后庭花》（清季稗史之九），水心，文言。

28 日　《申报》之小说栏刊载《俄王之侦探》（六十），无名，白话。"自由谈"之小说栏刊载短篇小说《伦敦君子》，（龙），文言。

同日，《时报》刊载法国革命外史《九十三年》（续），嚣俄著，东亚病夫译，文言。刊载《非洲石壁》，（二百七十）（冷），白话。

同日，《民权报》刊载《茉莉花》（续），朕，文言。刊载《悲秋泪》，巨摩，白话。附张《民权画报》刊载《玉树后庭花》（清季稗史之十），水心，文言。

同日，《神州日报》刊载《燃犀录》，愤时，白话章回。

29 日　《申报》之小说栏刊载《俄王之侦探》（六十一），无名，白话。"自由谈"之小说栏刊载短篇纪实《影戏园》，钝根，文言；刊载短篇小说《伦敦君子》，（续）（龙），文言。

同日，《时报》刊载法国革命外史《九十三年》（续），嚣俄著，东亚病夫译，文言。刊载《非洲石壁》，（二百七十一）（冷），白话。

同日，《民权报》刊载《茉莉花》（续），朕，文言。刊载《悲秋泪》，巨摩，白话。附张《民权画报》刊载《玉树后庭花》(清季稗史之十一)，水心，文言。

同日，《神州日报》刊载《燃犀录》，愤时，白话章回。

30 日　《申报》"自由谈"之小说栏刊载短篇小说《伦敦君子》，(再续)(龙)，文言。

同日，《时报》刊载法国革命外史《九十三年》(续)，嚣俄著，东亚病夫译，文言。刊载《非洲石壁》，(二百七十二)(冷)，白话。

同日，《民权报》刊载《茉莉花》(续)，朕，文言。刊载《悲秋泪》，巨摩，白话。附张《民权画报》刊载《玉树后庭花》(清季稗史之十二)，水心，文言。

同日，《神州日报》刊载《燃犀录》，愤时，白话章回。

发生于本月但日期不详之事件

《小说月报》第三年第一期封面为人物图为"中国第二女侠秋瑾"。"短篇小说"栏刊载社会小说《新论字》，铁樵，文言；刊载历史小说《加波拿里党》(Cobonari)，石禅徐远译述，文言；刊载记事小说《赣榆奇案》(情侠原稿)，铁樵，文言。"长篇小说"栏刊载《屠沽记上》，不才，文言；刊载历史小说《卢宫秘史》，英国恩苏霍伯原著，作霖甘永龙、文彬朱炳勋同译，文言；刊载哀情小说《劫花惨史》，指严，文言。"新剧"栏刊载"哀情小说"《莺儿》，啸天生意译，文言。刊载"商务印书馆发行小本小说"广告："专就本馆出版之小说择其情节离奇、趣味浓厚者，改排小本，廉价发售，既便取携，尤易购置，兹将内容价目列下，以备采择。侦探小说《桑伯勒包探案》，书凡十二则，如琴畔之经、烟包之印、反扃室之疑、催眠术之假手，发摘无形，华生包探案不能专美于前。〇定价一角。侦探小说《多那文包探案》，共十二案，一叙猫眼石，二骷髅饮器，三兄弟会，四银七首，五隔帘影，六花中蠹，七考林社，八剧场弹，九机器炉，十鬼之宅，十一瘢手印，十二惨爱情。〇定价一角。侦探小说《圆室案》，叙一屋头命案，为美国大侦探格来史侦获，情节幻，曲而奇，译笔尤极诡谲。○定价一角。侦探小说《三人影》，犹太有富人，兄妹同时被人谋毙，美洲亦有妻杀夫事，英伦某富人又有谋遗产案，均莫得其主名，后三大侦探同心协力，互出侦缉，迨黑幕一揭，三案俱破，盖同为一少年女子所犯。○一角五分。侦探小说《华生包探案》，华生所辑包探案久已风行，本馆又觅得六则，为各译本所未见，特补译之以贻世之爱读侦探谈者。○定价一角。言情小说《鸳盟离合记》，日本黑岩泪香著，汤尔和译。是书叙曼子茹苦抚亡姊所生，以欲领汇款，不得不承其姊马克之名，伴野小侯妻之，而马克夫实伪死，小侯遇之以为大辱，遂与绝，后曼自白其故，乃复合。○上下两册每册一角。言情小说《情侠》，英国某少年貌似俄国莫斯科总督，以悦一女子故，躬冒巨险，伪称总督，直入莫斯科城，卒出女子之弟于狱中，归而缔姻，事迹离奇。○定价一角。言情小说《血泊鸳鸯》，是书叙罗马时二教相仇，发兵攻击，犹太中有二兵官同恋一女子，互相妒杀，以致琐尾流离，历尽无穷之艰险。○定价一角。言情小说《双乔记》，一美国人钟情一女，濒结婚矣，又见其妹而悦之，逐舍姊娶妹，未几暴毙，种种形迹确类其姊所为，几成冤狱，经一友辗转侦访，始获真凶。○定价一角。言情小说《空谷佳人》，有女子幼时被锢深穴中，卜乃德携之以出，女锢蔽十余年，懵然不知人间事，惟与卜爱情深挚，而卜先与他妇有约，女知其爱情不属于己，一愤而绝。○定价一角。侦探小说《白巾人》，澳洲某翁女，有二人争婚，既而乙死车中，疑甲谋害，遂致逮捕，迨翁垂死，有人以白巾围项，挟诈索金，案乃破。○二册二角。侦探小说《车中毒针》，此书叙一人觊得兄产，于车中用毒针刺杀兄女，其中摹写奸人之凶险，弱女之伶仃，情状逼肖。○定价一角。侦探小说《宝石城》，三英人同赴安南，发见宝穴，一人窃宝私逃，致二人陷入敌手，盲目断舌而归，后卒为侦者所破。○定价一角。侦探小说《指环党》，法国秘密党以指环为号，作种种诈伪以为图利之计，经侦探网络密布，事遂发觉。○定价一角。侦探小说《毒药罇》，有一人以游荡丧赀，几濒于死，遇一友人救之，乃后竟谋杀其友而夺其妻，友临殁设计报仇，令人称快。〇定价一角。警世小说《一束缘》，英国某女已与人订婚约，后心艳富贵，伪为贵女与某爵结婚，卒以一束破露，为人枪毙，足为慕势者戒。〇定价一角。义侠小说《双鸳侣》，一老教士村居，村主豪横计诱其长女，复劫次女，且陷教士父子于狱，有贫士究得冤陷状，立出之，叙儿女则宛转多情，叙贫士则神奇百出。定价一角。刊载社会小说《白头少年》，有人家挟巨金遁至异国，秘密党侦知，追踪劫去，辗转入一少年之手，秘密党终以计取之。〇定价一角。言情小说《妖孽奇谈》，埃乞娶懿思勃，述楚设种种机械以离间之，使其夫妇反目，后卒破败，埃懿和好如初，述遂匿迹异国，事缭而曲，又简而练，是稗乘中能品。〇定价一角。滑稽小说《化身奇谈》，鲁勃脱得化身术家之换形药，屡服屡变，其躯壳奇幻至不可思议，谐语叠出，令人绝倒。〇定价一角。"刊载"商务印书馆印行林琴南先生译"广告："言情小说《迦因小传》定价大洋一元，是书下卷旧有蟠溪子译本，久已风行一时，脍炙人口，惜阙其上帙，致阅者鉴其果而莫审其因，未免闷损。林君琴难于哈氏丛书中觅得是书足本，特为迻译，以曲折生动之笔达渺绵佳侠之情，不愧称旷代奇构，且于蟠溪子原译本未尝轻犯一字，而纤悉精详足补原译所不及。言情小说《红礁画桨录》二册定价八角，是书叙一女子貌美而多才，偶棹小舟游海上，邂逅一少年律师，一见之余两情即洽，俄而大风雨舟覆，二人胥溺，女濒死犹握律师之发力拔之，卒俱遇救，由是定生死交，爱好之私甚于伉俪而终不及于乱，乃其后又生种种阻力，千磨百折，卒致女为情而死，以身殉情，且以保全律师之名誉。人奇事奇，译笔尤能曲曲描写，缠绵悱恻，哀艳动人。言情小说《洪罕女郎传》，二册定价七角，是书叙一女子始与一贫士相爱悦，欲委身事之，顾中间为家计所逼迫，不得已变计许嫁一硕腹贾贾伧父也，曾未几时，遽尔败约，而贫士适于意外获多金，足相呴沫，女卒归之成佳偶焉，其中情节诙奇，文笔优美，令人阅之娱目快心，允推写情绝构。言情小说《玉雪留痕》，定价四角五分，是书叙一书贾多财而骄，性尤刻薄，一少女著书售之贾，贾刻待之。贾有犹子，心怜少女，弗直贾，贾怒并逐其犹子。后贾因事航海，适与女同舟，舟破，流落荒岛，濒死而悔，少女因感其犹子恩义，竟挺身忍痛刺其遗嘱于背，归国以讼之官，设种种辩驳，复祖背而示公堂，卒争回巨产，而与其犹子成伉俪焉。侠肠义胆，密意深情，色色俱到，诚佳构也。社会小说《橡湖仙影》，三册一元二角，是书为林琴南先生最经意之作，视《迦茵》及《红礁画桨》二书，尤多精彩，哈氏诸书专工言情，其脉络贯串处非而女争一男，即二男争一女，此书则兼而有之，奇情秘事，动盪心魄，至其谐安琪拉之贞操，佳而之痴情，安尼之狠毒阴深，腓力乔治之龌龊鄙猥，尤为极妍尽态，惟妙惟肖，哈氏第一书，亦林氏第一书也。神怪小说《蛮荒志异》，定价大洋六角，是书分上下两卷，上卷历叙斐洲黑人之迷信巫术，装神弄鬼，怪诞荒唐，然亦间有奇验，下卷叙古代腓尼基崇祀妖神及种种离奇事迹，如以色列亲王与圣保女冠之相悦，蛮王之迫胁和亲，奇情异采，光怪陆离，足令阅者骇心悦目。寓言小说《海外轩渠录》，定价三角五分，此书为英国狂生斯为佛特所著，中多寓言，考其著书时正当西历一千七百年，英政犹未美备，作者心有所嗛，故托寓言以致讽，如叙苗裔葛利佛出游探险，身入小人国大人国，历遇种种稀闻罕见之事，刻画形容，惟妙惟肖，嬉笑怒骂皆成文章，而于其间又均具有微旨，令读者时于言外得之。"刊载"本社通告"："一本报各门皆可投稿，短篇小说尤所欢迎。一来稿务祈缮写清楚，并乞将姓名住址及欲得何等酬报详细开示，以便通讯。一如系译稿，请将原书一同掷下，以便核对。一中选者分五等酬谢。甲等每千字五元，乙等每千字四元，丙等每千字三元，丁等每千字二元，戊等每千字一元。一来稿不合者，除长篇立即退还外，其余短篇小说及各种杂稿，概不奉璧。一如有将诗词杂著游记随笔以及美人摄影风景写真惠寄者，本社无任感纫，一经采用，当酌赠本报若干册以答雅意，惟原件概不退还。"《小说月报》中华民国元年四月初版，编辑者小说月报社，发行者小说月报社，印刷所上海北河南路北首宝山路商务印书馆，总发行所上海四马路中市商务印书馆，分售处京师、奉天、龙江、天津、济南、开封、太原、西安、成都、重庆、泸州、长沙、常德、汉口、南昌、芜湖、杭州、福州、广州、潮州商务印书馆分馆。

定价表　费须先惠，逢闰照加

项目		一册	半年六册	全年十二册
定价	现款及兑票	一角五分	八角	一元五角
	邮政票以一二分及一角者为限	一角六分	八角四分	一元五角七分
邮费	本国	一分半	九分	一角八分
	日本	一分半	九分	一角八分
	外国	三分	一角八分	三角六分
广告	等第	地位	一期	半年	全年
	特等	一面	三十元	一百五十元	二百五十元
	上等	一面	二十元	一百元	一百六十元
	普通	一面	十二元	六十元	一百元
		半面	七元	三十五元	六十元

《进步》第六册刊载《撷兰记》第六回，署名"英国项丹原著，澹兮、忧球"。

5月

1日　《东方杂志》第八卷第十一号刊载言情小说《碎琴楼》(续辛亥年第九号)(禁止转载)，何诹，五月；理想小说《新飞艇》(续第九号)(禁止转载)，天游，白话。

同日，《妇女时报》第六号刊载《卖花女郎》，意大利赖莽脱原著，瘦鹃译，白话。续载《虚荣》，卓呆造意，天笑述文，文言。中华民国元年四月初十印刷，中华民国元年五月初一发行。

同日，《申报》之小说栏刊载《饿王之侦探》(六十二)，无名，白话。"自由谈"之小说栏刊载短篇寓言《镇山狐》，(冷)，文言。

同日，《时报》刊载《非洲石壁》，(二百七十三)(冷)，白话。

同日，《民权报》刊载著易堂书局总发行所发售"新出石印《绘图淞滨琐语》"广告。刊载《茉莉花》(续)，朕，文言。刊载《悲秋泪》，巨摩，白话。附张《民权画报》刊载《玉树后庭花》(清季稗史之十三)，水心，文言。

同日，《神州日报》刊载《燃犀录》，愤时，白话章回。

2 日　《申报》之小说栏刊载《饿王之侦探》(六十三)，无名，白话。

同日，《时报》刊载法国革命外史《九十三年》(续)，嚣俄著，东亚病夫译，文言。刊载《非洲石壁》，(二百七十四)(冷)，白话。刊载"原本加批《聊斋志异》出版"广告。

同日，《民权报》刊载《茉莉花》(续)，朕，文言。刊载《悲秋泪》，巨摩，白话。附张《民权画报》刊载《玉树后庭花》(清季稗史之十四)，水心，文言。

3 日　《申报》"自由谈"之小说栏刊载短篇滑稽《不竭之藏》，(颂斌)，文言。

同日，《时报》刊载法国革命外史《九十三年》(续)，嚣俄著，东亚病夫译，文言。刊载《非洲石壁》，(二百七十六)(冷)，白话。刊载《非洲石壁》，(二百九十六)(冷)，白话。

同日，《民权报》刊载《茉莉花》(续)，朕，文言。刊载《悲秋泪》，巨摩，白话。附张《民权画报》刊载记事小说《三云碑》，虞西枕亚，文言。

同日，《新闻报》"趣谈录"之"说书场"栏刊载《新水浒传》，方，章回。

4 日　《民生日报》刊载小说一：革命奇谈《生地狱》(俄国德维齐原著)(祝平译)，文言。小说二：《画船雨》，倦飞，文言。小说三：近事小说《城根狱》（平湖），文言。小说四：侦探小说《海底贼巢》（著者巴枯）（译者种矢），文言。《民生日报》，1912 年 5 月 4 日创办于广州，1913 年 11 月 10 日被龙济光封禁。发行人为陈德芸，编辑人陈仲伟，均为同盟会成员。二陈均为广东新会县外海人、陈少白的族侄。《民生日报》是一些同盟会员创办的商业化经营的报纸，未必是广东军政府或同盟会——国民党的机关报。参见邱捷《1912 年广州〈民生日报〉刊载的〈共产党宣言〉译文》，《中山大学学报》社会科学版，2011 年第六期。

同日，《申报》之小说栏刊载《饿王之侦探》（六十四），无名，白话。"自由谈"之小说栏刊载丑情小说《逐臭夫》（一），（甫），文言。

同日，《民权报》刊载《茉莉花》（续），朕，文言。刊载《悲秋泪》，巨摩，白话。附张《民权画报》刊载记事小说《三云碑》，虞西枕亚，文言。

同日，《神州日报》刊载《燃犀录》，愤时，白话章回。

同日，《新闻报》"趣谈录"之"说书场"栏刊载《新水浒传》，方，章回。

5 日　《申报》之小说栏刊载《饿王之侦探》（六十五），无名，白话。"自由谈"之小说栏刊载丑情小说《逐臭夫》（二），（甫），文言。

同日，《时报》刊载法国革命外史《九十三年》（续），嚣俄著，东亚病夫译，文言。刊载《非洲石壁》，（二百七十七）（冷），白话。

同日，《民权报》刊载《茉莉花》（续），朕，文言。刊载《悲秋泪》，巨摩，白话。附张《民权画报》刊载记事小说《三云碑》，虞西枕亚，文言。

同日，《新闻报》刊载广告："本报小说《白鸽缘》与《新水浒传》分日刊登，阅者注意"。"趣谈录"之"说书场"栏刊载爱情小说《白鸽缘》，白话。

6 日　《民生日报》刊载小说一：革命奇谈：《生地狱》（俄国德维齐原著）（祝平译），文言。小说二：《画船雨》，倦飞，文言。小说三：近事小说《城根狱》（平湖），文言。小说四：侦探小说《海底贼巢》（著者巴枯)(译者种矢),文言。

同日,《申报》之小说栏刊载《饿王之侦探》(六十六),无名,白话。"自由谈"之小说栏刊载短篇小说《剧盗》,(钝根),文言。

同日,《时报》刊载法国革命外史《九十三年》(续),嚣俄著,东亚病夫译,文言。刊载《非洲石壁》,(二百七十八)(冷),白话。

同日,《民权报》刊载《茉莉花》(续),朕,文言。刊载《悲秋泪》,巨摩,白话。附张《民权画报》刊载记事小说《三云碑》,虞西枕亚,文言。刊载"民国唯一之著作《满清稗史》发售预约定期出书广告"。

同日《新闻报》"趣谈录"之"说书场"栏刊载《新水浒传》,方,章回。

7 日 《民生日报》刊载小说一:革命奇谈:《生地狱》(俄国德维齐原著)(祝平译),文言。小说二:《画船雨》,倦飞,文言。小说三:近事小说《城根狱》(平湖),文言。小说四:侦探小说《海底贼巢》(著者巴枯)(译者种矢),文言。

同日,《申报》之小说栏刊载《饿王之侦探》(六十七),无名,白话。"自由谈"之小说栏刊载短篇小说《大跑马》,(爱),文言。《时报》刊载"《小说月报》第三年第一期"广告。刊载法国革命外史《九十三年》(续),嚣俄著,东亚病夫译,文言。刊载"国初秘本《原本红楼梦出版》"广告。刊载《非洲石壁》,(二百七十九)(冷),白话。

同日,《民权报》刊载《茉莉花》(续),朕,文言。刊载《悲秋泪》,巨摩,白话。附张《民权画报》刊载记事小说《三云碑》,虞西枕亚,文言。

同日,《新闻报》"趣谈录"之"说书场"栏刊载爱情小说《白鸽缘》,白话。

8 日 《民生日报》刊载小说一:革命奇谈:《生地狱》(俄国德维齐原著)(祝平译),文言。小说二:《还戒指》(倦飞),文言。小说三:近事小说《城根狱》(平湖),文言。小说四:侦探小说《海底贼巢》(著者巴枯)(译者种矢),文言。

同日，《申报》之小说栏刊载《饿王之侦探》（六十八），无名，白话。"自由谈"之小说栏刊载短篇小说《枕边匣》，（龙），文言。

同日，《时报》刊载法国革命外史《九十三年》（续），嚣俄著，东亚病夫译，文言。刊载《非洲石壁》，（二百八十）（冷），白话。

同日，《民权报》"小说一"栏刊载《茉莉花》（续），朕，文言。刊载"新出石印《绘图淞滨琐语》"广告："天南遯叟王紫铨先生著，先生风流跌宕，著作等身，此作十二卷。以江郎之笔，仿留仙之文……◎中国图书公司又棋盘街南首◎著易堂书局总发行所发售。"刊载"历史小说《唐新语》出版"广告："唐刘肃撰，所记起唐武德之初，迄大历之末，凡分三十门，皆取轶闻旧事谐语奇文有裨劝诫者，为历史小说中不可多得之本。洋装布面字金，定价大洋一元五角，上海四马路老巡捕房东首惠福里内藜光社。""小说二"栏刊载《悲秋泪》（续），巨摩，白话，未完。附刊《民权画报》刊载记事小说《三云碑》（六），虞西枕亚，文言。

同日，《神州日报》刊载《燃犀录》，愤时，白话章回。

同日，《新闻报》"趣谈录"之"说书场"栏刊载《新水浒传》，方，章回。至5月20日止。

9日　《民生日报》刊载小说一：革命奇谈：《生地狱》（俄国德维齐原著）（祝平译），文言。小说二：《还戒指》（倦飞），文言。小说三：近事小说《城根狱》（平湖），文言。小说四：侦探小说《海底贼巢》（著者巴枯）（译者种矢），文言。

同日，《申报》之小说栏刊载《俄王之侦探》（六十九），无名，白话。"自由谈"之小说栏刊载滑稽短篇《误解自由》，（龙），文言；刊载滑稽短篇《戆而黠》，颂斌，文言。

同日，《时报》刊载法国革命外史《九十三年》（续），嚣俄著，东亚病夫译，文言。刊载《非洲石壁》，（二百八十一）（冷），白话。

同日，《民权报》"小说一"栏刊载《茉莉花》（续），朕，文言。刊载"历史小说《唐新语》出版"广告。"小说二"栏刊载《悲秋泪》（续），巨摩，白话，未完。附刊《民权画报》刊载记事小说《三云碑》（七），虞西枕亚，文言。

同日，《神州日报》"小说"栏刊载历史小说《穆珠索郎》，□突，文言。刊载《燃犀录》，愤时，白话章回。

10 日 《民生日报》刊载小说一：革命奇谈：《生地狱》（俄国德维齐原著）（祝平译），文言。小说二：《春女妒》（倦飞），文言。小说三：近事小说《城根狱》（平湖），文言。小说四：侦探小说《海底贼巢》（著者巴枯）（译者种矢），文言。

同日，《申报》之小说栏刊载《俄王之侦探》（七十），无名，白话。"自由谈"之小说栏刊载短篇寓言《桃花郎》，（可民），文言。

同日，《时报》刊载法国革命外史《九十三年》（续），嚣俄著，东亚病夫译，文言。刊载《非洲石壁》，（二百八十二）（冷），白话。

同日，《民权报》"小说一"栏刊载《茉莉花》（续），朕，文言。刊载"新出石印《绘图淞滨琐语》"广告。刊载"历史小说《唐新语》出版"广告。"小说二"栏刊载《悲秋泪》（续），巨摩，白话，未完。附刊《民权画报》刊载记事小说《三云碑》（八），虞西枕亚，文言。

11 日 《民生日报》刊载小说一：革命奇谈：《生地狱》（俄国德维齐原著）（祝平译），文言。小说二：《春女妒》（倦飞），文言。小说三：近事小说《城根狱》（平湖），文言。

同日，《申报》之小说栏刊载《俄王之侦探》（七十一），冷，白话。"自由谈"之小说栏刊载短篇滑稽《渔翁利》，（龙），文言。

同日，《时报》刊载法国革命外史《九十三年》（续），嚣俄著，东亚病夫译，文言。

同日，《民权报》刊载《茉莉花》（续），朕，文言。刊载《悲秋泪》，巨摩，白话。附张《民权画报》刊载记事小说《三云碑》，虞西枕亚，文言。刊载中国图书馆启"明亡之痛《荆驼逸史》"广告。

12 日 《申报》之小说栏刊载《俄王之侦探》（七十二），冷，白话。"自由谈"之小说栏刊载短篇小说《游龙华》，（大联），文言。

同日，《时报》刊载《非洲石壁》，（二百八十三）（冷），白话。刊载

"国初秘本《原本红楼梦出版》"广告。

同日，《民权报》刊载《茉莉花》(续)，朕，文言。刊载《悲秋泪》，巨摩，白话。附张《民权画报》刊载记事小说《三云碑》，虞西枕亚，文言。

13日　《民生日报》刊载小说一：革命奇谈：《生地狱》(俄国德维齐原著)(祝平译)，文言。小说二：《玉郎发》(倦飞)，文言。小说三：近事小说《城根狱》(平湖)，文言。小说四：侦探小说《海底贼巢》(著者巴枯)(译者种矢)，文言。

同日，《申报》之小说栏刊载《俄王之侦探》(七十三)，冷，白话。"自由谈"之小说栏刊载短篇滑稽《尤美》，(颂斌)，文言。

同日，《时报》刊载法国革命外史《九十三年》(续)，嚣俄著，东亚病夫译，文言。刊载《非洲石壁》，(二百八十四)(冷)，白话。

同日，《民权报》刊载《茉莉花》(续)，朕，文言。刊载《悲秋泪》，巨摩，白话。附张《民权画报》刊载记事小说《三云碑》，虞西枕亚，文言。

14日　《民生日报》刊载小说一：革命奇谈：《生地狱》(俄国德维齐原著)(祝平译)，文言。小说二：近事小说《城根狱》(平湖)，文言。小说三：《优姬慧》(倦飞)，文言。小说四：侦探小说《海底贼巢》(著者巴枯)(译者种矢)，文言。

同日，《申报》之小说栏刊载《俄王之侦探》(七十四)，冷，白话。"自由谈"之小说栏刊载短篇小说《贼不二色》，龙，文言。

同日，《时报》刊载法国革命外史《九十三年》(续)，嚣俄著，东亚病夫译，文言。刊载《非洲石壁》，(二百八十五)(冷)，白话。

同日，《民权报》刊载《茉莉花》(续)，朕，文言。刊载《悲秋泪》，巨摩，白话。附张《民权画报》刊载记事小说《三云碑》，虞西枕亚，文言。

15日　《民生日报》刊载小说一：革命奇谈：《生地狱》(俄国德维齐原著)(祝平译)，文言。

同日,《申报》之小说栏刊载《俄王之侦探》(七十五),冷,白话。"自由谈"之小说栏刊载寓言小说《色界伟人》,(立三),文言。

同日,《时报》刊载法国革命外史《九十三年》(续),嚣俄著,东亚病夫译,文言。刊载《非洲石壁》,(二百八十六)(冷),白话。

同日,《民权报》刊载"旧藏秘本言情小说《哀恨集》出版"广告:"此书为侥山主人钱尚濠振芝辑,采取前代白香山苏东坡陆放翁唐伯虎诸大家说部中精粹新颖言情小说,分编哀恨两集,写名士美人则新词妙句,哀艳凄婉,写儿女英雄则剑影眉痕,柔情旖旎,长生殿之传奇,会真记之曲本,此书兼擅其长,间情史中无上妙品也。今经本社于旧藏秘本中抄印发行,全书装订二册,定价大洋六角,总发行上海四马路老巡捕房东首惠福里藜光社广告。"刊载《茉莉花》(续),朕,文言。刊载《悲秋泪》,巨摩,白话。附张《民权画报》刊载记事小说《三云碑》,虞西枕亚,文言。

同日,《神州日报》"小说"栏刊载寓言小说《懒丐》,凤鸣,文言。

16 日 《申报》"自由谈"之小说栏刊载短篇小说《亡国魂》,(朝鲜铁民投稿),文言;刊载短篇滑稽《遏婚》,(龙),文言。

同日,《时报》刊载法国革命外史《九十三年》(续),嚣俄著,东亚病夫译,文言。刊载《非洲石壁》,(二百八十七)(冷),白话。

同日,《大共和日报》刊载"注意,本报附刊大改良"广告,内有小说一栏。附刊刊载短篇冒险小说《楷理亚复国记》,静庵,文言。

同日,《民权报》刊载《茉莉花》(续),朕,文言。刊载《悲秋泪》,巨摩,白话。附张《民权画报》刊载记事小说《三云碑》,虞西枕亚,文言。

17 日 《民生日报》刊载小说一:革命奇谈:《生地狱》(俄国德维齐原著)(祝平译),文言。小说二:社会小说《戎巴尔戎》(鹿鹿译),文言。小说三:近事小说《城根狱》(平湖),文言。小说四:侦探小说《海底贼巢》(著者巴枯)(译者种矢),文言。

同日,《申报》"自由谈"之小说栏刊载短篇滑稽《平等自由》,

（龙），文言。

同日，《时报》刊载法国革命外史《九十三年》（续），嚣俄著，东亚病夫译，文言。

同日，《大共和日报》附刊刊载短篇冒险小说《楷理亚复国记》，静庵，文言。

同日，《民权报》刊载《茉莉花》（续），朕，文言。刊载《悲秋泪》，巨摩，白话。附张《民权画报》刊载记事小说《三云碑》，虞西枕亚，文言。

18 日　《民生日报》刊载小说一：革命奇谈：《生地狱》（俄国德维齐原著）（祝平译），文言。小说二：《赠扇悔》（倦飞）。小说三：近事小说《城根狱》（平湖），文言。小说四：侦探小说《海底贼巢》（著者巴枯）（译者种矢），文言。

同日，《申报》之小说栏刊载《俄王之侦探》，（七十六），无名，白话。"自由谈"之小说栏刊载短篇小说《地方选举镜》，（嘉定二我），文言。

同日，《时报》刊载法国革命外史《九十三年》（续），嚣俄著，东亚病夫译，文言。刊载《非洲石壁》，（二百八十八）（冷），白话。刊载"苦情小说《空谷兰》出版"广告。

同日，《北京新报》"说聊斋"栏开始刊载《聂小倩》，耀亭，白话。

同日，《大共和日报》附刊刊载短篇冒险小说《楷理亚复国记》，静庵，文言。

同日，《民权报》刊载《茉莉花》（续），朕，文言。刊载《悲秋泪》，巨摩，白话。附张《民权画报》刊载记事小说《三云碑》，虞西枕亚，文言。

19 日　《申报》之小说栏刊载《俄王之侦探》，（七十七），无名，白话。"自由谈"之小说栏刊载零碎小说《摹西》，（钝根），文言；刊载零碎小说《五日志委任状》，白话。

同日，《时报》刊载《非洲石壁》，（二百八十九）（冷），白话。

同日，《大共和日报》附刊刊载短篇冒险小说《楷理亚复国记》，静庵，文言。

同日，《民权报》刊载《茉莉花》（续），朕，文言。刊载《悲秋泪》，巨摩，白话。附张《民权画报》刊载义烈小说《鹃娘血》，定夷，文言。

20 日　《民生日报》刊载小说一：革命奇谈：《生地狱》（俄国德维齐原著）（祝平译），文言。小说二《报侠尼》（倦飞），文言。小说三：近事小说《城根狱》（平湖），文言。小说四：社会小说《戎巴尔戎》（鹿鹿译），文言。

同日，《申报》之小说栏刊载《俄王之侦探》，（七十八），无名，白话。"自由谈"之小说栏刊载零碎小说《辱国痛》，（钝根），白话；刊载零碎小说《情丝》，文言。

同日，《时报》刊载《非洲石壁》，（二百九十）（冷），白话。

同日，《大共和日报》附刊刊载短篇冒险小说《楷理亚复国记》，静庵，文言。

同日，《民权报》刊载《茉莉花》（续），朕，文言。刊载《悲秋泪》，巨摩，白话。附张《民权画报》刊载义烈小说《鹃娘血》，定夷，文言。

21 日　《民生日报》刊载小说一：革命奇谈：《生地狱》（俄国德维齐原著）（祝平译），文言。小说二；《珍珠粉》（倦飞），文言。小说三：近事小说《城根狱》（平湖），文言。小说四：社会小说《戎巴尔戎》（鹿鹿译），文言。

同日，《申报》之小说栏刊载《俄王之侦探》，（七十九），无名，白话。"自由谈"之小说栏刊载短篇哀情《旧宫人》，龙，文言。

同日，《时报》刊载法国革命外史《九十三年》（续），嚣俄著，东亚病夫译，文言。刊载《非洲石壁》，（二百九十一）（冷），白话。

同日，《大共和日报》附刊刊载短篇冒险小说《楷理亚复国记》，静庵，文言。

同日，《民权报》刊载《红粉劫》，英国司达握氏著，定夷译，文言。刊载《悲秋泪》，巨摩，白话。附张《民权画报》刊载义烈小说《鹃娘血》，定夷，文言。

同日，《新闻报》"趣谈录"之"说书场"栏刊载《新水浒传》，方，章回。

22 日　《民生日报》刊载小说一：革命奇谈：《生地狱》(俄国德维齐原著)(祝平译)，文言。小说二；《纱宪恨》(倦飞)，文言。小说三：近事小说《城根狱》(平湖)，文言。小说四：社会小说《戎巴尔戎》(鹿鹿译)，文言。

同日，《申报》"自由谈"之小说栏刊载短篇哀情《旧宫人》，(续)，文言。

同日，《时报》刊载法国革命外史《九十三年》(续)，嚣俄著，东亚病夫译，文言。刊载《非洲石壁》，(二百九十二)(冷)，白话。

同日，《大共和日报》附刊刊载短篇冒险小说《楷理亚复国记》，静庵，文言。

同日，《民权报》刊载《红粉劫》，英国司达握氏著，定夷译，文言。刊载《悲秋泪》，巨摩，白话。附张《民权画报》刊载义烈小说《鹃娘血》，定夷，文言。

同日，《神州日报》"小说"栏刊载历史小说《穆珠索郎》，□窆，文言。

同日，《新闻报》"趣谈录"之"说书场"栏刊载爱情小说《白鸽缘》，白话。

23 日　《民生日报》刊载小说一：革命奇谈：《生地狱》(俄国德维齐原著)(祝平译)，文言。小说二；《纱宪恨》(倦飞)，文言。小说三：近事小说《城根狱》(平湖)，文言。小说四：侦探小说《海底贼巢》(著者巴枯)(译者种矢)，文言。

同日，《申报》之小说栏刊载《俄王之侦探》，(八十)，无名，白话。"自由谈"之小说栏刊载短篇小说《难兄难弟》，颂斌，文言。

同日，《时报》刊载法国革命外史《九十三年》(续)，嚣俄著，东亚病夫译，文言。刊载《非洲石壁》，(二百九十三)(冷)，白话。

同日，《大共和日报》附刊刊载短篇冒险小说《楷理亚复国记》，静庵，文言。

同日，《民权报》刊载《红粉劫》，英国司达握氏著，定夷译，文言。刊载《悲秋泪》，巨摩，白话。附张《民权画报》刊载义烈小说《鹃娘血》，定夷，文言。

同日，《神州日报》"小说"栏刊载英国共和外史《血海青莲记》，英米兰特恩著，凫山葛岥道人译，文言。

同日，《新闻报》"趣谈录"之"说书场"栏刊载《新水浒传》，方，章回。

24 日　《民生日报》刊载小说一：革命奇谈：《生地狱》（俄国德维齐原著）（祝平译），文言。小说二；《闺秀泣》（倦飞），文言。小说三：近事小说《城根狱》（平湖），文言。小说四：社会小说《戎巴尔戎》（鹿鹿译），文言。

同日，《申报》之小说栏刊载《俄王之侦探》，（八十一），无名，白话。"自由谈"之小说栏刊载短篇小说《夫妻碰钉子》，泽石，白话，全篇为夫妻对话。

同日，《时报》刊载法国革命外史《九十三年》（续），嚣俄著，东亚病夫译，文言。刊载《非洲石壁》，（二百九十四）（冷），白话。

同日，《大共和日报》附刊刊载《女儿魂》，文言，至 5 月 31 日止。

同日，《民权报》刊载《红粉劫》，英国司达握氏著，定夷译，文言。刊载《悲秋泪》，巨摩，白话。附张《民权画报》刊载义烈小说《鹃娘血》，定夷，文言。

同日，《神州日报》"小说"栏刊载英国共和外史《血海青莲记》，英米兰特恩著，凫山葛岥道人译，文言。

同日，《新闻报》"趣谈录"之"说书场"栏刊载《新水浒传》，方，章回。

25 日　《民生日报》刊载小说一：革命奇谈：《生地狱》（俄国德维齐原著）（祝平译），文言。小说二；《醉偎姨》（倦飞），文言。小说三：

近事小说《城根狱》(平湖)，文言。小说四：侦探小说《海底贼巢》(著者巴枯)(译者种矢)，文言。

同日，《申报》之小说栏刊载《俄王之侦探》，(八十二)，无名，白话。"自由谈"之小说栏刊载短篇写情《落花魂》，(龙)，文言。

同日，《时报》刊载法国革命外史《九十三年》(续)，嚣俄著，东亚病夫译，文言。刊载《非洲石壁》，(二百九十五)(冷)，白话。

同日，《民权报》刊载《红粉劫》，英国司达握氏著，定夷译，文言。刊载《悲秋泪》，巨摩，白话。附张《民权画报》刊载义烈小说《鹃娘血》，定夷，文言。

同日，《神州日报》"小说"栏刊载历史小说《穆珠索郎》，□突，文言。

同日，《新闻报》"趣谈录"之"说书场"栏刊载《新水浒传》，方，章回。

26 日　《申报》之小说栏刊载《俄王之侦探》，(八十三)，无名，白话。"自由谈"之小说栏刊载短篇写情《落花魂》，(续)(龙)，文言。

同日，《时报》刊载"《小说月报》第三年第二期出版"广告。刊载法国革命外史《九十三年》(续)，嚣俄著，东亚病夫译，文言。

同日，《民权报》刊载《红粉劫》，英国司达握氏著，定夷译，文言。刊载《神仙术》，双热，白话。附张《民权画报》刊载义烈小说《鹃娘血》，定夷，文言。

同日，《神州日报》"小说"栏刊载理想滑稽《缩地新术》，乐农，白话。

同日，《新闻报》"趣谈录"之"说书场"栏刊载《新水浒传》，方，章回。

27 日　《民生日报》刊载小说一：革命奇谈：《生地狱》(俄国德维齐原著)(祝平译)，文言。小说二；《敢死女》(倦飞)，文言。小说三：近事小说《城根狱》(平湖)，文言。小说四：侦探小说《海底贼巢》(著者巴枯)(译者种矢)，文言。

同日，《申报》"自由谈"之小说栏刊载短篇写情《落花魂》，（续）（龙），文言。

同日，《时报》刊载法国革命外史《九十三年》(续)，嚣俄著，东亚病夫译，文言。刊载《非洲石壁》，（二百九十六）(冷)，白话。

同日，《民权报》刊载《红粉劫》，英国司达握氏著，定夷译，文言。刊载《神仙术》，双热，白话。附张《民权画报》刊载义烈小说《鹃娘血》，定夷，文言。

同日，《神州日报》"小说"栏刊载英国共和外史《血海青莲记》，英米兰特恩著，凫山葛帔道人译，文言。

同日，《新闻报》"趣谈录"之"说书场"栏刊载爱情小说《白鸽缘》，白话。

28 日　《民生日报》刊载小说一：革命奇谈：《生地狱》(俄国德维齐原著)(祝平译)，文言。

同日，《申报》"自由谈"之小说栏刊载短篇写情《落花魂》，（续）（龙），文言。

同日，《民权报》刊载《红粉劫》，英国司达握氏著，定夷译，文言。刊载《神仙术》，双热，白话。附张《民权画报》刊载义烈小说《鹃娘血》，定夷，文言。

同日，《神州日报》"小说"栏刊载历史小说《穆珠索郎》，□突，文言。

同日，《新闻报》"趣谈录"之"说书场"栏刊载《新水浒传》，方，章回。

29 日　《民生日报》刊载小说二《并马乐》(倦飞)，文言。小说三：近事小说《城根狱》(平湖)，文言。小说四：社会小说《戎巴尔戎》(鹿鹿译)，文言。

同日，《申报》之小说栏刊载《俄王之侦探》，（八十四），无名，白话。"自由谈"之小说栏刊载短篇写情《落花魂》，（续）（龙），文言。

同日，《时报》刊载法国革命外史《九十三年》(续)，嚣俄著，东亚

病夫译，文言。刊载《非洲石壁》，（二百九十五）（冷），白话。

　　同日，《民权报》刊载《红粉劫》，英国司达握氏著，定夷译，文言。刊载《神仙术》，双热，白话。附张《民权画报》刊载义烈小说《鹃娘血》，定夷，文言。

　　同日，《神州日报》"小说"栏刊载历史小说《穆珠索郎》，□突，文言。

　　同日，《新闻报》"趣谈录"之"说书场"栏刊载《新水浒传》，方，章回。

　　30日　《民生日报》刊载小说一：革命奇谈：《生地狱》（俄国德维齐原著）（祝平译），文言。小说二；《七国语》（倦飞），文言。小说三：近事小说《城根狱》（平湖），文言。小说四：侦探小说《海底贼巢》（著者巴枯）（译者种矢），文言。

　　同日，《申报》之小说栏刊载《俄王之侦探》，（八十五），无名，白话。"自由谈"之小说栏刊载短篇写情《落花魂》，（续）（龙），文言。

　　同日，《时报》刊载法国革命外史《九十三年》（续），嚣俄著，东亚病夫译，文言。

　　同日，《民权报》刊载《红粉劫》，英国司达握氏著，定夷译，文言。刊载《神仙术》，双热，白话。附张《民权画报》刊载哀情小说《情海波》，啸庐，文言。

　　同日，《神州日报》"小说"栏刊载英国共和外史《血海青莲记》，英米兰特恩著，凫山葛岐道人译，文言。

　　31日　《民生日报》刊载小说二《七国语》（倦飞），文言。小说三《宦海烟波》（平湖），文言。小说四：社会小说《戎巴尔戎》（鹿鹿译），文言。

　　同日，《申报》之小说栏刊载《俄王之侦探》，（八十六），无名，白话。"自由谈"之小说栏刊载短篇写情《落花魂》，（续）（龙），文言。

　　同日，《民权报》刊载《红粉劫》，英国司达握氏著，定夷译，文言。刊载《神仙术》，双热，白话。附张《民权画报》刊载哀情小说《情海波》，啸庐，文言。

同日，《神州日报》"小说"栏刊载英国共和外史《血海青莲记》，英米兰特恩著，凫山葛岥道人译，文言。

同日，《新闻报》"趣谈录"之"说书场"栏刊载《新水浒传》，方，章回。

发生于本月但日期不详之事件

《新世界》第一期刊载"理想小说"《新村》第一回，署名"煮尘"，章回体。社会科学综合性刊物。中国社会党绍兴部主办。

《进步》第七册刊载《撷兰记》第七回。

《小说月报》第三年第二期"短篇小说"栏刊载《孽海暗潮》，铁樵，文言；刊载家庭小说《秋扇影》，欧云，署"本英人爱塞宾奈尔戏剧"，文言；刊载《鬼语》，潜夫选译法文小说丛录，"本书译英人迭更司原著"，白话。"长篇小说"栏刊载历史小说《卢宫秘史》，英国恩苏霍伯原著，作霖甘永龙、文彬朱炳勋同译，文言；刊载哀情小说《劫花惨史》，指严，文言；刊载《鹭莲债券》，"本社征文当选"，美国基鹭舒荣原著，闽明孙沈敏译，文言。

6 月

1 日　《东方杂志》第八卷第十二号刊载言情小说《碎琴楼》，何诹，五月；理想小说《新飞艇》，天游，白话；《五十故事》之《堤河之磨麪郎》，东吴旧孙，五月。

同日，《大公报》刊载"短篇小说"《新民国剿匪记》，无妄，白话。

同日，《民生日报》刊载小说二《七国语》，倦飞，文言。小说三《燕巢破》（飞），文言。小说四：侦探小说《海底贼巢》（著者巴枯）（译者种矢），文言。

同日，《申报》之小说栏刊载《俄王之侦探》，（八十七），无名，白话。"自由谈"之小说栏刊载短篇写情《落花魂》，（续）（龙），文言。

同日，《时报》刊载滑稽小说《我是苍蝇》，（苍蝇），白话。刊载《灵蛇发》，（笑），（一），白话。

同日，《民权报》刊载《红粉劫》，英国司达握氏著，定夷译，文言。刊载《神仙术》，双热，白话。附张《民权画报》刊载哀情小说《情海波》，啸庐，文言。

同日，《神州日报》"小说"栏刊载英国共和外史《血海青莲记》，英米兰特恩著，凫山葛帔道人译，文言。

同日，《新闻报》"趣谈录"之"说书场"栏刊载《新水浒传》，方，章回。

2 日 《新世界》第二期刊载"理想小说"《新村》第二回，署名"煮尘"，章回体。刊载《商界现形记》广告："上海系通商巨埠，为富商巨贾所麕集，于此起家者固多，而破产者亦不少，惟破产诸商未必因所业之亏折，大半皆流连颠倒于粉白黛绿丛中，以致一落千丈，莫可救药也。是书序述此等现象，使一般被狐媚之人皆可以作龟鉴，诚迷津之宝筏、黑夜之明灯。至文笔之巧妙灵活，叙事之曲折含蓄，趣味盎然，令人阅之忘倦，比之《官场现形记》有过之无不及，茶余酒后，诚宜人手一编，现特托新世界杂志社代为售卖。定价壹元贰角，批发格外从廉，欲阅者速往购诸。商业社会启。"刊载《自由泪》广告："是书叙一青年妇人极有才学，因所事非人，居恒郁郁，遇一才学相等之男子，遂自由恋爱，嗣为旧社会所不容，竟至身败名裂，一则白罗丈二，一则黑狱三年死别生离，读之凄惨欲绝，令人堕泪，诚写情之杰作也。新世界杂志社代售。商业社会启。"《新世界》第二期，中华民国元年六月初二日出版，日本明治四十五年，定价洋一角，编辑人煮尘客（据王炯华《煮尘与民国初年马克思主义的介绍》考"煮尘"即王缁尘），发行人周继香，印刷所上海六马路东新桥北首吉庆坊国光印刷所，发行处各处社会党，寄售处各处大书庄，总发行所上海法大马路自来火行西街五百三十七号新世界杂志社。

同日，《大公报》刊载"短篇小说"《新民国剿匪记》(续)，无妄，白话。《申报》之小说栏刊载《俄王之侦探》，(八十八)，无名，白话。"自由谈"之小说栏刊载《警察揩油》，(龙)，文言；刊载短篇写情《落花魂》，(续)(龙)，文言。

同日，《时报》刊载滑稽小说《我是苍蝇》，(苍蝇)，(续)，白话。刊载《灵蛇发》，(笑)，(二)，白话。

同日，《民权报》刊载《红粉劫》，英国司达握氏著，定夷译，文言。刊载《神仙术》，双热，白话。附张《民权画报》刊载哀情小说《情海波》，啸庐，文言。

同日，《神州日报》"小说"栏刊载短篇小说《胶东侠》，福，文言。

同日，《新闻报》"趣谈录"之"说书场"栏刊载《新水浒传》，方，章回。

3 日　《大公报》刊载"短篇小说"《新民国剿匪记》(再续)，无妄，白话。

同日，《民生日报》刊载小说一，短篇小说《骗医骗》，文言。小说二《七国语》。小说三《宦海烟波》。小说四《戎巴尔戎》。

同日，《申报》之小说栏刊载《俄王之侦探》，(八十九)，无名，白话。"自由谈"之小说栏刊载短篇小说《追悼会》，(榴花轩主)，文言；刊载短篇写情《落花魂》(十)(龙)，文言。

同日，《时报》刊载滑稽小说《我是苍蝇》，(苍蝇)，(三)，白话。刊载《灵蛇发》，(笑)，(三)，白话。

同日，《民权报》刊载《红粉劫》，英国司达握氏著，定夷译，文言。刊载《薄命花》，拙莽，文言。附张《民权画报》刊载哀情小说《情海波》，啸庐，文言。

同日，《神州日报》"小说"栏刊载英国共和外史《血海青莲记》，英米兰特恩著，凫山葛帔道人译，文言。

同日，《新闻报》"趣谈录"之"说书场"栏刊载爱情小说《白鸽缘》，白话。

4日　《大公报》刊载"短篇小说"《新民国剿匪记》（三续），无妄，白话。

同日，《民生日报》刊载小说一《生地狱》。小说二《衣香恋》（倦飞），文言。小说三《宦海烟波》。小说四《海底贼巢》。

同日，《申报》之小说栏刊载《俄王之侦探》，（九十），无名，白话。"自由谈"之小说栏刊载短篇写情《落花魂》，（十一）（龙），文言。

同日，《时报》刊载滑稽小说《我是苍蝇》，（苍蝇），（四），白话。刊载《灵蛇发》，（笑），（四），白话。

同日，《民权报》刊载《红粉劫》，英国司达握氏著，定夷译，文言。刊载《薄命花》，拙荞，文言。附张《民权画报》刊载哀情小说《情海波》，啸庐，文言。

同日，《神州日报》"小说"栏刊载英国共和外史《血海青莲记》，英米兰特恩著，凫山葛帔道人译，文言。

同日，《新闻报》"趣谈录"之"说书场"栏刊载《新水浒传》，方，章回。

5日　《大公报》刊载"短篇小说"《新民国剿匪记》（四续），无妄，白话。

同日，《民生日报》刊载小说一《生地狱》。小说二《衣香恋》。小说三《宦海烟波》。小说四《戎巴尔戎》。

同日，《申报》之小说栏刊载《俄王之侦探》，（九十一），无名，白话。"自由谈"之小说栏刊载短篇写情《落花魂》，（十二）（龙），文言。

同日，《时报》刊载法国革命外史《九十三年》（续），嚣俄著，东亚病夫译，文言。刊载《灵蛇发》，（笑），（五），白话。

同日，《北京新报》"余生纪略"栏开始刊载《边大绶》，葆辰，白话。

同日，《民权报》刊载《红粉劫》，英国司达握氏著，定夷译，文言。

刊载《薄命花》，拙荞，文言。附张《民权画报》刊载哀情小说《情海波》，啸庐，文言。

同日，《神州日报》“小说”栏刊载历史小说《穆珠索郎》，□窔，文言。

同日，《新闻报》“趣谈录”之“说书场”栏刊载《新水浒传》，方，章回。

6 日　《大公报》刊载“短篇小说”《新民国剿匪记》(五续)，无妄，白话。《民生日报》刊载小说一《伪珠花》，文言。小说二《买妾癖》，倦飞，文言。小说三《宦海烟波》。小说四《海底贼巢》。

同日，《申报》之小说栏刊载《俄王之侦探》，(九十二)，无名，白话。“自由谈”之小说栏刊载短篇写情《落花魂》，(十三)(龙)，文言。

同日，《时报》刊载法国革命外史《九十三年》(续)，嚣俄著，东亚病夫译，文言。刊载《灵蛇发》，(笑)，(六)，白话。

同日，《民权报》“小说”栏刊载《賈玉怨》(定夷)，白话章回。刊载《薄命花》，拙荞，文言。附张《民权画报》刊载哀情小说《情海波》，啸庐，文言。

同日，《神州日报》“小说”栏刊载英国共和外史《血海青莲记》，英米兰特恩著，凫山葛帔道人译，文言。

同日，《新闻报》“趣谈录”之“说书场”栏刊载爱情小说《白鸽缘》，白话。

7 日　《大公报》刊载“短篇小说”《新民国剿匪记》(六续)，无妄，白话，已完。《民生日报》刊载小说一《伪珠花》。小说二《读书孀》，倦飞，文言。小说三《宦海烟波》。小说四《戎巴尔戎》。

同日，《申报》之小说栏刊载《俄王之侦探》，(九十三)，无名，白话。“自由谈”之小说栏刊载短篇写情《落花魂》，(十四)(龙)，文言。

同日，《时报》刊载法国革命外史《九十三年》(续)，嚣俄著，东亚病夫译，文言。刊载《灵蛇发》，(笑)，(七)，白话。

同日，《民权报》刊载《红粉劫》，英国司达握氏著，定夷译，文言。

刊载《薄命花》，拙荞，文言。附张《民权画报》刊载哀情小说《情海波》，啸庐，文言。

同日，《神州日报》"小说"栏刊载英国共和外史《血海青莲记》，英米兰特恩著，凫山葛帔道人译，文言。

同日，《新闻报》"趣谈录"之"说书场"栏刊载《新水浒传》，方，章回。

8日 《民生日报》刊载小说一《娇滴滴》，倦飞，文言。小说二《戎巴尔戎》。小说三《宦海烟波》。小说四《海底贼巢》。

同日，《申报》之小说栏刊载《俄王之侦探》，（九十四），无名，白话。"自由谈"之小说栏刊载短篇小说《守财奴》，（铁血），文言；刊载短篇写情《落花魂》，（十五）（龙），文言。

同日，《时报》刊载法国革命外史《九十三年》(续)，嚣俄著，东亚病夫译，文言。刊载《灵蛇发》，（笑），（八），白话。

同日，《民权报》"小说"栏刊载《賨玉怨》(定夷)，白话章回。刊载《薄命花》，拙荞，文言。附张《民权画报》刊载纪事小说《罗娘小史》，啸庐，文言。

同日，《神州日报》"小说"栏刊载历史小说《穆珠索郎》，□窔，文言。

同日，《新闻报》"趣谈录"之"说书场"栏刊载爱情小说《白鸽缘》，白话。

9日 《申报》"自由谈"之小说栏刊载短篇小说《骗骗》，（龙），文言。

同日，《时报》刊载法国革命外史《九十三年》(续)，嚣俄著，东亚病夫译，文言。刊载《灵蛇发》，(笑)，（九），白话。

同日，《民权报》刊载《红粉劫》，英国司达握氏著，定夷译，文言。刊载《薄命花》，拙荞，文言。附张《民权画报》刊载纪事小说《罗娘小史》，啸庐，文言。

同日，《神州日报》"小说"栏刊载历史小说《穆珠索郎》，□窔，文言。

同日，《新闻报》"趣谈录"之"说书场"栏刊载《新水浒传》，方，章回。

10 日　《民生日报》刊载小说一《生地狱》。小说二《曲尺婚》，倦飞，文言。小说三《□中凤》，姑存，文言。小说四《戎巴尔戎》。

同日，《申报》"自由谈"之小说栏刊载短篇小说《骗骗》，（续）（龙），文言。

同日，《时报》刊载法国革命外史《九十三年》(续)，嚣俄著，东亚病夫译，文言。刊载《灵蛇发》，（笑），（十），白话。

同日，《民权报》"小说"栏刊载《賨玉怨》(定夷)，白话章回。刊载《薄命花》，拙莽，文言。附张《民权画报》刊载纪事小说《罗娘小史》，啸庐，文言。

同日，《神州日报》"小说"栏刊载短篇小说《专制国之女侠》，无名，文言。

同日，《新闻报》"趣谈录"之"说书场"栏刊载《新水浒传》，方，章回。

11 日　《民生日报》刊载小说一《□中凤》，姑存，文言。小说二《宦海烟波》。小说三《海底贼巢》。

同日，《申报》之小说栏刊载《俄王之侦探》，（九十五），无名，白话。"自由谈"之小说栏刊载短篇滑稽《米袋老公》，钝根，白话。

同日，《时报》刊载法国革命外史《九十三年》(续)，嚣俄著，东亚病夫译，文言。刊载《灵蛇发》，（笑），（十一），白话。

同日，《民权报》刊载《红粉劫》，英国司达握氏著，定夷译，文言。刊载《薄命花》，拙莽，文言。附张《民权画报》刊载纪事小说《罗娘小史》，啸庐，文言。

同日，《神州日报》"小说"栏刊载历史小说《穆珠索郎》，□窔，文言。

同日，《新闻报》"趣谈录"之"说书场"栏刊载爱情小说《白鸽缘》，白话。

12 日　《民生日报》刊载小说一《戎巴尔戎》。小说二《曲尺婚》。小说三《宦海烟波》。小说四《海底贼巢》。《申报》之小说栏刊载《俄王之侦探》，（九十六），无名，白话。"自由谈"之小说栏刊载短篇寓言《恶奴》，龙，文言；刊载短篇滑稽《开会记》，铁血，文言。

同日，《时报》刊载法国革命外史《九十三年》(续)，嚣俄著，东亚病夫译，文言。刊载《灵蛇发》，（笑），（十二），白话。

同日，《民权报》"小说"栏刊载《賣玉怨》(定夷)，白话章回。刊载《薄命花》，拙荓，文言。附张《民权画报》刊载纪事小说《罗娘小史》，啸庐，文言。

同日，《神州日报》"小说"栏刊载历史小说《穆珠索郎》，□窆，文言。

同日，《新闻报》"趣谈录"之"说书场"栏刊载《新水浒传》，方，章回。

13 日　《民生日报》刊载小说一《生地狱》。小说二《我刚来》，倦飞，文言。小说三《宦海烟波》。小说四《海底贼巢》。

同日，《申报》之小说栏刊载《俄王之侦探》，（九十七），无名，白话。"自由谈"之小说栏刊载短篇滑稽《我害他》，钝根，白话。

同日，《时报》刊载《灵蛇发》，（笑），（十三），白话。

同日，《民权报》刊载《红粉劫》，英国司达握氏著，定夷译，文言。刊载《薄命花》，拙荓，文言。附张《民权画报》刊载纪事小说《罗娘小史》，啸庐，文言。

同日，《神州日报》"小说"栏刊载英国共和外史《血海青莲记》，英米兰特恩著，凫山葛岥道人译，文言。

同日，《新闻报》"趣谈录"之"说书场"栏刊载《新水浒传》，方，章回。

14 日　《民生日报》刊载小说一《戎巴尔戎》。小说二《书痴痴》，倦飞，文言。小说三《宦海烟波》。小说四《海底贼巢》。

同日，《申报》之小说栏刊载《俄王之侦探》，（九十八），无名，白话。"自由谈"之小说栏刊载短篇小说《爱国丐》，（炼则），文言；刊载短篇小说《离婚捷径》，（龙），文言。

同日，《时报》刊载《灵蛇发》，（笑），（十四），白话。

同日，《民权报》"小说"栏刊载《賨玉怨》（定夷），白话章回。刊载《薄命花》，拙荞，文言。附张《民权画报》刊载纪事小说《罗娘小史》，啸庐，文言。

同日，《神州日报》"小说"栏刊载纪事短篇小说《巢中女》，龙，文言。

同日，《新闻报》"趣谈录"之"说书场"栏刊载爱情小说《白鸽缘》，白话。

15 日　《民权画报》刊载《孤儿泪》，署名"铁冷，至 7 月 15 日止。

同日，《民生日报》刊载小说《生地狱》。小说二《好过嫁》，倦飞，文言。小说三《宦海烟波》。小说四《海底贼巢》。

同日，《申报》之小说栏刊载《俄王之侦探》，（九十九），无名，白话。"自由谈"之小说栏刊载短篇滑稽《贫富交》，瀑石，白话；刊载短篇小说《离婚捷径》(续)，龙，文言。

同日，《时报》刊载法国革命外史《九十三年》（续），嚣俄著，东亚病夫译，文言。刊载《灵蛇发》，（笑），（十五），白话。

同日，《民权报》刊载《红粉劫》，英国司达握氏著，定夷译，文言。刊载《薄命花》，拙荞，文言。附张《民权画报》刊载《孤儿泪》，铁冷，文言。

同日，《新闻报》"趣谈录"之"说书场"栏刊载《新水浒传》，方，章回。

16 日　《申报》之小说栏刊载《俄王之侦探》（一百），无名，白话。"自由谈"之小说栏刊载短篇小说《鞋匠大尉》，龙，文言；刊载滑稽短篇《扯皮条》，（杜），白话。

同日，《时报》刊载《灵蛇发》，（笑），（十六），白话。

同日，《民权报》"小说"栏刊载《賨玉怨》(定夷)，白话章回。刊载《薄命花》，拙莽，文言。附张《民权画报》刊载《孤儿泪》，铁冷，文言。刊载"《小说月报》第三年第三期出版"广告。

同日，《神州日报》"小说"栏刊载哀情小说《鄱阳怨》，芜城女士，文言。

同日，《新闻报》"趣谈录"之"说书场"栏刊载《新水浒传》，方，章回。

17日 《民生日报》刊载小说一《生地狱》。小说二《有妻苦》，倦飞，文言。小说三《宦海烟波》。小说四《海底贼巢》。

同日，《申报》之小说栏刊载《俄王之侦探》(一百一)，无名，白话。"自由谈"之小说栏刊载神怪小说《鼠王》，(龙)，文言；刊载短篇滑稽《龟与鹤》，(炎)，文言。

同日，《时报》刊载《灵蛇发》，(笑)，(十七)，白话。

同日，《大共和日报》附刊刊载《幽梦影》，白话章回。

同日，《民权报》刊载《红粉劫》，英国司达握氏著，定夷译，文言。刊载《薄命花》，拙莽，文言。附张《民权画报》刊载《孤儿泪》，铁冷，文言。

同日，《神州日报》"小说"栏刊载哀情小说《鄱阳怨》，芜城女士，文言。

同日，《新闻报》"趣谈录"之"说书场"栏刊载《新水浒传》，方，章回。

18日 《民生日报》刊载小说一《木马奇谈》，著者小波，译者鹿鹿，文言，小说《女体操》，倦飞，文言，小说三《宦海烟波》。

同日，《申报》"自由谈"之小说栏刊载短篇滑稽《获盗新策》，(醒吾)，文言。

同日，《时报》刊载法国革命外史《九十三年》(续)，嚣俄著，东亚病夫译，文言。刊载《灵蛇发》，(笑)，(十八)，白话。

同日，《民权报》"小说"栏刊载《賨玉怨》(定夷)，白话章回。刊载

《薄命花》，拙莽，文言。附张《民权画报》刊载《孤儿泪》，铁冷，文言。

同日，《神州日报》"小说"栏刊载英国共和外史《血海青莲记》，英米兰特恩著，凫山葛岥道人译，文言。

同日，《新闻报》"趣谈录"之"说书场"栏刊载《新水浒传》，方，章回。

19 日　《民生日报》刊载小说一《生地狱》，小说二《卖画郎》，倦飞，文言，小说三《宦海烟波》，小说四《餐角黍》，飞，文言。

同日，《申报》之小说栏刊载时事小说《爱国捐》，（有名），文言。"自由谈"之小说栏刊载短篇滑稽《钟馗》，钝根，白话。《时报》刊载法国革命外史《九十三年》（续），嚣俄著，东亚病夫译，文言。刊载《灵蛇发》，（笑），（十九），白话。

同日，《民权报》刊载《红粉劫》，英国司达握氏著，定夷译，文言。刊载《薄命花》，拙莽，文言。附张《民权画报》刊载《孤儿泪》，铁冷，文言。

同日，《神州日报》"小说"栏刊载英国共和外史《血海青莲记》，英米兰特恩著，凫山葛岥道人译，文言。

同日，《新闻报》"趣谈录"之"说书场"栏刊载爱情小说《白鸽缘》，白话。

20 日　《申报》之小说栏刊载《俄王之侦探》（一百二），无名，白话。"自由谈"之小说栏刊载短篇滑稽《钟馗》，（续）（钝根），白话。

同日，《时报》刊载法国革命外史《九十三年》（续），嚣俄著，东亚病夫译，文言。刊载《灵蛇发》，（笑），（二十），白话。

同日，《民权报》"小说"栏刊载《賣玉怨》（定夷），白话章回。刊载《薄命花》，拙莽，文言。附张《民权画报》刊载《孤儿泪》，铁冷，文言。

同日，《神州日报》"小说"栏刊载英国共和外史《血海青莲记》，英米兰特恩著，凫山葛岥道人译，文言。

同日，《新闻报》"趣谈录"之"说书场"栏刊载爱情小说《白鸽缘》，白话。

21 日　《民生日报》刊载小说一《木马奇谈》，小说二《烟侥俪》，倦飞，文言，小说三《宦海烟波》。

同日，《申报》之小说栏刊载《俄王之侦探》(一百三)，无名，白话。"自由谈"之小说栏刊载短篇滑稽《钟馗》，(再续)(钝根)，白话。

同日，《时报》刊载《灵蛇发》，(笑)，(二十一)，白话。

同日，《大共和日报》附刊刊载政治小说《巴黎秘密党》，静庵润辞、健鹤评点，白话。有眉批。

同日，《民权报》刊载《红粉劫》，英国司达握氏著，定夷译，文言。刊载《薄命花》，拙荟，文言。附张《民权画报》刊载《孤儿泪》，铁冷，文言。

同日，《神州日报》"小说"栏刊载英国共和外史《血海青莲记》，英米兰特恩著，凫山葛岥道人译，文言。

同日，《新闻报》"趣谈录"之"说书场"栏刊载《新水浒传》，方，章回。

22 日　《民生日报》刊载小说一《生地狱》，小说二《烟侥俪》，小说三《宦海烟波》，小说四《海底贼巢》。

同日，《申报》"自由谈"之小说栏刊载短篇滑稽《钟馗》，(三续)(钝根)，白话。

同日，《时报》刊载法国革命外史《九十三年》(续)，嚣俄著，东亚病夫译，文言。刊载《灵蛇发》，(笑)，(二十二)，白话。

同日，《大共和日报》附刊刊载政治小说《巴黎秘密党》，静庵润辞、健鹤评点，白话。有眉批。

同日，《民权报》"小说"栏刊载《寰玉怨》(定夷)，白话章回。刊载《薄命花》，拙荟，文言。附张《民权画报》刊载《孤儿泪》，铁冷，文言。

同日，《神州日报》"小说"栏刊载哀情小说《鄱阳怨》，芜城女士，文言。

同日，《新闻报》"趣谈录"之"说书场"栏刊载爱情小说《白鸽缘》，白话。

23 日　《申报》之小说栏刊载《俄王之侦探》（一百四），无名，白话。"自由谈"之小说栏刊载短篇滑稽《钟馗》，（四续）（钝根），白话。

同日，《时报》刊载法国革命外史《九十三年》（续），嚣俄著，东亚病夫译，文言。刊载《灵蛇发》，（笑），（二十三），白话。

同日，《大共和日报》附刊刊载政治小说《巴黎秘密党》，静庵润辞、健鹤评点，白话。有眉批。

同日，《民权报》刊载《红粉劫》，英国司达握氏著，定夷译，文言。刊载《薄命花》，拙荠，文言。附张《民权画报》刊载《孤儿泪》，铁冷，文言。

同日，《神州日报》"小说"栏刊载哀情小说《鄱阳怨》，芜城女士，文言。

同日，《新闻报》"趣谈录"之"说书场"栏刊载《新水浒传》，方，章回。

24 日　《民生日报》刊载小说一《木马奇谈》，小说二《拒择继》，倦飞，文言，小说三《望裏菱仙》，平湖，文言，小说四《海底贼巢》。

同日，《申报》之小说栏刊载《俄王之侦探》（一百五），无名，白话。"自由谈"之小说栏刊载短篇滑稽《钟馗》，（五续）（钝根），白话。

同日，《时报》刊载法国革命外史《九十三年》（续），嚣俄著，东亚病夫译，文言。刊载《灵蛇发》，（笑），（二十四），白话。

同日，《大共和日报》附刊刊载政治小说《巴黎秘密党》，静庵润辞、健鹤评点，白话。有眉批。

同日，《民权报》"小说"栏刊载《霉玉怨》（定夷），白话章回。刊载《薄命花》，拙荠，文言。附张《民权画报》刊载《孤儿泪》，铁冷，文言。

同日，《神州日报》"小说"栏刊载历史小说《穆珠索郎》，□叟，文言。

同日,《新闻报》"趣谈录"之"说书场"栏刊载《新水浒传》,方,章回。

25 日 《民生日报》刊载小说一《电灯婚》,倦飞,文言,小说二《望裹菱仙》,文言,小说三《海底贼巢》。

同日,《申报》之小说栏刊载《俄王之侦探》(一百六),无名,白话。"自由谈"之小说栏刊载短篇滑稽《月下老人辞职》,(瀑石),白话;刊载短篇小说《衣食饭碗》,(聪),白话。

同日,《时报》刊载法国革命外史《九十三年》(续),嚣俄著,东亚病夫译,文言。刊载《灵蛇发》,(笑),(二十五),白话。

同日,《大共和日报》附刊刊载政治小说《巴黎秘密党》,静庵润辞、健鹤评点,白话。有眉批。

同日,《民权报》刊载《红粉劫》,英国司达握氏著,定夷译,文言。刊载《薄命花》,拙莽,文言。附张《民权画报》刊载《孤儿泪》,铁冷,文言。

同日,《神州日报》"小说"栏刊载历史小说《穆珠索郎》,□突,文言。

同日,《新闻报》"趣谈录"之"说书场"栏刊载《新水浒传》,方,章回。

26 日 《民生日报》刊载小说一《木马奇谈》,小说二《壁间影》,倦飞,文言,小说三《望裹菱仙》,文言,小说四《海底贼巢》。

同日,《申报》"自由谈"之小说栏刊载社会短篇《得其半》,(龙),文言。

同日,《时报》刊载法国革命外史《九十三年》(续),嚣俄著,东亚病夫译,文言。刊载《灵蛇发》,(笑),(二十六),白话。

同日,《大共和日报》附刊刊载政治小说《巴黎秘密党》,静庵润辞、健鹤评点,白话。有眉批。

同日,《民权报》"小说"栏刊载《賣玉怨》(定夷),白话章回。刊载

《薄命花》，拙荂，文言。附张《民权画报》刊载《孤儿泪》，铁冷，文言。

同日，《神州日报》"小说"栏刊载哀情小说《鄱阳怨》，芜城女士，文言。《新闻报》"趣谈录"之"说书场"栏刊载《新水浒传》，方，章回。

27 日　《民生日报》刊载小说一《长短人》，倦飞，文言，小说二《望裹菱仙》，文言，小说三《海底贼巢》。

同日，《申报》"自由谈"之小说栏刊载短篇诙谐《洗衣匠》，（龙），文言。

同日，《时报》刊载法国革命外史《九十三年》（续），嚣俄著，东亚病夫译，文言。刊载《灵蛇发》，（笑），（二十七），白话。

同日，《大共和日报》附刊刊载政治小说《巴黎秘密党》，静庵润辞、健鹤评点，白话。有眉批。

同日，《民权报》刊载《红粉劫》，英国司达握氏著，定夷译，文言。刊载《薄命花》，拙荂，文言。附张《民权画报》刊载《孤儿泪》，铁冷，文言。

同日，《神州日报》"小说"栏刊载哀情小说《鄱阳怨》，芜城女士，文言。

同日，《新闻报》"趣谈录"之"说书场"栏刊载滑稽小说《覆辙鉴》，楼，白话章回。

28 日　《民生日报》刊载小说一《生地狱》，小说二《怕一妻》，倦飞，文言，小说三《望裹菱仙》，小说四《林氏》，文言。

同日，《申报》"自由谈"之小说栏刊载短篇小说《民政署》，（龙去冬作），文言。《时报》刊载法国革命外史《九十三年》（续），嚣俄著，东亚病夫译，文言。刊载《灵蛇发》，（笑），（二十八），白话。

同日，《大共和日报》附刊刊载政治小说《巴黎秘密党》，静庵润辞、健鹤评点，白话。有眉批。

同日，《民权报》"小说"栏刊载《賨玉怨》（定夷），白话章回。刊载《薄命花》，拙荂，文言。附张《民权画报》刊载《孤儿泪》，铁冷，文言。

同日，《神州日报》"小说"栏刊载哀情小说《鄱阳怨》，芜城女士，文言。

同日，《新闻报》"趣谈录"之"说书场"栏刊载滑稽小说《覆辙鉴》，楼，白话章回。

29 日　《民生日报》刊载小说一《木马奇谈》，小说二《品茶恼》，倦飞，文言，小说三《望裹菱仙》，文言，小说四《海底贼巢》。

同日，《申报》之小说栏刊载《俄王之侦探》（一百七），（无民），白话。"自由谈"之小说栏刊载苦情短篇《半碗饭》，（瀑石），白话。

同日，《时报》刊载法国革命外史《九十三年》（续），嚣俄著，东亚病夫译，文言。刊载《灵蛇发》，（笑），（二十九），白话。

同日，《大共和日报》附刊刊载政治小说《巴黎秘密党》，静庵润辞、健鹤评点，白话。有眉批。

同日，《民权报》刊载《红粉劫》，英国司达握氏著，定夷译，文言。刊载《薄命花》，拙荦，文言。附张《民权画报》刊载《孤儿泪》，铁冷，文言。

同日，《神州日报》"小说"栏刊载哀情小说《鄱阳怨》，芜城女士，文言。

同日，《新闻报》"趣谈录"之"说书场"栏刊载《新水浒传》，方，章回。

30 日　《申报》"自由谈"之小说栏刊载诙谐短篇《新人物自述》，（党员），白话；刊载短篇小说《毒虫大会》，（静□），文言。

同日，《时报》刊载法国革命外史《九十三年》（续），嚣俄著，东亚病夫译，文言。刊载《灵蛇发》，（笑），（三十），白话。

同日，《大共和日报》附刊刊载政治小说《巴黎秘密党》，静庵润辞、健鹤评点，白话。有眉批。

同日，《民权报》"小说"栏刊载《賨玉怨》（定夷），白话章回。刊载《薄命花》，拙荦，文言。附张《民权画报》刊载《孤儿泪》，铁冷，文言。

同日，《神州日报》"小说"栏刊载哀情小说《鄱阳怨》，芜城女士，文言。

同日，《新闻报》"趣谈录"之"说书场"栏刊载滑稽小说《覆辙鉴》，楼，白话章回。

发生于本月但日期不详之事件

《促进报》第二期刊载社会小说《甬水鉴》，署名"语冰"。《促进报》宁波社会公益促进会出版。

《进步》第八册刊载《撷兰记》第八回。

《小说月报》第三年第三期"短篇小说"栏刊载寓言小说《壹元银币之旅行谈》（虞灵靖之），文言；刊载言情小说《文字姻缘》，樾侯原稿，铁樵，文言；刊载科学小说《秘密室》，桌呆，白话。"长篇小说"栏刊载历史小说《卢宫秘史》，英国恩苏霍伯原著，作霖甘永龙、文彬朱炳勋同译，文言。刊载"壬子年春季出版新书目表"，内有小本小说《华生包探案》。"长篇小说"栏刊载哀情小说《劫花惨史》，指严，文言；刊载《鹭莲债券》，"本社征文当选"，美国基鹭舒荣原著，闽明孙沈敏译，文言。"新剧"栏刊载哀情小说《莺儿》，啸天生意译，文言。

7 月

1 日　《东方杂志》第九卷第一号刊载《五十故事》之《杯水死大将》《不重伤》，东吴旧孙，文言。

同日，《民生日报》刊载小说一《催眠术医病》，文言，小说二《画师福》，倦飞，文言，小说三《望裹菱仙》，文言，小说四《海底贼巢》。

同日，《申报》小说栏刊载《俄王之侦探》（一百八），（无名），白话。"自由谈"之小说栏刊载家庭小说《多疑郎》，（颂斌译），文言；刊载短篇小说《毒虫大会》，（静□），（续），文言。

同日，《时报》刊载法国革命外史《九十三年》(续)，嚣俄著，东亚病夫译，文言。刊载《灵蛇发》，（笑），（三十一），白话。

同日，《民权报》"小说"栏刊载《賈玉怨》(定夷)，白话章回。刊载《薄命花》，拙莽，文言。附张《民权画报》刊载《孤儿泪》，铁冷，文言。

同日，《神州日报》"小说"栏刊载哀情小说《鄱阳怨》，芜城女士，文言。

同日，《新闻报》"趣谈录"之"说书场"栏刊载《新水浒传》，方，章回。

2 日　《民生日报》刊载小说一《催眠术医病》，文言，小说二《画师福》，倦飞，文言，小说三《望裹菱仙》，文言。

同日，《申报》"自由谈"之小说栏刊载家庭小说《多疑郎》，（续），颂斌译，文言；短篇滑稽《臭虫》，（铁血），白话。

同日，《时报》刊载法国革命外史《九十三年》(续)，嚣俄著，东亚病夫译，文言。刊载《灵蛇发》，（笑），（三十二），白话。

同日，《民权报》刊载《红粉劫》，英国司达握氏著，定夷译，文言。刊载《薄命花》，拙莽，文言。附张《民权画报》刊载《孤儿泪》，铁冷，文言。

同日，《神州日报》"小说"栏刊载哀情小说《鄱阳怨》，芜城女士，文言。

同日，《新闻报》"趣谈录"之"说书场"栏刊载滑稽小说《覆辙鉴》，楼，白话章回。至本年 9 月 1 日。

3 日　《民生日报》刊载小说一《画师福》，倦飞，文言，小说二《兽王图报》，文言，小说三《望裹菱仙》，文言，小说四《海底贼巢》。

同日，《申报》"自由谈"之小说栏刊载家庭小说《多疑郎》，（再续），颂斌译，文言。

同日，《时报》之小说栏刊载法国革命外史《九十三年》(续)，嚣俄著，东亚病夫译，文言。"滑稽余谈"之小说栏刊载《灵蛇发》，(笑)，(五十八)，白话。

同日，《民权报》"小说"栏刊载《黉玉怨》(定夷)，白话章回。刊载《薄命花》，拙荠，文言。附张《民权画报》刊载《孤儿泪》，铁冷，文言。

同日，《神州日报》"小说"栏刊载哀情小说《鄱阳怨》，芜城女士，文言。

4 日　《民生日报》刊载小说一《画师福》，倦飞，文言，小说二《牢狱自由》(录)，文言，小说三《望裏菱仙》，文言，小说四《海底贼巢》。

同日，《申报》之小说栏刊载《俄王之侦探》(一百九)，(无名)，白话。"自由谈"之小说栏刊载家庭小说《多疑郎》(三续)，颂斌译，文言；刊载短篇小说《妓女心理》，(铁血)，文言。

同日，《时报》刊载法国革命外史《九十三年》(续)，嚣俄著，东亚病夫译，文言。刊载《灵蛇发》，(笑)，(三十三)，白话。

同日，《民权报》刊载《红粉劫》，英国司达握氏著，定夷译，文言。刊载《薄命花》，拙荠，文言。附张《民权画报》刊载《孤儿泪》，铁冷，文言。

同日，《神州日报》"小说"栏刊载哀情小说《鄱阳怨》，芜城女士，文言。

5 日　《民生日报》刊载小说一《赠友妻》，倦飞，文言，小说二《杨乃武冤狱》，小说三《望裏菱仙》，文言，小说四《海底贼巢》。

同日，《申报》之小说栏刊载《俄王之侦探》(一百十)，(无名)，白话。"自由谈"之小说栏刊载家庭小说《多疑郎》(四续)，颂斌译，文言。

同日，《时报》刊载法国革命外史《九十三年》(续)，嚣俄著，东亚病夫译，文言。刊载《灵蛇发》，(笑)，(三十四)，白话。

同日，《民权报》"小说"栏刊载《黉玉怨》(定夷)，白话章回。刊载

《薄命花》，拙莽，文言。附张《民权画报》刊载《孤儿泪》，铁冷，文言。

同日，《神州日报》"小说"栏刊载哀情小说《鄱阳怨》，芜城女士，文言。

6 日　《民生日报》刊载小说一《剪发苦，倦飞，文言，小说二短篇小说《狐仙》，译公论西报，文言，小说三《望裹菱仙》，文言。

同日，《申报》之小说栏刊载《俄王之侦探》（一百十一），（无名），白话。"自由谈"之小说栏刊载短篇小说《遇骗》，（龙），文言。

同日，《时报》刊载法国革命外史《九十三年》（续），嚣俄著，东亚病夫译，文言。刊载《灵蛇发》，（笑），（三十五），白话。

同日，《民权报》"小说"栏刊载《賨玉怨》（定夷），白话章回。刊载《薄命花》，拙莽，文言。附张《民权画报》刊载《孤儿泪》，铁冷，文言。

同日，《神州日报》"小说"栏刊载英国共和外史《血海青莲记》，英米兰特恩著，凫山葛岥道人译，文言。

7 日　《申报》之小说栏刊载《俄王之侦探》（一百十二），（无名），白话。"自由谈"之小说栏刊载记事小说《白衣女》，（铁公），文言。

同日，《时报》刊载法国革命外史《九十三年》（续），嚣俄著，东亚病夫译，文言。刊载《灵蛇发》，（笑），（三十六），白话。

同日，《民权报》"小说"栏刊载《賨玉怨》（定夷），白话章回。刊载《薄命花》，拙莽，文言。附张《民权画报》刊载《孤儿泪》，铁冷，文言。

同日，《神州日报》"小说"栏刊载英国共和外史《血海青莲记》，英米兰特恩著，凫山葛岥道人译，文言。

8 日　《民生日报》刊载小说一《狐仙》，小说二《望裹菱仙》，小说三《侠义复仇》，介夫，文言。

同日，《申报》之小说栏刊载短篇小说《灾区所见》，（静观），文言。"自由谈"之小说栏刊载短篇小说《遇骗》，（续六日）（龙），文言；

刊载短篇轶事《白衣女》(续)，(铁公)，文言。

同日，《时报》刊载法国革命外史《九十三年》(续)，嚣俄著，东亚病夫译，文言。刊载《灵蛇发》，(笑)，(三十七)，白话。

同日，《民权报》"小说"栏刊载《賨玉怨》(定夷)，白话章回。刊载《薄命花》，拙莽，文言。附张《民权画报》刊载《孤儿泪》，铁冷，文言。

同日，《神州日报》"小说"栏刊载哀情小说《鄱阳怨》，芜城女士，文言。

9 日　《民生日报》刊载小说一《侠义复仇》，小说二《望裹菱仙》，小说三《海底贼巢》。

同日，《申报》之小说栏刊载《俄王之侦探》(一百十三)，(无名)，白话。"自由谈"之小说栏刊载短篇轶事《白衣女》(再续)，(铁公)，文言。

同日，《时报》刊载法国革命外史《九十三年》(续)，嚣俄著，东亚病夫译，文言。刊载《灵蛇发》，(笑)，(三十八)，白话。

同日，《民权报》刊载《红粉劫》，英国司达握氏著，定夷译，文言。刊载《薄命花》，拙莽，文言。附张《民权画报》刊载《孤儿泪》，铁冷，文言。

同日，《神州日报》"小说"栏刊载哀情小说《鄱阳怨》，芜城女士，文言。

10 日　《妇女时报》第七号刊载《禽矶之巾帼英雄》，署名汪葆柔，文言。刊载《军人之恋》，英国柯南达利著，瘦鹃译，文言，文前有柯南达利小传，曰：柯南达利，苏格兰爱汀堡人也。以一千八百五十九年生，幼聪颖不凡，卓荦异常儿。年未二十，肄业于爱汀堡大学附属之医药学校。殷殷研究者数年，遂得学位焉。毕业后，即弃刀圭而从事于文学，挥其垂露之笔，以陶铸国民之新脑。所著小说无虑数百种。社会、言情、侦探、历史，各体皆备。一编甫出，不胫而走。全球读者，咸击节叹赏，谓英国司各德狄根司以后一人而已。所著有《密楷克拉克》《歇洛克福尔摩斯之冒险谈》《歇洛克福尔摩斯之言行录》《露特奈史冬》《绿色旂》《夸路斯瓜之惨史》《叔父白捺克》《白公司》《中佐奇拉特之奇绩》《逃难者》《波尔斯太之船主》《克洛姆白之秘密》《寄生物》诸书。诚近世文学界中之泰斗也。兹篇虽吉光片羽，文笔固佳，惜译者不文，未能曲状其妙耳。刊载《无名之女侠》，英国哈斯汀著，瘦鹃译，白话。中华民国元年六月二十印刷，中华民国元年七月初十发行。

同日，《民生日报》刊载小说一《木马奇谈》，小说二《望裹菱仙》，小说三《海底贼巢》。

同日，《申报》之小说栏刊载《俄王之侦探》(一百十四)，(无名)，白话。"自由谈"之小说栏刊载短篇滑稽《老学究保存国粹》(铁公)，白话；刊载短篇小说《饭桶会长》，(愤)，文言。

同日，《时报》刊载法国革命外史《九十三年》(续)，嚣俄著，东亚病夫译，文言。刊载《灵蛇发》，(笑)，(三十九)，白话。

同日，《民权报》"小说"栏刊载《贾玉怨》(定夷)，白话章回。刊载《薄命花》，拙莽，文言。附张《民权画报》刊载《孤儿泪》，铁冷，文言。

同日，《神州日报》"小说"栏刊载哀情小说《鄱阳怨》，芜城女士，文言。

11日　《民生日报》刊载小说一《木马奇谈》，小说二《同车女》，平湖，文言，小说三《海底贼巢》。

同日，《申报》之小说栏刊载《俄王之侦探》(一百十五)，(无名)，白话。"自由谈"之小说栏刊载短篇滑稽《老学究保存国粹》(续)(铁公)，白话；刊载短篇滑稽《投稿苦》，(□□)，白话。

同日，《时报》刊载法国革命外史《九十三年》(续)，嚣俄著，东亚病夫译，文言。刊载醒世小说《猪头三》(劣僧)，白话。

同日，《民权报》刊载《红粉劫》，英国司达握氏著，定夷译，文言。刊载《薄命花》，拙莽，文言。附张《民权画报》刊载《孤儿泪》，铁冷，文言。

同日，《神州日报》"小说"栏刊载哀情小说《鄱阳怨》，芜城女士，文言。

12 日 《民生日报》刊载小说一《木马奇谈》，小说二《同车女》，平湖，文言，小说三《生地狱》。

同日，《申报》"自由谈"之小说栏刊载短篇滑稽《老学究保存国粹》（再续）（铁公），白话。

同日，《时报》刊载法国革命外史《九十三年》（续），嚣俄著，东亚病夫译，文言。刊载《灵蛇发》，（笑），（四十），白话。

同日，《民权报》"小说"栏刊载《寶玉怨》（定夷），白话章回。刊载《薄命花》，拙莽，文言。附张《民权画报》刊载《孤儿泪》，铁冷，文言。刊载"社会小说《闺中侠》出现"广告："是书叙张勋负固南京时事，阅之令人发指，至描写闺中侠，情节实足为我女界同胞生色，诚社会小说之杰出者，每部一册，定价大洋二角，代售处上海四马路老巡捕房东首惠福里弄底藜光社。"

同日，《神州日报》"小说"栏刊载哀情小说《鄱阳怨》，芜城女士，文言。

13 日 《民生日报》刊载小说一《电写春》，倦飞，文言，小说二《同车女》，小说三《海底贼巢》。

同日，《申报》之小说栏刊载《俄王之侦探》（一百十六），（无名），白话。"自由谈"之小说栏刊载短篇滑稽《家庭革命记》，（铁血），文言。

同日，《时报》刊载法国革命外史《九十三年》（续），嚣俄著，东亚病夫译，文言。刊载《灵蛇发》，（笑），（四十一），白话。

同日，《民权报》刊载《红粉劫》，英国司达握氏著，定夷译，文言。刊载《薄命花》，拙莽，文言。附张《民权画报》刊载《孤儿泪》，铁冷，文言。

同日，《神州日报》"小说"栏刊载哀情小说《鄱阳怨》，芜城女士，文言。

14日 《申报》之小说栏刊载《俄王之侦探》(一百十七)，（无名），白话。"自由谈"之小说栏刊载零碎小说《爱国者》，（冰盏），白话；刊载学校小说《某先生》，（砥柱），文言。

同日，《时报》刊载法国革命外史《九十三年》(续)，嚣俄著，东亚病夫译，文言。刊载《灵蛇发》，（笑），（四十二），白话。

同日，《民权报》"小说"栏刊载《贾玉怨》(定夷)，白话章回。刊载《薄命花》，拙莽，文言。附张《民权画报》刊载《孤儿泪》，铁冷，文言。

同日，《神州日报》"小说"栏刊载哀情小说《鄱阳怨》，芜城女士，文言。

15日 《民生日报》刊载小说一《却媒悔》，倦飞，小说二《同车女》，平湖，小说三《木马奇谈》。

同日，《申报》之小说栏刊载《俄王之侦探》(一百十八)，（无名），白话。

同日，《时报》刊载法国革命外史《九十三年》(续)，嚣俄著，东亚病夫译，文言。刊载《灵蛇发》，（笑），（四十三），白话。

同日，《民权报》刊载《红粉劫》，英国司达握氏著，定夷译，文言。刊载《薄命花》，拙莽，文言。附张《民权画报》刊载《孤儿泪》，铁冷，文言。

同日，《神州日报》"小说"栏刊载哀情小说《鄱阳怨》，芜城女士，文言。

16日 《民权画报》刊载《万里飞鸿记》，署名"美国哈格利夫著，瘦鹃译"，至7月27日止。

同日，《民生日报》刊载小说一《文字狱》，文言，小说二《同车女》，小说三《走无常》，文言。

同日，《申报》之小说栏刊载《俄王之侦探》(一百十九)，（无名），白话。"自由谈"之小说栏刊载社会小说《自由果》，（龙），文言。

同日，《时报》刊载"《小说月报》第三年第四期出版"广告。刊载法国革命外史《九十三年》(续)，嚣俄著，东亚病夫译，文言。

同日，《民权报》"小说"栏刊载《賓玉怨》(定夷)，白话章回。刊载《薄命花》，拙荈，文言。附张《民权画报》刊载《万里飞鸿记》，美国哈格利夫著，瘦鹃译，文言。

同日，《神州日报》"小说"栏刊载哀情小说《鄱阳怨》，芜城女士，文言。

17 日　《民生日报》刊载小说一《生地狱》，小说二《同车女》。

同日，《申报》之小说栏刊载《俄王之侦探》(一百二十)，(无名)，白话。"自由谈"之小说栏刊载社会小说《好儿子》，(龙)，白话。

同日，《时报》刊载法国革命外史《九十三年》(续)，嚣俄著，东亚病夫译，文言。刊载《灵蛇发》，(笑)，(四十四)，白话。

同日，《民权报》"小说"栏刊载《賓玉怨》(定夷)，白话章回。刊载《薄命花》，拙荈，文言。附张《民权画报》刊载《万里飞鸿记》，美国哈格利夫著，瘦鹃译，文言。

同日，《神州日报》"小说"栏刊载英国共和外史《血海青莲记》，英米兰特恩著，凫山葛帔道人译，文言。

18 日　《民生日报》刊载小说一《保险奇谈》，平湖，文言，小说二《海底贼巢》。

同日，《申报》"自由谈"之小说栏刊载滑稽短篇《投稿乐》，(匹志)，白话。

同日，《时报》刊载法国革命外史《九十三年》(续)，嚣俄著，东亚病夫译，文言。刊载《灵蛇发》，(笑)，(四十五)，白话。

同日，《北京新报》"说聊斋"栏开始刊载《白秋练》，尹箴明，白话。

同日，《民权报》刊载《红粉劫》，英国司达握氏著，定夷译，文言。刊载《薄命花》，拙荈，文言。附张《民权画报》刊载《孤儿泪》，铁冷，文言。

同日，《神州日报》"小说"栏刊载英国共和外史《血海青莲记》，英米兰特恩著，凫山葛岥道人译，文言。

19 日　《民生日报》刊载小说一《雌雄兔》，文言，小说二《保险奇谈》。

同日，《申报》"自由谈"之小说栏刊载短篇滑稽《一路笑》，（龙），白话；刊载短篇滑稽《留学生穷途坐馆》，（续十五日），（澍棠），白话。

同日，《时报》刊载法国革命外史《九十三年》(续)，嚣俄著，东亚病夫译，文言。刊载《灵蛇发》，（笑），（四十六），白话。

同日，《民权报》"小说"栏刊载《賨玉怨》(定夷)，白话章回。刊载《薄命花》，拙莽，文言。附张《民权画报》刊载《万里飞鸿记》，美国哈格利夫著，瘦鹃译，文言。

同日，《神州日报》"小说"栏刊载英国共和外史《血海青莲记》，英米兰特恩著，凫山葛岥道人译，文言。

20 日　《民生日报》刊载小说一《保险奇谈》，小说二短篇小说《可人怜》，著者根岩十二郎，文言。

同日，《申报》"自由谈"之小说栏刊载短篇小说《捕虾谈》，（炳译），文言。

同日，《时报》刊载法国革命外史《九十三年》(续)，嚣俄著，东亚病夫译，文言。刊载《灵蛇发》，（笑），（四十七），白话。

同日，《民权报》"小说"栏刊载《賨玉怨》(定夷)，白话章回。刊载《薄命花》，拙莽，文言。附张《民权画报》刊载《万里飞鸿记》，美国哈格利夫著，瘦鹃译，文言。

同日，《神州日报》"小说"栏刊载哀情小说《鄱阳怨》，芜城女士，文言。

21 日　《申报》"自由谈"之小说栏刊载短篇滑稽《改良四大金刚》，（望梅），白话；刊载短篇小说《狗淴浴》，（志云），白话。

同日，《时报》刊载法国革命外史《九十三年》(续)，嚣俄著，东亚病夫译，文言。刊载《灵蛇发》，（笑），（四十八），白话。

同日，《民权报》"小说"栏刊载《霣玉怨》(定夷)，白话章回。刊载《薄命花》，拙荞，文言。附张《民权画报》刊载《万里飞鸿记》，美国哈格利夫著，瘦鹃译，文言。

同日，《神州日报》"小说"栏刊载英国共和外史《血海青莲记》，英米兰特恩著，凫山葛帔道人译，文言。

22 日　《民生日报》刊载小说一《木马奇谈》，小说二《保险奇谈》，小说三短篇滑稽小说《误解自由》，文言。

同日，《申报》之小说栏刊载纪事小说《泥金扇》，(一)，(铁公)，文言。"自由谈"之小说栏刊载短篇小说《自由谈之投稿观》，(瞻庐)，白话；刊载短篇滑稽《投稿热》，(冰庵)，文言。

同日，《时报》之小说栏刊载法国革命外史《九十三年》(续)，嚣俄著，东亚病夫译，文言。"滑稽余谈"之小说栏刊载《灵蛇发》，(笑)，(四十九)，白话。

同日，《民权报》刊载《红粉劫》，英国司达握氏著，定夷译，文言。刊载《薄命花》，拙荞，文言。附张《民权画报》刊载《孤儿泪》，铁冷，文言。

同日，《神州日报》"小说"栏刊载哀情小说《鄱阳怨》，芜城女士，文言。

23 日　《民生日报》刊载小说一《保险奇谈》，小说二《海底贼巢》，小说三《伦敦君子》，文言。

同日，《申报》之小说栏刊载纪事小说《泥金扇》，(二)，(铁公)，文言。"自由谈"之小说栏刊载滑稽小说《五十吊》，(铁血)，白话；刊载《钝根面》，(相家)，文言；刊载《投稿忧》，(多忧)，文言。

同日，《时报》之小说栏刊载法国革命外史《九十三年》(续)，嚣俄著，东亚病夫译，文言。"滑稽余谈"之小说栏刊载《灵蛇发》，(笑)，(五十)，白话。

同日，《民权报》"小说"栏刊载《霣玉怨》(定夷)，白话章回。刊载《薄命花》，拙荞，文言。附张《民权画报》刊载《万里飞鸿记》，美国哈格利夫著，瘦鹃译，文言。

同日，《神州日报》"小说"栏刊载短篇实事《不如妓》，新丹，文言。

24日　《民生日报》刊载小说一《保险奇谈》，小说二《木马奇谈》，小说三短篇小说《可怜人》，著者根岩十二郎。

同日，《申报》之小说栏刊载纪事小说《泥金扇》，（三），（铁公），文言。"自由谈"之小说栏刊载滑稽短篇《改良西游记》，（剑朴），白话；刊载短篇滑稽《文星找饭碗》，（望梅），白话。

同日，《时报》之小说栏刊载法国革命外史《九十三年》（续），嚣俄著，东亚病夫译，文言。"滑稽余谈"之小说栏刊载《灵蛇发》，（笑），（五十一），白话。

同日，《民权报》"小说"栏刊载《賫玉怨》(定夷)，白话章回。刊载《薄命花》，拙荓，文言。附张《民权画报》刊载《万里飞鸿记》，美国哈格利夫著，瘦鹃译，文言。

同日，《神州日报》"小说"栏刊载哀情小说《鄱阳怨》，芜城女士，文言。

25日　《民生日报》刊载小说一《海底贼巢》，小说二《保险奇谈》，小说三《伦敦君子》。

同日，《申报》"自由谈"之小说栏刊载滑稽短篇《改良西游记》，（续）（剑朴），白话；刊载短篇滑稽《么魔国》，（望梅），文言。

同日，《时报》之小说栏刊载法国革命外史《九十三年》（续），嚣俄著，东亚病夫译，文言。"滑稽余谈"之小说栏刊载《灵蛇发》，（笑），（五十二），白话。

同日，《民权报》刊载《红粉劫》，英国司达握氏著，定夷译，文言。刊载《薄命花》，拙荓，文言。附张《民权画报》刊载《孤儿泪》，铁冷，文言。

同日，《神州日报》"小说"栏刊载哀情小说《鄱阳怨》，芜城女士，文言。

26 日 《民生日报》刊载小说一《保险奇谈》，小说二《伦敦君子》，小说三《可怜人》。

同日，《申报》"自由谈"之小说栏刊载短篇小说《军用钞票》，（铁血），文言。

同日，《时报》之小说栏刊载法国革命外史《九十三年》(续)，嚣俄著，东亚病夫译，文言。"滑稽余谈"之小说栏刊载《灵蛇发》，（笑），（五十三），白话。

同日，《民权报》"小说"栏刊载《賣玉怨》(定夷)，白话章回。刊载《薄命花》，拙荈，文言。附张《民权画报》刊载《万里飞鸿记》，美国哈格利夫著，瘦鹃译，文言。

同日，《神州日报》"小说"栏刊载哀情小说《鄱阳怨》，芜城女士，文言。

27 日 《民生日报》刊载小说一《保险奇谈》，小说二《海底贼巢》，小说三《可怜人》。

同日，《申报》"自由谈"之小说栏刊载滑稽短篇《新梁山泊》，（望梅），白话；刊载短篇小说《五色旗》，（愚民），文言。

同日，《时报》之小说栏刊载法国革命外史《九十三年》(续)，嚣俄著，东亚病夫译，文言。"滑稽余谈"之小说栏刊载《灵蛇发》，（笑），（五十四），白话。

同日，《民权报》"小说"栏刊载《賣玉怨》(定夷)，白话章回。刊载《薄命花》，拙荈，文言。附张《民权画报》刊载《万里飞鸿记》，美国哈格利夫著，瘦鹃译，文言。

同日，《神州日报》"小说"栏刊载哀情小说《鄱阳怨》，芜城女士，文言。

28 日 《新世界》第六期续载《新村》第三回完。刊载广告"寄售各种小说目录"：《六合内外琐言》六册壹元四角，《原本西厢记》二册六角，《绘图商界现形记》四册壹元二角，《绘图自由泪》一册六角，《陈定生三种》一册二角五分，《传奇合刻》六册三角，《浮生六记》一册三角，

《虞山妖乱志》一册二角五分，《陶庵梦忆》一册三角五分，《大狱记》一册二角五分，《聪明误》二册五角，《九尾狐》五册二元五角。

同日，《申报》之小说栏刊载记事小说《泥金扇》（四），（铁公），文言。"自由谈"之小说栏刊载滑稽短篇《演说家》，（望梅），文言。

同日，《时报》"滑稽余谈"之小说栏刊载《灵蛇发》，（笑），（五十五），白话。

同日，《民权报》"小说"栏刊载《霣玉怨》(定夷)，白话章回。刊载《薄命花》，拙莽，文言。附张《民权画报》记事小说《兰孃哀史》（一），双热，文言。

同日，《神州日报》"小说"栏刊载英国共和外史《血海青莲记》，英米兰特恩著，凫山葛帔道人译，文言。

29日　《民生日报》刊载小说一《保险奇谈》，小说二《历史教育》，文言，小说三《可怜人》。

同日，《申报》之小说栏刊载记事小说《泥金扇》（五），（铁公），文言。"自由谈"之小说栏刊载侦探小说《秘密室》，颂斌，文言；刊载短篇小说《苦作乐》，（爱），白话。

同日，《时报》"滑稽余谈"之小说栏刊载《灵蛇发》，（笑），（五十六），白话。

同日，《民权报》"小说"栏刊载《霣玉怨》(定夷)，白话章回。刊载《薄命花》，拙莽，文言。附张《民权画报》记事小说《兰孃哀史》（二），双热，文言。

同日，《神州日报》"小说"栏刊载英国共和外史《血海青莲记》，英米兰特恩著，凫山葛帔道人译，文言。

30日　《民生日报》刊载小说一《保险奇谈》，小说二《可怜人》。

同日，《申报》之小说栏刊载记事小说《泥金扇》（六），（铁公），文言。"自由谈"之小说栏刊载侦探小说《秘密室》，（续），（颂斌），文言；刊载短篇小说《苦作乐》，（续），（爱楼），白话。

同日，《时报》"滑稽余谈"之小说栏刊载《灵蛇发》，（笑），（五十七），白话。

同日，《民权报》"小说"栏刊载《賣玉怨》(定夷)，白话章回。刊载《薄命花》，拙荗，文言。附张《民权画报》记事小说《兰孃哀史》(三)，双热，文言。

同日，《神州日报》"小说"栏刊载哀情小说《鄱阳怨》，芜城女士，文言。

31 日　《民生日报》刊载小说一《黑车诡遇》，平湖，文言，小说二《可怜人》。

同日，《申报》"自由谈"之小说栏刊载滑稽小说《高妓》，(冰庵)，文言；刊载侦探小说《秘密室》，(再续)，(颂斌)，文言。

同日，《民权报》"小说"栏刊载《賣玉怨》(定夷)，白话章回。刊载《薄命花》，拙荗，文言。附张《民权画报》记事小说《兰孃哀史》(四)，双热，文言。

同日，《神州日报》"小说"栏刊载哀情小说《鄱阳怨》，芜城女士，文言。

发生于本月但日期不详之事件

《进步》第九册刊载《撷兰记》第九回。

《小说月报》第三年第四期刊载"商务印书馆出版图书《说部丛书》"广告："装订结实，印刷精良，装一木箱定价二十八元：本馆所印之说部丛书皆系新译新著，饶有兴味，早已风行一时，积五六年之力，始得完成一百种，计一百二十八册，若每册零购共须洋四十元零，若百种合购只收回洋念八元，并装一木箱以便携带。旅行客居之良伴侣，茶余饭后之好消遣。《说部丛书》共二百种，商务印书馆藏版。""短篇小说"栏刊载言情小说《泥忆云》，铁樵，文言；刊载《饲貓叟》，不才，文言；刊载《血花一幕》(革命外史之一)，隽木，文言。"长篇小说"栏刊载历史小说《卢宫秘史》，英国恩苏霍伯原著，作霖甘永龙、文彬朱炳勋同译，文言。刊载"壬子年春季出版新书目表"，内有小本小说《华生包探案》。"长篇小说"栏刊载哀情小说《劫花惨史》，指严，文言；刊载《鹭莲债券》，"本社征文当选"，美国基鹭舒荣原著，闽明孙沈敏译，文言。刊载"民国元年改良《东方杂志》第八卷第十二号目次，月出一册，每册三角，第一号售大洋一角，预定半年大洋一元六角，全年三元，邮费每册三分"，内有何诹言情小说《碎琴楼》，理想小说《新飞艇》，商务印书馆发行。刊载"曾宗巩译历史小说《希腊兴亡记》，定价二角"广告："是书叙古代希腊国中各小邦兴灭存亡及互相吞并争战事，自纪元前二千年起，至纪元时希腊为罗马所灭亡，其间或征诸史传，或采诸歌谣，或见诸诗人咏叹者，皆确有考据，当作希腊古史读，不当仅作小说观也。商务印书馆发行。""新剧"栏刊载哀情小说《莺儿》，啸天生意译，文言。

8 月

1 日　《少年》第十二册刊载《女豪杰救同胞》，白话。

同日，《民生日报》刊载小说一《黑车诡遇》，平湖，文言，小说二哀艳侦探《胭脂血泪》，莘次郎 梁清瑶 同著述，文言，小说三《可怜人》。

同日，《申报》"自由谈"之小说栏刊载滑稽短篇《百年后之八月一号》(瘦蝶)，白话。

同日，《时报》"滑稽余谈"之小说栏刊载《灵蛇发》，(笑)，(五十九)，白话。刊载"国初秘本原本《红楼梦》出版"广告。

同日，《民权报》"小说"栏刊载《黛玉怨》(定夷)，白话章回。刊载《薄命花》，拙荨，文言。附张《民权画报》刊载记事小说《兰孃哀史》(五)，双热，文言。

同日，《神州日报》"小说"栏刊载哀情小说《鄱阳怨》，芜城女士，文言。

2 日 《民生日报》刊载小说一《黑车诡遇》，小说二《胭脂血泪》，小说三仙城近事《美人局》，李杏莲女史编著，文言。

同日，《申报》"自由谈"之小说栏刊载滑稽短篇《大人倒帐》，（望梅），文言。

同日，《时报》之小说栏刊载法国革命外史《九十三年》（续），嚣俄著，东亚病夫译，文言。"滑稽余谈"之小说栏刊载《灵蛇发》，（笑），（六十），白话。

同日，《民权报》"小说"栏刊载《賫玉怨》（定夷），白话章回。刊载《薄命花》，拙荈，文言。附张《民权画报》刊载记事小说《兰孃哀史》（六），双热，文言。刊载"《绣像神州光复志演义》出售预约券"广告。

同日，《神州日报》"小说"栏刊载哀情小说《鄱阳怨》，芜城女士，文言。

3 日 《民生日报》刊载小说一《黑车诡遇》，小说二《胭脂血泪》，小说三《海底贼巢》。

同日，《申报》"自由谈"之小说栏刊载短篇滑稽《上了钝根的当》，（问津），白话。

同日，《时报》之小说栏刊载法国革命外史《九十三年》（续），嚣俄著，东亚病夫译，文言。"滑稽余谈"之小说栏刊载《灵蛇发》，（笑），（六十一），白话。

同日，《民权报》刊载《红粉劫》，英国司达握氏著，定夷译，文言。刊载《玉梨魂》，枕亚，文言。附张《民权画报》刊载记事小说《兰孃哀史》（七），双热，文言。

同日，《神州日报》"小说"栏刊载哀情小说《鄱阳怨》，芜城女士，文言。

4 日 《申报》"自由谈"之小说栏刊载滑稽小说《瓜分影》，蝶，文言。

同日，《时报》之小说栏刊载法国革命外史《九十三年》（续），嚣俄著，东亚病夫译，文言。"滑稽余谈"之小说栏刊载《灵蛇发》，（笑），（六十二），白话。

同日，《民权报》"小说"栏刊载《霣玉怨》(定夷)，白话章回。刊载《玉梨魂》，枕亚，文言。附张《民权画报》刊载记事小说《兰嬢哀史》（八），双热，文言。

同日，《神州日报》"小说"栏刊载哀情小说《鄱阳怨》，芜城女士，文言。

5 日 《民生日报》刊载小说一《黑车诡遇》，小说二《胭脂血泪》，小说三《可怜人》。

同日，《申报》"自由谈"之小说栏刊载社会小说《鼓吹文明》，（望梅），文言；刊载零碎小说《来！来谑》，（蝶），文言。

同日，《时报》之小说栏刊载法国革命外史《九十三年》(续)，嚣俄著，东亚病夫译，文言。"滑稽余谈"之小说栏刊载《灵蛇发》，（笑），（六十三），白话。

同日，《大共和日报》刊载"《绣像神州光复志演义》出售预约券"广告："武汉起义不三月而扫除专制，还我河山，此亘古未有之伟业也。不有信史何以扬先烈而垂来叶，本主人有鉴于是，特延聘通才暨身历艰险诸名宿，远溯旧闻，近征实事，仿《三国志演义》体，编辑成书，名曰神州光复志演义，上起清初，下迨民国成立，其间革命事业之兴蹶成败，沿流潮源，包□靡遗，汇为大观，可作中华开国史读，亦可令满清亡国史读，全书共百二十回，八十余万言，十六厚册分装两套，因校印需时，特于出版之先，于留心时事诸公订期预约，每部暂收工料洋一元四角，出售后定价每部洋二元八角，不拆不扣，本局印有样本以便订购者取阅，预约券于新历九月十五截止，全书即于九月终出版，决无愆误，本书特色略如下述，特色一：所载事实，贯彻详明，不类市肆所陈率皆穿凿燕陋，令人厌倦。特色二：书内精绘革命伟人，每回插入精细事实画及诸名人肖像，多至三百余页，即不读全书，展玩图画亦可知其梗概，特色三：词句浅易明达，雅俗共赏，展卷了然，无烦思索。特色四：全书字迹放大，楷法工整，不损目力，至云印刷精良，纸张洁白，犹其余事，外埠函购如有不通汇划之处，可将邮票代价，惟须九五拆作算，每部另加邮费洋二角，须注明详细住址，以便出书时凭券照寄。如欲索阅洋本，请附来邮费洋一分即行照奉不误。总发行所上海四马路惠福里神州图书局，分售处各省大书局同启。"

同日，《民权报》"小说"栏刊载《寳玉怨》(定夷)，白话章回。刊载《玉梨魂》，枕亚，文言。附张《民权画报》刊载记事小说《兰孃哀史》(九)，双热，文言。

同日，《神州日报》"小说"栏刊载哀情小说《鄱阳怨》，芜城女士，文言。

6 日　《民生日报》刊载小说一《黑车诡遇》，小说二《胭脂血泪》，小说三《可怜人》。

同日，《申报》之小说栏刊载《汝投票去乎》，文言，(瀑石)。"自由谈"之小说栏刊载滑稽短篇《臭虫蚊子大会议》，(越民)，白话；刊载短篇小说《醉殴案》，(蝶)，文言。

同日，《时报》之小说栏刊载法国革命外史《九十三年》(续)，嚣俄著，东亚病夫译，文言。"滑稽余谈"之小说栏刊载《灵蛇发》，(笑)，(六十四)，白话。

同日，《民权报》刊载《红粉劫》，英国司达握氏著，定夷译，文言。刊载《玉梨魂》，枕亚，文言。附张《民权画报》刊载记事小说《兰孃哀史》(十)，双热，文言。

同日，《神州日报》"小说"栏刊载哀情小说《鄱阳怨》，芜城女士，文言。

7 日　《申报》"自由谈"之小说栏刊载寓言小说《败子》，(望梅)，白话；刊载滑稽短篇《看戏热》，(蝶)，白话。

同日，《时报》之小说栏刊载法国革命外史《九十三年》(续)，嚣俄著，东亚病夫译，文言。"滑稽余谈"之小说栏刊载《灵蛇发》，(笑)，(六十五)，白话。

同日，《民权报》"小说"栏刊载《霣玉怨》(定夷)，白话章回。刊载《玉梨魂》，枕亚，文言。附张《民权画报》刊载记事小说《兰孃哀史》(十一)，双热，文言。

同日，《神州日报》"小说"栏刊载警世小说《商界怪现状》，陆士谔，白话。

8日　《民生日报》刊载小说一《黑车诡遇》，小说二《胭脂血泪》。《申报》"自由谈"之小说栏刊载滑稽短篇《瞎话》，(感时)，文言；刊载滑稽短篇《志士魂》，(望梅)，白话。

同日，《时报》之小说栏刊载法国革命外史《九十三年》(续)，嚣俄著，东亚病夫译，文言。"滑稽余谈"之小说栏刊载《灵蛇发》，(笑)，(六十六)，白话。

同日，《民权报》"小说"栏刊载《霣玉怨》(定夷)，白话章回。刊载《玉梨魂》，枕亚，文言。附张《民权画报》刊载记事小说《兰孃哀史》(十二)，双热，文言。

同日，《神州日报》"小说"栏刊载警世小说《商界怪现状》，陆士谔，白话。

9日　《民生日报》刊载小说一《黑车诡遇》，小说二《胭脂血泪》。

同日，《申报》之小说栏刊载《俄王之侦探》，(一百二十二)，无名，白话。"自由谈"之小说栏刊载短篇滑稽《得子新法》，(望梅)，文言。

同日，《时报》之小说栏刊载法国革命外史《九十三年》(续)，嚣俄著，东亚病夫译，文言。"滑稽余谈"之小说栏刊载《灵蛇发》，(笑)，(六十七)，白话。

同日，《民权报》"小说"栏刊载《霣玉怨》(定夷)，白话章回。刊载《玉梨魂》，枕亚，文言。附张《民权画报》刊载记事小说《兰孃哀史》(十三)，双热，文言。

同日，《神州日报》"小说"栏刊载警世小说《商界怪现状》，陆士谔，白话。

10 日　《民生日报》刊载小说一《美人局》，小说二《黑车诡遇》，小说三《胭脂血泪》，小说四《海底贼巢》。

同日，《申报》之小说栏刊载《俄王之侦探》，（一百二十三），无名，白话。"自由谈"之小说栏刊载滑稽短篇《神权谈话会》，□，文言。

同日，《时报》之小说栏刊载法国革命外史《九十三年》（续），嚣俄著，东亚病夫译，文言。"滑稽余谈"之小说栏刊载《灵蛇发》，（笑），（六十八），白话。

同日，《民权报》"小说"栏刊载《賨玉怨》（定夷），白话章回。刊载《玉梨魂》，枕亚，文言。附张《民权画报》刊载记事小说《兰孃哀史》（十四），双热，文言。

同日，《神州日报》"小说"栏刊载警世小说《商界怪现状》，陆士谔，白话。

11 日　《申报》之小说栏刊载《俄王之侦探》，（一百二十四），无名，白话。

同日，《时报》之小说栏刊载法国革命外史《九十三年》（续），嚣俄著，东亚病夫译，文言。"滑稽余谈"之小说栏刊载《灵蛇发》，（笑），（六十九），白话。

同日，《民权报》刊载《红粉劫》，英国司达握氏著，定夷译，文言。刊载《玉梨魂》，枕亚，文言。附张《民权画报》刊载记事小说《兰孃哀史》（十五），双热，文言。

同日，《神州日报》"小说"栏刊载警世小说《商界怪现状》，陆士谔，白话。

12 日　《民生日报》刊载小说一仙城近事《美人局》李杏莲女史编著，文言，小说二《黑车诡遇》，小说三《胭脂血泪》，小说四《可怜人》。

同日，《申报》之小说栏刊载社会小说《旧讼师》，（梦娱），文言。"自由谈"之小说栏刊载滑稽短篇《蠹鱼与字典》，（瀑石），文言。

同日，《时报》之小说栏刊载法国革命外史《九十三年》（续），嚣俄著，东亚病夫译，文言。刊载“《小说时报》十六期出版”广告。“滑稽余谈”之小说栏刊载侠情小说《铁血泪》(珠溪荫吾)，文言；刊载《灵蛇发》，(笑)，(七十)，白话。

同日，《民权报》“小说”栏刊载《賈玉怨》(定夷)，白话章回。刊载《玉梨魂》，枕亚，文言。附张《民权画报》刊载记事小说《兰孃哀史》(十六)，双热，文言。

同日，《神州日报》“小说”栏刊载警世小说《商界怪现状》，陆士谔，白话。

13 日 《民生日报》刊载小说一《黑车诡道》，小说二《胭脂血泪》，小说三《可怜人》。

同日，《申报》之小说栏刊载《无名罪人》，(六十七)，(无名)，白话。“自由谈”之小说栏刊载苦情小说《寡妇泪》，(飞□)，白话。

同日，《时报》之小说栏刊载法国革命外史《九十三年》(续)，嚣俄著，东亚病夫译，文言。“滑稽余谈”之小说栏刊载《灵蛇发》，(笑)，(七十一)，白话。

同日，《民权报》“小说”栏刊载《賈玉怨》(定夷)，白话章回。刊载《玉梨魂》，枕亚，文言。附张《民权画报》刊载记事小说《兰孃哀史》(十七)，双热，文言。

同日，《神州日报》“小说”栏刊载警世小说《商界怪现状》，陆士谔，白话。

14 日 《新世界》第七期刊载短篇小说《梦中人》(续)，署名“煮尘”，文言。

同日，《民生日报》刊载小说一《美人局》，小说二《黑车诡道》，小说三《胭脂血泪》，小说四《可怜人》。

同日，《申报》之小说栏刊载《无名罪人》，(六十八)，(无名)，白话。“自由谈”之小说栏刊载《夜花园之密语》，(愤时)，文言；刊载《茶酒店之闲客》，(瀑石)，文言。

同日，《时报》“滑稽余谈”之小说栏刊载《灵蛇发》，(笑)，(七十二)，白话。

同日，《民权报》"小说"栏刊载《賈玉怨》(定夷)，白话章回。刊载《玉梨魂》，枕亚，文言。附张《民权画报》刊载记事小说《兰嬢哀史》(十八)，双热，文言。

同日，《神州日报》"小说"栏刊载警世小说《商界怪现状》，陆士谔，白话。

15 日　《民生日报》刊载小说一《美人局》，小说二《黑车诡道》，小说三《胭脂血泪》，小说四《可怜人》。

同日，《申报》之小说栏刊载《无名罪人》，(六十九)，(无名)，白话。"自由谈"之小说栏刊载寓言小说《蚊谐》，文言；刊载时事小说《县知事特别放盘》，(龙)，文言。

同日，《时报》"滑稽余谈"之小说栏刊载《灵蛇发》，(笑)，(七十三)，白话。

同日，《民权报》"小说"栏刊载《賈玉怨》(定夷)，白话章回。刊载《玉梨魂》，枕亚，文言。附张《民权画报》刊载记事小说《兰嬢哀史》(十九)，双热，文言。

同日，《神州日报》"小说"栏刊载警世小说《商界怪现状》，陆士谔，白话。

16 日　《民生日报》刊载小说一《美人局》，小说二《黑车诡道》，小说三《胭脂血泪》，小说四《花之贼》(录)，文言。

同日，《申报》之小说栏刊载《无名罪人》，(七十)，(无名)，白话。"自由谈"之小说栏刊载滑稽小说《牛女缘》，(蝶)，白话。

同日，《时报》之小说栏刊载法国革命外史《九十三年》(续)，嚣俄著，东亚病夫译，文言。"滑稽余谈"之小说栏刊载《灵蛇发》，(笑)，(七十四)，白话。

同日，《北京新报》"说聊斋"栏开始刊载《辛十四娘》，尹箴明，白话。

同日，《民权报》"小说"栏刊载《賈玉怨》(定夷)，白话章回。刊载

《玉梨魂》，枕亚，文言。附张《民权画报》刊载记事小说《兰孃哀史》（二十），双热，文言。

同日，《神州日报》"小说"栏刊载警世小说《商界怪现状》，陆士谔，白话。

17 日　《民生日报》刊载小说一《美人局》，小说二《黑车诡道》，小说三《胭脂血泪》。

同日，《申报》之小说栏刊载《无名罪人》，（七十一），（无名），白话。"自由谈"之小说栏刊载滑稽小说《牛女缘》，（蝶），白话。

同日，《时报》之小说栏刊载法国革命外史《九十三年》(续)，嚣俄著，东亚病夫译，文言。"滑稽余谈"之小说栏刊载家庭小说《孤雁恨》，（金荫吾），文言；刊载《灵蛇发》，（笑），（七十五），白话。

同日，《民权报》"小说"栏刊载《賨玉怨》(定夷)，白话章回。刊载《玉梨魂》，枕亚，文言。附张《民权画报》刊载记事小说《兰孃哀史》（二十一），双热，文言。

同日，《神州日报》"小说"栏刊载警世小说《商界怪现状》，陆士谔，白话。

18 日　《申报》之小说栏刊载《无名罪人》，（七十二），（无名），白话。"自由谈"之小说栏刊载滑稽小说《牛女缘》，（三）(瘦蝶)，白话；刊载滑稽短篇《毛病》，（虎痴），文言。

同日，《时报》"滑稽余谈"之小说栏刊载家庭小说《孤雁恨》，（金荫吾），文言；刊载《灵蛇发》，（笑），（七十六），白话。

同日，《民权报》"小说"栏刊载《賨玉怨》(定夷)，白话章回。刊载《玉梨魂》，枕亚，文言。附张《民权画报》刊载记事小说《兰孃哀史》（二十二），双热，文言。

同日，《神州日报》"小说"栏刊载警世小说《商界怪现状》，陆士谔，白话。

19 日　《民生日报》刊载小说一《美人局》，小说二《黑车诡道》，小说三《胭脂血泪》，小说四《雪里红》，文言。

同日，《申报》之小说栏刊载《无名罪人》，（七十三），（无名），白话。"自由谈"之小说栏刊载滑稽小说《牛女缘》（四），（瘦蝶），白话；刊载应时短篇《介末叫巧》，白话。

同日，《时报》之小说栏刊载法国革命外史《九十三年》（续），嚣俄著，东亚病夫译，文言。"滑稽余谈"之小说栏刊载家庭小说《孤雁恨》，（金荫吾），文言；刊载《灵蛇发》，（笑），（七十七），白话。

同日，《民权报》刊载《红粉劫》，英国司达握氏著，定夷译，文言。刊载《玉梨魂》，枕亚，文言。附张《民权画报》刊载记事小说《兰孃哀史》（二十三），双热，文言。

同日，《神州日报》"小说"栏刊载警世小说《商界怪现状》，陆士谔，白话。

20日　《民生日报》刊载小说一《美人局》，小说二《金鳌饵》，平湖，文言，小说三《胭脂血泪》，小说四《雪里红》。

同日，《申报》"自由谈"之小说栏刊载滑稽小说《牛女缘》（五），（瘦蝶），白话；刊载滑稽短篇《垃圾桥相会》，（钝根），白话；刊载滑稽小说《牛女维新》，（鼓儿），白话。

同日，《时报》之小说栏刊载法国革命外史《九十三年》（续），嚣俄著，东亚病夫译，文言。"滑稽余谈"之小说栏刊载家庭小说《孤雁恨》，（金荫吾），文言；刊载《灵蛇发》，（笑），（七十八），白话。

同日，《民权报》刊载《红粉劫》，英国司达握氏著，定夷译，文言。刊载《玉梨魂》，枕亚，文言。附张《民权画报》刊载记事小说《兰孃哀史》（二十四），双热，文言。

同日，《神州日报》"小说"栏刊载警世小说《商界怪现状》，陆士谔，白话。

21日　《民生日报》刊载小说一《美人局》，小说二《金鳌饵，平湖，文言》，小说三《胭脂血泪》，小说四《雪里红》。

同日，《申报》之小说栏刊载《无名罪人》，（七十四），（无名），白话。"自由谈"之小说栏刊载时事小说《司法署之肉鼓吹》，（龙），文言。

同日,《时报》之小说栏刊载法国革命外史《九十三年》(续),嚣俄著,东亚病夫译,文言。"滑稽余谈"之小说栏刊载家庭小说《孤雁恨》,(金荫吾),文言;刊载《灵蛇发》,(笑),(七十九),白话。

同日,《民权报》刊载《红粉劫》,英国司达握氏著,定夷译,文言。刊载《玉梨魂》,枕亚,文言。附张《民权画报》刊载记事小说《兰孃哀史》(二十五),双热,文言。

同日,《神州日报》"小说"栏刊载警世小说《商界怪现状》,陆士谔,白话。

22 日 《民生日报》刊载小说一《美人局》,小说二《金鳌饵》,小说三《胭脂血泪》,小说四《雌集鸣》,文言。

同日,《申报》"自由谈"之小说栏刊载幻想小说《鹊桥会》(了青),文言。

同日,《时报》之小说栏刊载法国革命外史《九十三年》(续),嚣俄著,东亚病夫译,文言。"滑稽余谈"之小说栏刊载家庭小说《孤雁恨》,(金荫吾),文言;刊载《灵蛇发》,(笑),(八十),白话。

同日,《民权报》刊载《红粉劫》,英国司达握氏著,定夷译,文言。刊载《玉梨魂》,枕亚,文言。附张《民权画报》刊载记事小说《兰孃哀史》(二十六),双热,文言。

同日,《神州日报》"小说"栏刊载警世小说《商界怪现状》,陆士谔,白话。

23 日 《民生日报》刊载小说一《美人局》,小说二《金鳌饵》,小说三《胭脂血泪》,小说四《山西丐》,文言。

同日,《申报》之小说栏刊载《无名罪人》(七十五)(无名),白话。"自由谈"之小说栏刊载滑稽小说《瑞澂还阳记》(一),(瘦蝶),白话;刊载滑稽短篇《老爷少爷打野鸡》,(节庭),白话。

同日,《时报》之小说栏刊载法国革命外史《九十三年》(续),嚣俄著,东亚病夫译,文言。"滑稽余谈"之小说栏刊载《灵蛇发》(笑)(八十一），白话。

　　同日，《民权报》刊载《红粉劫》，英国司达握氏著，定夷译，文言。刊载《玉梨魂》，枕亚，文言。附张《民权画报》刊载记事小说《兰孃哀史》（二十七），双热，文言。

　　同日，《神州日报》"小说"栏刊载警世小说《商界怪现状》，陆士谔，白话。

　　24 日　《民生日报》刊载小说一《美人局》，小说二《金鳌饵》，小说三《胭脂血泪》，小说四《神童》，文言。

　　同日，《申报》之小说栏刊载《无名罪人》（七十六）（无名），白话。"自由谈"之小说栏刊载滑稽小说《瑞澂还阳记》（二），（瘦蝶），白话；刊载短篇滑稽《做官热》，（望梅），白话。

　　同日，《时报》之小说栏刊载法国革命外史《九十三年》（续），嚣俄著，东亚病夫译，文言。"滑稽余谈"之小说栏刊载《灵蛇发》（笑）（八十二），白话。

　　同日，《民权报》"小说"栏刊载《賈玉怨》（定夷），白话章回。刊载《玉梨魂》，枕亚，文言。附张《民权画报》刊载记事小说《兰孃哀史》（二十八），双热，文言。

　　同日，《神州日报》"小说"栏刊载警世小说《商界怪现状》，陆士谔，白话。

　　25 日　《新世界》第八期刊载短篇小说《一文钱》，署名俄国斯谛勃噩克著，三叶译，文言。（光绪三十四年戊申（1908）五月十二日（6 月 10 日）《民报》第二十一号刊载《一文钱》，署"俄国斯谛勃噩克著，三叶（周作人）译"。）

　　同日，《申报》之小说栏刊载《无名罪人》（七十七）（无名），白话。"自由谈"之小说栏刊载滑稽小说《瑞澂还阳记》（三），（瘦蝶），白话。

　　同日，《时报》"滑稽余谈"之小说栏刊载《灵蛇发》（笑）（八十三），白话。

　　同日，《民权报》"小说"栏刊载《賈玉怨》（定夷），白话章回。刊载

《玉梨魂》，枕亚，文言。附张《民权画报》刊载记事小说《兰嬢哀史》（二十九），双热，文言。

同日，《神州日报》"小说"栏刊载警世小说《商界怪现状》，陆士谔，白话。

26 日　《民生日报》刊载小说一《美人局》，小说二《金鳌饵》，小说三《胭脂血泪》，小说四《托妻子》（表文），文言，又见于本月 27 日、28 日、29 日。

同日，《申报》之小说栏刊载《无名罪人》（七十八）（无名），白话。"自由谈"之小说栏刊载滑稽小说《虫议院》，（瘦蝶），白话；刊载零碎小说《吃蹄子》，（瘦蝶），文言。

同日，《时报》之小说栏刊载法国革命外史《九十三年》（续），嚣俄著，东亚病夫译，文言。"滑稽余谈"之小说栏刊载写情小说《自由哀》，（荣阳三水），文言。

同日，《民权报》"小说"栏刊载《霣玉怨》（定夷），白话章回。刊载《玉梨魂》，枕亚，文言。附张《民权画报》刊载记事小说《兰嬢哀史》（三十），双热，文言。

同日，《神州日报》"小说"栏刊载警世小说《商界怪现状》，陆士谔，白话。

27 日　《申报》之小说栏刊载《无名罪人》（七十九）（无名），白话。"自由谈"之小说栏刊载短篇小说《薄情郎》，（木舌），白话。

同日，《时报》之小说栏刊载法国革命外史《九十三年》（续），嚣俄著，东亚病夫译，文言。"滑稽余谈"之小说栏刊载《灵蛇发》，（笑），（八十六），白话；刊载写情小说《自由哀》，（续），（荣阳三水），文言。

同日，《民权报》"小说"栏刊载《霣玉怨》（定夷），白话章回。刊载《玉梨魂》，枕亚，文言。附张《民权画报》刊载记事小说《兰嬢哀史》（三十一），双热，文言。

同日，《神州日报》"小说"栏刊载警世小说《商界怪现状》，陆士谑，白话。

28 日 《申报》之小说栏刊载《无名罪人》（八十）（无名），白话。"自由谈"之小说栏刊载滑稽小说《借债谈》，（虎痴），白话。

同日，《时报》之小说栏刊载法国革命外史《九十三年》（续），嚣俄著，东亚病夫译，文言。"滑稽余谈"之小说栏刊载《灵蛇发》（笑）（八十七），白话。

同日，《民权报》"小说"栏刊载《霣玉怨》（定夷），白话章回。刊载《玉梨魂》，枕亚，文言。附张《民权画报》刊载记事小说《兰孃哀史》（三十二），双热，文言。

同日，《神州日报》"小说"栏刊载警世小说《商界怪现状》，陆士谔，白话。

29 日 《申报》"自由谈"之小说栏刊载短篇寓言《同舟共济》，（瘦蝶），文言；短篇滑稽《热心公益者》，（祐康），文言。

同日，《时报》之小说栏刊载法国革命外史《九十三年》（续），嚣俄著，东亚病夫译，文言。"滑稽余谈"之小说栏刊载《灵蛇发》（笑）（八十六），白话；刊载写情小说《自由哀》，（续），（荥阳三水），文言。

同日，《民权报》"小说"栏刊载《霣玉怨》（定夷），白话章回。刊载《玉梨魂》，枕亚，文言。附张《民权画报》刊载记事小说《兰孃哀史》（三十三），双热，文言。刊载"《绣像神州光复志演义目次》"广告，总发行所上海四马路老巡捕房东首惠福里神州图书局。

同日，《神州日报》"小说"栏刊载英国共和外史《血海青莲记》，英米兰特恩著，凫山葛帔道人译，文言。

30 日 《民生日报》刊载小说一《美人局》，小说二《金鳌饵》，小说三《胭脂血泪》。

同日，《申报》之小说栏刊载《无名罪人》（八十一）（无名），白话。"自由谈"之小说栏刊载滑稽短篇《拆字摊》，（瘦蝶），白话。

同日，《时报》之小说栏刊载法国革命外史《九十三年》（续），嚣俄著，东亚病夫译，文言。"滑稽余谈"之小说栏刊载《灵蛇发》（笑）（八十七），白话；刊载写情小说《自由哀》，（续），（荥阳三水），文言。

同日，《民权报》"小说"栏刊载《賣玉怨》(定夷)，白话章回。刊载《玉梨魂》，枕亚，文言。附张《民权画报》刊载记事小说《兰孃哀史》（三十四），双热，文言。

同日，《神州日报》"小说"栏刊载英国共和外史《血海青莲记》，英米兰特恩著，凫山葛帔道人译，文言。

31 日　《民生日报》刊载小说一《美人局》，小说二《金鳌饵》，小说三《胭脂血泪》，小说四《旅邸姻缘》，文言，又见于 9 月 2 日、9 月 3 日《民生日报》。

同日，《申报》之小说栏刊载《无名罪人》（八十二）（无名），白话。"自由谈"之小说栏刊载短篇滑稽《酒色鬼》，（孙保根），白话；刊载零碎小说《运动家》，（瘦蝶），白话。

同日，《民权报》"小说"栏刊载《賣玉怨》(定夷)，白话章回。刊载《我是乞儿》，一寒，白话。附张《民权画报》刊载记事小说《兰孃哀史》（三十五），双热，文言。

同日，《神州日报》"小说"栏刊载警世小说《商界怪现状》，陆士谔，白话。

发生于本月但日期不详之事件

《进步》第十册刊载《撷兰记》第十回。

《农友会报》第一年第三期刊载短篇小说《大莱菔》署名"只民"，文言。

《小说月报》第三年第五期"短篇小说"栏刊载短篇小说《虚无党复仇记》，英国葛威廉著，心一译，文言；刊载《齐妇冤狱》，甦庵，文言；刊载《鞠有黄花》(革命外史之二)，焦木，文言。"长篇小说"栏刊载哀情小说《劫花惨史》，指严，文言；刊载《鹭莲债券》，"本社征文当选"，美国基鹭舒荣原著，闽明孙沈敏译，文言。"新剧"栏刊载哀情小说《莺儿》，啸天生意译，文言。刊载“林琴南先生译”广告，书目及内容绍介同前。“文苑”栏刊载《说小说》，管达如，分小说之意义、小说之分类。

9 月

1 日　《东方杂志》第九卷第三号刊载《五十故事》之《黑将军》《鼅鼃之露布》，东吴旧孙，文言。

同日，《申报》“自由谈”之小说栏刊载滑稽短篇《忙里错》，（呆兄），文言。

同日，《时报》之小说栏刊载法国革命外史《九十三年》（续），嚣俄著，东亚病夫译，文言。“滑稽余谈”之小说栏刊载《灵蛇发》（笑），（八十九），白话；刊载写情小说《自由哀》，（续），（荣阳三水），文言。

同日，《民权报》“小说”栏刊载《賫玉怨》（定夷），白话章回。刊载《我是乞儿》，一寒，白话。附张《民权画报》刊载记事小说《兰孃哀史》（三十六），双热，文言。

同日，《神州日报》刊载短篇小说《参议院现形记》，无望，文言。

2 日　《申报》之小说栏刊载《无名罪人》（八十三）（无名），白话。“自由谈”之小说栏刊载哀情小说《秋海棠女史》，（徐剑痴），文言。

同日，《时报》“滑稽余谈”之小说栏刊载《灵蛇发》（笑）（九十），白话。

同日，《民权报》“小说”栏刊载《賫玉怨》（定夷），白话章回。刊载《我是乞儿》，一寒，白话。附张《民权画报》刊载记事小说《兰孃哀史》（三十七），双热，文言。

同日，《神州日报》刊载短篇小说《参议院现形记》，无望，文言。

同日，《新闻报》“趣谈录”之“说书场”栏刊载《新五才子》，（版权所有，不许转载），原名新水浒，以后改今名，此期刊载第九回。

3日　《申报》"自由谈"之小说栏刊载滑稽短篇《英雄颏》，钝根，文言。

同日，《时报》"滑稽余谈"之小说栏刊载《灵蛇发》(笑)(九十一)，白话。

同日，《民权报》刊载《我是乞儿》，一寒，白话。附张《民权画报》刊载记事小说《兰孃哀史》(三十八)，双热，文言。刊载"藜光社出版广告"，内有《宋稗类钞》(清初潘永因编)定价三元，《夷坚志》(宋文学家洪迈编)定价五元，《干宝搜神记》(附陶渊明后记)定价一元，《稽神录》(宋徐铉编)定价九角，《睽车志》(宋郭撰)定价八角，《唐新语》(唐刘肃撰)定价一元五角，《哀恨集》白乐天、苏东坡、郑所南诸大名家撰定价六角，《媂嫱封、桂枝香传奇》定价五角，《水浒传传奇》定价六角，《闺中侠》定价二角，《新小说汇编》布面金字定价三元四角。

同日，《神州日报》刊载短篇小说《参议院现形记》，无望，文言。

同日，《新闻报》"趣谈录"之"说书场"栏刊载《新五才子》。

4日　《民生日报》刊载小说一《美人局》，小说二《金鳌饵》，小说三《胭脂血泪》，小说四《夺妇报》(表)，文言，又见于本月6日、9日《民生日报》。

同日，《申报》之小说栏刊载《无名罪人》(八十四)(无名)，白话。《时报》之小说栏刊载法国革命外史《九十三年》(续)，嚣俄著，东亚病夫译，文言。"滑稽余谈"之小说栏刊载《灵蛇发》，(笑)，(九十二)，白话。

同日，《民权报》"小说"栏刊载《霱玉怨》(定夷)，白话章回。刊载《我是乞儿》，一寒，白话。附张《民权画报》刊载记事小说《兰孃哀史》(三十九)，双热，文言。

同日，《神州日报》"小说"栏刊载警世小说《商界怪现状》，陆士谔，白话。

同日，《新闻报》"趣谈录"之"说书场"栏刊载《新五才子》。

5 日　《民生日报》刊载小说一《美人局》，小说二《金鳌饵》，小说三《胭脂血泪》，小说四《爱国捐》，文言。

同日，《申报》之小说栏刊载《无名罪人》（八十五）（无名），白话。"自由谈"之小说栏刊载零碎小说《平耀》，（瘦蝶），白话。

同日，《时报》刊载"原本《红楼梦》征求批评"广告："此书前集四十回，曾将与今本不同之点略为批出，此后集四十回中之优点，欲求阅者寄稿，无论顶批总批，只求精意妙论，一俟再版时即行加入，兹定酬例如下，一等每千字十元，二等每千字六元，三等每千字三元，再前集四十回中批语过简，倘蒙赐批一例欢迎。再原稿概不寄还，以免周折，上海有正书局启。"刊载"国初秘本原本《红楼梦》后函出全"广告："此书前函已风行海内，兹将后函出版，原本全书现已出齐，后函计十册，定价一元八角◎前函价同。分发行所南京奇望街有正书局，苏州都亭桥有正书局，天津东门外东马路有正书局，总发行所上海望平街有正书局，北京厂西门有正书局。"《时报》之小说栏刊载法国革命外史《九十三年》（续），嚣俄著，东亚病夫译，文言。"滑稽余谈"之小说栏刊载《灵蛇发》（笑）（九十三），白话。

同日，《民权报》"小说"栏刊载《賨玉怨》（定夷），白话章回。刊载《玉梨魂》，枕亚，文言。附张《民权画报》刊载记事小说《兰嬢哀史》（四十），双热，文言。

同日，《神州日报》"小说"栏刊载警世小说《商界怪现状》，陆士谔，白话。

同日，《新闻报》"趣谈录"之"说书场"栏刊载滑稽小说《覆辙鉴》，楼，白话章回，至本年 11 月 9 日《新闻报》止。

6 日　《申报》之小说栏刊载《无名罪人》（八十六）（无名），白话。

同日，《时报》小说栏刊载法国革命外史《九十三年》（续），嚣俄著，东亚病夫译，文言。刊载"《小说时报》十六期出版"广告。"滑稽余谈"之小说栏刊载《灵蛇发》，（笑），（九十四），白话。

同日，《民权报》"小说"栏刊载《賨玉怨》（定夷），白话章回。刊载

《玉梨魂》，枕亚，文言。附张《民权画报》刊载记事小说《兰孃哀史》（四十一），双热，文言。

同日，《神州日报》"小说"栏刊载警世小说《商界怪现状》，陆士谔，白话。

7 日　《民生日报》刊载小说一《美人局》，小说二《金鳌饵》，小说三《胭脂血泪》，小说四《黑李》，文言。

同日，《申报》之小说栏刊载《无名罪人》（八十七）（无名），白话。

同日，《时报》刊载"最新说部撷华甲编"广告："就罕见之名人小说数十种撷其精华分门撰辑最足引人入胜，凡寻常通行及曾经石印之本不录，计分旧闻前事艺文考证香奁神怪六门，一套定价大洋一元五角，预约八角。"刊载法国革命外史《九十三年》（续），嚣俄著，东亚病夫译，文言。刊载"原本《红楼梦》征求批评"广告。"滑稽余谈"之小说栏刊载《灵蛇发》，（笑），（九十五），白话。《民权报》"小说"栏刊载《賣玉怨》（定夷），白话章回。刊载《玉梨魂》，枕亚，文言。附张《民权画报》刊载记事小说《兰孃哀史》（四十二），双热，文言。

同日，《神州日报》"小说"栏刊载警世小说《商界怪现状》，陆士谔，白话。

8 日　《申报》之小说栏刊载《无名罪人》（八十八）（无名），白话。"自由谈"之小说栏刊载短篇滑稽《结婚大王》，（是龙），白话。

同日，《时报》小说栏刊载法国革命外史《九十三年》（续），嚣俄著，东亚病夫译，文言。"滑稽余谈"之小说栏刊载《灵蛇发》（笑）（九十六），白话。

同日，《民权报》"小说"栏刊载《賣玉怨》（定夷），白话章回。刊载《玉梨魂》，枕亚，文言。附张《民权画报》刊载侠情小说《女儿红》，悟痴原著，双热润辞，文言。

同日，《神州日报》"小说"栏刊载警世小说《商界怪现状》，陆士谔，白话。

9 日　《民权画报》刊载侠情小说《女儿红》，署名"悟痴原著，双热润辞",至10月1日止。

同日,《时报》小说栏刊载法国革命外史《九十三年》(续),嚣俄著,东亚病夫译,文言。"滑稽余谈"之小说栏刊载《灵蛇发》(笑)(九十七),白话。

同日,《民权报》"小说"栏刊载《賨玉怨》(定夷),白话章回。刊载《玉梨魂》,枕亚,文言。附张《民权画报》刊载侠情小说《女儿红》,悟痴原著,双热润辞,文言。

同日,《神州日报》"小说"栏刊载警世小说《商界怪现状》,陆士谔,白话。

10 日 《民生日报》刊载小说一《美人局》,小说二《金鳌饵》,小说三《胭脂血泪》,小说四《蔼士伦》(秋),文言。

同日,《时报》小说栏刊载法国革命外史《九十三年》(续),嚣俄著,东亚病夫译,文言。"滑稽余谈"之小说栏刊载《灵蛇发》(笑)(九十八),白话。

同日,《民权报》"小说"栏刊载《賨玉怨》(定夷),白话章回。刊载《玉梨魂》,枕亚,文言。附张《民权画报》刊载侠情小说《女儿红》,悟痴原著,双热润辞,文言。

同日,《神州日报》"小说"栏刊载警世小说《商界怪现状》,陆士谔,白话,至本年10月9日止。

11 日 《民生日报》刊载小说一《美人局》,小说二《金鳌饵》,小说三《胭脂血泪》。

同日,《申报》"自由谈"之小说栏刊载短篇寓言《新公司》(晋升),白话。《时报》"滑稽余谈"之小说栏刊载《灵蛇发》(笑)(九十九),白话。

同日,《民权报》"小说"栏刊载《賨玉怨》(定夷),白话章回。刊载《玉梨魂》,枕亚,文言。附张《民权画报》刊载侠情小说《女儿红》,悟痴原著,双热润辞,文言。

12 日 《民生日报》刊载小说一《美人局》,小说二《胭脂血泪》,小说三《香山郑氏》(吉乐)，文言。

同日，《申报》"自由谈"之小说栏刊载滑稽短篇《甲报》，(瘦蝶)，白话。

同日，《时报》刊载"国初钞本原本《红楼梦》后函出全"广告："此书前函已风行海内，兹将后函已版原本全书现出齐，后函计十册，定价一元八角，前函价同。分发行所南京奇望街有正书局，天津东门外东马路有正书局，苏州都亭桥有正书局，总发行所上海望平街有正书局，北京厂西门有正书局。"小说栏刊载法国革命外史《九十三年》(续)，嚣俄著，东亚病夫译，文言。"滑稽余谈"之小说栏刊载《灵蛇发》，(笑)，(一百)，白话。

同日，《民权报》刊载《玉梨魂》，枕亚，文言。附张《民权画报》刊载侠情小说《女儿红》，悟痴原著，双热润辞，文言。

13 日 《民生日报》刊载小说一《美人泪》，小说二《郑紫纶》，文言，小说三《胭脂血泪》。

同日，《申报》"自由谈"之小说栏刊载社会小说《家庭一夕谈》，(扼腕)，白话。

同日，《时报》小说栏刊载法国革命外史《九十三年》(续)，嚣俄著，东亚病夫译，文言。"滑稽余谈"之小说栏刊载《灵蛇发》，(笑)，(一百一)，白话。

同日，《民权报》"小说"栏刊载《霣玉怨》(定夷)，白话章回。刊载《玉梨魂》，枕亚，文言。附张《民权画报》刊载侠情小说《女儿红》，悟痴原著，双热润辞，文言。

14 日 《民生日报》刊载小说一《美人局》，小说二《金鳌饵》，小说三《胭脂血泪》，小说四《郑紫纶》。

同日，《申报》之小说栏刊载《无名罪人》，(八十九)，(无名)，白话。"自由谈"之小说栏刊载短篇小说《梦游新民国》，(是龙)，文言。

同日，《时报》刊载"《小说月报》第三年五期出版，每册价洋一角五分，外埠加邮费，商务印书馆发行"广告。小说栏刊载法国革命外史

《九十三年》(续)，嚣俄著，东亚病夫译，文言。"滑稽余谈"之小说栏刊载《灵蛇发》，(笑)，(一百二)，白话。

同日，《民权报》"小说"栏刊载《賨玉怨》(定夷)，白话章回。刊载《玉梨魂》，枕亚，文言。附张《民权画报》刊载侠情小说《女儿红》，悟痴原著，双热润辞，文言。

15 日　《申报》"自由谈"之小说栏刊载短篇小说《梦游新民国》，(续)，(是龙)，文言杂白话。

同日，《时报》刊载"嬛福书庄"广告，其中业务介绍有小说出租一项。"滑稽余谈"之小说栏刊载《灵蛇发》，(笑)，(一百三)，白话。

同日，《民权报》刊载《玉梨魂》，枕亚，文言。附张《民权画报》刊载侠情小说《女儿红》，悟痴原著，双热润辞，文言。

16 日　《文艺俱乐部》第一卷第二号"小说"栏刊载《明懿安皇后外传》《苏宝宝小传》《梦谈》《鼠药》《民国艳史》《张瑄》《小五宝》《王八先生传》《杨伏初》《俄国女侠》《红桃》《郑小道》。《文艺俱乐部》，日本有同名杂志。

同日，《民生日报》刊载小说一《美人局》，小说二《金鳌饵》，小说三《胭脂血泪》，小说四《海底贼巢》。

同日，《申报》之小说栏刊载《无名罪人》，(九十)，(无名)，白话。"自由谈"之小说栏刊载短篇小说《同命老鸟》，(钝根)，文言；短篇小说《梦游新民国》(再续)，(是龙)，文言杂白话。《时报》小说栏刊载《血婚哀史卷一》(法国大仲马著)(病夫译)，白话章回。前有小文："是书原名《马哥王后》，乃大仲马三大奇著之一。三大奇著者，一《岩窟王》，而《三枪卒》(即《侠隐记》)，其三，即是书也。述查尔斯九世八月十四夜，虐杀新教徒事。以显理四世及查尔斯妹马奇公主，为书中之线索，兼写当时闇主骄后，权臣悍卒，种种奇瑰之行，秘密之谋。情节复杂，局段谨严。翔实似三国演义，调侃如儒林外史，细腻如红楼梦，豪迈似水浒传，实泰西小说中淹有中国说部之长者杰构也。亟译之，以饷读者。译者附识。""滑稽余谈"之小说栏刊载《灵蛇发》，

（笑），（一百零四），白话。

同日，《民权报》刊载《红粉劫》，英国司达握氏著，定夷译，文言。刊载《玉梨魂》，枕亚，文言。附张《民权画报》刊载侠情小说《女儿红》，悟痴原著，双热润辞，文言。

17 日　《民生日报》刊载小说一《美人局》，小说二近事小说《米艇获盗记》，平湖，（见十四号佛山新闻），文言，小说三《胭脂血泪》，小说四《海底贼巢》。

同日，《申报》"自由谈"之小说栏刊载短篇小说《梦游新民国》，（三续），（是龙），文言。

同日，《时报》小说栏刊载《血婚哀史卷一》（续）（法国大仲马著）（病夫译），白话章回。滑稽余谈"之小说栏刊载《灵蛇发》，（笑），（一百零五），白话。

同日，《民权报》刊载《玉梨魂》，枕亚，文言。附张《民权画报》刊载侠情小说《女儿红》，悟痴原著，双热润辞，文言。

18 日　《民生日报》刊载小说一《美人局》，小说二近事小说《米艇匪案》，平湖，小说三《胭脂血泪》，小说四《海底贼巢》，又见于本月 19 日、20 日《民生日报》。

同日，《申报》"自由谈"之小说栏刊载滑稽短篇《党员》，（瘦蝶），文言；刊载短篇小说《关门会》，（赵文瑞），白话。

同日，《时报》小说栏刊载《血婚哀史卷一》（续）（法国大仲马著）（病夫译），白话章回。刊载《雏形伯爵》（笑），（一），白话。

同日，《民权报》刊载《玉梨魂》，枕亚，文言。附张《民权画报》刊载怨情小说《葛蔓楼》，颉钦，文言。

19 日　《申报》"自由谈"之小说栏刊载《自由女之新婚谈》，（是龙），文言。

同日，《时报》小说栏刊载《血婚哀史卷一》（续）（法国大仲马著）（病夫译），白话章回。刊载《雏形伯爵》（笑），（二），白话。

同日，《民权报》刊载《玉梨魂》，枕亚，文言。附张《民权画报》刊载怨情小说《葛蔓楼》，颉钦，文言。

20 日　《申报》"自由谈"之小说栏刊载短篇小说《一见缘》，（剑痴），文言。

同日，《时报》小说栏刊载《血婚哀史卷一》（续）（法国大仲马著）（病夫译），白话章回。刊载《雏形伯爵》（笑），（三），白话。

同日，《民权报》刊载《红粉劫》，英国司达握氏著，定夷译，文言。刊载《玉梨魂》，枕亚，文言。附张《民权画报》刊载怨情小说《葛蔓楼》，颉钦，文言。

21 日　《民生日报》刊载小说一《美人局》，小说二《米艇匪案》，小说三《胭脂血泪》，小说四《指腹婚姻（录）》，文言，又见于 23 日《民生日报》。

同日，《申报》"自由谈"之小说栏刊载写情小说《燕分飞》，（剑痴），文言。

同日，《时报》小说栏刊载《血婚哀史卷一》（续）（法国大仲马著）（病夫译），白话章回。刊载《雏形伯爵》（笑），（四），白话。

同日，《民权报》刊载《玉梨魂》，枕亚，文言。附张《民权画报》刊载怨情小说《葛蔓楼》，颉钦，文言。

22 日　《申报》"自由谈"之小说栏刊载写情小说《燕分飞》（续），（剑痴），文言。

同日，《时报》小说栏刊载《血婚哀史卷一》（续）（法国大仲马著）（病夫译），白话章回。刊载《雏形伯爵》（笑），（五），白话。

同日，《民权报》刊载《玉梨魂》，枕亚，文言。附张《民权画报》刊载怨情小说《葛蔓楼》，颉钦，文言。

23 日　《申报》"自由谈"之小说栏刊载滑稽短篇《小老婆维持会》，（曙岚），文言；刊载社会小说《农家叹》，瘦蝶，白话。

同日，《时报》小说栏刊载《血婚哀史卷一》（续）（法国大仲马著）（病夫译），白话章回。刊载《雏形伯爵》（笑），（六），白话。

同日，《民权报》刊载《红粉劫》，英国司达握氏著，定夷译，文言。

刊载《冬烘先生》，一寒，文言。附张《民权画报》刊载怨情小说《葛蔓楼》，颉钦，文言。

24 日　《民生日报》刊载小说一《美人局》，小说二《洞房霜》，平湖，文言，小说三《胭脂血泪》，小说四《海底贼巢》，又见于 25 日《民生日报》。

同日，《申报》"自由谈"之小说栏刊载艳情小说《西湖艳迹》，（剑痴），文言；刊载短篇小说《投稿心理》，（瘦蝶），文言；刊载短篇小说《投稿痴》，了青，文言，前有按语："按此稿了青先生于阴历六月间投来，积压至今，始得登出，读者勿讶中间有不合时令之语也。编辑者识。"

同日，《时报》小说栏刊载《血婚哀史卷一》（续）（法国大仲马著）（病夫译），白话章回。刊载《雏形伯爵》（笑），（七），白话。

同日，《民权报》刊载《红粉劫》，英国司达握氏著，定夷译，文言。刊载《冬烘先生》，一寒，文言。附张《民权画报》刊载怨情小说《葛蔓楼》，颉钦，文言。

25 日　《妇女时报》第八号刊载《恋爱之花》（林肯之情史），美国挨金生女士著，瘦鹃译，文言。刊载《铁血皇后》，瘦鹃，文言。刊载《侮辱》，卓呆、钏影，白话。中华民国元年九月初一印刷，中华民国元年九月廿五发行。

同日，《申报》之小说栏刊载艳情小说《西湖艳迹》，（续），（剑痴），文言；刊载社会短篇《中秋节》，（笑容），白话。

同日，《时报》小说栏刊载《血婚哀史卷一》（续）（法国大仲马著）（病夫译），白话章回。刊载《雏形伯爵》（笑），（八），白话。"滑稽余谈"栏刊载传奇小说《中秋一夕话》，（冯绪承投稿），白话。

同日，《民权报》刊载《黛玉怨》（定夷），白话章回。刊载《冬烘先生》，一寒，文言。附张《民权画报》刊载怨情小说《葛蔓楼》，颉钦，文言。

26 日　《申报》"自由谈"之小说栏刊载短篇小说《月宫会》，（瘦蝶），文言（夹有白话）。

同日，《时报》小说栏刊载《血婚哀史卷一》(续)(法国大仲马著)(病夫译)，白话章回。刊载《雏形伯爵》(笑)，(九)，白话。"滑稽余谈"栏刊载传奇小说《中秋一夕话》，(续)(冯绪承投稿)，白话。

同日，《民权报》刊载《賨玉怨》(定夷)，白话章回。刊载《冬烘先生》，一寒，文言。附张《民权画报》刊载怨情小说《葛蔓楼》，颉钦，文言。

27 日　《民生日报》刊载小说一《美人局》，小说二《洞房霜》，小说三《胭脂血泪》，小说四《梨花劫》，文言，又见于 28 日《民生日报》。

同日，《申报》"自由谈"之小说栏刊载社会短篇《车中记》(甘草生)，文言。

同日，《时报》小说栏刊载《血婚哀史卷一》(续)(法国大仲马著)(病夫译)，白话章回。刊载《雏形伯爵》(笑)，(十)，白话。

同日，《北京新报》"说聊斋"栏开始刊载《娇娜》，尹箴明，白话。

同日，《民权报》刊载《賨玉怨》(定夷)，白话章回。刊载《冬烘先生》，一寒，文言。附张《民权画报》刊载怨情小说《葛蔓楼》，颉钦，文言。

28 日　《申报》之小说栏刊载《无名罪人》，(九十一)，(无名)，白话。"自由谈"之小说栏刊载社会小说《贼秃》，(何立三)，文言；刊载短篇小说《自由谈》，(嘉定二我)，文言。

同日，《时报》小说栏刊载《血婚哀史卷一》(续)(法国大仲马著)(病夫译)，白话章回。刊载《雏形伯爵》(笑)，(十一)，白话。

同日，《民权报》刊载《賨玉怨》(定夷)，白话章回。刊载《冬烘先生》，一寒，文言。附张《民权画报》刊载侠情小说《女儿红》，悟痴原著，双热润辞，文言。

29 日　《申报》之小说栏刊载《无名罪人》，(九十二)，(无名)，白话。"自由谈"之小说栏刊载滑稽短篇《光复大纪念》，(钝根)，文言；刊载短篇寓言《引狼入室》，(龙)，白话。

同日，《时报》小说栏刊载《血婚哀史卷一》(续)(法国大仲马著)

（病夫译），白话章回。刊载《雏形伯爵》(笑)，（十二），白话。

同日，《民权报》"小说"栏刊载《霉玉怨》(定夷)，白话章回。刊载《玉梨魂》，枕亚，文言。附张《民权画报》刊载侠情小说《女儿红》，悟痴原著，双热润辞，文言。

30 日 《申报》"自由谈"之小说栏刊载滑稽短篇《妓女革命观》，（龙)，白话。

同日，《时报》小说栏刊载《血婚哀史卷一》(续)（法国大仲马著)（病夫译），白话章回。刊载《雏形伯爵》(笑)，（十三），白话。

同日，《民权报》"小说"栏刊载《霉玉怨》(定夷)，白话章回。刊载《玉梨魂》，枕亚，文言。附张《民权画报》刊载侠情小说《女儿红》，悟痴原著，双热润辞，文言。

发生于本月但日期不详之事件

《进步》第十一册刊载《撷兰记》第十回。

《小说月报》第三年第六期"短篇小说"栏刊载记事小说《洞庭客话》（禁转载)，焦木，文言；刊载社会小说《女权泪》(禁转载)，甦庵，文言。刊载《红楼梦题词》，内有清平乐·咏蟹(宝钗)、乌夜啼·拂蝇(宝钗)、大江东去·征社(探春)、女冠子·扶乩(妙玉)。"短篇小说"栏刊载社会小说《红菜苔》(禁转载)，抚掌，白话。"长篇小说"栏刊载哀情小说《劫花惨史》，指严，文言；刊载历史小说《卢宫秘史》，英国恩苏霍伯原著，作霖甘永龙、文彬朱炳勋同译，文言；刊载《鹭莲债券》，"本社征文当选"，美国基鹭舒荣原著，闽明孙沈敏译，文言。

10 月

1 日 《申报》之小说栏刊载《无名罪人》，（九十三)，（无名)，白话。"自由谈"之小说栏刊载自由谈之《谈话会》(嘉定二我),文言。

同日,《时报》小说栏刊载《血婚哀史卷一》(续)(法国大仲马著)(病夫译),白话章回。刊载《雏形伯爵》(笑),(十四),白话。

同日,《民权报》"小说"栏刊载《霣玉怨》(定夷),白话章回。刊载《玉梨魂》,枕亚,文言。附张《民权画报》刊载侠情小说《女儿红》,悟痴原著,双热润辞,文言。

2 日 《民权画报》刊载哀情小说《征人恨》,署名"钱冷",至本月20日止。

同日,《民生日报》刊载小说一《美人局》小说二《洞房霜》,小说三《胭脂血泪》,小说四《海底贼巢》。《申报》之小说栏刊载《无名罪人》,(九十四),(无名),白话。"自由谈"之小说栏刊载教育小说《待明日》,(法国枫丹柄著)(颂斌译),文言;刊载短篇小说《文明流氓》,(天声),文言。

同日,《时报》小说栏刊载《血婚哀史卷一》(续)(法国大仲马著)(病夫译),白话章回。刊载《雏形伯爵》(笑),(十五),白话。

同日,《民权报》"小说"栏刊载《霣玉怨》(定夷),白话章回。刊载《玉梨魂》,枕亚,文言。附张《民权画报》刊载哀情小说《征人恨》,铁冷,文言。

3 日 《民生日报》刊载小说一《美人局》,小说二《洞房霜》,小说三《胭脂血泪》,小说四《梨花劫》。

同日,《申报》之小说栏刊载《无名罪人》,(九十五),(无名),白话。"自由谈"之小说栏刊载教育小说《待明日》(续),(法国枫丹柄著)(颂斌译),文言。

同日,《时报》小说栏刊载《血婚哀史卷一》(续)(法国大仲马著)(病夫译),白话章回。刊载《雏形伯爵》(笑),(十六),白话。

同日,《民权报》"小说"栏刊载《霣玉怨》(定夷),白话章回。刊载《玉梨魂》,枕亚,文言。附张《民权画报》刊载哀情小说《征人恨》,铁冷,文言。

4 日　《民生日报》刊载小说一《美人局》，小说二《洞房霜》，小说三《胭脂血泪》，小说四《海底贼巢》，又见于 5 日、7 日、9 日、10 日、12 日《民生日报》。

同日，《申报》"自由谈"之小说栏刊载教育小说《待明日》（再续），（法国枫丹枘著）（颂斌译），文言；刊载短篇寓言《共和》（其一），（一冰），文言。

同日，《时报》小说栏刊载《血婚哀史卷一》（续）（法国大仲马著）（病夫译），白话章回。刊载《雏形伯爵》（笑），（十七），白话。

同日，《民权报》"小说"栏刊载《賣玉怨》（定夷），白话章回。刊载《玉梨魂》，枕亚，文言。附张《民权画报》刊载哀情小说《征人恨》，铁冷，文言。

5 日　《申报》"自由谈"之小说栏刊载教育小说《待明日》（三续），（法国枫丹枘著）（颂斌译），文言。

同日，《时报》小说栏刊载《血婚哀史卷一》（续）（法国大仲马著）（病夫译），白话章回。刊载《雏形伯爵》（笑），（十八），白话。

同日，《民权报》"小说"栏刊载《賣玉怨》（定夷），白话章回。刊载《玉梨魂》，枕亚，文言。附张《民权画报》刊载哀情小说《征人恨》，铁冷，文言。

6 日　《申报》之小说栏刊载《无名罪人》，（九十六），（无名），白话。"自由谈"之小说栏刊载社会短篇《发财诀》，（钝根），白话。

同日，《时报》小说栏刊载《血婚哀史卷一》（续）（法国大仲马著）（病夫译），白话章回。刊载《雏形伯爵》（笑），（十九），白话。

同日，《民权报》刊载《玉梨魂》，枕亚，文言。附张《民权画报》刊载哀情小说《征人恨》，铁冷，文言。

7 日　《申报》"自由谈"之小说栏刊载滑稽短篇《帽之泪》，（瀑石），文言。

同日，《时报》小说栏刊载《血婚哀史卷一》（续）（法国大仲马著）（病夫译），白话章回。刊载《雏形伯爵》（笑），（二十），白话。

　　同日，《民权报》刊载《红粉劫》，英国司达握氏著，定夷译，文言。刊载《黑鸭逸史》，悟痴，文言。附张《民权画报》刊载哀情小说《征人恨》，铁冷，文言。

　　8 日　《申报》之小说栏刊载《无名罪人》，（九十七），（无名），白话。"自由谈"之小说栏刊载短篇寓言《共和》（其二）（一冰），文言；刊载短篇小说《老渔翁》，（越民），白话。

　　同日，《时报》小说栏刊载《血婚哀史卷一》（续）（法国大仲马著）（病夫译），白话章回。刊载《雏形伯爵》（笑），（二十一），白话。

　　同日，《民权报》刊载《红粉劫》，英国司达握氏著，定夷译，文言。刊载《黑鸭逸史》，悟痴，文言。附张《民权画报》刊载哀情小说《征人恨》，铁冷，文言。

　　9 日　《申报》之小说栏刊载《无名罪人》，（九十八），（无名），白话。"自由谈"之小说栏刊载短篇小说《鬼雄泪》，（瘦蝶），文言。

　　同日，《时报》小说栏刊载《血婚哀史卷一》（续）（法国大仲马著）（病夫译），白话章回。刊载《雏形伯爵》（笑），（二十二），白话。

　　同日，《民权报》刊载《黑鸭逸史》，悟痴，文言。附张《民权画报》刊载哀情小说《征人恨》，铁冷，文言。

　　10 日　《申报》"自由谈"之小说栏刊载纪念之小说《两面观》（痴萍），白话。

　　同日，《时报》小说栏刊载《血婚哀史卷一》（续）（法国大仲马著）（病夫译），白话章回。刊载《雏形伯爵》（笑），（二十三），白话。

　　同日，《民权报》"小说"栏刊载《賈玉怨》（定夷），白话章回。刊载《儿戏》，双热，文言。

　　12 日　《申报》之小说栏刊载短篇寓言《共和》（其三）（一冰），文言。

　　同日，《时报》小说栏刊载《血婚哀史卷一》（续）（法国大仲马著）（病夫译），白话章回。刊载《雏形伯爵》（笑），（二十四），白话。

　　同日，《民权报》刊载《賈玉怨》（定夷），白话章回。刊载《黑鸭逸史》，悟痴，文言。附张《民权画报》刊载哀情小说《征人恨》，铁冷，文言。

同日，《神州日报》刊载短篇小说《美人怨》，哀禅，文言。

13日　《申报》之小说栏刊载《无名罪人》，（九十九），（无名），白话。"自由谈"之小说栏刊载滑稽小说《鬼话连篇》，（天声），白话。

同日，《时报》小说栏刊载《血婚哀史卷一》（续）（法国大仲马著）（病夫译），白话章回。刊载《雏形伯爵》（笑），（二十五），白话。

同日，《民权报》刊载《賈玉怨》（定夷），白话章回。刊载《黑鸭逸史》，悟痴，文言。附张《民权画报》刊载哀情小说《征人恨》，铁冷，文言。

同日，《神州日报》刊载短篇小说《奇女子》，文言。

14日　《申报》"自由谈"之小说栏刊载滑稽小说《鬼话连篇》（续），（天声），白话。

同日，《时报》小说栏刊载《血婚哀史卷一》（续）（法国大仲马著）（病夫译），白话章回。刊载《雏形伯爵》（笑），（二十六），白话。

同日，《民权报》刊载《賈玉怨》（定夷），白话章回。刊载《黑鸭逸史》，悟痴，文言。附张《民权画报》刊载哀情小说《征人恨》，铁冷，文言。

同日，《神州日报》刊载近事写实《乡董威》，谦六，文言。

15日　《民生日报》刊载小说一《美人局》，小说二《洞房霜》，小说三《胭脂血泪》，小说四实事写真《奸商龟鉴》，著者访渭，文言。

同日，《申报》之小说栏刊载《无名罪人》，（一百），（无名），白话。"自由谈"之小说栏刊载滑稽小说《幸福》，（瘦蝶），白话；刊载奇情小说《姊妹同郎》，（瘦鹤酒丐），文言。

同日，《民权报》刊载《黑鸭逸史》，悟痴，文言。附张《民权画报》刊载哀情小说《征人恨》，铁冷，文言。

同日，《神州日报》刊载近事写实《乡董威》，谦六，文言。

16日　《民生日报》刊载小说一《美人局》，小说二《洞房霜》，小说三《胭脂血泪》，小说四《海底贼巢》。

同日，《申报》"自由谈"之小说栏刊载奇情小说《姊妹同郎》(续) (瘦鹤酒丐)，文言。

同日，《时报》小说栏刊载《血婚哀史卷一》(续)(法国大仲马著) (病夫译)，白话章回。刊载《雏形伯爵》(笑)，(二十七)，白话。

同日，《民权报》刊载《赏玉怨》(定夷)，白话章回。刊载《黑鸭逸史》，悟痴，文言。附张《民权画报》刊载哀情小说《征人恨》，铁冷，文言。

同日，《神州日报》刊载近事写实《乡董威》，谦六，文言。

17 日 《民生日报》刊载小说一《美人局》，小说二《洞房霜》，小说三《胭脂血泪》，小说四《贪淫报》，忏红，文言。

同日，《时报》小说栏刊载《血婚哀史卷一》(续)(法国大仲马著) (病夫译)，白话章回。

同日，《民权报》刊载《赏玉怨》(定夷)，白话章回。刊载《黑鸭逸史》，悟痴，文言。附张《民权画报》刊载哀情小说《征人恨》，铁冷，文言。

同日，《神州日报》刊载近事写实《乡董威》，谦六，文言。

18 日 《时报》小说栏刊载《血婚哀史卷一》(续)(法国大仲马著) (病夫译)，白话章回。刊载《雏形伯爵》(笑)，(二十八)，白话。

同日，《民权报》刊载《黑鸭逸史》，悟痴，文言。附张《民权画报》刊载哀情小说《征人恨》，铁冷，文言。

同日，《神州日报》刊载近事写实《乡董威》，谦六，文言。

19 日 《民生日报》刊载小说一《美人局》，小说二《洞房霜》，小说三《胭脂血泪》，小说四实事写真《误解自由》(著者访渭)，文言。

同日，《申报》"自由谈"之小说栏刊载短篇小说《情丝》(续)，(青溪佩玉)，文言。

同日，《时报》小说栏刊载《血婚哀史卷一》(续)(法国大仲马著) (病夫译)，白话章回。

同日，《民权报》刊载《黑鸭逸史》，悟痴，文言。附张《民权画报》刊载哀情小说《征人恨》，铁冷，文言。

同日，《神州日报》刊载近事写实《乡董威》，谦六，文言。

20 日　《申报》"自由谈"之小说栏刊载短篇小说《情丝》（二续），（青溪佩玉），文言；刊载奇情小说《姊妹同郎》（续）（瘦鹤酒丐），文言；刊载滑稽短篇《闹厨房》，（剑朴），白话。

同日，《时报》小说栏刊载《血婚哀史卷一》（续）（法国大仲马著）（病夫译），白话章回。刊载《雏形伯爵》（笑），（二十九），白话。

同日，《民权报》刊载《賨玉怨》（定夷），白话章回。刊载《黑鸭逸史》，悟痴，文言。附张《民权画报》刊载哀情小说《征人恨》，铁冷，文言。

同日，《神州日报》刊载短篇小说《冬烘先生》，天南浪子，文言。

21 日　《民生日报》刊载小说一《美人局》，小说二《洞房霜》，小说三《胭脂血泪》，小说四《贪淫报》，又见于 22 日、24 日《民生日报》。

同日，《申报》"自由谈"之小说栏刊载短篇小说《情丝》（三续），（青溪佩玉），文言；刊载滑稽短篇《剖心记》，（瘦蝶），文言。

同日，《时报》小说栏刊载《血婚哀史卷一》（续）（法国大仲马著）（病夫译），白话章回。刊载《雏形伯爵》（笑），（三十），白话。

同日，《民权报》刊载《賨玉怨》（定夷），白话章回。刊载《黑鸭逸史》，悟痴，文言。

同日，《神州日报》刊载理想小说《天荒漫游》，毅庵，文言。

22 日　《申报》"自由谈"之小说栏刊载短篇小说《情丝》（四续），（青溪佩玉），文言。

同日，《时报》小说栏刊载《血婚哀史卷一》（续）（法国大仲马著）（病夫译），白话章回。

同日，《民权报》刊载《賨玉怨》（定夷），白话章回。刊载《黑鸭逸史》，悟痴，文言。

同日，《神州日报》"小说"栏刊载《清孝庄后外传》，陆士谔，文言。

23 日　《时报》刊载"侦探小说《一百十三案再版已出》"广告。小说栏刊载《血婚哀史卷一》(续)(法国大仲马著)(病夫译),白话章回。刊载《雏形伯爵》(笑),(三十一),白话。

同日,《民权报》刊载《賈玉怨》(定夷),白话章回。刊载《黑鸭逸史》,悟痴,文言。

同日,《神州日报》"小说"栏刊载《清孝庄后外传》,陆士谔,文言。

24 日　《时报》刊载"侦探小说《一百十三案再版已出》"广告。小说栏刊载《血婚哀史卷一》(续)(法国大仲马著)(病夫译),白话章回。刊载《雏形伯爵》(笑),(三十二),白话。

同日,《民权报》刊载《賈玉怨》(定夷),白话章回。刊载《黑鸭逸史》,悟痴,文言。

同日,《神州日报》"小说"栏刊载《清孝庄后外传》,陆士谔,文言。

25 日　《民生日报》刊载小说一《美人局》,小说二《洞房霜》,小说三《胭脂血泪》,小说四《海底贼巢》。

同日,《申报》"自由谈"之小说栏刊载短篇小说《婚娅奇谈》,(剑朴),文言。

同日,《时报》小说栏刊载《血婚哀史卷一》(续)(法国大仲马著)(病夫译),白话章回。

同日,《民权报》刊载《賈玉怨》(定夷),白话章回。刊载《黑鸭逸史》,悟痴,文言。

同日,《神州日报》"小说"栏刊载《清孝庄后外传》,陆士谔,文言。

26 日　《民生日报》刊载小说一《美人局》,小说二《洞房霜》,小说三《胭脂血泪》,小说四《贪淫报》。

同日,《申报》"自由谈"之小说栏刊载讽世小说《梦游蚁窟》,(了青），文言夹杂白话。

同日，《时报》小说栏刊载《血婚哀史卷一》（续）（法国大仲马著）（病夫译），白话章回。刊载《雏形伯爵》（笑），（三十三），白话。

同日，《民权报》刊载《寶玉怨》（定夷），白话章回。刊载《黑鸭逸史》，悟痴，文言。

同日，《神州日报》刊载理想小说《天荒漫游》，毅庵，文言。

27日　《申报》"自由谈"之小说栏刊载讽世小说《梦游蚁窟》，（续），（了青），白话。

同日，《时报》小说栏刊载《血婚哀史卷一》（续）（法国大仲马著）（病夫译），白话章回。刊载《雏形伯爵》（笑），（三十四），白话。"滑稽余谈"栏刊载短篇小说《血中花》，文言。

同日，《北京新报》"说聊斋"栏开始刊载《商三官》，尹箴明，白话。

同日，《民权报》刊载《寶玉怨》（定夷），白话章回。刊载《黑鸭逸史》，悟痴，文言。

同日，《神州日报》小说栏刊载《清史演义》（不许转载），陆士谔，白话。

28日　《民生日报》刊载小说一《美人局》，小说二《洞房霜》，小说三哀艳现事《恨果情花梦》，苇次郎 梁尚勤 同著，文言，小说四《贪淫报》。

同日，《申报》"自由谈"之小说栏刊载节烈小说《贾烈女》（瘦蝶），文言。

同日，《时报》小说栏刊载《血婚哀史卷一》（续）（法国大仲马著）（病夫译），白话章回。"滑稽余谈"栏刊载短篇小说《血中花》，（续），文言。

同日，《民权报》刊载《红粉劫》，英国司达握氏著，定夷译，文言。刊载《玉梨魂》，枕亚，文言。

同日，《神州日报》小说栏刊载《清史演义》（不许转载），陆士谔，

白话。

29 日 《民生日报》刊载小说一《美人局》，小说二《洞房霜》，小说三《恨果情花梦》，小说四《海底贼巢》，又见于 30 日《民生日报》。

同日，《申报》"自由谈"之小说栏刊载滑稽小说《三熊会》，（瘦蝶），白话。刊载"改良小说社迁移广告"："本社现由麦家圈元记栈迁移至棋盘街中青莲坊弄内西字第七十一号门牌石库门。照常交易，外埠通信以及惠顾诸君，务希移投本新迁处所为盼。恐未周知，特此登报广告，幸乞注意。改良小说社谨启。"

同日，《时报》小说栏刊载《血婚哀史卷一》（续）（法国大仲马著）（病夫译），白话章回。刊载《雏形伯爵》（笑），（三十五），白话。

同日，《民权报》刊载《红粉劫》，英国司达握氏著，定夷译，文言。刊载《玉梨魂》，枕亚，文言。

同日，《神州日报》小说栏刊载《清史演义》（不许转载），陆士谔，白话。

30 日 《申报》"自由谈"之小说栏刊载讽世小说《梦游蚁窟》（续二十七日），（了青），白话。

同日，《时报》小说栏刊载《血婚哀史卷一》（续）（法国大仲马著）（病夫译），白话章回。刊载《雏形伯爵》（笑），（三十六），白话。

同日，《民权报》刊载《红粉劫》，英国司达握氏著，定夷译，文言。刊载《挈冤镜》，双热，文言。

同日，《神州日报》小说栏刊载《清史演义》（不许转载），陆士谔，白话。

31 日 《民生日报》刊载小说一《美人局》，小说二《绿林侠，平湖，文言》，小说三《恨果情花梦》，小说四《海底贼巢》。

同日，《申报》"自由谈"之小说栏刊载讽世小说《梦游蚁窟》（三续），（了青），白话。

同日，《时报》小说栏刊载《血婚哀史卷一》（续）（法国大仲马著）（病夫译），白话章回。刊载《雏形伯爵》（笑），（三十七），白话。"滑稽余谈"栏刊载滑稽小说《曲辫子》,（冠亚）,文言。

同日,《民权报》刊载《红粉劫》,英国司达握氏著,定夷译,文言。刊载《玉梨魂》,枕亚,文言。

同日,《神州日报》小说栏刊载《清史演义》(不许转载),陆士谔,白话。

发生于本月但日期不详之事件

《进步》第十二册刊载《撷兰记》第十一回。

《时事新报小说合编》第一版,时事新报馆印行,所载小说目录如下:家庭小说《如意珠》、短篇小说《通信员自伐》《巴达维亚革命小说》《红毛大侠》、短篇小说《江南燕子》、短篇小说《电梦》、短篇小说《无名之义士》、短篇小说《斯拉夫军人之残忍》、短篇小说《枕边匣》、短篇小说《一钱破家》、短篇小说《施公庙》、短篇小说《明季奇人一》、短篇小说《明季奇人二》。

《小说月报》第三年第七期"短篇小说"栏刊载记事小说《糖果中之炸弹》(禁转载),步云,文言;刊载写情小说《出山泉水》译英伦《海滨杂志》,铁樵,文言。"长篇小说"栏刊载军事小说《新旧英雄》(禁转载),高阳氏不才子述,白话章回;刊载《残蝉曳声录》英国议员测次希洛箸,闽县林纾笔述,静海陈家麟口译,文言;刊载历史小说《卢宫秘史》,英国恩苏霍伯原著,作霖甘永龙、文彬朱炳勋同译,文言。"文苑"栏刊载《说小说》,管达如,此期刊载(乙)体制上之分类、(丙)性质上之分类。刊载"商务印书馆发行白话小说"广告:"侦探小说《寒桃记》二册七角,是书叙一贵族少年与一伯爵夫人私识,一夜突有人入伯爵府纵火,诱伯爵出枪杀之,众遂指贵族少年为凶手,且有以痴仆出而证实之,众以其痴也,愈以为信,遂蒙不白之冤,厥后几经辩护,几经侦探,始获水落石出,案情离奇,俶诡之至,译笔亦能曲折以赴之。理想小说《回头看》,定价三角,是书借小说体裁发挥其社会主义,叙一人用催眠术致睡不醒亦不死，沉埋地下一百余年，经人发掘而出，一觉醒来另是一番景象，其所记述当时国家政策，人民工艺及社会一切情形，异想天开，虽欧美自号文明，其程度亦尚不可几及，试展读之，恰如置身极乐世界。冒险小说《旧金山》，二角五分，是书叙美洲童子数人间关数千里，至人迹罕到之加里奉尼亚地方开掘金矿，一路历种种艰难，种种危险，有进行而无退志，卒达目的而后已。叙述处令人忽而动魄惊心，忽而解颐绝倒，而优胜劣败之理，时时于言外得之，又非徒以点缀为工者。道德小说《一束缘》，二角五分，是书叙一英国女子，先与一男子相悦，已订婚矣，后复心艳富贵，冒为他人之女，与一勋爵结婚，卒以一束之故，数十年之隐情破于一旦，身丧名裂，足为女子慕势堕德者戒，情节幽渺离奇，描写处尤在于隐寓劝诫小说中之正而能奇，醇而不腐者。义侠小说《侠黑奴》，定价一角，是书描写白人虐待黑人种种惨状，几令人不忍卒读，中叙一侠奴前受旧主之虐，后感新主之恩，始终恩怨分明，百折不回，卒能蹈死不顾，出其主于难，篇幅虽短，用笔有波涛汹涌之势，洵奇观也。"刊载"林琴南先生译"，内容同前。《小说月报》编辑者铁樵恽树珏。

11 月

1 日　《东方杂志》第九卷第五号刊载《五十故事》之《三足四足之物》，东吴旧孙，文言。

同日，《少年》第二卷第二号刊载《爱国泪》，白话。

同日，《民生日报》刊载小说一《美人局》，小说二《绿林侠》，小说三《恨果情花梦》，小说四侦探小说《狡盗》，译者占端、梁伯华。

同日，《申报》"自由谈"之小说栏刊载讽世小说《梦游蚁窟》（四续）（了青），白话。

同日，《时报》小说栏刊载《血婚哀史卷一》（续）（法国大仲马著）

（病夫译），白话章回。刊载《雏形伯爵》(笑)，（三十八），白话。"滑稽余谈"栏刊载滑稽小说《曲辫子》(续)，（冠亚），文言。

同日，《民权报》刊载《红粉劫》，英国司达握氏著，定夷译，文言。刊载《孽冤镜》，双热，文言。

同日，《神州日报》小说栏刊载《清史演义》(不许转载)，陆士谔，白话。

2日　《民生日报》刊载小说一《美人局》，小说二《绿林侠》，小说三《恨果情花梦》，小说四《狡盗》。

同日，《申报》"自由谈"之小说栏刊载奇情小说《江舟侠女》(了青)，文言。刊载"投稿润例"："自由谈创行以来蒙各处文家厚爱，投稿络绎，趣味浓深，本馆感极之余，亟思以酬答盛意。兹拟得投稿润例如左，希垂鉴焉。自本月一号起，凡有关于时事之谐文小说笔记投交本馆登出者分五等奉酬，头等每千字三元，二等二元，三等一元，四等五等酌赠书报。附例 头等二等三等四等五等之别，视篇末所注之一二三四五字样为定，投稿者请于月终向本馆账房□字取酬。来稿字迹不可太细，抄袭他报或旧书者不登，原稿恕不奉还。"

同日，《时报》刊载《雏形伯爵》(笑)，（三十九），白话。"滑稽余谈"栏刊载滑稽小说《曲辫子》(续)，（冠亚），文言。

同日，《民权报》刊载《红粉劫》，英国司达握氏著，定夷译，文言。刊载《玉梨魂》，枕亚，文言。

3日　《申报》"自由谈"之小说栏刊载奇情小说《江舟侠女》(续)(了青)，文言。

同日，《时报》小说栏刊载《血婚哀史卷一》(续)(法国大仲马著)(病夫译)，白话章回。"滑稽余谈"栏刊载滑稽小说《曲辫子》(续)，（冠亚），文言。

同日，《民权报》刊载《红粉劫》，英国司达握氏著，定夷译，文言。刊载《孽冤镜》，双热，文言。

同日，《神州日报》小说栏刊载《清史演义》(不许转载)，陆士谔，

白话。

4日 《民生日报》刊载小说一《美人局》，小说二《绿林侠》，小说三《恨果情花梦》，小说四《海底贼巢》，又见于5号、6号、7号、8号《民生日报》。

同日，《申报》"自由谈"之小说栏刊载奇情小说《江舟侠女》（再续）（了青），文言。

同日，《时报》小说栏刊载《血婚哀史卷一》（续）（法国大仲马著）（病夫译），白话章回。刊载《雏形伯爵》（笑），（四十），白话。"滑稽余谈"栏刊载滑稽小说《曲辫子》（续），（冠亚），文言。

同日，《民权报》刊载《红粉劫》，英国司达握氏著，定夷译，文言。刊载《玉梨魂》，枕亚，文言。

同日，《神州日报》小说栏刊载《清史演义》（不许转载），陆士谔，白话。

5日 《申报》"自由谈"之小说栏刊载奇情小说《江舟侠女》（三续）（了青），文言。

同日，《时报》小说栏刊载《血婚哀史卷一》（续）（法国大仲马著）（病夫译），白话章回。刊载《雏形伯爵》（笑），（四十一），白话。

同日，《民权报》刊载《红粉劫》，英国司达握氏著，定夷译，文言。刊载《孽冤镜》，双热，文言。

同日，《神州日报》小说栏刊载《清史演义》（不许转载），陆士谔，白话。

6日 《申报》"自由谈"之小说栏刊载言情小说《华鬘劫》（一）（瘦蝶），文言。

同日，《时报》小说栏刊载《血婚哀史卷一》（续）（法国大仲马著）（病夫译），白话章回。刊载《雏形伯爵》（笑），（四十二），白话。

同日，《神州日报》小说栏刊载《清史演义》（不许转载），陆士谔，白话。

7日 《申报》"自由谈"之小说栏刊载言情小说《华鬘劫》（二）（瘦

蝶），文言。

　　同日，《时报》刊载"《小说月报》第三年六期出版"广告。小说栏刊载《血婚哀史卷一》（续）（法国大仲马著）（病夫译），白话章回。刊载《雏形伯爵》（笑），（四十三），白话。

　　同日，《民权报》刊载《红粉劫》，英国司达握氏著，定夷译，文言。刊载《孽冤镜》，双热，文言。

　　同日，《神州日报》小说栏刊载《清史演义》（不许转载），陆士谔，白话。

　　8 日　《申报》"自由谈"之小说栏刊载言情小说《华鬘劫》（三）（瘦蝶），文言。

　　同日，《时报》小说栏刊载《血婚哀史卷一》（续）（法国大仲马著）（病夫译），白话章回。刊载《雏形伯爵》（笑），（四十四），白话。

　　同日，《北京新报》"说聊斋"栏开始刊载《素秋》，耀亭，白话。

　　同日，《民权报》刊载《红粉劫》，英国司达握氏著，定夷译，文言。刊载《玉梨魂》，枕亚，文言。

　　同日，《神州日报》小说栏刊载《新儒林外史》，辟非，白话。

　　9 日　《民生日报》刊载小说一《美人局》，小说二《绿林侠》，小说三《恨果情花梦》，小说四《狡盗》，又见于 11 日、12 日、13 日《民生日报》。

　　同日，《申报》"自由谈"之小说栏刊载言情小说《华鬘劫》（四）（瘦蝶），文言。

　　同日，《时报》小说栏刊载《血婚哀史卷一》（续）（法国大仲马著）（病夫译），白话章回。

　　同日，《民权报》刊载《红粉劫》，英国司达握氏著，定夷译，文言。刊载《孽冤镜》，双热，文言。

　　同日，《神州日报》小说栏刊载《清史演义》（不许转载），陆士谔，白话。

　　10 日　《申报》"自由谈"之小说栏刊载《镖师女》（剑啸），文言。

同日，《时报》小说栏刊载《血婚哀史卷一》（续）（法国大仲马著）（病夫译），白话章回。刊载《雏形伯爵》（笑），（四十四），白话。

同日，《民权报》刊载《红粉劫》，英国司达握氏著，定夷译，文言。刊载《玉梨魂》，枕亚，文言。

同日，《神州日报》小说栏刊载《新儒林外史》，辟非，白话。

同日，《新闻报》"庄谐录"之"说书场"栏刊载短篇小说《双雄记》，裕庄，文言。

11 日 《申报》"自由谈"之小说栏刊载《镖师女》（剑啸），文言。

同日，《时报》小说栏刊载《血婚哀史卷一》（续）（法国大仲马著）（病夫译），白话章回。

同日，《民权报》刊载《红粉劫》，英国司达握氏著，定夷译，文言。刊载《孽冤镜》，双热，文言。

同日，《神州日报》小说栏刊载《清史演义》（不许转载），陆士谔，白话。

同日，《新闻报》"庄谐录"之"说书场"栏刊载短篇小说《双雄记》，裕庄，文言。

12 日 《申报》"自由谈"之小说栏刊载短篇小说《江阴狱》（率公），文言。

同日，《时报》小说栏刊载《血婚哀史卷一》（续）（法国大仲马著）（病夫译），白话章回。刊载《雏形伯爵》（笑），（四十五），白话。

同日，《大共和日报》刊载"秘本《水浒传传奇》"广告："是编为元人笔墨，摹写晁盖宋江等，情事激昂感慨，顿挫抑扬，盖其时蔡京当国，政治不良，民脂民膏，剥蚀殆尽，草泽奸雄，久思蠢动，故彼等假生纲为导辰火线，而梁山泊之事实遂发现于历史，君子观于此，可以知世变矣。洋装美本，定价六角。"又有"《媞嬛封》《桂枝香》传奇出现"广告："是二编为坦园先生所撰，一叙述明恒王妃四娘事，即石头记中媞嬛词之媞嬛将军也。巾帼英雄，至今凛凛有生气，可为现世女界进化之导机，一则诠次弇山尚书与桂伶事，以《品花宝鉴》为蓝本，今当戏剧改良时代，粉墨场中有慧眼者，谅不乏人，可于是编取证焉。洋装美本定价洋五角，上海四马路老巡捕房东寿福里弄底藜光社启。"

同日，《民权报》刊载《红粉劫》，英国司达握氏著，定夷译，文言。刊载《玉梨魂》，枕亚，文言。

同日，《神州日报》小说栏刊载《新儒林外史》，辟非，白话。

同日，《新闻报》"庄谐录"之"说书场"栏刊载短篇小说《双雄记》，裕庄，文言。

13 日　《申报》"自由谈"之小说栏刊载短篇小说《江阴狱》（续）（率公），文言。

同日，《时报》小说栏刊载《血婚哀史卷一》（续）（法国大仲马著）（病夫译），白话章回。刊载《雏形伯爵》（笑），（四十六），白话。

同日，《民权报》刊载《红粉劫》，英国司达握氏著，定夷译，文言。刊载《孽冤镜》，双热，文言。

同日，《神州日报》小说栏刊载《清史演义》（不许转载），陆士谔，白话。

14 日　《民生日报》刊载小说一《美人局》，小说二《绿林侠》，小说三《恨果情花梦》，小说四《海底贼巢》，又见于 15 日、19 日、20 日、22 日、23 日、25 日《民生日报》。

同日，《申报》"自由谈"之小说栏刊载短篇小说《江阴狱》（再续）（率公），文言。

同日，《时报》小说栏刊载《血婚哀史卷一》（续）（法国大仲马著）（病夫译），白话章回。刊载《雏形伯爵》（笑），（四十七），白话。"滑稽余谈"刊载警世小说《福桃》，（新），文言。

同日，《民权报》刊载《红粉劫》，英国司达握氏著，定夷译，文言。刊载《玉梨魂》，枕亚，文言。

同日，《神州日报》刊载札记小说《倩孃小传》，辟非，文言。

同日，《新闻报》"庄谐录"之"说书场"栏刊载短篇小说《双雄记》，裕庄，文言。

15 日 《申报》"自由谈"之小说栏刊载《琴园梦记》（著者漱冰），文言。

同日，《时报》小说栏刊载《血婚哀史卷一》（续）（法国大仲马著）（病夫译），白话章回。刊载《雏形伯爵》（笑），（四十八），白话。"滑稽余谈"刊载刊载警世小说《福桃》（续），（新），文言。

同日，《民权报》刊载《红粉劫》，英国司达握氏著，定夷译，文言。刊载《掔冤镜》，双热，文言。

同日，《神州日报》小说栏刊载《清史演义》（不许转载），陆士谔，白话。

同日，《新闻报》"庄谐录"之"说书场"栏刊载短篇小说《瞎子攫财术》，楼，文言。

16 日 《民生日报》刊载小说一《美人局》，小说二《绿林侠》，小说三《恨果情花梦》，小说四《狡盗》，又见于 18 日、21 日《民生日报》。

同日，《申报》"自由谈"之小说栏刊载《琴园梦记》（续）（著者漱冰），文言。

同日，《时报》小说栏刊载《血婚哀史卷一》（续）（法国大仲马著）（病夫译），白话章回。

同日，《民权报》刊载《红粉劫》，英国司达握氏著，定夷译，文言。刊载《玉梨魂》，枕亚，文言。

同日，《神州日报》刊载札记小说《倩孃小传》，辟非，文言。

同日，《新闻报》"庄谐录"之"说书场"栏刊载《新五才子》，至本年 11 月 22 日。

17 日 《申报》"自由谈"之小说栏刊载《琴园梦记》（三）（著者漱冰），文言。

同日，《时报》小说栏刊载《血婚哀史卷一》（续）（法国大仲马著）（病夫译），白话章回。刊载《雏形伯爵》（笑），（四十九），白话。

同日，《民权报》刊载《红粉劫》，英国司达握氏著，定夷译，文言。刊载《掔冤镜》，双热，文言。

同日,《神州日报》小说栏刊载《清史演义》(不许转载),陆士谔,白话。

18 日 《申报》"自由谈"之小说栏刊载《琴园梦记》(四)(著者漱冰),文言。

同日,《时报》小说栏刊载《血婚哀史卷一》(续)(法国大仲马著)(病夫译),白话章回。刊载《雏形伯爵》(笑),(五十),白话。

同日,《民权报》刊载《红粉劫》,英国司达握氏著,定夷译,文言。刊载《玉梨魂》,枕亚,文言。

同日,《神州日报》小说栏刊载《清史演义》(不许转载),陆士谔,白话。

19 日 《申报》"自由谈"之小说栏刊载《琴园梦记》(五)(著者漱冰),文言。

同日,《民权报》刊载《红粉劫》,英国司达握氏著,定夷译,文言。刊载《玉梨魂》,枕亚,文言。

同日,《神州日报》小说栏刊载《清史演义》(不许转载),陆士谔,白话。

20 日 《申报》"自由谈"之小说栏刊载奇情小说《鸳鸯血》(一)(天虚我生),文言。

同日,《时报》小说栏刊载《血婚哀史卷一》(续)(法国大仲马著)(病夫译),白话章回。刊载《雏形伯爵》(笑),(五十一),白话。

同日,《民权报》刊载《红粉劫》,英国司达握氏著,定夷译,文言。刊载《玉梨魂》,枕亚,文言。

同日,《神州日报》小说栏刊载《清史演义》(不许转载),陆士谔,白话。

21 日 《申报》"自由谈"之小说栏刊载奇情小说《鸳鸯血》(二)(天虚我生),文言。

同日,《时报》刊载《雏形伯爵》(笑),(五十二),白话。

同日,《民权报》刊载《红粉劫》,英国司达握氏著,定夷译,文言。

刊载《玉梨魂》，枕亚，文言。

同日，《神州日报》小说栏刊载《清史演义》（不许转载），陆士谔，白话。

22 日　《申报》"自由谈"之小说栏刊载奇情小说《鸳鸯血》（三）（天虚我生），文言；刊载滑稽小说《新天文家》，（瘦蝶），文言。

同日，《时报》刊载《雏形伯爵》（笑），（五十三），白话。

同日，《民权报》刊载《玉梨魂》，枕亚，文言。

同日，《神州日报》小说栏刊载《清史演义》（不许转载），陆士谔，白话。

23 日　《申报》"自由谈"之小说栏刊载奇情小说《鸳鸯血》（四）（天虚我生），文言。

同日，《民权报》刊载《红粉劫》，英国司达握氏著，定夷译，文言。刊载《玉梨魂》，枕亚，文言。

同日，《神州日报》刊载小说《新儒林外史》，辟非，白话。

同日，《新闻报》"庄谐录""小说林"栏刊载侦探小说《魔爱》，涵秋，文言，至 12 月 18 日止。

24 日　《申报》"自由谈"之小说栏刊载奇情小说《鸳鸯血》（五）（天虚我生），文言。

同日，《时报》刊载《雏形伯爵》（笑），（五十四），白话。

同日，《神州日报》小说栏刊载《清史演义》（不许转载），陆士谔，白话。

25 日　《申报》之小说栏刊载奇情小说《鸳鸯血》（六）（天虚我生），文言；刊载寓言短篇《六畜谈》，（潜龙），文言。

同日，《时报》刊载《雏形伯爵》（笑），（五十四），白话。

同日，《民权报》刊载《玉梨魂》，枕亚，文言。

同日，《神州日报》刊载小说《新儒林外史》，辟非，白话。

26 日　《民生日报》刊载小说一《贼杀奇谭》译者卓尔，文言，小说二《绿林侠》，小说三《恨果情花梦》，小说四《马和尚》，文言。

同日,《申报》"自由谈"之小说栏刊载奇情小说《鸳鸯血》(七)(天虚我生),文言。

同日,《神州日报》小说栏刊载《清史演义》(不许转载),陆士谔,白话。

27 日　《民生日报》刊载小说一《杀贼奇谭》,小说二《绿林侠》,小说三《恨果情花梦》,小说四《海底贼巢》,又见于 28 日、29 日、30 日《民生日报》。

同日,《申报》"自由谈"之小说栏刊载奇情小说《鸳鸯血》(八)(天虚我生),文言;刊载滑稽小说《神鬼同悲》,(一),(瘦蝶),白话。

同日,《时报》小说栏刊载《血婚哀史卷一》(续)(法国大仲马著)(病夫译),白话章回。刊载《雏形伯爵》(笑),(五十六),白话。

同日,《民权报》刊载《賣玉怨》(定夷),白话章回。刊载《孽冤镜》,双热,文言。

同日,《神州日报》刊载小说《新儒林外史》,辟非,白话。

28 日　《申报》"自由谈"之小说栏刊载奇情小说《鸳鸯血》(九)(天虚我生),文言。

同日,《时报》小说栏刊载《血婚哀史卷一》(续)(法国大仲马著)(病夫译),白话章回。刊载《雏形伯爵》(笑),(五十七),白话。

同日,《民权报》刊载《賣玉怨》(定夷),白话章回。刊载《玉梨魂》,枕亚,文言。

同日,《神州日报》小说栏刊载《清史演义》(不许转载),陆士谔,白话。

29 日　《申报》"自由谈"之小说栏刊载奇情小说《鸳鸯血》(十)(天虚我生),文言;刊载滑稽小说《神鬼同悲》,(二),(瘦蝶),白话。

同日,《时报》小说栏刊载《血婚哀史卷一》(续)(法国大仲马著)(病夫译),白话章回。刊载《雏形伯爵》(笑),(五十八),白话。

同日,《民权报》刊载《賣玉怨》(定夷),白话章回。刊载《孽冤镜》,双热,文言。

同日，《神州日报》刊载小说《新儒林外史》，辟非，白话。

30 日 《申报》"自由谈"之小说栏刊载奇情小说《鸳鸯血》(十一)(天虚我生)，文言；刊载滑稽小说《神鬼同悲》，(三)，(瘦蝶)，白话。

同日，《时报》小说栏刊载《血婚哀史卷一》(续)(法国大仲马著)(病夫译)，白话章回。刊载侦探小说《短剑》(笑)(一)，文言。

同日，《民权报》刊载《玉梨魂》，枕亚，文言。

同日，《神州日报》小说栏刊载《清史演义》(不许转载)，陆士谔，白话。

同日，《新闻报》"庄谐录"之"小说林"栏刊载《新五才子》，至 12 月 20 日止。

发生于本月但日期不详之事件

《进步》第十三册刊载《撷兰记》第十二回。

《神州女报》月刊第一号刊载"本报特别启事"："启者，本报前经汤君国梨组织旬刊，已发行三月，今由杨君季威主任改组月刊，凡关于本报一切事宜，与杨君接洽可也，此启。""小说"栏刊载《瞳影案》(续第八期《神州女报》)，涵秋译意，文言。

《小说月报》第三年第八号"短篇小说"栏刊载哀情小说《七十五里》，铁樵，文言；刊载冒险小说《动物院叟》，铁樵，文言；刊载社会小说《戏迷梦》，仙源苍园编述，此期刊载第一回 黑甜乡聆妙曲 戏迷梦演说来因，第二回 苦口婆心改良社会 借题寄慨唤醒愚蒙，第三回 谈戏曲追原祸始 论改革借证他邦。刊载《残蝉曳声录》，英国议员测次希洛箸，闽县林纾笔述，静海陈家麟口译，文言。刊载军事小说《新旧英雄》(禁转载)，高阳氏不才子述，此期刊载第二回 一蜚冲天大鹏再举 十年养气卧龙忽醒，第三回 中学生会操太原 联合会观兵曲沃。刊载历史小说《卢宫秘史》，英国恩苏霍伯原著，作霖甘永龙、文彬朱炳勋同译，文言。"文苑"栏刊载《说小说》，署名"管达如"，此期刊载第三章"小说之势力及其风行于社会理由"。刊载"商务印书馆发行林译名家小说"："滑稽小说《滑稽外史》，洋装六角，定价二元：是书以俶诡诙奇之笔，历历描写西国上下社会中现象，自王公巨贾以迄寒畯乞儿、妇人孺子，靡不穷形，极相刻画殆尽，无奇不备，亦无妙不臻，而魑魅魍魉之情形并一一活现纸上，诚西国之儒林外史也。历史小说《玉楼花劫》，前编续编各订二册，前编六角五分，续编五角五分：是书叙法皇鲁意十六之变政府初变共和国中乱离残杀之事惨无天日。自皇后公主以及储贰咸被拘囚，而大侠麦桑巵叔辈遂出其种种秘密手段，千奇百幻，倏去倏来，志在出皇后于难。虽事情中梗同尽斧锧之下，而其奇行伟节，令人于百岁下读之，犹觉生气奕奕。历史小说《大食故宫余载》，洋装一册，六角五分：大食故宫者亚剌伯所遗西班宫也，书中摹绘故宫之庄严清丽，令人有洞天福地之思，中幅纬以荒唐幻术旖旎风情并掘藏得宝诸奇说，触绪写来，无穷出清新，足令读者拍案叫绝，至其俯仰今古，凭吊兴衰，尤为悲壮苍凉，觉古之赋景福鲁灵光者犹逊此奕奕生动。侦探小说《歇洛克奇案开场》，洋装一册，三角五分：是书为福尔摩斯侦探案之一，内叙约佛森之坚毅强忍直可方勾践伍员，而大侦探家福尔摩斯即于是案为第一次试手，探奇显其惊人之绝技。我国民读是书大足振其御侮之精神，并增益料事之机智。"

12 月

1 日 《少年》第二卷第五号刊载《桃花将军》，白话。

同日，《庸言》第一卷第一号刊载梁启超"庸言"："庸之义有三，一训常，言其无奇也，一训恒，言其不易也，一训用，言其适应也。振奇之论，未尝不可以骤耸天下之观听，而为道每不可久，且按诸实而多阂焉。天下事物皆有原理。原则其原理之体，常不易其用，之演为原则

说三《恨果情花梦》，小说四《海底贼巢》，又见于 7 日、9 日《民生日报》。

同日，《申报》"自由谈"之小说栏刊载政治小说《铁血男儿》（一）（常觉）（独鹤），文言；刊载哀情小说《筠嬢小史》（二）（秋庭），文言。

同日，《时报》小说栏刊载《血婚哀史卷一》（续）（法国大仲马著）（病夫译），白话章回。刊载侦探小说《短剑》（笑）（六），文言。

同日，《民权报》刊载《玉梨魂》，枕亚，文言。《神州日报》小说栏刊载《清史演义》（不许转载），陆士谔，白话。

7 日 《申报》"自由谈"之小说栏刊载政治小说《铁血男儿》（二）（常觉）（独鹤），文言；刊载哀情小说《筠嬢小史》（三）（秋庭），文言。

同日，《时报》小说栏刊载《血婚哀史卷一》（续）（法国大仲马著）（病夫译），白话章回。刊载侦探小说《短剑》（笑）（七），文言。

同日，《民权报》刊载《賣玉怨》（定夷），白话章回。刊载《孽冤镜》，双热，文言。

同日，《神州日报》刊载小说《新儒林外史》，辟非，白话。

8 日 《独立周报》第十二期刊载"本馆特别启事"："本报发行以后备蒙海内外同志欢迎，咸谓本报星期发行为时甚短，而内容论说多至十余篇，每册四万余言，几至于全体由社员撰述，即至最普通之纪事栏亦复夹叙夹议，独见匠心，从未直录公牍，剪抄报章，为向来丛报所未有。因是销场愈推愈广。本社同人且感且恍，益思有以厌诸君之望者。今从第十五期起原有体例不少更动，更加增页数，添聘社员，增设国外纪事、世界批评丛谈、杂俎、小说、诗话、答问各门，改良印刷，选用纸张。仍由秋桐帅诸先生主持一切，更又以重金广延绩学之士为撰述员。惟本报创办之始，原欲增进国民之常识。是以取价特别从廉，而消费之巨亦为向来丛报所无。是以消场虽广，而耗费日多。今再加扩充，则薪资文价印刷纸张一切用度当视前为尤甚，不得……"《独立周报》，1912 年 9 月章士钊与王无生在上海创办，每周日发行。《独立周报》从1912 年 9 月创刊到 1913 年 7 月章投身"二次革命"时终刊，历时 10 个月，出版发行 40 期，37 本(28 期与 29 期、30 与 31 期、32 期与 33 期是合刊)。

同日，《申报》"自由谈"之小说栏刊载政治小说《铁血男儿》(三)(常觉)(独鹤)，文言；刊载哀情小说《筠孃小史》(四)(秋庭)，文言。

同日，《时报》小说栏刊载《血婚哀史卷一》(续)(法国大仲马著)(病夫译)，白话章回。刊载侦探小说《短剑》(笑)(八)，文言。

同日，《民权报》刊载《玉梨魂》，枕亚，文言。《神州日报》小说栏刊载《清史演义》(不许转载)，陆士谔，白话。

9 日 《申报》"自由谈"之小说栏刊载政治小说《铁血男儿》(四)(常觉)(独鹤)，文言。

同日，《时报》刊载"侦探小说《捕鬼奇案出版》"广告："定价每册大洋二角，又《一百十三案》每部一元，《裴迺杰奇案》每册二角，《薛蕙霞》每册三角，《尸光记》每册三角，《盗面》每册五角。寄售处江西路广智书局、棋盘街群益书局，二马路千顷堂。"小说栏刊载《血婚哀史卷一》(续)(法国大仲马著)(病夫译)，白话章回。刊载侦探小说《短剑》(笑)(九)，文言。

同日，《大共和日报》刊载短篇小说《宝店异客》，无闷，文言。

同日，《民权报》刊载《賣玉怨》(定夷)，白话章回。刊载《孽冤镜》，双热，文言。

同日，《神州日报》刊载小说《新儒林外史》，辟非，白话。

10 日 《民生日报》刊载小说一《杀贼奇谭》，小说二《绿林侠》，小说三《恨果情花梦》。

同日，《申报》"自由谈"之小说栏刊载政治小说《铁血男儿》(五)(常觉)(独鹤)，文言；刊载哀情小说《筠孃小史》(五)(秋庭)，文言。

同日，《时报》小说栏刊载《血婚哀史卷一》(续)(法国大仲马著)(病夫译)，白话章回。刊载侦探小说《短剑》(笑)(九)，文言。

同日，《民权报》刊载《賣玉怨》(定夷)，白话章回。刊载《玉梨魂》，枕亚，文言。

同日，《神州日报》小说栏刊载《清史演义》(不许转载)，陆士谔，白话。

11 日　《生计》第二期刊载小说《苦工记》，段庐，文言。《生计》，旬刊，每月三期，逢一日出版。《生计》为综合刊物，刊登政治、经济、法律、文学、艺术、社会生活与人类生活有密切关系的各方面文章，论述人类生活存在的方法，同时还报道国内外发生的大事。法律书报社营业部发行。

同日，《申报》"自由谈"之小说栏刊载政治小说《铁血男儿》(六)(常觉)(独鹤)，文言。

同日，《时报》刊载"《小说时报》十七号出版"广告。小说栏刊载《血婚哀史卷一》(续)(法国大仲马著)(病夫译)，白话章回。刊载侦探小说《短剑》(笑)(十)，文言。

同日，《大共和日报》刊载言情小说《玲玲》，参，文言。

同日，《民权报》刊载《賈玉怨》(定夷)，白话章回。刊载《孽冤镜》，双热，文言。

同日，《神州日报》刊载小说《新儒林外史》，辟非，白话。

同日，《民生日报》刊载小说一《杀贼奇谭》，小说二《绿林侠》，小说三《恨果情花梦》，小说四《海底贼巢》。

12 日　《民生日报》刊载小说一《杀贼奇谭》，小说二《绿林侠》，小说三《恨果情花梦》，小说四《海底贼巢》。

同日，《申报》"自由谈"之小说栏刊载政治小说《铁血男儿》(七)(常觉)(独鹤)，文言。

同日，《时报》小说栏刊载《血婚哀史卷一》(续)(法国大仲马著)(病夫译)，白话章回。刊载侦探小说《短剑》(笑)(十一)，文言。

同日，《大共和日报》刊载言情小说《玲玲》，参，文言。

同日，《民权报》刊载《賈玉怨》(定夷)，白话章回。刊载《玉梨魂》，枕亚，文言。

同日，《神州日报》小说栏刊载《清史演义》(不许转载)，陆士谔，

白话。

13 日 《民生日报》刊载小说一冒险侦探《墨西哥之革命潮》，译者梁伯华，文言，小说二《绿林侠》，小说三《恨果情花梦》。

同日，《申报》"自由谈"之小说栏刊载政治小说《铁血男儿》（八）（常觉）（独鹤），文言；刊载哀情小说《筠嬢小史》（六）（秋庭），文言。

同日，《时报》小说栏刊载《血婚哀史卷一》（续）（法国大仲马著）（病夫译），白话章回。刊载侦探小说《短剑》（笑）（十二），文言。

同日，《大共和日报》刊载社会小说《十二年》，大夏，白话。

同日，《民权报》刊载《賨玉怨》（定夷），白话章回。刊载《孽冤镜》，双热，文言。

同日，《神州日报》刊载小说《新儒林外史》，辟非，白话。

14 日 《民生日报》刊载小说一冒险侦探《墨西哥之革命潮》，译者梁伯华，文言，小说二《绿林侠》，小说三《恨果情花梦》，小说四《海底贼巢》。

同日，《申报》"自由谈"之小说栏刊载政治小说《铁血男儿》（九）（常觉）（独鹤），文言。

同日，《时报》小说栏刊载《血婚哀史卷一》（续）（法国大仲马著）（病夫译），白话章回。刊载侦探小说《短剑》（笑）（十三），文言。

同日，《大共和日报》刊载札记小说《聊斋第二》，参，文言。

同日，《民权报》刊载《賨玉怨》（定夷），白话章回。刊载《玉梨魂》，枕亚，文言。

同日，《神州日报》小说栏刊载《清史演义》（不许转载），陆士谔，白话。

15 日 《申报》"自由谈"之小说栏刊载政治小说《铁血男儿》（十）（常觉）（独鹤），文言。

同日，《大共和日报》刊载社会小说《十二年》，大夏，白话。

同日，《民权报》刊载《孽冤镜》，双热，文言。《神州日报》刊载小说《新儒林外史》，辟非，白话。

16 日　《民生日报》刊载小说一《墨西哥之革命潮》，小说二《恨果情花梦》，小说三《海底贼巢》。

同日，《申报》"自由谈"之小说栏刊载哀情小说《筠孃小史》（七）（秋庭），文言。

同日，《时报》小说栏刊载《血婚哀史卷二》（法国大仲马著）（病夫译），白话章回。刊载侦探小说《短剑》（笑）（十四），文言。

同日，《民权报》刊载《賨玉怨》（定夷），白话章回。刊载《玉梨魂》，枕亚，文言。

同日，《神州日报》小说栏刊载《清史演义》（不许转载），陆士谔，白话。

17 日　《民生日报》刊载小说一《墨西哥之革命潮》，小说二《绿林侠》，小说三《海底贼巢》。

同日，《申报》"自由谈"之小说栏刊载哀情小说《筠孃小史》（八）（秋庭），文言。

同日，《时报》小说栏刊载《血婚哀史卷二》（续）（法国大仲马著）（病夫译），白话章回。刊载侦探小说《短剑》（笑）（十五），文言。"滑稽余谈"刊载短篇事实《红叶飘零记》，（马二先生），白话。

同日，《大共和日报》刊载社会小说《十二年》，大夏，白话。

同日，《民权报》刊载《賨玉怨》（定夷），白话章回。刊载《孽冤镜》，双热，文言。

同日，《神州日报》刊载小说《新儒林外史》，辟非，白话。

18 日　《民生日报》刊载小说一《墨西哥之革命潮》，小说二《绿林侠》，小说三《恨果情花梦》，小说四《海底贼巢》，又见于 19 日《民生日报》。

同日，《申报》"自由谈"之小说栏刊载尚武小说《童子锥》，（瘦蝶），文言；刊载哀情小说《筠孃小史》（九）（秋庭），文言。

同日，《时报》刊载侦探小说《短剑》（笑）（十六），文言。"滑稽余谈"刊载短篇事实《红叶飘零记》（续）（马二先生），白话。

同日，《大共和日报》刊载社会小说《十二年》，大夏，白话。

同日，《民权报》刊载《賈玉怨》（定夷），白话章回。刊载《玉梨魂》，枕亚，文言。

同日，《神州日报》小说栏刊载《清史演义》（不许转载），陆士谔，白话。

19 日　《申报》之小说栏刊载政治小说《铁血男儿》（十一）（常觉）（独鹤），文言；刊载哀情小说《筠孃小史》（十）（秋庭），文言。

同日，《时报》小说栏刊载《血婚哀史卷二》（续）（法国大仲马著）（病夫译），白话章回。刊载侦探小说《短剑》（笑）（十七），文言。"滑稽余谈"刊载短篇事实《红叶飘零记》（续），（马二先生），白话。

同日，《大共和日报》刊载社会小说《十二年》，大夏，白话。刊载札记小说《玉台小史》，大夏，文言。

同日，《民权报》刊载《賈玉怨》（定夷），白话章回。刊载《孽冤镜》，双热，文言。

同日，《神州日报》刊载小说《新儒林外史》，辟非，白话。

20 日　《民生日报》刊载小说一《墨西哥之革命潮》，小说二《绿林侠》，小说三《恨果情花梦》。

同日，《申报》之小说栏刊载政治小说《铁血男儿》（十二）（常觉）（独鹤），文言。

同日，《时报》小说栏刊载《血婚哀史卷二》（续）（法国大仲马著）（病夫译），白话章回。刊载侦探小说《短剑》（笑）（十八），文言。"滑稽余谈"刊载短篇事实《红叶飘零记》（续），（马二先生），白话。

同日，《大共和日报》刊载社会小说《十二年》，大夏，白话。刊载札记小说《第二聊斋》，大夏，文言。

同日，《民权报》刊载《賈玉怨》（定夷），白话章回。刊载《玉梨魂》，枕亚，文言。

同日，《神州日报》小说栏刊载《清史演义》（不许转载），陆士谔，白话。

21 日　《民生日报》刊载小说一《墨西哥之革命潮》,小说二《绿林侠》,小说三《恨果情花梦》,小说四《海底贼巢》,又见于 23 日、24 日、25 日、27 日《民生日报》。

同日,《申报》"自由谈"之小说栏刊载政治小说《铁血男儿》(十三)(常觉)(独鹤),文言。

同日,《大共和日报》刊载札记小说《第二聊斋》,大夏,文言。

同日,《民权报》刊载《賈玉怨》(定夷),白话章回。刊载《孽冤镜》,双热,文言。

同日,《神州日报》刊载小说《新儒林外史》,辟非,白话。

同日,《新闻报》"庄谐录"之"小说林"栏刊载《新五才子》,至本月 27 日止。

22 日　《申报》之小说栏刊载哀情小说《筠孃小史》(十一)(秋庭),文言。

同日,《时报》刊载侦探小说《短剑》(笑)(十九),文言。

同日,《大共和日报》刊载札记小说《第二聊斋》,大夏,文言。

同日,《民权报》刊载《賈玉怨》(定夷),白话章回。刊载《玉梨魂》,枕亚,文言。

同日,《神州日报》小说栏刊载《清史演义》(不许转载),陆士谔,白话。

23 日　《申报》之小说栏刊载哀情小说《筠孃小史》(十二)(秋庭),文言。

同日,《时报》小说栏刊载短篇逸话《电气死刑》,(笑),(一),文言。

同日,《大共和日报》刊载社会小说《十二年》,大夏,白话。刊载杂记小说《玉台小史》,大夏,文言。

同日,《民权报》刊载《玉梨魂》,枕亚,文言。

同日,《神州日报》刊载小说《新儒林外史》,辟非,白话。

24 日　《申报》"自由谈"之小说栏刊载政治小说《铁血男儿》(十四)

（常觉）（独鹤），文言。

同日，《时报》小说栏刊载短篇逸话《电气死刑》（笑）（二），文言。

同日，《大共和日报》刊载社会小说《十二年》，大夏，白话。刊载杂记小说《媚世新法》，文言。

同日，《民权报》刊载《賈玉怨》（定夷），白话章回。刊载《孽冤镜》，双热，文言。

同日，《神州日报》小说栏刊载《清史演义》（不许转载），陆士谔，白话。

25 日 《小说月报》第三年第九号"短篇小说"栏刊载《空未能空》，铁樵，本威克斐牧师传中 Th eHermit 篇，文言；刊载"红楼梦题词"，徐枕亚撰，内有《忆王孙·忆珠》（李纨）、《忆汉月·试玉》（紫鹃）、《子夜歌·嗔酒》（黛玉）、《酒泉子·品茶》（宝玉）；刊载哀情小说《雁声》（朗山原稿），铁樵，白话；历史小说《磨坊主人》，周瘦鹃，文言；刊载"红楼梦题词"，枕亚，内有《柳梢青·遗帕》（小红）、《江南春·拾囊》（傻大姐）、《临江仙·焚纸》（藕官）、《千秋岁·画蔷》（龄官）。"长篇小说"栏刊载社会小说《戏迷梦》，仙源苍园编述，此期刊载第四回 游天宫大开眼界 观世局别有心肠，第五回 铁拐李居然官派 金罗汉假作威风，第六回 天上天神仙怪状 梦中梦旧雨欢迎；刊载军事小说《新旧英雄》（禁转载），高阳氏不才子述，第四回 岳今鹏初入联队 马定波负气出洋，第五回 荆学轲剑术大精 聂祖政杀机忽动；刊载哀情小说《猪仔还国记》，指严，文言；刊载《残蝉曳声录》，英国议员测次希洛箸，闽县林纾笔述，静海陈家麟口译，文言。刊载《说小说》，署名管达如，此期刊载第四章"小说在文学上之位置"。刊载"商务印书馆发行小本小说"广告，内容同前。

同日，《申报》"自由谈"之小说栏刊载政治小说《铁血男儿》（十五）（常觉）（独鹤），文言；刊载哀情小说《筠嬢小史》（十三），文言。

同日，《时报》小说栏刊载短篇逸话《电气死刑》（笑）（三），文言。

同日，《民权报》刊载《玉梨魂》，枕亚，文言。

同日，《神州日报》小说栏刊载《清史演义》(不许转载)，陆士谔，白话。

26日　《申报》"自由谈"之小说栏刊载政治小说《铁血男儿》(十六)(常觉)(独鹤)，文言。

同日，《时报》刊载"《小说时报》十七号出版"广告。附张《小时报》刊载小说《兽学人》，渔仙，文言。

同日，《大共和日报》刊载社会小说《十二年》，大夏，白话。

同日，《民权报》刊载《玉梨魂》，枕亚，文言。

同日，《神州日报》小说栏刊载《清史演义》(不许转载)，陆士谔，白话。

同日，《民生日报》刊载小说一《墨西哥之革命潮》，小说二《绿林侠》，小说三《恨果情花梦》。

27日　《民生日报》刊载小说一《墨西哥之革命潮》，小说二《绿林侠》，小说三《恨果情花梦》。

同日，《申报》"自由谈"之小说栏刊载哀情小说《筠孃小史》(十四)，(秋庭)，文言。

同日，《时报》小说栏刊载短篇逸话《电气死刑》(笑)(四)，文言。刊载"《妇女时报》第八号出版"广告。附张《小时报》刊载短篇小说《选举运动记》，铁僧，文言。

同日，《大共和日报》刊载社会小说《十二年》，大夏，白话。

同日，《民权报》刊载《賣玉怨》(定夷)，白话章回。刊载《蘖冤镜》，双热，文言。

同日，《神州日报》小说栏刊载《清史演义》(不许转载)，陆士谔，白话。

28日　《民生日报》刊载小说一《墨西哥之革命潮》，小说二《绿林侠》，小说三《恨果情花梦》，小说四《过渡花》，著者根崖十二郎，文言。

同日，《申报》"自由谈"之小说栏刊载政治小说《铁血男儿》(十七)

（常觉）（独鹤），文言。

同日，《时报》小说栏刊载短篇逸话《电气死刑》（笑）（五），文言。附张《小时报》刊载短篇小说《红叶飘零记》（续），白话。

同日，《大共和日报》刊载社会小说《十二年》，大夏，白话。

同日，《民权报》刊载《賨玉怨》（定夷），白话章回。刊载《孽冤镜》，双热，文言。

同日，《神州日报》小说栏刊载《清史演义》（不许转载），陆士谔，白话。

同日，《新闻报》"庄谐录""小说林"栏刊载侦探小说《魔爱》，涵秋，文言。

29日　《独立周报》第十五期开始刊载小说《孤岛姻缘》，署名德国壳乃士著，华阳曾天宇译，文言。

同日，《申报》"自由谈"之小说栏刊载政治小说《铁血男儿》（十八）（常觉）（独鹤），文言；刊载哀情小说《筠孃小史》（十五），文言。

同日，《时报》小说栏刊载《血婚哀史卷二》（续）（法国大仲马著），（病夫译），白话章回。刊载短篇逸话《电气死刑》（笑）（六），文言。附张《小时报》刊载小说《兽学人》，渔仙，续，文言。

同日，《大共和日报》刊载社会小说《十二年》，大夏，白话。

同日，《民权报》刊载《賨玉怨》（定夷），白话章回。刊载《玉梨魂》，枕亚，文言。

同日，《神州日报》刊载小说《新儒林外史》，辟非，白话。

30日　《民生日报》刊载小说一《墨西哥之革命潮》，小说二《绿林侠》，小说三《恨果情花梦》，小说四《海底贼巢》。

同日，《申报》"自由谈"之小说栏刊载政治小说《铁血男儿》（十九）（常觉）（独鹤），文言。

同日，《时报》小说栏刊载《血婚哀史卷二》（续）（法国大仲马著），（病夫译），白话章回。刊载短篇逸话《电气死刑》（笑）（七），文言。附张《小时报》刊载短篇小说《红叶飘零记》（续），白话。

同日，《大共和日报》刊载短篇小说《银世界》，大夏，文言。

同日，《民权报》刊载《賈玉怨》（定夷），白话章回。刊载《孽冤镜》，双热，文言。

同日，《神州日报》小说栏刊载《清史演义》（不许转载），陆士谔，白话。

31 日　《民生日报》刊载小说一《墨西哥之革命潮》，小说二《绿林侠》，小说三《恨果情花梦》，小说四《鹿春江》，文言。

同日，《申报》"自由谈"之小说栏刊载政治小说《铁血男儿》（二十）（常觉）（独鹤），文言。

同日，《时报》小说栏刊载《血婚哀史卷二》（续）（法国大仲马著）（病夫译），白话章回。

同日，《大共和日报》刊载社会小说《十二年》，大夏，白话。

同日，《民权报》刊载《賈玉怨》（定夷），白话章回。刊载《玉梨魂》，枕亚，文言。

同日，《神州日报》刊载小说《新儒林外史》，辟非，白话。

发生于本月但日期不详之事件

《进步》第十四册刊载《撷兰记》第十三回。

《神州女报》月刊第二号"小说"栏刊载侦探小说《瞳影案》（续），默，文言。

《亚东丛报》第一期"小说"栏刊载社会小说《姻缘误我》（双砖塔楼笔记之一，据钮玉樵觚賸事迹采入），瘦桐，文言，前有小志，未完。《亚东丛报》以"提倡女权，发挥民生主义，促进个人自治"为宗旨的刊物。主要内容有：图书、社论、译著、教育、实业、选论、小说、文苑、法令、专件、记事和本报通告。自 1912 年 12 月创刊，至 1913 年 2 月止，共出三期。

发生于本年但月份不详之事件

《共和言论报》第一期刊载《剖腹换心记》(未完),大悲。

《中华民报》刊载寓意小说《将军印》,第七回回目"作内阁甘为奴隶招外侮大启干戈",第八回回目"叔嫂嫡庶暗斗机锋 母子新旧一番颠倒",第九回回目"……",第十回回目"数英雄成败总堪哀 论始终旧新皆过渡",署名"善之"著。刊载义烈小说《湘娥泪》署名"黻治"著,文言。家庭小说《芦花泪》署名"义华"著,文言。畸情小说《红鹃外史》,署名"善之",文言。《中华民报》,1912年邓家彦在上海创办,鼓吹共和。

《社会世界》第一期"小说传奇"栏刊载《极乐世界》,絮因,文言,未完。《社会世界》,时中书局出版,主要关注社会生活与社会问题。北大藏1912年第二三期,上图藏若干。

《社会世界》第二期"小说传奇"栏刊载《极乐世界》(续),絮因,文言,未完;刊载《革命梦》,一枕,文言。

《社会世界》第三期"小说传奇"栏刊载《极乐世界》(续),絮因,文言,未完;刊载《围炉薄饮记》,一我,文言。

《社会世界》第四期"小说传奇"栏刊载《极乐世界》(续),絮因,文言,未完;刊载《碧玉恨》,一我,文言。

《神州女报》月刊第三号"小说"栏刊载实事小说《黄奴碧血录》,美国嘉德夫人手著,季威译述,文言。"小说"下注明:"《瞳影案》译者谓事阻笔,暂缺一期。"

1913 年

1 月

3 日　《申报》之小说栏刊载政治小说《铁血男儿》(二十一)(常觉)(独鹤)，文言；刊载滑稽小说《外国便桶》(钝根)，文言。

同日，《时报》小说栏刊载侦探小说《指纹》，笑(一)，文言。附张《小时报》刊载短篇小说《选举运动记》，铁僧，文言。

同日，《大共和日报》小说栏刊载短篇寓言小说《昆仑山》，德争，文言。刊载哀情小说《双鹃血》，李涵秋著，文言。刊载社会小说《十二年》，大夏，白话。刊载讽世小说《地心革命群妖录》，本馆编著，白话章回。

同日，《民权报》刊载《賈玉怨》(定夷)，白话章回。刊载《芙蓉城剖尸记》，双热，文言。

同日，《神洲日报》刊载滑稽小说《立国纪念碑》，辟邪，白话。

同日，《民生日报》刊载小说一《墨西哥之革命潮》，小说二《绿林侠》，小说三《恨果情花梦》，小说四《海底贼巢》，又见于同月 4 日、6 日、7 日、8 日、9 日、11 日。

4 日　《申报》之小说栏刊载政治小说《铁血男儿》(二十二)(常觉)(独鹤)，文言；刊载社会小说《火油箱》，文言。

同日，《时报》小说栏刊载侦探小说《指纹》，笑(二)，文言。附张

《小时报》刊载短篇小说《选举运动记》，铁僧，续，文言。

同日，《大共和日报》刊载哀情小说《双鹃血》，李涵秋著，文言。刊载社会小说《十二年》，大夏，白话。刊载讽世小说《地心革命群妖录》，本馆编著，白话章回。

同日，《民权报》刊载《賨玉怨》(定夷)，白话章回。刊载《玉梨魂》，枕亚，文言。

同日，《神州日报》小说栏刊载《清史演义》(不许转载)，陆士谔，白话。

5日　《独立周报》第十六期续载《孤岛姻缘》。

同日，《申报》之小说栏刊载政治小说《铁血男儿》(二十三)(常觉)(独鹤)，文言；刊载社会小说《烟精上当记》(瘦蝶)，文言；刊载社会小说《尉迟恭第二》，钝根，文言。

同日，《时报》小说栏刊载侦探小说《指纹》，笑(三)，文言。附张《小时报》刊载小说《对付选举的妙法》，白话。

同日，《大共和日报》刊载哀情小说《双鹃血》，李涵秋著，文言。刊载短篇小说《银世界》，文言。刊载讽世小说《地心革命群妖录》，本馆编著，白话章回。

同日，《民权报》刊载《賨玉怨》(定夷)，白话章回。刊载《孽冤镜》，双热，文言。

同日，《神州日报》刊载小说《新儒林外史》，辟非，白话。

6日　《申报》之小说栏刊载政治小说《铁血男儿》(二十四)(常觉)(独鹤)，文言；刊载滑稽小说《鲶鱼梦》，(钝根)，文言。

同日，《时报》刊载"《小说时报》十七号出版"广告。小说栏刊载侦探小说《指纹》，笑(四)，文言。附张《小时报》刊载短篇小说《选举运动记》，铁僧，续，文言。

同日，《大共和日报》刊载哀情小说《双鹃血》，李涵秋著，文言。刊载社会小说《十二年》，大夏，白话。刊载讽世小说《地心革命群妖录》，本馆编著，白话章回。

同日，《民权报》刊载《賈玉怨》（定夷），白话章回。刊载《孽冤镜》，双热，文言。

同日，《神州日报》小说栏刊载《清史演义》（不许转载），陆士谔，白话。

7 日　《申报》之小说栏刊载政治小说《铁血男儿》（二十五）（常觉）（独鹤），文言；刊载社会小说《拍卖初选当选人》（钝根），文言。

同日，《时报》附张《小时报》刊载短篇小说《库伦剧战梦》，铁侠，文言。

同日，《大共和日报》刊载"红楼游戏图出售"广告："此图系取石头记人名事实自出心裁编纂而成游戏之法，仿照西湖图式，依次进行，极有趣味，玩之足以消愁解闷，乐以忘忧，印刷无多，购者从速。寄售处上海四马路大共和日报馆，国华书局，时新书庄，苏州观前汇文轩书庄。"刊载哀情小说《双鹃血》，李涵秋著，文言。刊载社会小说《十二年》，大夏，白话。刊载讽世小说《地心革命群妖录》，本馆编著，白话章回。

同日，《民权报》刊载《賈玉怨》（定夷），白话章回。刊载《孽冤镜》，双热，文言。

同日，《神州日报》刊载小说《新儒林外史》，辟非，白话。

8 日　《申报》之小说栏刊载政治小说《铁血男儿》（二十六）（常觉）（独鹤），文言；刊载短篇小说《公道大王》（瘦蝶），文言。

同日，《时报》小说栏刊载侦探小说《指纹》，笑（五），文言。附张《小时报》刊载小说《对付选举的妙法》，抚掌，续，白话。

同日，《大共和日报》刊载哀情小说《双鹃血》，李涵秋著，文言。刊载《意外缘》，美国恩格浦氏著，纯常译，文言。刊载讽世小说《地心革命群妖录》，本馆编著，白话章回。

同日，《民权报》刊载《賈玉怨》（定夷），白话章回。刊载《孽冤镜》，双热，文言。

同日，《神州日报》小说栏刊载《清史演义》（不许转载），陆士谔，

白话。

9 日　《申报》之小说栏刊载政治小说《铁血男儿》（二十七）（常觉）（独鹤），文言；刊载短篇小说《覆选举》（了青），文言。刊载启事："张禹甸先生鉴大著极□妙才，只以敝处小说稿堆积太多，一时殊难插入此洋洋数万言之长篇，遗珠引憾，无可如何，维先生谅之。　活泉先生惠教命于星期日在自由谈末尾揭载某稿已选未登某稿未选不登，以慰投稿者悬盼，良法美意，谨当遵办。惟投稿之心，关爱本报，固无论登不登，本报皆心感之，即为投稿者设想亦必不致因不登，遂不爱本报也。拟自今始每星期日将一星期间投稿人名一概揭载篇末，志谢先生以为何如。"

同日，《时报》小说栏刊载侦探小说《指纹》，笑（六），文言。附张《小时报》刊载短篇小说《库伦剧战梦》，铁侠，文言。

同日，《大共和日报》刊载哀情小说《双鹃血》，李涵秋著，文言。刊载社会小说《十二年》，大夏，白话。刊载讽世小说《地心革命群妖录》，本馆编著，白话章回。

同日，《民权报》刊载《賣玉怨》（定夷），白话章回。刊载《孽冤镜》，双热，文言。

同日，《神州日报》刊载小说《新儒林外史》，辟非，白话。

10 日　《民生日报》刊载小说一《墨西哥之革命潮》，小说二《绿林侠》，小说三《海底贼巢》。

同日，《申报》"自由谈"之小说栏刊载实事小说《盗案》（了青），文言。

同日，《时报》小说栏刊载侦探小说《指纹》，笑（七），文言。附张《小时报》刊载小说《对付选举的妙法》，抚掌，续，白话。

同日，《大共和日报》刊载哀情小说《双鹃血》，李涵秋著，文言。刊载《意外缘》，美国恩格浦氏著，纯常译，文言。刊载讽世小说《地心革命群妖录》，本馆编著，白话章回。

同日，《民权报》刊载《孽冤镜》，双热，文言。

同日，《神州日报》小说栏刊载《清史演义》（不许转载），陆士谔，白话。

11 日 《申报》之小说栏刊载政治小说《铁血男儿》（二十八）（常觉）（独鹤），文言。

同日，《时报》小说栏刊载侦探小说《指纹》，笑（八），文言。附张《小时报》刊载短篇小说《库伦剧战梦》，铁侠，文言。

同日，《大共和日报》刊载哀情小说《双鹃血》，李涵秋著，文言。刊载社会小说《十二年》，大夏，白话。刊载讽世小说《地心革命群妖录》，本馆编著，白话章回。

同日，《民权报》刊载《賈玉怨》（定夷），白话章回。刊载《孽冤镜》，双热，文言。

同日，《神州日报》刊载小说《新儒林外史》，辟非，白话。

12 日 《独立周报》第十七期续载《孤岛姻缘》。

同日，《申报》之小说栏刊载政治小说《铁血男儿》（二十九）（常觉）（独鹤），文言。

同日，《时报》附张《小时报》刊载小说《对付选举的妙法》，抚掌，续，白话。

同日，《大共和日报》刊载哀情小说《双鹃血》，李涵秋著，文言。刊载讽世小说《地心革命群妖录》，本馆编著，白话章回。

同日，《民权报》刊载《賈玉怨》（定夷），白话章回。刊载《孽冤镜》，双热，文言。

同日，《神州日报》小说栏刊载《清史演义》（不许转载），陆士谔，白话。

13 日 《民生日报》刊载小说一《墨西哥之革命潮》，小说二《绿林侠》，小说三《恨果情花梦》，小说四《婚娅奇谈》（剑朴），文言。

同日，《申报》之小说栏刊载政治小说《铁血男儿》（三十）（常觉）（独鹤），文言；刊载短篇小说《雪塑之活佛》（瘦蝶），文言。

同日，《时报》小说栏刊载短篇小说《豪杰之少女》，瘦鹃，文言。

刊载"苦情小说《空谷兰》出版"广告。附张《小时报》刊载小说《选举见闻记》，文言。

同日，《大共和日报》刊载哀情小说《双鹃血》，李涵秋著，文言。刊载讽世小说《地心革命群妖录》，本馆编著，白话章回。

同日，《民权报》刊载《賨玉怨》(定夷)，白话章回。刊载《孽冤镜》，双热，文言。

同日，《神州日报》刊载小说《新儒林外史》，辟非，白话。

14 日 《民生日报》刊载小说一《墨西哥之革命潮》，小说二《绿林侠》，小说三《恨果情花梦》，小说四《海底贼巢》，又见于 15 日《民生日报》。

同日，《申报》之小说栏刊载政治小说《铁血男儿》(三十一)(常觉)(独鹤)，文言；刊载滑稽小说《掘窖藏》，率，文言。

同日，《时报》小说栏刊载短篇小说《豪杰之少女》，瘦鹃，文言。刊载侦探小说《指纹》，笑，(八)，文言。附张《小时报》刊载短篇小说《库伦剧战梦》，铁侠，文言。

同日，《大共和日报》刊载哀情小说《双鹃血》，李涵秋著，文言。刊载讽世小说《地心革命群妖录》，本馆编著，白话章回。

同日，《民权报》刊载《賨玉怨》(定夷)，白话章回。刊载《玉梨魂》，枕亚，文言。

同日，《神州日报》小说栏刊载《清史演义》(不许转载)，陆士谔，白话。

15 日 《中华教育界》民国二年一月号"小说"栏刊载教育小说《儿童历》，天笑生，文言。《中华教育界》，中华书局发行，创刊于 1912 年，1937 年 8 月因日本侵略军进攻上海而休刊。抗战胜利后于 1947 年复刊，1950 年 12 月停刊。

同日，《申报》之小说栏刊载政治小说《铁血男儿》(三十二)(常觉)(独鹤)，文言；刊载社会小说《烟民泪》(瘦蝶)，白话。

同日，《时报》小说栏刊载短篇小说《豪杰之少女》，瘦鹃，文言。

附张《小时报》刊载小说《兽学人》，渔仙，续，文言。

同日，《大共和日报》刊载哀情小说《双鹃血》，李涵秋著，文言。刊载讽世小说《地心革命群妖录》，本馆编著，白话章回。

同日，《民权报》刊载《賨玉怨》（定夷），白话章回。刊载《孽冤镜》，双热，文言。

同日，《神州日报》刊载小说《新儒林外史》，辟非，白话。

16 日　《民生日报》刊载小说一《墨西哥之革命潮》，小说二《绿林侠》，小说三《恨果情花梦》，小说四侦探小说《蒙药帕》（赖颂持译），又见于 17 日、18 日、20 日、21 日、22 日、23 日、25 日、27 日、28 日、29 日、30 日、31 日《民生日报》。

同日，《申报》之小说栏刊载政治小说《铁血男儿》（三十三）（常觉）（独鹤），文言。

同日，《时报》小说栏刊载短篇小说《豪杰之少女》，瘦鹃，文言。刊载侦探小说《指纹》，笑，（九），文言。附张《小时报》刊载小说《梁上君子之妙手段》，同锡投稿，文言。

同日，《大共和日报》刊载哀情小说《双鹃血》，李涵秋著，文言。刊载讽世小说《地心革命群妖录》，本馆编著，白话章回。

同日，《民权报》刊载《賨玉怨》（定夷），白话章回。刊载《玉梨魂》，枕亚，文言。

同日，《神州日报》小说栏刊载《清史演义》（不许转载），陆士谔，白话。

17 日　《申报》之小说栏刊载政治小说《铁血男儿》（三十四）（常觉）（独鹤），文言。

同日，《时报》小说栏刊载《不速之客拿破仑》，瘦鹃，文言。刊载侦探小说《指纹》，笑，（十），文言。附张《小时报》刊载小说《选举见闻记》，謇謇，续，文言。

同日，《大共和日报》刊载哀情小说《双鹃血》，李涵秋著，文言。刊载讽世小说《地心革命群妖录》，本馆编著，白话章回。

同日，《民权报》刊载《霄玉怨》(定夷)，白话章回。刊载《孽冤镜》，双热，文言。

同日，《神州日报》刊载小说《新儒林外史》，辟非，白话。

18日　《申报》之小说栏刊载政治小说《铁血男儿》(三十五)(常觉)(独鹤)，文言；刊载实事小说《六百圆》，(率)，文言。

同日，《时报》小说栏刊载《不速之客拿破仑》，瘦鹃，文言。刊载侦探小说《指纹》，笑，(十一)，文言。附张《小时报》刊载短篇小说《库伦剧战梦》，铁侠，文言。

同日，《大共和日报》刊载哀情小说《双鹃血》，李涵秋著，文言。刊载讽世小说《地心革命群妖录》，青牛，白话章回。

同日，《民权报》刊载《玉梨魂》，枕亚，文言。

同日，《神州日报》小说栏刊载《清史演义》(不许转载)，陆士谔，白话。

19日　《申报》之小说栏刊载政治小说《铁血男儿》(三十六)(常觉)(独鹤)，文言；刊载短篇小说《外国钢签》，(了青)，文言。

同日，《时报》小说栏刊载《不速之客拿破仑》，瘦鹃，文言。刊载侦探小说《指纹》，笑，(十二)，文言。附张《小时报》刊载小说《对付选举的妙法》，抚掌，续，白话。

同日，《大共和日报》刊载哀情小说《双鹃血》，李涵秋著，文言。刊载讽世小说《地心革命群妖录》，青牛，白话章回。

同日，《民权报》刊载《霄玉怨》(定夷)，白话章回。刊载《孽冤镜》，双热，文言。

同日，《神州日报》刊载小说《新儒林外史》，辟非，白话。

20日　《申报》之小说栏刊载政治小说《铁血男儿》(三十七)(常觉)(独鹤)，文言；刊载哀情短篇《逆旅女子》，(钝根)，文言。

同日，《时报》小说栏刊载《不速之客拿破仑》，瘦鹃，文言。附张《小时报》刊载小说《梁上君子之妙手段》，同锡投稿，文言。

同日，《大共和日报》刊载哀情小说《双鹃血》，李涵秋著，文言。

刊载讽世小说《地心革命群妖录》，青牛，白话章回。

同日，《民权报》刊载《玉梨魂》，枕亚，文言。

同日，《神州日报》小说栏刊载《清史演义》(不许转载)，陆士谔，白话。

21 日 《申报》之小说栏刊载政治小说《铁血男儿》(三十八)(常觉)(独鹤)，文言；刊载社会小说《党员之自由》(瘦蝶)，白话。

同日，《时报》小说栏刊载《不速之客拿破仑》，瘦鹃，文言。刊载侦探小说《指纹》，笑，(十三)，文言。附张《小时报》刊载短篇小说《库伦剧战梦》，铁侠，文言。

同日，《大共和日报》刊载哀情小说《双鹃血》，李涵秋著，文言。刊载寓言小说《众香国》，文言。刊载讽世小说《地心革命群妖录》，青牛，白话章回。

同日，《民权报》刊载《玉梨魂》，枕亚，文言。

同日，《神州日报》刊载小说《新儒林外史》，辟非，白话。

22 日 《申报》之小说栏刊载政治小说《铁血男儿》(四十)(常觉)(独鹤)，文言；侠情小说《洞庭波》，(天缩)，文言。

同日，《时报》小说栏刊载《不速之客拿破仑》，瘦鹃，文言。刊载侦探小说《指纹》，笑，(十四)，文言。附张《小时报》刊载小说《选举见闻记》，謇謇，续，文言。

同日，《大共和日报》刊载哀情小说《双鹃血》，李涵秋著，文言。刊载讽世小说《地心革命群妖录》，青牛，白话章回。

同日，《民权报》刊载《賈玉怨》(定夷)，白话章回。刊载《玉梨魂》，枕亚，文言。

同日，《神州日报》小说栏刊载《清史演义》(不许转载)，陆士谔，白话。

23 日 《申报》"自由谈"之小说栏刊载政治小说《铁血男儿》(四十一)(常觉)(独鹤)，文言。刊载侠情小说《洞庭波》(天缩)，文言。

同日，《时报》小说栏刊载滑稽小说《存根簿》，吴译，西班牙配特洛原著，白话。刊载侦探小说《指纹》，笑，（十五），文言。附张《小时报》刊载小说《梁上君子之妙手段》，同锡投稿，文言。

同日，《大共和日报》刊载哀情小说《双鹃血》，李涵秋著，文言。刊载讽世小说《地心革命群妖录》，青牛，白话章回。

同日，《民权报》刊载《賈玉怨》（定夷），白话章回。刊载《玉梨魂》，枕亚，文言。

同日，《神州日报》刊载小说《新儒林外史》，辟非，白话。

24日　《民生日报》刊载小说一《墨西哥之革命潮》，小说二《绿林侠》，小说三《恨果情花梦》，小说四《守贞》（纪千来稿），文言。

同日，《申报》"自由谈"之小说栏刊载政治小说《铁血男儿》（四十二）（常觉）（独鹤），文言。刊载侠情小说《洞庭波》（再续）（天缩），文言。

同日，《时报》小说栏刊载滑稽小说《存根簿》，吴译，西班牙配特洛原著，白话。刊载《大宝窟王》（笑）（一），白话。附张《小时报》刊载短篇小说《库伦剧战梦》，铁侠，文言。

同日，《大共和日报》刊载哀情小说《双鹃血》，李涵秋著，文言。刊载讽世小说《地心革命群妖录》，青牛，白话章回。

同日，《民权报》刊载《玉梨魂》，枕亚，文言。

同日，《神州日报》小说栏刊载《清史演义》（不许转载），陆士谔，白话。

25日　《申报》"自由谈"之小说栏刊载政治小说《铁血男儿》（四十三）（常觉）（独鹤），文言。刊载侠情小说《洞庭波》（三续）（天缩），文言。

同日，《时报》小说栏刊载滑稽小说《存根簿》，吴译，西班牙配特洛原著，白话。刊载《大宝窟王》（笑）（二），白话。附张《小时报》刊载小说《梁上君子之妙手段》，同锡投稿，文言。

同日，《大共和日报》刊载哀情小说《双鹃血》，李涵秋著，文言。刊载讽世小说《地心革命群妖录》，青牛，白话章回。

同日,《民权报》刊载《賈玉怨》(定夷),白话章回。刊载《玉梨魂》,枕亚,文言。

同日,《神州日报》刊载小说《新儒林外史》,辟非,白话。

26 日 《独立周报》第十九期开始刊载《血海花魂记》,署名天僇生著,文言。

同日,《申报》"自由谈"之小说栏刊载政治小说《铁血男儿》(四十四)(常觉)(独鹤),文言。刊载奇情小说《画师》(瘦蝶),文言。

同日,《时报》小说栏刊载《血婚哀史卷二》(续)(法国大仲马著),(病夫译),白话章回。刊载《大宝窟王》(笑)(三),白话。附张《小时报》刊载短篇小说《库伦剧战梦》,铁侠,文言。

同日,《大共和日报》刊载哀情小说《双鹃血》,李涵秋著,文言。刊载讽世小说《地心革命群妖录》,青牛,白话章回。

同日,《民权报》刊载《賈玉怨》(定夷),白话章回。刊载《玉梨魂》,枕亚,文言。

同日,《神州日报》小说栏刊载《清史演义》(不许转载),陆士谔,白话。

27 日 《申报》"自由谈"之小说栏刊载政治小说《铁血男儿》(四十五)(常觉)(独鹤),文言。刊载小说《东林侠隐》(襟恢),文言。

同日,《时报》小说栏刊载《血婚哀史卷二》(续)(法国大仲马著),(病夫译),白话章回。刊载《大宝窟王》(笑)(四),白话。附张《小时报》刊载短篇小说《库伦剧战梦》,铁侠,文言。

同日,《大共和日报》刊载哀情小说《双鹃血》,李涵秋著,文言。刊载讽世小说《地心革命群妖录》,青牛,白话章回。

同日,《民权报》刊载《賈玉怨》(定夷),白话章回。刊载《孽冤镜》,双热,文言。

同日,《神州日报》小说栏刊载《清史演义》(不许转载),陆士谔,白话。

28 日 《申报》"自由谈"之小说栏刊载政治小说《铁血男儿》(四十

六)(常觉)(独鹤),文言。刊载小说《东林侠隐》(续)(襟恢),文言。刊载"编辑者言":"前两星期版尾揭载投稿者姓名,有多人来书反对,谓稿不见登,殊不愿以姓名示人而受虚夸之谢语,稿若见登则不必言谢而谢意自在其中。编辑者深然其说,故自本星期起不复汇揭投稿者姓名,惟有默谢而已。《东林侠隐》原稿文笔稍觉幼稚,只能作四等小说。二十二号至二十六号所载来稿篇末多未标等次,兹特补白于左。天谊之《洞庭波》小说(四)(当由本馆酌赠书籍),热庐之《滑稽戏目》(二),《澄庐笔记》(三),《谐文鄮都城自治会议决兴革事宜案》(五),《试砚斋随笔》(五),《小说画师》(五)。"

同日,《时报》小说栏刊载《血婚哀史卷二》(续)(法国大仲马著),(病夫译),白话章回。刊载《大宝窟王》(笑)(五),白话。附张《小时报》刊载《老捕》,韦人,文言。

同日,《大共和日报》刊载哀情小说《双鹃血》,李涵秋著,文言。刊载讽世小说《地心革命群妖录》,青牛,白话章回。

同日,《民权报》刊载《賨玉怨》(定夷),白话章回。刊载《玉梨魂》,枕亚,文言。

同日,《神州日报》小说栏刊载《清史演义》(不许转载),陆士谔,白话。

29 日 《申报》"自由谈"之小说栏刊载政治小说《铁血男儿》(四十七)(常觉),文言。刊载短篇小说《灶神冲突记》(了青),文言。刊载《东林侠隐》(再续)(襟恢),文言。

同日,《时报》小说栏刊载《血婚哀史卷二》(续)(法国大仲马著),(病夫译),白话章回。刊载《大宝窟王》(笑)(六),白话。

同日,《大共和日报》刊载哀情小说《双鹃血》,李涵秋著,文言。刊载讽世小说《地心革命群妖录》,青牛,白话章回。

同日,《神州日报》刊载小说《新儒林外史》,辟非,白话。

30 日 《申报》"自由谈"之小说栏刊载政治小说《铁血男儿》(四十八)(常觉),文言。刊载社会小说《尼姑出嫁》(瘦蝶),文言。刊载滑

莽清廷有女犯龙颜、顾二娘制砚神工、韩约素镌章美术、顾若璞之屯田议、老女奴之傲命谈、淑女宜家、英雌惩盗、遇人不淑甘心死、少小离乡老大回。"文苑"栏刊载《平权国偕游记》，蜕盦，文言。"小说"栏刊载社会小说《姻缘误我》(续第一期)，瘦桐，文言。

发生于本月但日期不详之事件

《中国学报》第三期"小说"栏刊载《搜神秘览》，(宋)京兆章炳文叔虎，此处刊载本得自于日本京都福井氏崇兰馆本，前附壬子夏日昆陵董康对日本京都福井氏崇兰馆《搜神秘览》的介绍，并附壬子重九郑沅校记，又附《搜神秘览目录》。

2 月

1 日　《东方杂志》第九卷第八号刊载《五十故事》之《英雄之弱女》《英雄之性质》《瑞士独立一》，东吴旧孙，文言。

同日，《申报》"自由谈"之小说栏刊载政治小说《铁血男儿》(五十)(常觉)(独鹤)，文言。

同日，《时报》小说栏刊载《无政府党美人》(英国勃莱纳著)，瘦鹃译，文言。刊载《大宝窟王》(笑)(九)，白话。

同日，《大共和日报》刊载讽世小说《地心革命群妖录》，青牛，白话章回。

同日，《民权报》刊载《贾玉怨》(定夷)，白话章回。刊载《玉梨魂》，枕亚，文言。

同日，《神州日报》小说栏刊载《清史演义》(不许转载)，陆士谔，白话。

2 日　《独立周报》第二十期续载《血海花魂记》。

同日，《民权报》刊载《賈玉怨》(定夷)，白话章回。刊载《乞儿之新年》，忏南，文言。

9日 《独立周报》第二十一期续载《血海花魂记》。刊载《稽先生传》，署名"Don Ruisote 被褐"，文前曰：《血海花魂记》，因作者染恙，尚未脱稿。本期特赓刊此篇，以饷阅者。是文为西文中最著名之作，被褐先生又以朴茂淋漓之笔译之，为自有译本小说以来所未有，阅者幸勿忽视。

同日，《申报》"自由谈"之小说栏刊载政治小说《铁血男儿》(五十一)(常觉)(独鹤)，文言。

同日，《时报》小说栏刊载《无政府党美人》(英国勃莱纳著)，瘦鹃译，文言。刊载《大宝窟王》(笑)(十)，白话。附张《小时报》刊载小说《包力胜》(叔)，文言。

同日，《大共和日报》刊载哀情小说《双鹃血》，李涵秋著，文言。刊载讽世小说《地心革命群妖录》，青牛，白话章回。

同日，《神州日报》小说栏刊载《清史演义》(不许转载)，陆士谔，白话。

10日 《申报》"自由谈"之小说栏刊载滑稽纪事《忆奴小传》(蝶仙)，文言。

同日，《时报》小说栏刊载《无政府党美人》(英国勃莱纳著)，瘦鹃译，文言。刊载《大宝窟王》(笑)(十一)，白话。附张《小时报》刊载小说《天国选举录》，荫吾，文言。

同日，《大共和日报》刊载哀情小说《双鹃血》，李涵秋著，文言。刊载讽世小说《地心革命群妖录》，青牛，白话章回。

同日，《神州日报》小说栏刊载《清史演义》(不许转载)，陆士谔，白话。

11日 《申报》"自由谈"之小说栏刊载滑稽纪事《忆奴小传》(蝶仙)(续)，文言。

同日，《时报》小说栏刊载《无政府党美人》(英国勃莱纳著)，瘦鹃译，文言。刊载《大宝窟王》(笑)(十二)，白话。附张《小时报》刊载小说《阴阳历国冲突始末记》，泰裔，白话。

同日，《大共和日报》刊载哀情小说《双鹃血》，李涵秋著，文言。刊载讽世小说《地心革命群妖录》，青牛，白话章回。

同日，《神州日报》刊载小说《新儒林外史》，辟非，白话。

12 日　《申报》"自由谈"之小说栏刊载爱情小说《娇樱记》(一)，漱馨女士笔述，天虚我生润文，文言。刊载社会小说《接财神》(了青)，文言。刊载时事短篇《接财神》，(瘦蝶)，文言。

同日，《时报》小说栏刊载《无政府党美人》(英国勃莱纳著)，瘦鹃译，文言。刊载《大宝窟王》(笑)(十三)，白话。

同日，《大共和日报》刊载哀情小说《双鹃血》，李涵秋著，文言。刊载讽世小说《地心革命群妖录》，青牛，白话章回。

同日，《神州日报》小说栏刊载《清史演义》(不许转载)，陆士谔，白话。

13 日　《申报》"自由谈"之小说栏刊载爱情小说《娇樱记》(二)，漱馨女士笔述，天虚我生润文，文言。刊载短篇滑稽《穷神》(涤骨)，文言。

同日，《时报》小说栏刊载《无政府党美人》(英国勃莱纳著)，瘦鹃译，文言。刊载《大宝窟王》(笑)(十四)，白话。附张《小时报》刊载小说《阴阳历国冲突始末记》，泰裔，白话。

同日，《大共和日报》刊载哀情小说《双鹃血》，李涵秋著，文言。刊载讽世小说《地心革命群妖录》，青牛，白话章回。

同日，《民权报》刊载《賈玉怨》(定夷)，白话章回。刊载《玉梨魂》，枕亚，文言。

14 日　《湖南教育杂志》第二年第二期刊载"本社特别启事"："本报自本号起每月发行二册，特此声明。""文艺"栏刊载教育小说《两面观》，存争，文言。

同日，《申报》"自由谈"之小说栏刊载爱情小说《娇樱记》(三)，漱馨女士笔述，天虚我生润文，文言。刊载实事小说《兰亭雅集》，（热庐），文言。刊载短篇小说《元宝茶》，文言。

同日，《时报》小说栏刊载滑稽小说《小共和国》，和兰琅白尔紫著，（呆）（笑），白话。刊载《大宝窟王》（笑）（十五），白话。附张《小时报》刊载小说《阴阳历国冲突始末记》，泰裔，白话。

同日，《大共和日报》刊载讽世小说《地心革命群妖录》，青牛，白话章回。

同日，《民权报》刊载《賣玉怨》（定夷），白话章回。刊载《孽冤镜》，双热，文言。

15 日　《星期汇报》第一年第一号"小说"栏刊载侦探小说《巴黎奇妙命案》，美儒安兰布原著，文言；刊载冒险小说《黑衣大佐》，英儒家里威而原著，文言。

同日，《中华教育界》民国二年二月号"小说"栏刊载教育小说《儿童历》（续前册），天笑生，文言。

同日，《申报》"自由谈"之小说栏刊载爱情小说《娇樱记》（四），漱馨女士笔述，天虚我生润文，文言。刊载短篇小说《绣囊记》（瘦蝶），文言。

同日，《时报》小说栏刊载滑稽小说《小共和国》，和兰琅白尔紫著（呆）（笑），白话。附张《小时报》刊载小说《阴阳历国冲突始末记》，泰裔，白话。

同日，《大共和日报》刊载讽世小说《地心革命群妖录》，青牛，白话章回。

同日，《民权报》刊载《賣玉怨》（定夷），白话章回。刊载《玉梨魂》，枕亚，文言。

同日，《神州日报》小说栏刊载《清史演义》（不许转载），陆士谔，白话。

16 日　《独立周报》第二十二期续载《稽先生传》，署名被褐著，文言。刊载"黎光社广告 上海四马路老巡捕房 东首惠福里内弄底"，内有

《夷坚志》宋文学家洪迈编，定价五元；干宝《搜神记》附陶渊明后记，定价一元；《稽神录》宋徐铉撰，定价九角；《睽车志》宋郭彖撰，定价八办（角）；《唐新语》唐刘肃撰，定价一元五角；《娩姬封》《桂枝香》传奇，定价五角；《水浒传传奇》，定价六角；《章台柳传奇》，定价七角；《雁鸣霜》《雾中人》传奇，定价六角；《闺中侠》，定价二角。刊载"上海群益书社"广告，内有第一编《绝岛日记》，七角；史（第）二编《金色王》，五角；第四编《伟里市商人》，四角；第五编《三美姬》，五角；第十编《新世界之旧梦谭》，五角。刊载"《绣像神州光复志演义》"："武汉起义不三月而扫除专制，还我河山。此亘古未有之伟业。不有信史何以扬先烈而垂来叶？本主人有鉴于是，特延聘通才暨身历艰险诸名宿，远溯旧闻，近征实事，仿《三国志演义》体编辑成书，名曰《神州光复志演义》。上起清初，下迨民国成立，其间革命事业之竭蹶成败，沿流溯源，包举靡遗，汇为大观。可作中华开国史读，亦可作满清亡国史读。全书共百二十回，八十余万言，十六厚册，分装两套"。又"本书内容业经登载各报广告，兹将该书回目登载于左，以供众览。全书十六册分装二巨套。预约券收半价，洋一元四角，外埠函购另加邮费洋二角，如邮票代价作九五扣什"。又录回目"……第五回 袁督师诱诛岛帅 清太宗直抵燕京；第六回 宣圣谕杨□赦降贼 犯□陵李闯抗天兵；第七回 卢象昇血战巨鹿 多尔衮掳掠畿南；第八回 洪承畴贪色降敌 李自成拥兵犯阙；第九回 崇祯帝煤山殉国 吴三桂□洲借兵；第十回 宏光帝正位南□ 史可法督师淮北；第十一回 摄政王遣使说降 左懋第修书通好；第十二回 九华山义民诛逆 四□兵同室操戈；第十三回 破扬州多铎屠城 兴水师鲁王监国；第十四回 隆武帝正位福京 亲征军班师中道；第十五回 郑芝龙出守仙霞关 永宁王大捷建昌府；第十六回 吴志吴苏州失利 李成陈嘉定屠城；第十七回 春申浦水师大败 江阴城义旅初兴；第十八回 十方僧代民请命 阎典史为国捐躯；第十九回 鲁监国出奔南澳 永历帝正位粤中；第二十回 瞿式耜力守桂林 孔有德连陷湘楚；第二十一回 郑成功进取福建 张煌言大下江南；第二十二回 攻石城全师败绩 取台湾郑氏孤存；第二十三回 郑芝龙抱子降敌 何腾蛟被执效忠；……第二十九回 吴世璠退保五华岭 清赖塔大战石虎关；第三十回 耿精忠都下就刑 洪秀全广西发难；第三十一回 昧人情督臣被掳 要和约英法□军；第三十二回 下湖南天王颁文告 据武昌□士谒军门；第三十三回 取金陵书生献策 援江右清将进兵；第三十四回 练水师国□定策 保鄂垣林翼求援；第三十五回 石达开退保汉水 韦昌辉残杀东王；第三十六回 彭玉麟师援江右 □国□战殁金陵；第三十七回 李鸿章倡办□操队 曾国荃大战雨花台；第三十八回 失南京洪氏灭宗 游香港孙文求学；第三十九回 兴中会灭清扶汉 马关约割地偿金；第四十回 孙中山秘密招兵 史坚如从容就义；第四十一回 入使馆英雄被系 游□滨志士订交；第四十二回 平山周旅邸谈心 康有为中途遇救；第四十三回 康有为运动哥老会 孙逸仙组织革命军；第四十四回 保皇党拒□兴中会 义和团□□北京城；第四十五回 李鸿章北京议和 唐才常汉口败事；……"

同日，《申报》"自由谈"之小说栏刊载爱情小说《娇樱记》（五），漱馨女士笔述，天虚我生润文，文言。刊载旧社会之新年小说《新升官图》（嘉定二我），文言。刊载短篇小说《异丐》，（浮尘客），文言。

同日，《时报》小说栏刊载滑稽小说《小共和国》，和兰琅白尔紫著（呆）（笑），白话。刊载《大宝窟王》，（笑），（十六），白话。附张《小时报》刊载小说《阴阳历国冲突始末记》，泰裔，白话。

同日，《民权报》刊载《擘冤镜》，双热，文言。

同日，《神州日报》小说栏刊载《狐狗相争记》，南园，文言。

17 日 《申报》"自由谈"之小说栏刊载爱情小说《娇樱记》（六），漱馨女士笔述，天虚我生润文，文言。刊载政治小说《铁血男儿》（五十二）（常觉）（独鹤），文言。刊载怪异小说《尸变》，（剑），文言。

同日，《时报》小说栏刊载滑稽小说《小共和国》，和兰琅白尔紫著，（呆）（笑），白话。刊载《大宝窟王》（笑）（十七），白话。附张《小时报》刊载小说《阴阳历国冲突始末记》，泰裔，白话。

同日，《民权报》刊载《賈玉怨》（定夷），白话章回。刊载《玉梨魂》，枕亚，文言。

同日，《神州日报》小说栏刊载《狐狗相争记》，南园，文言。

18 日　《申报》"自由谈"之小说栏刊载爱情小说《娇樱记》（七），漱馨女士笔述，天虚我生润文，文言。刊载政治小说《铁血男儿》（五十三）（常觉）（独鹤），文言。

同日，《时报》小说栏刊载滑稽小说《小共和国》，和兰琅白尔紫著，（呆）（笑），白话。刊载《大宝窟王》（笑）（十八），白话。附张《小时报》刊载小说《阴阳历国冲突始末记》，泰裔，白话。

同日，《大共和日报》刊载侦探小说《四人影》，英国科那都耶尔原著，钱塘桐叶轩主人译意，文言。

同日，《民权报》刊载《賈玉怨》（定夷），白话章回。刊载《孽冤镜》，双热，文言。

同日，《神州日报》刊载小说《新儒林外史》，辟非，白话。

19 日　《申报》"自由谈"之小说栏刊载爱情小说《娇樱记》（八），漱馨女士笔述，天虚我生润文，文言。刊载政治小说《铁血男儿》（五十四）（常觉）（独鹤），文言。刊载旧社会中新年小说《放烟火》，（嘉定二我），文言。

同日，《时报》小说栏刊载滑稽小说《小共和国》，和兰琅白尔紫著，（呆）（笑），白话。刊载《大宝窟王》（笑）（十九），白话。附张《小时报》刊载小说《阴阳历国冲突始末记》，泰裔，白话。

同日，《大共和日报》刊载侦探小说《四人影》，英国科那都耶尔原著，钱塘桐叶轩主人译意，文言。

同日，《民权报》刊载《賈玉怨》（定夷），白话章回。刊载《玉梨魂》，枕亚，文言。

同日，《神州日报》小说栏刊载《清史演义》（不许转载），陆士谔，白话。

20 日　《申报》"自由谈"之小说栏刊载爱情小说《娇樱记》（九），漱馨女士笔述，天虚我生润文，文言。刊载政治小说《铁血男儿》（五十五)(常觉)(独鹤),文言。刊载旧社会中新年小说《紫姑》,(嘉定二我),文言。

同日,《时报》小说栏刊载滑稽小说《小共和国》,和兰琅白尔紫著,(呆)(笑),白话。刊载《大宝窟王》(笑)(二十),白话。附张《小时报》刊载小说《有道之盗》,叔臧,文言。

同日,《大共和日报》刊载侦探小说《四人影》,英国科那都耶尔原著,钱塘桐叶轩主人译意,文言。

同日,《民权报》刊载《賨玉怨》(定夷),白话章回。刊载《孽冤镜》,双热,文言。

同日,《神州日报》刊载小说《新儒林外史》,辟非,白话。

21日 《申报》"自由谈"之小说栏刊载爱情小说《娇樱记》(十),漱馨女士笔述,天虚我生润文,文言。刊载奇情小说《冤狱》(了青),文言。

同日,《时报》小说栏刊载《大宝窟王》(笑)(二十一),白话。附张《小时报》刊载小说《有道之盗》,叔臧,文言。

同日,《大共和日报》刊载侦探小说《四人影》,英国科那都耶尔原著,钱塘桐叶轩主人译意,文言。

同日,《民权报》刊载《賨玉怨》(定夷),白话章回。刊载《玉梨魂》,枕亚,文言。

同日,《神州日报》小说栏刊载《清史演义》(不许转载),陆士谔,白话。

22日 《申报》"自由谈"之小说栏刊载爱情小说《娇樱记》(十一),漱馨女士笔述,天虚我生润文,文言。刊载政治小说《铁血男儿》(五十六)(常觉)(独鹤),文言。刊载旧社会中新年小说《不倒翁》(嘉定二我),文言。

同日,《时报》小说栏刊载《大宝窟王》(笑)(二十二),白话。附张《小时报》刊载小说《有道之盗》,叔臧,文言。

同日,《大共和日报》刊载侦探小说《四人影》,英国科那都耶尔原著，钱塘桐叶轩主人译意，文言。

同日，《民权报》刊载《賈玉怨》（定夷），白话章回。刊载《孽冤镜》，双热，文言。

同日，《神州日报》刊载小说《新儒林外史》，辟非，白话。

23 日　《独立周报》第二十三期续载《血海花魂记》。《申报》"自由谈"之小说栏刊载爱情小说《娇樱记》（十二），漱馨女士笔述，天虚我生润文，文言。刊载政治小说《铁血男儿》（五十七）（常觉）（独鹤），文言。刊载哀艳小说《惨情记》，（浮尘客译），文言。

同日，《时报》小说栏刊载《大宝窟王》（笑）（二十三），白话。"滑稽余谈"之小说栏刊载短篇《烟鬼现形记》，碧秋，白话。

同日，《大共和日报》刊载侦探小说《四人影》，英国科那都耶尔原著，钱塘桐叶轩主人译意，文言。

同日，《民权报》刊载《賈玉怨》（定夷），白话章回。刊载《玉梨魂》，枕亚，文言。

同日，《神州日报》小说栏刊载《清史演义》（不许转载），陆士谔，白话。

24 日　《申报》"自由谈"之小说栏刊载爱情小说《娇樱记》（十三），漱馨女士笔述，天虚我生润文，文言。刊载政治小说《铁血男儿》（五十八）（常觉）（独鹤），文言。

同日，《时报》小说栏刊载滑稽小说《小共和国》，和兰琅白尔紫著，（呆）（笑），白话。"滑稽余谈"之小说栏刊载短篇《烟鬼现形记》，碧秋，白话。小说栏刊载《大宝窟王》（笑）（二十四），白话。

同日，《大共和日报》刊载侦探小说《四人影》，英国科那都耶尔原著，钱塘桐叶轩主人译意，文言。

同日，《民权报》刊载《賈玉怨》（定夷），白话章回。刊载《孽冤镜》，双热，文言。

同日，《神州日报》刊载小说《新儒林外史》，辟非，白话。

25 日　《妇女时报》第九号刊载《战之花》，张郁蕴，文言。刊载

《绿衣女》，英国亨梯尔著，瘦鹃译，文言。民国二年元月初一印刷，民国二年二月廿五发行。《小说月报》第三卷第十一号"短篇小说"栏刊载短篇小说《微笑》，卓呆，白话；刊载《大仲马之大著作》，美国亨利哈特著，瘦鹃译，文言；刊载"中华民国二年二月商务印书馆出版新书"广告，内有小本小说《七医士案》："一角，是编述七医士沉迷科学，专以解剖生人为实行试验之计，不顾人道，莫此为甚，迨奸情破绽，皆就刑焉，世之灭裂人道主义者盍鉴诸"，又有"《小说月报》第三卷第九号，一角五分(壬新七五号)"广告；刊载《明珠堕渊记》，三郎，文言；刊载"红楼梦题词"，内有《忆秦娥·试梦》(袭人)、《西江月·悟情》(宝玉)、《谒金门·放筝》(黛玉)、《醉思凡·撕扇》(晴雯)；刊载纪事小说《旅馆案》，逃时，文言。"长篇小说"栏刊载《残蝉曳声录》，英国议员测次希洛箸，闽县林纾笔述，静海陈家麟口译，文言；刊载冒险小说《侠女郎》，日本押川春浪著，中华吴梼亘中译，此期刊载第五回 走磷火岩石飞空，第六回 穿隧道金钻耀彩，第七回 子夜斗歌名姬出险，第八回 国民兴颂侠女蜚声。刊载"红楼梦题词"，内有《点绛唇·理妆》(平儿)、《如梦令·遗袄》(晴雯)、《琴调相思引·悟笺》(熙凤)、《万里春·感奕》(妙玉)、《鹧鸪天·殉主》(鸳鸯)。"笔记"栏刊载《绿天清话》，绿天翁著。刊载"红楼梦题词"，内有《鹤冲天·制履》(探春)、《风蝶令·易裙》(香菱)、《春光好·论画》(宝钗)、《江亭怨·制谜》(宝琴)。刊载《说小说》，管达如，此期刊载第六章"中国旧小说之缺点及今日改良之方针"。刊载"商务印书馆发行林琴南先生译"广告，内有《橡湖仙影》《蛮荒志异》《海外轩渠录》《迦茵小传》《红礁画桨录》《洪罕女郎传》《玉雪留痕》等，内容介绍同前。

同日，《申报》"自由谈"之小说栏刊载爱情小说《娇樱记》(十四)，漱馨女士笔述，天虚我生润文，文言。刊载政治小说《铁血男儿》(五十九)(常觉)(独鹤)，文言。

同日，《时报》小说栏刊载滑稽小说《小共和国》，和兰琅白尔紫著，(呆)(笑)，白话。"滑稽余谈"之小说栏刊载短篇《烟鬼现形记》，碧秋，白话。小说栏刊载《大宝窟王》，（笑），（二十五），白话。

同日，《大共和日报》刊载侦探小说《四人影》，英国科那都耶尔原著，钱塘桐叶轩主人译意，文言。

同日，《民权报》刊载《賫玉怨》（定夷），白话章回。刊载《玉梨魂》，枕亚，文言。

同日，《神州日报》小说栏刊载《清史演义》（不许转载），陆士谔，白话。

26 日　《申报》"自由谈"之小说栏刊载爱情小说《娇樱记》（十五），漱馨女士笔述，天虚我生润文，文言。刊载政治小说《铁血男儿》（六十）（常觉）（独鹤），文言。刊载零碎小说《戒严令》（罢了），文言。

同日，《时报》小说栏刊载滑稽小说《小共和国》，和兰琅白尔紫著（呆）（笑），白话。"滑稽余谈"之小说栏刊载短篇《烟鬼现形记》，碧秋，白话。

同日，《大共和日报》刊载侦探小说《四人影》，英国科那都耶尔原著，钱塘桐叶轩主人译意，文言。

同日，《民权报》刊载《賫玉怨》（定夷），白话章回。刊载《孽冤镜》，双热，文言。

同日，《神州日报》刊载小说《新儒林外史》，辟非，白话。

27 日　《申报》"自由谈"之小说栏刊载爱情小说《娇樱记》（十六），漱馨女士笔述，天虚我生润文，文言。刊载政治小说《铁血男儿》（六十一）（常觉）（独鹤），文言。刊载社会短篇《窘新郎》，（钝根），文言。

同日，《时报》小说栏刊载滑稽小说《小共和国》，和兰琅白尔紫著（呆）（笑），白话。"滑稽余谈"之小说栏刊载短篇《烟鬼现形记》，碧秋，白话。

同日，《大共和日报》刊载侦探小说《四人影》，英国科那都耶尔原著，钱塘桐叶轩主人译意，文言。

同日，《民权报》刊载《玉梨魂》，枕亚，文言。

同日，《神州日报》小说栏刊载《清史演义》（不许转载），陆士谔，

白话。

28 日 《湖南教育杂志》第二年第三期"文艺"栏刊载教育小说《铜驼泪》，存争，文言。

同日，《申报》"自由谈"之小说栏刊载爱情小说《娇樱记》(十七)，漱馨女士笔述，天虚我生润文，文言。刊载政治小说《铁血男儿》(六十二)(常觉)(独鹤)，文言。刊载社会短篇《土人》，(钝根)，文言。

同日，《时报》小说栏刊载滑稽小说《小共和国》，和兰琅白尔紫著，(呆)(笑)，白话。"滑稽余谈"之小说栏刊载滑稽剧本《新拾黄金》，荫吾。

同日，《大共和日报》刊载侦探小说《四人影》，英国科那都耶尔原著，钱塘桐叶轩主人译意，文言。

同日，《民权报》刊载《賣玉怨》(定夷)，白话章回。刊载《孽冤镜》，双热，文言。

同日，《神州日报》刊载小说《新儒林外史》，辟非，白话。

发生于本月但日期不详之事件

《进步》第十六册刊载《撷兰记》第十五回。

《亚东丛报》第三期"文苑"栏刊载小说《平权国偕游记》，蜕盦，文言，未完。"谈丛"栏刊载《林下纪闻》(续第二期)，静娴著，内有篇目吴秋孃、智女、马贞烈女、寅姑、金烈女、寻夫、樊烈妇。"小说"栏刊载苦情小说《老婢吁天录》(禁转载)，禺山一老南雅述，燕云羁客吟学遣词，文言，前有弁言。

《中国学报》第四期"小说"栏刊载《搜神秘览中》，续第三期。

3 月

1 日 《少年》第二卷第六号《船户之故事》，白话，掺杂浅近文言词汇。

同日,《庸言》第一卷第七号刊载短篇小说《灵狮解语》,法国埃拉泌原著,闽县廖旭人译述,文言。刊载《义犬寻迷》,法国讷的挨原著,闽县廖旭人译述,文言。刊载《海陆妇婚》,法国尼法尔原著,闽县廖旭人译述,文言。刊载《人禽结伴》,法国柏阿忒原著,闽县廖旭人译述,文言。中华民国(日本大正)二年三月一日发行(每月二册初一、十六发行)。

同日,《申报》"自由谈"之小说栏刊载政治小说《铁血男儿》(六十三)(常觉)(独鹤),文言。刊载社会小说《童子血》(瘦蝶),文言。

同日,《时报》小说栏刊载滑稽小说《小共和国》,和兰琅白尔紫著(呆)(笑),白话。"滑稽余谈"之小说栏刊载滑稽剧本《新拾黄金》,荫吾。

同日,《民权报》刊载《賈玉怨》(定夷),白话章回。刊载《玉梨魂》,枕亚,文言。

同日,《神州日报》小说栏刊载《清史演义》(不许转载),陆士谔,白话。

2 日 《独立周报》第二十四期续载《血海花魂记》。

同日,《申报》"自由谈"之小说栏刊载政治小说《铁血男儿》(六十四)(常觉)(独鹤),文言。刊载滑稽短篇《醉翁语》,瘦蝶,文言。

同日,《时报》小说栏刊载滑稽小说《小共和国》,和兰琅白尔紫著,(呆)(笑),白话。小说栏刊载《大宝窟王》(笑)(二十六),白话。"滑稽余谈"之小说栏刊载滑稽剧本《新拾黄金》,荫吾。

同日,《民权报》刊载《賈玉怨》(定夷),白话章回。刊载《孽冤镜》,双热,文言。

同日,《神州日报》刊载小说《新儒林外史》,辟非,白话。

3 日 《申报》"自由谈"之小说栏刊载政治小说《铁血男儿》(六十五)(常觉)(独鹤),文言。刊载旧社会之新年小说《文字妖》(瘦蝶),文言。刊载旧社会之新年小说《泥美人》,(嘉定二我),文言。

同日,《时报》小说栏刊载滑稽小说《小共和国》,和兰琅白尔紫著(呆)(笑),白话。小说栏刊载《大宝窟王》(笑)(二十七),白话。

同日,《民权报》刊载《賨玉怨》(定夷),白话章回。刊载《玉梨魂》,枕亚,文言。

同日,《神州日报》小说栏刊载《清史演义》(不许转载),陆士谔,白话。

4日　《申报》"自由谈"之小说栏刊载政治小说《铁血男儿》(六十六)(常觉)(独鹤),文言。刊载哀情短篇《凤珠小传》,幻那,文言。

同日,《时报》小说栏刊载滑稽小说《小共和国》,和兰琅白尔紫著(呆)(笑),白话。小说栏刊载《大宝窟王》(笑)(二十八),白话。

同日,《民权报》刊载《挈冤镜》,双热,文言。

同日,《神州日报》刊载小说《新儒林外史》,辟非,白话。

5日　《申报》"自由谈"之小说栏刊载政治小说《铁血男儿》(六十七)(常觉)(独鹤),文言。刊载哀情短篇《凤珠小传》(续)(幻那),文言。刊载旧社会之新年小说《游戏炸弹》(嘉定二我),文言。

同日,《时报》小说栏刊载滑稽小说《小共和国》,和兰琅白尔紫著,(呆)(笑),白话。小说栏刊载《大宝窟王》(笑)(二十九),白话。"滑稽余谈"栏刊载小说《阴阳历国冲突始末记》,泰裔,白话。

同日,《民权报》刊载《賨玉怨》(定夷),白话章回。刊载《玉梨魂》,枕亚,文言。

同日,《神州日报》小说栏刊载《清史演义》(不许转载),陆士谔,白话。

6日　《申报》"自由谈"之小说栏刊载政治小说《铁血男儿》(六十八)(常觉)(独鹤),文言。刊载社会小说《戒烟局现形记》,瘦蝶,文言。

同日,《时报》小说栏刊载《常青树小屋中之一夜》,瘦鹃译,英国立却特麦希著,白话。小说栏刊载《大宝窟王》(笑)(三十),白话。"滑稽余谈"栏刊载小说《阴阳历国冲突始末记》,泰裔,白话。

同日，《民权报》刊载《賣玉怨》(定夷)，白话章回。刊载《孽冤镜》，双热，文言。

同日，《神州日报》刊载小说《新儒林外史》，辟非，白话。

7 日　《申报》"自由谈"之小说栏刊载政治小说《铁血男儿》(六十九)(常觉)(独鹤)，文言。刊载短篇小说《醉汉》，(了青)，文言。

同日，《时报》小说栏刊载《常青树小屋中之一夜》，瘦鹃译，英国立却特麦希著，白话。小说栏刊载《大宝窟王》，(笑)，(三十一)，白话。"滑稽余谈"栏刊载小说《阴阳历国冲突始末记》，泰裔，白话。

同日，《民权报》刊载《賣玉怨》(定夷)，白话章回。刊载《玉梨魂》，枕亚，文言。

同日，《神州日报》小说栏刊载《清史演义》(不许转载)，陆士谔，白话。

8 日　《申报》"自由谈"之小说栏刊载政治小说《铁血男儿》(七十)(常觉)(独鹤)，文言。

同日，《时报》小说栏刊载《常青树小屋中之一夜》，瘦鹃译，英国立却特麦希著，白话。"滑稽余谈"栏刊载小说《阴阳历国冲突始末记》，泰裔，白话。

同日，《民权报》刊载《賣玉怨》(定夷)，白话章回。刊载《孽冤镜》，双热，文言。

同日，《神州日报》刊载小说《新儒林外史》，辟非，白话。

9 日　《申报》"自由谈"之小说栏刊载政治小说《铁血男儿》(七十一)(常觉)(独鹤)，文言。

同日，《时报》小说栏刊载《常青树小屋中之一夜》，瘦鹃译，英国立却特麦希著，白话。小说栏刊载《大宝窟王》，(笑)，(三十二)，白话。"滑稽余谈"栏刊载小说《绿雪趣闻》，文言。

同日，《民权报》刊载《玉梨魂》，枕亚，文言。

同日，《神州日报》小说栏刊载《清史演义》(不许转载)，陆士谔，白话。

10日 《申报》"自由谈"之小说栏刊载社会短篇《监员威》,（可儿），文言。刊载爱情小说《自由花弹词》（一）（天虚我生）。

同日,《时报》小说栏刊载《常青树小屋中之一夜》,瘦鹃译,英国立却特麦希著,白话。小说栏刊载《大宝窟王》,（笑）,（三十三）,白话。"滑稽余谈"栏刊载小说《芳娘》,文言。

同日,《民权报》刊载《賨玉怨》（定夷）,白话章回。刊载《孽冤镜》,双热,文言。

同日,《神州日报》刊载小说《新儒林外史》,辟非,白话。

同日,《时报》小说栏刊载《常青树小屋中之一夜》,瘦鹃译,英国立却特麦希著,白话。小说栏刊载《大宝窟王》,（笑）,（三十四）,白话。"滑稽余谈"栏刊载小说《芳娘》,文言。

11日 《民权报》刊载《賨玉怨》（定夷）,白话章回。刊载《玉梨魂》,枕亚,文言。

同日,《神州日报》小说栏刊载《清史演义》（不许转载）,陆士谔,白话。

同日,《申报》"自由谈"之小说栏刊载社会短篇《赛灯》,（瘦蝶）,文言。刊载爱情小说《自由花弹词》（二）（天虚我生）。

12日 《申报》"自由谈"之小说栏刊载政治小说《铁血男儿》（七十二）（常觉）（独鹤）,文言。刊载爱情小说《自由花弹词》（三）（天虚我生）。

同日,《时报》小说栏刊载《常青树小屋中之一夜》,瘦鹃译,英国立却特麦希著,白话。小说栏刊载《大宝窟王》,（笑）,（三十五）,白话。

同日,《民权报》刊载《賨玉怨》（定夷）,白话章回。刊载《孽冤镜》,双热,文言。

同日,《神州日报》小说栏刊载《清史演义》（不许转载）,陆士谔,白话。

13日 《申报》"自由谈"之小说栏刊载政治小说《铁血男儿》（七十

三)(常觉)(独鹤),文言。刊载爱情小说《自由花弹词》(四)(天虚我生)。刊载社会小说《慈善童子》,(浮尘客),文言。

同日,《时报》刊载"侦探小说《一百十三案》再版已出"广告:"定价每部一元,又《裴迺杰奇案》每册大洋二角,《薛蕙霞》每册大洋三角,《尸光记》每册大洋三角,《盗面》每册大洋五角,《捕鬼奇案》每册大洋二角,寄售处江西路广智书局,三马路千顷堂。"小说栏刊载《常青树小屋中之一夜》,瘦鹃译,英国立却特麦希著,白话。小说栏刊载《大宝窟王》,(笑),(三十六),白话。"滑稽余谈"栏刊载短篇《知恩之盗》,愁童,文言。

同日,《民权报》刊载《賷玉怨》(定夷),白话章回。刊载《玉梨魂》,枕亚,文言。

同日,《神州日报》刊载小说《新儒林外史》,辟非,白话。

14 日 《申报》"自由谈"之小说栏刊载政治小说《铁血男儿》(七十四)(常觉)(独鹤),文言。刊载爱情小说《自由花弹词》(五)(天虚我生)。

同日,《时报》小说栏刊载《常青树小屋中之一夜》,瘦鹃译,英国立却特麦希著,白话。"滑稽余谈"栏刊载短篇《知恩之盗》,愁童,文言。

同日,《民权报》刊载《賷玉怨》(定夷),白话章回。刊载《孽冤镜》,双热,文言。

同日,《神州日报》小说栏刊载《清史演义》(不许转载),陆士谔,白话。

15 日 《民谊》第五号刊载小说《社会主义与妇人》(续第四期),山口孤剑著,陈树人译,文言。

同日,《中华教育界》民国二年三月号"小说"栏刊载教育小说《儿童历》(续前册),天笑生,文言。

同日,《申报》"自由谈"之小说栏刊载政治小说《铁血男儿》(七十五)(常觉)(独鹤),文言。刊载爱情小说《自由花弹词》(六)(天虚我生）。

同日，《时报》小说栏刊载《常青树小屋中之一夜》，瘦鹃译，英国立却特麦希著，白话。"滑稽余谈"栏刊载短篇《知恩之盗》，愁童，文言；刊载短篇小说《步堤怀古》，荫吾，文言。

同日，《民权报》刊载《賨玉怨》（定夷），白话章回。刊载《玉梨魂》，枕亚，文言。

同日，《神州日报》刊载小说《新儒林外史》，辟非，白话。

16日　《庸言》第一卷第八号刊载短篇小说《黑幕娘》，法大仲马著，闽海旭人译，文言。刊载《黑奴酬恩录》，法国圣泌爱著，闽县廖旭人译，文言。

同日，《申报》"自由谈"之小说栏刊载政治小说《铁血男儿》（七十六）（常觉）（独鹤），文言。刊载爱情小说《自由花弹词》（七）（天虚我生）。刊载奇怪小说《新离魂记》，（剑秋），文言。

同日，《时报》小说栏刊载《常青树小屋中之一夜》，瘦鹃译，英国立却特麦希著，白话。"滑稽余谈"栏刊载短篇小说《步堤怀古》，荫吾，文言。

同日，《大共和日报》刊载理想小说《易形术》，景缄，文言。《民权报》刊载《孽冤镜》，双热，文言。

同日，《神州日报》小说栏刊载《清史演义》（不许转载），陆士谔，白话。

17日　《申报》"自由谈"之小说栏刊载政治小说《铁血男儿》（七十七）（常觉）（独鹤），文言。刊载爱情小说《自由花弹词》（八）（天虚我生）。刊载社会短篇《顽童》，瘦蝶，文言。

同日，《时报》小说栏刊载《死人之室》（一），英国维廉勒苟氏著，瘦鹃译，文言。小说栏刊载《大宝窟王》，（笑），（三十七），白话。"滑稽余谈"栏刊载短篇小说《步堤怀古》，荫吾，文言。

同日，《民权报》刊载《賨玉怨》（定夷），白话章回。刊载《玉梨魂》，枕亚，文言。

同日，《神州日报》刊载小说《新儒林外史》，辟非，白话。

18日　《申报》"自由谈"之小说栏刊载爱情小说《自由花弹词》（九）（天虚我生）。刊载哀情小说《孤坟泪》，（了青），文言。

同日，《时报》小说栏刊载《死人之室》（一），英国维廉勒苟氏著，瘦鹃译，文言。小说栏刊载《大宝窟王》，（笑），（三十八），白话。"滑稽余谈"栏刊载寓言小说《戏侮读书人之恶鬼》，叔庄，文言。

同日，《民权报》刊载《賈玉怨》（定夷），白话章回。刊载《孽冤镜》，双热，文言。

同日，《神州日报》小说栏刊载《清史演义》（不许转载），陆士谔，白话。

19日　《申报》"自由谈"之小说栏刊载政治小说《铁血男儿》（七十八）（常觉）（独鹤），文言。刊载应时短篇《百花会》（瘦蝶），文言。

同日，《时报》小说栏刊载《死人之室》（一），英国维廉勒苟氏著，瘦鹃译，文言。

同日，《民权报》刊载《賈玉怨》（定夷），白话章回。刊载《玉梨魂》，枕亚，文言。

同日，《神州日报》刊载小说《新儒林外史》，辟非，白话。

20日　《申报》"自由谈"之小说栏刊载政治小说《铁血男儿》（七十九）（常觉）（独鹤），文言。刊载爱情小说《自由花弹词》（十）（天虚我生）。刊载社会短篇《顽童》，瘦蝶，文言。

同日，《时报》小说栏刊载《死人之室》（一），英国维廉勒苟氏著，瘦鹃译，文言。小说栏刊载《大宝窟王》，（笑），（三十九），白话。

同日，《民权报》刊载《賈玉怨》（定夷），白话章回。刊载《玉梨魂》，枕亚，文言。

同日，《神州日报》小说栏刊载《清史演义》（不许转载），陆士谔，白话。

21日　《申报》"自由谈"之小说栏刊载政治小说《铁血男儿》（八十）（常觉）（独鹤），文言。

同日，《时报》小说栏刊载《死人之室》(二)，英国维廉勒苟氏著，瘦鹃译，文言。小说栏刊载《大宝窟王》，(笑)，(四十)，白话。"滑稽余谈"栏刊载短篇实事小说《落花怨》，善兰，文言。

同日，《民权报》刊载《黛玉怨》(定夷)，白话章回。刊载《玉梨魂》，枕亚，文言。

同日，《神州日报》小说栏刊载《清史演义》(不许转载)，陆士谔，白话。

22 日　《星期汇报》第一年第六号"小说"栏刊载诙谐小说《三水手》，英儒耶可布原著，文言。

同日，《申报》"自由谈"之小说栏刊载政治小说《铁血男儿》(八十一)(常觉)(独鹤)，文言。刊载爱情小说《自由花弹词》(十一)(天虚我生)。刊载社会小说《闲争》，瘦蝶，文言。

同日，《时报》小说栏刊载《死人之室》(二)，英国维廉勒苟氏著，瘦鹃译，文言。小说栏刊载《大宝窟王》，(笑)，(四十一)，白话。"滑稽余谈"栏刊载短篇实事小说《落花怨》，善兰，文言。

同日，《民权报》刊载《黛玉怨》(定夷)，白话章回。刊载《玉梨魂》，枕亚，文言。

同日，《神州日报》小说栏刊载《清史演义》(不许转载)，陆士谔，白话。

23 日　《申报》"自由谈"之小说栏刊载政治小说《铁血男儿》(八十二)(常觉)(独鹤)，文言。刊载爱情小说《自由花弹词》(十二)(天虚我生)。刊载短篇滑稽《梅花村》，(嘉定二我)，文言。

同日，《时报》小说栏刊载《死人之室》(二)，英国维廉勒苟氏著，瘦鹃译，文言。小说栏刊载《大宝窟王》，(笑)，(四十二)，白话。"滑稽余谈"栏刊载短篇实事小说《落花怨》，善兰，文言。

同日，《神州日报》小说栏刊载《清史演义》(不许转载)，陆士谔，白话。

24 日　《申报》"自由谈"之小说栏刊载政治小说《铁血男儿》(八十

三)(常觉)(独鹤),文言。刊载爱情小说《自由花弹词》(十三)(天虚我生)。

同日,《时报》小说栏刊载《死人之室》,英国维廉勒苟氏著,瘦鹃译,文言。小说栏刊载《大宝窟王》,(笑),(四十三),白话。

同日,《民权报》刊载《玉梨魂》,枕亚,文言。

同日,《神州日报》小说栏刊载《清史演义》(不许转载),陆士谔,白话。

25日 《小说月报》第三卷第十二号刊载"本社特别广告":"本社所出《小说月报》已阅三载,发行以来颇蒙各界欢迎,迩来销数日增,每期达一万以上,同人欣幸之余,益加奋勉,兹从四卷一号起,凡长篇小说每四期作一结束,短篇每期四篇以上,情节则择其最离奇而最有趣味者,材料则特别丰富,文字力求妩媚,文言白话,兼擅其长,读者鉴之。本社谨启。"又有"征求短篇小说"广告:"本社现在需用短篇,倘蒙海内文坛惠教,曷胜欣幸,谨拟章程如下:(一)每篇字数一千至八千为率,(二)誊写稿纸,每半页十六行,每行四十二字,(三)稿尾请注明姓名住址,(四)酬赠照普通投稿章程,格外从优,(五)投稿如不合用,即行寄还,合用之稿,由本社酌定酬赠,通告投稿人,如不见允,原稿奉璧。本社谨启。""短篇小说"栏刊载《露西旅客》,亨利彭耐原著,《世界杂志》廿七卷百六十二号,铁樵,文言;刊载《科西嘉童子》,瘦鹃译,文言;刊载《侦探谈片》,英史挨笔记,通声译,文言;刊载英雄小说《大复仇》,日本押川春浪著,中华吴檮䜣中译,白话;刊载"红楼梦题词",枕亚,内有《浣溪沙·缔姻》(巧姐)、《水龙吟·思乡》(黛玉)、《风入松·怀侣》(宝玉);刊载哀情小说《红蔷梦》,月庵,文言。"笔记"栏刊载《绿天清话》,绿天翁著。刊载"红楼梦题词",枕亚,内有《踏莎行·斩情》(芳官)、《苏幕遮·移爱》(五儿)、《忆江南·绝粒》(黛玉)、《泾罗衣·尝羹》(玉钏)。刊载"中华民国二年四月商务印书馆出版新书"广告,内有小本小说《车中语》一册一角、《金丝发》一册一角、《金银岛》一册一角。刊载"商务印书馆发行林琴南先生译"广告:

"神怪小说《鬼山狼侠传》，洋装二册，定价一元：是书叙斐洲苏噜霸王查革残暴杀人至数十万，虽己子必尽杀之，后生一子曰洛巴革，其臣摩波救出之，养为己子，及长，为王于斧头族，残暴更过其父，其间夹叙神巫屠杀人民惨状，妖狐奇鬼，变幻迷离，更有莲花娘一节，情事尤奇。冒险小说《斐洲烟水愁城录》，洋装二册，定价八角：此与《鬼山狼侠传》似联不联，处处以洛巴革为线索，言其伴数白人探险斐洲，穿火山穴人出，得白种人国，国有二女王，因争婿一客卿，乃肇兵祸，取径独新，构局尤幻。神怪小说《埃及金塔剖尸记》，洋装三册，定价一元：吾国人于小说界含有三大性质，一英雄一儿女一鬼神，是书兼擅其胜，殆合《水浒》《红楼》《西游》为一手，而言外微旨，尤令人怵然于种族之感，至文笔之优美曲致、婉转动人，则又不待言矣。国民小说《撒克逊劫后英雄略》，洋装二册，定价一元：此书叙述英国撒克逊种人亡国之余，美人情愫、武士精神，咸勃勃有生气，其中老英雄恪守祖国伏腊，小英雄力争本种权利，卒能驱去脑门豆种人，再立英京，慷慨悲歌，读之令人气壮，文亦细针密缕，绘影绘声，真奇观也。"又有《滑稽外史》《玉楼花劫》《大食故宫余载》《歇洛克奇案开场》等小说，内容绍介同前。编辑者署名"武进恽树珏"。

同日，《申报》"自由谈"之小说栏刊载政治小说《铁血男儿》（八十四）（常觉）（独鹤），文言。刊载爱情小说《自由花弹词》（十四）（天虚我生）。

同日，《时报》小说栏刊载《死人之室》，英国维廉勒苟氏著，瘦鹃译，文言。

同日，《民权报》刊载《霣玉怨》（定夷），白话章回。

同日，《神州日报》小说栏刊载《清史演义》（不许转载），陆士谔，白话。

26 日　《申报》"自由谈"之小说栏刊载政治小说《铁血男儿》（八十五）（常觉）（独鹤），文言。刊载爱情小说《自由花弹词》（十五）（天虚我生）。刊载滑稽短篇《叔接嫂》，（嘉定二我），文言。

同日，《时报》小说栏刊载《死人之室》，英国维廉勒苟氏著，瘦鹃译，文言。小说栏刊载《大宝窟王》，(笑)，(四十四)，白话。"滑稽余谈"栏刊载短篇纪事《天缘巧合》，(叔臧)，文言。

同日，《民权报》刊载《賈玉怨》(定夷)，白话章回。

同日，《神州日报》小说栏刊载《清史演义》(不许转载)，陆士谔，白话。

27 日 《申报》"自由谈"之小说栏刊载政治小说《铁血男儿》(八十六)(常觉)(独鹤)，文言。

同日，《时报》小说栏刊载《死人之室》，英国维廉勒苟氏著，瘦鹃译，文言。小说栏刊载《大宝窟王》，(笑)，(四十五)，白话。

同日，《民权报》刊载《賈玉怨》(定夷)，白话章回。

同日，《神州日报》小说栏刊载《清史演义》(不许转载)，陆士谔，白话。

28 日 《申报》"自由谈"之小说栏刊载政治小说《铁血男儿》(八十七)(常觉)(独鹤)，文言。

同日，《时报》小说栏刊载《死人之室》，英国维廉勒苟氏著，瘦鹃译，文言。小说栏刊载《大宝窟王》，(笑)，(四十六)，白话。

同日，《民权报》刊载《賈玉怨》(定夷)，白话章回。

同日，《神州日报》小说栏刊载《清史演义》(不许转载)，陆士谔，白话。

29 日 《申报》"自由谈"之小说栏刊载爱情小说《自由花弹词》(十六)，(天虚我生)。刊载短篇记事《白巾缘》，(了青)，文言。刊载爱情小说《留影记》(匹志)，文言。

同日，《时报》小说栏刊载《死人之室》，英国维廉勒苟氏著，瘦鹃译，文言。

同日，《大共和日报》刊载侦探小说《美人手》，半千译，文言。

同日，《民权报》刊载《賈玉怨》(定夷)，白话章回。

同日，《神州日报》小说栏刊载《清史演义》(不许转载)，陆士谔，

白话。

30 日 《申报》"自由谈"之小说栏刊载政治小说《铁血男儿》(八十八)(常觉)(独鹤),文言。

同日,《时报》小说栏刊载《死人之室》,英国维廉勒苟氏著,瘦鹃译,文言。小说栏刊载《大宝窟王》,(笑),(四十七),白话。

同日,《大共和日报》刊载侦探小说《美人手》,半千译,文言。刊载忏悔小说《情海归槎记》,朱自述,文言。

同日,《民权报》刊载《霣玉怨》(定夷),白话章回。

同日,《神州日报》小说栏刊载《清史演义》(不许转载),陆士谔,白话。

31 日 《湖南教育杂志》第二年第五期"文艺"栏刊载小说《笔花梦》(续),存争,白话。

同日,《申报》"自由谈"之小说栏刊载政治小说《铁血男儿》(八十九)(常觉)(独鹤),文言。刊载爱情小说《自由花弹词》(十七)(天虚我生)。

同日,《时报》小说栏刊载《死人之室》,英国维廉勒苟氏著,瘦鹃译,文言。小说栏刊载《大宝窟王》,(笑),(四十八),白话。

同日,《民权报》刊载《霣玉怨》(定夷),白话章回。

同日,《神州日报》小说栏刊载《清史演义》(不许转载),陆士谔,白话。

发生于本月但日期不详之事件

《湖南教育杂志》第二年第四期"文艺"栏刊载小说《笔花梦》,存争,白话。

《进步》第十七册刊载《撷兰记》第十六回。

《中国学报》第五期"小说"栏刊载《搜神秘览下》,续第四期。第七、八、九期,无小说。洪宪元年一月《中国学报》重组至民国五年五月，共发行五册，无"小说"栏目。

4 月

1 日　《东方杂志》第九卷第十号刊载言情小说《绿波传》（不准转载），孤桐，文言；《五十故事》之《国钟》，东吴旧孙，文言。

同日，《庸言》第一卷第九号刊载短篇小说《柜中孩》，法国果的挨著，闽海廖旭人译，文言。刊载《祛春谭》（译巴黎妇女杂志），廖旭人，文言。刊载《英雄鉴》，法国嚣俄著，闽海旭人译，文言。刊载"庸言报馆代售书籍"广告，其中书目有："《虞初新志（正续）》一元四角，《斯芬克斯之美人》七角五分，《中国侦探案》二角，《美人手》六角五分，《荒岛孤童记》五角，《剧场大疑狱》四角，《劫花小乘》二角，《二十年目睹之怪现状》（全八册）三元三角，《情魔》三角，《恨海》二角，《妖塔奇谈》六角，《电术奇谈》四角，《花月香城记》三角，《九命奇冤》七角五分……上海广智书局印行。"

同日，《申报》"自由谈"之小说栏刊载政治小说《铁血男儿》（九十）（常觉）（独鹤），文言。刊载爱情小说《自由花弹词》（十八）（天虚我生）。

同日，《时报》小说栏刊载《死人之室》，英国维廉勒苟氏著，瘦鹃译，文言。小说栏刊载《大宝窟王》，（笑），（四十九），白话。

同日，《大共和日报》刊载理想小说《易形术》，景缄，文言。刊载侦探小说《美人手》，半千译，文言。刊载忏悔小说《情海归槎记》，朱自述，文言。

同日，《民权报》刊载《賈玉怨》（定夷），白话章回。刊载《孽冤镜》，双热，文言。

同日，《神州日报》小说栏刊载《清史演义》（不许转载），陆士谔，白话。

2 日 《申报》"自由谈"之小说栏刊载政治小说《铁血男儿》(九十一)(常觉)(独鹤),文言。刊载爱情小说《自由花弹词》(十九)(天虚我生)。

同日,《时报》小说栏刊载《死人之室》,英国维廉勒荀氏著,瘦鹃译,文言。小说栏刊载《大宝窟王》,(笑),(五十),白话。刊载"清初钞本原本《红楼梦》后函出全"广告:"此书前函已风行海内,兹将后函现版原本全书出齐,后函计十册,定价一元八角,前函价同。分发行所南京奇望街有正书局,苏州都亭桥有正书局,天津东门外东马路有正书局,总发行所上海望平街有正书局,北京□□门有正书局。""滑稽余谈"栏刊载家庭小说《不测威》,可儿,文言。

同日,《大共和日报》刊载侦探小说《美人手》,半千译,文言。刊载《新天仙最近史》,半千,文言。刊载忏悔小说《情海归槎记》,朱自述,文言。

同日,《神州日报》小说栏刊载《清史演义》(不许转载),陆士谔,白话。

3 日 《申报》"自由谈"之小说栏刊载爱情小说《自由花弹词》(二十)(天虚我生)。刊载短篇纪事《冤狱》,(无我),文言。

同日,《时报》小说栏刊载《死人之室》,英国维廉勒荀氏著,瘦鹃译,文言。小说栏刊载《大宝窟王》,(笑),(五十一),白话。"滑稽余谈"栏刊载家庭小说《不测威》,可儿,文言。

同日,《大共和日报》附张刊载忏悔小说《情海归槎记》,朱自述,文言。

同日,《民权报》刊载《賨玉怨》(定夷),白话章回。

同日,《神州日报》小说栏刊载《清史演义》(不许转载),陆士谔,白话。

4 日 《申报》"自由谈"之小说栏刊载爱情小说《自由花弹词》(二十一)(天虚我生)。刊载奇情小说《春在堂第一》,(瘦蝶),文言。

同日,《时报》小说栏刊载《死人之室》,英国维廉勒荀译，文言。"滑稽余谈"栏刊载家庭小说《不测威》，可儿，文言。

同日，《大共和日报》附张刊载侦探小说《美人手》，半千译，文言。刊载忏悔小说《情海归槎记》，朱自述，文言。《民权报》刊载《賈玉怨》（定夷），白话章回。

同日，《神州日报》小说栏刊载《清史演义》（不许转载），陆士谔，白话。

5 日　《申报》"自由谈"之小说栏刊载政治小说《铁血男儿》（九十二）（常觉）（独鹤），文言。刊载爱情小说《自由花弹词》（二十二）（天虚我生）。刊载短篇小说《奇男子》，（何立三），文言。

同日，《时报》小说栏刊载《死人之室》，英国维廉勒苟氏著，瘦鹃译，文言。小说栏刊载《大宝窟王》，（笑），（五十二），白话。"滑稽余谈"栏刊载家庭小说《不测威》，可儿，文言。

同日，《大共和日报》附张刊载侦探小说《美人手》，半千译，文言。刊载忏悔小说《情海归槎记》，朱自述，文言。

同日，《民权报》刊载《賈玉怨》（定夷），白话章回。

同日，《神州日报》小说栏刊载《清史演义》（不许转载），陆士谔，白话。至 5 月 24 日止。

6 日　《申报》"自由谈"之小说栏刊载政治小说《铁血男儿》（九十三）（常觉）（独鹤），文言。刊载爱情小说《自由花弹词》（二十二）（天虚我生）。刊载社会小说《油鱼摊》，（觉迷），文言。

同日，《时报》小说栏刊载《死人之室》，英国维廉勒苟氏著，瘦鹃译，文言。"滑稽余谈"栏刊载家庭小说《不测威》，可儿，文言。

7 日　《申报》"自由谈"之小说栏刊载政治小说《铁血男儿》（九十四）（常觉）（独鹤），文言。刊载爱情小说《自由花弹词》（二十四）（天虚我生）。刊载哀情小说《欢场泡影》，（剑痴），文言。

同日，《时报》小说栏刊载《死人之室》，英国维廉勒苟氏著，瘦鹃译，文言。

同日，《大共和日报》附张刊载侦探小说《美人手》，半千译，文言。

刊载忏悔小说《情海归槎记》，朱自述，文言。刊载哀情小说《双鹃血》，著者涵秋，文言。

同日，《民权报》刊载《霞玉怨》（定夷），白话章回。刊载《孽冤镜》，双热，文言。

8 日 《申报》"自由谈"之小说栏刊载政治小说《铁血男儿》（九十五）（常觉）（独鹤），文言。刊载爱情小说《自由花弹词》（二十五）（天虚我生）。

同日，《时报》小说栏刊载短篇小说《候补参议员》，哂，白话。小说栏刊载《大宝窟王》，（笑），（五十三），白话。

同日，《大共和日报》附张刊载侦探小说《美人手》，半千译，文言。刊载理想小说《易形术》，景缄，文言。刊载哀情小说《双鹃血》，著者涵秋，文言。

同日，《民权报》刊载《霞玉怨》（定夷），白话章回。

9 日 《申报》"自由谈"之小说栏刊载政治小说《铁血男儿》（九十六）（常觉）（独鹤），文言。刊载爱情小说《自由花弹词》（二十六）（天虚我生）。刊载家庭小说《奇妒》，（了青），文言。

同日，《时报》小说栏刊载短篇小说《候补参议员》，哂，白话。小说栏刊载《大宝窟王》，（笑），（五十四），白话。

同日，《大共和日报》附张刊载侦探小说《美人手》，半千译，文言。刊载理想小说《易形术》，景缄，文言。刊载哀情小说《双鹃血》，著者涵秋，文言。

同日，《民权报》刊载《霞玉怨》（定夷），白话章回。刊载《孽冤镜》，双热，文言。

10 日 《申报》"自由谈"之小说栏刊载政治小说《铁血男儿》（九十七）（常觉）（独鹤），文言。刊载爱情小说《自由花弹词》（二十七）（天虚我生）。刊载游戏小说《小颠传》，（寅伯），文言。

同日，《时报》小说栏刊载短篇小说《候补参议员》，哂，白话。小说栏刊载《大宝窟王》，（笑），（五十五），白话。

同日，《大共和日报》附张刊载滑稽短篇小说《琴楼梦》，东溪居士稿，白话。刊载侦探小说《美人手》，半千译，文言。刊载理想小说《易形术》，景缄，文言。刊载哀情小说《双鹃血》，著者涵秋，文言。

同日，《民权报》刊载《賣玉怨》（定夷），白话章回。刊载《孽冤镜》，双热，文言。

11 日　《申报》"自由谈"之小说栏刊载爱情小说《自由花弹词》（二十八）（天虚我生）。

同日，《时报》小说栏刊载短篇小说《候补参议员》，晒，白话。《大共和日报》附张刊载滑稽短篇小说《琴楼梦》，东溪居士稿，白话。刊载侦探小说《美人手》，半千译，文言。刊载理想小说《易形术》，景缄，文言。

同日，《民权报》刊载《賣玉怨》（定夷），白话章回。刊载《孽冤镜》，双热，文言。

12 日　《星期汇报》第一年第九号"小说"栏刊载因果小说《争妻失耳》（未完），文言。

同日，《申报》"自由谈"之小说栏刊载政治小说《铁血男儿》（九十八）（常觉）（独鹤），文言。刊载爱情小说《自由花弹词》（二十九）（天虚我生）。

同日，《时报》刊载"《小说月报》广告"："本社所出《小说月报》蒙各界欢迎，销数已达一万以上，同人欣幸之余，益加奋勉，兹从四卷一号起，凡长篇小说每四期作一结束，短篇每册增加，一切材料较前益求精美丰富，爱读诸君祈垂鉴焉。上海商务印书馆《小说月报》社谨启。"刊载"征求短篇小说"广告："本社现在需用短篇，倘蒙海内文坛惠教，曷胜欣喜，谨拟章程如下：（一）每篇字数一千至八千为率，（二）誊为稿纸，每半页十六行，行四十二字，（三）稿尾请注明姓名地址，（四）酬赠照普通投稿章程格外从优，（五）投稿如不合用，即行寄还，合用之稿由本社酌定酬赠，通告投稿人，如不见允，原稿奉璧。商务印书馆《小说月报》社启。"小说栏刊载短篇小说《候补参议员》，晒，白话。小说栏刊载《大宝窟王》，（笑），（五十五），白话。

同日，《大共和日报》附张刊载滑稽短篇小说《琴楼梦》，东溪居士稿，白话。

同日，《民权报》刊载《賈玉怨》（定夷），白话章回。刊载《孽冤镜》，双热，文言。

13 日　《申报》"自由谈"之小说栏刊载政治小说《铁血男儿》（九十九）（常觉）（独鹤），文言。刊载爱情小说《自由花弹词》（三十）（天虚我生）。

同日，《时报》刊载"《小说月报》第三卷十号出版"广告。小说栏刊载短篇小说《候补参议员》，哂，白话。

同日，《大共和日报》附张刊载滑稽短篇小说《琴楼梦》，东溪居士稿，白话。

同日，《民权报》刊载《红粉劫》，英国司达握氏著，定夷译，文言。刊载《孽冤镜》，双热，文言。

14 日　《申报》"自由谈"之小说栏刊载政治小说《铁血男儿》（一百）（常觉）（独鹤），文言。刊载爱情小说《自由花弹词》（三十一）（天虚我生）。

同日，《时报》小说栏刊载短篇小说《候补参议员》，哂，白话。小说栏刊载《大宝窟王》，（笑），（五十五），白话。

同日，《大共和日报》附张刊载滑稽短篇小说《琴楼梦》，东溪居士稿，白话。刊载理想小说《易形术》，景缄，文言。刊载哀情小说《双鹃血》，著者涵秋，文言。

同日，《民权报》刊载《红粉劫》，英国司达握氏著，定夷译，文言。刊载《孽冤镜》，双热，文言。

15 日　《国民杂志》第一号刊载"国民杂志简章"，其中"十二、小说"。本期未刊登小说。《国民杂志》，日本东京神田国民杂志编辑处编辑，上海南京路国民杂志发行处发行，印刷所日本东京神田三秀舍，日本大正二年四月十五日创刊，每月一回。

同日,《湖南教育杂志》第二年第六期"文艺"栏刊载小说《笔花梦》(续),存争,白话。

同日,《中华教育界》民国二年四月号"小说"栏刊载教育小说《儿童历》(续前册),天笑生,文言。

同日,《申报》"自由谈"之小说栏刊载政治小说《铁血男儿》(一百一)(常觉)(独鹤),文言。刊载爱情小说《自由花弹词》(三十二)(天虚我生)。刊载短篇寓言《身体选举》,(嘉定二我),文言。

同日,《时报》小说栏刊载短篇小说《候补参议员》,哂,白话。小说栏刊载《大宝窟王》,(笑),(五十六),白话。

同日,《大共和日报》附张刊载滑稽短篇小说《琴楼梦》,东溪居士稿,白话。刊载理想小说《易形术》,景缄,文言。刊载哀情小说《双鹃血》,著者涵秋,文言。

同日,《民权报》刊载《红粉劫》,英国司达握氏著,定夷译,文言。刊载《孽冤镜》,双热,文言。

16 日　《庸言》第一卷第十号刊载短篇小说《藁砧怨》,法国白来窝士著,闽县廖旭人译述,文言。刊载《雌蝶影》,法国白来窝士著,闽县廖旭人译述,文言。

同日,《申报》"自由谈"之小说栏刊载政治小说《铁血男儿》(一百二)(常觉)(独鹤),文言。刊载爱情小说《自由花弹词》(三十三)(天虚我生)。刊载记事小说《国会议员》,(是龙),文言。

同日,《时报》小说栏刊载《女侠茜格诺小传》,瘦鹃译,文言。小说栏刊载《大宝窟王》,(笑),(五十七),白话。"滑稽余谈"栏刊载滑稽短篇《割鼻结婚记》(月下儿童),文言。

同日,《大共和日报》附张刊载滑稽短篇小说《琴楼梦》,东溪居士稿,白话。刊载理想小说《易形术》,景缄,文言。

同日,《民权报》刊载《红粉劫》,英国司达握氏著,定夷译,文言。刊载《孽冤镜》,双热,文言。

17 日　《申报》"自由谈"之小说栏刊载政治小说《铁血男儿》(一百

三)(常觉)(独鹤),文言。刊载爱情小说《自由花弹词》(三十四)(天虚我生)。

同日,《时报》小说栏刊载《女侠茜格诺小传》,瘦鹃译,文言。"滑稽余谈"栏刊载滑稽短篇《割鼻结婚记》(月下儿童),文言。

同日,《大共和日报》附张刊载滑稽短篇小说《琴楼梦》,东溪居士稿,白话。刊载哀情小说《双鹃血》,著者涵秋,文言。

同日,《民权报》刊载《红粉劫》,英国司达握氏著,定夷译,文言。刊载《玉梨魂》,枕亚,文言。

18 日 《申报》"自由谈"之小说栏刊载爱情小说《自由花弹词》(三十五)(天虚我生)。刊载短篇小说《奴性》,(张禹门),文言。

同日,《时报》刊载"侦探小说《宋教仁案探案之真相》出版"广告:"价洋二角,铜版精印先生小影,先生赤身伤痕摄影二张。先生含殓前礼服摄影二张,先生之灵柩在湖南会馆摄影一张,车站前先生受弹详图一张,欲留先生纪念者幸速购取。"刊载"侦探小说《黑手杀人团》"广告:"此书为泰西最有名之侦探案,出书以后风行一时,故再版者十余次,迻译者六七国,其价值可知矣,今译以华文,其中事迹之变幻,举动之诡秘,令人不可测度,今值暗杀横行之际,留心侦探者不可不研究是书也,每册价洋二角五分。"小说栏刊载《女侠茜格诺小传》,瘦鹃译,文言。小说栏刊载《大宝窟王》,(笑),(五十八),白话。

同日,《大共和日报》附张刊载滑稽短篇小说《琴楼梦》,东溪居士稿,白话。刊载哀情小说《双鹃血》,著者涵秋,文言。

同日,《民权报》刊载《红粉劫》,英国司达握氏著,定夷译,文言。刊载《玉梨魂》,枕亚,文言。

19 日 《申报》"自由谈"之小说栏刊载政治小说《铁血男儿》(一百四)(常觉)(独鹤),文言。刊载爱情小说《自由花弹词》(三十六)(天虚我生)。刊载短篇小说《醉吟梦》,瘦蝶,文言。

同日,《时报》刊载"征求短篇小说"广告,内容同前。小说栏刊载《女侠茜格诺小传》,瘦鹃译,文言。滑稽余谈"栏刊载滑稽小说《盗贼大会议》，(痰)(愚)，白话，前面交代缘起部分用文言。

同日，《大共和日报》附张刊载滑稽短篇小说《琴楼梦》，东溪居士稿，白话。刊载哀情小说《双鹃血》，著者涵秋，文言。

同日，《民权报》刊载《红粉劫》，英国司达握氏著，定夷译，文言。刊载《孽冤镜》，双热，文言。

20 日　《说报》第一期刊载"本社广告"："……三、内容……丁、艺林(一)艺谭(二)文录(三)小说。""小说"栏刊载《沙场倩影》，劫灰，文言。编辑者日本东京市神田区淡路町二丁目三番地说报社编辑部，代理处各省共和党分部，每月二十日发行，发起人留东共和党全体党员。

同日，《申报》"自由谈"之小说栏刊载政治小说《铁血男儿》(一百五)(常觉)(独鹤)，文言。刊载爱情小说《自由花弹词》(三十七)(天虚我生)。刊载短篇小说《负心汉》，(瘦蝶)，文言。

同日，《时报》小说栏刊载《女侠茜格诺小传》，瘦鹃译，文言。"滑稽余谈"栏刊载滑稽小说《盗贼大会议》，(痰)(愚)，白话。

同日，《大共和日报》附张刊载滑稽短篇小说《琴楼梦》，东溪居士稿，白话。刊载哀情小说《双鹃血》，著者涵秋，文言。

同日，《民权报》刊载《红粉劫》，英国司达握氏著，定夷译，文言。刊载《玉梨魂》，枕亚，文言。

21 日《申报》"自由谈"之小说栏刊载政治小说《铁血男儿》(一百六)(常觉)(独鹤)，文言。刊载爱情小说《自由花弹词》(三十八)(天虚我生)。

同日，《时报》小说栏刊载《女侠茜格诺小传》，瘦鹃译，文言。"滑稽余谈"栏刊载滑稽小说《盗贼大会议》，(痰)(愚)，白话。

同日，《大共和日报》附张刊载滑稽短篇小说《琴楼梦》，东溪居士稿，白话。刊载哀情小说《双鹃血》，著者涵秋，文言。刊载理想小说《易形术》，景缄，文言。

同日，《民权报》刊载《红粉劫》，英国司达握氏著，定夷译，文言。刊载《孽冤镜》，双热，文言。

22 日　《申报》"自由谈"之小说栏刊载爱情小说《自由花弹词》(三十九)(天虚我生)。

同日，《时报》小说栏刊载《女侠茜格诺小传》，瘦鹃译，文言。"滑稽余谈"栏刊载哀情小说《变缏记》，苕溪子，续，文言。

同日，《大共和日报》附张刊载滑稽短篇小说《琴楼梦》，东溪居士稿，白话。刊载哀情小说《双鹃血》，著者涵秋，文言。刊载理想小说《易形术》，景缄，文言。

同日，《民权报》刊载《红粉劫》，英国司达握氏著，定夷译，文言。刊载《玉梨魂》，枕亚，文言。

23 日　《申报》"自由谈"之小说栏刊载政治小说《铁血男儿》(一百七)(常觉)(独鹤)，文言。刊载爱情小说《自由花弹词》(四十)(天虚我生)。刊载滑稽短篇《梁鼎芬哭陵》，(剑秋)，博后。

同日，《时报》小说栏刊载《女侠茜格诺小传》，瘦鹃译，文言。"滑稽余谈"栏刊载短篇纪事《梅嬢小史》，影梧，文言。

同日，《大共和日报》附张刊载哀情小说《双鹃血》，著者涵秋，文言。

同日，《民权报》刊载《红粉劫》，英国司达握氏著，定夷译，文言。刊载《孽冤镜》，双热，文言。

24 日　《申报》"自由谈"之小说栏刊载政治小说《铁血男儿》(一百八)(常觉)(独鹤)，文言。刊载爱情小说《自由花弹词》(四十一)(天虚我生)。

同日，《时报》小说栏刊载《女侠茜格诺小传》，瘦鹃译，文言。"滑稽余谈"栏刊载短篇纪事《梅嬢小史》，影梧，文言。刊载"原本红楼梦后函出全"广告。刊载"苦情小说空谷兰出版"广告。

同日，《大共和日报》附张刊载哀情小说《双鹃血》，著者涵秋，文言。

25 日　《小说月报》第四卷第一号刊载"本社特别广告"："本报自本期起，封面插画，用美人名士风景古迹诸摄影，或东西男女文豪小影，其妓女照片，虽美不录，内容侧重文学、诗古文词，诸体咸备，长短篇小说，及传奇新剧诸栏，皆精心撰选，务使清新隽永，不落恒蹊，间有未安，皆从割爱，故能雅驯而不艰深，浅显而不俚俗，可供公暇遣兴之需，亦资课余补助之用，比来销数日益推广，用特增加内容益事改良，虽资本较重，在所不计，倘蒙爱读诸君，时锡匡正，本社同人，尤所深显愿，敢布区区，诸希垂察。"刊载"商务印书馆出版共和国宣读书《新社会》，现已出至三集，每集一角二分"广告："承数千年专制之后，一旦改建民国，欲使穷乡僻壤，人人知共和之要义，非宣讲不为功，顾正言庄论，推阐学理，听者必易厌倦，本书为小说大家天笑生所撰，以街谈巷议之口吻，述共和国民之智识，宣讲员得此亦为资料，虽农夫村妪闻之无不了解，其稍识字义能阅小说者手此一编，亦自能领会。共和思想之发达当惟此书是赖矣。"又列书目如下：《克莱武传》三角、《澳洲历险记》一角五分、《美洲童子万里寻亲记》三角、《鲁滨孙飘流记》七角，曰"民国成立，各属地方宣讲所须延聘专员，随时宣讲，以增进国民之智识，上列数书，浅显明了，宣讲适用"。刊载"商务印书馆印行林琴南先生译"广告，内有《迦茵小传》《红礁画桨录》《洪罕女郎传》《玉雪留痕》，内容绍介同前。"短篇小说"栏刊载《烹鹰》，署名"铁樵"，文言；刊载科学先生《再生术》，公短，文言；刊载"《烹鹰》篇题词"："自在因缘无量福，刹那齐向大悲来，饲鸡弹雀余泡影，觑破情魔又一回，圆修毕竟无名相，离合悲欢总妄因，心水不波尘障去，好随幻梦悟真如。凡有众生都归净业，自流转以达于圆满，足见一切有为，堕落迷妄，色色空空，身心常住，在乎善读是篇者。翔声题于涵芬楼之西窗。"刊载《怀旧》，周逴，文言，文末有言："实处可致力，空处不能致力，然初步不误，灵机人所固有，非难事也，曾见青年才解握管，便讲词章，卒致满纸馄饨，无有是处，亟宜以此等文字药之。（焦木附志）"；刊载《贪魔小影》原名 Appearance of Evil，铁樵，白话；刊载《落茵记杂剧》，奢摩他室第三种曲。"长篇小说"栏刊载社会小说《梼杌鉴》，十目，此期刊载第一回史伯通反对民主 屠慕名欢迎共和，第二回

钻狗洞公推知事 拍马皮联络议员，第三回 行政官牢笼劣董 议事会挟制长官，第四回 王知事不走官运 程议长大逞淫威，第五回 头目冬烘议员混蛋 金融停滞百姓遭殃，白话；刊载《罗刹雌风》，英国希洛原著，闽县林纾笔述，永福力树萲口译，文言。"文苑"栏刊载《罗刹雌风序》，作者林纾；"说林"栏刊载《小说丛考》，作者"泖东一蟹"，前有琐尾生序，此期刊载"小说丛考初集卷壹"，内有篇目"小说传奇考"、"开辟演义考"、"封神传考"、"列国志考"、"蝴蝶梦剧本考"，文末又有著者弁言："著者原有弁言数则，今为赘录于左……"刊载《欧美小说丛谈》，无锡孙毓修，内有篇目"希腊拉丁三大奇书"、"孝素之名作"。刊载"征求短篇小说"广告，内容同前。

同日，《申报》"自由谈"之小说栏刊载政治小说《铁血男儿》（一百九）（常觉）（独鹤），文言。刊载爱情小说《自由花弹词》（四十二）（天虚我生）。

同日，《时报》小说栏刊载《女侠茜格诺小传》，瘦鹃译，文言。《大共和日报》附张刊载哀情小说《双鹃血》，著者涵秋，文言。刊载理想小说《易形术》，景缄，文言。

同日，《民权报》刊载《红粉劫》，英国司达握氏著，定夷译，文言。刊载《孽冤镜》，双热，文言。

26 日　《申报》"自由谈"之小说栏刊载政治小说《铁血男儿》（一百十）（常觉）（独鹤），文言。刊载爱情小说《自由花弹词》（四十三）（天虚我生）。刊载滑稽短篇《女调查》，了青，文言。

同日，《时报》小说栏刊载《女侠茜格诺小传》，瘦鹃译，文言。

同日，《大共和日报》附张刊载理想小说《易形术》，景缄，文言。

同日，《民权报》刊载《红粉劫》，英国司达握氏著，定夷译，文言。刊载《玉梨魂》，枕亚，文言。

27 日　《申报》"自由谈"之小说栏刊载爱情小说《自由花弹词》（四十四）（天虚我生）。刊载短篇滑稽《卖老婆》，觉迷，文言。刊载短篇滑稽《阴阳电话》，冲天，白话。

同日,《时报》"滑稽余谈"栏刊载哀情小说《姊妹花》,一哭,文言。

同日,《大共和日报》附张刊载理想小说《易形术》,景缄,文言。

28 日 《申报》"自由谈"之小说栏刊载政治小说《铁血男儿》(一百十一)(常觉)(独鹤),文言。刊载爱情小说《自由花弹词》(四十五)(天虚我生)。刊载短篇小说《蛙闹》,峡猿,文言。

同日,《时报》小说栏刊载《铁窗双鸳记》,法国毛柏霜氏著,瘦鹃译,文言。

同日,《大共和日报》附张刊载理想小说《易形术》,景缄,文言。

同日,《民权报》刊载《红粉劫》,英国司达握氏著,定夷译,文言。刊载《孽冤镜》,双热,文言。

29 日 《申报》"自由谈"之小说栏刊载政治小说《铁血男儿》(一百十二)(常觉)(独鹤),文言。刊载爱情小说《自由花弹词》(四十六)(天虚我生)。

同日,《时报》小说栏刊载《铁窗双鸳记》,法国毛柏霜氏著,瘦鹃译,文言。

同日,《大共和日报》附张刊载理想小说《易形术》,景缄,文言。

同日,《民权报》刊载《红粉劫》,英国司达握氏著,定夷译,文言。刊载《孽冤镜》,双热,文言。

30 日 《申报》"自由谈"之小说栏刊载政治小说《铁血男儿》(一百十三)(常觉)(独鹤),文言。刊载爱情小说《自由花弹词》(四十七)(天虚我生)。

同日,《民权报》刊载《红粉劫》,英国司达握氏著,定夷译,文言。刊载《玉梨魂》,枕亚,文言。

发生于本月但日期不详之事件

《进步》第十八册刊载《撷兰记》十七回。

《神州女报》月刊第二号"小说"栏刊载侦探小说《瞳影案》(续)，默译意，文言。

5 月

1 日 《东方杂志》第九卷第十一号刊载言情小说《绿波传》，孤桐，文言；《五十故事》之《雪夜渡亚卑》《农夫为大将》，东吴旧孙，文言。

同日，《少年》第二卷第九号出版《倭利物冒险记》，白话。

同日，《庸言》第一卷第十一号刊载短篇小说《银徽章》，法国白来窝士著，闽县廖旭人译述，文言。刊载《惹尘埃》，法国白来窝士著，闽县廖旭人译述，文言。

同日，《申报》"自由谈"之小说栏刊载政治小说《铁血男儿》(一百十四)(常觉)(独鹤)，文言。刊载爱情小说《自由花弹词》(四十八)(天虚我生)。

同日，《时报》小说栏刊载《铁窗双鸳记》，法国毛柏霜氏著，瘦鹃译，文言。小说栏刊载《大宝窟王》，(笑)，白话。"滑稽余谈"栏刊载家庭小说《雏燕泪》，伟，文言。

同日，《大共和日报》附张刊载理想小说《易形术》，景缄，文言。

同日，《民权报》刊载《红粉劫》，英国司达握氏著，定夷译，文言。刊载《玉梨魂》，枕亚，文言。

2 日 《申报》"自由谈"之小说栏刊载政治小说《铁血男儿》(一百十五)(常觉)(独鹤)，文言。刊载爱情小说《自由花弹词》(四十九)(天虚我生)。

同日，《时报》小说栏刊载《铁窗双鸳记》，法国毛柏霜氏著，瘦鹃译，文言。小说栏刊载《大宝窟王》，(笑)，白话。

同日，《大共和日报》附张刊载理想小说《易形术》，景缄，文言。

3 日 《申报》"自由谈"之小说栏刊载政治小说《铁血男儿》(一百十

六)(常觉)(独鹤),文言。刊载爱情小说《自由花弹词》(五十)(天虚我生)。刊载言情小说《丽绡记》,栩,文言。

同日,《时报》小说栏刊载《铁窗双鸳记》,法国毛柏霜氏著,瘦鹃译,文言。小说栏刊载《大宝窟王》,(笑),白话。

同日,《时报》小说栏刊载滑稽小说《二木哥》,呆,白话。"滑稽余谈"刊载哀情小说《李珍小史》(钱昌萃),文言。

同日,《民权报》刊载《红粉劫》,英国司达握氏著,定夷译,文言。刊载《燕市断云》,枕亚,文言。

4日 《申报》"自由谈"之小说栏刊载爱情小说《自由花弹词》(五十一)(天虚我生)。刊载言情小说《丽绡记》,(二),栩,文言。刊载社会短篇《黄包车》,槁木子,文言。

同日,《时报》小说栏刊载《铁窗双鸳记》,法国毛柏霜氏著,瘦鹃译,文言。"滑稽余谈"栏刊载家庭小说《雏燕泪》,伟,文言。

同日,《民权报》刊载《红粉劫》,英国司达握氏著,定夷译,文言。刊载《燕市断云》,枕亚,文言。

5日 《申报》"自由谈"之小说栏刊载政治小说《铁血男儿》(一百十七)(常觉)(独鹤),文言。刊载爱情小说《自由花弹词》(五十二)(天虚我生)。刊载言情小说《丽绡记》,(三),栩,文言。

同日,《时报》小说栏刊载《铁窗双鸳记》,法国毛柏霜氏著,瘦鹃译,文言。

同日,《民权报》刊载《红粉劫》,英国司达握氏著,定夷译,文言。刊载《燕市断云》,枕亚,文言。

6日 《申报》"自由谈"之小说栏刊载政治小说《铁血男儿》(一百十八)(常觉)(独鹤),文言。刊载爱情小说《自由花弹词》(五十三)(天虚我生)。刊载言情小说《丽绡记》,(四),栩,文言。

同日,《时报》"滑稽余谈"栏刊载家庭小说《雏燕泪》,伟,文言。

同日,《民权报》刊载《红粉劫》,英国司达握氏著,定夷译,文言。刊载《燕市断云》,枕亚,文言。

7日 《申报》"自由谈"之小说栏刊载政治小说《铁血男儿》(一百十九)(常觉)(独鹤),文言。刊载爱情小说《自由花弹词》(五十四)(天虚我生)。刊载言情小说《丽绡记》,(五),栩,文言。

同日,《时报》小说栏刊载短篇小说《冷热》,(呆),白话。小说栏刊载《大宝窟王》,(笑),白话。

同日,《民权报》刊载《燕市断云》,枕亚,文言。

8日 《申报》"自由谈"之小说栏刊载爱情小说《自由花弹词》(五十五)(天虚我生)。刊载言情小说《丽绡记》,(六),栩,文言。刊载短篇小说《土偶谈》,瘦蝶,文言。

同日,《时报》小说栏刊载短篇小说《冷热》,(呆),白话。小说栏刊载《大宝窟王》,(笑),白话。

同日,《大共和日报》附张刊载理想小说《易形术》,景缄,文言。

同日,《民权报》刊载《红粉劫》,英国司达握氏著,定夷译,文言。刊载《燕市断云》,枕亚,文言。

9日 《申报》"自由谈"之小说栏刊载政治小说《铁血男儿》(一百二十)(常觉)(独鹤),文言。刊载爱情小说《自由花弹词》(五十六)(天虚我生)。刊载言情小说《丽绡记》,(七),栩,文言。

同日,《时报》小说栏刊载短篇小说《冷热》,(呆),白话。小说栏刊载《大宝窟王》,(笑),白话。

同口,《民权报》刊载《燕市断云》,枕亚,文言。

10日 《申报》"自由谈"之小说栏刊载政治小说《铁血男儿》(一百二十一)(常觉)(独鹤),文言。刊载爱情小说《自由花弹词》(五十七)(天虚我生)。刊载言情小说《丽绡记》,(八),栩,文言。

同日,《时报》小说栏刊载短篇小说《冷热》,(呆),白话。小说栏刊载《大宝窟王》,(笑),白话。"滑稽余谈"小说栏刊载社会小说《贫富怨》(伟),文言。

同日,《民权报》刊载《红粉劫》,英国司达握氏著,定夷译,文言。刊载《玉梨魂》,枕亚,文言。

11 日　《申报》"自由谈"之小说栏刊载政治小说《铁血男儿》(一百二十二)(常觉)(独鹤)，文言。刊载爱情小说《自由花弹词》(五十八)(天虚我生)。刊载言情小说《丽绡记》，(九)，栩，文言。

同日，《时报》小说栏刊载短篇小说《冷热》，(呆)，白话。

同日，《大共和日报》附张刊载理想小说《易形术》，景缄，文言。

同日，《民权报》刊载《红粉劫》，英国司达握氏著，定夷译，文言。刊载《孽冤镜》，双热，文言。

12 日　《申报》"自由谈"之小说栏刊载爱情小说《自由花弹词》(五十九)(天虚我生)。刊载言情小说《丽绡记》，(十)，栩，文言。

同日，《时报》小说栏刊载短篇小说《冷热》，(呆)，白话。小说栏刊载《大宝窟王》，(笑)，白话。

同日，《大共和日报》附张刊载理想小说《易形术》，景缄，文言。

同日，《民权报》刊载《红粉劫》，英国司达握氏著，定夷译，文言。刊载《玉梨魂》，枕亚，文言。

13 日　《申报》"自由谈"之小说栏刊载政治小说《铁血男儿》(一百二十三)(常觉)(独鹤)，文言。刊载爱情小说《自由花弹词》(六十)(天虚我生)。刊载言情小说《丽绡记》，(十一)，栩，文言。

同日，《时报》小说栏刊载短篇小说《冷热》，(呆)，白话。刊载《大宝窟王》，(笑)，白话。

同日，《民权报》刊载《红粉劫》，英国司达握氏著，定夷译，文言。刊载《孽冤镜》，双热，文言。

14 日　《申报》"自由谈"之小说栏刊载政治小说《铁血男儿》(一百二十四)(常觉)(独鹤)，文言。刊载言情小说《丽绡记》，(十二)，栩，文言。

同日，《时报》刊载"《小说月报》第三卷十一号出版"广告，略录其目录。小说栏刊载短篇小说《冷热》，(呆)，白话。刊载《大宝窟王》，(笑)，白话。

同日，《民权报》刊载《红粉劫》，英国司达握氏著，定夷译，文言。

刊载《玉梨魂》，枕亚，文言。

15日 《中华教育界》民国二年五月号"小说"栏刊载教育小说《儿童历》(续前册)，天笑生，文言。

同日，《申报》"自由谈"之小说栏刊载政治小说《铁血男儿》(一百二十五)(常觉)(独鹤)，文言。刊载爱情小说《自由花弹词》(六十一)(天虚我生)。刊载言情小说《丽绡记》，(十二)，栩，文言。

同日，《时报》小说栏刊载《大宝窟王》，(笑)，白话。"滑稽余谈"刊载纪事小说《易艳记》，伟，文言。

同日，《大共和日报》附张刊载札记小说《栖霞阁笔记》，静庵，文言。

同日，《民权报》刊载《红粉劫》，英国司达握氏著，定夷译，文言。刊载《孽冤镜》，双热，文言。

16日 《庸言》第一卷第十二号刊载短篇小说(实为戏剧)法国滑稽新剧《贪婚鉴》，译自巴黎报，廖旭人，文言。

同日，《申报》"自由谈"之小说栏刊载爱情小说《自由花弹词》(六十二)(天虚我生)。刊载言情小说《丽绡记》，(十三)，栩，文言。刊载短篇滑稽《立夏称人记》，(觉迷)，文言。

同日，《时报》小说栏刊载《三林擒》，呆，白话。"滑稽余谈"刊载纪事小说《易艳记》，伟，文言。

同日，《大共和日报》附张刊载理想小说《易形术》，景缄，文言。刊载札记小说《栖霞阁笔记》，静庵，文言。

同日，《民权报》刊载《玉梨魂》，枕亚，文言。

17日 《申报》"自由谈"之小说栏刊载政治小说《铁血男儿》(一百二十六)(常觉)(独鹤)，文言。刊载爱情小说《自由花弹词》(六十三)(天虚我生)。刊载言情小说《丽绡记》，(十四)，栩，文言。

同日，《时报》小说栏刊载《三林擒》，呆，白话。刊载《大宝窟王》，(笑)，白话。"滑稽余谈"刊载纪事小说《易艳记》，伟，文言；刊载纪事小说《鸳鸯奇耦记》，荫吾，文言。

同日，《大共和日报》附张刊载理想小说《易形术》，景缄，文言。刊载札记小说《栖霞阁笔记》，静庵，文言。

同日，《民权报》刊载《孽冤镜》，双热，文言。

18 日　《申报》"自由谈"之小说栏刊载政治小说《铁血男儿》（一百二十七）（常觉）（独鹤），文言。刊载爱情小说《自由花弹词》（六十四）（天虚我生）。刊载言情小说《丽绡记》，（十五），栩，文言。刊载妖怪小说《温柔苦》，（丁悚），文言。

同日，《时报》小说栏刊载《三林擒》，呆，白话。刊载《大宝窟王》，（笑），白话。"滑稽余谈"刊载纪事小说《鸳鸯奇耦记》，荫吾，文言。

同日，《民权报》刊载《红粉劫》，英国司达握氏著，定夷译，文言。刊载《玉梨魂》，枕亚，文言。

19 日　《申报》"自由谈"之小说栏刊载政治小说《铁血男儿》（一百二十八）（常觉）（独鹤），文言。刊载爱情小说《自由花弹词》（六十五）（天虚我生）。刊载言情小说《丽绡记》，（十六），栩，文言。

同日，《时报》小说栏刊载《三林擒》，呆，白话。"滑稽余谈"刊载纪事小说《鸳鸯奇耦记》，荫吾，文言。

同日，《大共和日报》附张刊载札记小说《栖霞阁笔记》，静庵，文言。

20 日　《说报》第二期"小说"栏刊载《沙场倩影》，劫灰，文言；刊载社会小说《新镜花》，涛痕，白话章回。

同日，《申报》"自由谈"之小说栏刊载政治小说《铁血男儿》（一百二十九）（常觉）（独鹤），文言。刊载爱情小说《自由花弹词》（六十六）（天虚我生）。刊载言情小说《丽绡记》，（十七），栩，文言。

同日，《时报》小说栏刊载《三林擒》，呆，白话。刊载《大宝窟王》，（笑），白话。"滑稽余谈"刊载纪事小说《鸳鸯奇耦记》，荫吾，文言。

同日，《大共和日报》附张刊载札记小说《栖霞阁笔记》，静庵，文言。

同日，《民权报》刊载小说《醉人》，双热，文言。

21 日　《申报》"自由谈"之小说栏刊载政治小说《铁血男儿》（一百三十）（常觉）（独鹤），文言。刊载言情小说《丽绡记》，（十八），栩，文言。刊载短篇时事《抢亲》，瘦蝶，文言。

同日，《时报》小说栏刊载《三林擒》，呆，白话。刊载《大宝窟王》，（笑），白话。"滑稽余谈"刊载纪事小说《鸳鸯奇耦记》，荫吾，文言。

同日，《大共和日报》附张刊载理想小说《易形术》，景缄，文言。刊载札记小说《栖霞阁笔记》，静庵，文言。

同日，《民权报》刊载《红粉劫》，英国司达握氏著，定夷译，文言。刊载《玉梨魂》，枕亚，文言。"新聊斋"栏刊载《因循国》，啸洞，文言。

22 日　《申报》"自由谈"之小说栏刊载政治小说《铁血男儿》（一百三十一）（常觉）（独鹤），文言。刊载短篇滑稽《义利团》，钝根，白话。刊载社会小说《大写》，蠢儿，文言。

同日，《时报》小说栏刊载《三林擒》，呆，白话。刊载《大宝窟王》，（笑），白话。"滑稽余谈"刊载纪事小说《鸳鸯奇耦记》，荫吾，文言。

同日，《大共和日报》附张刊载理想小说《易形术》，景缄，文言。刊载札记小说《栖霞阁笔记》，静庵，文言。

同日，《民权报》刊载《红粉劫》，英国司达握氏著，定夷译，文言。刊载《孳冤镜》，双热，文言。

23 日　《申报》"自由谈"之小说栏刊载政治小说《铁血男儿》（一百三十二）（常觉）（独鹤），文言。刊载爱情小说《自由花弹词》（六十七）（天虚我生）。刊载言情小说《丽绡记》，（十九），栩，文言。

同日，《时报》小说栏刊载《三林擒》，呆，白话。"滑稽余谈"刊载哀情小说《李珍小史》（钱昌萃），文言。

同日，《大共和日报》附张刊载理想小说《易形术》，景缄，文言。刊载札记小说《栖霞阁笔记》，静庵，文言。

同日，《民权报》刊载《玉梨魂》，枕亚，文言。"新聊斋"栏刊载《因循国》，啸洞，文言。

24 日　《星期汇报》第一年第十四号"小说"栏刊载科学小说《杞忧星灾》（续），文言。

同日，《申报》"自由谈"之小说栏刊载政治小说《铁血男儿》（一百三十三）（常觉）（独鹤），文言。刊载爱情小说《自由花弹词》（六十八）（天虚我生）。刊载言情小说《丽绡记》，（二十），栩，文言。

同日，《时报》小说栏刊载《三林擒》，呆，白话。刊载《大宝窟王》，（笑），白话。"滑稽余谈"刊载哀情小说《李珍小史》（钱昌萃），文言。

同日，《大共和日报》附张刊载理想小说《易形术》，景缄，文言。刊载札记小说《栖霞阁笔记》，静庵，文言。

同日，《民权报》刊载《红粉劫》，英国司达握氏著，定夷译，文言。刊载《孽冤镜》，双热，文言。

25 日　《妇女时报》第十号刊载《欧罗巴小传》，署名孟纯，文言。刊载《胭脂血》，法国费奈著，瘦鹃译，文言。刊载《豪杰之老妇》，瘦鹃，文言。

同日，《小说月报》第四卷第二号刊载"唯一无二之奇书《清宫二年记》"广告："洋装一册定价五角，商务印书馆出版。内容：记为前清驻法公使裕庚君之女德龄女士所撰，女士入宫侍慈禧太后二年，故知宫闱事甚详，慈禧于近年国事之关系，可谓重要，书中所记，凡庚子后变法之真相，外交之实情，与夫德宗末年之幽废，端肃诸人之被诛，戊戌之政变，庚子之拳乱，其实际为外间所不能知者，均时时由慈禧口内流露而出，至于慈禧私蓄之美富、性情之乖僻、政见之卑陋、游嬉之荒纵，又如宫中礼俗之奇异、服色之奢诞、宫眷之童骏、阉宦之险毒，皆为吾辈脑筋万想所不到者，女士身历目睹，一一记载无遗，则此书实合政治小说、历史小说、神怪小说而兼赅之，可谓无奇不备，有美必臻，阅之令人目迷五色。"刊载"商务印书馆发行"广告，内有"《小说月报》月出一册，自五卷一号起版幅放大，每册二角五分，预定全年二元五角。五卷一号起大加改良，放大版本，扩充篇幅，精选材料，增加图画，每号字数，在十万左右，较原有增五分之二，全书改用四号字排印，尤为读者所喜阅。"刊载"商务印书馆出版林琴南先生译最有趣味之小说"："《美洲童子万里寻亲记》大本三角小本一角、《孝女耐儿传》三册大本一元四角小本五角、《双孝子喋血酬恩记》五角五分、《英孝子火山报仇录》二册九角，以上伦理小说。《恨绮愁罗记》二册六角、《玉楼花劫》前编二册六角半后编二册五角半、《大食故宫余载》六角五分，以上历史小说。《电影楼台》三角、《贼史》二册大本一元小本四角、《冰雪因缘》六册大本六角二元小本三册八角、《蛇女士传》大本三角五分小本一角五分、《芦花余孽》大本二角五分小本一角、《新天方夜谭》五角、《脂粉议员》大本四角五分小本一角五分、《天囚忏悔录》大本五角小本一角五分、《橡湖仙影》三册一元二角、《块肉余生述》大本四册二元四角小本二册四角，以上社会小说。《金风铁雨录》三册大本一元小本四角五分、《十字军英雄记》二册九角、《黑太子南征录》二册大本九角小本三角五分，以上军事小说。《贝克侦探谈》初编二角五分续编二角五分、《藕孔避兵录》六角、《神枢鬼藏录》六角、《一声猿》一角五分，以上侦探小说。《西奴林娜小传》二角五分、《玉雪留痕》四角五分、《漫郎摄实戈》三角、《洪罕女郎传》二册七角、《迦茵小传》二册一元、《红礁画桨录》二册八角、《西利亚郡主别传》五角五分、《玑司刺虎记》二册大本六角五分小本二角五分、《剑底鸳鸯》大本七角五分小本三角，以上言情小说。《不如归》大本五角小本一角五分、《离恨天》三角五分，以上哀情小说。《鲁滨孙飘流记》二册七角、《鲁滨逊飘流续记》二册五角五分、《斐洲烟水愁城录》二册八角、《雾中人》三册大本一元小本四角，以上冒险小说。《吟边燕语》大本三角五分小本一角五分，《蛮荒志异》六角、《埃及金塔剖尸记》三册一元、《三千年艳尸记》二册大本七角五分小本三角、《鬼山狼侠传》二册一元，以上神怪小说。《拊掌录》大本三角小本一角、《滑稽外史》大本六册二元小本三册七角、《旅行述异》二册大本七角五分小本三角，以上滑稽小说。实业小说《爱国二童子传》二册七角五分、国民小说《撒克逊劫后英雄略》二册七角五分、寓言小说《海外轩渠录》三角五分。"刊载《拿破仑之鬼》（译《大陆报》），星如，文言；刊载探险小说《树穴书》，逃时，文言；刊载《小说考证拾遗》，未署名；刊载《海滨消息》，（呆）（笑），文言；刊载《情魔小影》（译《海滨杂志》），铁樵，文言；刊载奇情小说《绿霞别传》，双斧，文言；刊载社会小说《梼杌鉴》，十目，此期刊载第六回 运动议员痴儿说梦 闲谈历史丑态逼人，第七回 王家邨演说挨打 议事会捣鬼消闲，第八回 王问桃要求校长 程笑侬破坏学堂，第九回 游戏官场知事滚蛋 把持学款议长昧良，第十回 程笑侬痛骂学堂 王客斋禀见都督；刊载《罗刹雌风》，文言。刊载"商务印书馆发行林琴南先生译"广告，内有《橡湖仙影》《蛮荒志异》《海外轩渠录》，内容介绍同前。刊载商务印书馆出版小说广告，内有"名家小说《离恨天》：林纾王庆骥译，三角五分，著者为卢骚之友森彼得，森氏此书不为男女爱情言也，特借人间至悲至痛之事，曲为阐明，读之令人增无穷之阅历。社会小说《金陵秋》：冷红生著，定价四角，闽林琴南先生以小说得名，即自称冷红生者也。先生著作等身，惟小说以译述为多，此书乃其自撰，以燃犀之笔，描写近时社会，述两军战争，则慷慨激昂，叙才士美人，则风情旖旎，允为情文兼茂之作。教育小说《埋石弃石记》，天笑生编，二角五分，是书专描摹小学教师之模范，以贡献于青年界，凡学校诸君，洵宜亟为购阅，以端本身作则之法也。侦探小说《七医士案》小本，一角，是编述七医士沉迷科学，专以生人为实行试验之计，不顾人道，莫此为甚，迨奸情破绽，皆就刑焉，世之灭绝人道者可以鉴矣。寄售处商务印书馆。"刊载"商务印书馆出版林琴南先生译"广告，内有《迦茵小传》《红礁画桨录》《洪罕女郎传》《玉雪留痕》，内容介绍同前。刊载《小说考补·李太虚剧本》，未署名。"说林"栏刊载《小说丛考初集卷贰》，作者泖东一蟹，此期刊载"《西汉演义》考"、"《烂柯山》剧本考"、"《宵光剑》剧本考"、"《双凤奇缘》考(《汉宫秋》传奇附)"、"《东汉演义》考"、"《双冠诰》院本考";刊载《欧美小说丛谈》(续),作者无锡孙毓修,此期刊载"英国十七世纪间之小说家"。刊载本社通告,为征稿启事,内容同前。

同日,《申报》"自由谈"之小说栏刊载政治小说《铁血男儿》(一百三十四)(常觉)(独鹤),文言。刊载爱情小说《自由花弹词》(六十九)(天虚我生)。刊载言情小说《丽绡记》,(二十一),栩,文言。

同日,《时报》小说栏刊载滑稽小说《醉人之友》,呆,白话。"滑稽余谈"刊载哀情小说《李珍小史》(钱昌萃),文言。

同日,《大共和日报》附张刊载哀情小说《灵鹣梦》,景缄,文言。刊载札记小说《栖霞阁笔记》,静庵,文言。

同日,《民权报》刊载《红粉劫》,英国司达握氏著,定夷译,文言。刊载《孽冤镜》,双热,文言。

同日,《神洲日报》说部栏刊载《璧湖一勺》,芜城,文言。

26日 《申报》"自由谈"之小说栏刊载政治小说《铁血男儿》(一百三十五)(常觉)(独鹤),文言。刊载爱情小说《自由花弹词》(七十)(天虚我生)。刊载言情小说《丽绡记》,(二十二),栩,文言。

同日,《时报》小说栏刊载滑稽小说《醉人之友》,呆,白话。"滑稽余谈"刊载哀情小说《李珍小史》(钱昌萃),文言。

同日,《大共和日报》附张刊载哀情小说《灵鹣梦》,景缄,文言。刊载札记小说《栖霞阁笔记》,静庵,文言。

同日,《神州日报》小说栏刊载《清史演义》(不许转载),陆士谔,白话。

27日 《申报》"自由谈"之小说栏刊载政治小说《铁血男儿》(一百三十六)(常觉)(独鹤),文言。刊载言情小说《丽绡记》,(二十三),栩,文言。

同日,《时报》小说栏刊载滑稽小说《醉人之友》,呆,白话。

同日，《大共和日报》附张刊载理想小说《易形术》，景缄，文言。刊载札记小说《栖霞阁笔记》，静庵，文言。

同日，《民权报》刊载《玉梨魂》，枕亚，文言。《神州日报》小说栏刊载《清史演义》(不许转载)，陆士谔，白话。

28 日 《申报》"自由谈"之小说栏刊载政治小说《铁血男儿》(一百三十七)(常觉)(独鹤)，文言。刊载言情小说《丽绡记》，(二十四)，栩，文言。

同日，《时报》小说栏刊载《三林擒》，呆，白话。刊载《大宝窟王》，(笑)，白话。"滑稽余谈"刊载哀情小说《李珍小史》(钱昌萃)，文言。

同日，《大共和日报》附张刊载理想小说《易形术》，景缄，文言。刊载札记小说《栖霞阁笔记》，静庵，文言。

同日，《民权报》刊载《红粉劫》，英国司达握氏著，定夷译，文言。刊载《孽冤镜》，双热，文言。

同日，《神洲日报》说部栏刊载《矍湖一勺》，芜城，文言。

29 日 《论衡》第一期"小说"栏刊载《人道》，钏影，文言。《论衡》为政论性期刊，1913 年 5 月 29 日创刊于北京，主事者为黄远庸(思农)等，该刊拥护袁世凯和进步党，同时也抨击时弊，原定每周出版一号，但时常延期，1913 年 7 月 2 日出至第四号后停刊。

同日，《申报》"自由谈"之小说栏刊载政治小说《铁血男儿》(一百三十八)(常觉)(独鹤)，文言。刊载言情小说《丽绡记》，(二十五)，栩，文言。

同日，《时报》小说栏刊载滑稽小说《二木哥》，呆，白话。刊载《大宝窟王》，(笑)，白话。"滑稽余谈"刊载哀情小说《李珍小史》(钱昌萃)，文言。

同日，《大共和日报》附张刊载札记小说《栖霞阁笔记》，静庵，文言。

同日，《民权报》刊载《红粉劫》，英国司达握氏著，定夷译，文言。

刊载《玉梨魂》，枕亚，文言。

同日，《神州日报》小说栏刊载《清史演义》（二集）（版权所有，翻印必究），陆士谔，白话。

30 日　《申报》"自由谈"之小说栏刊载政治小说《铁血男儿》（一百三十九）（常觉）（独鹤），文言。刊载言情小说《丽绡记》，（二十六），栩，文言。

同日，《时报》小说栏刊载滑稽小说《二木哥》，呆，白话。刊载《大宝窟王》，（笑），白话。

同日，《大共和日报》附张刊载理想小说《易形术》，景缄，文言。刊载札记小说《栖霞阁笔记》，静庵，文言。

同日，《民权报》刊载《红粉劫》，英国司达握氏著，定夷译，文言。

同日，《神州日报》小说栏刊载《清史演义》（二集）（版权所有，翻印必究）（四十），陆士谔，白话

31 日　《星期汇报》第一年第十五号"小说"栏刊载科学小说《杞忧星灾》（续），文言。

同日，《申报》"自由谈"之小说栏刊载政治小说《铁血男儿》（一百四十）（常觉）（独鹤），文言。刊载言情小说《丽绡记》，（二十七），栩，文言。

同日，《大共和日报》附张刊载理想小说《易形术》，景缄，文言。刊载哀情小说《灵鹣梦》，景缄，文言。刊载札记小说《栖霞阁笔记》，静庵，文言。

同日，《民权报》刊载《红粉劫》，英国司达握氏著，定夷译，文言。

同日，《神州日报》小说栏刊载《清史演义》（二集）（版权所有，翻印必究），陆士谔，白话。

发生于本月但日期不详之事件

《国民》第一卷第一号"小说"栏刊载《断梗零香记》，秋心，文言；

同日，《时报》小说栏刊载滑稽小说《二木哥》，呆，白话。"滑稽余谈"栏刊载奇情小说《断藕泪》，珠里荫吾，文言。

同日，《大共和日报》附张刊载札记小说《栖霞阁笔记》，静庵，文言。

同日，《神洲日报》说部栏刊载《甓湖一勺》，芜城，文言。

7 日　《申报》"自由谈"之小说栏刊载哀情小说《玉田恨史》，（一），天虚我生，文言。刊载滑稽小说《花果山》，（六），瘦蝶，白话。

同日，《时报》小说栏刊载滑稽小说《二木哥》，呆，白话。刊载《大宝窟王》，（笑），白话。"滑稽余谈"栏刊载奇情小说《断藕泪》，珠里荫吾，文言。

同日，《大共和日报》附张刊载札记小说《栖霞阁笔记》，静庵，文言。《民权报》刊载《红粉劫》，英国司达握氏著，定夷译，文言。

同日，《神洲日报》说部栏刊载《甓湖一勺》，芜城，文言。

8 日　《申报》"自由谈"之小说栏刊载哀情小说《玉田恨史》，（二），天虚我生，文言。刊载滑稽小说《花果山》，（七），瘦蝶，白话。

同日，《时报》小说栏刊载滑稽小说《二木哥》，呆，白话。刊载《大宝窟王》，（笑），白话。"滑稽余谈"栏刊载奇情小说《断藕泪》，珠里荫吾，文言。

同日，《大共和日报》附张刊载札记小说《栖霞阁笔记》，静庵，文言。

同日，《民权报》刊载《红粉劫》，英国司达握氏著，定夷译，文言。

同日，《神洲日报》说部栏刊载《甓湖一勺》，芜城，文言。

9 日　《申报》"自由谈"之小说栏刊载哀情小说《玉田恨史》，（三），天虚我生，文言。

同日，《时报》小说栏刊载滑稽小说《二木哥》，呆，白话。刊载《大宝窟王》，（笑），白话。"滑稽余谈"栏刊载奇情小说《断藕泪》，珠里荫吾，文言。

同日，《大共和日报》附张刊载札记小说《栖霞阁笔记》，静庵，文言。《民权报》刊载《红粉劫》，英国司达握氏著，定夷译，文言。

同日，《神州日报》小说栏刊载《清史演义》（二集）（版权所有，翻印必究），陆士谔，白话。

10日 《申报》"自由谈"之小说栏刊载政治小说《铁血男儿》（一百四十一），常觉、独鹤，文言。刊载哀情小说《玉田恨史》，（四），天虚我生，文言。

同日，《时报》小说栏刊载滑稽小说《二木哥》，呆，白话。"滑稽余谈"栏刊载苦情小说《一带缘》，叔藏，文言。

同日，《大共和日报》附张刊载札记小说《栖霞阁笔记》，静庵，文言。

同日，《民权报》刊载《红粉劫》，英国司达握氏著，定夷译，文言。

同日，《神州日报》小说栏刊载《清史演义》（二集）（版权所有，翻印必究），陆士谔，白话。

11日 《申报》"自由谈"之小说栏刊载政治小说《铁血男儿》（一百四十二），常觉、独鹤，文言。刊载哀情小说《玉田恨史》，（五），天虚我生，文言。刊载滑稽小说《花果山》，瘦蝶，白话。

同日，《时报》小说栏刊载滑稽小说《二木哥》，呆，白话。"滑稽余谈"栏刊载苦情小说《一带缘》，叔藏，文言。

同日，《大共和日报》附张刊载札记小说《栖霞阁笔记》，静庵，文言。

同日，《民权报》刊载《红粉劫》，英国司达握氏著，定夷译，文言。

同日，《神州日报》小说栏刊载《清史演义》（二集）（版权所有，翻印必究），陆士谔，白话。

12日 《申报》"自由谈"之小说栏刊载政治小说《铁血男儿》（一百四十三），常觉、独鹤，文言。刊载哀情小说《玉田恨史》，（六），天虚我生，文言。

同日，《时报》小说栏刊载滑稽小说《二木哥》，呆，白话。"滑稽余谈"栏刊载苦情小说《一带缘》，叔藏，文言。

同日，《大共和日报》附张刊载札记小说《栖霞阁笔记》，静庵，文言。

同日，《神州日报》小说栏刊载《清史演义》（二集）（版权所有，翻印必究），陆士谔，白话。

13 日　《申报》刊载"近代说部丛刻之一《墨余录》"："上海毛对山先生撰。先生乃道咸间名儒，东山先生之哲嗣，学贯六艺，名轰一时，其居曰对山书屋，闭户著书，不下数十种。是编摭掇明末清初之奇闻逸事及洪杨革命时代目睹之实录，原原本本，悉系满清稗史家所不及著述者，文情奇隽，趣味浓郁，犹其余事，又经古文家朱雨苍童菽原两先生逐篇编，加眉批末评，按时势以立言，大声疾呼，于现今社会尤有裨益，其版为句章冯氏小醉经阁之秘稿，早拟付刊，因恐触禁纲，兹商诸该主人将原稿用四号活字版校刊，公之于世，以供爱读稗史之先睹为快也。每部四厚册一函，定价大洋八角。"刊载"近代说部丛刻之二《余墨偶谭》"："燕京孙诗樵先生著。先生乃近代名宿，交□天下，著述等身，斯编为生平最得意之作，有文字知己星沙王逸吾先生叙，谓稽古则经典释文之遗也，述今则朝茔金载之体也，模山范水则卧游之图也，针俗订顽则徇路之铎也。而吐属风流，词旨隽雅，则随园诗话艺苑名言不是过也。顾世罕刊版，是册为冯君康伯于辛亥春得之句章某巨卿处。爰重行分订正续各八卷，亟付之复印，以公同好，每部八册，外加锦套，装潢雅致，印刷精良。定价大洋一元二角，外埠函购邮资加一。上海三马路公阳里第　号中华艺文社启。代发行所上海中华图书馆，扫叶山房，千顷堂，海左书局，国华书局，时中书局。外埠，北京，天津，汉口，奉天，广东，福州，汴梁，保定，湖北，湖南，济南，山西，南京，陕西各省各大地均有出售。""自由谈"之小说栏刊载政治小说《铁血男儿》（一百四十四），常觉、独鹤，文言。刊载哀情小说《玉田恨史》，（七），天虚我生，文言。

同日，《时报》小说栏刊载滑稽小说《二木哥》，呆，白话。刊载《大宝窟王》，（笑），白话。"滑稽余谈"栏刊载苦情小说《一带缘》，叔藏，文言。

同日，《大共和日报》附张刊载札记小说《栖霞阁笔记》，静庵，文言。

同日，《民权报》刊载《红粉劫》，英国司达握氏著，定夷译，文言。

同日，《神州日报》小说栏刊载《清史演义》(二集)(版权所有，翻印必究)，陆士谔，白话。至本年12月5日止。

14日 《申报》"自由谈"之小说栏刊载政治小说《铁血男儿》(一百四十五)，常觉、独鹤，文言。刊载哀情小说《玉田恨史》，(八)，天虚我生，文言。

同日，《时报》刊载"吴门天笑生撰《新社会》第三集出版"广告："是书以小说体裁演共和真理，第一第二两集出版后备承各省都督及民政长奖励，许为宣讲适用之本，各处宣讲社演说团咸纷纷采购用为宣讲之资料，现第三集亦已赶印出版，每册定价大洋一角二分，商务印书馆启。"小说栏刊载滑稽小说《二木哥》，呆，白话。刊载《大宝窟王》，(笑)，白话。

同日，《大共和日报》附张刊载哀情小说《情天恨》，啸，文言。刊载札记小说《栖霞阁笔记》，静庵，文言。

15日 《中华教育界》民国二年六月号"小说"栏刊载教育小说《儿童历》(续前册)，天笑生，文言。

同日，《申报》"自由谈"之小说栏刊载哀情小说《玉田恨史》，(九)，天虚我生，文言。《时报》"滑稽余谈"栏刊载苦情小说《一带缘》，叔藏，文言。

同日，《大共和日报》附张刊载哀情小说《情天恨》，啸，文言。刊载札记小说《栖霞阁笔记》，静庵，文言。

同日，《民权报》刊载《红粉劫》，英国司达握氏著，定夷译，文言。

16日 《公论》第一卷第二号刊载"本报内容"："十一、说部 或著或译，以增兴味，短篇者为尚。"《公论》，编辑人刘小云，发行人刘晦君，总发行所北京前孙公园门牌第三号《公论》报社。

同日，《申报》"自由谈"之小说栏刊载政治小说《铁血男儿》（一百四十六），常觉、独鹤，文言。刊载哀情小说《玉田恨史》，（十），天虚我生，文言。

同日，《时报》小说栏刊载滑稽小说《二木哥》，呆，白话。"滑稽余谈"栏刊载苦情小说《一带缘》，叔藏，文言。

同日，《大共和日报》附张刊载哀情小说《情天恨》，啸，文言。刊载札记小说《栖霞阁笔记》，静庵，文言。

同日，《民权报》刊载《红粉劫》，英国司达握氏著，定夷译，文言。

17 日　《申报》"自由谈"之小说栏刊载政治小说《铁血男儿》（一百四十七），常觉、独鹤，文言。刊载哀情小说《玉田恨史》，（十一），天虚我生，文言。刊载哀情短篇《支那人之颏》，钝根，文言。

同日，《时报》小说栏刊载《大宝窟王》，（笑），白话。"滑稽余谈"栏刊载苦情小说《一带缘》，叔藏，文言。

同日，《大共和日报》附张刊载哀情小说《情天恨》，啸，文言。刊载札记小说《栖霞阁笔记》，静庵，文言。

同日，《民权报》刊载《红粉劫》，英国司达握氏著，定夷译，文言。

18 日　《申报》"自由谈"之小说栏刊载政治小说《铁血男儿》（一百四十八），常觉、独鹤，文言。刊载哀情小说《玉田恨史》，（十二），天虚我生，文言。

同日，《时报》小说栏刊载纪事短篇《夜阑人语》，落花，文言。刊载《大宝窟王》，（笑），白话。"滑稽余谈"栏刊载苦情小说《一带缘》，叔藏，文言。

同日，《大共和日报》附张刊载哀情小说《姊妹花骨》，甘泉李涵秋新译，文言。刊载哀情小说《情天恨》，啸，文言。

同日，《民权报》刊载《红粉劫》，英国司达握氏著，定夷译，文言。

19 日　《申报》"自由谈"之小说栏刊载哀情小说《玉田恨史》，（十三），天虚我生，文言。刊载社会小说《乳毒》，丁悚，文言。

同日，《时报》小说栏刊载纪事短篇《夜阑人语》，落花，文言。刊载《大宝窟王》，（笑），白话。"滑稽余谈"栏刊载滑稽短篇《选举怪现状》，仲琴，文言。

同日，《大共和日报》附张刊载哀情小说《姊妹花骨》，甘泉李涵秋新译，文言。刊载哀情小说《情天恨》，啸，文言。

同日，《民权报》刊载《红粉劫》，英国司达握氏著，定夷译，文言。

20 日　《说报》第三期"小说"栏刊载《沙场倩影》（续前期），劫灰，文言；刊载社会小说《新镜花》，涛痕，白话章回。代理处各省进步党分部。

同日，《申报》"自由谈"之小说栏刊载政治小说《铁血男儿》（一百四十九），常觉、独鹤，文言。

同日，《时报》小说栏刊载纪事短篇《夜阑人语》，落花，文言。

同日，《大共和日报》附张刊载哀情小说《姊妹花骨》，甘泉李涵秋新译，文言。刊载哀情小说《情天恨》，啸，文言。

21 日　《申报》"自由谈"之小说栏刊载政治小说《铁血男儿》（一百五十），常觉、独鹤，文言。刊载哀情小说《玉田恨史》，（十五），天虚我生，文言。

同日，《时报》小说栏刊载《大宝窟王》，（笑），白话。"滑稽余谈"栏刊载哀情小说《双泪人》，金荫吾，文言。

同日，《大共和日报》附张刊载哀情小说《姊妹花骨》，甘泉李涵秋新译，文言。刊载理想小说《易形术》，景缄，文言。

同日，《民权报》刊载《红粉劫》，英国司达握氏著，定夷译，文言。

22 日　《申报》"自由谈"之小说栏刊载政治小说《铁血男儿》（一百五十一），常觉、独鹤，文言。刊载哀情小说《玉田恨史》，（十六），天虚我生，文言。刊载"《绘图淞滨琐话》天南遯叟王紫铨先生著"广告。

同日，《时报》小说栏刊载纪事短篇《夜阑人语》，落花，文言。小说栏刊载《大宝窟王》，（笑），白话。"滑稽余谈"栏刊载哀情小说《双泪人》，金荫吾，文言。

同日，《大共和日报》附张刊载哀情小说《姊妹花骨》，甘泉李涵秋新译，文言。刊载哀情小说《情天恨》，啸，文言。刊载理想小说《易形术》，景缄，文言。

同日，《民权报》刊载《红粉劫》，英国司达握氏著，定夷译，文言。

23 日　《申报》"自由谈"之小说栏刊载哀情小说《玉田恨史》，（十七），天虚我生，文言。刊载短篇小说《蚊》，色色三郎，文言。

同日，《时报》小说栏刊载短篇小说《三问题》，托尔斯泰原著，呆译，白话。"滑稽余谈"栏刊载哀情小说《双泪人》，金荫吾，文言。

同日，《大共和日报》附张刊载哀情小说《姊妹花骨》，甘泉李涵秋新译，文言。刊载哀情小说《情天恨》，啸，文言。

同日，《民权报》刊载《红粉劫》，英国司达握氏著，定夷译，文言。

24 日　《申报》"自由谈"之小说栏刊载哀情小说《玉田恨史》，（十八），天虚我生，文言。刊载滑稽小说《钟馗》，瘦蝶，白话。刊载短篇小说《笔管中之炸弹》，嘉定二我，文言。

同日，《时报》小说栏刊载短篇小说《三问题》，托尔斯泰原著，呆译，白话。小说栏刊载《大宝窟王》，（笑），白话。"滑稽余谈"栏刊载哀情小说《双泪人》，金荫吾，文言。

同日，《大共和日报》附张刊载哀情小说《姊妹花骨》，甘泉李涵秋新译，文言。刊载哀情小说《情天恨》，啸，文言。刊载理想小说《易形术》，景缄，文言。

同日，《民权报》刊载《红粉劫》，英国司达握氏著，定夷译，文言。

25 日　《申报》"自由谈"之小说栏刊载哀情小说《玉田恨史》，（十九），天虚我生，文言。刊载滑稽小说《钟馗》（二），瘦蝶，白话。

同日，《时报》小说栏刊载短篇小说《三问题》，托尔斯泰原著，呆译，白话。小说栏刊载《大宝窟王》，（笑），白话。"滑稽余谈"栏刊载哀情小说《双泪人》，金荫吾，文言。

同日，《大共和日报》附张刊载哀情小说《姊妹花骨》，甘泉李涵秋新译，文言。刊载理想小说《易形术》，景缄，文言。

同日，《民权报》刊载《红粉劫》，英国司达握氏著，定夷译，文言。

26 日　《申报》"自由谈"之小说栏刊载哀情小说《玉田恨史》，（二十），天虚我生，文言。刊载滑稽小说《钟馗》（三），瘦蝶，白话。刊载零碎小说《聪明学生》，粉蝶，文言。

同日，《时报》小说栏刊载短篇小说《三问题》，托尔斯泰原著，呆译，白话。小说栏刊载《大宝窟王》，（笑），白话。"滑稽余谈"栏刊载哀情小说《双泪人》，金荫吾，文言。

同日，《大共和日报》附张刊载哀情小说《姊妹花骨》，甘泉李涵秋新译，文言。

同日，《民权报》刊载《红粉劫》，英国司达握氏著，定夷译，文言。

27 日　《申报》"自由谈"之小说栏刊载写情小说《黄金崇》（一），（天虚我生），文言。刊载滑稽小说《钟馗》，（四），白话。

同日，《时报》小说栏刊载短篇小说《三问题》，托尔斯泰原著，呆译，白话。小说栏刊载《大宝窟王》，（笑），白话。

同日，《大共和日报》附张刊载哀情小说《姊妹花骨》，甘泉李涵秋新译，文言。刊载哀情小说《情天恨》，啸，文言。

同日，《民权报》刊载"《玉梨魂》出版预告"："《玉梨魂》全书约七万余言，于去年开始登载，至今日方就结束，延长过久，间断又多，深负阅者诸君之雅意，今拟重加校勘，另行付梓，不日出版，如蒙海内文学家惠赐题词，无任欢迎，请从速寄交本馆枕亚君，当即择优刊入，迟恐不及也。民权出版部启。"刊载《红粉劫》，英国司达握氏著，定夷译，文言。

28 日　《申报》"自由谈"之小说栏刊载写情小说《黄金崇》（二），（天虚我生），文言。刊载滑稽小说《钟馗》，（五），白话。

同日，《时报》小说栏刊载短篇小说《三问题》，托尔斯泰原著，呆译，白话。

同日，《大共和日报》附张刊载哀情小说《姊妹花骨》，甘泉李涵秋新译，文言。刊载哀情小说《情天恨》，啸，文言。

29 日　《申报》"自由谈"之小说栏刊载写情小说《黄金崇》（三），

（天虚我生），文言。刊载滑稽小说《钟馗》，（六），白话。

同日，《时报》小说栏刊载短篇小说《三问题》，托尔斯泰原著，呆译，白话。小说栏刊载《大宝窟王》，（笑），白话。

同日，《大共和日报》附张刊载哀情小说《姊妹花骨》，甘泉李涵秋新译，文言。刊载哀情小说《情天恨》，啸，文言。

30 日　《申报》"自由谈"之小说栏刊载写情小说《黄金崇》（四），（天虚我生），文言。刊载滑稽小说《钟馗》，（七），白话。刊载短篇小说《革命史》，（立三），文言。

同日，《时报》小说栏刊载短篇小说《三问题》，托尔斯泰原著，呆译，白话。小说栏刊载《大宝窟王》，（笑），白话。刊载"苦情小说《空谷兰》出版"广告。

同日，《大共和日报》附张刊载哀情小说《姊妹花骨》，甘泉李涵秋新译，文言。

发生于本月但日期不详之事件

《进步》第二十册刊载《撷兰记》十九回。

《实业丛报》第四期刊载"投稿简章"："……小说须具提倡促进之性质……""小说"栏刊载《五湖舟》（续稿），殁，白话。《实业丛报》，编辑者长沙北门内西园实业丛报社。

7 月

1 日　《东方杂志》第十卷第一号刊载《清宫二年记》（不准转载），泠汰、贻先同译，文言；《五十故事》之《亚历山大之与大乌竞》，东吴旧孙，文言。

同日，《公论》第一卷第三号"小说"栏刊载《钻石案》（续第一期），译者隐父，文言。

同日，《申报》"自由谈"之小说栏刊载写情小说《黄金崇》（五），（天虚我生），文言。刊载时事短篇《股东会》，（赘虏），文言。

同日，《时报》小说栏刊载短篇小说《三问题》，托尔斯泰原著，呆译，白话。小说栏刊载《大宝窟王》，（笑），白话。

同日，《大共和日报》附张刊载哀情小说《姊妹花骨》，甘泉李涵秋新译，文言。

同日，《民权报》刊载《红粉劫》，英国司达握氏著，定夷译，文言。刊载《车夫语》，宪民，文言。

2日 《论衡》第四期"小说"栏刊载《人道》，钏影，文言。

同日，《申报》"自由谈"之小说栏刊载写情小说《黄金崇》（六），（天虚我生），文言。刊载时事短篇《股东会》（续），（赘虏），文言。

同日，《时报》小说栏刊载短篇小说《三问题》，托尔斯泰原著，呆译，白话。小说栏刊载《大宝窟王》，（笑），白话。

同日，《大共和日报》附张刊载哀情小说《姊妹花骨》，甘泉李涵秋新译，文言。

同日，《民权报》刊载《红粉劫》，英国司达握氏著，定夷译，文言。刊载《孽冤镜》，双热，文言。

3日 《申报》"自由谈"之小说栏刊载写情小说《黄金崇》（七），（天虚我生），文言。刊载醒世小说《婢复仇》，（了青），文言。

同日，《时报》小说栏刊载短篇小说《三问题》，托尔斯泰原著，呆译，白话。"滑稽余谈"刊载短篇苦情《一见缘》，自由人，文言。

同日，《大共和日报》附张刊载哀情小说《姊妹花骨》，甘泉李涵秋新译，文言。

4日 《申报》"自由谈"之小说栏刊载写情小说《黄金崇》（八），（天虚我生），文言。刊载哀情小说《画中人》，（东茎），文言。

同日，《时报》小说栏刊载短篇小说《三问题》，托尔斯泰原著，呆译，白话。小说栏刊载《大宝窟王》，（笑），白话。"滑稽余谈"刊载短篇苦情《一见缘》，自由人，文言。

同日，《大共和日报》附张刊载哀情小说《姊妹花骨》，甘泉李涵秋新译，文言。

同日，《民权报》刊载《孽冤镜》，双热，文言。

5 日 《申报》"自由谈"之小说栏刊载写情小说《黄金祟》（九），（天虚我生），文言。刊载哀情小说《画中人》（二），（东莹），文言。

同日，《时报》小说栏刊载短篇小说《三问题》，托尔斯泰原著，呆译，白话。小说栏刊载《大宝窟王》，（笑），白话。"滑稽余谈"刊载梦呓小说《自由梦》，顽石，白话。

同日，《大共和日报》附张刊载哀情小说《姊妹花骨》，甘泉李涵秋新译，文言。刊载理想小说《易形术》，景缄，文言。

同日，《民权报》刊载《孽冤镜》，双热，文言。

6 日 《申报》"自由谈"之小说栏刊载写情小说《黄金祟》（十），（天虚我生），文言。

同日，《时报》小说栏刊载短篇小说《鼓》，托尔斯泰原著，呆、笑，白话。小说栏刊载《大宝窟王》，（笑），白话。"滑稽余谈"刊载梦呓小说《自由梦》，顽石，白话。

同日，《大共和日报》附张刊载哀情小说《姊妹花骨》，甘泉李涵秋新译，文言。刊载理想小说《易形术》，景缄，文言。

同日，《民权报》刊载《红粉劫》，英国司达握氏著，定夷译，文言。刊载《孽冤镜》，双热，文言。

7 日 《申报》"自由谈"之小说栏刊载写情小说《黄金祟》（十一），（天虚我生），文言。刊载哀情小说《画中人》（三），（东莹），文言。

同日，《时报》小说栏刊载短篇小说《鼓》，托尔斯泰原著，呆、笑，白话。小说栏刊载《大宝窟王》，（笑），白话。"滑稽余谈"刊载学校小说《某先生》，秋声，文言。

同日，《大共和日报》附张刊载哀情小说《姊妹花骨》，甘泉李涵秋新译，文言。刊载理想小说《易形术》，景缄，文言。

同日,《民权报》刊载《孽冤镜》,双热,文言。

8日 《申报》"自由谈"之小说栏刊载写情小说《黄金崇》(十二),(天虚我生),文言。刊载哀情小说《画中人》(四),(东茔),文言。

同日,《时报》小说栏刊载《大宝窟王》,(笑),白话。"滑稽余谈"刊载梦呓小说《自由梦》,顽石,白话。

同日,《大共和日报》附张刊载哀情小说《姊妹花骨》,甘泉李涵秋新译,文言。刊载理想小说《易形术》,景缄,文言。

同日,《民权报》刊载《红粉劫》,英国司达握氏著,定夷译,文言。刊载《孽冤镜》,双热,文言。

9日 《申报》"自由谈"之小说栏刊载写情小说《黄金崇》(十三),(天虚我生),文言。刊载哀情小说《画中人》(五),(东茔),文言。

同日,《时报》小说栏刊载短篇小说《鼓》,托尔斯泰原著,呆、笑,白话。

同日,《大共和日报》附张刊载哀情小说《姊妹花骨》,甘泉李涵秋新译,文言。刊载哀情小说《灵鹣梦》,景缄,文言。

同日,《民权报》刊载《红粉劫》,英国司达握氏著,定夷译,文言。刊载《孽冤镜》,双热,文言。

10日 《申报》"自由谈"之小说栏刊载写情小说《黄金崇》(十四),(天虚我生),文言。刊载哀情小说《画中人》(六),(东茔),文言。

同日,《时报》小说栏刊载短篇小说《鼓》,托尔斯泰原著,呆、笑,白话。小说栏刊载《大宝窟王》,(笑),白话。"滑稽余谈"刊载梦呓小说《自由梦》,顽石,白话。

同日,《大共和日报》附张刊载哀情小说《姊妹花骨》,甘泉李涵秋新译,文言。刊载哀情小说《灵鹣梦》,景缄,文言。

同日,《民权报》刊载《红粉劫》,英国司达握氏著,定夷译,文言。刊载《孽冤镜》,双热,文言。

11日 《申报》"自由谈"之小说栏刊载写情小说《黄金崇》(十五),(天虚我生),文言。刊载哀情小说《画中人》(七),(东茔),文言。

同日，《时报》小说栏刊载短篇小说《鼓》，托尔斯泰原著，呆、笑，白话。小说栏刊载《大宝窟王》，（笑），白话。"滑稽余谈"刊载梦呓小说《自由梦》，顽石，白话。

同日，《大共和日报》附张刊载哀情小说《姊妹花骨》，甘泉李涵秋新译，文言。刊载哀情小说《灵鹣梦》，景缄，文言。

同日，《民权报》刊载《红粉劫》，英国司达握氏著，定夷译，文言。刊载《孽冤镜》，双热，文言

12 日　《申报》"自由谈"之小说栏刊载写情小说《黄金崇》（十六），（天虚我生），文言。刊载哀情小说《画中人》（八），（东茔），文言。

同日，《时报》小说栏刊载短篇小说《鼓》，托尔斯泰原著，呆、笑，白话。

同日，《大共和日报》附张刊载哀情小说《姊妹花骨》，甘泉李涵秋新译，文言。

同日，《民权报》刊载"民权出版部广告"，内有《玉梨魂》印刷中，《兰娘哀史》印刷中。刊载《孽冤镜》，双热，文言。

13 日　《申报》"自由谈"之小说栏刊载写情小说《黄金崇》（十七），（天虚我生），文言。刊载哀情小说《画中人》（九），（东茔），文言。

同日，《时报》小说栏刊载短篇小说《难女》，社会百面相之一，蟠，文言。小说栏刊载《大宝窟王》，（笑），白话。"滑稽余谈"刊载梦呓小说《自由梦》，顽石，白话。

同日，《大共和日报》附张刊载哀情小说《姊妹花骨》，甘泉李涵秋新译，文言。

同日，《民权报》刊载《孽冤镜》，双热，文言。

14 日　《申报》"自由谈"之小说栏刊载写情小说《黄金崇》（十八），（天虚我生），文言。刊载哀情小说《画中人》（十），（东茔），文言。

同日，《时报》小说栏刊载短篇小说《画妾》，惜华，文言。小说栏刊载《大宝窟王》，（笑），"滑稽余谈"刊载梦呓小说《自由梦》，顽石，白话。

同日,《民权报》刊载《红粉劫》,英国司达握氏著,定夷译,文言。刊载《孽冤镜》,双热,文言。"艺苑"栏刊载《玉梨魂题词》。

15 日 《申报》"自由谈"之小说栏刊载写情小说《黄金祟》(十九),(天虚我生),文言。刊载哀情小说《画中人》(十一),(东茔),文言。刊载滑稽小说《无师傅授之魔术家》,便便,文言。

同日,《时报》小说栏刊载短篇小说《画妾》,惜华,文言。

同日,《大共和日报》附张刊载哀情小说《姊妹花骨》,甘泉李涵秋新译,文言。

同日,《民权报》刊载《孽冤镜》,双热,文言。

16 日 《公论》第一卷第四号"小说"栏刊载侠情小说《秦楼梦》,文言。

同日,《中华》第一册"小说"栏刊载《女梼杌》,闽县林纾笔述,永福力树萱口译,文言,前有林纾叙。

同日,《申报》"自由谈"之小说栏刊载写情小说《黄金祟》(二十),(天虚我生),文言。刊载哀情小说《画中人》(十二),(东茔),文言。

同日,《时报》小说栏刊载短篇小说《小儿与成人》,托尔斯泰原著,呆译,白话。小说栏刊载《大宝窟王》,(笑),白话。"滑稽余谈"刊载梦呓小说《自由梦》,顽石,白话。

同日,《大共和日报》附张刊载哀情小说《姊妹花骨》,甘泉李涵秋新译,文言。

同日,《民权报》刊载《孽冤镜》,双热,文言。

17 日 《申报》"自由谈"之小说栏刊载写情小说《黄金祟》(二十一),(天虚我生),文言。刊载哀情小说《画中人》(十三),(东茔),文言。

同日,《大共和日报》附张刊载哀情小说《姊妹花骨》,甘泉李涵秋新译,文言。

18 日 《申报》"自由谈"之小说栏刊载写情小说《黄金祟》(二十二),(天虚我生),文言。刊载言情小说《并蒂缘》(一),(了青),

文言。

同日，《时报》"滑稽余谈"刊载短篇实事《丽雯哀史》，文言。

同日，《大共和日报》附张刊载哀情小说《姊妹花骨》，甘泉李涵秋新译，文言。

19日 《申报》"自由谈"之小说栏刊载写情小说《黄金祟》（二十三），（天虚我生），文言。刊载言情小说《并蒂缘》（二），（了青），文言。

同日，《时报》小说栏刊载《最后二十四点钟之林肯》（译），瘦鹃译，文言。"滑稽余谈"刊载短篇实事《丽雯哀史》，文言。

同日，《大共和日报》附张刊载哀情小说《姊妹花骨》，甘泉李涵秋新译，文言。刊载法国滑稽新剧《贪婚鉴》，译巴黎报（选），此期刊第一幕第二幕，白话。

20日 《谠报》第四期"小说"栏"小说"栏刊载《沙场倩影》（续前期），劫灰，文言；刊载社会小说《新镜花》（续前期），涛痕，白话章回。

同日，《申报》"自由谈"之小说栏刊载写情小说《黄金祟》（二十四），（天虚我生），文言。刊载哀情短篇《秋风扇》（一），（小蝶），文言。

同日，《时报》小说栏刊载《最后二十四点钟之林肯》（译），瘦鹃译，文言。"滑稽余谈"刊载短篇实事《丽雯哀史》，文言。

同日，《大共和日报》附张刊载哀情小说《情天恨》，啸，文言。刊载哀情小说《灵鹣梦》，景缄，文言。刊载法国滑稽新剧《贪婚鉴》，译巴黎报（选）。

21日 《申报》"自由谈"之小说栏刊载写情小说《黄金祟》（二十五），（天虚我生），文言。刊载哀情短篇《秋风扇》（二），（小蝶），文言。

同日，《时报》小说栏刊载《最后二十四点钟之林肯》（译），瘦鹃译，文言。小说栏刊载《大宝窟王》，（笑），白话。

同日,《大共和日报》附张刊载哀情小说《灵鹣梦》,景缄,文言。刊载法国滑稽新剧《贪婚鉴》,译巴黎报(选)。

22日 《申报》"自由谈"之小说栏刊载写情小说《黄金崇》(二十六),(天虚我生),文言。刊载哀情短篇《秋风扇》(三),(小蝶),文言。

同日,《时报》小说栏刊载《最后二十四点钟之林肯》(译),瘦鹃译,文言。小说栏刊载《大宝窟王》,(笑),白话。"滑稽余谈"小说栏刊载社会小说《梦游共和大剧场》,荫吾,文言。

同日,《大共和日报》附张刊载哀情小说《灵鹣梦》,景缄,文言。刊载法国滑稽新剧《贪婚鉴》,译巴黎报(选)。

23日 《申报》"自由谈"之小说栏刊载写情小说《黄金崇》(二十七),(天虚我生),文言。刊载零碎小说《医生》,觉迷,文言。

同日,《时报》小说栏刊载《大宝窟王》,(笑),白话。"滑稽余谈"小说栏刊载社会小说《梦游共和大剧场》,荫吾,文言。

同日,《大共和日报》附张刊载哀情小说《灵鹣梦》,景缄,文言。刊载法国滑稽新剧《贪婚鉴》,译巴黎报(选)。

24日 《申报》"自由谈"之小说栏刊载写情小说《黄金崇》(二十八),(天虚我生),文言。

同日,《时报》"滑稽余谈"小说栏刊载社会小说《梦游共和大剧场》,荫吾,文言。

同日,《大共和日报》附张刊载小说《黄面和尔美斯传之一》著者广南多尔,译者刘延陵,文言。刊载法国滑稽新剧《贪婚鉴》,译巴黎报(选)。

同日,《民权报》刊载《红粉劫》,英国司达握氏著,定夷译,文言。

25日 《小说月报》第四卷第三号刊载欧美名家言情短篇《俪景》,著者华盛顿欧文,译者赵开,文言;刊载社会政治小说《侨民泪》,哀华,文言;刊载历史小说《拊髀记》,日本押川春浪著,中华吴梼萱中译,白话;刊载《温斯冬》,译《红皮杂志》,焦木,文言;刊载哀情小说《可怜侬》，著者瞻庐，文言；刊载《罗刹雌风》，文言。"说林"栏刊载《小说丛考初集卷三》，泖东一蟹，此期刊载"《渔家乐》传奇考"、"《琵琶记》传奇考"、"《三国演义》考"、"《黑水国》剧本考"、"《葛衣记》传奇考"；刊载《欧美小说丛谈》（续），无锡孙毓修，此期刊载"司各德迭更斯二家之批评"。刊载"商务印书馆发行"广告："科学小说《秘密电光艇》，定价三角五分，是书叙日本樱木大佐欲伸张其国威，乃侨居海岛，本科学进步，创海军宏规，异想天开，制成一秘密电光战艇，其间维以铁车及各种冒险事，尤为奇兀瑰雄，译笔复波澜老成，真令人一读一击节。政治小说《炼才炉》，定价大洋二角，是书叙一法国船主为仇家所陷，被系狱中，船主本不学无术，乃于狱中遇一僧授以诸学说，就犴室中讲诵不辍者十有四稔，卒以其智计脱身出狱，忍苦历险，而成就乃益奇，读之足以振顽起懦，唤起国民之精神，至文之惊心动魄、奇趣横生，犹有余事耳。冒险小说《金银岛》，定价大洋二角，是书叙一英国著名之海盗积金银数十万埋一荒岛中，海盗死，其岛中藏镪之地图落一童子手，童子乃合数人买舟航海入荒岛求之，海盗余党亦闻风踪迹至，沿途设种种诡计，欲谋杀之，不得，既至，又群起而猝击之，苦战累日，童子等屡濒于危，卒获胜，着满载藏镪而归，情节极离奇，极兀突，冒险小说中佳购也。伦理小说《英孝子火山报仇录》，二册大洋九角，是书叙孝子之母为人刺死，子痛不欲生，历尽长途艰苦，至墨西哥以觅其仇，时正值墨西哥亡国之日，兵荒世乱，杀人如麻，孝子身陷其间，被祭师擒，赴天坛备祭妖神及遭种种危难事，后卒得脱报仇归国，则其未婚妻尚守贞以待，遂成嘉礼，传为美谈，其中夹叙天主教惨酷杀人状，并西班牙人擒取黑奴，幽囚贩卖及野蛮信鬼之俗，离奇骇怪，尤绕趣味。义侠小说《情侠》，定价大洋三角，是书叙英国一少年，其貌酷肖俄国莫斯科总督，因悦一虚无党女子故，遂躬蹈巨险冒称莫斯科总督，直入其城，出奇制胜，卒出女子之弟于狱中，而归缔姻好，读之令人忽而惊忽而惧忽而喜又忽而妙语解颐，则更为捧腹不止。探险小说《七星宝石》，定价大洋二角，是书叙英国一博古加性极嗜奇，专事搜罗古物，尝入埃及魔谷中获一七星宝石，石为古代女王棺中物，女王有奇术，虽死如生，且具绝大魔力，能分解其肢体为绝小部分，夜入博古家之室，戕害之，既死复醒，后又取女王尸置窖室中，将实行试验，俄而变作博古架及数从人竟死，实颇诡诞不经，或亦好奇嗜古者所喜读欤？"刊载"阅本报诸君公鉴"："本报第三卷中有《新旧英雄》一种未及登完，戛然中止，因该稿下卷多有未洽意处，须修改也，以事冗暂搁致劳。爱读诸君损书垂询，抱歉之至，兹准于四卷九号起，继续登载，以副盛意，专此奉白。本社谨启。"刊载本社通告，为征稿启事，内容同前。

同日，《申报》"自由谈"之小说栏刊载写情小说《黄金祟》（二十九），（天虚我生），文言。刊载奇异小说《还魂记》，剑秋，文言。

同日，《时报》小说栏刊载《血婚哀史》（续），东亚病夫，白话。"滑稽余谈"小说栏刊载社会小说《梦游共和大剧场》，荫吾，文言。

同日，《大共和日报》附张刊载小说《黄面和尔美斯传之一》著者广南多尔，译者刘延陵，文言。

同日，《民权报》刊载《红粉劫》，英国司达握氏著，定夷译，文言。刊载《孽冤镜》，双热，文言。

26 日　《申报》"自由谈"之小说栏刊载写情小说《黄金祟》（三十），（天虚我生），文言。刊载短篇滑稽《钝根之笑》，（瘦蝶），文言。刊载时事短篇《犯奸之价值》，（瘦蝶），文言。

同日，《时报》小说栏刊载悲惨纪事《少妇》，笑，文言。小说栏刊载《血婚哀史》（续），东亚病夫，白话。"滑稽余谈"小说栏刊载社会小说《梦游共和大剧场》，荫吾，文言。

同日，《民权报》刊载《孽冤镜》，双热，文言。

27 日　《申报》"自由谈"之小说栏刊载写情小说《黄金祟》（三十一），（天虚我生），文言。刊载哀情滑稽《怜香小劫》，（续），（蝶仙），白话。

同日，《时报》小说栏刊载战争纪事《上帝》，阿松，文言。小说栏刊载《血婚哀史》(续)，东亚病夫，白话。"滑稽余谈"小说栏刊载社会小说《梦游共和大剧场》，荫吾，文言。

同日，《民权报》刊载《孽冤镜》，双热，文言。

28 日 《申报》"自由谈"之小说栏刊载写情小说《黄金祟》(三十二)，(天虚我生)，文言。刊载哀情滑稽《怜香小劫》，(续)，(蝶仙)，白话。

同日，《时报》小说栏刊载《血婚哀史》(续)，东亚病夫，白话。"滑稽余谈"小说栏刊载哀情短篇《绵绵恨》，幻云，文言。

同日，《大共和日报》附张刊载小说《美国政俗述略》，郑文郁，文言。

同日，《民权报》刊载《新婚别》，醒吾，文言。

29 日 《申报》"自由谈"之小说栏刊载写情小说《黄金祟》(三十三)，(天虚我生)，文言。

同日，《时报》小说栏刊载战争纪事《大元帅》，阿严，文言。"滑稽余谈"小说栏刊载哀情短篇《绵绵恨》，幻云，文言。

同日，《大共和日报》附张刊载小说《美国政俗述略》，郑文郁，文言。

同日，《民权报》刊载《新婚别》，醒吾，文言。

30 日 《申报》"自由谈"之小说栏刊载写情小说《黄金祟》(三十四)，(天虚我生)，文言。刊载社会短篇《陈卯姑》，(率)，文言。刊载滑稽传奇《独立》(仿《西厢记·酬简》)，(瞻)。

同日，《时报》小说栏刊载《血婚哀史》(续)，东亚病夫，白话。"滑稽余谈"小说栏刊载哀情短篇《绵绵恨》，幻云，文言。

同日，《大共和日报》附张刊载小说《地狱色相谈》，文言。

同日，《民权报》刊载《新婚别》，醒吾，文言。

31 日 《申报》"自由谈"之小说栏刊载写情小说《黄金祟》(三十五)，(天虚我生)，文言。

同日，《时报》小说栏刊载悲惨纪事《死声》，瘦鹃，文言。小说栏刊载《大宝窟王》，（笑），白话。"滑稽余谈"小说栏刊载哀情短篇《绵绵恨》，幻云，文言。

同日，《民权报》刊载《新婚别》，醒吾，文言。

发生于本月但日期不详之事件

《进步》第二十一册刊载《撷兰记》二十回。

8 月

1 日　《东方杂志》第十卷第二号刊载《清宫二年记》(不准转载)，泠汰、贻先同译，文言；《五十故事》之《罗马之败将》《骰子已掷矣》，东吴旧孙，文言。

同日，《申报》"自由谈"之小说栏刊载写情小说《黄金祟》（三十六），（天虚我生），文言。

同日，《时报》小说栏刊载战争纪事《上帝》（其二），阿松，文言。小说栏刊载《血婚哀史》（续），东亚病夫，白话。"滑稽余谈"小说栏刊载社会小说《梦游共和大剧场》，荫吾，文言。

同日，《民权报》刊载《新婚别》，醒吾，文言。

2 日　《申报》"自由谈"之小说栏刊载写情小说《黄金祟》（三十七），（天虚我生），文言。刊载言情小说《死鸳鸯》，（瘦蝶），文言。

同日，《时报》小说栏刊载《血婚哀史》（续），东亚病夫，白话。小说栏刊载《大宝窟王》，（笑），白话。"滑稽余谈"小说栏刊载社会小说《梦游共和大剧场》，荫吾，文言。

同日，《民权报》刊载《鸳鸯劫》，鲁源，文言。"新聊斋"刊载《绮梦》，霞客，文言。

3 日　《申报》"自由谈"之小说栏刊载写情小说《黄金祟》（三十八），

(天虚我生)，文言。刊载言情小说《死鸳鸯》(续)，(瘦蝶)，文言。刊载时事小说《客串军》，(党迷)，文言。

同日，《时报》小说栏刊载《大宝窟王》，(笑)，白话。"滑稽余谈"小说栏刊载社会小说《梦游共和大剧场》，荫吾，文言；刊载哀情短篇《绵绵恨》，幻云，文言。

同日，《白话捷报》"小说"栏开始刊载《金三郎》，哑铃，白话，至9月6日完。

同日，《大共和日报》附张刊载言情小说《克林各尔奇遇记》，译法文，仲牧，文言。

同日，《民权报》刊载《鸳鸯劫》，鲁源，文言。

4 日 《申报》"自由谈"之小说栏刊载写情小说《黄金祟》(三十九)，(天虚我生)，文言。刊载纪事短篇《独立声中之冤鬼》，(奚悲秋)，文言。

同日，《时报》小说栏刊载儒林外史佚文《银回子》，(续)，阿严，白话。

同日，《大共和日报》附张刊载言情小说《克林各尔奇遇记》，译法文，仲牧，文言。

同日，《民权报》刊载《鸳鸯劫》，鲁源，文言。

5 日 《申报》"自由谈"之小说栏刊载写情小说《黄金祟》(四十)，(天虚我生)，文言。刊载时事短篇《虐婢记》，(粉蝶)，文言。

同日，《时报》小说栏刊载悲惨纪事《可怜》，瘦鹃，文言。"滑稽余谈"栏刊载苦情小说《杜鹃血》，荫士，文言。

同日，《大共和日报》附张刊载言情小说《克林各尔奇遇记》，译法文，仲牧，文言。刊载小说《地狱色相谈》，文言。

同日，《民权报》刊载《鸳鸯劫》，鲁源，文言。

6 日 《申报》"自由谈"之小说栏刊载写情小说《黄金祟》(四十一)，(天虚我生)，文言。

同日，《时报》小说栏刊载悲惨纪事《可怜》，瘦鹃，文言。刊载《大宝窟王》，（笑），白话。"滑稽余谈"栏刊载苦情小说《杜鹃血》，荫士，文言。

同日，《大共和日报》附张刊载言情小说《克林各尔奇遇记》，译法文，仲牧，文言。刊载小说《地狱色相谈》，文言。

同日，《民权报》刊载《鸳鸯劫》，鲁源，文言。

同日，《爱国白话报》"庄严录"栏刊载《胡知县》，剑胆，白话，至1913 年 8 月 24 日完。刊载"阅者注意"："剑胆先生为近世小说大家，前在《正宗爱国报》编辑《庄严录》，别号自了生，久受社会欢迎，现本报敦聘来馆，由八月六号起每日在本报正张登载庄严录一版，以厌阅者之目，此布。本馆谨启。"

7 日　《申报》"自由谈"之小说栏刊载写情小说《黄金祟》（四十二），（天虚我生），文言。刊载故事小说《草庵和尚》，（剑秋），文言。

同日，《时报》小说栏刊载滑稽小说《枉死城》，阿严，文言。刊载《大宝窟王》，（笑），白话。"滑稽余谈"栏刊载苦情小说《杜鹃血》，荫士，文言。

同日，《大共和日报》附张刊载言情小说《克林各尔奇遇记》，译法文，仲牧，文言。刊载小说《地狱色相谈》，文言。

同日，《民权报》刊载《女儿红》，双热，文言。

8 日　《申报》"自由谈"之小说栏刊载写情小说《黄金祟》（四十三），（天虚我生），文言。

同日，《时报》小说栏刊载滑稽小说《枉死城》，阿严，文言。刊载《大宝窟王》，（笑），白话。"滑稽余谈"栏刊载苦情小说《杜鹃血》，荫士，文言。

同日，《大共和日报》附张刊载言情小说《克林各尔奇遇记》，译法文，仲牧，文言。刊载哀情小说《灵鹣梦》，景缄，文言。

同日，《民权报》刊载《女儿红》，双热，文言。

9 日　《申报》"自由谈"之小说栏刊载写情小说《黄金祟》（四十四），（天虚我生），文言。

同日，《时报》小说栏刊载滑稽小说《枉死城》，阿严，文言。刊载《大宝窟王》，（笑），白话。"滑稽余谈"栏刊载苦情小说《杜鹃血》，荫士，文言。

同日，《大共和日报》附张刊载言情小说《克林各尔奇遇记》，译法文，仲牧，文言。刊载哀情小说《灵鹣梦》，景缄，文言。

同日，《民权报》刊载《女儿红》，双热，文言。

10 日　《申报》"自由谈"之小说栏刊载写情小说《黄金祟》（四十五），（天虚我生），文言。

同日，《时报》小说栏刊载滑稽小说《枉死城》，阿严，文言。刊载《大宝窟王》，（笑），白话。"滑稽余谈"栏刊载短篇纪事《遇险》，士方，文言。

同日，《大共和日报》附张刊载短篇小说《张七》，叔鸾，白话。刊载言情小说《克林各尔奇遇记》，译法文，仲牧，文言。

同日，《民权报》刊载《女儿红》，双热，文言。

11 日　《申报》"自由谈"之小说栏刊载写情小说《黄金祟》（四十六），（天虚我生），文言。

同日，《时报》刊载《大宝窟王》，（笑），白话。"滑稽余谈"栏刊载应时短篇《钟馗》，瘦蝶，白话。

同日，《大共和日报》附张刊载言情小说《克林各尔奇遇记》，译法文，仲牧，文言。刊载哀情小说《灵鹣梦》，景缄，文言。

同日，《民权报》刊载《女儿红》，双热，文言。"新聊斋"栏刊载《蕉梦》，婉侬女士遗稿，文言。

12 日　《申报》"自由谈"之小说栏刊载写情小说《黄金祟》（四十七），（天虚我生），文言。

同日，《时报》刊载《大宝窟王》，（笑），白话。"滑稽余谈"栏刊载应时短篇《钟馗》，瘦蝶，白话。

同日，《大共和日报》附张刊载言情小说《克林各尔奇遇记》，译法文，仲牧，文言。刊载札记小说《残梦斋随笔》，寄生，文言。

同日，《民权报》刊载《女儿红》，双热，文言。

13 日 《申报》"自由谈"之小说栏刊载写情小说《黄金祟》(四十八)，(天虚我生)，文言。

同日，《时报》刊载《大宝窟王》，(笑)，白话。"滑稽余谈"栏刊载应时短篇《钟馗》，瘦蝶，白话。

同日，《大共和日报》附张刊载言情小说《克林各尔奇遇记》，译法文，仲牧，文言。刊载札记小说《残梦斋随笔》，寄生，文言。刊载滑稽小说《二次革命》(一名《改良强盗现形记》)，悔悔，白话。

同日，《民权报》刊载《女儿红》，双热，文言。

14 日 《申报》"自由谈"之小说栏刊载写情小说《黄金祟》(四十九)，(天虚我生)，文言。刊载短篇纪事《新游戏》，(觉迷)，文言。

同日，《时报》刊载《霜刃碧血记》，瘦鹃，白话。"滑稽余谈"栏刊载应时短篇《钟馗》，瘦蝶，白话。

同日，《大共和日报》附张刊载言情小说《克林各尔奇遇记》，译法文，仲牧，文言。刊载札记小说《残梦斋随笔》，寄生，文言。刊载滑稽小说《二次革命》(一名《改良强盗现形记》)，悔悔，白话。

同日，《民权报》刊载《蝶花小劫》，吁公，文言。

15 日 《申报》"自由谈"之小说栏刊载写情小说《黄金祟》(五十)，(天虚我生)，文言。刊载短篇哀情《七夕鬼》，(哀吾)，文言。

同日，《时报》刊载《霜刃碧血记》，瘦鹃，白话。"滑稽余谈"栏刊载应时短篇《钟馗》，瘦蝶，白话。

同日，《大共和日报》附张刊载言情小说《克林各尔奇遇记》，译法文，仲牧，文言。刊载札记小说《残梦斋随笔》，寄生，文言。刊载历史小说《暴魁血》，晓莲，白话。

同日，《民权报》刊载《蝶花小劫》，吁公，文言。

16 日 《申报》"自由谈"之小说栏刊载写情小说《黄金祟》(五十一)，(天虚我生)，文言。刊载短篇滑稽《社会小说》，匹志，白话。刊载短篇小说《谢氏女》，(小蝶)，文言。

同日，《时报》刊载《霜刃碧血记》，瘦鹃，白话。刊载《大宝窟王》，（笑），白话。"滑稽余谈"栏刊载应时短篇《钟馗》，瘦蝶，白话。

同日，《大共和日报》附张刊载言情小说《克林各尔奇遇记》，译法文，仲牧，文言。刊载历史小说《暴魁血》，晓莲，白话。

同日，《民权报》刊载《蝶花小劫》，吁公，文言。

17 日 《申报》"自由谈"之小说栏刊载写情小说《黄金祟》（五十二），（天虚我生），文言。

同日，《时报》刊载《霜刃碧血记》，瘦鹃，白话。刊载《大宝窟王》，（笑），白话。"滑稽余谈"栏刊载哀情小说《珠襟泪》，蝶痴，文言。

同日，《大共和日报》附张刊载言情小说《克林各尔奇遇记》，译法文，仲牧，文言。刊载滑稽小说《二次革命》（一名《改良强盗现形记》），悔悔，白话。

同日，《民权报》刊载《蝶花小劫》，吁公，文言。

18 日 《申报》"自由谈"之小说栏刊载写情小说《黄金祟》（五十三），（天虚我生），文言。

同日，《时报》刊载《霜刃碧血记》，瘦鹃，白话。"滑稽余谈"栏刊载哀情小说《珠襟泪》，蝶痴，文言。

同日，《大共和日报》附张刊载言情小说《克林各尔奇遇记》，译法文，仲牧，文言。刊载滑稽小说《二次革命》（一名《改良强盗现形记》），悔悔，白话。

同日，《民权报》刊载《蝶花小劫》，吁公，文言。

19 日 《申报》"自由谈"之小说栏刊载写情小说《黄金祟》（五十四），（天虚我生），文言。

同日，《时报》刊载《霜刃碧血记》，瘦鹃，白话。刊载《大宝窟王》，（笑），白话。"滑稽余谈"栏刊载哀情小说《珠襟泪》，蝶痴，文言。

同日，《大共和日报》附张刊载言情小说《克林各尔奇遇记》，译法文，仲牧，文言。刊载滑稽小说《二次革命》(一名《改良强盗现形记》)，悔悔，白话。

同日，《民权报》刊载《蝶花小劫》，吁公，文言。

20 日 《谠报》第五期"小说"栏刊载《沙场倩影》(续第一期)，劫灰，文言；刊载社会小说《新镜花》(续前期)，涛痕，白话章回。

同日，《申报》"自由谈"之小说栏刊载写情小说《黄金祟》(五十五)，(天虚我生)，文言。

同日，《时报》刊载《霜刃碧血记》，瘦鹃，白话。"滑稽余谈"栏刊载哀情小说《珠襟泪》，蝶痴，文言。

同日，《大共和日报》附张刊载言情小说《克林各尔奇遇记》，译法文，仲牧，文言。

同日，《民权报》刊载《蝶花小劫》，吁公，文言。

21 日 《申报》"自由谈"之小说栏刊载写情小说《黄金祟》(五十六)，(天虚我生)，文言。刊载警世小说《妓女矿师》，(剑虹)，文言。

同日，《时报》刊载《霜刃碧血记》，瘦鹃，白话。"滑稽余谈"栏刊载哀情小说《珠襟泪》，蝶痴，文言。

同日，《大共和日报》附张刊载言情小说《克林各尔奇遇记》，译法文，仲牧，文言。

同日，《民权报》刊载《蝶花小劫》，吁公，文言。

22 日 《申报》"自由谈"之小说栏刊载写情小说《黄金祟》(五十七)，(天虚我生)，文言。

同日，《时报》刊载《霜刃碧血记》，瘦鹃，白话。"滑稽余谈"栏刊载哀情小说《珠襟泪》，蝶痴，文言。

同日，《大共和日报》附张刊载言情小说《克林各尔奇遇记》，译法文，仲牧，文言。

同日，《民权报》刊载《蝶花小劫》，吁公，文言。

23 日 《申报》"自由谈"之小说栏刊载写情小说《黄金祟》(五十八)，(天虚我生)，文言。刊载警世小说《妓女矿师》(续)，(剑虹)，文言。刊载旅行小说《盗女传》，(松筠)，文言。

同日，《时报》刊载《霜刃碧血记》，瘦鹃，白话。刊载《大宝窟王》，(笑)，白话。"滑稽余谈"栏刊载哀情小说《珠襟泪》，蝶痴，文言。

同日，《大共和日报》附张刊载言情小说《克林各尔奇遇记》，译法文，仲牧，文言。刊载滑稽小说《二次革命》(一名《改良强盗现形记》)，悔悔，白话。

同日，《民权报》刊载《蝶花小劫》，吁公，文言。

24 日　《申报》"自由谈"之小说栏刊载写情小说《黄金祟》(五十九)，(天虚我生)，文言。

同日，《时报》刊载《霜刃碧血记》，瘦鹃，白话。刊载《大宝窟王》，(笑)，白话。"滑稽余谈"栏刊载哀情小说《珠襟泪》，蝶痴，文言。

同日，《大共和日报》附张刊载言情小说《克林各尔奇遇记》，译法文，仲牧，文言。刊载滑稽小说《二次革命》(一名《改良强盗现形记》)，悔悔，白话。

同日，《民权报》刊载《蝶花小劫》，吁公，文言。

25 日　《小说月报》第四卷第四号刊载"中华民国二年七月商务印书馆出版新书"广告，内有"童话第一集第十四编《玻璃鞋》一册五分，童话第一集第十五编《笨哥哥》一册五分，孙毓修编，文理浅显，事迹新奇，且多插图画，足以引起儿童之兴趣，上列二编遵照前例，继续出版。小本小说《美洲童子万里寻亲记》一册一角，小本小说《海卫侦探案》一册二角，小本小说《希腊兴亡记》一册一角，小本小说《芦花余孽》一册一角，小本小说《技击余闻》一册一角，小本小说《碎琴楼》二册三角五分，小本小说《时谐》二册三角，有小本小说七种，凡伦理侦探历史社会笔记言情短篇，无不具备，情节奇诡，趣味横生，足厌阅者之望。""短篇小说"栏刊载《珠娘》，君复，文言；刊载搜奇小说《南阳女侠》(清秘史外录之一)，指严，文言；刊载《帐下美人》，崆峒译意，弹华润辞，文言；刊载《假发》，半侬，白话；"长篇小说"栏刊载哀情小说《可怜侬》，著者瞻庐，文言；刊载《罗刹雌风》，林纾，文言。"说林"栏刊载《小说丛考初集卷肆》，泖东一蟹编，此期刊载《隋唐演义考》（今坊间分上半部为《隋炀艳史》）《红拂记传奇考》《征东征西考》《西游记考》《绿牡丹演义考》《镜花缘考》；刊载《欧美小说丛谈》（续），无锡孙毓修，此期刊载《英国奇人约翰生》《神怪小说》。刊载"商务印书馆出版白话小说"，内有《寒桃记》《回头看》《旧金山》《一束缘》《侠黑奴》等，内容绍介同前。刊载"商务印书馆发行林琴南先生译"广告，内有《橡湖仙影》《蛮荒志异》《海外轩渠录》《迦茵小传》《红礁画桨录》《洪罕女郎传》《玉雪留痕》等，内容绍介同前。刊载本社通告，为征稿启事，内容同前。

同日，《申报》"自由谈"之小说栏刊载写情小说《黄金祟》（六十），（天虚我生），文言。刊载寓言小说《海国春秋》，（了青），白话。刊载探奇小说《极乐洞》，（来），文言。

同日，《爱国白话报》"庄严录"栏刊载《李银娘》，剑胆，白话，至1913 年 10 月 4 日完。

同日，《大共和日报》附张刊载言情小说《克林各尔奇遇记》，译法文，仲牧，文言。

同日，《民权报》刊载《蝶花小劫》，吁公，文言。

26 日　《申报》"自由谈"之小说栏刊载写情小说《黄金祟》（六十一），（天虚我生），文言。

同日，《时报》刊载《霜刃碧血记》，瘦鹃，白话。刊载《大宝窟王》，（笑），白话。

同日，《大共和日报》附张刊载言情小说《克林各尔奇遇记》，译法文，仲牧，文言。刊载滑稽小说《二次革命》（一名《改良强盗现形记》），悔悔，白话。

同日，《民权报》刊载《蝶花小劫》，吁公，文言。

27 日　《申报》"自由谈"之小说栏刊载写情小说《黄金祟》（六十

二)，（天虚我生），文言。刊载寓言小说《海国春秋》（续），（了青），白话。

同日，《时报》刊载《霜刃碧血记》，瘦鹃，白话。刊载《大宝窟王》，（笑），白话。

同日，《大共和日报》附张刊载言情小说《克林各尔奇遇记》，译法文，仲牧，文言。刊载滑稽小说《二次革命》（一名《改良强盗现形记》），悔悔，白话。刊载哀情小说《灵鹣梦》，景缄，文言。

同日，《民权报》刊载《蝶花小劫》，吁公，文言。

28 日 《申报》"自由谈"之小说栏刊载写情小说《黄金祟》（六十三），（天虚我生），文言。刊载寓言小说《海国春秋》（续），（了青），白话。

同日，《时报》刊载《霜刃碧血记》，瘦鹃，白话。

同日，《大共和日报》附张刊载言情小说《克林各尔奇遇记》，译法文，仲牧，文言。刊载滑稽小说《二次革命》（一名《改良强盗现形记》），悔悔，白话。刊载哀情小说《灵鹣梦》，景缄，文言。

同日，《民权报》刊载民权出版部"《兰娘哀史》出版"广告。刊载《蝶花小劫》，吁公，文言。"今文古文"栏刊载《兰娘哀史序》，双热。

29 日 《申报》"自由谈"之小说栏刊载写情小说《黄金祟》（六十四），（天虚我生），文言。刊载时事小说《探子》，（负负），白话。

同日，《时报》刊载《霜刃碧血记》，瘦鹃，白话。刊载《大宝窟王》，（笑），白话。"滑稽余谈"栏刊载哀情短篇《悲声》，瞻，文言。

同日，《大共和日报》附张刊载言情小说《克林各尔奇遇记》，译法文，仲牧，文言。刊载哀情小说《灵鹣梦》，景缄，文言。

同日，《民权报》刊载《蝶花小劫》，吁公，文言。

30 日 《申报》"自由谈"之小说栏刊载写情小说《黄金祟》（六十五），（天虚我生），文言。

同日，《时报》刊载《霜刃碧血记》，瘦鹃，白话。

同日，《大共和日报》附张刊载言情小说《克林各尔奇遇记》，译法文，仲牧，文言。刊载哀情小说《灵鹣梦》，景缄，文言。

同日，《民权报》刊载《蝶花小劫》，吁公，文言。

31 日　《申报》"自由谈"之小说栏刊载写情小说《黄金祟》(六十六)，(天虚我生)，文言。刊载寓言小说《地藏王菩萨》，(了青)，文言。

同日，《时报》刊载《霜刃碧血记》，瘦鹃，白话。

同日，《大共和日报》附张刊载言情小说《克林各尔奇遇记》，译法文，仲牧，文言。刊载滑稽小说《二次革命》(一名《改良强盗现形记》)，悔悔，白话。刊载哀情小说《灵鹣梦》，景缄，文言。

同日，《民权报》刊载《蝶花小劫》，吁公，文言。

发生于本月但日期不详之事件

《进步》第二十二册刊载《撷兰记》二十一回。

《云南实业杂志》第一卷第二号，无小说。《云南实业杂志》，云南巡按使署编辑。

9 月

1 日　《东方杂志》第十卷第三号刊载《清宫二年记》(不准转载)，泠汰、贻先同译，文言；《五十故事》之《科尼廉亚之宝》，东吴旧孙，文言。

同日，《中华实业丛报》第五期刊载"本社特别通告"："本报自出版以来，极蒙各界欢迎，销路日畅，兹自第五号起，每期增刊有益社会小说，以酬爱读诸君之雅意。本期小说于医理有新发明，为卫生之至要，应请注意。谨布。"刊载小说《结核菌物语》。《中华实业丛报》民国二年五月一日创刊，发起人吴稚晖、庄泽定、李经宜、汪幼安。内容分社论、选论、记事、国外附录、世界大事月表等。自民国二年五月一日出版第一期起，民国三年九月出版第十七期止。

同日，《申报》"自由谈"之小说栏刊载写情小说《黄金祟》(六十七)，(天虚我生)，文言。

同日，《时报》刊载《霜刃碧血记》，瘦鹃，白话。

同日，《大共和日报》附张刊载言情小说《克林各尔奇遇记》，译法文，仲牧，文言。刊载滑稽小说《二次革命》(一名《改良强盗现形记》)，悔悔，白话。刊载哀情小说《灵鹣梦》，景缄，文言。

同日，《民权报》刊载《蝶花小劫》，吁公，文言。

2 日　《申报》"自由谈"之小说栏刊载写情小说《黄金祟》(六十八)，(天虚我生)，文言。

同日，《时报》刊载《霜刃碧血记》，瘦鹃，白话。刊载《大宝窟王》，(笑)，白话。

同日，《大共和日报》附张刊载言情小说《克林各尔奇遇记》，译法文，仲牧，文言。刊载哀情小说《灵鹣梦》，景缄，文言。刊载札记小说《残梦斋随笔》，寄生，文言。

同日，《民权报》刊载《蝶花小劫》，吁公，文言。

3 日　《申报》"自由谈"之小说栏刊载写情小说《黄金祟》(六十九)，(天虚我生)，文言。

同日，《时报》刊载《霜刃碧血记》，瘦鹃，白话。刊载《大宝窟王》，(笑)，白话。

同日，《大共和日报》附张刊载哀情小说《灵鹣梦》，景缄，文言。刊载札记小说《残梦斋随笔》，寄生，文言。刊载《情天恨》，文言。

同日，《民权报》刊载《蝶花小劫》，吁公，文言。

4 日　《申报》"自由谈"之小说栏刊载写情小说《黄金祟》(七十)，(天虚我生)，文言。刊载短篇小说《野蛮军》，(钝根)，文言。

同日，《时报》刊载《霜刃碧血记》，瘦鹃，白话。

同日，《大共和日报》附张刊载滑稽小说《二次革命》(一名《改良强盗现形记》），悔悔，白话。刊载哀情小说《灵鹣梦》，景缄，文言。

同日，《民权报》刊载《蝶花小劫》，吁公，文言。

5 日 《申报》"自由谈"之小说栏刊载写情小说《黄金崇》（七十一），（天虚我生），文言。

同日，《时报》刊载《霜刃碧血记》，瘦鹃，白话。刊载《大宝窟王》，（笑），白话。"滑稽余谈"小说栏刊载社会小说《梦游共和大剧场》，荫吾，文言。

同日，《大共和日报》附张刊载滑稽小说《二次革命》（一名《改良强盗现形记》），悔悔，白话。刊载哀情小说《灵鹣梦》，景缄，文言。刊载札记小说《残梦斋随笔》，寄生，文言。

同日，《民权报》刊载《蝶花小劫》，吁公，文言。

6 日 《申报》"自由谈"之小说栏刊载写情小说《黄金崇》（七十二），（天虚我生），文言。刊载短篇小说《奇鸟》，（槁木子），文言。刊载滑稽短篇《乞丐谈》，（瘦蝶），文言。

同日，《时报》刊载《霜刃碧血记》，瘦鹃，白话。刊载《大宝窟王》，（笑），白话。

同日，《大共和日报》附张刊载《情天恨》，文言。刊载时事小说《夜叉杀贼记》，寄，白话。

同日，《民权报》刊载《蝶花小劫》，吁公，文言。

7 日 《申报》"自由谈"之小说栏刊载写情小说《黄金崇》（七十三），（天虚我生），文言。

同日，《时报》刊载《霜刃碧血记》，瘦鹃，白话。

同日，《白话捷报》"小说"栏开始刊载《何喜珠》，亚铃，白话，至10月13日完。

同日，《大共和日报》附张刊载哀情小说《灵鹣梦》，景缄，文言。刊载《情天恨》，文言。刊载时事小说《打电话》（全用京语），国，白话。

同日，《民权报》刊载《蝶花小劫》，吁公，文言。

8 日　《申报》"自由谈"之小说栏刊载写情小说《黄金崇》(七十四)，(天虚我生)，文言。

同日，《时报》刊载《霜刃碧血记》，瘦鹃，白话。刊载《大宝窟王》，(笑)，白话。

同日，《大共和日报》附张刊载哀情小说《灵鹣梦》，景缄，文言。刊载札记小说《残梦斋随笔》，寄生，文言。刊载时事小说《打电话》(全用京语)，国，白话。

同日，《民权报》刊载《蝶花小劫》，吁公，文言。

9 日　《申报》"自由谈"之小说栏刊载写情小说《黄金崇》(七十五)，(天虚我生)，文言。刊载短篇小说《饭碗会》，觉迷，文言。刊载滑稽小说《童子军》，觉迷，文言。

同日，《时报》刊载《霜刃碧血记》，瘦鹃，白话。刊载《大宝窟王》，(笑)，白话。"滑稽余谈"小说栏刊载短篇小说《梦媒缘》，趣庐，文言。

同日，《大共和日报》附张刊载《情天恨》，文言。刊载时事小说《夜叉杀贼记》，寄，白话。刊载时事小说《打电话》(全用京语)，国，白话。

同日，《民权报》刊载《蝶花小劫》，吁公，文言。

10 日　《申报》"自由谈"之小说栏刊载写情小说《黄金崇》(七十五)，(天虚我生)，文言。

同日，《时报》刊载《霜刃碧血记》，瘦鹃，白话。刊载《大宝窟王》，(笑)，白话。"滑稽余谈"小说栏刊载侠情短篇小说《媚侠记》，市隐，文言。

同日，《大共和日报》附张刊载《情天恨》，文言。刊载时事小说《夜叉杀贼记》，寄，白话。刊载札记小说《残梦斋随笔》，寄生，文言。

同日，《民权报》刊载《蝶花小劫》，吁公，文言。

11 日　《申报》"自由谈"之小说栏刊载写情小说《黄金崇》(七十六)，(天虚我生)，文言。

同日，《时报》刊载《霜刃碧血记》，瘦鹃，白话。刊载《大宝窟王》，（笑），白话。"滑稽余谈"小说栏刊载侠情短篇小说《媚侠记》，市隐，文言。

同日，《大共和日报》附张刊载《情天恨》，文言。刊载时事小说《夜叉杀贼记》，寄，白话。刊载时事小说《打电话》（全用京语），国，白话。

同日，《民权报》刊载《黄白缘弹词》，砭俗子。

12 日　《申报》"自由谈"之小说栏刊载写情小说《黄金祟》（七十七），（天虚我生），文言。刊载纪实小说《八大爷》，（剑秋），白话。

同日，《时报》刊载《霜刃碧血记》，瘦鹃，白话。刊载《大宝窟王》，（笑），白话。"滑稽余谈"小说栏刊载侠情短篇小说《媚侠记》，市隐，文言。

同日，《大共和日报》附张刊载《情天恨》，文言。刊载时事小说《夜叉杀贼记》，寄，白话。刊载滑稽小说《二次革命》（一名《改良强盗现形记》），悔悔，白话。

同日，《民权报》刊载《黄白缘弹词》，砭俗子。

13 日　《申报》"自由谈"之小说栏刊载写情小说《黄金祟》（七十八），（天虚我生），文言。

《时报》刊载《霜刃碧血记》，瘦鹃，白话。刊载《大宝窟王》，（笑），白话。

同日，《大共和日报》附张刊载札记小说《残梦斋随笔》，寄生，文言。刊载滑稽小说《二次革命》（一名《改良强盗现形记》），悔悔，白话。刊载时事小说《打电话》（全用京语），国，白话。

同日，《民权报》刊载《黄白缘弹词》，砭俗子。

14 日　《申报》"自由谈"之小说栏刊载写情小说《黄金祟》（七十九），（天虚我生），文言。

同日，《时报》刊载《霜刃碧血记》，瘦鹃，白话。刊载《大宝窟王》，（笑），白话。"滑稽余谈"小说栏刊载侠情短篇小说《媚侠记》，市隐，文言。

同日，《大共和日报》附张刊载《情天恨》，文言。刊载滑稽小说《二次革命》(一名《改良强盗现形记》)，悔悔，白话。刊载时事小说《打电话》(全用京语)，国，白话。

同日，《民权报》刊载《黄白缘弹词》，砭俗子。刊载"《玉梨魂》出版"广告："每册售大洋六角，函购加邮费五分，邮费九折，空函不覆。此书情词瞻雅，文笔典丽，为枕亚君巨作，亦为本报最特色之小说，都七万余言，远近爱读之者催促出版者，函缄盈尺，亦可见是书之价值矣。兹经枕亚君细加笔润，重行校勘，装订精美，洵我国小说界有数之出版物，亦月下花前无上之消遣品也。初版无多，欲购从速。总发行所民权出版部，代销处各大书坊。"

15 日　《申报》"自由谈"之小说栏刊载写情小说《黄金祟》(八十)，(天虚我生)，文言。刊载应时短篇《中秋节》，(瘦蝶)，文言。

同日，《时报》刊载《霜刃碧血记》，瘦鹃，白话。刊载《大宝窟王》，(笑)，白话。"滑稽余谈"小说栏刊载侠情短篇小说《媚侠记》，市隐，文言。

同日，《大共和日报》附张刊载《情天恨》，文言。刊载时事小说《夜叉杀贼记》，寄，白话。刊载哀情小说《灵鹣梦》，景缄，文言。

同日，《民权报》刊载《黄白缘弹词》，砭俗子。

16 日　《申报》"自由谈"之小说栏刊载写情小说《黄金祟》(八十一)，(天虚我生)，文言。刊载短篇小说《记梦》，(了青)，文言。刊载滑稽小说《月饼中之炸弹》，(觉迷)，白话。

同日，《时报》刊载民权出版部"《玉梨魂》《锦囊》《兰娘哀史》"广告。刊载《霜刃碧血记》，瘦鹃，白话。刊载《大宝窟王》，(笑)，白话。"滑稽余谈"小说栏刊载侠情短篇小说《媚侠记》，市隐，文言。

同日，《大共和日报》附张刊载《情天恨》，文言。刊载札记小说《残梦斋随笔》，寄生，文言。刊载时事小说《打电话》(全用京语)，国，白话。

同日，《民权报》刊载《黄白缘弹词》，砭俗子。

17日 《申报》"自由谈"之小说栏刊载写情小说《黄金崇》(八十二)，(天虚我生)，文言。

同日，《时报》刊载《霜刃碧血记》，瘦鹃，白话。刊载《大宝窟王》，(笑)，白话。

同日，《大共和日报》附张刊载《情天恨》，文言。刊载札记小说《残梦斋随笔》，寄生，文言。刊载哀情小说《灵鹣梦》，景缄，文言。

同日，《民权报》刊载《蝶花小劫》，吁公，文言。

18日 《申报》"自由谈"之小说栏刊载写情小说《黄金崇》(八十三)，(天虚我生)，文言。

同日，《时报》刊载"《小说月报》第四卷第四号出版"广告。刊载《霜刃碧血记》，瘦鹃，白话。刊载《大宝窟王》，(笑)，白话。"滑稽余谈"小说栏刊载侠情短篇小说《媚侠记》，市隐，文言。

同日，《民权报》刊载哀情小说《周静娟》，了缘，文言。

19日 《申报》"自由谈"之小说栏刊载写情小说《黄金崇》(八十四)，(天虚我生)，文言。刊载讽刺小说《弹冠庆》，(剑秋)，白话。刊载哀情短篇《双烈碑》，(啸庐)，文言。

同日，《时报》刊载《霜刃碧血记》，瘦鹃，白话。刊载《大宝窟王》，(笑)，白话。"滑稽余谈"小说栏刊载侠情短篇小说《媚侠记》，市隐，文言。

同日，《大共和日报》附张刊载滑稽小说《二次革命》(一名《改良强盗现形记》)，悔悔，白话。刊载札记小说《残梦斋随笔》，寄生，文言。刊载哀情小说《灵鹣梦》，景缄，文言。

同日，《民权报》刊载哀情小说《周静娟》，了缘，文言。

20日 《自由杂志》第一期刊载"上海广益书局广告"："广益书局新出各书：《滑稽丛书》二册四角，《蝶阶外史》二册四角，《虞初近志》一册六角，《捧腹谈》一册一角五分，《清季野史》二册七角，《聊斋志异拾遗》一册三角。征求：关于满清之野史及清代社会风俗外交军事等，或笔记，或札记，或短篇，均所欢迎，其叙事以文言体为合格，不合原稿奉还，刊行者酬报不等。上海广益书局代收 修词社启。上海棋盘街电话四千一百三十八号。"刊载《古今闻见录》，黄钧宰，文言。"小说丛编"栏刊载滑稽小说《助娠会》，钝根，白话；刊载短篇实事小说《无米炊》，迅雷，文言；刊载短篇实事小说《无裤婆》，纫，文言；刊载短篇游戏小说《仙人跳》，（句嵌）（戏目），蓉芳，文言；刊载喻言小说《观汉口新大舞台演剧记》，爱楼，白话；刊载滑稽小说《乡老游爱俪园记》，钝根，文言；刊载短篇滑稽小说《猪八戒》，迅雷，白话；刊载滑稽小说《醋世界》，钝根，白话；刊载短篇骈文小说《风流案》，定夷，文言；刊载短篇小说《念秧余孽》，定夷，文言；刊载寓言小说《织金草》，文言；刊载短篇小说《孝子盗》，钝根，文言；刊载荒诞小说《矮国人》，钝根，白话；刊载侠情小说《铁丐》，钝根，白话；刊载短篇小说《情血》，翼钝译，文言；刊载短篇小说《孝子桥》，文言；刊载滑稽小说《鼠探亲》，钝根，文言；刊载社会小说《钻石戒》，庆霖译述，钝根润辞，文言；刊载滑稽小说《黄金病》，特公译述，钝根撰辞，文言；刊载短篇小说《湘游纪略》，爱楼，文言；刊载短篇小说《西湖梦》，爱楼，文言；刊载短篇小说《游风流地狱记》，爱楼，文言。《自由杂志》为鸳鸯蝴蝶派主办通俗刊物，为《申报》副刊《自由谈》的专集，1913 年9 月 20 日创刊于上海，编辑者童爱楼，发行者申报馆，经售处中华图书馆，钝根题签。

同日，《申报》"自由谈"之小说栏刊载写情小说《黄金祟》（八十五），（天虚我生），文言。

同日，《时报》刊载《霜刃碧血记》，瘦鹃，白话。

同日，《大共和日报》附张刊载名家小说《十万元》，林琴南，文言。刊载札记小说《残梦斋随笔》，寄生，文言。

同日，《民权报》刊载哀情小说《周静娟》，了缘，文言。

21 日　《申报》"自由谈"之小说栏刊载写情小说《黄金祟》（八十六），（天虚我生），文言。

同日，《时报》刊载《霜刃碧血记》，瘦鹃，白话。刊载《大宝窟王》，（笑），白话。

同日，《大共和日报》附张刊载名家小说《十万元》，林琴南，文言。刊载时事小说《打电话》（全用京语），国，白话。

同日，《民权报》刊载哀情小说《周静娟》，了缘，文言。

22日　《申报》"自由谈"之小说栏刊载写情小说《黄金崇》（八十七），（天虚我生），文言。刊载短篇小说《冤魂语》，（了青），文言。

同日，《时报》刊载《霜刃碧血记》，瘦鹃，白话。刊载《大宝窟王》，（笑），白话。"滑稽余谈"小说栏刊载侠情短篇小说《媚侠记》，市隐，文言。

同日，《大共和日报》附张刊载名家小说《十万元》，林琴南，文言。

同日，《民权报》刊载哀情小说《周静娟》，了缘，文言。

23日　《申报》"自由谈"之小说栏刊载写情小说《黄金崇》（八十八），（天虚我生），文言。刊载时事小说《黄金狱》，（觉迷），白话。

同日，《时报》刊载《霜刃碧血记》，瘦鹃，白话。刊载《大宝窟王》，（笑），白话。"滑稽余谈"小说栏刊载哀情短篇《湘灵墓》，荫吾，文言。

同日，《大共和日报》附张刊载名家小说《十万元》，林琴南，文言。刊载哀情小说《灵鹣梦》，景缄，文言。

同日，《民权报》刊载哀情小说《周静娟》，了缘，文言。

24日　《申报》"自由谈"之小说栏刊载写情小说《黄金崇》（八十九），（天虚我生），文言。刊载滑稽小说《月蚀》，（吴悲秋），白话。

同日，《时报》刊载《霜刃碧血记》，瘦鹃，白话。刊载《大宝窟王》，（笑），白话。"滑稽余谈"小说栏刊载哀情短篇《湘灵墓》，荫吾，文言。

同日，《大共和日报》附张刊载名家小说《十万元》，林琴南，文言。刊载札记小说《残梦斋随笔》，寄生，文言。

同日，《民权报》刊载哀情小说《周静娟》，了缘，文言。

25 日《小说月报》第四卷第五号刊载"中华民国二年八月商务印书馆出版新书"广告，内有"童话第一集第十六编《狮子报恩》一册五分、童话第二集第五编《梦游地球》下册一角，《小说月报》第四卷第三号一册一角五分。""短篇小说"栏刊载《某千万》，天禄，文言；刊载《广陵散》，指严，文言；刊载《五十年》，焦木，白话；刊载哀情小说《双兰恨》，月庵，文言。"长篇小说"栏刊载《义黑》，法国德罗尼原著，闽县林纾笔述，闽县廖琇昆口译，文言；刊载《洪荒鸟兽记》，李薇香译，Conan Doyle 原著，文言。"说林"栏刊载《小说丛考二集卷一》，泖东一蟹，此期刊载《长生殿传奇考》《彩毫记传奇考》《满床笏剧本考》《浣花溪剧本考》《四弦秋传奇考》《西厢记传奇考》《红绡记院本考》；刊载《欧美小说丛谈续编》，孙毓修，此期刊载《斯拖活夫人》。刊载"商务印书馆出版白话小说"，内有《寒桃记》《回头看》《旧金山》《一束缘》《侠黑奴》等，内容绍介同前。刊载"商务印书馆发行林琴南先生译"广告，内有《橡湖仙影》《蛮荒志异》《海外轩渠录》《迦茵小传》《红礁画桨录》《洪罕女郎传》《玉雪留痕》等，内容绍介同前。刊载"商务印书馆出版家庭教育之利器"广告，内有《童话》第二集五编，每编一角。刊载"许指严启事"："《帐下美人》短篇(即《庸言报》十六期中之《青娥血泪》)确系本人撰著(弹华、更生均指严别号)，客岁曾以副本寄京友余君青萍绍介求售，久未售出，始送《小说月报》社，即蒙登录，而余君旋病故，未及收回原稿，兹忽于《庸言报》第十六期小说栏中登出，想余君已经送入该社而未及关照之，故因两方面著作权之名誉攸关，用特宣言，舛错事由一切责任均归撰稿本人承担，与两方面主任无涉。许指严谨白。"刊载本社通告，为征稿启事，内容同前。

同日，《申报》"自由谈"之小说栏刊载写情小说《黄金祟》(九十)，(天虚我生)，文言。

同日，《时报》刊载《霜刃碧血记》，瘦鹃，白话。刊载《大宝窟王》，(笑)，白话。"滑稽余谈"小说栏刊载哀情短篇《湘灵墓》，荫吾，文言。

同日，《民权报》刊载哀情小说《周静娟》，了缘，文言。

26 日 《申报》"自由谈"之小说栏刊载写情小说《黄金崇》（九十一），（天虚我生），文言。刊载滑稽短篇《诗丐》，（佐彤），白话。

同日，《时报》刊载《霜刃碧血记》，瘦鹃，白话。刊载《大宝窟王》，（笑），白话。

同日，《民权报》刊载哀情小说《周静娟》，了缘，文言。

27 日 《申报》"自由谈"之小说栏刊载写情小说《黄金崇》（九十二），（天虚我生），文言。

同日，《时报》刊载《霜刃碧血记》，瘦鹃，白话。刊载《大宝窟王》，（笑），白话。"滑稽余谈"小说栏刊载哀情短篇《湘灵墓》，荫吾，文言。

同日，《民权报》刊载《黄白缘弹词》，砭俗子。

28 日 《申报》"自由谈"之小说栏刊载写情小说《黄金崇》（九十三），（天虚我生），文言。刊载哀情短篇《幼女劫》，觉迷，文言。

同日，《时报》刊载《霜刃碧血记》，瘦鹃，白话。刊载《大宝窟王》，（笑），白话。"滑稽余谈"小说栏刊载哀情短篇《湘灵墓》，荫吾，文言。

同日，《民权报》刊载《黄白缘弹词》，砭俗子。

29 日 《申报》"自由谈"之小说栏刊载写情小说《黄金崇》（九十四），（天虚我生），文言。刊载滑稽短篇《诗丐》（续二十六日），（佐彤），白话。

同日，《时报》刊载《霜刃碧血记》，瘦鹃，白话。刊载《大宝窟王》，（笑），白话。

同日，《大共和日报》附张刊载哀情小说《双鹃血》，著者涵秋，文言。刊载名家小说《十万元》，林琴南，文言。刊载哀情小说《灵鹣梦》，景缄，文言。

同日，《民权报》刊载《黄白缘弹词》，砭俗子。

30 日 《申报》"自由谈"之小说栏刊载写情小说《黄金崇》（九十

五），（天虚我生），文言。

同日，《时报》刊载《霜刃碧血记》，瘦鹃，白话。刊载《大宝窟王》，（笑），白话。"滑稽余谈"小说栏刊载侠情短篇小说《媚侠记》，市隐，文言。

同日，《大共和日报》附张刊载哀情小说《双鹃血》，涵秋，文言。刊载名家小说《十万元》，林琴南，文言。刊载哀情小说《灵鹣梦》，景缄，文言。

同日，《民权报》刊载《蝶花小劫》，吁公，文言。

发生于本月但日期不详之事件

《教育部编纂处月刊》第一卷第八册"附录"栏刊载《童话略论》，周作人；刊载教育小说《慈父情》（原名《理想之教育》），毛邦伟译编，文言。"调查报告"栏刊载《留学日本五校新旧学生姓名表》（民国二年八月调查）。

《进步》第二十三册刊载《撷兰记》二十二回。

10 月

1 日 《东方杂志》第十卷第四号刊载《清宫二年记》（不准转载），泠汰、贻先同译，文言；《五十故事》之《二弟子》《一画之国书》，东吴旧孙，文言。

同日，《中华实业丛报》第六期刊载小说《平权国偕游记》。

同日，《申报》"自由谈"之小说栏刊载写情小说《黄金崇》（九十六），（天虚我生），文言。刊载惨情小说《牛衣泪》，（负负），白话。

同日，《时报》刊载《霜刃碧血记》，瘦鹃，白话。

同日，《大共和日报》附张刊载哀情小说《灵鹣梦》，景缄，文言。

同日，《民权报》刊载《蝶花小劫》，吁公，文言。

2 日 《申报》"自由谈"之小说栏刊载滑稽短篇《扦脚事业》，（钝根），文言。刊载滑稽小说《争自由》，（觉迷），文言。

同日，《时报》刊载《霜刃碧血记》，瘦鹃，白话。"滑稽余谈"小说栏刊载侠情短篇小说《媚侠记》，市隐，文言。

同日，《大共和日报》附张刊载名家小说《十万元》，林琴南，文言。刊载札记小说《残梦斋随笔》，寄生，文言。

同日，《民权报》刊载《蝶花小劫》，吁公，文言。

3 日 《申报》"自由谈"之小说栏刊载《孽缘记》，（甘草生），文言。

同日，《时报》刊载《霜刃碧血记》，瘦鹃，白话。刊载《大宝窟王》，（笑），白话。

同日，《大共和日报》附张刊载短篇小说《新陶渊明》，荷僧，文言。刊载札记小说《残梦斋随笔》，寄生，文言。刊载《江南劫灰余波》，知白，文言。

同日，《民权报》刊载《蝶花小劫》，吁公，文言。

4 日 《申报》"自由谈"之小说栏刊载时事小说《拆字》，（剑秋），文言。

同日，《时报》刊载《霜刃碧血记》，瘦鹃，白话。"滑稽余谈"刊载短篇侠情小说《媚侠记》(市隐)，文言。

同日，《大共和日报》附张刊载警世小说《寇仇婚媾》，莎氏比亚原著，马正华、王显文译述，文言。

同日，《民权报》刊载《蝶花小劫》，吁公，文言。

5 日 《申报》"自由谈"之小说栏刊载写情小说《黄金祟》（九十七），（天虚我生），文言。

同日，《时报》刊载《霜刃碧血记》，瘦鹃，白话。"滑稽余谈"刊载幻情小说《明月楼》，仲琴，文言。

同日，《爱国白话报》"庄严录"栏刊载《魏大嘴》，剑胆，白话，至11 月 25 日完。

同日，《大共和日报》附张刊载短篇实事《少年统领》，荷僧，文言。刊载警世小说《寇仇婚媾》，莎氏比亚原著，马正华、王显文译述，文言。

同日，《民权报》刊载《蝶花小劫》，吁公，文言。

6 日　《申报》"自由谈"之小说栏刊载写情小说《黄金崇》（九十八），（天虚我生），文言。

同日，《时报》刊载"请看奇书《清宫二年记》"广告："载入第十卷第一号《东方杂志》内，诸君欲读是书，请购第十卷第一号东方杂志。上海棋盘街商务印书馆。每册三角，外埠邮费每册三分，预定全年十二册定价洋三元。"并附该书内容介绍。刊载《霜刃碧血记》，瘦鹃，白话。刊载《大宝窟王》，（笑），白话。

同日，《大共和日报》附张刊载短篇实事《少年统领》，荷僧，文言。刊载警世小说《寇仇婚媾》，莎氏比亚原著，马正华、王显文译述，文言。

同日，《民权报》刊载《蝶花小劫》，吁公，文言。

7 日　《申报》"自由谈"之小说栏刊载侦探小说《商界之贼》，常觉、觉迷合译，文言。

同日，《时报》刊载《霜刃碧血记》，瘦鹃，白话。"滑稽余谈"刊载幻情小说《明月楼》，仲琴，文言。

同日，《大共和日报》附张刊载短篇实事《少年统领》，荷僧，文言。刊载警世小说《寇仇婚媾》，莎氏比亚原著，马正华、王显文译述，文言。

同日，《民权报》刊载《蝶花小劫》，吁公，文言。

8 日　《申报》"自由谈"之小说栏刊载滑稽短篇《登高》，（钝根），文言。刊载滑稽短篇《重阳节物语》，（瘦蝶），文言。刊载侦探小说《商界之贼》（二），常觉、觉迷合译，文言。

同日，《时报》刊载《霜刃碧血记》，瘦鹃，白话。"滑稽余谈"刊载幻情小说《明月楼》，仲琴，文言。

同日，《大共和日报》附张刊载警世小说《寇仇婚媾》，莎氏比亚原著，马正华、王显文译述，文言。

同日，《民权报》刊载《蝶花小劫》，吁公，文言。

9 日　《申报》"自由谈"之小说栏刊载《商界之贼》(三)，常觉、觉迷合译，文言。刊载哀情小说《子规声》，(铁锈)，文言。

同日，《时报》刊载《霜刃碧血记》，瘦鹃，白话。"滑稽余谈"刊载幻情小说《明月楼》，仲琴，文言。

同日，《大共和日报》附张刊载警世小说《寇仇婚媾》，莎氏比亚原著，马正华、王显文译述，文言。

同日，《民权报》刊载《蝶花小劫》，吁公，文言。

10 日　《申报》"自由谈"之小说栏刊载哀情短篇《情网蛛丝》(一)，(小蝶)，文言。刊载《商界之贼》(四)，常觉、觉迷合译，文言。刊载哀情小说《子规声》(二)，(铁锈)，文言。

同日，《时报》刊载《霜刃碧血记》，瘦鹃，白话。"滑稽余谈"刊载短篇小说《登高》，静安，文言。

同日，《大共和日报》附张刊载警世小说《寇仇婚媾》，莎氏比亚原著，马正华、王显文译述，文言。

同日，《民权报》刊载短篇小说《颠倒人》，铁冷，文言。

11 日　《申报》"自由谈"之小说栏刊载哀情短篇《情网蛛丝》(二)，(小蝶)，文言。刊载哀情小说《子规声》(三)，(铁锈)，文言。

同日，《时报》刊载《霜刃碧血记》，瘦鹃，白话。刊载《大宝窟王》，(笑)，白话。"滑稽余谈"刊载短篇小说《登高》，静安，文言。

同日，《大共和日报》附张刊载警世小说《寇仇婚媾》，莎氏比亚原著，马正华、王显文译述，文言。

12 日　《申报》"自由谈"之小说栏刊载哀情短篇《情网蛛丝》(三)，(小蝶)，文言。刊载哀情小说《子规声》(四)，(铁锈)，文言。

同日，《时报》刊载《霜刃碧血记》，瘦鹃，白话。刊载《大宝窟王》，(笑)，白话。"滑稽余谈"刊载短篇小说《登高》，静安，文言。

同日，《大共和日报》附张刊载警世小说《寇仇婚媾》，莎氏比亚原著，马正华、王显文译述，文言。

同日，《民权报》刊载短篇小说《颠倒人》，铁冷，文言。

13 日　《申报》"自由谈"之小说栏刊载哀情短篇《情网蛛丝》（四），（小蝶），文言。刊载《商界之贼》（五），常觉、觉迷合译，文言。刊载哀情小说《子规声》（五），（铁锈），文言。

同日，《时报》刊载《霜刃碧血记》，瘦鹃，白话。"滑稽余谈"刊载短篇小说《登高》，静安，文言。

同日，《大共和日报》附张刊载剑侠小说《关西僧》，周麟振，文言。

同日，《民权报》刊载《蝶花小劫》，吁公，文言。

14 日　《申报》"自由谈"之小说栏刊载哀情短篇《情网蛛丝》（五），（小蝶），文言。刊载《商界之贼》（六），常觉、觉迷合译，文言。刊载哀情小说《子规声》（六），（铁锈），文言。

同日，《时报》刊载《霜刃碧血记》，瘦鹃，白话。刊载《大宝窟王》，（笑），白话。"滑稽余谈"刊载短篇小说《登高》，静安，文言。

同日，《白话捷报》"小说"栏开始刊载《劫后再生缘》，亚铃，白话，至 11 月 6 日完。

同日，《大共和日报》附张刊载剑侠小说《关西僧》，周麟振，文言。

同日，《民权报》刊载短篇小说《双十节》，南邨，白话。

15 日　《申报》"自由谈"之小说栏刊载哀情短篇《情网蛛丝》（六），（小蝶），文言。刊载《商界之贼》（七），常觉、觉迷合译，文言。刊载哀情小说《子规声》（七），（铁锈），文言。

同日，《时报》刊载《霜刃碧血记》，瘦鹃，白话。"滑稽余谈"刊载短篇小说《登高》，静安，文言。

同日，《民权报》刊载短篇小说《双十节》，南邨，白话。

16 日　《申报》"自由谈"之小说栏刊载哀情短篇《情网蛛丝》（七），（小蝶），文言。刊载《商界之贼》（八），常觉、觉迷合译，文言。刊载哀情小说《子规声》（八），（铁锈），文言。

同日，《时报》刊载"《老残游记》再版出书定价每部三角，商务印书馆发行"。《时报》刊载《霜刃碧血记》，瘦鹃，白话。刊载《大宝窟王》，(笑)，白话。"滑稽余谈"刊载幻情小说《明月楼》，仲琴，文言。

同日，《民权报》刊载《蝶花小劫》，吁公，文言。

17日　《申报》"自由谈"之小说栏刊载哀情短篇《情网蛛丝》(八)，(小蝶)，文言。刊载《商界之贼》(九)，常觉、觉迷合译，文言。刊载哀情小说《子规声》(九)，(铁锈)，文言。

同日，《时报》刊载《霜刃碧血记》，瘦鹃，白话。刊载《大宝窟王》，(笑)，白话。"滑稽余谈"刊载幻情小说《明月楼》，仲琴，文言。

同日，《民权报》刊载《蝶花小劫》，吁公，文言。

18日　《申报》"自由谈"之小说栏刊载哀情短篇《情网蛛丝》(九)，(小蝶)，文言。刊载《商界之贼》(十)，常觉、觉迷合译，文言。刊载哀情小说《子规声》(十)，(铁锈)，文言。

同日，《时报》刊载《霜刃碧血记》，瘦鹃，白话。刊载《大宝窟王》，(笑)，白话。"滑稽余谈"刊载幻情小说《明月楼》，仲琴，文言。

同日，《民权报》刊载《蝶花小劫》，吁公，文言。

19日　《申报》"自由谈"之小说栏刊载哀情短篇《情网蛛丝》(十)，(小蝶)，文言。刊载哀情小说《子规声》(十一)，(铁锈)，文言。

同日，《时报》刊载《霜刃碧血记》，瘦鹃，白话。刊载《大宝窟王》，(笑)，白话。"滑稽余谈"刊载幻情小说《明月楼》，仲琴，文言。

同日，《民权报》刊载哀情小说《情海劫》，振华，文言。

20日　《妇女时报》第十一号刊载《英伦之花》，维多利亚女袭，瘦鹃译，文言。刊载《何以救吾夫》，署名美国曼突林女士自述，绿衣女子、冷(陈景韩)，文言。刊载家庭小说《蚊》，署名"呆"(徐卓呆)，白话。中华民国二年十月二十发行。

同日，《自由杂志》第二期刊载《古今闻见录》，文言。"小说丛编"栏刊载短篇小说《英王之三问》，兰因子译述，琐尾生润辞，文言；刊载滑稽短篇《黄粱游记》，插用苏城地名，召愚，白话；刊载短篇小说

《无名侠儿》，渊渊，文言；刊载寓言小说《顾洪明》，金钢；文言；刊载短篇小说《浦江潮》，钝根，文言；刊载短篇小说《童子军》，怪竹，文言；刊载短篇滑稽《先知人》，嘉定二我，文言；刊载短篇滑稽《佛国立宪》(又名《抖乱西游》)，天许生，白话；刊载侠情小说《奇女子》，琐尾，白话；刊载短篇小说《苦作乐》，爱楼，白话；刊载短篇小说《华山梦》，野民，文言。刊载短篇小说《大倒帐》，钝根，白话；刊载短篇滑稽《阿弥陀佛》，嘉定二我，白话；刊载短篇小说《是非梦》，松隐庐，文言；刊载短篇滑稽《黑籍团》，望梅，文言；刊载短篇小说《客窗闲谈》，嘉定二我，文言；刊载短篇小说《外国财神》，嘉定二我，文言；刊载短篇小说《未亡道》，嘉定二我，文言；刊载爱情小说《娇樱记》，漱馨女士笔述天虚我生润文，文言；刊载短篇小说《痴人梦》，钝根辛亥革命前作，文言。

同日，《申报》"自由谈"之小说栏刊载哀情短篇《情网蛛丝》(十一)，(小蝶)，文言。刊载滑稽小说《新衙门》，(梦犊生)，文言。刊载哀情小说《子规声》(十二)，(铁锈)，文言。

同日，《时报》刊载《霜刃碧血记》，瘦鹃，白话。刊载《大宝窟王》，(笑)，白话。"滑稽余谈"刊载短篇小说《登高》，静安，文言。

同日，《民权报》刊载哀情小说《情海劫》，振华，文言。

21 日 《申报》"自由谈"之小说栏刊载哀情短篇《情网蛛丝》(十二)，(小蝶)，文言。刊载滑稽小说《新衙门》(续)，(梦犊生)，文言。刊载哀情小说《子规声》(十三)，(铁锈)，文言。

同日，《时报》刊载《霜刃碧血记》，瘦鹃，白话。刊载《大宝窟王》，(笑)，白话。"滑稽余谈"刊载短篇小说《登高》，静安，文言。

同日，《民权报》刊载哀情小说《情海劫》，振华，文言。

同日，《生活日报》"小说"栏刊载侠情小说《剑气珠光》，泪杏，文言。

22 日 《申报》"自由谈"之小说栏刊载哀情短篇《情网蛛丝》(十三)，(小蝶)，文言。刊载滑稽小说《新衙门》(再续)，(梦犊生)，文言。刊载哀情小说《子规声》(十四)，(铁锈)，文言。

同日，《时报》刊载《霜刃碧血记》，瘦鹃，白话。刊载《大宝窟王》，(笑)，白话。"滑稽余谈"刊载短篇小说《登高》，静安，文言。

同日，《大共和日报》附张刊载短篇小说《青年镜》，醒吾，文言。刊载哀情小说《灵鹣梦》，景缄，文言。

同日，《民权报》刊载哀情小说《情海劫》，振华，文言。

同日，《生活日报》刊载中华图书馆"最新书籍出版广告"，内有《聊斋拾遗》三角，《宝光剑》五角，《倭刀恨》六角，《雍正剑侠奇案》一元五角。"小说"栏刊载侠情小说《剑气珠光》，泪杏，文言。

23 日　《申报》"自由谈"之小说栏刊载哀情短篇《情网蛛丝》(十四)，(小蝶)，文言。刊载滑稽小说《新衙门》(再续)，(梦犊生)，文言。刊载哀情小说《子规声》(十五)，(铁锈)，文言。

同日，《时报》刊载《霜刃碧血记》，瘦鹃，白话。"滑稽余谈"刊载短篇小说《登高》，静安，文言。

同日，《大共和日报》附张刊载短篇小说《青年镜》，醒吾，文言。刊载哀情小说《灵鹣梦》，景缄，文言。

同日，《民权报》刊载哀情小说《情海劫》，振华，文言。

同日，《生活日报》"小说"栏刊载短篇纪事《索棉租》，戚民，文言。

24 日　《申报》"自由谈"之小说栏刊载哀情短篇《情网蛛丝》(十五)，(小蝶)，文言。刊载哀情小说《子规声》(十六)，(铁锈)，文言。刊载滑稽短篇《吃饼谈》，(瘦蝶)，文言。

同日，《时报》刊载《霜刃碧血记》，瘦鹃，白话。"滑稽余谈"刊载短篇小说《登高》，静安，文言。

同日，《大共和日报》附张刊载短篇小说《青年镜》，醒吾，文言。

同日，《民权报》刊载哀情小说《情海劫》，振华，文言。

同日，《生活日报》"小说"栏刊载短篇纪事《索棉租》，戚民，文言。

25 日　《小说月报》第四卷第六号刊载"商务印书馆出版小本小说"广告："伦理小说《美洲童子万里寻亲记》一册一角，冒险小说《金银岛》一册一角，侦探小说《白巾人》二册二角，侦探小说《车中毒针》一册一角，侦探小说《七医士案》一册一角，侦探小说《宝石城》一册一角，侦探小说《双指印》一册一角，侦探小说《指环党》一册一角，侦探小说《毒药罇》一册一角，警世小说《一束缘》一册一角，义侠小说《双鸳侣》一册一角，社会小说《老残游记》二册三角，社会小说《白头少年》一册一角，社会小说《芦花余孽》一册一角，言情小说《媒孽奇谈》一册一角，滑稽小说《旅行述异》二册三角，滑稽小说《化身奇谈》一册一角，侦探小说《桑伯勒包探案》一册一角，侦探小说《多那文包探案》一册一角，侦探小说《圆室案》一册一角，侦探小说《三人影》一册一角半，侦探小说《华生包探案》一册一角，历史小说《希腊兴亡记》一册一角，言情小说《鸳盟离合记》二册二角，言情小说《天际落花》一册一角，言情小说《情侠》一册一角，社会小说《贼史》二册四角，言情小说《血泊鸳鸯》一册一角，言情小说《盗窟奇缘》二册二角，言情小说《双乔记》一册一角，言情小说《碎琴楼》二册三角半，言情小说《空谷佳人》一册一角，哀情小说《不如归》一册一角半，侦探小说《金丝发》一册一角，笔记小说《技击余闻》一册一角，笔记小说《车中语》一册一角，短篇小说《时谐》二册三角，政事小说《外交秘事》一册一角，理想小说《飞将军》二册三角，科学小说《新飞艇》二册二角，神怪小说《荒唐言》一册一角。""短篇小说"栏刊载《韩七》（附拳匪事两则），指严，文言；刊载《峨眉月》，醒庵，文言；侠情小说《箫史》，枕亚，文言；刊载警世短篇《局骗》，半侬，白话；"长篇小说"栏刊载《义黑》（续），文言；刊载《洪荒鸟兽记》（续），李薇香译，Conan Dnyle 原著，文言。"说林"栏刊载《小说丛考二集卷二》，泖东一蟹，此期刊载《汤临川四梦传奇考》《残唐演义考》《白兔记院本考》《蓝采和剧本考》；刊载《欧美小说丛谈续编》，孙毓修，此期刊载《神怪小说之著者及其杰作》。刊载本社通告，为征稿启事，内容同前。

同日，《申报》"自由谈"之小说栏刊载哀情短篇《情网蛛丝》(十六)，(小蝶)，文言。刊载哀情小说《子规声》(十七)，(十五龄女子铁锈)，文言。

同日，《时报》刊载《霜刃碧血记》，瘦鹃，白话。刊载《大宝窟王》，(笑)，白话。"滑稽余谈"刊载短篇小说《登高》，静安，文言。

同日，《大共和日报》附张刊载短篇小说《青年镜》，醒吾，文言。

同日，《民权报》刊载哀情小说《情海劫》，振华，文言。

同日，《生活日报》刊载民权出版部"《玉梨魂》《锦囊》《兰嬢哀史》已出版"广告。"小说"栏刊载社会小说《柳浪莺》，泪杏，文言。

26日　《申报》"自由谈"之小说栏刊载哀情短篇《情网蛛丝》(十七)，(小蝶)，文言。刊载侦探小说《商界之贼》(十一)(续十八日)，常觉、觉迷合译，文言。

同日，《时报》刊载"《小说月报》第四卷第五号出版"广告，附其简要。刊载《霜刃碧血记》，瘦鹃，白话。刊载《大宝窟王》，(笑)，白话。"滑稽余谈"刊载苦情小说《玉兰记》，无咎，文言。

同日，《大共和日报》附张刊载短篇小说《青年镜》，醒吾，文言。刊载哀情小说《灵鹣梦》，景缄，文言。

同日，《民权报》刊载《蝶花小劫》，吁公，文言。

同日，《生活日报》刊载"扫叶山房新印各书"，内有《札记小说》二角五分。"小说"栏刊载社会小说《柳浪莺》，泪杏，文言。

27日　《申报》"自由谈"之小说栏刊载哀情短篇《情网蛛丝》(十八)，(小蝶)，文言。刊载侦探小说《商界之贼》(十二)，常觉、觉迷合译，文言。

同日，《时报》刊载《霜刃碧血记》，瘦鹃，白话。

同日，《大共和日报》附张刊载札记小说《残梦斋随笔》，寄生，文言。刊载哀情小说《灵鹣梦》，景缄，文言。

同日，《民权报》刊载《蝶花小劫》，吁公，文言。

同日，《生活日报》刊载广益书局"《虞初近志》"广告。"小说"栏刊载社会小说《柳浪莺》，泪杏，文言。

28 日　《申报》"自由谈"之小说栏刊载哀情短篇《情网蛛丝》（十九），（小蝶），文言。刊载侦探小说《商界之贼》（十三），常觉、觉迷合译，文言。刊载哀情小说《子规声》（十九），（十五龄女子铁锈），文言。

同日，《时报》刊载《霜刃碧血记》，瘦鹃，白话。

同日，《大共和日报》附张刊载札记小说《残梦斋随笔》，寄生，文言。

同日，《民权报》刊载《蝶花小劫》，吁公，文言。

同日，《生活日报》"小说"栏刊载社会小说《柳浪莺》，泪杏，文言。

29 日　《申报》"自由谈"之小说栏刊载侦探小说《商界之贼》（十四），常觉、觉迷合译，文言。刊载哀情小说《子规声》（二十），（十五龄女子铁锈），文言。

同日，《时报》刊载《霜刃碧血记》，瘦鹃，白话。刊载《大宝窟王》（笑），白话。"滑稽余谈"刊载苦情小说《玉兰记》，无咎，文言。

同日，《大共和日报》附张刊载札记小说《残梦斋随笔》，寄生，文言。

同日，《民权报》刊载《蝶花小劫》，吁公，文言。

同日，《生活日报》"小说"栏刊载社会小说《柳浪莺》，泪杏，文言。

30 日　《申报》"自由谈"之小说栏刊载写情小说《黄金崇》（九十九），（接本月六日），文言。刊载侦探小说《商界之贼》（十五），常觉、觉迷合译，文言。刊载哀情小说《子规声》（二十一），（十五龄女子铁锈），文言。

同日，《时报》刊载《霜刃碧血记》，瘦鹃，白话。

同日，《大共和日报》附张刊载哀情小说《灵鹣梦》，景缄，文言。

同日，《民权报》刊载《蝶花小劫》，吁公，文言。

同日,《生活日报》刊载《清史演义》出版广告。"小说"栏刊载短篇纪事《犊即粟》,戚民,文言。

31 日 《申报》"自由谈"之小说栏刊载写情小说《黄金崇》(一百),(接本月六日),文言。刊载侦探小说《商界之贼》(十六),常觉、觉迷合译,文言。刊载哀情小说《子规声》(二十二),(十五龄女子铁锈),文言。

同日,《时报》刊载《霜刃碧血记》,瘦鹃,白话。刊载《大宝窟王》,(笑),白话。"滑稽余谈"刊载苦情小说《玉兰记》,无咎,文言。

同日,《大共和日报》附张刊载哀情小说《灵鹣梦》,景缄,文言。

同日,《民权报》刊载《蝶花小劫》,吁公,文言。

同日,《生活日报》"小说"栏刊载短篇纪事《饮卤止渴》,戚民,文言。

发生于本月但日期不详之事件

《进步》第二十四册刊载《撷兰记》二十三回。刊载"第二十五册大增刊要目预告",内有社会小说《复活记》、短篇小说《侠童》。

11 月

1 日 《东方杂志》第十卷第五号刊载《清宫二年记》(不准转载),泠汰、贻先同译,文言。

同日,《申报》"自由谈"之小说栏刊载侦探小说《商界之贼》(十七),常觉、觉迷合译,文言。刊载哀情小说《子规声》(二十三),(十五龄女子铁锈),文言。

同日,《时报》刊载《霜刃碧血记》,瘦鹃,白话。刊载《大宝窟王》,(笑),白话。"滑稽余谈"刊载苦情小说《玉兰记》,无咎,文言。

同日，《民权报》刊载《蝶花小劫》，吁公，文言。

同日，《生活日报》刊载"大文豪之名著《剑腥录》出版通告"："此书为闽县林琴南先生得意之作，先生译述小说都八十余种，风行海内，久已脍炙人口，此书系近日新著，搜集戊戌庚子遗事，纬以词客剑侠美人诸人物，缠绵凄怆，不落寻常小说窠臼，作小说读可，作轶史读亦可，作古文读亦蔑不可也。先生前以同人之请，以版权归本社，现已刷印出版，颜曰冷红生者，先生译茶花女遗事时所用之旧名也。本书原订两册，现因章回衔接未能割裂，改订一厚册，价目仍旧八角，初版无多，爱读者及早订为幸，总发行处北京平报社，分发售处各处平报发行分所，华洋各大书庄。""小说"栏刊载工业小说《闺房语》，北溪，文言。附张"生活艺府"之小说栏刊载短篇纪实《三男》，清泉，白话。

2 日　《申报》"自由谈"之小说栏刊载侦探小说《商界之贼》（十八），常觉、觉迷合译，文言。刊载哀情小说《子规声》（二十四），（十五龄女子铁锈），文言。

同日，《时报》刊载《霜刃碧血记》，瘦鹃，白话。"滑稽余谈"刊载社会小说《穷途泪》，云石，白话。

同日，《民权报》刊载《蝶花小劫》，吁公，文言。

同日，《生活日报》"小说"栏刊载工业小说《闺房语》，北溪，文言。刊载"看看看小说出租"广告："小说一道最能增长智识，开通社会风气，有识者固早知之，毋庸赘述，然近时出版各小说每多价昂，阅者苦难备购，本书馆有鉴于斯，爱搜集各局出版新旧小说数千种，廉价出租，以厌阅者。租费只取书价十分之一，如欲租者，请至上海四马路望平街口五百念一号时务书馆便是。"附张"生活艺府"之小说栏刊载纪实短篇《鹅蛋公》，也愚来稿，白话。

3 日　《申报》"自由谈"之小说栏刊载侦探小说《商界之贼》（十九），常觉、觉迷合译，文言。刊载哀情小说《子规声》（二十五），（十五龄女子铁锈），文言。

同日，《时报》刊载《霜刃碧血记》，瘦鹃，白话。刊载《大宝窟王》，（笑），白话。

同日，《大共和日报》附张刊载札记小说《松窗漫笔》，静厂，文言。

同日，《民权报》刊载《蝶花小劫》，吁公，文言。

同日，《生活日报》"小说"栏刊载工业小说《闺房语》，北溪，文言。

4日　《申报》"自由谈"之小说栏刊载侦探小说《商界之贼》（二十），常觉、觉迷合译，文言。刊载哀情小说《子规声》（二十六），（十五龄女子铁锈），文言。

同日，《时报》刊载《霜刃碧血记》，瘦鹃，白话。刊载《大宝窟王》，（笑），白话。"滑稽余谈"刊载社会小说《穷途泪》，云石，白话。

同日，《大共和日报》附张刊载札记小说《松窗漫笔》，静厂，文言。

同日，《民权报》刊载《蝶花小劫》，吁公，文言。

同日，《生活日报》"小说"栏刊载工业小说《闺房语》，北溪，文言。附张"生活艺府"之小说栏刊载纪事短篇《临潼老人》，小凤，白话。

5日　《申报》"自由谈"之小说栏刊载滑稽短篇《蟋蟀》，（匹志），文言。刊载侦探小说《商界之贼》（二十一），常觉、觉迷合译，文言。刊载哀情小说《子规声》（二十七），（十五龄女子铁锈），文言。

同日，《时报》刊载《霜刃碧血记》，瘦鹃，白话。刊载《大宝窟王》，（笑），白话。"滑稽余谈"刊载社会小说《穷途泪》，云石，白话。

同日，《民权报》刊载短篇寓言《乞丐梦》，蓉屏，文言。

同日，《生活日报》"小说"栏刊载工业小说《闺房语》，北溪，文言。附张"生活艺府"之小说栏刊载《扑满》，小凤，白话。

6日　《申报》"自由谈"之小说栏刊载侦探小说《商界之贼》（二十二），常觉、觉迷合译，文言。刊载哀情小说《子规声》（二十八），（十五龄女子铁锈），文言。

同日，《时报》刊载《霜刃碧血记》，瘦鹃，白话。刊载《大宝窟王》，（笑），白话。"滑稽余谈"刊载社会小说《穷途泪》，云石，白话。

同日，《大共和日报》附张刊载哀情小说《灵鹣梦》，景缄，文言。

刊载札记小说《残梦斋随笔》，寄生，文言。

同日，《民权报》刊载短篇小说《塚中妇》，剑僧，文言。

同日，《生活日报》"小说"栏刊载工业小说《闺房语》，北溪，文言。

7 日 《申报》"自由谈"之小说栏刊载侦探小说《商界之贼》（二十三），常觉、觉迷合译，文言。

同日，《时报》刊载《霜刃碧血记》，瘦鹃，白话。

同日，《白话捷报》"小说"栏刊载《李清风》，亚铃，白话。

同日，《大共和日报》附张刊载哀情小说《灵鹣梦》，景缄，文言。刊载札记小说《残梦斋随笔》，寄生，文言。

同日，《民权报》刊载短篇小说《塚中妇》，剑僧，文言。

同日，《生活日报》"小说"栏刊载工业小说《闺房语》，北溪，文言。

8 日 《申报》"自由谈"之小说栏刊载侦探小说《商界之贼》（二十四），常觉、觉迷合译，文言。

同日，《时报》刊载《霜刃碧血记》，瘦鹃，白话。刊载《大宝窟王》，（笑），白话。

同日，《大共和日报》附张刊载哀情小说《灵鹣梦》，景缄，文言。刊载札记小说《松窗漫笔》，静厂，文言。

同日，《民权报》刊载趣情小说《萧郎谣》，花奴，文言。

9 日 《申报》"自由谈"之小说栏刊载侦探小说《商界之贼》（二十五），常觉、觉迷合译，文言。刊载寓言小说《叶子戏》，（瘦蝶），文言。

同日，《时报》刊载《霜刃碧血记》，瘦鹃，白话。刊载《大宝窟王》，（笑），白话。

同日，《大共和日报》附张刊载札记小说《松窗漫笔》，静厂，文言。

同日，《民权报》刊载趣情小说《萧郎谣》，花奴，文言。

同日，《生活日报》附张"生活艺府"之小说栏刊载《壬癸风花梦》，

白话章回。

10 日 《申报》"自由谈"之小说栏刊载侦探小说《商界之贼》(二十六)，常觉、觉迷合译，文言。刊载苦情短篇《寡妇》，(陶然)，白话。

同日，《时报》刊载《霜刃碧血记》，瘦鹃，白话。刊载《大宝窟王》，(笑)，白话。"滑稽余谈"刊载短篇小说《爱之花》，静安女史，文言。

同日，《大共和日报》附张刊载札记小说《松窗漫笔》，静厂，文言。

同日，《民权报》刊载趣情小说《萧郎谣》，花奴，文言。

同日，《生活日报》附张"生活艺府"之小说栏刊载《壬癸风花梦》，白话章回。

11 日 《申报》"自由谈"之小说栏刊载滑稽小说《斯文扫地》(一)，(钝根)，文言。刊载侦探小说《商界之贼》(二十七)，常觉、觉迷合译，文言。

同日，《时报》刊载《霜刃碧血记》，瘦鹃，白话。"滑稽余谈"刊载短篇小说《爱之花》，静安女史，文言。

同日，《民权报》刊载趣情小说《萧郎谣》，花奴，文言。

同日，《生活日报》"小说"栏刊载印宫怪史《刺虎盟鸳记》，灵犀，文言。附张"生活艺府"之小说栏刊载《壬癸风花梦》，白话章回。

12 日 《申报》"自由谈"之小说栏刊载滑稽小说《斯文扫地》(二)，(钝根)，文言。刊载侦探小说《商界之贼》(二十八)，常觉、觉迷合译，文言。

同日，《时报》刊载《霜刃碧血记》，瘦鹃，白话。"滑稽余谈"刊载社会小说《穷途泪》，云石，白话。

同日，《大共和日报》附张刊载札记小说《松窗漫笔》，静厂，文言。

同日，《民权报》刊载短篇小说《月里鼠》，花奴，文言。

同日，《生活日报》"小说"栏刊载印宫怪史《刺虎盟鸳记》，灵犀，文言。附张"生活艺府"之小说栏刊载《壬癸风花梦》，白话章回。

13 日 《申报》"自由谈"之小说栏刊载侦探小说《商界之贼》(二十

九），常觉、觉迷合译，文言。刊载苦情短篇《伤心语》，（陶然），白话。

同日，《时报》刊载《霜刃碧血记》，瘦鹃，白话。"滑稽余谈"刊载社会小说《穷途泪》，云石，白话。

同日，《大共和日报》附张刊载札记小说《松窗漫笔》，静厂，文言。

同日，《民权报》刊载《蝶花小劫》，吁公，文言。

同日，《生活日报》"小说"栏刊载印宫怪史《刺虎盟鸳记》，灵犀，文言。附张"生活艺府"之小说栏刊载《壬癸风花梦》，白话章回。

14 日 《申报》"自由谈"之小说栏刊载侦探小说《商界之贼》（三十），常觉、觉迷合译，文言。刊载滑稽短篇《悍妇语》，觉迷，白话。

同日，《时报》刊载《霜刃碧血记》，瘦鹃，白话。"滑稽余谈"刊载社会小说《穷途泪》，云石，白话。

同日，《大共和日报》附张刊载哀情小说《灵鹣梦》，景缄，文言。

同日，《民权报》刊载《蝶花小劫》，吁公，文言。

同日，《生活日报》"小说"栏刊载印宫怪史《刺虎盟鸳记》，灵犀，文言。附张"生活艺府"之小说栏刊载《壬癸风花梦》，白话章回。

15 日 《申报》"自由谈"之小说栏刊载侦探小说《商界之贼》（三十一），常觉、觉迷合译，文言。刊载短篇小说《若兰恨》，乘桴，文言。

同日，《时报》刊载《霜刃碧血记》，瘦鹃，白话。刊载《大宝窟王》，（笑），白话。"滑稽余谈"刊载短篇小说《爱之花》，静安女史，文言。

同日，《大共和日报》附张刊载哀情小说《灵鹣梦》，景缄，文言。

同日，《民权报》刊载短篇小说《赏花时》，秋史，文言。

同日，《生活日报》"小说"栏刊载印宫怪史《刺虎盟鸳记》，灵犀，文言。附张"生活艺府"之小说栏刊载《壬癸风花梦》，白话章回。

16 日 《申报》"自由谈"之小说栏刊载侦探小说《商界之贼》（三十二），常觉、觉迷合译，文言。刊载滑稽短篇《孔方兄》，（陈留我公），白话。

同日，《时报》刊载《霜刃碧血记》，瘦鹃，白话。刊载《大宝窟王》，（笑），白话。"滑稽余谈"刊载短篇小说《爱之花》，静安女史，文言。

同日，《民权报》刊载短篇小说《拨舌地狱》，辰，白话。

同日，《生活日报》"小说"栏刊载印宫怪史《刺虎盟鸳记》，灵犀，文言。附张"生活艺府"之小说栏刊载《壬癸风花梦》，白话章回。

17 日　《申报》"自由谈"之小说栏刊载侦探小说《商界之贼》（三十三），常觉、觉迷合译，文言。刊载短篇纪事《黠贼》，（瘦蝶），文言。

同日，《时报》刊载《霜刃碧血记》，瘦鹃，白话。刊载《大宝窟王》，（笑），白话。"滑稽余谈"刊载苦情小说《玉兰记》，无咎，文言。

同日，《大共和日报》刊载"哀情小说《情天恨》现已出版"广告："此说部曾逐日载诸大共和日报，词藻赡雅，结构新奇，悱恻缠绵，为天下有情人不可不读之书也，经著者重加润色，改为章回体，尤觉眉目朗然，洋装彩色封面全一册定价大洋三角，廉价一月，一律对着，欲读者慎勿失此机会，兹将回目附列于下：……总发行所上海四马路二十号国学书室。"附张刊载哀情社会小说《自由毒》，著者景缄，文言。刊载札记小说《残梦斋随笔》，寄生，文言。

同日，《民权报》刊载短篇小说《拨舌地狱》，辰，白话。

同日，《生活日报》"小说"栏刊载印宫怪史《刺虎盟鸳记》，灵犀，文言。附张"生活艺府"之小说栏刊载《壬癸风花梦》，白话章回。

18 日　《申报》"自由谈"之小说栏刊载侦探小说《商界之贼》（三十四），常觉、觉迷合译，文言。刊载短篇小说《妓女爱情》，（陶然），白话。

同日，《时报》刊载《霜刃碧血记》，瘦鹃，白话。刊载《大宝窟王》，（笑），白话。"滑稽余谈"刊载短篇小说《爱之花》，静安女史，文言。

同日，《大共和日报》附张刊载哀情社会小说《自由毒》，著者景缄，文言。刊载札记小说《松窗漫笔》，静厂，文言。

同日，《民权报》刊载短篇小说《拨舌地狱》，辰，白话。

同日，《生活日报》"小说"栏刊载印宫怪史《刺虎盟鸳记》，灵犀，文言。附张"生活艺府"之小说栏刊载《壬癸风花梦》，白话章回。

19日　《申报》"自由谈"之小说栏刊载滑稽小说《斯文扫地》(三)(续十二日)，(钝根)，文言。刊载侦探小说《商界之贼》(三十五)，常觉、觉迷合译，文言。

同日，《时报》刊载《霜刃碧血记》，瘦鹃，白话。刊载《大宝窟王》，(笑)，白话。"滑稽余谈"刊载苦情小说《玉兰记》，无咎，文言。

同日，《大共和日报》附张刊载哀情社会小说《自由毒》，著者景缄，文言。刊载札记小说《松窗漫笔》，静厂，文言。

同日，《民权报》刊载短篇小说《拨舌地狱》，辰，白话。

同日，《生活日报》刊载"新出石印《绘图淞滨琐语》"广告，上海著易堂启。"小说"栏刊载印宫怪史《刺虎盟鸳记》，灵犀，文言。

20日　《申报》"自由谈"之小说栏刊载滑稽小说《斯文扫地》(四)，(钝根)，文言。刊载侦探小说《商界之贼》(三十六)，常觉、觉迷合译，文言。

同日，《时报》刊载《霜刃碧血记》，瘦鹃，白话。刊载《大宝窟王》，(笑)，白话。"滑稽余谈"刊载短篇小说《爱之花》，静安女史，文言。

同日，《大共和日报》附张刊载札记小说《松窗漫笔》，静厂，文言。

同日，《民权报》刊载短篇小说《拨舌地狱》，辰，白话。

同日，《生活日报》"小说"栏刊载印宫怪史《刺虎盟鸳记》，灵犀，文言。附张"生活艺府"之小说栏刊载《壬癸风花梦》，白话章回。

21日　《申报》"自由谈"之小说栏刊载滑稽小说《斯文扫地》(五)，(钝根)，文言。刊载侦探小说《商界之贼》(三十七)，常觉、觉迷合译，文言。

同日，《时报》刊载《霜刃碧血记》，瘦鹃，白话。刊载《大宝窟王》，(笑)，白话。"滑稽余谈"刊载短篇小说《爱之花》，静安女史，文言。

同日，《大共和日报》附张刊载札记小说《松窗漫笔》，静厂，文言。

同日，《民权报》刊载"《玉梨魂》出版"广告。刊载"《兰孃哀史》出版"广告。

同日，《生活日报》"小说"栏刊载印宫怪史《剌虎盟鸳记》，灵犀，文言。附张"生活艺府"之小说栏刊载《壬癸风花梦》，白话章回。

22 日　《申报》"自由谈"之小说栏刊载侦探小说《商界之贼》(三十八)，常觉、觉迷合译，文言。刊载滑稽短篇《办寿礼》，觉迷，白话。

同日，《时报》刊载《霜刃碧血记》，瘦鹃，白话。刊载《大宝窟王》，(笑)，白话。

同日，《大共和日报》附张刊载哀情社会小说《自由毒》，著者景缄，文言。刊载札记小说《松窗漫笔》，静厂，文言。

同日，《民权报》"小说"栏刊载《蝶花小劫》(五十七)，吁公，文言。

同日，《生活日报》"小说"栏刊载印宫怪史《剌虎盟鸳记》，灵犀，文言。附张"生活艺府"之小说栏刊载《壬癸风花梦》，白话章回。

23 日　《申报》"自由谈"之小说栏刊载滑稽小说《斯文扫地》(六)，(钝根)，文言。刊载侦探小说《商界之贼》(三十九)，常觉、觉迷合译，文言。

同日，《时报》刊载《霜刃碧血记》，瘦鹃，白话。刊载《大宝窟王》，(笑)，白话。"滑稽余谈"刊载社会小说《穷途泪》，云石，白话。

同日，《大共和日报》附张刊载札记小说《松窗漫笔》，静厂，文言。刊载笔记小说《聆风簃杂缀》，亚，文言。

同日，《民权报》"小说"栏刊载《蝶花小劫》(五十八)，吁公，文言。

同日，《生活日报》"小说"栏刊载印宫怪史《剌虎盟鸳记》，灵犀，文言。附张"生活艺府"之小说栏刊载《壬癸风花梦》，白话章回。

24 日　《申报》"自由谈"之小说栏刊载滑稽小说《斯文扫地》(七)，

（钝根），文言。刊载侦探小说《商界之贼》（四十），常觉、觉迷合译，文言。

同日，《时报》刊载《霜刃碧血记》，瘦鹃，白话。刊载《大宝窟王》，（笑），白话。"滑稽余谈"刊载寓言小说《渔父梦》，荫吾，文言。

同日，《大共和日报》附张刊载笔记小说《聆风篴杂缀》，亚，文言。

同日，《民权报》"小说"栏刊载《蝶花小劫》（五十九），吁公，文言。

同日，《生活日报》"小说"栏刊载印宫怪史《刺虎盟鸳记》，灵犀，文言。附张"生活艺府"之小说栏刊载《壬癸风花梦》，白话章回。

25 日　《法政学报》第一卷第二号刊载"本社简章摘要"："……（十二）小说……"。"小说"栏刊载社会小说《少年囚》（续第一号），孟文翰，文言；短篇小说《新旧教徒》（美人南撒哈沙原著），旭人译，文言。《法政学报》名誉社长梁启超，编辑人蒯晋德，总发行所宣武门外大街路东法政同志研究会。《法政学报》，学术性刊物，法政同志研究会发行梁启超任名誉社长，司法界专家撰文。以"阐明学理、促进法治"为宗旨，主张实行新政。内容分社论、选论、译论、专件、评林、法令、法院判例、公牍、中外大事记、文苑、谈丛、小说、附录等。民国二年十月二十五日起，至民国三年十一月止。

同日，《小说月报》第四卷第七号"短篇小说"栏刊载《工人小史》，焦木，文言；刊载官僚小说《金迷》，指严，文言；刊载《虎而冠》，茧庐，文言；刊载《小木工》清中叶四大奇案之一，天乐，文言。"长篇小说"栏刊载迷信小说《菩萨谭》，苍园述，此期刊载第一回 封庵堂尼姑寻死 毁庙宇兵士破财，第二回 辛学嘉赞成急进 温建白力主平和，第三回 畅谈迷信志士反唇 维持公安议员苦口，第四回 救香火村人聚众 祈功德大众烧香，第五回 论神权偏估势力 敬菩萨别具肝肠；刊载"商务印书馆出版小本小说"广告，书目同上一期；刊载《洪荒鸟兽记》（续），合肥李薇香译，Conan Dnyle 原著，文言。"说林"栏刊载《小说丛考二集卷三》，泖东一蟹编，此期刊载《飞龙传演义考》《杨家将演义考》《紫金鞭演义考》《包公案考》；刊载《欧美小说丛谈续编》，孙毓修，此期刊载《英国戏曲之发源》。刊载"商务印书馆出版袖珍小说"："理想小说《易形奇术》一角五分，侦探小说《狡狯童子》一角五分，侦探小说《三疑案》一角，侦探小说《三名刺》二角，言情小说《罗仙小传》一角五分，侦探小说《玫瑰花下》一角五分，侦探小说《傀儡美人》一角，侦探小说《青酸毒》一角，言情小说《海棠魂》一角五分，警世小说《中山狼》二角，义侠小说《行路难》一角五分，科学小说《薄命花》一角，侦探小说《怪医案》一角五分，侦探小说《一声猿》一角五分，言情小说《五里雾》一角五分，神怪小说《黑衣教士》一角五分，言情小说《银钮碑》一角五分，科学小说《幻想翼》一角，社会小说《蠹情记》一角五分，侦探小说《狡兔窟》一角五分。"刊载"商务印书馆发行侦探小说"广告："《双指印》，洋装一册，二角五分，是书叙英国一女子忽为人扼死，而警署误捕一疑似者，下之狱，某小说家知其冤，极力营救，莫得端倪，适其时小说家之妻亦被人刃毙，经侦者以摄影法摹审指印，竟得踪迹，真犯始获，文章明了，极尽离合错综之妙。《降妖记》洋装一册，二角五分，是书为著名包探福尔摩斯探案之一，其中忽而妖魅，忽而逃囚，忽而邮信匿名，忽而奸人现影，此外如疑仆作凶、饰妻为妹、空山人影、黑夜犬声，种种情节，纷纭莫测，而福尔摩斯独能一一窥破，如理紊丝，卒使案情大白，一无遁饰，展读一过，益人神智不浅。《指环党》，洋装一册，定价三角，是书叙一少年忽途遇一贵妇人，悦其貌而又见其行踪诡秘，心疑之，因尾之至一村，入秘密党之窟宅，亲见种种暗无天日惨杀生人事，由此枝枝节节，生出无数风波，无数周折，经二侦探日夜访查，久之其案始破，阅之令人惊心骇目，拍案叫绝。《车中毒针》，洋装一册，二角五分，叙一少女夜附公车，突然身死，而无伤痕，惟车中遗有一针，为一画师所得，后于无意中察出此针系毒药制成，足致人生命，遂即由此针入手，曲曲折折访出死者尚有一妹，凶人又欲谋杀之，因而破案，其间描写凶人之设谋，弱女之蹈险，侦探之活泼，酣畅淋漓，允推特色。"刊载本社通告，为征稿启事，内容同前。

　　同日，《申报》"自由谈"之小说栏刊载滑稽小说《斯文扫地》（八），（钝根），文言。刊载侦探小说《商界之贼》（四十一），常觉、觉迷合译，文言。

　　同日，《时报》刊载《霜刃碧血记》，瘦鹃，白话。刊载《大宝窟王》，（笑），白话。"滑稽余谈"刊载寓言小说《渔父梦》，荫吾，文言。

　　同日，《大共和日报》附张刊载滑稽短篇《天仙党》，妄叟，白话。

　　同日，《民权报》"小说"栏刊载短篇小说《拔舌地狱》（七），辰，白话。

　　同日，《生活日报》"小说"栏刊载印宫怪史《刺虎盟鸳记》，灵犀，文言。附张"生活艺府"之小说栏刊载《壬癸风花梦》，白话章回。

　　26 日　《申报》"自由谈"之小说栏刊载侦探小说《商界之贼》（四十二），常觉、觉迷合译，文言。刊载短篇小说《吊膀贼》，（佐彤），文言。

　　同日，《时报》刊载《霜刃碧血记》，瘦鹃，白话。刊载《大宝窟王》，（笑），白话。"滑稽余谈"刊载寓言小说《渔父梦》，荫吾，文言。

　　同日，《爱国白话报》"庄严录"栏刊载《盗中侠》，剑胆，白话，至次年 1 月 9 日完。

　　同日，《大共和日报》附张刊载滑稽短篇《天仙党》，妄叟，白话。刊载笔记小说《聆风簃杂缀》，亚，文言。

　　同日，《民权报》"小说"栏刊载短篇小说《拔舌地狱》（八），辰，白话。

　　同日，《生活日报》刊载"哀情小说《情天恨》现已出版"广告："是书系兰陵董怀恨君所作，迭经校正，内容极有意味，并含有感化风俗之性质。其情意绵绵之处尤难言喻，诚哀情小说中杰作，而为青年辈之当头棒也。凡英年才士闺阁淑媛，欲不为情魔所扰者，不可不阅此书，洋装本头，印刷精美，尤为特色，是书现已出版，每部定价大洋三角，批发格外从廉，外埠函索者购书一部请寄一分邮花三十三枚，五部以上须汇款，来函径寄上海马立师孟纳拉路一千一百念八号王桂章君可也，函到即寄，决不迟误，初版无多，购者作速是幸。特约寄售处卡德路演说报馆、英大马路女子兴业公司、四马路国华书局、共和书局、女子植权公司、五马路女子振业公司、棋盘街鸿文书局。""小说"栏刊载印宫怪史《刺虎盟鸳记》，灵犀，文言。附张"生活艺府"之小说栏刊载《壬癸风花梦》，白话章回。

27 日 《申报》"自由谈"之小说栏刊载侦探小说《商界之贼》（四十三），常觉、觉迷合译，文言。刊载短篇小说《学徒苦》，（海宁无我），白话。

同日，《时报》刊载《霜刃碧血记》，瘦鹃，白话。刊载《大宝窟王》，（笑），白话。"滑稽余谈"刊载寓言小说《渔父梦》，荫吾，文言。

同日，《大共和日报》附张刊载滑稽短篇《天仙党》，妄叟，白话。

同日，《民权报》"小说"栏刊载短篇小说《拔舌地狱》（九），辰，白话。

同日，《生活日报》附张"生活艺府"之小说栏刊载《壬癸风花梦》，白话章回。

28 日 《申报》"自由谈"之小说栏刊载侦探小说《商界之贼》（四十四），常觉、觉迷合译，文言。刊载滑稽短篇《投稿资料》，陈留我公，白话。

同日，《时报》刊载《霜刃碧血记》，瘦鹃，白话。刊载《大宝窟王》，（笑），白话。"滑稽余谈"刊载寓言小说《渔父梦》，荫吾，文言。

同日，《民权报》"小说"栏刊载短篇小说《拔舌地狱》（十），辰，白话。

同日，《生活日报》"小说"栏刊载印宫怪史《刺虎盟鸳记》，灵犀，文言。附张"生活艺府"之小说栏刊载《壬癸风花梦》，白话章回。

29 日 《申报》"自由谈"之小说栏刊载侦探小说《商界之贼》（四十五），常觉、觉迷合译，文言。

同日，《时报》刊载《霜刃碧血记》，瘦鹃，白话。刊载《大宝窟王》，（笑），白话。"滑稽余谈"刊载寓言小说《渔父梦》，荫吾，文言。

同日，《大共和日报》附张刊载哀情小说《灵鹣梦》，景缄，文言。

同日，《民权报》"小说"栏刊载短篇小说《拔舌地狱》（一一），辰，白话。

同日，《生活日报》"小说"栏刊载印宫怪史《刺虎盟鸳记》，灵犀，文言。附张"生活艺府"之小说栏刊载《壬癸风花梦》，白话章回。

30 日　《申报》"自由谈"之小说栏刊载滑稽短篇《新物语》，（蝶仙），文言。

同日，《时报》刊载《霜刃碧血记》，瘦鹃，白话。刊载《大宝窟王》，（笑），白话。"滑稽余谈"刊载寓言小说《渔父梦》，荫吾，文言。

同日，《大共和日报》附张刊载哀情小说《灵鹣梦》，景缄，文言。

同日，《民权报》"小说"栏刊载短篇小说《拔舌地狱》（一二），辰，白话。

同日，《生活日报》"小说"栏刊载印宫怪史《刺虎盟鸳记》，灵犀，文言。附张"生活艺府"之小说栏刊载《壬癸风花梦》，白话章回。

发生于本月但日期不详之事件

《教育部编纂处月刊》第一卷第十册"附录"栏刊载教育小说《慈父情》（原名《理想之教育》）（续第八期），毛邦伟译编，文言。"调查报告"栏刊载《留学欧洲各国官费生姓名表》（二年九月欧洲留学生经理员调查）。

《进步》第二十七册刊载社会小说《复活记》，署名"俄国托尔斯泰原著，太溟 忧鸣"，文言。刊载社会小说《尔之邻》，署名"俄国托尔斯泰原著，筑岩"，文言。刊载"消遣之好伴侣《中华小说界》"广告："月刊，一册第一期民国三年一月一日出版。小说为茶余酒后消闲排闷所不可少之品，本局刊行《中华小说界》，延订小说大家琴南、天笑、冷血、心一诸君分任撰译，冀于小说潮流中独树一帜，每册所登不令间断，选材精当，文字优美，实非他家所可及。图画如清宫风景、奉天清宫器物以及中外名胜名画搜罗富有，可作卧游，余如新剧、传奇、笔记、文苑、谈丛等无格不备，无美不臻，定购纷纷，欲订从速，每册定价二角，预定全年二元。首三册内容披露：言情小说《电话》《美人丹》《胡女士》等，侦探小说《匕首》《半叶纸》等，滑稽小说《水证》《纸牌》《试验品》等，社会小说《穷命贼》《海涯谈命录》等，哀艳小说《虎邱香塚记》《短命花》等……记事小说《大石面》《唐花》等，寓言小说《鸟国共和记》等，复仇小说《白羽冠》等，哲理小说《榻畔钟》等，科学小说《光明岩室之大会》等……"刊载"第二十八册要目预告"，内有社会小说《复仇记》、家庭小说《颈饰》。编辑者东吴奚若、范祎，上海北四川路美华书馆，发行所上海昆山公园路三号进步杂志社，分销处各地青年会、大书坊。

12 月

1 日　《东方杂志》第十卷第六号刊载《清宫二年记》（不准转载），泠汰、贻先同译，文言。

同日，《申报》"自由谈"之小说栏刊载滑稽短篇《新物语》（续），（蝶仙），文言。刊载侦探小说《商界之贼》（四十六），常觉、觉迷合译，文言。

同日，《时报》刊载《霜刃碧血记》，瘦鹃，白话。"滑稽余谈"刊载苦情小说《玉兰记》，无咎，文言。

同日，《民权报》"小说"栏刊载《蝶花小劫》（六十），吁公，文言。

同日，《生活日报》"小说"栏刊载印宫怪史《刺虎盟鸳记》，灵犀，文言。附张"生活艺府"之小说栏刊载《壬癸风花梦》，白话章回。

2 日　《申报》"自由谈"之小说栏刊载滑稽短篇《新物语》（再续），（蝶仙），文言。刊载侦探小说《商界之贼》（四十七），常觉、觉迷合译，文言。

同日,《时报》刊载《霜刃碧血记》,瘦鹃,白话。刊载《大宝窟王》,(笑),白话。"滑稽余谈"刊载苦情小说《玉兰记》,无咎,文言。

同日,《民权报》"小说"栏刊载短篇小说《拔舌地狱》(一三),辰,白话。

同日,《生活日报》"小说"栏刊载印宫怪史《刺虎盟鸳记》,灵犀,文言。附张"生活艺府"之小说栏刊载《壬癸风花梦》,白话章回。

3日 《申报》"自由谈"之小说栏刊载侦探小说《商界之贼》(四十八),常觉、觉迷合译,文言。刊载讽刺短篇《报界之蠹》,(恨人),文言。

同日,《时报》刊载《霜刃碧血记》,瘦鹃,白话。刊载《大宝窟王》,(笑),白话。"滑稽余谈"刊载社会小说《穷途泪》,云石,白话。

同日,《民权报》"小说"栏刊载《蝶花小劫》(六十一),吁公,文言。

同日,《生活日报》"小说"栏刊载印宫怪史《刺虎盟鸳记》,灵犀,文言。附张"生活艺府"之小说栏刊载《壬癸风花梦》,白话章回。

4日 《申报》"自由谈"之小说栏刊载侦探小说《商界之贼》(四十九),常觉、觉迷合译,文言。

同日,《时报》刊载《霜刃碧血记》,瘦鹃,白话。"滑稽余谈"刊载社会小说《穷途泪》,云石,白话。

同日,《民权报》刊载"《孽冤镜》出版预告"。"小说"栏刊载短篇小说《拔舌地狱》(一四),辰,白话。

同日,《生活日报》"小说"栏刊载印宫怪史《刺虎盟鸳记》,灵犀,文言。附张"生活艺府"之小说栏刊载《壬癸风花梦》,白话章回。

5日 《申报》"自由谈"之小说栏刊载侦探小说《商界之贼》(五十),常觉、觉迷合译,文言。

同日,《时报》刊载《霜刃碧血记》,瘦鹃,白话。刊载《大宝窟王》,(笑),白话。"滑稽余谈"刊载短篇滑稽小说《音乐》,金颂斌,文言。

同日，《民权报》"小说"栏刊载《蝶花小劫》(六十二)，呼公，文言。"新聊斋"栏刊载《血影》，觉民，文言。

同日，《生活日报》刊载"新出石印《绘图遯窟谰言》"广告。"小说"栏刊载印宫怪史《刺虎盟鸳记》，灵犀，文言。附张"生活艺府"之小说栏刊载《壬癸风花梦》，白话章回。

6 日 《申报》"自由谈"之小说栏刊载侦探小说《商界之贼》(五十一)，常觉、觉迷合译，文言。刊载醒世小说《伟人迷》，剑秋，文言。

同日，《时报》刊载《霜刃碧血记》，瘦鹃，白话。刊载《大宝窟王》，(笑)，白话。"滑稽余谈"刊载短篇滑稽小说《音乐》，金颂斌，文言。

同日，《民权报》刊载"征求《孽冤镜》题词"广告。"小说"栏刊载短篇小说《拔舌地狱》(一五)，辰，白话。

同日，《生活日报》"小说"栏刊载印宫怪史《刺虎盟鸳记》，灵犀，文言。附张"生活艺府"之小说栏刊载《壬癸风花梦》，白话章回。

7 日 《申报》"自由谈"之小说栏刊载侦探小说《商界之贼》(五十二)，常觉、觉迷合译，文言。刊载纪事小说《拐匪案》，(超然)，白话。

同日，《时报》刊载《霜刃碧血记》，瘦鹃，白话。刊载《大宝窟王》，(笑)，白话。"滑稽余谈"刊载短篇滑稽《奔笃》，金颂斌，文言。

同日，《民权报》刊载"征求《孽冤镜》题词"广告。"小说"栏刊载短篇小说《拔舌地狱》(一六)，辰，白话。

同日，《生活日报》"小说"栏刊载印宫怪史《刺虎盟鸳记》，灵犀，文言。附张"生活艺府"之小说栏刊载《壬癸风花梦》，白话章回。

8 日 《申报》"自由谈"之小说栏刊载侦探小说《商界之贼》(五十三)，常觉、觉迷合译，文言。刊载写情短篇《新婚之夜》，(丁悚)，文言。

同日，《时报》刊载《霜刃碧血记》，瘦鹃，白话。"滑稽余谈"刊载社会小说《穷途泪》，云石，白话。

同日，《民权报》刊载"小说"栏刊载短篇小说《拔舌地狱》(一七)，辰，白话。

同日，《生活日报》"小说"栏刊载印宫怪史《刺虎盟鸳记》，灵犀，文言。附张"生活艺府"之小说栏刊载《壬癸风花梦》，白话章回。

9 日 《申报》"自由谈"之小说栏刊载侦探小说《商界之贼》(五十四)，常觉、觉迷合译，文言。刊载写情短篇《新婚之夜》(续昨)，(丁悚)，文言。

同日，《时报》刊载《霜刃碧血记》，瘦鹃，白话。"滑稽余谈"刊载社会小说《穷途泪》，云石，白话。

同日，《民权报》刊载"征求《孽冤镜》题词"广告。"小说"栏刊载短篇小说《拔舌地狱》(一八)，辰，白话。

同日，《生活日报》"小说"栏刊载印宫怪史《刺虎盟鸳记》，灵犀，文言。附张"生活艺府"之小说栏刊载《壬癸风花梦》，白话章回。

同日，《神州日报》"神皋杂俎"栏之说部刊载滑稽寓言《理财大议会》，□叟，白话，至本年 12 月 22 日止。

10 日 《教育研究》第八期"杂纂"栏刊载教育小说《少年机关师》，蛰庵、天笑同著，白话。《教育研究》中华民国二年五月十日创刊，编辑者江苏省教育会。

同日，《申报》"自由谈"之小说栏刊载侦探小说《商界之贼》(五十五)，常觉、觉迷合译，文言。刊载写情短篇《新婚之夜》(再续)，(丁悚)，文言。

同日，《时报》刊载《霜刃碧血记》，瘦鹃，白话。"滑稽余谈"刊载社会小说《穷途泪》，云石，白话。

同日，《民权报》"小说"栏刊载社会短篇《嫠妇泪》(并州)，白话。

同日，《生活日报》"小说"栏刊载印宫怪史《刺虎盟鸳记》，灵犀，文言。附张"生活艺府"之小说栏刊载《壬癸风花梦》，白话章回。

11 日 《申报》"自由谈"之小说栏刊载侦探小说《商界之贼》(五十六)，常觉、觉迷合译，文言。刊载写情短篇《新婚之夜》(三续)，(丁悚），文言。

同日，《时报》刊载《霜刃碧血记》，瘦鹃，白话。刊载《大宝窟王》，（笑），白话。"滑稽余谈"刊载社会小说《穷途泪》，云石，白话。

同日，《民权报》"小说"栏刊载短篇小说《拔舌地狱》（一九），辰，白话。

同日，《生活日报》"小说"栏刊载印宫怪史《刺虎盟鸳记》，灵犀，文言。附张"生活艺府"之小说栏刊载《壬癸风花梦》，白话章回。

12 日　《申报》"自由谈"之小说栏刊载侦探小说《商界之贼》（五十七），常觉、觉迷合译，文言。

同日，《时报》刊载《霜刃碧血记》，瘦鹃，白话。刊载《大宝窟王》，（笑），白话。"滑稽余谈"刊载苦情小说《玉兰记》，无咎，文言。

同日，《民权报》"小说"栏刊载短篇小说《拔舌地狱》（二十），辰，白话。"新聊斋"栏刊载《郭先生》，澂斧，文言。"英雄女儿传"栏刊载《何英》，（天成），文言。

同日，《生活日报》"小说"栏刊载印宫怪史《刺虎盟鸳记》，灵犀，文言。附张"生活艺府"之小说栏刊载《壬癸风花梦》，白话章回。

13 日　《申报》"自由谈"之小说栏刊载写情小说《许烈姬》，（海上剑啸生著），文言。刊载时事短篇《良民冤》，（晋侯），文言。

同日，《时报》刊载《霜刃碧血记》，瘦鹃，白话。刊载《大宝窟王》，（笑），白话。"滑稽余谈"刊载社会小说《穷途泪》，云石，白话。

同日，《民权报》"小说"栏刊载短篇小说《拔舌地狱》（二一），辰，白话。

同日，《生活日报》附张"生活艺府"之小说栏刊载《壬癸风花梦》，白话章回。

14 日　《申报》"自由谈"之小说栏刊载写情小说《许烈姬》（二），（海上剑啸生著），文言。

同日，《时报》刊载《霜刃碧血记》，瘦鹃，白话。"滑稽余谈"刊载社会小说《穷途泪》，云石，白话。

同日，《民权报》"小说"栏刊载短篇小说《拔舌地狱》(二二)，辰，白话。

同日，《生活日报》附张"生活艺府"之小说栏刊载《壬癸风花梦》，白话章回。

15 日　《申报》"自由谈"之小说栏刊载哀情短篇《苦鸳鸯》，(了青)，文言。刊载写情小说《许烈姬》(三)，(海上剑啸生著)，文言。

同日，《时报》刊载《霜刃碧血记》，瘦鹃，白话。刊载《大宝窟王》，(笑)，白话。"滑稽余谈"刊载社会小说《穷途泪》，云石，白话。

同日，《民权报》"小说"栏刊载短篇小说《拔舌地狱》(二三)，辰，白话。

同日，《生活日报》附张"生活艺府"之小说栏刊载《壬癸风花梦》，白话章回。

16 日　《申报》"自由谈"之小说栏刊载短篇小说《军人祸》，剑峰，文言。刊载写情小说《许烈姬》(四)，(海上剑啸生著)，文言。

同日，《时报》刊载《霜刃碧血记》，瘦鹃，白话。刊载《大宝窟王》，(笑)，白话。"滑稽余谈"刊载社会小说《穷途泪》，云石，白话。

同日，《大共和日报》附张刊载哀情小说《灵鹣梦》，景缄，文言。刊载札记小说《松窗漫笔》，静厂，文言。刊载札记小说《残梦斋随笔》，寄生，文言。

同日，《民权报》"小说"栏刊载短篇小说《拔舌地狱》(二四)，辰，白话。

同日，《生活日报》"小说"栏刊载情天哀史《苦蜜月》，灵犀，文言。附张"生活艺府"之小说栏刊载《壬癸风花梦》，白话章回。

17 日　《申报》"自由谈"之小说栏刊载写情小说《许烈姬》(五)，(海上剑啸生著)，文言。

同日，《时报》刊载《霜刃碧血记》，瘦鹃，白话。"滑稽余谈"刊载短篇苦情《情天补恨》，荫吾，文言。

同日，《大共和日报》附张刊载哀情小说《灵鹣梦》，景缄，文言。

刊载札记小说《残梦斋随笔》，寄生，文言。

同日，《民权报》"小说"栏刊载短篇小说《拔舌地狱》(二五)，辰，白话。

同日，《生活日报》"小说"栏刊载情天哀史《苦蜜月》，灵犀，文言。附张"生活艺府"之小说栏刊载《壬癸风花梦》，白话章回。

18日　《申报》"自由谈"之小说栏刊载写情小说《许烈姬》(六)，(海上剑啸生著)，文言。

同日，《时报》刊载《霜刃碧血记》，瘦鹃，白话。"滑稽余谈"刊载社会小说《穷途泪》，云石，白话。

同日，《大共和日报》附张刊载札记小说《残梦斋随笔》，寄生，文言。

同日，《民权报》"小说"栏刊载短篇小说《拔舌地狱》(二六)，辰，白话。

19日　《申报》"自由谈"之小说栏刊载哀情小说《杜鹃魂》，孽儿，文言。刊载讽刺短篇《小滑头》，□□，白话。

同日，《时报》刊载《霜刃碧血记》，瘦鹃，白话。"滑稽余谈"刊载社会小说《穷途泪》，云石，白话。

同日，《大共和日报》附张刊载札记小说《松窗漫笔》，静厂，文言。

同日，《民权报》"小说"栏刊载短篇小说《拔舌地狱》(二七)，辰，白话。

同日，《生活日报》"小说"栏刊载情天哀史《苦蜜月》，灵犀，文言。附张"生活艺府"之小说栏刊载短篇《法兰西佚史》，倦鹤，文言。

20日　《申报》"自由谈"之小说栏刊载哀情小说《杜鹃魂》(二)，孽儿，文言。

同日，《时报》刊载《霜刃碧血记》，瘦鹃，白话。刊载《大宝窟王》，(笑)，白话。"滑稽余谈"刊载短篇苦情《情天补恨》，荫吾，文言。

同日，《大共和日报》附张刊载哀情小说《灵鹣梦》，景缄，文言。

刊载札记小说《残梦斋随笔》，寄生，文言。

同日，《民权报》"小说"栏刊载短篇小说《拔舌地狱》(二八)，辰，白话。

21 日　《申报》"自由谈"之小说栏刊载哀情小说《杜鹃魂》(三)，孽儿，文言。刊载讽刺小说《势利鬼》，佐彤，白话。刊载短篇小说《贪婪报》，(三畏)，文言。

同日，《时报》刊载《霜刃碧血记》，瘦鹃，白话。刊载《大宝窟王》，(笑)，白话。"滑稽余谈"刊载短篇苦情《情天补恨》，荫吾，文言。

同日，《大共和日报》附张刊载哀情小说《灵鹣梦》，景缄，文言。刊载札记小说《残梦斋随笔》，寄生，文言。

同日，《民权报》"小说"栏刊载短篇小说《拔舌地狱》(二九)，辰，白话。

同日，《生活日报》附张"生活艺府"之小说栏刊载滑稽短篇《假惺惺》，倦鹤，文言。

22 日　《申报》"自由谈"之小说栏刊载哀情小说《杜鹃魂》(四)，孽儿，文言。

同日，《时报》刊载"原定价目四十元之说部丛书发售，预约券仅取十元，民国三年阳历二月截止"广告："本馆出版小说一百三十册一万六千余页，六百数十万言，情节新奇，趣味浓郁，极承阅者欢迎，惟以陆续发行未得窥全豹为憾，兹特重行汇印，定价二十元，预约仅售十元，不及原价四分之一，中有林琴南先生手笔二十一种，尤为特色，三年阳历三月出版，另刊目录样本，函索即寄，川滇黔秦晋甘新八者路途较远，展期至五月底止，爱读小说诸君幸勿失此机会。上海棋盘街商务印书馆各省分馆谨启。"刊载《霜刃碧血记》，瘦鹃，白话。刊载"法国革命小说《九十三年》"广告："此书为法国大文豪嚣俄原著，吾国东亚病夫译出，文笔典雅，曾排日登载《时报》，为海内所称誉，兹印单行本，每部两本，售大洋六角，购者从速。分发行所南京奇望街有正书局，苏州都亭桥有正书局，天津东门外东马路有正书局，总发行所上海望平街有正书局，北京厂西门有正书局。""滑稽余谈"刊载短篇苦情《情天补恨》，荫吾，文言。

同日，《大共和日报》刊载商务印书馆广告："《东方杂志》第十卷第三号续载《清宫二年记》事实离奇文笔超妙。《清宫二年记》一书自本杂志登载以来，久已脍炙人口，本号续登，第十章起至第十一章，内容优美，可谓人间未见之书。每册定价三角，全年十二册定价大洋三元。外埠每册须加邮费三分。"附张刊载哀情小说《灵鹣梦》，景缄，文言。刊载札记小说《残梦斋随笔》，寄生，文言。刊载札记小说《松窗漫笔》，静厂，文言。

同日，《民权报》"小说"栏刊载短篇小说《拔舌地狱》(三〇)，辰，白话。

同日，《生活日报》刊载民权出版部广告，内有《孽冤镜》《玉梨魂》《锦囊》《兰娘哀史》。"小说"栏刊载乱离小说《金陵半月记》，佣妇口述，甦庵执笔，文言。附张"生活艺府"之小说栏刊载短篇实事《矮人》，倦鹤，文言。

23 日 《申报》"自由谈"之小说栏刊载哀情小说《杜鹃魂》(六)，孽儿，文言。刊载纪事短篇《买冬笋》，佐彤，白话。

同日，《时报》刊载《霜刃碧血记》，瘦鹃，白话。刊载《大宝窟王》，(笑)，白话。"滑稽余谈"刊载短篇苦情《情天补恨》，荫吾，文言。

同日，《大共和日报》附张刊载哀情小说《灵鹣梦》，景缄，文言。刊载札记小说《残梦斋随笔》，寄生，文言。

同日，《民权报》"小说"栏刊载短篇小说《拔舌地狱》(三一)，辰，白话。

同日，《生活日报》"小说"栏刊载乱离小说《金陵半月记》，佣妇口述，甦庵执笔，文言。附张"生活艺府"之小说栏刊载社会短篇《城隍庙》，杏痴，白话。

同日，《神州日报》"神皋杂俎"栏之说部刊载警世小说《幻中幻》，□叟，白话，至本年 12 月 31 日止。

24 日　《申报》"自由谈"之小说栏刊载短篇小说《军办铁路》(井水)，白话。刊载哀情短篇《薄倖郎》，(海宁无我)，文言。

同日，《时报》刊载《霜刃碧血记》，瘦鹃，白话。"滑稽余谈"刊载短篇苦情《情天补恨》，荫吾，文言。

同日，《大共和日报》附张刊载札记小说《残梦斋随笔》，寄生，文言。

同日，《民权报》"小说"栏刊载短篇小说《拔舌地狱》(三二)，辰，白话。

同日，《生活日报》"小说"栏刊载乱离小说《金陵半月记》，佣妇口述，甦庵执笔，文言。附张"生活艺府"之小说栏刊载滑稽短篇《福尔摩斯》，杏痴，文言。

25 日　《法政学报》第一卷第三号"小说"栏刊载社会小说《少年囚》(续第二号)，孟文翰，文言；短篇小说《新旧教徒》(美人南撒哈沙原著)(续)，旭人译，文言。

同日，《小说月报》第四卷第八号刊载"商务印书馆出版《说部丛书》"广告，"一百又三十册，一万六千余页，七百数十万言，零售四十余元，预约减收十元，阳历二月截止。本馆出版小说情节新奇，趣味浓深，极承阅者欢迎，惟陆续发行，未得窥全豹为憾，本馆特重行汇印发售，定价二十元，预约十元，不及原价四分之一，中有林琴南先生手笔二十一种尤为本丛书之特色。三年阳历三月出版，决不有误，另刊目录样本，函索即行寄赠，预约二月底截止，四川、云南、贵州、陕西、山西、甘肃、新疆、广西，八省路途较远，展期至五月底为止，爱读小说者幸勿失此机会。上海商务印书馆谨启。"此广告后又附"说部丛书发售预约券，民国三年阳历二月截止"广告，内容与此广告相同。刊载"商务印书馆出版小本小说"广告，所列小说同第六号小本小说广告。刊载"年假奖品 新年赠品"广告："时值年假，学校恒以奖品鼓舞学生之兴趣，下列各书，适合初高小学校之用，以为奖品，最为合宜。时值新年，世俗多以食物玩品赠戚族之儿童，不若赠以有益之图书，俾于游戏之中，增长德智，尤为有益。"内有"《童话》第一集每册五分，第二集每册一角，情节奇诡，宗旨纯正，文字亦极浅显，最适合儿童之用。""短篇小说"栏刊载《印度婚嫁志异》Saint Nihal Singh 原著，铁樵，文言；刊载《爱筏》原名 Lover's Baft，George Soulie 原著，铁樵，文言；刊载社会小说《金钱美人》，草草，文言；刊载弹华生记闻之四《秋坟断韵》，不才，文言；刊载记事小说《拾幽井健儿事》，指严，文言；刊载《行路难》，茧庐，文言。"长篇小说"栏刊载《菩萨谭》，苍园，此期刊载第六回 萍水谈心迎机劝导 先生算命瞎眼糊涂，第七回 挂招牌绅董办新政 假命令巡警逞威风，第八回 谈现状不堪回首 问前途到处伤心，第九回 穷秀才选举会长 村学究充当教员，第十回 为国民热心演说 对人对己冷眼旁观；刊载《洪荒鸟兽记》(续)，Conan Doyle 原著，合肥李薇香译，文言。"说林"栏刊载《小说丛考二集卷三》，泖东一蟹编，此期刊载《紫珍鼎传奇考》《五虎平西平南考》《狸猫换主剧本考》《七侠五义考》；刊载《欧美小说丛谈续编》，孙毓修，此期刊载《马罗之戏曲》《莎士比亚之戏曲》《彭琼生》。刊载"《新说书》，孙毓修编，第一集定价一角二分"广告："欲使文理浅近之人，与事物纷忙之人，皆有嗜书若概之命，之储普通之知识，则贵有相当之书以应之，本书以历史地理科学实业诸端为材料，而以小说之辞调说书之口腔联络而贯穿之，诙谐百出，逸趣横生，凡讲儿童教育家庭教育社会教育者，皆不可不注意于本书，以收事半倍功之效。"刊载本社通告，为征稿启事，内容同前。

同日，《小说月报》第四卷第九号刊载"《说部丛书》发售预约券民国三年阳历二月截止"广告，内容同前。刊载《新说书》，孙毓修编，第一集定价一角二分"广告，内容同前。"短篇小说"栏刊载名家小说《惨景》，美国华盛顿欧文著，雾园、铁樵，文言；刊载《焚书》，茧庐，文言；刊载《幸而免》，洪深、铁樵，白话；刊载商界小说《新市声》，知几，文言；刊载革命轶闻之四《齐王氏外传》，醒庵，文言。刊载"商务印书馆出版《童话》"广告："情节奇诡，宗旨纯正，文字浅白，图画精美。第一集，每册五分：《无貓国》《大拇指》《小王子》《红线领》《人外之友》《义狗传》《驴史》《笨哥哥》《有眼与无眼》《秘密儿》《十年归》《三问答》《绝岛飘流》《夜光璧》《哑口会》《女军人》《非力子》《玻璃鞋》《狮子报恩》《风箱狗》《木马兵》《俄国寓言上》；第二集，每册一角：《小人国》《大人国》《风雪英雄》《梦游地球上》《梦游地球下》。"刊载"商务印书馆出版"广告，内有《伊索寓言》："定价三角，林纾译，是书藉草木鸟兽问答之言，描写人情世态，使人知所劝惩，译笔隽雅，并逐课附加案语，发明真意，旨深词挚，附图数十，最资启发。""长篇小说"栏刊载社会小说《离鸾》，宣樊，文言；刊载《孤士影》，英国玛林克罗福著，诗庐译，文言。刊载"商务印书馆出版小本小说"广告。"说林"栏刊载《中国小说丛考》，泖东一蟹，此期刊载《红楼记院本考》《洛阳橱剧本考》《狮吼记院本考》《金瓶梅演义考》《水浒演义考》《党人碑院本考》。刊载本社通告，为征稿启事，内容同前。

同日，《申报》"自由谈"之小说栏刊载哀情短篇《薄倖郎》（续），（海宁无我），文言。

同日，《时报》刊载《霜刃碧血记》，瘦鹃，白话。刊载《大宝窟王》，（笑），白话。"滑稽余谈"刊载苦情小说《玉兰记》，无咎，文言。

同日，《爱国白话报》"小说"栏刊载《康小八》，亚铃，白话，至次年3月15日完。

同日，《大共和日报》附张刊载札记小说《松窗漫笔》，静厂，文言。

同日，《民权报》"小说"栏刊载短篇小说《拔舌地狱》（三三），辰，白话。

同日，《生活日报》刊载《清人说荟》出版广告"。"小说"栏刊载乱离小说《金陵半月记》，佣妇口述，甦庵执笔，文言。附张"生活艺府"之小说栏刊载滑稽短篇《淳于髡》，杏痴，文言。

26日　《申报》"自由谈"之小说栏刊载短篇滑稽《借马难》，何卜臣译意，文言。刊载哀情小说《杜鹃魂》（七），（孽儿），文言。

同日，《时报》刊载"《情网》再版"广告："吴门天笑生译，《情网》一次久已脍炙人口，自印单行本后已销至六七千部，今再版又出，原价售洋八角，今减价，每部售洋六角，购者从速，勿误。分发行所南京奇望街有正书局，苏州都亭桥有正书局，天津东门外东马路有正书局，总发行所上海望平街有正书局，北京厂西门有正书局。"刊载《霜刃碧血记》，瘦鹃，白话。刊载《大宝窟王》，(笑)，白话。"滑稽余谈"刊载苦情小说《玉兰记》，无咎，文言。

同日，《大共和日报》附张刊载短篇实事《妒海怜红记》，亦士，文言。刊载札记小说《松窗漫笔》，静厂，文言。

同日，《民权报》"小说"栏刊载短篇小说《拔舌地狱》(三四)，辰，白话。

同日，《生活日报》"小说"栏刊载乱离小说《金陵半月记》，佣妇口述，甦庵执笔，文言。附张"生活艺府"之小说栏刊载滑稽短篇《某酒楼》，中冷，文言。

27 日　《申报》"自由谈"之小说栏刊载短篇滑稽《借马难》(续)，何卜臣译意，文言。刊载哀情小说《杜鹃魂》(八)，(孽儿)，文言。

同日，《时报》刊载《霜刃碧血记》，瘦鹃，白话。刊载《大宝窟王》，(笑)，白话。

同日，《大共和口报》附张刊载短篇实事《妒海怜红记》，亦士，文言。刊载札记小说《松窗漫笔》，静厂，文言。

同日，《民权报》"小说"栏刊载短篇小说《拔舌地狱》(三五)，辰，白话。

同日，《生活日报》刊载商务印书馆"原定价目四十元之《说部丛书》发售预约券，仅收十元，民国三年阳历二月截止"广告。"小说"栏刊载乱离小说《金陵半月记》，佣妇口述，甦庵执笔，文言。附张"生活艺府"之小说栏刊载短篇《河西市》，倦鹤，文言。

28 日　《申报》"自由谈"之小说栏刊载滑稽纪事《釜底抽薪》，超然，白话。刊载哀情小说《杜鹃魂》(九)，(孽儿)，文言。

同日,《时报》刊载"请看！请看！！续登《清宫三年记》,商务印书馆发行"广告。刊载"《梅花落》再版又出"广告:"吴门天笑生译,是书销行至万余,现已重版又出,今将回目列下……,原价八角,今减价六角。分发行所南京奇望街有正书局,苏州都亭桥有正书局,天津东门外东马路有正书局,总发行所上海望平街有正书局,北京厂西门有正书局。"小说栏刊载短篇侦探《灯塔》,呆、笑,文言。"滑稽余谈"刊载侠情小说《情魔》,馥初,文言。

同日,《大共和日报》附张刊载短篇实事《妒海怜红记》,亦士,文言。刊载札记小说《松窗漫笔》,静厂,文言。

同日,《民权报》"小说"栏刊载短篇小说《拔舌地狱》(三六),辰,白话。

同日,《生活日报》"小说"栏刊载乱离小说《金陵半月记》,佣妇口述,甦庵执笔,文言。附张"生活艺府"之小说栏刊载短篇《河西市》,倦鹤,文言。

29 日 《申报》"自由谈"之小说栏刊载滑稽纪事《釜底抽薪》(续),超然,白话。刊载滑稽短篇《卖卜者言》(了青),文言。刊载社会小说《清乡》(用浦东土白)(凡民),白话。

同日,《时报》小说栏刊载短篇侦探《灯塔》,呆、笑,文言。

同日,《大共和日报》附张刊载短篇实事《妒海怜红记》,亦士,文言。刊载哀情小说《自由毒》,著者景缄,文言。

同日,《民权报》"小说"栏刊载短篇小说《拔舌地狱》(三七),辰,白话。

同日,《生活日报》"小说"栏刊载乱离小说《金陵半月记》,佣妇口述,甦庵执笔,文言。附张"生活艺府"之小说栏刊载侠义短篇《磨镜老人》,杏痴,文言。

30 日 《申报》"自由谈"之小说栏刊载短篇小说《忤逆儿》,(□侬),文言。刊载短篇小说《党人机关》,了青,文言。刊载短篇小说《一夕话》(苏州音、常州音),铁汉,白话。

同日,《时报》刊载《霜刀碧血记》,瘦鹃,白话。小说栏刊载短篇侦探《灯塔》,呆、笑,文言。"滑稽余谈"刊载侠情小说《情魔》,馥初,文言。

同日,《大共和日报》附张刊载短篇实事《妒海怜红记》,亦士,文言。刊载哀情小说《自由毒》,著者景缄,文言。刊载札记小说《松窗漫笔》,静厂,文言。

同日,《民权报》"小说"栏刊载苦情短篇《金石盟》(一),三郎,白话。

同日,《生活日报》"小说"栏刊载乱离小说《金陵半月记》,佣妇口述,甦庵执笔,文言。附张"生活艺府"之小说栏刊载《壬癸风花梦》,白话章回。

31 日　《申报》"自由谈"之小说栏刊载滑稽小说《狼虎图》,剑秋,文言。刊载哀情小说《杜鹃魂》(十),(孽儿),文言。

同日,《时报》小说栏刊载短篇侦探《灯塔》,呆、笑,文言。"滑稽余谈"刊载侠情小说《情魔》,馥初,文言。

同日,《大共和日报》刊载"请看!请看!!续登《清宫二年记》商务印书馆发行"广告。附张刊载哀情小说《自由毒》,著者景缄,文言。

同日,《民权报》"小说"栏刊载苦情短篇《金石盟》(二),三郎,白话。

同日,《生活日报》"小说"栏刊载乱离小说《金陵半月记》,佣妇口述,甦庵执笔,文言。附张"生活艺府"之小说栏刊载《壬癸风花梦》,白话章回。

发生于本月但日期不详之事件

《华侨杂志》第二期"小说"栏刊载政治小说《长春城记》,英国霍尔凯原著,秋心馆主人译述,文言。刊载侠情小说《剑胆箫心》,杏痴,文言。刊载历史小说《涵元殿》,小凤,白话章回。

《时事汇报》第一号刊载"行楷精图石印爱情小说《闺秀之秘密日记》"广告："本书有三大特色,曰文字曰书法曰图画。文字为闺秀荔枝十九岁一年度之日记,虽隐微莫不备载,而实偏重于爱情方面。盖荔枝爱情本有所属,旋为狂且所诱,遂致弃旧而怜新,迨无端见拒于新者,乃复转而就旧,卒成美眷。情事离奇曲折,文笔尤新颖可喜,使一般爱博而情不专与夫争妍斗艳之假自由女读之当各不寒而栗也。此文字之特色一。书凡上下两册,都百三十余页,每页前文后图,各居半幅。文为本馆记者钱生可君手写行楷,字迹流丽,足供学生生徒临池之助。此书法之特色二。图亦出自名手,不同寻常,绣像且一书而至百三十余图之多,又每图莫不具有意义,诚小说界中之得未曾有者,此图画纸特色三。至五彩封面,以及纸张印刷装订莫不精益求精,有客见此,至誉之为美术品,亦可以知其价值矣。前经本报登入画报,兹特重印单行,全书两册现已出版,定价大洋四角。总发行所上海时事新报馆,经售处各省时事新报分馆暨代派处。"刊载"清人说荟出版广告"："是书为云间颠公所辑,仿唐人说荟之例,搜采有清一代名人所著说部书,计得数十种,其间如曹千里之《说梦》,苍弇山樵之《吴逆取亡录》等,多种皆世无刊本,尤可宝贵。此外《长安宫词》(光绪帝西巡事)、《都门纪变》(纪庚子拳乱事)等虽曾刊行,然当时只投赠亲友并非卖品,故流传无多。其余或纪逸闻,或述艳迹,皆足广见闻,资掌故,亦有清一代之野史也。先出初集,装订六册一函,定价一元二角。总发行所上海棋盘街五百十三号扫叶山房。"刊载"上海广益书局发行各种新书目录",其中有:《滑稽丛书》第一辑二册定价四角,《虞初近志》洋装一册定价五角。刊载"政治历史小说《共和国专制现形记》"广告:"请观左列之目次即得全书之大概:第一回 因丧败猛鸷忽飞鸣 医圣明群狐逞狡谲 第二回 新内阁初悬国会书 旧官僚巧借农奴案 第三回 天威不测贤相出都 乱党纷拿权臣黩武 第四回 请愿书尽遭屏斥 暗杀潮再起恐慌 第五回 共和党卷土重来 国会场昙花一现 第六回 三字狱逞专制手段 廿万金买革党头颅 第七回 操戈同室嗟两败俱伤 下诏罪人禁结社集会 第八回 追悼会祸起

萧墙 反间计暗通奸谍 第九回 禁兵南下声势虚张 党人西行风潮叠起 第
十回 鸳皇避暑芬兰湾 北京发行立宪史。存书无多，购者从速，定价大
洋四角，寄售处上海时事新报馆。"刊载"滑稽小说《不可说》"广告：
"此书为著名小说家小百姓唯一之杰作，搜罗近十年来各方面之种种活
剧，而以滑稽之笔记载之其实，内容事实大而政府黑幕，下至社会怪状
以及党人情形、清宫秘密，莫不信而有征，盖合社会小说历史小说而汇
为一编，直人心之殷鉴，亦史乘之雏形，非一般凭空结撰之滑稽小说比
也。曾经本报逐日登入第一版，极受读者欢迎，惟前以分段见报，兹特
重印单行，庶几首尾衔接，开卷了然，爱读诸君定当先睹为快也。定价
每册大洋三角。发行所上海时事新报馆，经售处各省时事新报分馆暨代
派处。"《时事汇报》，上海时事新报馆发行。

发生于本年但月份不详之事件

　　《大同周报》第一期"文艺"栏"小说一"刊载哀情小说《湖畔钗影
记》，升伯，文言。"小说二"刊载社会小说《地震》，二痴，文言。《大
同周刊》，社会科学综合性刊物，内容分图画、言论、纪事、文艺、丛
录、附载等。1913 年出版。

　　《大同周报》第三期"文艺"栏"小说一"刊载哀情小说《湖畔钗影
记》，升伯，文言。"小说二"刊载哀情小说《乞儿泪》（一续），畸人，
文言。

　　《国民》第一卷第二号"小说"栏刊载《断梗零香记》，秋心，文言；
社会小说《薄命花》，汪洋，文言；奇情小说《赤幔记》，璧君，文言。

　　《华侨杂志》第一期"小说"栏刊载政治小说《长春城记》，英国霍尔
凯原著，秋心馆主人译述，文言。刊载侠情小说《剑胆箫心》，杏痴，
文言。刊载历史小说《涵元殿》，小凤，白话章回。《华侨杂志》民国初
年上海华侨联合会出版华侨刊物，主要刊载关于华侨问题的论著、译文

与调查材料，还刊登工业及商业方面的文章，有少量小说、诗词等文学作品，并报道一月大事。内容分言论、调查、实业、史编、时事一月记、文苑、小说、杂录等。民国二年十一月创刊，至民国三年一月第三期止。

《论衡》第二期"小说"栏刊载《人道》，钏影，文言。

《论衡》第三期"小说"栏刊载《人道》，钏影，文言。

《民国汇报》第一卷第一号刊载"《民国汇报》简章"，其中"（四）杂纂部，其目如左，史传、演辞、小说、杂俎"。"小说"栏之"艳情小说"栏刊载《疯十八姬》，楚伧，文言；刊载《毕姬》，含嘉，文言。"侠情小说"栏刊载《月卿》，天任，文言。"武勇小说"栏刊载《罗家三展》，树立，文言。"奇情小说"栏刊载《画师》，瘦蝶，文言。"哀情小说"栏刊载《王氏》，署名"善"，文言。"社会小说"栏刊载《墙里外之冷煖》，署名"石瀑"，文白相参。"滑稽小说"栏刊载《存根簿》，呆译，（西班牙配特洛原著），白话；刊载《相士》，文言。《民国汇报》第一期，定价大洋三角，编辑兼发行人徐血儿、邵力子，编辑所上海三茅阁桥五十五号《民国汇报》事务所，总发行所上海三茅阁桥五十四号《民国汇报》发行所，印刷所上海小南门外民立图书公司（第四期改为同益印刷公司）。

《民国汇报》第一卷第二号刊载"中华图书馆各书目录"广告，内有《明季稗史》七角，《明末野史》八角，《俞曲园右台仙馆笔记》一元六角，《商雅堂笔记》八角，《潇湘馆笔记》四角，《阅微草堂笔记》五角，《青泥莲花记》一元，《情史》一元，《鸿雪因缘》一元六角，梁章钜《归田琐记》四角，《宵光剑》五角，《鄂州血》八角，《雍正剑侠奇案前编三册》一元五角，《陆续孽海花三四五六》二元，《侦探谈一二三四》二角五分、二角五分、二角五分、四角，《杨贵妃》三角，《倭刀恨》六角，《家庭现形记》二角。"杂纂之部"之"小说"栏，"寓言小说"栏刊载《新正朔》，署名"秋心"，文言；刊载《共和新梦》，署名"择"，文言。"义勇小说"栏刊载《从军乐》，署名"　生"，白话。"滑稽小说"栏刊载《年神运动观》，署名"老谈"，白话；刊载《开纽脱》，飞鲲译，文言。"纪念小说"栏刊载《新离骚》，署名"隐"，白话。"社会小说"栏刊载《芜城女子》，文言。"侠情小说"栏刊载《秀烟》，文言。"哀情小说"栏刊载《莲女》，署名"君亮"，文言。刊载"民国最有势力最有信用值新报《民立报》"广告："主张稳健，宗旨正大，材料丰富，消息灵敏，建设民国之利器，光复前鼓吹革命之健将，民国成立后鼓吹统一之健将，中华民国对内对外之言论机关，四万万人公有之言论机关，订报价目全年十元，半年五元半，欧美各国全年十五元，告白价目长行三行起码，每行四角，二日后二角半，七日后二角，封面加倍，短行五十字起码，每字五厘，二日后三厘半，八日后三厘。"

《民国汇报》第一卷第三号"小说"栏之"哀情小说"栏刊载《贾宝玉》，楚伧，文言。"奇情小说"栏刊载《孪生》，署名"钝"，文言。"哲理小说"栏刊载《王德元》，吉乐，文言。"札记小说"栏刊载《碧窗女史》，钝觉，文言；刊载《镖师妇》，剑啸，文言；刊载《镖师女》，剑啸，文言。"滑稽小说"栏刊载《狐狗相争记》，南园，文言。

《民国汇报》第一卷第四号"小说"栏之"奇情小说"栏刊载《小芬》，之子，文言。"言情小说"栏刊载《柳珊》，秋心，文言。"言情小说"栏刊载《西太后》，春风，文言。"侠情小说"栏刊载《脱险记》，署名"默"，文言。"哀情小说"栏刊载《乔莺小传》，无尽，文言。

《少年》第二卷第十二号刊载《医心术》，白话。刊载"商务印书馆共和国宣讲书《新社会》现已出至三集，每集一角二分"广告："承数千年专制之后，一旦改建民国，欲使穷乡僻壤，人人知共和之要义，非宣讲不为功，顾正言庄论，推阐学理，听者必易厌倦。本书为小说大家天笑生所撰。以街谈巷议之口吻，述共和国民之智识，宣讲员得此以为资料。虽农夫村妪闻之无不了解，其稍识字义能阅小说者手此一编，亦能领会。共和思想之发达当惟此书是赖矣。民国成立，各属地方宣讲所，须延聘专员，随时宣讲。以增进国民之智识。上列数书，浅显明了，宣讲适用。"其中列小说："《克莱武传》三角，《澳洲历险记》一角五分，《美洲童子万里寻亲记》三角，《鲁滨孙飘流记》七角。"

　　《游戏杂志》编辑者钝根，主撰者天虚我生、了青、瘦蝶、率公、爱楼、梦觉生。刊载"征文条例"广告："一文体，谐文小说笔记诗词及其他有趣之文字。……三润笔，略分三等，一等每千字奉酬三元，二等每千字奉酬二元，三等每千字奉酬一元，不愿受酬者请于稿本注明，诗词恕不奉酬。……"刊载"《游戏杂志》序"："不世之勋，一游戏之事也。万国来朝，一游戏之场也。号称霸王，一游戏之局也。楚汉相争，三分割据，及今思之，如同游戏。宋金互斗，半壁东南，及今思之，如同游戏。克复两京，功盖寰宇，及今思之，如同游戏。茅庐三顾，鱼水君臣，及今思之，如同游戏。况真有广寒听法曲，烽火戏诸侯之帝王也哉。考韩柳奇文，喻马说龙，游戏之笔也。良平妙策，鬼神傀儡，游戏之战也。风轮火瑃，纵横九万里，其制作之始，不过游戏之具而已。祖德宗功，上下五千年，其肇造之初，不过游戏之偶而已。由是言之，游戏岂细微事哉。顾游戏不独其理极玄，而其功亦伟。邹忌讽齐王谏也，宋玉对楚王问也，或则战胜于朝廷，或则自宽其谴责，其余如捕蛇者说、卖柑者言，莫不藉游戏之词、滑稽之说以针砭乎世俗、规箴乎奸邪也。然此亦易言也。尽有如香薰班马而不能一下游戏之笔者。盖知臣朔诙谐，亦别有过人处在也。当今之世，忠言逆耳、名论良箴，束诸高阁。惟此谲谏隐词，听者能受尽言。故本杂志搜集众长，独标一格，冀藉淳于微讽，呼醒当世。顾此虽名属游戏，岂得以游戏目之哉？且今日之所谓游戏文字，他日进为规人之必要，亦未可知也。余鉴于火瑃风轮之起点，宗功祖德之开端，而知今日之供话柄、驱睡魔之游戏杂志，安知他日不进而益上，等诸诗书易礼春秋宏文之列也哉？是为序。民国二年十一月。爱楼序于海上。"刊载"《自由女》"广告："是书为小说名家常州庄君所著，叙述粤中风土人情及一切游顽之地最为详尽，读之恍如身历其境，而于女界之事实，描摹尤为入神，于尺幅中具汪洋之势者，是编有焉，每册二角。中华图书馆广告。""译林"栏刊载《小说家之入款》，署名"常觉"，全文如下："伦敦快报述小说家之入款，至堪惊骇。谓小说家之著名者每一小时可得美金五十元，每著一书，发行后可向发行之书肆按照售价取百分之二十五以为酬报。如有一书定价每部美金一元半，售出一万部著作者应得三千七百五十元之酬金。若购其版权，总须在二千五百元以上。此外如制为影戏，编为戏剧及转译等须另出费。概归著作者所得之数，亦至巨。近世女著作家梅丽可兰每著一书可得酬十万金元，而好尔开恩且有过之，是以著小说为生涯者，实比寻常文字为优矣。"刊载"中华图书馆广告小说周刊《礼拜六汇订》第一期至一百期精装十厚册"广告："本馆所编小说周刊《礼拜六》一书发行以来备蒙社会欢迎，行销已达百数十万册，礼拜六三字几于妇稚皆知，其价值何如已可概见，无待本馆赘言。惟卷帙繁琐，源源无量，且各种长篇多分载各期中，阅者不免多检索之劳，兹本馆为便利阅者起见，特将第一期至一百期，精装汇订十厚册，以备亟购，而便翻阅。每部定价十二元，平装一百册，附赠楠木箱，定价十元。第一期至八十期每本一角，第八十一期至百期每本五分。上海棋盘街五一六号门牌(电话二四五九号)中六。""说部"栏刊载《芙蓉影》，标"写情小说"，署名"蝶仙"，文言。刊载《徐娘福》，标"诙谐短篇"，署名"钝根"，文言。其前曰："读天虚我生《芙蓉影》既竟，予乃偶忆我乡徐娘事，至堪发噱，援笔述之如左。"刊载社会小说《败家子》(又名七里光)，署名"剑秋"，文言。刊载《小学堂三日记》，署名"梦犊生"，文言。刊载言情小说《不了缘》，署名"了青"，文言。刊载滑稽短篇《婚事趣谈》，署名"常觉"、"觉迷"合译，文言。刊载札记小说《男尼》，署名"剑秋"，文言。刊载"中华图书馆广告"："《侬之影史》印刷中"，又"精选短篇小说第一集：是书为剑公所辑，皆近时短篇杰作，笔记菁英，搜奇剔幽，不落时下常套，新隽有味，尤多未经人道及者，诚小说中最时髦之精品也，每辑上下二册，共售洋四角。上海棋盘街五一六号门牌(电话二四五九号)中五。"

《震旦》第 1 期"小说"栏刊载言情小说《宁罗佳丽》，乐天，文言。《震旦》为民国初期政务讨论刊物，内容分论著、政评、报告、译论、法令、公牍、文苑、杂俎、小说、调查、附刊等。自 1913 年 2 月起，至 1913 年 5 月止，共出四期。北大藏四期，上图藏四期。

《震旦》第 2 期"小说"栏刊载言情小说《宁罗佳丽》(续)，乐天，文言。

《震旦》第 3 期"小说"栏刊载言情小说《宁罗佳丽》，乐天，文言。

《震旦》第 4 期"小说"栏刊载小说《新婚别》，法国沙尔黎原著，闽县林纾笔述，同县廖琇昆口译，文言。刊载小说《宁罗佳丽》(续)，乐天，文言。刊载爱情小说《红叶梦》，又樵，文言。

1914 年

1 月

1 日 《东方杂志》第十卷第七号刊载《清宫二年记》(不准转载),
泠汰、贻先同译,文言。

同日,《中华小说界》第一期"序论"栏刊载《中华小说界发刊词》,
瓶庵,其文曰:"《中华小说界》第一期编辑既成,校印方毕,客有造予
而问者曰:方今国家多故,外患日逼,民穷财尽,岌岌不可终日,而子
乃研墨调朱,糜宝贵之光阴,损有用之精力,矻矻孳孳,日从事于小
说,毋乃急其所缓,而缓其所急,是亦不可以已乎? 予曰:客不言予亦
怀欲陈之久矣,请假前席,以毕吾词。夫蒙叟成书,半是寓言之体。虞
初著目,始垂小说之名。厥后五总发函,十洲作记,搜神志怪,流衍遂
繁。顾言不齿于缙绅,名不列于四部。斥同鸩毒,视等俳优。下笔误
征,每贻讥于博雅,背人偷阅,辄见责于明师。凡诸滑稽游戏之谈,绳
以海盗海淫之罪,泊于晚近,西籍东输,海内文豪,从事译述,遂乃绍
介新著,裨贩短章。小说一科,顿辟异境。然而言情侦探,花样日新,
科学哲理,骨董罗列。一编假我,半日偷闲,无非瓜架豆棚,供野老闲
谈之料,茶余酒后,备个人消遣之资,聊寄闲情,无关宏旨。此由吾国
人士积习相沿,未明小说之体裁,遂致失小说之效用也。夫荟萃旧闻,

羽翼正史，运一家之杼轴，割前古之膏腴，则小说者可称之曰已过世界之陈列所。影拓都之现状，笔代燃犀，贡殊域之隐情，文成集锦。支渠兼纳，跬步不遗，则小说者可称之曰现在世界之调查录。地心海底，涌奇境于灵台，磁电声光，寄遐想于哲理，精华宣泄，知末日之必届，文物发展，冀瀛海之大同，则小说者可称之曰未来世界之试验品。包括三界，奄有众长，聚鬼谈而不嫌，食仙字而自喜，诙谐嘲讽，本乎自然。薰刺浸提（见饮冰所辑《新小说》一号），极其能事，以言效用，伟矣多矣。兹编之作，尤抱有三大主义，以贡献于社会。一曰作个人之志气也。小说界于教育中为特别队，于文学中为娱乐品，促文明之增进，深性情之戟刺，抗心义侠，要离之断头何辞，矢志国仇，汪锜之童殇奚恤。有远大之经营，得前事以作师资，而精神自奋，有高尚之理想，见古人已先著手，而诣力益坚，无形之鞭策胜于有形之督责矣。一曰祛社会之习染也。穿耳缠足，有妨体育，迎神赛会，浪掷金钱，谈星相则，妄邀天倖，虐奴婢则惨无人理，尔虞我诈，信誓皆虚，积垢丛污，卫生部讲，凡兹恶点，相习成风，小说界以罕譬曲喻之文，作默化潜移之具，冀以挽回末俗，输汤新机。一曰救说部之流弊也。凡事不能有利而无害，自说部发达，其势力遍于社会，于是北人以强毅之性，濡染于三国水浒诸书，南人以优柔之质寝馈于西厢红楼等籍，极其所至，狭邪倾心，接席辄自托于宝玉张生，屠沽攘臂登台，亦比迹于李逵许褚，摹仿泰西形式，花冠雪服，结婚竟可自由，崇拜虚无党员，炸弹手枪广座居然暗杀。慕隐形易容之术，肱箧何妨，信祭宝斗法之谈，揭竿遽起，艳情本以醒世而恋爱益深，神怪本属寓言而迷信增剧，小说界务循正轨，取鉴前车，力矫往昔之非，稍尽一分之责，虽然，见仁见知，视乎其人，为毁为誉，期于定论，亦何敢妄自夸诞，见诮于大方哉。客称善而退。爰笔其说，以志简端。""短篇"栏刊载言情小说《电话》，笑，文言；刊载复仇小说《白羽冠》，冻华、瓶庵，文言；刊载滑稽小说《纸牌》，英蚩、瓶庵，白话；刊载讽刺小说《噩梦》，瓶庵，白话；刊载滑稽小说《水证》，瘦霜，白话；刊载社会小说《海涯谈命录》，何寄沤，文言。

"长篇"栏刊载侦探小说《八一三》,卓呆、天笑,白话;刊载言情小说《情铁》,法国老昔倭尼原著,闽县林纾笔述,侯官王庆通口译,文言。刊载"本社广告":"投稿诸君注意:本社刊印小说界,月出一册,海内外文豪有欲以小说稿本售于本社者,无论长篇短篇,其价格自一元以至五元,分等给酬,至笔记、游记、传奇、小说丛话等,尤极欢迎,一律照上开价格酬报,此外如诗记歌词欲藉本报发表,遗闻轶事可为小说资料者,本社一经收录,亦必略有酬赠,藉答高谊,如投稿诸君声明欲将原稿收回者,本社仍交邮局挂号寄还,以表特别优待,而示格外欢迎之意。"《中华小说界》,总发行所上海抛球场中华书局。

同日,《申报》"自由谈"之小说栏刊载滑稽小说《斯文扫地》,(钝根),文言。

同日,《时报》小说栏刊载短篇侦探《灯塔》,呆、笑,文言。

同日,《民权报》"小说"栏刊载滑稽短篇《龙虎门》,(铁冷),文言。

同日,《生活日报》"小说"栏刊载乱离小说《金陵半月记》,佣妇口述,甦庵执笔,文言。附张"生活艺府"之小说栏刊载《糊涂眼》,小凤,白话。

同日,《神州日报》"神皋杂俎"栏之说部刊载短篇小说《贺新年》,□叟,白话。

2日 《时报》刊载《霜刃碧血记》,瘦鹃,白话。

同日,《生活日报》"小说"栏刊载乱离小说《金陵半月记》,佣妇口述,甦庵执笔,文言。附张"生活艺府"之小说栏刊载《壬癸风花梦》,白话章回。

同日,《申报》"自由谈"之小说栏刊载滑稽小说《斯文扫地》(十),(钝根),文言。刊载社会短篇《牛衣语》,(佐彤),白话。

同日,《时报》小说栏刊载短篇侦探《灯塔》,呆、笑,文言。"滑稽余谈"刊载侠情小说《情魔》,馥初,文言。

同日,《民权报》"小说"栏刊载苦情短篇《金石盟》(三),三郎,白话。

同日,《生活日报》"小说"栏刊载乱离小说《金陵半月记》,佣妇口述,甦庵执笔,文言。附张"生活艺府"之小说栏刊载《壬癸风花梦》,白话章回。

同日,《神州日报》"神皋杂俎"栏之说部刊载言情小说《螺壳梦》,□叟,白话。至本月 20 日止。

4 日 《申报》"自由谈"之小说栏刊载滑稽小说《斯文扫地》(十一),(钝根),文言。刊载寓言小说《狐道学》(啸霞山人),文言。

同日,《时报》刊载《霜刃碧血记》,瘦鹃,白话。小说栏刊载短篇侦探《灯塔》,呆、笑,文言。"滑稽余谈"刊载侠情小说《情魔》,馥初,文言。

同日,《白话捷报·附张》刊载实事小说《丁宝臣》,古燕琴心氏初稿,亚侠题,文言。

同日,《民权报》"小说"栏刊载苦情短篇《金石盟》(四),三郎,白话。"新聊斋"栏刊载《影卿》,花奴,文言。

同日,《生活日报》"小说"栏刊载乱离小说《金陵半月记》,佣妇口述,甦庵执笔,文言。附张"生活艺府"之小说栏刊载《壬癸风花梦》,白话章回。刊载"《中国实业杂志》第五年第一期已到"广告,内有小说一项。

同日,《新闻报》"庄谐录"之"小说林"栏刊载《新五才子》,至本月25 日止。

5 日 《申报》"自由谈"之小说栏刊载滑稽小说《斯文扫地》(十二),(钝根),文言。刊载寓言小说《狐道学》(续)(啸霞山人),文言。

同日,《时报》刊载《霜刃碧血记》,瘦鹃,白话。小说栏刊载短篇侦探《灯塔》,呆、笑,文言。"滑稽余谈"刊载侠情小说《情魔》,馥初,文言。

同日,《白话捷报·附张》刊载哀情小说《金锺水》,冷佛著,白话;刊载实事小说《丁宝臣》,文言。

同日，《民权报》"小说"栏刊载苦情短篇《金石盟》（五），三郎，白话。

同日，《生活日报》"小说"栏刊载乱离小说《金陵半月记》，佣妇口述，甦庵执笔，文言。附张"生活艺府"之小说栏刊载《壬癸风花梦》，白话章回。

6日 《申报》"自由谈"之小说栏刊载侦探小说《寄生树》，（不才译意），文言。

同日，《时报》刊载《霜刃碧血记》，瘦鹃，白话。小说栏刊载短篇侦探《灯塔》，呆、笑，文言。

同日，《民权报》"小说"栏刊载苦情短篇《金石盟》（六），三郎，白话。

同日，《生活日报》"小说"栏刊载乱离小说《金陵半月记》，佣妇口述，甦庵执笔，文言。附张"生活艺府"之小说栏刊载《壬癸风花梦》，白话章回。

7日 《申报》"自由谈"之小说栏刊载滑稽纪事《知事迷》，了青，白话。刊载侦探小说《寄生树》，（不才译意），文言。

同日，《时报》刊载《霜刃碧血记》，瘦鹃，白话。小说栏刊载短篇侦探《灯塔》，呆、笑，文言。"滑稽余谈"刊载侠情小说《情魔》，馥初，文言。

同日，《民权报》"小说"栏刊载苦情短篇《金石盟》（七），三郎，白话。"新聊斋"栏刊载《暖香梦》，只瘦，文言。

同日，《生活日报》"小说"栏刊载乱离小说《金陵半月记》，佣妇口述，甦庵执笔，文言。附张"生活艺府"之小说栏刊载《壬癸风花梦》，白话章回。

8日 《申报》"自由谈"之小说栏刊载滑稽纪事《知事迷》（续），了青，白话。刊载侦探小说《寄生树》（三），（不才译意），文言。

同日，《时报》刊载"上海河南路中华书局出版世界童话十种"广告："《二王子》《梦三郎》《魔博士》《指环魔》《法螺君》《卜人子》《驴公主》

《惊人谈》《铁王子》《大洪水》，本局编辑世界童话百种，选择中外古今人物传记、掌古时事，以及博物资料、德育模范、寓言游戏，莫不兼采，文字浅显，图画简明，使儿童易于领悟，乐于观览，而议论正大，述事简明，恰合儿童之心理，符共和之真谛，当兹新年学校家庭购作奖品，尤为适用，各书封面五彩石印，精美悦目，每种一册，定价五分。"刊载《霜刃碧血记》，瘦鹃，白话。小说栏刊载短篇侦探《灯塔》，呆、笑，文言。

同日，《民权报》"小说"栏刊载苦情短篇《金石盟》（八），三郎，白话。

同日，《生活日报》"小说"栏刊载乱离小说《金陵半月记》，佣妇口述，甦庵执笔，文言。附张"生活艺府"之小说栏刊载《壬癸风花梦》，白话章回。刊载"王无生先生之丧定于旧历本月初九日在京江公所受吊，十四日出殡，王宅通告"。

9 日　《申报》"自由谈"之小说栏刊载侦探小说《寄生树》（四），（不才译意），文言。刊载滑稽短篇《舅妈与炸弹》，（瘦蝶），文言。刊载短篇小说《观察使》，徐州济航，文言。

同日，《时报》小说栏刊载短篇侦探《灯塔》，呆、笑，文言。"滑稽余谈"刊载侠情小说《情魔》，馥初，文言。

同日，《民权报》"小说"栏刊载苦情短篇《金石盟》（九），三郎，白话。

同日，《生活日报》刊载"王无生诸知好公鉴"："王无生君文章行谊久闻于时，勿庸赘述，近者病殂沪上，旅榇将归，身后清贫，文人常态，交全终始，我辈奚辞，赀其丧葬，存其孤寡，有厚赖焉，赙赠之投，至希厚速。凡有赙赠者寄送小花园《独立周报》馆代收，刘逊甫钱芥尘康连寉汪允宗谈善吾同启。""小说"栏刊载乱离小说《金陵半月记》，佣妇口述，甦庵执笔，文言。附张"生活艺府"之小说栏刊载《壬癸风花梦》，白话章回。

同日，《新闻报》"庄谐录""小说林"栏刊载侦探小说《魔爱》，涵秋，文言。至本月 27 日止。

10 日　《妇女时报》第十二号刊载广告："舟车行旅之良伴侣 酒后茶余之消遣品：《原本红楼梦》，两函，三元六角，此书敷华捃藻，立意遣词，无一落前人窠臼。早已称誉天壤，不待赘述。惟坊刻均经后人穿凿，有首尾不相连贯者，有言词与当时情景不相吻合者。谫陋残缺，殊乖作者当日之微旨，识者惜焉。此本为国初秘藏，较近本增出数百段，字句间尤多不同，情词美完，乃无间隙，实有一无二之原本也。敝局不惜重资，租得板权，付印以公海内，并请著名小说大家详加批评，其机警处真能揭破谜幕，令阅者有一目无余，了然不惑之妙。至印刷精良，字迹清朗，尤为前此所未有。二十册分装两函，极便携带。《原本聊斋志异》，八册一元八角，此书原稿存山东蒲氏，子孙世守，秘不示人，以其中颇多抱汉族不平之语，俗刻本皆经删改，以见犯忌，今设法借抄付印以广流传，其顶批、旁批，除标明与俗本不同者外，皆系原有议论，极精极妙，可与圣叹接席，但不知何人手笔，想与聊斋同时俦侣也。此书文词古奥，多言外意，小说家、文学家、戏剧家之津筏也。总发行所上海望平街、北京厂西门有正书局启。"刊载"新出版书画"，内有《梅花落》再版："吴门天笑生译，是书销行至万余，现已重版又出，今将回目列下：第一回 种祸根船主醉春醪 堕恶运闺秀沦魔窟 第二回 意缠绵独立主义者 话劳叨恋爱自由家 第三回 白云红梅男爵感奇遇 明珰翠羽贫女叹知音 第四回 动感情夫人初入邸 讲心理侄儿重登门 第五回 老男爵连天掀醋海 恶医生遍地布疑云 第六回 常勃尔气走迷香洞 波临顿闹乱游山场 第七回 勇娇娥贞心盟古塔 病大佐苦口慰侯门 第八回 下鸩毒命倾三滴药 折鸳翼肠断一封书 第九回 促狭人偏逢促狭鬼 死冤家又遇活冤家 第十回 贞女蹈危机老人堕泪 恶徒露密计奸党谈心 第十一回 剧凄凉狱窗囚玉体 痛憔悴病室结珠胎 第十二回 黑狱无人人来黑狱 情天不老老死情天 第十三回 老男爵身尝不老液 苦冰娘魂归离恨天 第十四回 冰天雪地孝女走仓皇 玉貌珠衣娇儿慰寂寞 第十五回 祸自天来蓝田失玉 喜出望外合浦还珠 第十六回 穆特侯父女重会聚 当勃男夫妇庆团圆"。刊载《孝女复仇记》,署名翰芬,文言。刊载家庭小说《蚊》,呆,白话。刊载爱国小说《邯郸新梦》,吴门剑花,文言。中华民国三年一月十日发行。

同日,《教育研究》第九期"杂纂"栏刊载教育小说《少年机关师》(续第八期),蛰庵、天笑同著,白话。

同日,《申报》"自由谈"之小说栏刊载侦探小说《寄生树》(五),(不才译意),文言。

同日,《时报》小说栏刊载短篇侦探《灯塔》,呆、笑,文言。"滑稽余谈"刊载侠情小说《情魔》,馥初,文言。

同日,《爱国白话报》"庄严录"栏刊载《花和尚》,剑胆,白话,至3月31日完。

同日,《民权报》"小说"栏刊载苦情短篇《金石盟》(十),三郎,白话。

同日,《生活日报》"小说"栏刊载乱离小说《金陵半月记》,佣妇口述,甦庵执笔,文言。附张"生活艺府"之小说栏刊载《壬癸风花梦》,白话章回。

11 日 《申报》"自由谈"之小说栏刊载侦探小说《寄生树》(六),(不才译意),文言。刊载短篇小说《吃粥上当》,锋,白话。

同日,《时报》小说栏刊载短篇侦探《灯塔》,呆、笑,文言。"滑稽余谈"刊载侠情小说《情魔》,馥初,文言。

同日,《民权报》"小说"栏刊载苦情短篇《金石盟》(十一),三郎,白话。

同日,《生活日报》"小说"栏刊载乱离小说《金陵半月记》,佣妇口述,甦庵执笔,文言。附张"生活艺府"之小说栏刊载《壬癸风花梦》,白话章回。

12 日 《申报》"自由谈"之小说栏刊载纪事小说《军用学校》(济航),文言。刊载讽世小说《佛口蛇心》,(佐彤),白话。刊载社会短篇《买年货》,(景炎),文言。刊载零碎纪事《色迷迷》,(朱石痴),

文言。

同日，《时报》小说栏刊载短篇侦探《灯塔》，呆、笑，文言。"滑稽余谈"刊载侠情小说《情魔》，馥初，文言。

同日，《民权报》"小说"栏刊载苦情短篇《金石盟》（十二），三郎，白话。

同日，《生活日报》"小说"栏刊载乱离小说《金陵半月记》，佣妇口述，甦庵执笔，文言。附张"生活艺府"之小说栏刊载《壬癸风花梦》，白话章回。

13日　《申报》"自由谈"之小说栏刊载短篇小说《婢女苦》，（慈溪蠖屈），白话。刊载滑稽短篇《文明苦》，瘦蝶，文言。刊载短篇小说《七世冤家》，善卿，白话。刊载游戏短篇《戏梦》，蠖屈，文言。

同日，《时报》小说栏刊载短篇侦探《灯塔》，呆、笑，文言。"滑稽余谈"刊载侠情小说《情魔》，馥初，文言。

同日，《民权报》"小说"栏刊载苦情短篇《金石盟》（十三），三郎，白话。

同日，《生活日报》"小说"栏刊载乱离小说《金陵半月记》，佣妇口述，甦庵执笔，文言。附张"生活艺府"之小说栏刊载《壬癸风花梦》，白话章回。

14日　《申报》"自由谈"之小说栏刊载《玉女魂》（一）（英国罗生女士著）（中华雪英译），文言。刊载纪事小说《献土地》，（逸鸥），文言。

同日，《时报》小说栏刊载短篇侦探《灯塔》，呆、笑，文言。"滑稽余谈"刊载侠情小说《情魔》，馥初，文言。

同日，《民权报》"小说"栏刊载苦情短篇《金石盟》（十四），三郎，白话。

同日，《生活日报》"小说"栏刊载乱离小说《金陵半月记》，佣妇口述，甦庵执笔，文言。附张"生活艺府"之小说栏刊载滑稽短篇《孤忠泪》，杏痴，文言。

15日　《正谊》第一卷第一号"艺文二"栏刊载小说《侠骨忠魂》，原名 Les Trois Monsgnietairns ，法国大仲马著，无我译，文言。《正谊》为政论性刊物，1914 年 1 月创刊于上海，谷钟秀主编，月刊，以"促进政治之改良，培育社会之道德"为宗旨，主张采用内阁制，实行地方分权，反对袁世凯专制，1915 年 6 月停刊，共出 9 期。

同日，《申报》"自由谈"之小说栏刊载《玉女魂》(二)(英国罗生女士著)(中华雪英译)，文言。刊载短篇小说《大少难》(立三)，白话。

同日，《时报》小说栏刊载《炸弹》，鹃、笑，白话。"滑稽余谈"刊载侠情小说《情魔》，馥初，文言。

同日，《民权报》"小说"栏刊载苦情短篇《金石盟》(十五)，三郎，白话。

同日，《生活日报》"小说"栏刊载乱离小说《金陵半月记》，佣妇口述，甦庵执笔，文言。附张"生活艺府"之小说栏刊载滑稽短篇《阎摩恨》，宛若，白话。

16 日 《申报》"自由谈"之小说栏刊载《玉女魂》(三)(英国罗生女士著)(中华雪英译)，文言。

同日，《时报》小说栏刊载《炸弹》，鹃、笑，白话。"滑稽余谈"刊载社会小说《穷途泪》，云石，白话。

同日，《民权报》"小说"栏刊载苦情短篇《金石盟》(十六)，三郎，白话。

同日，《生活日报》"小说"栏刊载乱离小说《金陵半月记》，佣妇口述，甦庵执笔，文言。附张"生活艺府"之小说栏刊载《壬癸风花梦》，白话章回，小凤。

17 日 《申报》"自由谈"之小说栏刊载《玉女魂》(四)(英国罗生女士著)(中华雪英译)，文言。

同日，《时报》小说栏刊载《炸弹》，鹃、笑，白话。"滑稽余谈"刊载社会小说《穷途泪》，云石，白话。

同日，《民权报》"小说"栏刊载苦情短篇《金石盟》(十七)，三郎，白话。

同日，《生活日报》"小说"栏刊载乱离小说《金陵半月记》，佣妇口述，甦庵执笔，文言。

18日　《申报》"自由谈"之小说栏刊载《玉女魂》(五)(英国罗生女士著)(中华雪英译)，文言。刊载滑稽小说《灶君晦气》，觉迷，白话。刊载短篇实事《金钱罪恶》，(扬州小杜)，文言。

同日，《时报》小说栏刊载《炸弹》，鹃、笑，白话。"滑稽余谈"刊载社会小说《穷途泪》，云石，白话。

同日，《民权报》"小说"栏刊载苦情短篇《金石盟》(十八)，三郎，白话。

同日，《生活日报》"小说"栏刊载乱离小说《金陵半月记》，佣妇口述，甦庵执笔，文言。

19日　《申报》"自由谈"之小说栏刊载《玉女魂》(六)(英国罗生女士著)(中华雪英译)，文言。刊载滑稽短篇《土胎》，凡民，文言。刊载短篇小说《黑尾猫》，(太原草儿)，文言。

同日，《时报》小说栏刊载《炸弹》，鹃、笑，白话。"滑稽余谈"刊载社会小说《穷途泪》，云石，白话。

同日，《民权报》"小说"栏刊载苦情短篇《金石盟》(十九)，三郎，白话。

同日，《生活日报》"小说"栏刊载乱离小说《金陵半月记》，佣妇口述，甦庵执笔，文言。

20日　《说报》第八期"文艺部"之"小说"栏刊载社会小说《新镜花》(续前期)，涛痕，白话章回。

同日，《申报》"自由谈"之小说栏刊载《玉女魂》(七)(英国罗生女士著)(中华雪英译)，文言。刊载滑稽短篇《送灶》，瘦蝶，白话。

同日，《时报》小说栏刊载《炸弹》，鹃、笑，白话。"滑稽余谈"刊载社会小说《穷途泪》，云石，白话。

同日，《民权报》"小说"栏刊载苦情短篇《金石盟》(二十)，三郎，白话。

同日，《生活日报》"小说"栏刊载乱离小说《金陵半月记》，佣妇口述，甦庵执笔，文言。

21 日 《申报》"自由谈"之小说栏刊载《玉女魂》(八)(英国罗生女士著)(中华雪英译)，文言。刊载短篇白话《打学徒》，(寄生)，白话。

同日，《时报》小说栏刊载《炸弹》，鹃、笑，白话。"滑稽余谈"刊载社会小说《穷途泪》，云石，白话。

同日，《民权报》"小说"栏刊载滑稽短篇《亲属会》，湍豪，文言。

同日，《生活日报》附张"生活艺府"之小说栏刊载《阴历停版》，(甲)，白话。刊载民权出版部"欢迎新小说：《孽冤镜》出世，《玉梨魂》再版，《兰娘哀史》再版，《锦囊》"广告。

同日，《神州日报》"神皋杂俎"栏之说部刊载滑稽短篇《不得了》，□笒，白话。

25 日 《法政学报》第二卷第一号"小说"栏刊载社会小说《少年囚》(续第三期)，孟文翰，文言。

同日，《小说月报》第四卷第十号"短篇小说"栏刊载《今生福》，清净虚，文言；刊载《蚤妒》，法国孟巴桑原著，古闽陈任先、廖旭人同译，文言；刊载弹华生纪闻之三《明驼艳语》，不才，文言；刊载《空门怨》，清虚，文言。"长篇小说"栏刊载社会小说《离鸾》，宣樊，文言；刊载《孤士影》，英国玛林克罗福著，诗庐译，文言。刊载"商务印书馆发行《出版界》一二三四五六"广告，内有"小说"一门。刊载"商务印书馆出版小本小说"广告，所列书目同前。"说林"栏刊载《小说丛考二集卷四》，泖东一蟹编，此期刊载《求如愿院本考》《岳传演义考》。刊载"本社通告"："一本报各门皆可投稿，短篇小说尤所欢迎。一来稿务祈缮写清楚，并乞将姓名住址及欲得何等酬报详细开示，以便通讯。一如系译稿，请将原书一同掷下，以便核对。一中选者分五等酬谢。甲等每千字五元，乙等每千字四元，丙等每千字三元，丁等每千字二元，戊等每千字一元。一来稿不合者，除长篇立即退还外，其余短篇小说及各种杂稿，概不奉璧。一如有将诗词杂著游记随笔以及美人摄影风景写真惠寄者，本社无任感纫，一经采用，当酌赠本报若干册以答雅意，惟原件概不退还。"刊载本社通告，为征稿启事，内容同前。

28 日　《新闻报》"庄谐录""小说林"栏刊载侦探小说《魔爱》，涵秋，文言。

29 日　《申报》"自由谈"之小说栏刊载临时撰著短篇《画木虎》，(醒庵)，文言。

同日，《时报》小说栏刊载短篇杂撰《旧癸新甲》，又甦，文言。刊载《蓓德小传》，笑，文言。

同日，《生活日报》"小说"栏刊载短篇《新升官图》，倦鹤，文言。附张"生活艺府"之小说栏刊载《过年风花梦》，小凤，白话。

同日，《神州日报》"神皋杂俎"栏之说部刊载滑稽短篇《释虎》，□突，白话。刊载《清史演义》(四集)(禁转载)，陆士谔，白话章回。

同日，《新闻报》"庄谐录""小说林"栏刊载侦探小说《魔爱》，涵秋，文言。

30 日　《申报》"自由谈"之小说栏刊载《议员哭宴记》(仿西厢记哭宴全文)，何许人。刊载社会小说《赚金术》，了青，文言。

同日，《时报》小说栏刊载记事小说《今年今日》，孝宗，文言。刊载《蓓德小传》，笑，文言。

同日，《生活日报》刊载"簇崭全新之稗史《民国野史甲乙编》出版预告"。附张"生活艺府"之小说栏刊载《壬癸风花梦》，白话章回。

同日，《新闻报》"庄谐录"之"小说林"栏刊载《新五才子》，至同年 3 月 1 日止。

31 日　《申报》"自由谈"之小说栏刊载《玉女魂》(九)(英国罗生女士著)(中华雪英译)，文言。刊载短篇小说《昙花影》，苍水，文言。

同日，《时报》小说栏刊载《胠箧之王》，法国玛黎瑟勒勃朗著，吴门瘦鹃译，文言。

同日，《生活日报》附张"生活艺府"之小说栏刊载《壬癸风花梦》，白话章回。

同日，《神州日报》"神皋杂俎"栏刊载社会小说《全交苦》，老谈，白话。刊载《清史演义》（四集）（禁转载），陆士谔，白话章回。

同日，《新闻报》"庄谐录""小说林"栏刊载侦探小说《魔爱》，涵秋，文言。至同年 2 月 23 日止。

发生于本月但日期不详之事件

《华侨杂志》第三期"小说"栏刊载政治小说《长春城记》，英国霍尔凯原著，秋心馆主人译述，文言。刊载历史小说《涵元殿》，小凤，白话章回。

《最新滑稽杂志》卷六"滑稽小说"栏刊载《巴老爹》，颠公，白话；《白蚂蚁》，颠公，白话；《一元之游上海》，颠公，白话；《楮先生》，颠公，白话；《小菜场买物》，漱石，文言；《女学生》，失名，白话；《猪八戒》，木鸡，白话；《梦中招婿》，墨颠，文言；《议员禁娼》，笑公，文言；《牛女下凡》，木鸡，白话；《施公庙》，师尚，文言。《最新滑稽杂志》，云间颠公辑著，上海扫叶山房印行，民国三年正月发行，石印。

2 月

1 日　《东方杂志》第十卷第八号刊载《侠女破奸记》（不许转载），英国加伦汤姆著，刘幼新译，文言。

同日，《中华小说界》第二期"短篇"栏刊载讽世小说《现身图》，冷血，文言；讽刺小说《窃贼谈话会》，瓶庵，文言；社会小说《穷命贼》，冻华、瓶庵，白话；哀艳小说《虎邱香塚记》，指严，文言；滑稽小说《其价太昂》，卓呆，白话。"长篇"栏刊载侦探小说《八一三》，卓呆、天笑，白话；刊载言情小说《情铁》，法国老昔倭尼原著，闽县林纾笔述，侯官王庆通口译，文言。

同日，《申报》"自由谈"之小说栏刊载《玉女魂》（十）（英国罗生女士著）（中华雪英译），文言。

同日，《时报》小说栏刊载《胠箧之王》，法国玛黎瑟勒勃朗著，吴门瘦鹃译，文言。

同日，《生活日报》"小说"栏刊载《骷石缘》，屈惠司原著，易时译，文言。附张"生活艺府"之小说栏刊载《壬癸风花梦》，白话章回。

同日，《神州日报》"神皋杂俎"栏刊载社会小说《全交苦》，老谈，白话。

2日　《申报》"自由谈"之小说栏刊载《玉女魂》（十一）（英国罗生女士著）（中华雪英译），文言。

同日，《时报》小说栏刊载《胠箧之王》，法国玛黎瑟勒勃朗著，吴门瘦鹃译，文言。刊载《蓓德小传》，笑，文言。

同日，《生活日报》"小说"栏刊载《骷石缘》，屈惠司原著，易时译，文言。

同日，《神州日报》"神皋杂俎"栏刊载社会小说《全交苦》，老谈，白话。刊载《清史演义》（四集）（禁转载），陆士谔，白话章回，至本年2月12日。

3日　《申报》"自由谈"之小说栏刊载《玉女魂》（十二）（英国罗生女士著）（中华雪英译），文言。刊载短篇实事《二万镑之世界名画》，（井水译），文言。

同日，《时报》小说栏刊载《胠箧之王》，法国玛黎瑟勒勃朗著，吴门瘦鹃译，文言。刊载《蓓德小传》，笑，文言。

同日，《生活日报》"小说"栏刊载《骷石缘》，屈惠司原著，易时译，文言。附张"生活艺府"之小说栏刊载《壬癸风花梦》，白话章回。

4日　《申报》"自由谈"之小说栏刊载《玉女魂》（十三）（英国罗生女士著）（中华雪英译），文言。

同日，《时报》小说栏刊载《胠箧之王》，法国玛黎瑟勒勃朗著，吴门瘦鹃译，文言。刊载《蓓德小传》，笑，文言。

同日，《生活日报》"小说"栏刊载《骸石缘》，屈惠司原著，易时译，文言。附张"生活艺府"之小说栏刊载《壬癸风花梦》，白话章回。

5 日　《申报》"自由谈"之小说栏刊载《玉女魂》（十四）（英国罗生女士著）（中华雪英译），文言。

同日，《时报》小说栏刊载《胠箧之王》，法国玛黎瑟勒勃朗著，吴门瘦鹃译，文言。刊载《蓓德小传》，笑，文言。

同日，《生活日报》"小说"栏刊载《骸石缘》，屈惠司原著，易时译，文言。附张"生活艺府"之小说栏刊载《壬癸风花梦》，白话章回。

6 日　《申报》"自由谈"之小说栏刊载《玉女魂》（十五）（英国罗生女士著）（中华雪英译），文言。

同日，《时报》小说栏刊载《胠箧之王》，法国玛黎瑟勒勃朗著，吴门瘦鹃译，文言。刊载《蓓德小传》，笑，文言。

同日，《生活日报》"小说"栏刊载《骸石缘》，屈惠司原著，易时译，文言。附张"生活艺府"之小说栏刊载《壬癸风花梦》，白话章回。

7 日　《申报》"自由谈"之小说栏刊载《玉女魂》（十六）（英国罗生女士著）（中华雪英译），文言。

同日，《时报》小说栏刊载《胠箧之王》，法国玛黎瑟勒勃朗著，吴门瘦鹃译，文言。刊载《蓓德小传》，笑，文言。

同日，《生活日报》"小说"栏刊载《骸石缘》，屈惠司原著，易时译，文言。附张"生活艺府"之小说栏刊载《壬癸风花梦》，白话章回。

8 日　《申报》"自由谈"之小说栏刊载《玉女魂》（十七）（英国罗生女士著）（中华雪英译），文言。

同日，《时报》小说栏刊载《胠箧之王》，法国玛黎瑟勒勃朗著，吴门瘦鹃译，文言。刊载《蓓德小传》，笑，文言。

同日，《生活日报》"小说"栏刊载《骸石缘》，屈惠司原著，易时译，文言。附张"生活艺府"之小说栏刊载《壬癸风花梦》，白话章回。

9 日　《申报》"自由谈"之小说栏刊载《玉女魂》（十八）（英国罗生

女士著)(中华雪英译),文言。

同日,《时报》小说栏刊载《肢箧之王》,法国玛黎瑟勒勃朗著,吴门瘦鹃译,文言。刊载《蓓德小传》,笑,文言。

同日,《生活日报》"小说"栏刊载《骸石缘》,屈惠司原著,易时译,文言。附张"生活艺府"之小说栏刊载《壬癸风花梦》,白话章回。

10 日 《教育研究》第十期"杂纂"栏刊载教育小说《少年机关师》(续第九期),蛰庵、天笑同著,白话。

同日,《申报》"自由谈"之小说栏刊载滑稽小说《绅士喜》,剑秋,白话。刊载《玉女魂》(十九)(英国罗生女士著)(中华雪英译),文言。

同日,《时报》小说栏刊载《肢箧之王》,法国玛黎瑟勒勃朗著,吴门瘦鹃译,文言。刊载《蓓德小传》,笑,文言。

同日,《生活日报》"小说"栏刊载《骸石缘》,屈惠司原著,易时译,文言。附张"生活艺府"之小说栏刊载《元宵凄响》,小凤,白话。

11 日 《申报》"自由谈"之小说栏刊载社会短篇《剧场人语》,瘦菊,白话。刊载《玉女魂》(二十)(英国罗生女士著)(中华雪英译),文言。

同日,《时报》刊载"中华书局《中华小说界》第二期出版,总发行所上海抛球场,分发行所各省分局,每月一册定价二角,预定全年二元,邮费每册二分"广告。小说栏刊载《肢箧之王》,法国玛黎瑟勒勃朗著,吴门瘦鹃译,文言。刊载《蓓德小传》,笑,文言。

同日,《生活日报》附张"生活艺府"之小说栏刊载《壬癸风花梦》,白话章回。

12 日 《申报》"自由谈"之小说栏刊载《玉女魂》(二十一)(英国罗生女士著)(中华雪英译),文言。

同日,《时报》小说栏刊载《肢箧之王》,法国玛黎瑟勒勃朗著,吴门瘦鹃译,文言。刊载《蓓德小传》,笑,文言。

同日,《生活日报》"小说"栏刊载《骸石缘》,屈惠司原著,易时译,文言。附张"生活艺府"之小说栏刊载《壬癸风花梦》,白话章回。

13 日　《申报》"自由谈"之小说栏刊载写情短篇《红丝网》，天虚我生，文言。刊载《玉女魂》(二十二)(英国罗生女士著)(中华雪英译)，文言。

同日，《时报》小说栏刊载《肷箧之王》，法国玛黎瑟勒勃朗著，吴门瘦鹃译，文言。刊载《蓓德小传》，笑，文言。

同日，《生活日报》"小说"栏刊载《骸石缘》，屈惠司原著，易时译，文言。附张"生活艺府"之小说栏刊载《壬癸风花梦》，白话章回。

同日，《神州日报》"神皋杂俎"栏刊载言情小说《坚固婚姻》，老谈，文言，至本年2月27日。刊载《清史演义》(四集)(禁转载)，陆士谔，白话章回，至本年2月27日。

14 日　《申报》"自由谈"之小说栏刊载写情短篇《红丝网》(续)，天虚我生，文言。刊载《玉女魂》(二十二)(英国罗生女士著)(中华雪英译)，文言。

同日，《时报》小说栏刊载《肷箧之王》，法国玛黎瑟勒勃朗著，吴门瘦鹃译，文言。刊载《蓓德小传》，笑，文言。

同日，《生活日报》"小说"栏刊载《骸石缘》，屈惠司原著，易时译，文言。附张"生活艺府"之小说栏刊载《壬癸风花梦》，白话章回。

15 日　《正谊》第一卷第二号"艺文二"栏刊载小说《侠骨忠魂》，原名 Les Trois Monsgnietairns，法国大仲马著，无我译，文言。

同日，《申报》"自由谈"之小说栏刊载写情短篇《红丝网》(三)，天虚我生，文言。刊载《玉女魂》(二十三)(英国罗生女士著)(中华雪英译)，文言。

同日，《时报》刊载"《小说时报》第二十一号出版，每册定价六角"广告，内含基本内容介绍。小说栏刊载《肷箧之王》，法国玛黎瑟勒勃朗著，吴门瘦鹃译，文言。刊载《蓓德小传》，笑，文言。

同日，《生活日报》"小说"栏刊载《骸石缘》，屈惠司原著，易时译，文言。附张"生活艺府"之小说栏刊载《壬癸风花梦》，白话章回。

16 日　《申报》"自由谈"之小说栏刊载写情短篇《红丝网》(四)，天虚我生，文言。刊载《玉女魂》(二十四)(英国罗生女士著)(中华雪英译)，文言。

同日，《时报》小说栏刊载《胠箧之王》，法国玛黎瑟勒勃朗著，吴门瘦鹃译，文言。刊载《蓓德小传》，笑，文言。

同日，《生活日报》"小说"栏刊载《骷石缘》，屈惠司原著，易时译，文言。附张"生活艺府"之小说栏刊载《壬癸风花梦》，白话章回。

17 日　《申报》"自由谈"之小说栏刊载写情短篇《红丝网》(五)，天虚我生，文言。刊载《玉女魂》(二十五)(英国罗生女士著)(中华雪英译)，文言。

同日，《时报》刊载"说部丛书预约期限将近截止"广告："爱读诸君注意，独一无二之廉价，幸毋失此良好之机会，共计一百种，都一百三十册，原售四十元，今售预约券，只收十元，期满后定价二十元。商务印书馆广告。"刊载"八宝王郎原著《新冷眼观》出版"广告："此书借改革之潮流，写兴亡之感慨，实人实事，无党无偏，诸子百家，九流三教，无一不备，其中尤有赌决嫖经，种种事实，诚杰作也，每册五角，存书无多，购者从速，上海二马路西鼎新对过自强轩。另有氤氲至宝丹固精壮阳单料一元。"小说栏刊载《胠箧之王》，法国玛黎瑟勒勃朗著，吴门瘦鹃译，文言。刊载《蓓德小传》，笑，文言。

同日，《白话捷报》"小说"栏刊载《康小八》(三十六续)，亚铃，白话。"短篇小说"栏刊载短篇历史小说《陶朱公》，郁青，白话。

同日，《生活日报》"小说"栏刊载《骷石缘》，屈惠司原著，易时译，文言。附张"生活艺府"之小说栏刊载《壬癸风花梦》，白话章回。

18 日　《申报》"自由谈"之小说栏刊载写情短篇《红丝网》(六)，天虚我生，文言。刊载《玉女魂》(二十六)(英国罗生女士著)(中华雪英译)，文言。

同日，《时报》小说栏刊载《胠箧之王》，法国玛黎瑟勒勃朗著，吴门瘦鹃译，文言。刊载《蓓德小传》，笑，文言。

同日，《生活日报》"小说"栏刊载《骷石缘》，屈惠司原著，易时译，文言。附张"生活艺府"之小说栏刊载《知事梦》，倦鹤，白话。

19日 《申报》"自由谈"之小说栏刊载写情短篇《红丝网》（七），天虚我生，文言。刊载《玉女魂》（二十七）（英国罗生女士著）（中华雪英译），文言。

同日，《时报》小说栏刊载《胠箧之王》，法国玛黎瑟勒勃朗著，吴门瘦鹃译，文言。刊载《蓓德小传》，笑，文言。

同日，《生活日报》"小说"栏刊载《骸石缘》，屈惠司原著，易时译，文言。附张"生活艺府"之小说栏刊载《壬癸风花梦》，白话章回。

20日 《谠报》第九期"文艺部"之"小说"栏刊载社会小说《新镜花》，涛痕，白话章回。

同日，《申报》"自由谈"之小说栏刊载《玉女魂》（二十八）（英国罗生女士著）（中华雪英译），文言。

同日，《时报》小说栏刊载《胠箧之王》，法国玛黎瑟勒勃朗著，吴门瘦鹃译，文言。刊载《蓓德小传》，笑，文言。

同日，《生活日报》"小说"栏刊载《骸石缘》，屈惠司原著，易时译，文言。附张"生活艺府"之小说栏刊载《壬癸风花梦》，白话章回。

21日 《申报》"自由谈"之小说栏刊载《玉女魂》（二十九）（英国罗生女士著）（中华雪英译），文言。

同日，《时报》小说栏刊载《胠箧之王》，法国玛黎瑟勒勃朗著，吴门瘦鹃译，文言。刊载《蓓德小传》，笑，文言。

同日，《生活日报》"小说"栏刊载《骸石缘》，屈惠司原著，易时译，文言。附张"生活艺府"之小说栏刊载《壬癸风花梦》，白话章回。

22日 《申报》"自由谈"之小说栏刊载《玉女魂》（三十）（英国罗生女士著）（中华雪英译），文言。刊载社会短篇《翁媳战纪》，扬州泣血，文言。

同日，《时报》小说栏刊载《胠箧之王》，法国玛黎瑟勒勃朗著，吴门瘦鹃译，文言。刊载《蓓德小传》，笑，文言。

同日，《生活日报》"小说"栏刊载《骸石缘》，屈惠司原著，易时

译，文言。附张"生活艺府"之小说栏刊载《壬癸风花梦》，白话章回。

23日 《申报》"自由谈"之小说栏刊载社会小说《新官场现形记》，超然，白话章回。

同日，《时报》小说栏刊载《肤箧之王》，法国玛黎瑟勒勃朗著，吴门瘦鹃译，文言。刊载《蓓德小传》，笑，文言。

同日，《生活日报》"小说"栏刊载《骸石缘》，屈惠司原著，易时译，文言。附张"生活艺府"之小说栏刊载《壬癸风花梦》，白话章回。

24日 《申报》"自由谈"之小说栏刊载社会小说《新官场现形记》(二)，超然，白话章回。

同日，《时报》小说栏刊载《肤箧之王》，法国玛黎瑟勒勃朗著，吴门瘦鹃译，文言。刊载《蓓德小传》，笑，文言。

同日，《生活日报》"小说"栏刊载《骸石缘》，屈惠司原著，易时译，文言。附张"生活艺府"之小说栏刊载《壬癸风花梦》，白话章回。

25日 《法政学报》第二卷第二号"小说"栏刊载社会小说《少年囚》(续第二卷第一号)，孟文翰，文言。

同日，《雅言》第四期，无小说。《雅言》，编辑者雅言杂志社，发行所上海威海卫路三十五号半雅言杂志社。

同日，《申报》"自由谈"之小说栏刊载社会小说《新官场现形记》(三)，超然，白话章回。

同日，《时报》小说栏刊载《肤箧之王》，法国玛黎瑟勒勃朗著，吴门瘦鹃译，文言。刊载《蓓德小传》，笑，文言。

同日，《生活日报》"小说"栏刊载《骸石缘》，屈惠司原著，易时译，文言。附张"生活艺府"之小说栏刊载《壬癸风花梦》，白话章回。

26日 《申报》"自由谈"之小说栏刊载社会小说《新官场现形记》(四)，超然，白话章回。刊载短篇小说《雾》，瘦鹃译，文言。

同日，《时报》小说栏刊载《肤箧之王》，法国玛黎瑟勒勃朗著，吴门瘦鹃译，文言。刊载《蓓德小传》，笑，文言。

同日，《生活日报》"小说"栏刊载《骸石缘》，屈惠司原著，易时

译，文言。附张"生活艺府"之小说栏刊载《壬癸风花梦》，白话章回。

27 日 《申报》"自由谈"之小说栏刊载社会小说《新官场现形记》（五），超然，白话章回。刊载短篇小说《雾》（二），瘦鹃译，文言。

同日，《时报》小说栏刊载《肷箧之王》，法国玛黎瑟勒勃朗著，吴门瘦鹃译，文言。刊载《蓓德小传》，笑，文言。

同日，《生活日报》"小说"栏刊载《骸石缘》，屈惠司原著，易时译，文言。附张"生活艺府"之小说栏刊载《壬癸风花梦》，白话章回。

28 日 《申报》"自由谈"之小说栏刊载社会小说《新官场现形记》（六），超然，白话章回。刊载短篇小说《雾》（三），瘦鹃译，文言。

同日，《时报》小说栏刊载《肷箧之王》，法国玛黎瑟勒勃朗著，吴门瘦鹃译，文言。刊载《蓓德小传》，笑，文言。

同日，《生活日报》"小说"栏刊载《骸石缘》，屈惠司原著，易时译，文言。附张"生活艺府"之小说栏刊载《壬癸风花梦》，白话章回。

同日，《神州日报》"神皋杂俎"栏刊载滑稽小说《阴曹新气象》，老谈，白话。刊载《清史演义》（四集）（禁转载），陆士谔，白话章回。

发生于本月但日期不详之事件

《小说月报》第四卷第十一号刊载"本社特别广告"："本报出版以来，蒙海内大雅损书奖借，同人等感愧之余，不敢自隘，准俟第四卷出齐后，从第五卷一号起放大版本，扩充篇幅，精选材料，增加画图，用副爱读诸君惠顾之盛意，兹将特色之点预告如下(1)封面及插画用中外名大家真迹制成，大幅五色铜板，精彩与原本无异，分订成册，可当画帖加以装潢，可为屏条。(2)长短篇小说及笔记丛译诸门十之六七，汇集中国掌故外国风俗及各种有关舆地历史事件，未经人道而且极有趣味者，其余皆文学科学家言，而言情艳体之作，亦复兼收并蓄，庶几手此一编，既广见闻，复资考镜。(3)门类较前此增加一倍，凡新剧、传奇、词曲、棋谱概以及楹联、诗钟、灯虎诸附录皆出自名手，材料丰富，非一味贪多图充篇幅之比。(4)每号字数在十万左右，较原有增五分之一二，且全书改用四号字，排列疏朗，不费目力，定价每册仅取两角五分，全年十二册，仅取两元五角，洵属特别廉价，惟同人等学识谫陋，倘蒙博雅君子随时赐教，尤表欢迎，幸垂鉴焉。小说月报社谨启。""短篇小说"栏刊载《思儿泪》，廖旭人，文言；刊载"唯一无二之奇书《清宫二年记》"广告，内容介绍同前；刊载《虚无党密议》，柯南达利原著，孟曙、胡昕同译；刊载《解铃人》，爱权译述，文言；刊载法国实事《疑狱》，译《麦克劳杂志》，M. B. Lowdens 原著，海澄，文言。"长篇小说"栏刊载《孤士影》，英国玛林克罗福著，诗庐译，文言。"说林"栏刊载《中国小说丛考》，此期刊载《钗钏记传奇考》《百顺记院本考》《荆钗记传奇考》《玉堂春剧本考》《玉簪记传奇考》《红梅阁剧本考》《冬青树传奇考》《醉菩提院本考》《拜月亭传奇考》。刊载"商务印书馆出版小本小说"广告，所列书目同前。刊载本社通告，为征稿启事，内容同前。

《云南实业杂志》第二卷第一号"小说"栏刊载《一夕农话》，王振庸，文言。

3 月

1 日　《东方杂志》第十卷第九号刊载《侠女破奸记》(不许转载)，英国加伦汤姆著，刘幼新译，文言。

同日，《中华小说界》第三期"短篇"栏刊载滑稽小说《试验品》，瓶庵；刊载复仇小说《冰刃》，瘦鹃，文言；言情小说《试金石》，心一，文言；家庭小说《慈母泪》，瞻庐，文言；侦探小说《匕首》，半侬，文言；言情小说《美人丹》，冻华、瓶庵，文言。"长篇"栏刊载侦探小说《八一三》，卓呆、天笑，白话；刊载言情小说《情铁》，法国老昔倭尼原著，闽县林纾笔述，侯官王庆通口译，文言；哀情小说《短命花》，泪因,文言。"丛话"栏刊载《小说丛话》,成。

同日,《申报》刊载"说部丛书预约展期十日"广告:"紧要告白,预约取价十元,期满定价廿元,注意,只此十日,不再展期。全书刻已印竣,即日可订出,预约期限,业经居满,惟日来本埠诸君,惠临敝馆,定购预约者,纷纷不绝,诚恐外埠诸君,相距较远,时限过促,或有向隅之憾,故特展限十日,□藉副诸君盛意,特此布闻。阳历三月十一日截止。商务印书馆。"刊载扫叶山房《清人说荟》出版广告"。"自由谈"之小说栏刊载社会小说《新官场现形记》(七),超然,白话章回。刊载短篇小说《雾》(四),瘦鹃译,文言。

同日,《时报》小说栏刊载《肮篋之王》,法国玛黎瑟勒勃朗著,吴门瘦鹃译,文言。刊载《蓓德小传》,笑,文言。

同日,《生活日报》附张"生活艺府"之小说栏刊载《壬癸风花梦外编》,白话。

同日,《神州日报》"神皋杂俎"栏刊载滑稽小说《阴曹新气象》,老谈,白话,至本年3月12日。刊载《清史演义》(四集)(禁转载),陆士谔,白话章回,至本年3月12日。

2日 《申报》"自由谈"之小说栏刊载社会小说《新官场现形记》(八),超然,白话章回。刊载短篇小说《雾》(五),瘦鹃译,文言。刊载"本馆代售清季宫闱秘史"广告。

同日,《时报》小说栏刊载《肮篋之王》,法国玛黎瑟勒勃朗著,吴门瘦鹃译,文言。刊载《蓓德小传》,笑,文言。

同日,《生活日报》"小说"栏刊载《骸石缘》,屈惠司原著,易时译,文言。附张"生活艺府"之小说栏刊载《壬癸风花梦外编》,白话。

同日,《新闻报》"庄谐丛录"刊载《新五才子》。刊载短篇小说《陕僧》,擔夫,文言。

3日 《申报》"自由谈"之小说栏刊载社会小说《新官场现形记》(九),超然,白话章回。刊载短篇小说《雾》(六),瘦鹃译,文言。刊载"本馆代售清季宫闱秘史"广告。刊载《孽冤镜》《玉梨魂》《兰娘哀史》

广告:"《孽冤镜》定价五角,双热著作,为《民权报》特色之小说。与《玉梨魂》同工异曲,于哀情小说界别劈蹊境,为情魔之棒喝,亦为孽海之慈航。《玉梨魂》定价六角,枕亚著,曾载《民权报》,都七万余言,瞻雅哀艳,早为阅者欢迎。现已再版,请名画家沈伯尘绘梨娘小影,由大美术家高奇峰制板印刊封面,购者从速。……《兰娘哀史》,定价二角。双热著,情节哀艳,悱恻动人,文亦简净俏丽,除正文外加以小评,附以题词,酒后茶余,耐人寻味,好事者编成新剧,亦足见此书之价值。总发行所上海四马路麦家圈口民权出版部,分售处各大书坊,经售者陈鸳春,马志千。本出版部已迁移在四马路麦家圈口,惠顾诸君统希注意,另售一概大洋不折不扣,函到即班回件,外埠每册加邮费三分。"

同日,《时报》刊载"说部丛书预约展期十日"广告:"紧要广告,预约取价十元期满定价念元,注意,只此十日,不再展期。全书刻已印竣,即日可订出,预约期限业经届满,惟日来本埠诸君惠临敝馆,定购预约者,纷纷不绝,诚恐外埠诸君相距较远,时限过促,或有向隅之憾,故特展限十日,藉副诸君盛意,特此布闻。阳历三月十一日截止。商务印书馆。"小说栏刊载《胠箧之王》,法国玛黎瑟勒勃朗著,吴门瘦鹃译,文言。刊载《蓓德小传》,笑,文言。

同日,《生活日报》"小说"栏刊载《骸石缘》,屈惠司原著,易时译,文言。附张"生活艺府"之小说栏刊载《壬癸风花梦》,白话章回。

同日,《新闻报》"庄谐丛录"刊载《新五才子》。刊载短篇小说《井中人影》,擅夫,文言。

4日 《申报》"自由谈"之小说栏刊载社会小说《新官场现形记》(十),超然,白话章回。刊载短篇小说《雾》(七),瘦鹃译,文言。

同日,《时报》小说栏刊载《胠箧之王》,法国玛黎瑟勒勃朗著,吴门瘦鹃译,文言。刊载《蓓德小传》,笑,文言。

同日,《生活日报》"小说"栏刊载《骸石缘》,屈惠司原著,易时译,文言。附张"生活艺府"之小说栏刊载《壬癸风花梦》,白话章回。

5 日 《申报》"自由谈"之小说栏刊载短篇小说《雾》（八），瘦鹃译，文言。

同日，《时报》小说栏刊载《肤箧之王》，法国玛黎瑟勒勃朗著，吴门瘦鹃译，文言。刊载《蓓德小传》，笑，文言。

同日，《生活日报》"小说"栏刊载《骸石缘》，屈惠司原著，易时译，文言。附张"生活艺府"之小说栏刊载《壬癸风花梦》，白话章回。

同日，《新闻报》"庄谐丛录"刊载《新五才子》。

同日，《新闻报》"庄谐丛录"刊载《新五才子》。刊载短篇滑稽小说《宋遯初请客》，擔夫，白话。

6 日 《申报》"自由谈"之小说栏刊载短篇小说《雾》（九），瘦鹃译，文言。

同日，《时报》小说栏刊载《肤箧之王》，法国玛黎瑟勒勃朗著，吴门瘦鹃译，文言。刊载《蓓德小传》，笑，文言。

同日，《生活日报》"小说"栏刊载《骸石缘》，屈惠司原著，易时译，文言。附张"生活艺府"之小说栏刊载《壬癸风花梦》，白话章回。

同日，《新闻报》"庄谐丛录"刊载《新五才子》。

7 日 《申报》"自由谈"之小说栏刊载风俗短篇《嫁小姐》，（佐彤），白话。刊载短篇小说《惨花魂》，警众，文言。

同日，《时报》小说栏刊载《肤箧之王》，法国玛黎瑟勒勃朗著，吴门瘦鹃译，文言。刊载《蓓德小传》，笑，文言。

同日，《生活日报》"小说"栏刊载《骸石缘》，屈惠司原著，易时译，文言。附张"生活艺府"之小说栏刊载《壬癸风花梦》，白话章回。

同日，《新闻报》"庄谐丛录"刊载《新五才子》。

8 日 《申报》"自由谈"之小说栏刊载《牟尼珠》（一），仁浚，文言。刊载社会短篇《新荐店头》，（钝根），文言。

同日，《时报》刊载《蓓德小传》，笑，文言。

同日，《生活日报》"小说"栏刊载《骸石缘》，屈惠司原著，易时译，文言。附张"生活艺府"之小说栏刊载短篇小说《法学士》，慈晖，文言。

同日，《新闻报》刊载"希有之廉价《说部丛书》"广告："三月十一出书，即日截止预约，预约只此三日，期满不再展限，敬告诸君，幸速购取，上海棋盘街商务印书馆发行。"刊载"上海河南路中华书局出版《中华小说界》第三期"广告。"庄谐丛录"刊载《新五才子》。

9日　《申报》"自由谈"之小说栏刊载《牟尼珠》(三)，仁浚，文言。刊载短篇小说《慈善之少女》，(梅梦译)，文言。

同日，《时报》刊载《蓓德小传》，笑，文言。

同日，《生活日报》"小说"栏刊载《骸石缘》，屈惠司原著，易时译，文言。附张"生活艺府"之小说栏刊载短篇小说《法学士》，慈晖，文言。

同日，《新闻报》"庄谐丛录"刊载《新五才子》。

10日　《申报》"自由谈"之小说栏刊载《牟尼珠》(三)，仁浚，文言。刊载短篇小说《慈善之少女》，(梅梦译)，文言。刊载滑稽小说《知事语》，觉迷，白话。

同日，《时报》小说栏刊载《胠箧之王》，法国玛黎瑟勒勃朗著，吴门瘦鹃译，文言。刊载《蓓德小传》，笑，文言。

同日，《生活日报》"小说"栏刊载《骸石缘》，屈惠司原著，易时译，文言。附张"生活艺府"之小说栏刊载短篇小说《法学士》，慈晖，文言。

同日，《新闻报》"庄谐丛录"刊载《新五才子》。

11日　《雅言》第五期"小说"栏刊载《悬崖情殉记》(续第二期)，浩星，文言。

同日，《申报》"自由谈"之小说栏刊载《牟尼珠》(四)，仁浚，文言。

同日，《时报》小说栏刊载《胠箧之王》，法国玛黎瑟勒勃朗著，吴门瘦鹃译，文言。刊载《蓓德小传》，笑，文言。

同日，《生活日报》"小说"栏刊载《骸石缘》，屈惠司原著，易时

译，文言。附张"生活艺府"之小说栏刊载短篇写意《口试场》，倦鹤，文言。

同日，《新闻报》"庄谐丛录"刊载《新五才子》，至本年3月16日。

12日　《申报》"自由谈"之小说栏刊载《牟尼珠》（五），仁浚，文言。

同日，《时报》小说栏刊载《肤箧之王》，法国玛黎瑟勒勃朗著，吴门瘦鹃译，文言。刊载《蓓德小传》，笑，文言。

同日，《生活日报》"小说"栏刊载《骸石缘》，屈惠司原著，易时译，文言。附张"生活艺府"之小说栏刊载短篇写意《口试场》，倦鹤，文言。

13日　《申报》"自由谈"之小说栏刊载《牟尼珠》（六），仁浚，文言。刊载哀情短篇《闺中惨剧》，江都啸虎，文言。

同日，《时报》小说栏刊载《肤箧之王》，法国玛黎瑟勒勃朗著，吴门瘦鹃译，文言。刊载《蓓德小传》，笑，文言。

同日，《生活日报》"小说"栏刊载《骸石缘》，屈惠司原著，易时译，文言。附张"生活艺府"之小说栏刊载短篇写意《口试场》，倦鹤，文言。

同日，《神州日报》"神皋杂俎"栏刊载滑稽小说《阴曹新气象》，老谈，白话。

同日，《新闻报》"庄谐丛录"刊载《新五才子》。

14日　《申报》"自由谈"之小说栏刊载《牟尼珠》（七），仁浚，文言。

同日，《时报》小说栏刊载《肤箧之王》，法国玛黎瑟勒勃朗著，吴门瘦鹃译，文言。刊载《蓓德小传》，笑，文言。

同日，《生活日报》"小说"栏刊载《骸石缘》，屈惠司原著，易时译，文言。附张"生活艺府"之小说栏刊载《壬癸风花梦》，白话章回。

同日，《神州日报》"神皋杂俎"栏刊载《清史演义》（四集）（禁转载），陆士谔，白话章回。

同日，《新闻报》"庄谐丛录"刊载《新五才子》。

15 日　《正谊》第一卷第三号"艺文二"栏刊载小说《侠骨忠魂》，原名 Les Trois Monsgnietairns，法国大仲马著，无我译，文言。

同日，《申报》"自由谈"之小说栏刊载《牟尼珠》（八），仁浚，文言。

同日，《时报》刊载"商务印书馆小说月报社出版《说林》广告"："本社所出《小说月报》，蒙大雅不弃，风行一时，其中短篇小说，标新领异，尤蒙社会欢迎，兹特将一二三年月报中短篇一百余篇种，汇刻袖珍小本，名为说林，装订精良，字迹明了，读者欲竟一事起讫，仅须费时三四十分，公暇翻阅既佳，舟车取携亦便，兹一二三四集业已出版，每册定价两角，余者即日续出，书印无多，爱读诸君幸垂鉴焉。"小说栏刊载《胠箧之王》，法国玛黎瑟勒勃朗著，吴门瘦鹃译，文言。刊载《蓓德小传》，笑，文言。

同日，《生活日报》附张"生活艺府"之小说栏刊载《壬癸风花梦》，白话章回。

同日，《神州日报》"神皋杂俎"栏刊载滑稽小说《阴曹新气象》，老谈，白话。

16 日　《申报》"自由谈"之小说栏刊载《双奇士》，求是，文言。

同日，《时报》小说栏刊载《胠箧之王》，法国玛黎瑟勒勃朗著，吴门瘦鹃译，文言。刊载《蓓德小传》，笑，文言。

同日，《爱国白话报》"小说"栏刊载《元宵案》，亚铃，白话，至 4 月 16 日完。

同日，《生活日报》刊载"《新世界奇谈》一名《新说林》"广告："是书为桃源天愤生所著，历叙最近二十世纪以来欧美各国及我中华之种种异闻轶事，如侠盗名妓奇人隐士以及宫闱之秘史，旅行之幻踪，无不一一详纪，陆离光怪，洵可与聊斋等书相伯仲，而资料之丰富，事迹之新颖，更有过之。盖本其生平，实游东西所耳闻目见之实事，故实为近时最新奇最有趣味之名著，名曰新世界奇谈，洵无愧也。分订四册，定价六角。经售处北京汉口及各省大书坊，总发行所上海棋盘街中华图书馆。""小说"栏刊载《骸石缘》，屈惠司原著，易时译，文言。附张"生活艺府"之小说栏刊载《壬癸风花梦》，白话章回。

同日，《神州日报》"神皋杂俎"栏刊载《清史演义》(四集)(禁转载)，陆士谔，白话章回。

17 日　《申报》"自由谈"之小说栏刊载短篇小说《乱党通信》，滑稽侦探案一，扬州小杜，文言。刊载社会小说《王瓜观音》，瘦蝶，文言。

同日，《时报》刊载《蓓德小传》，笑，文言。

同日，《生活日报》"小说"栏刊载《骸石缘》，屈惠司原著，易时译，文言。附张"生活艺府"之小说栏刊载《壬癸风花梦》，白话章回。

同日，《新闻报》"庄谐丛录"刊载滑稽小说《黄金泉》，应彬，白话。

18 日　《申报》"自由谈"之小说栏刊载短篇小说《幻装》滑稽侦探案二，扬州小杜，文言。刊载短篇小说《小说家》，青史，文言。

同日，《时报》刊载《蓓德小传》，笑，文言。

同日，《生活日报》附张"生活艺府"之小说栏刊载《壬癸风花梦》，白话章回。

19 日　《申报》"自由谈"之小说栏刊载短篇小说《小说家》(续)，青史，文言。

同日，《时报》小说栏刊载《肤箧之王》，法国玛黎瑟勒勃朗著，吴门瘦鹃译，文言。刊载《蓓德小传》，笑，文言。

同日，《生活日报》附张"生活艺府"之小说栏刊载《壬癸风花梦》，白话章回。

20 日　《申报》"自由谈"之小说栏刊载《牟尼珠》(九)，仁浚，文言。

同日，《时报》小说栏刊载《肤箧之王》，法国玛黎瑟勒勃朗著，吴门瘦鹃译，文言。刊载《蓓德小传》，笑，文言。

同日，《生活日报》"小说"栏刊载《骸石缘》，屈惠司原著，易时

译，文言。附张"生活艺府"之小说栏刊载《壬癸风花梦》，白话章回。

21日　《申报》"自由谈"之小说栏刊载《牟尼珠》(十)，仁浚，文言。

同日，《时报》刊载"时报短篇小说第一集出版"广告："(一)《小共和国》(二)《短剑》(三)《三林擒》(四)醉人之友(五)《电气死刑》(六)《常青树小屋中之一夜》(七)《不速客之拿破仑》(八)存根簿(九)《指纹》(十)《死人之室》，共为一册，定价大洋三角，上海望平街有正书局及北京南京天津苏州分局同启。"小说栏刊载《胠箧之王》，法国玛黎瑟勒勃朗著，吴门瘦鹃译，文言。刊载《蓓德小传》，笑，文言。

同日，《生活日报》附张"生活艺府"之小说栏刊载《魂之歌》，小凤，文言。

同日，《神州日报》"神皋杂俎"栏刊载滑稽小说《阴曹新气象》，老谈，白话。

同日，《新闻报》"庄谐丛录"刊载《新五才子》，至本年4月2日。

22日　《申报》"自由谈"之小说栏刊载《牟尼珠》(十一)，仁浚，文言。

同日，《时报》小说栏刊载《胠箧之王》，法国玛黎瑟勒勃朗著，吴门瘦鹃译，文言。刊载《蓓德小传》，笑，文言。

同日，《生活日报》"小说"栏刊载《骸石缘》，屈惠司原著，易时译，文言。附张"生活艺府"之小说栏刊载《火车站》，倦鹤，白话。

同日，《神州日报》"神皋杂俎"栏刊载《清史演义》(四集)(禁转载)，陆士谔，白话章回。

23日　《申报》"自由谈"之小说栏刊载《牟尼珠》(十二)，仁浚，文言。刊载滑稽小说《求签》，觉迷，文言。

同日，《时报》小说栏刊载《胠箧之王》，法国玛黎瑟勒勃朗著，吴门瘦鹃译，文言。

同日，《生活日报》"小说"栏刊载《骸石缘》，屈惠司原著，易时译，文言。附张"生活艺府"之小说栏刊载《壬癸风花梦》，白话章回。

同日，《神州日报》"神皋杂俎"栏刊载滑稽小说《阴曹新气象》，老谈，白话。

同日，《新闻报》"庄谐丛录"刊载《新五才子》。

24 日 《申报》"自由谈"之小说栏刊载言情小说《临去秋波》，瘦鹃，白话。

同日，《时报》小说栏刊载《胠箧之王》，法国玛黎瑟勒勃朗著，吴门瘦鹃译，文言。刊载《蓓德小传》，笑，文言。

同日，《生活日报》附张"生活艺府"之小说栏刊载《壬癸风花梦》，白话章回。刊载"藜光社广告"，内有《新小说汇编》布面金字定价三元四角；《宋禆类钞》(清初潘永因编)定价二元；《夷坚志》(宋文学家洪迈编)定价三元；干宝《搜神记》(附陶渊明后记)定价一元；《稽神录》(宋徐铉撰)定价九角；《暌车志》(宋郭篆撰)定价八角；《唐新语》(唐刘肃撰)定价一元五角；《水浒传传奇》定价六角。

同日，《神州日报》"神皋杂俎"栏刊载《清史演义》(四集)(禁转载)，陆士谔，白话章回。

25 日 《申报》"自由谈"之小说栏刊载言情小说《临去秋波》(二)，瘦鹃，白话。

同日，《时报》小说栏刊载《胠箧之王》，法国玛黎瑟勒勃朗著，吴门瘦鹃译，文言。刊载《蓓德小传》，笑，文言。

同日，《生活日报》"小说"栏刊载《骸石缘》，屈惠司原著，易时译，文言。附张"生活艺府"之小说栏刊载《壬癸风花梦》，白话章回。

同日，《神州日报》"神皋杂俎"栏刊载滑稽小说《阴曹新气象》，老谈，白话。

同日，《小说月报》第四卷第十二号刊载"本社特别广告"，内容同上期。刊载"《旧小说》发售预约券，民国三年阳历七月底截止，▲说部之国粹▲稗官之模范"广告："此书为侯官吴翊亭先生所辑，汇罗说部诸书千有余种，自汉魏六朝以迄近代，都为六集，(分订十册，共一千二百五十八页)，始于庚戌之夏，成于甲寅之春，时经五稔，始克藏事，洵小说中之巨观也，本编有五大特色，采取材料，悉出名家，特色一，佚文秘典，竭意搜罗，特色二，短简长篇，选择精当，特色三，鉴古鉴今，助人兴会，特色四。且吴君之辑此书，本为示人作文门径而设，与寻常各小说迥乎不同，特色五，有此五大特色，爱读者无不欢迎，刻已排竣，准于八月出版，每部定价六元，爰照曩例，发售预约券，照定价减半，仅收三元，以副爱读诸君之雅意，预约期限，定于七月底截止，四川、云南、贵州、陕西、山西、甘肃、新疆、广西八省，路途较远，展期至九月底为止，并有目录样本，函索即寄，欲购阅者，尚祈从速，预定为盼。上海商务印书馆谨启。""短篇小说"栏刊载《砭仙》，指严，文言；刊载《尘海因缘史》，茧庐，文言；刊载《催眠术》，译《海滨杂志》，铁樵，文言；刊载《悲惨之幼稚园》，来轸，文言；刊载"唯一无二之奇书《清宫二年记》"广告，内容绍介同前；刊载《密狱》译 Grand Magazine，苏秋，文言。"长篇小说"栏刊载《孤士影》，英国玛林克罗福著，诗庐译，文言。刊载"商务印书馆出版小本小说"广告，所列书目同前。刊载商务印书馆出版小说广告，内有"名家小说《离恨天》：林纾王庆骥译，三角五分，著者为卢骚之友森彼得，森氏此书不为男女爱情言也，实将发宣其胸中无数之这里，特借人间至悲至痛之事，曲为阐明，读之令人增无穷之阅历。▲商务印书馆发行。社会小说《金陵秋》：冷红生著，定价四角，闽林琴南先生以小说得名，即自称冷红生者也。先生著作等身，惟小说以译述为多，此书乃其自撰，以燃犀之笔，描写近时社会，述两军战争，则慷慨激昂，叙才士美人，则风情旖旎，允为情文兼茂之作。▲寄售处商务印书馆。教育小说《埋石弃石记》，天笑生编，二角五分，是书专描摹小学教师之模范，以贡献于青年界，凡学校诸君，洵宜亟为购阅，以端本身作则之法也。侦探小说《七医士案》小本，一角，是编述七医士沉迷科学，专以生人为实行试验之计，不顾人道，莫此为甚，迨奸情破绽，皆就刑焉，世之灭绝人道者可以鉴矣。刊载本社通告，为征稿启事，内容同前。

26 日　《申报》"自由谈"之小说栏刊载言情小说《临去秋波》(三)，

瘦鹃，白话。

同日，《时报》刊载《蓓德小传》，笑，文言。

同日，《生活日报》"小说"栏刊载《骸石缘》，屈惠司原著，易时译，文言。附张"生活艺府"之小说栏刊载《壬癸风花梦》，白话章回。

同日，《神州日报》"神皋杂俎"栏刊载《清史演义》（四集）（禁转载），陆士谔，白话章回。

27 日　《雅言》第六期"小说"栏刊载《悬崖情殉记》（续第五期），浩星译，文言；短篇纪事《聂女刺虎记》，碧血，文言。

同日，《申报》"自由谈"之小说栏刊载言情小说《临去秋波》（四），瘦鹃，白话。

同日，《时报》小说栏刊载《胠箧之王》，法国玛黎瑟勒勃朗著，吴门瘦鹃译，文言。刊载《蓓德小传》，笑，文言。

同日，《生活日报》"小说"栏刊载《骸石缘》，屈惠司原著，易时译，文言。附张"生活艺府"之小说栏刊载《壬癸风花梦》，白话章回。刊载"哀情小说《血泪碑》出版"广告："《血泪碑》一戏为上海舞台中最有价值最著名之哀情新剧，海内戏曲家无不叹为观止，惜无如旧剧中之戏考其书者以为之说明，且分日排演，观者每有见首不见尾之憾，即或得窥全豹，而无详细之指点，亦不能头头是道，本社因情小说名家章爱楼先生演成是编，其中情节较演剧更为曲折周到，若一展阅，恍如身入舞台，纵观全剧矣。故无论爱观剧者，爱阅小说者，均不可不购览也。特加新剧名家化妆铜版小像一厚册，每本定价洋四角。分售处棋盘街中华图书馆、文明书局、扫叶山房、鸿文书局，四马路国华书局、海左书局。总售处望平街民国第一图书局，外埠各省及各大书局均有出售。"刊载"三集清史演义出版"广告："是书系青浦陆士谔先生最近之健著，将有清一代朝章国故，宫闱秘闻，朝廷轶事，言之甚详，可作小说观可作历史读，初二两集出版未及四月销售一空，购者纷至，敝局以赶印不及，殊深抱憾，兹特将再版初二集初版第三集同日出版，以副购者先睹为快之盛意，三集叙述嘉庆道光两朝事迹，于鸦片战役、五口通商始末尤为详尽，精装布套每集八角，七折出售。再版历史小说《孽海花续编》四册二元，三版言情小说《女界风流史》二册三角，《女嫖客》二册六叫以上三种均系陆士谔君手著。特约经售处上海望平街神州日报馆，四马路时务书局，棋盘街鸿文书局，此外本埠各大书坊均有寄售，九亩地富润里三弄大声图书局启。"

同日，《神州日报》"神皋杂俎"栏刊载滑稽小说《阴曹新气象》，老谈，白话。

28日 《申报》"自由谈"之小说栏刊载言情小说《临去秋波》（五），瘦鹃，白话。

同日，《时报》小说栏刊载《肱篚之王》，法国玛黎瑟勒勃朗著，吴门瘦鹃译，文言。刊载《蓓德小传》，笑，文言。

同日，《生活日报》附张"生活艺府"之小说栏刊载《壬癸风花梦》，白话章回。

同日，《神州日报》"神皋杂俎"栏刊载《清史演义》（四集）（禁转载），陆士谔，白话章回。

同日，《新闻报》"庄谐丛录"刊载《新五才子》。

29日 《申报》"自由谈"之小说栏刊载言情小说《临去秋波》（六），瘦鹃，白话。

同日，《时报》小说栏刊载《肱篚之王》，法国玛黎瑟勒勃朗著，吴门瘦鹃译，文言。刊载《蓓德小传》，笑，文言。

同日，《生活日报》"小说"栏刊载《骸石缘》，屈惠司原著，易时译，文言。附张"生活艺府"之小说栏刊载《壬癸风花梦》，白话章回。

同日，《神州日报》"神皋杂俎"栏刊载滑稽小说《阴曹新气象》，老谈，白话。

30日 《申报》"自由谈"之小说栏刊载言情小说《临去秋波》（七），瘦鹃，白话。

同日，《时报》小说栏刊载短篇纪实《看枪毙》，蛰庵编著，文言。刊载《蓓德小传》，笑，文言。

　　同日，《生活日报》"小说"栏刊载《骸石缘》，屈惠司原著，易时译，文言。附张"生活艺府"之小说栏刊载《壬癸风花梦》，白话章回。刊载"近世史乘大观《清外史》出版"广告："有清传国恒三百年，内政外交，动关世变，史家记录，彪炳于前，如《皇朝三通》列举典章，先正事略，表扬贤哲，《圣武纪书》详军事，《东华录》体法编年，然或本官书，或为短纪，编而不全，略而多漏，史材缺乏，学者病之，侯官古□后人姜斋先生博涉群书，潜心掌故，出具闻见，荟为一编，仿昔人史外之例，定名曰清外史，其于清初秽得，清季外患，搜采宏富，笔削森严，足补官书短纪之遗，允推野乘稗官之冠，以视《清秘史》《满夷猾夏记》等书详略有间而信敩可征，是诚史界之鸿篇，方今之杰作也。洋装一巨册定价大洋八角，发行天津北京保定直隶书局，北京鸿文斋自强书局，苏州振新书社，广东文盛书庄，汉口善成记堂，江西慎终堂，上海棋盘街扫叶山房，中华图书馆，四马路国华书局及各省大书庄皆有分售，上海总发行所法界二洋泾桥人和里五洲书局，新闸青岛路九号朝记书庄。"

　　同日，《神州日报》"神皋杂俎"栏刊载《清史演义》（四集）（禁转载），陆士谔，白话章回。

　　31 日　《申报》"自由谈"之小说栏刊载言情小说《临去秋波》（八），瘦鹃，白话。

　　同日，《时报》小说栏刊载短篇纪实《看枪毙》，蛰庵编著，文言。

　　同日，《生活日报》"小说"栏刊载《骸石缘》，屈惠司原著，易时译，文言。附张"生活艺府"之小说栏刊载《壬癸风花梦》，白话章回。

　　同日，《神州日报》"神皋杂俎"栏刊载滑稽小说《阴曹新气象》，老谈，白话。

　　发生于本月但日期不详之事件

　　春季《留美学生季报》第一号，无小说栏。刊载中华书局发行"《中华童话》《世界童话》"广告："本局所辑中华童话、世界童话，各百种，奇而不乖于正，幻而不涉于诡，足以增长智识，补助德育，措词浅显，图画精美，极能引起儿童兴趣，每册五分，书目列后。中华童话：连城璧、沙却敌、飞将军、荥阳城、蔡州城。世界童话：二王子、魔博士、法螺君、驴公主、梦三郎、幸福花、黄金船、黑足童、惊人谈、大洪水、铁王子、指环魔、卜人子、三大刀、黎伯爵。"刊载中华书局预告"空前绝后之大著作出现《红楼梦索隐》"。《留美学生季报》，编辑者留美学生会，上海中华书局发行，民国三年三月初版。

4 月

1 日 《东方杂志》第十卷第十号刊载《侠女破奸记》（不许转载），英国加伦汤姆著，刘幼新译，文言。

同日，《妇女时报》第十三号刊载短篇小说《恨海绮愁鉴》，觉孙译，忆琴楼主润词，文言。刊载原本红楼梦、原本聊斋志异广告，同上。民国三年四月一日发行。

同日，《中华小说界》第四期"短篇"栏刊载哀情小说《椭圆形之小影》，天笑，文言；滑稽小说《如意石》，霆公、瓶庵，文言；警世小说《黄金魔力》，冻华、枕亚，文言；侦探小说《足印》，瘦鹃，文言；游戏小说《智贼》，仲英、瓶庵，文言。"长篇"栏刊载侦探小说《八一三》，卓呆、天笑，白话；言情小说《情铁》（续第三期），法国老昔倭尼原著，闽县林纾笔述，侯官王庆通口译，文言；哀情小说《短命花》，泪囚，文言。"丛话"栏刊载《小说丛话》（续前期），成。

同日，《申报》"自由谈"之小说栏刊载滑稽小说《蔷薇架》，剑秋，文言。刊载短篇滑稽《老寿星》，心仪，文言。刊载"《新世界奇谈》一名《新说林》"广告："是书为桃源天愤生所著，历叙最近二十世纪以来欧美各国及我中华之种种异闻轶事，如侠盗、名妓、奇人、隐士，以及宫

349

闻之秘史、旅行之幻踪，无不一一详纪，陆离光怪，洵可与聊斋等书相伯仲，而资料之丰富，事迹之新颖，更有过之。盖本其生平寰游东西所耳闻目见之实事，故实为近时最新奇最有趣味之名著，名曰新世界奇谈，洵无愧也。分订四册，定价六角，经售处北京、汉口及各省大书坊，总发行所上海棋盘街中华图书馆。"

同日，《时报》小说栏刊载短篇纪实《看枪毙》，蛰庵编著，文言。刊载"《聊斋》"广告："此书原稿存山东蒲氏，子孙世守，秘不示人，以其中颇多抱汉族不平之语也。俗刻本均经删改，以免忌犯。今设法借抄付印，以广流传，其顶批旁批与俗本尤多不同，皆系原有议论，极精极妙，可与圣叹接席，但不知何人手草，想与聊斋亦同时俦侣，此书文词古奥，多言外旨，实小说家文学家戏剧家之津筏也。八册一元八角。上海望平街有正书局，及北京、天津、苏州、南京分局同启。"刊载《蓓德小传》，揆、笑，文言。

同日，《爱国白话报》"庄严录"栏刊载《赛金花》，剑胆，白话，至10月6日完。

同日，《生活日报》"小说"栏刊载《骸石缘》，屈惠司原著，易时译，文言。附张"生活艺府"之小说栏刊载《壬癸风花梦》，白话章回。

同日，《神州日报》"神皋杂俎"栏刊载《清史演义》(四集)(禁转载)，陆士谔，白话章回。

2 日 《申报》"自由谈"之小说栏刊载滑稽小说《名词别解》(其一)，江都啸虎，文言。

同日，《时报》小说栏刊载《胠箧之王》，法国玛黎瑟勒勃朗著，吴门瘦鹃译，文言。刊载短篇小说《蚁门》，准嵩，文言。文后附"赠短篇小说一册"。

同日，《生活日报》"小说"栏刊载《骸石缘》，屈惠司原著，易时译，文言。附张"生活艺府"之小说栏刊载《壬癸风花梦》，白话章回。

同日，《神州日报》"神皋杂俎"栏刊载滑稽小说《阴曹新气象》，老谈，白话。

3 日 《申报》"自由谈"之小说栏刊载《牟尼珠》(十三)(续三月廿三日),仁后,文言。

同日,《时报》小说栏刊载旅行小说《尺下二虫谈》,蕉心,文言。

同日,《生活日报》"小说"栏刊载《骸石缘》,屈惠司原著,易时译,文言。附张"生活艺府"之小说栏刊载《壬癸风花梦》,白话章回。

同日,《神州日报》"神皋杂俎"栏刊载《清史演义》(四集)(禁转载),陆士谔,白话章回,至本月 27 日止,逢奇数天刊登。

4 日 《申报》"自由谈"之小说栏刊载《牟尼珠》(十四),仁后,文言。

同日,《时报》小说栏刊载《胠箧之王》,法国玛黎瑟勒勃朗著,吴门瘦鹃译,文言。

同日,《生活日报》"小说"栏刊载《骸石缘》,屈惠司原著,易时译,文言。附张"生活艺府"之小说栏刊载《壬癸风花梦》,白话章回。

同日,《神州日报》"神皋杂俎"栏刊载滑稽小说《阴曹新气象》,老谈,白话,至 4 月 26 日止,逢偶数天刊登。

5 日 《申报》"自由谈"之小说栏刊载《牟尼珠》(十五),仁后,文言。刊载滑稽小说《强奸》,觉迷,文言。

同日,《时报》刊载《蓓德小传》,揆、笑,文言。

同日,《生活日报》"小说"栏刊载《骸石缘》,屈惠司原著,易时译,文言。附张"生活艺府"之小说栏刊载《壬癸风花梦》,白话章回。

6 日 《申报》"自由谈"之小说栏刊载《牟尼珠》(十六),仁后,文言。

同日,《时报》刊载"说部丛书再版广告":"说部丛书业于三月十号订出,因远近诸君惠临上海总馆及各省分馆购预约券者纷纷不绝,逾于初版预印之数,以致不敷分配,良用歉疚,现已重行付印,约阳历五月必可出书,届时再当登报布告,请诸君凭券取,特书此声明,尚祈公鉴。上海商务印书馆谨启。"刊载"商务印书馆《童话》第一集每册五分,第二集每册一角,《木马兵》《俄国寓言》《十年归》"广告:"本馆编辑童话多采历史上之人物、世界上之常识，务使儿童批阅易生领悟，引起兴趣，文字简明，彩画精美，既合德智兼育之理，尤收言文一致之效。"小说栏刊载《肤箧之王》，法国玛黎瑟勒勃朗著，吴门瘦鹃译，文言。

同日，《生活日报》"小说"栏刊载《骸石缘》，屈惠司原著，易时译，文言。附张"生活艺府"之小说栏刊载《壬癸风花梦》，白话章回。

同日，《新闻报》"庄谐丛录"刊载短篇警世小说《灭狼新策》，苻，文言。

7日 《申报》"自由谈"之小说栏刊载《牟尼珠》（十七），仁后，文言。

同日，《时报》小说栏刊载《肤箧之王》，法国玛黎瑟勒勃朗著，吴门瘦鹃译，文言。刊载《蓓德小传》，揆、笑，文言。"余兴"栏刊载短篇小说《头断了》，干土，白话。

同日，《生活日报》"小说"栏刊载《骸石缘》，屈惠司原著，易时译，文言。附张"生活艺府"之小说栏刊载《壬癸风花梦》，白话章回。

同日，《新闻报》"庄谐丛录"刊载滑稽小说《强盗修改为盗法则》，竞，白话。

8日 《申报》"自由谈"之小说栏刊载滑稽短篇《予为车夫》，钝根，文言。

同日，《时报》"余兴"栏刊载短篇小说《余兴》，蕉心，文言。

同日，《生活日报》"小说"栏刊载《骸石缘》，屈惠司原著，易时译，文言。附张"生活艺府"之小说栏刊载《壬癸风花梦》，白话章回。刊载"《中华小说界》四期出版"广告。刊载"爱情小说《新茶花》露布"广告："《新茶花》一剧原名《缘外缘》，系新剧王钟声先生编撰，是剧演于春阳社，颇为社会激赏，现为上海及各省各舞台最有价值最著名之爱情新剧，海内戏曲家无不叹为观止，惜无如旧剧中之戏考其书者以为之说明，且各舞台分日排演，观者每有见首不见尾之憾，即或得窥全豹，而无详细之指点，亦不能头头是道，本社特请小说家勤补拙斋主人演成是编，其中情节较演剧更为曲折周到，若一展阅，恍如身入舞台，纵观全剧矣。故无论爱观剧者，爱阅小说者，均不可不购览也。首冠特加新剧巨子化妆铜版小像加以精彩石印，封面装订精美，尤为特色，现已付印，不日出版，特此预告。"

同日，《新闻报》"庄谐丛录"刊载短篇滑稽小说《虱知事》，符，文言。

9 日　《申报》"自由谈"之小说栏刊载滑稽短篇《予为车夫》（续），钝根，文言。刊载短篇纪事《虚惊》，天韵，文言。

同日，《时报》刊载《蓓德小传》，揆、笑，文言。

同日，《生活日报》"小说"栏刊载《骷石缘》，屈惠司原著，易时译，文言。附张"生活艺府"之小说栏刊载《壬癸风花梦》，白话章回。

同日，《新闻报》"庄谐丛录"刊载短篇滑稽小说《侦探犬》，八宝，文言。

10 日　《教育研究》第十二期"杂纂"栏刊载教育小说《牧牛教师》，揆、笑同著，文言。

同日，《申报》"自由谈"之小说栏刊载滑稽短篇《双光缘》，仁义，白话。刊载滑稽短篇《难为情》，红杏，文言。

同日，《时报》小说栏刊载《胠箧之王》，法国玛黎瑟勒勃朗著，吴门瘦鹃译，文言。刊载《蓓德小传》，笑，文言。

同日，《生活日报》"小说"栏刊载《骷石缘》，屈惠司原著，易时译，文言。附张"生活艺府"之小说栏刊载《壬癸风花梦》，白话章回。

同日，《新闻报》"庄谐丛录"刊载滑稽短篇《徐娘迟醮》，斧，文言。

11 日　《申报》"自由谈"之小说栏刊载滑稽短篇《双光缘》（续），仁义，白话。

同日，《时报》刊载"新出札记小说《黛痕剑影录》"广告："是书为安吴胡君寄尘所著，计札记小说百篇，所记多属美人侠客之事，为近今小说界中之杰作，精印洋装一册定价洋四角。《弱女飘零记》洋装一册定价二角。上海棋盘街广益书局及各埠分局发行。"

17 日　《申报》"自由谈"之小说栏刊载《侠绍介》(三),仁后,文言。

同日,《时报》刊载"订购《中华小说界》诸君鉴":"敝局《中华小说界》出版以来,极受诸君欢迎,故出版甫及四期,每期销数已达万外,逾于初版之数,每日来购者尚络绎不绝,以致供不应求,良用歉疚,现已从速再版,一俟印竣即当登报布告,藉慰爱读诸君之雅意。上海中华书局谨启。"小说栏刊载《胠箧之王》,法国玛黎瑟勒勃朗著,吴门瘦鹃译,文言。余兴"栏刊载短篇纪实《共和科员》,枕石,文言。

同日,《爱国小说报》"小说"栏刊载《煤筐奇案》,亚铃,白话,至5月27日完。

同日,《生活日报》"小说"栏刊载《骸石缘》,屈惠司原著,易时译,文言。附张"生活艺府"之小说栏刊载《壬癸风花梦》,白话章回。

同日,《新闻报》"庄谐丛录"刊载时事小说《倒脱靴》,八宝,文言。

18 日　《申报》"自由谈"之小说栏刊载社会小说《无耻》,心根,文言。

同日,《时报》小说栏刊载《胠箧之王》,法国玛黎瑟勒勃朗著,吴门瘦鹃译,文言。刊载《蓓德小传》,笑,文言。

同日,《生活日报》"小说"栏刊载《骸石缘》,屈惠司原著,易时译,文言。附张"生活艺府"之小说栏刊载《壬癸风花梦》,白话章回。

同日,《新闻报》"庄谐丛录"刊载翻译短篇《梨花怨》(又名拿破仑之媳),斧,文言。

19 日　《申报》"自由谈"之小说栏刊载写情小说《侠女花弹词》,东莹,白话。刊载滑稽小说《九十九年》,觉迷,文言。

同日,《生活日报》"小说"栏刊载《骸石缘》,屈惠司原著,易时译,文言。附张"生活艺府"之小说栏刊载《壬癸风花梦》,白话章回。刊载"《小说丛报》出版预告"。

20 日　《谠报》第十期,无小说。

同日，《申报》"自由谈"之小说栏刊载写情小说《侠女花弹词》（二），东莹，白话。

同日，《时报》小说栏刊载《肱箧之王》，法国玛黎瑟勒勃朗著，吴门瘦鹃译，文言。刊载《蓓德小传》，笑，文言。

同日，《生活日报》"小说"栏刊载《骸石缘》，屈惠司原著，易时译，文言。附张"生活艺府"之小说栏刊载《壬癸风花梦》，白话章回。

同日，《新闻报》"庄谐丛录"刊载滑稽短篇《速正屎》（又名蜣螂国），斧，白话。

21 日　《申报》"自由谈"之小说栏刊载写情小说《侠女花弹词》（三），东莹，白话。刊载社会小说《车中儿》，剑秋，文言。

同日，《时报》小说栏刊载《肱箧之王》，法国玛黎瑟勒勃朗著，吴门瘦鹃译，文言。

同日，《生活日报》附张"生活艺府"之小说栏刊载《壬癸风花梦》，白话章回。

同日，《新闻报》"庄谐丛录"刊载滑稽杂说《皇帝狗》，竞，文言。

22 日　《申报》"自由谈"之小说栏刊载写情小说《侠女花弹词》（四），东莹，白话。

同日，《时报》小说栏刊载《肱箧之王》，法国玛黎瑟勒勃朗著，吴门瘦鹃译，文言。

同日，《生活日报》"小说"栏刊载《骸石缘》，屈惠司原著，易时译，文言。附张"生活艺府"之小说栏刊载《壬癸风花梦》，白话章回。

23 日　《申报》"自由谈"之小说栏刊载写情小说《侠女花弹词》（五），东莹，白话。

同日，《时报》小说栏刊载《肱箧之王》，法国玛黎瑟勒勃朗著，吴门瘦鹃译，文言。"余兴"栏刊载纪事短篇《考知事》，如华，文言。

同日，《生活日报》"小说"栏刊载《骸石缘》，屈惠司原著，易时译，文言。附张"生活艺府"之小说栏刊载《壬癸风花梦》，白话章回。

24 日　《申报》"自由谈"之小说栏刊载滑稽小说《寻开心》，了青，文言。

　　同日，《时报》刊载"空前绝后之大著作出现《红楼梦索隐》上海中华书局预告"。小说栏刊载《胠箧之王》，法国玛黎瑟勒勃朗著，吴门瘦鹃译，文言。刊载广告："喂！你看的是什么小说。我向来是看有正书局出版最有价值的《小说时报》。小说一道，足以启发神智，增进文学，东西名邦，无不藉为教育之助，以养成国民高尚之性趣。本报一本斯旨，取材丰富，体裁美备，所载短篇长篇，均延著名小说家分类撰述，及迻译东西各国之名著，附以图画杂俎等类，尤饶兴趣，美术家文艺家均不可不手一编也。现已出二十一期，细目如下。价目每册六角，预定五册，二元八角，十册五元五角。上海有正书局及北京天津南京苏州分局同启。"后列第十一至第十九期目录。刊载商务印书馆"小本小说"广告："袖珍小说二十种，新译小说二十六种，欧美名家小说三十四种，新撰小说十九种：侦探小说《多那文包探案》一角，侦探小说《华生包探案》一角，侦探小说《桑伯勒包探案》一角，侦探小说《海卫侦探案》二角，侦探小说《三人影》一角半，侦探小说《宝石城》一角，侦探小说《夺嫡奇冤》二册三角，侦探小说《白巾人》白话二册二角，侦探小说《指环党》一角，侦探小说《圆室案》一角，侦探小说《车中毒针》白话一角，侦探小说《毒药鐏》一角，侦探小说《金丝发》一角，侦探小说《双指印》一角，侦探小说《七医士案》一角，义侠小说《情侠》一角，义侠小说《双鸳侣》一角，道德小说《一束缘》白话一角，伦理小说美洲童子《万里寻亲记》一角，言情小说《血泊鸳鸯》一角，言情小说《双乔记》一角，言情小说《天际落花》一角，言情小说《鸳盟离合记》二册二角，言情小说《盗窟奇缘》二册二角，言情小说《碎琴楼》二册三角半，言情小说《空谷佳人》一角，哀情小说《不如归》一角半，婚事小说《媒孽奇谈》一角，冒险小说《金银岛》一角，神怪小说《荒唐言》一角，政事小说《外交秘事》一角，历史小说《希腊兴亡记》一角，科学小说《新飞艇》二册二角，理想小说《飞将军》二册三角，社会小说《脂粉议员》一角半，社会小说《白头少年》一角，社会小说《贼史》二册四角，社会小说《冰雪因缘》三册八角，社会小说《芦花余孽》一角，社会小说《老残游记》二册三角，滑稽小说《化身奇谈》白话一角，滑稽小说《旅行述异》二册二角，笔记小说《技击余闻》一角，笔记小说《车中语》一角，笔记小说《时谐》二册三角。商务印书馆。"

同日，《生活日报》"小说"栏刊载《骸石缘》，屈惠司原著，易时译，文言。附张"生活艺府"之小说栏刊载短篇《黄花冈》，倦鹤，白话。

25日　《民权素》第一集刊载"文学的、美术的、滑稽的空前之杂志《民权素》第二集出版预告，民权出版部启"广告。刊载"《铁冷丛谈》出版了"广告："书凡八十余篇，都十万言，材料新颖，文笔典丽，固铁冷君经营之作，亦民权报短篇小说之巨擘，兹请铁冷君重加藻饰，亲自校勘，发行单行本，精装一厚册，海内文豪为之序跋，爱读刘君文字者，当无不以先睹为快也。定价大洋五角，批发从廉，总发行所民权出版部，分售处各大书坊。刊载"最新小说《蝶花劫》出版预告"："《蝶花劫》哀情小说也。著之者何人，箬超也。箬超曷为著是书，其友吁公尝以见闻告，去年曾披露于《民权报》，惜未告终止，而仓卒之间结构又欠良。今精而纂之，完全脱稿矣。内容都十八章，凡六万二千余言，诗词歌赋文牍信札，色色美备，艺艺精良，知之者当以先睹为快焉。特此预告。定价五角。民权出版部启。""《玉梨魂》"广告："枕亚君剧作出世以还，蜚声小说界，誉满国中，现已四版。定价大洋六角，外埠加邮费五分。""说海"栏刊载《乞儿之新年》，海鸣，文言；《半价》，双热，文言；《梅柳争春》，枕亚，文言；《鹃娘血》，定夷，文言；苦情小说《白骨散》，箬超，长篇，文言；《茉莉花》，芙岑，长篇，文言。"《孽冤镜再版》"广告："本书为双热君钩心斗角之杰著，词藻事迹早邀阅者欢迎，叹为与《玉梨魂》异曲同工之作。孽海晨钟，于哀情小说别劈蹊境，读之令人大觉悟大解脱，诚情魔之棒喝，孽海之慈航。每册大洋五角。批发从廉。"刊载《兰娘哀史》广告："双热著，内容曾载《民权画报》，情节哀艳悱恻，文笔简净，正文外加以小评，附以题词，酒后茶余，耐人寻味，现已三版，价值可以想见。每册大洋二角，批发从廉，民权出版部谨启。"刊载"二十世纪之新饭术，箸超卖文"："嗷饭术夥矣，卖文，余之创举也。何文之有，所不自信者，钩心绞脑，垂二十年，之二十年中，见恶于所知，招忌于阍犬，食报若是其奇也。哈哈，总是这笔账，索兴献丑。例如左：一文言长篇，不拘何种，每千二元五角。一白话长篇，不拘何种，每千一元八角。一短篇及公牍，面议。附则：笔资先惠，速限者倍价，误约者罚减。接洽处四马路麦家圈口民权出版部，接洽人马志千、陈鸳春。""介绍小说家吴双热"广告："常熟《琴心》报主干吴君双热，鄙人等之文字交也。吴君善著小说，尤长于言情及滑稽，爰为介绍于海内出版界，并代定价格于左，如有委以著作权者，径函吴君商订可也。（价格）文言每千字三元，白话每千字二元，万字以上之长篇另议。介绍人牛霹生、蒋箸超、周浩、刘铁冷、马志千、陈鸳春。""《琴心》报"广告："常熟周报之一种，主张超然，内容有社论、纪事、时评、小说、文苑、话潮、谐铎、余兴之属，逢星期三发行，定阅全年者连邮费小洋八角，空函不复，编辑兼发行所常熟县东街三十六号《琴心》报，编辑发行人吴双热启。"《民权素》编纂者刘铁冷君、蒋箸超君，总发行所上海四马路麦家圈东口民权出版部。

同日，《小说月报》第五卷第一号"短篇小说"栏刊载《技击余闻录》一则，无锡钱基博，文言，前有文曰："今春杜门多暇，友人有以林侯官《技击余闻》相贻者，叙事简劲，有似承祚三国，以予睹侯官文字，此为佳矣，爰撰次所闻，补其阙略，私自谓佳者决不让侯官出人头地也，甲寅中春记此"；刊载《悲欢人影》，法国文豪莫巴桑著，闽侯王述勤、廖旭人同译，文言；刊载《眉楼忆语》，莲心，文言；刊载《心电站》，天笑、毅汉同译，文言；刊载《金川妖姬志》，指严，文言；刊载《罂花碧血记》，卧园原著，铁樵校订，文言。"长篇小说"栏刊载《黑楼情孽》，英马尺芒忒原著，闽县林纾笔述，静海陈家麟口译，文言；刊载《西班牙宫闱琐语》，译《海滨杂志》，西班牙公主欧里亚自述，澍生、铁樵，白话。"新剧"栏刊载《银瓶怨》，"小说大家嚣俄原著"，东亚病夫。刊载本社通告，为征稿启事，内容同前。

同日，《申报》"自由谈"之小说栏刊载搜奇小说《海岛记室》，天乐，文言。

同日，《时报》小说栏刊载《胠箧之王》，法国玛黎瑟勒勃朗著，吴门瘦鹃译，文言。"余兴"栏刊载短篇事实《盲哑相斗》，东木，文言。刊载《蓓德小传》，笑，文言。

同日，《生活日报》"小说"栏刊载《骸石缘》，屈惠司原著，易时译，文言。附张"生活艺府"之小说栏刊载《壬癸风花梦》，白话章回。刊载"新印小说《绣香囊》"广告："弹词小说本为最情致风雅之作，近复盛行，是编为嘉禾著名小说家所编，词句雅驯，笔意缠绵，绿窗永昼，若手此一编，真足令人悠然意淡，百虑全消也。每部十四册，定价洋四角，寄售处棋盘街著易堂，江左书林，四马路国华书局鸿文书局，总发行所嘉兴大同书局。"

26日 《申报》"自由谈"之小说栏刊载搜奇小说《海岛记室》(二)，天乐，文言。

同日，《时报》小说栏刊载《胠箧之王》，法国玛黎瑟勒勃朗著，吴门瘦鹃译，文言。"余兴"栏刊载小说《狗之谈话》，吟僧投稿，文言。

同日，《生活日报》"小说"栏刊载《骸石缘》，屈惠司原著，易时译，文言。附张"生活艺府"之小说栏刊载《壬癸风花梦》，白话章回。

27日 《申报》"自由谈"之小说栏刊载搜奇小说《海岛记室》(三)，天乐，文言。

同日，《时报》小说栏刊载《胠箧之王》，法国玛黎瑟勒勃朗著，吴门瘦鹃译，文言。刊载《蓓德小传》，笑，文言。

同日，《生活日报》"小说"栏刊载《骸石缘》，屈惠司原著，易时译，文言。附张"生活艺府"之小说栏刊载《壬癸风花梦》，白话章回。

同日，《新闻报》"庄谐丛录"刊载寓言小说《重开老庆记》，立，文言。

28日 《申报》"自由谈"之小说栏刊载搜奇小说《海岛记室》(四)，天乐，文言。刊载写情小说《侠女花弹词》(六)，东莹，白话。

同日，《时报》小说栏刊载《肱箧之王》，法国玛黎瑟勒勃朗著，吴门瘦鹃译，文言。

同日，《生活日报》"小说"栏刊载《骸石缘》，屈惠司原著，易时译，文言。附张"生活艺府"之小说栏刊载《壬癸风花梦》，白话章回。

同日，《神州日报》"神皋杂俎"栏刊载《清史演义》（禁转载），陆士谔，白话章回。

29 日　《申报》"自由谈"之小说栏刊载搜奇小说《海岛记室》（五），天乐，文言。刊载写情小说《侠女花弹词》（七），东莹，白话。

同日，《时报》小说栏刊载《肱箧之王》，法国玛黎瑟勒勃朗著，吴门瘦鹃译，文言。刊载《蓓德小传》，笑，文言。

同日，《生活日报》"小说"栏刊载《骸石缘》，屈惠司原著，易时译，文言。附张"生活艺府"之小说栏刊载《壬癸风花梦》，白话章回。

同日，《神州日报》"神皋杂俎"栏刊载《清史演义》（禁转载），陆士谔，白话章回。

30 日　《申报》"自由谈"之小说栏刊载写情小说《侠女花弹词》（八），东莹，白话。

同日，《时报》小说栏刊载《肱箧之王》，法国玛黎瑟勒勃朗著，吴门瘦鹃译，文言。

同日，《生活日报》"小说"栏刊载《骸石缘》，屈惠司原著，易时译，文言。附张"生活艺府"之小说栏刊载《壬癸风花梦》，白话章回。

同日，《神州日报》"神皋杂俎"栏刊载《清史演义》（禁转载），陆士谔，白话章回。至本年 5 月 9 日止。

5 月

1 日　《东方杂志》第十卷第十一号刊载《侠女破奸记》（不许转载），英国加伦汤姆著，刘幼新译，文言；短篇科学小说《元素大会》，端生，文言。

同日，《新剧杂志》第一期"小说"栏刊载写情小说《痴情地狱》，古翁伤心人，文言；哀情小说《影里情郎》，啸天，文言；短篇小说《女丈夫》，寄尘，文言；纪事小说《蜀道魂》，冰心，文言；理想小说《梦游述异》，榴邨，文言；奇情小说《新投笔记》，瘦月，文言；幻情短篇《双魂》，箸超，文言；滑稽小说《游春少年》（全篇嵌入新剧家名字），雪泥，文言。发行人张蚀川，编辑者上海南京路寿康里新剧杂志社。

同日，《中华小说界》第五期"短篇"栏刊载历史小说《清宫窃宝记》，独鹤，文言；滑稽小说《黑行囊》，半，白话；理想小说《空中行劫》，冷、绿衣女士，文言；滑稽小说《我将死矣》，瓣，文言；言情小说《偷吻》，冻华，白话。"长篇"栏刊载侦探小说《八一三》，卓呆、天笑，白话；言情小说《情铁》（续第四期），法国老昔倭尼原著，闽县林纾笔述，侯官王庆通口译，文言。"丛话"栏刊载《小说丛话》（续前期），成。刊载"空前绝后之大著作出版《红楼梦索隐》"广告："《红楼梦》一书，脍炙人口，风行社会，然而百余年来，世人皆雾里看花，未能得其真相者，皆因以言情的眼光注视之，而未知以历史的眼光注视之也。书中所言，虽前之论者亦知其隐有所指，而私揣臆度，论辩徒烦，于作书人之本旨，未能揭出。本局近得王梦阮君《红楼梦索隐》一书，乃知其中事实，确为清初野史之一种。于顺治康熙两朝宫闱隐秘详析无遗，不能明写，遂乃暗譬曲喻，以匣剑帷灯之笔出之。原书八十卷，后经曹雪芹历次删订，就中增入四十卷，乃将乾嘉以后事散见篇中，事事皆有关合，处处皆有证据，一经揭破，莫不黎然开朗。而于是百余年来家弦户诵之名著，始露其真面目，得有真价值。谓非空前绝后之大著作乎？此说京师治国闻者历有流传，迄未敢见诸记载，亦无人详加考证。民国告成以后，王君乃苦思力索，博考周稽，穷两年之力，始成此编，逐句疏证，纤悉靡遗，至原书文字之优美，早为读者所共认，内幕既解，面目一变，王君于书中精采极其结构主脑点睛伏脉之处无不详细指出，与大某山民护花主人太平闲民诸家之评批，迥不相同，篇首复有提要一卷，发明大凡。本局现已排印就绪，除将提要登入第六期小说界外，全书分前后两集，前集准六月底出版，爱读《红楼梦》者，不可不人手一编，先睹为快，揭前此之疑团，铸后来之信史也。上海中华书局预告。"

同日，《申报》"自由谈"之小说栏刊载《火焰珠》(一)，常觉译，白话。

同日，《时报》小说栏刊载《肤箧之王》，法国玛黎瑟勒勃朗著，吴门瘦鹃译，文言。

同日，《生活日报》"小说"栏刊载《骸石缘》，屈惠司原著，易时译，文言。附张"生活艺府"之小说栏刊载《壬癸风花梦》，白话章回。

2日　《申报》"自由谈"之小说栏刊载《火焰珠》(二)，常觉译，白话。

同日，《时报》小说栏刊载《肤箧之王》，法国玛黎瑟勒勃朗著，吴门瘦鹃译，文言。刊载《蓓德小传》，笑，文言。

同日，《生活日报》"小说"栏刊载《骸石缘》，屈惠司原著，易时译，文言。附张"生活艺府"之小说栏刊载《壬癸风花梦》，白话章回。

3日　《申报》"自由谈"之小说栏刊载《火焰珠》(三)，常觉译，白话。

同日，《时报》小说栏刊载《肤箧之王》，法国玛黎瑟勒勃朗著，吴门瘦鹃译，文言。

同日，《生活日报》"小说"栏刊载《骸石缘》，屈惠司原著，易时译，文言。附张"生活艺府"之小说栏刊载《壬癸风花梦》，白话章回。

4日　《申报》"自由谈"之小说栏刊载《火焰珠》(四)，常觉译，白话。

同日，《时报》小说栏刊载《肤箧之王》，法国玛黎瑟勒勃朗著，吴门瘦鹃译，文言。"余兴"栏刊载短篇小说《青奴》，蕉心，文言。

同日，《生活日报》"小说"栏刊载《骸石缘》，屈惠司原著，易时译，文言。附张"生活艺府"之小说栏刊载《壬癸风花梦》，白话章回。

5 日　《申报》"自由谈"之小说栏刊载《火焰珠》(五)，常觉译，白话。刊载哀情短篇《子恸》，何许人，文言。

同日，《时报》小说栏刊载《肶箧之王》，法国玛黎瑟勒勃朗著，吴门瘦鹃译，文言。"余兴"栏刊载短篇小说《青奴》，蕉心，文言。

同日，《生活日报》附张"生活艺府"之小说栏刊载《壬癸风花梦》，白话章回。

6 日　《申报》"自由谈"之小说栏刊载《火焰珠》(六)，常觉译，白话。刊载家庭小说《慧珠小史》，华璧女士，文言。

同日，《时报》小说栏刊载《肶箧之王》，法国玛黎瑟勒勃朗著，吴门瘦鹃译，文言。刊载《蓓德小传》，笑，文言。

同日，《生活日报》"小说"栏刊载《骸石缘》，屈惠司原著，易时译，文言。附张"生活艺府"之小说栏刊载《壬癸风花梦》，白话章回。

7 日　《申报》"自由谈"之小说栏刊载《火焰珠》(七)，常觉译，白话。刊载家庭小说《慧珠小史》(二)，华璧女士，文言。刊载社会短篇《跑马》，沪庐，文言。

同日，《时报》小说栏刊载《肶箧之王》，法国玛黎瑟勒勃朗著，吴门瘦鹃译，文言。

同日，《生活日报》附张"生活艺府"之小说栏刊载《壬癸风花梦》，白话章回。刊载"看《小说丛报》出版了"广告，下附第一期特点说明。

8 日　《申报》"自由谈"之小说栏刊载《火焰珠》(八)，常觉译，白话。刊载家庭小说《慧珠小史》(三)，华璧女士，文言。

同日，《时报》小说栏刊载《肶箧之王》，法国玛黎瑟勒勃朗著，吴门瘦鹃译，文言。刊载《蓓德小传》，笑，文言。

同日，《生活日报》"小说"栏刊载《骸石缘》，屈惠司原著，易时译，文言。附张"生活艺府"之小说栏刊载《壬癸风花梦》，白话章回。

9 日　《申报》"自由谈"之小说栏刊载《火焰珠》(九)，常觉译，白话。刊载家庭小说《慧珠小史》(四)，华璧女士，文言。

同日，《时报》小说栏刊载《肶箧之王》，法国玛黎瑟勒勃朗著，吴门瘦鹃译，文言。"余兴"栏刊载短篇小说《余兴》，南昌十二龄童子，文言。

同日，《生活日报》"小说"栏刊载《骸石缘》，屈惠司原著，易时译，文言。附张"生活艺府"之小说栏刊载《壬癸风花梦》，白话章回。

10 日 《甲寅》第一卷第一号刊载"本志宣告"："（五）本社募集小说，或为自撰，或为欧文译本，均可，名手为之，酬格从渥。"刊载《女蜮记》，老谈，文言。《甲寅》1914 年 5 月 10 日创刊于日本东京，发起者胡汉民，主编章士钊（秋桐），以发表政论为主，提倡社会革新，反对封建帝制，初为月刊，但是常常脱期，1915 年 5 月出至第五期后移至上海，同年 10 月出至第十期停刊。

同日，《民国》第一年第一号"文艺"栏刊载小说《天涯红泪记》，三郎，文言；《骷髅出海记》，戴骷髅生戏译，文言。发行兼编辑人东京市芝区南佐久间町一丁目三番地东辟，发行所民国社，每月十日发行。《民国》第一年第一号中华民国三年、日本大正三年五月初十日发行、中华民国三年七月十日订正再版。

同日，《申报》"自由谈"之小说栏刊载《火焰珠》（十），常觉译，白话。刊载家庭小说《慧珠小史》（五），华璧女士，文言。

同日，《时报》小说栏刊载《胠箧之王》，法国玛黎瑟勒勃朗著，吴门瘦鹃译，文言。

同日，《生活日报》"小说"栏刊载《骸石缘》，屈惠司原著，易时译，文言。附张"生活艺府"之小说栏刊载《壬癸风花梦》，白话章回。

同日，《神州日报》刊载"新出札记小说《黛痕剑影录》"广告。"神皋杂俎"栏刊载《清史演义》（禁转载），陆士谔，白话章回。

11 日 《申报》"自由谈"之小说栏刊载《火焰珠》（十一），常觉译，白话。刊载名家短篇《真画灵》，延陵，文言。

同日，《时报》小说栏刊载《胠箧之王》，法国玛黎瑟勒勃朗著，吴门瘦鹃译，文言。

同日，《生活日报》附张"生活艺府"之小说栏刊载《壬癸风花梦》，

白话章回。

12 日　《申报》"自由谈"之小说栏刊载名家短篇《真画灵》（二），延陵，文言。刊载家庭小说《浮生恨》（一），浮生，文言。刊载短篇小说《洋奴》，翀天生，文言。

同日，《时报》小说栏刊载《胠箧之王》，法国玛黎瑟勒勃朗著，吴门瘦鹃译，文言。刊载《蓓德小传》，笑，文言。

同日，《生活日报》"小说"栏刊载《骸石缘》，屈惠司原著，易时译，文言。附张"生活艺府"之小说栏刊载《壬癸风花梦》，白话章回。

13 日　《申报》"自由谈"之小说栏刊载名家短篇《真画灵》（三），延陵，文言。刊载家庭小说《浮生恨》（二），浮生，文言。

同日，《时报》小说栏刊载《胠箧之王》，法国玛黎瑟勒勃朗著，吴门瘦鹃译，文言。刊载《蓓德小传》，笑，文言。

同日，《生活日报》"小说"栏刊载《骸石缘》，屈惠司原著，易时译，文言。附张"生活艺府"之小说栏刊载《壬癸风花梦》，白话章回。

14 日　《申报》"自由谈"之小说栏刊载哀情小说《满园花》（一），天虚我生，文言。刊载家庭小说《浮生恨》（三），浮生，文言。

同日，《时报》刊载《蓓德小传》，笑，文言。

同日，《生活日报》"小说"栏刊载《骸石缘》，屈惠司原著，易时译，文言。附张"生活艺府"之小说栏刊载《壬癸风花梦》，白话章回。

15 日　《中华教育界》民国三年五月第十七号刊载教育小说《优胜旗》，畹滋，文言。

同日，《申报》"自由谈"之小说栏刊载哀情小说《满园花》（二），天虚我生，文言。刊载家庭小说《浮生恨》（四），浮生，文言。

同日，《时报》小说栏刊载短篇滑稽《紫光阁》，须庐，白话。刊载《蓓德小传》，笑，文言。

同日，《生活日报》"小说"栏刊载《骸石缘》，屈惠司原著，易时译，文言。附张"生活艺府"之小说栏刊载《壬癸风花梦》，白话章回。

16 日　《申报》"自由谈"之小说栏刊载哀情小说《满园花》（三），天虚我生，文言。刊载家庭小说《浮生恨》（五），浮生，文言。

同日，《时报》小说栏刊载《胠箧之王》，法国玛黎瑟勒勃朗著，吴门瘦鹃译，文言。"余兴"栏刊载滑稽短篇《余兴》，若水稿，文言。

同日，《生活日报》"小说"栏刊载《骸石缘》，屈惠司原著，易时译，文言。附张"生活艺府"之小说栏刊载《壬癸风花梦》，白话章回。

17 日　《申报》"自由谈"之小说栏刊载哀情小说《满园花》（四），天虚我生，文言。刊载家庭小说《浮生恨》（六），浮生，文言。

同日，《时报》小说栏刊载《胠箧之王》，法国玛黎瑟勒勃朗著，吴门瘦鹃译，文言。刊载《蓓德小传》，笑，文言。

同日，《生活日报》"小说"栏刊载《骸石缘》，屈惠司原著，易时译，文言。附张"生活艺府"之小说栏刊载《壬癸风花梦》，白话章回。

18 日　《申报》"自由谈"之小说栏刊载哀情小说《满园花》（五），天虚我生，文言。

同日，《时报》小说栏刊载《胠箧之王》，法国玛黎瑟勒勃朗著，吴门瘦鹃译，文言。刊载《蓓德小传》，笑，文言。

同日，《生活日报》"小说"栏刊载《骸石缘》，屈惠司原著，易时译，文言。附张"生活艺府"之小说栏刊载《壬癸风花梦》，白话章回。刊载"爱读小说者勿失此机会《好事多磨》廉价一星期，照码三折发售，总发行所上海长浜路九十八号文粹编译社，代售处女子植权公司，女子兴业公司，艺学社及各大书坊"。

19 日　《申报》"自由谈"之小说栏刊载哀情小说《满园花》（六），天虚我生，文言。刊载家庭小说《浮生恨》（七），浮生，文言。

同日，《时报》小说栏刊载《胠箧之王》，法国玛黎瑟勒勃朗著，吴门瘦鹃译，文言。刊载《蓓德小传》，笑，文言。

同日，《生活日报》"小说"栏刊载《骸石缘》，屈惠司原著，易时译，文言。

20 日　《说报》第十一期"文艺部"之"小说"栏刊载短篇小说《庐山隐》，张相，文言；刊载社会小说《新镜花》（续），涛痕，白话章回。

同日，《申报》"自由谈"之小说栏刊载哀情小说《满园花》(七)，天虚我生，文言。刊载家庭小说《浮生恨》(八)，浮生，文言。

同日，《时报》小说栏刊载《胠箧之王》，法国玛黎瑟勒勃朗著，吴门瘦鹃译，文言。

同日，《生活日报》"小说"栏刊载《骷石缘》，屈惠司原著，易时译，文言。附张"生活艺府"之小说栏刊载《壬癸风花梦》，白话章回。

21 日　《申报》"自由谈"之小说栏刊载哀情小说《满园花》(八)，天虚我生，文言。刊载家庭小说《浮生恨》(九)，浮生，文言。

同日，《时报》小说栏刊载《胠箧之王》，法国玛黎瑟勒勃朗著，吴门瘦鹃译，文言。

同日，《生活日报》"小说"栏刊载《骷石缘》，屈惠司原著，易时译，文言。附张"生活艺府"之小说栏刊载《壬癸风花梦》，白话章回。

22 日　《申报》"自由谈"之小说栏刊载哀情小说《满园花》(九)，天虚我生，文言。刊载家庭小说《浮生恨》(十)，浮生，文言。

同日，《时报》小说栏刊载《胠箧之王》，法国玛黎瑟勒勃朗著，吴门瘦鹃译，文言。"余兴"栏刊载寓言小说《哑国》，蕉心，文言。

同日，《生活日报》"小说"栏刊载《骷石缘》，屈惠司原著，易时译，文言。附张"生活艺府"之小说栏刊载《壬癸风花梦》，白话章回。

23 日　《申报》"自由谈"之小说栏刊载哀情小说《满园花》(十)，天虚我生，文言。刊载家庭小说《浮生恨》(十一)，浮生，文言。

同日，《时报》小说栏刊载《胠箧之王》，法国玛黎瑟勒勃朗著，吴门瘦鹃译，文言。

同日，《生活日报》"小说"栏刊载《骷石缘》，屈惠司原著，易时译，文言。附张"生活艺府"之小说栏刊载《壬癸风花梦》，白话章回。

24 日　《申报》"自由谈"之小说栏刊载哀情小说《满园花》(十一)，天虚我生，文言。刊载家庭小说《浮生恨》(十二)，浮生，文言。

同日，《时报》小说栏刊载《胠箧之王》，法国玛黎瑟勒勃朗著，吴门瘦鹃译，文言。刊载《蓓德小传》，笑，文言。

同日，《生活日报》"小说"栏刊载《骸石缘》，屈惠司原著，易时译，文言。附张"生活艺府"之小说栏刊载《壬癸风花梦》，白话章回。

25 日　《小说月报》第五卷第二号刊载吴翙亭"《旧小说》发售预约券"广告，内容介绍同前。"短篇小说"栏刊载《技击余闻补》，钱基博，文言；刊载《弱女救兄记》，铁樵，文言；刊载《村伟人》，廖旭人，文言；刊载《六尺地》，俄国文豪托尔斯泰原著，天笑生译，白话；刊载《圆明园总管世家》，指严，文言。"长篇小说"栏刊载《黑楼情孽》（续），英马尺芒忒原著，闽县林纾笔述，静海陈家麟口译，文言；刊载《西班牙宫闱琐语》，译《海滨杂志》，西班牙公主欧里亚自述，澍生、铁樵，白话。刊载本社通告，为征稿启事，内容同前。

同日，《申报》"自由谈"之小说栏刊载哀情小说《满园花》（十二），天虚我生，文言。刊载家庭小说《浮生恨》（十三），浮生，文言。

同日，《生活日报》"小说"栏刊载《骸石缘》，屈惠司原著，易时译，文言。附张"生活艺府"之小说栏刊载《壬癸风花梦》，白话章回。

26 日　《申报》"自由谈"之小说栏刊载哀情小说《满园花》（十三），天虚我生，文言。刊载家庭小说《浮生恨》（十四），浮生，文言。

同日，《时报》小说栏刊载《胠箧之王》，法国玛黎瑟勒勃朗著，吴门瘦鹃译，文言。刊载《蓓德小传》，笑，文言。

同日，《生活日报》附张"生活艺府"之小说栏刊载《壬癸风花梦》，白话章回。

27 日　《申报》"自由谈"之小说栏刊载哀情小说《满园花》（十四），天虚我生，文言。刊载家庭小说《浮生恨》（十五），浮生，文言。

同日，《时报》小说栏刊载《胠箧之王》，法国玛黎瑟勒勃朗著，吴门瘦鹃译，文言。

同日，《生活日报》"小说"栏刊载《骸石缘》，屈惠司原著，易时译，文言。附张"生活艺府"之小说栏刊载《壬癸风花梦》，白话章回。

28 日　《申报》"自由谈"之小说栏刊载哀情小说《满园花》（十五），天虚我生，文言。刊载家庭小说《浮生恨》（十六），浮生，文言。

同日，《时报》小说栏刊载《肱箧之王》，法国玛黎瑟勒勃朗著，吴门瘦鹃译，文言。

同日，《爱国白话报》"小说"栏刊载《大报仇》，亚铃，白话，至 6 月 30 日完。

同日，《生活日报》"小说"栏刊载《骸石缘》，屈惠司原著，易时译，文言。附张"生活艺府"之小说栏刊载《壬癸风花梦》，白话章回。

29 日　《申报》"自由谈"之小说栏刊载哀情小说《满园花》(十六)，天虚我生，文言。刊载家庭小说《浮生恨》(十七)，浮生，文言。

同日，《时报》刊载"旧小说"广告："说部中之大观，特售预约券，收价三元，七月底止，最有趣味之消遣品。本书之梗概：此书为侯官吴翊亭先生所辑，汇罗说部诸书千有余种，自汉魏六朝以迄近代，都为六集，始于庚戌之夏，成于甲寅之春，时经五稔，始克竣事，意在示人作文门径，与寻常各小说迥乎不同，学者熟玩此集，凡遇可喜可愕之事，必能曲曲摹写，于记叙文字必有进步，由是而作为论说，亦必能增长笔路，挥洒自如，以草头下左单右斤至乎古文之境不难矣，至校对之精细，句读之详审，刷印之精工，装订之华美，犹其余事。内容之特色：历代小说卷帙繁多，遍览不易，间或兰艾杂糅，不尽不可采，兹集所取悉出名家，而又视其情文并茂、饶有兴趣者录之，是谓选择精当，特色一。小说家言词旨诙诡，数见不鲜，兹集所登详加辨别，其间多世所罕见本，佚文秘典，往往具在，是谓取材宏富，特色二。稗官野史，文欠雅驯，识者病之，兹集所采无论长篇短简，措辞必典，而又深浅合宜，引人入胜，是谓文章尔雅，特色三。花间月下，酒后灯前，时与二三知己纵论古今历史兴亡之迹，未免感慨系之，若谈及说部，则无不眉飞色舞，是谓助人兴会，特色四。预约简章：是书共分六集，都一千二百六十页，分订二十册。排工现已告竣，阳历八月即可出书，洋装纸面，每部定价六元，如加布匣，价需另加。援照曩例，先发预约券，价照现售减半，仅收三元。预约定于阳历七月底为止，其较远省分如山西、陕西、甘肃、新疆、四川、广西、云南、贵州八省展期至九月底为止。另备样本详载目录及预约章程，函索即寄。出书后如欲本馆将书寄奉，请将邮费一并寄下，由上海发行所直接寄奉者，每部邮费二角五分，挂号费在内，日本每部邮费四角五分，其他各国每部邮费九角，其在各省分馆及分售处取书者，所有邮费由分馆分售处酌定。再本书原订十册，现以卷帙过厚，特分作二十册，以便翻阅。特此声明。商务印书馆广告。"小说栏刊载《胠箧之王》，法国玛黎瑟勒勃朗著，吴门瘦鹃译，文言。刊载《蓓德小传》，笑，文言。

同日，《生活日报》"小说"栏刊载《骸石缘》，屈惠司原著，易时译，文言。附张"生活艺府"之小说栏刊载《壬癸风花梦》，白话章回。

30 日　《申报》"自由谈"之小说栏刊载哀情小说《满园花》(十七)，天虚我生，文言。刊载家庭小说《浮生恨》(十八)，浮生，文言。

同日，《时报》小说栏刊载《胠箧之王》，法国玛黎瑟勒勃朗著，吴门瘦鹃译，文言。

同日，《生活日报》"小说"栏刊载《骸石缘》，屈惠司原著，易时译，文言。附张"生活艺府"之小说栏刊载《壬癸风花梦》，白话章回。

31 日　《申报》"自由谈"之小说栏刊载哀情小说《满园花》(十八)，天虚我生，文言。刊载家庭小说《浮生恨》(十九)，浮生，文言。

同日，《时报》刊载广告："赠送旧小说样本，如承函索，当即寄奉，上海商务印书馆。"小说栏刊载《胠箧之王》，法国玛黎瑟勒勃朗著，吴门瘦鹃译，文言。刊载《蓓德小传》，笑，文言。

发生于本月但日期不详之事件

《小说丛报》第一期封面有徐枕亚题诗："无地埋愁记腕神，风姨何必妒余春。个中留得纤纤影，钦画锋芒不刺人。甲寅春季徐枕亚题。"刊载"《小说丛报》发刊之日感题四绝兼示同社诸子(枕亚)"："欲邀富贵弄胡孙，欲取功名暮叩门。我本无求君有恨，几枝秃笔葬昆仑。　潇潇风雨恼鸡鸣，正气乾坤此尾声。尺幅中皆干净土，莫留污点到谈兵。

糊涂身世梦为家，腕底新开劫后花。今日临风一回首，知音几个在天涯。 瞥眼春光情已蜕，呕心文字血难干。就中不少沧桑感，付与闲人仔细看。"刊载"丛报出世枕亚又有雪鸿泪史之校刊为赋小诗藉代祝语（翟楚材题）"："文思怒发在花前，撑破愁肠付简编。想是蓬山消息断，年年骚怨寄荪荃。 啼鸠声凄梦不酣，画梁语燕尚呢喃。者宵风月分明在，拼作牢愁一夕谈。司马文章卓女炉，青衫红袖两邛须。问君醉掷生花管，卧傍佳人锦瑟无。 奇诡庄语信笔论，名流咳唾即瑶琨。杨花化作沾泥絮，侬怅无言是钝根。"刊载"《小说丛报》题词（听猿山人耳似吴复聪）"："（天下乐）秋水南华不染尘，现身说法好词新，笔花笑逐心花艳，我亦灵和殿里人。（甘州歌）光阴急紧，正寒蝉不噤，芳麝齐喷，三升黑渖描出十分春困，西窗乍话巴山雨，北苑重招宋玉魂，桃花岸黄叶村，人间此曲几回闻，携竹杖出柴门，愤时嫉俗泪纷纷。（前腔）沈郎瘦损，看一枝彩笔气慑金银，工愁善病一样客愁孤闷，茶社药炉还剩我，红拂黄衫只孑身，妻孥累，利名奔，挥毫落纸似烟云，狐狸怒，狼虎嗔，澹然流水对斜曛。（前腔）伤春更惜春，想楚材晋用琴材灰烬，楸枰一局，域中胜负谁分。青山埋我淹典坟，青史传人横笔阵。浮云蔽斜日昏，茫茫世事与谁论，红尘幻江湖滚，青衫何事慨沉沦。（前腔换头）难说飘蓬和堕茵，问白头宫女话前因，胜骚人墨客茹苦含辛，江上峰青曲乍终，樽中酒满泪盈寸，笑乌帽逐黄尘，一番风月一番新，斯文器闻望，真输他鼓舌与摇唇。（余文）乐闲情，耽风雅，私将谐语炫新闻，报道他花落莺涕恼煞人。"刊载"《小说丛报》题词（仪郏）"："大圆不言，大方无纪，日星河岳，文章烂然，人生世宙，孰是能谐操笔弄翰，天籁各鸣，然而目窥智井，吾嫌其隘，履制鲁风，吾嗤其迂，志作夷坚，吾谓其诞，记传秘辛，吾憎其渎，或淫而靡，或琐而杂，飞辩骋辞，徒炫观听。乌乎，此躯昂藏，趑趄宇内，俗文填肛，梦思撄魂，陶愠愁由中之语进退，靡自踽之地首，颟目悴神，索言馁殊足悲已吾党，鉴此伸纸纂述，力辟榛秽，独荣心灵，精骛八荒，书凭寸筦，或燃牛渚之犀，或寓漆园之恉，育鱼浩水，不乏绮辞，娥女宓妃，无乖正则，缤纷五色，荟萃一编，譬之兰茞，臭别而并悦于魂，陶匏器殊，而均适于耳，从此江郎之笔花灿自由，兰成之文词同翻水，按期赓续，历岁常新，看哲构之凌云，祝斯编之长寿。"刊载"《小说丛报》祝词（独鹤）"："神州多故，风雨凄凉，狂澜谁挽，正论不扬，惟彼小说，亦谐亦庄，羽翼子史，感慨兴亡，寓言醒世，扫除秕糠，丛报发刊，乔乔皇皇，才人心血，侠士肝肠，酝酿荟萃，发为文章，五光十色，宋艳班香，千金集腋，奄有众长，翼飞胫走，纸贵洛阳，艺林之宝，说苑之光，临风献祝，进步无量。"刊载"《小说丛报》序（东讷）"："今或有人焉，穷居岩谷，自怪石屹立、蔓草灌莽外无见也，自鸟兽悲鸣、谷风习习外无闻也。此非山林枯槁之士不能一朝居，天下皆视为畏途矣。呜呼！世之蔽视塞听，举凡可歌可泣之事，皆闇然无睹，嘈然无闻，与彼穷居岩谷者有以异乎？人徒悲彼居岩谷者，不知已自处于岩谷而不自悲也。夫彼不得已而居岩谷犹可说也，若夫人不居岩谷，而孤陋寡闻与居岩谷者等是，直聋与盲耳。使举世而悉成聋与盲，天下事尚堪问乎？此小说杂志之所由作也。千斤之重，非百夫不能举，有滑车焉，以运之一人可挽也，千里之遥，非数日不能至，有机轮焉，以转之瞬息可达也。小说者，集天下之见闻，使见之者如身历其地，躬逢其境，效力之宏，一机轮滑车之作用，而药吾人之聋与盲者也。且苦口药石，逆耳忠言，优孟衣冠，庄王可悟，东方妙语，武帝动容，古今劝世之书可称浩海，然终不若小说之感人者深也。且夫人伦之乐，胚胎乎情，家国之成，肇端乎义，故观夫艳情悱恻，想见夫文君红拂之芳踪，奇侠慨慷，想见夫荆轲张良之英烈，他若昭然可鉴，禹鼎所未铸之奸冥焉，穷搜海经所未载之物，诡异瑰丽，如游山阴道上，应接不暇，吾人俯仰斗室，手一册玩索而有得之，不啻神游地球一周，向之闇然嘈然者，今且洞然豁然矣。则是小说之刊行，其关系顾不大哉。不然菽麦不辨，蜀日可吠，世之因浅见寡闻辄与时梗者，其影响所及，又岂吾人所忍言乎。"刊载"《小说丛报》发刊词一"："嗟嗟，江山献媚，狮梦重酣，笔墨劳形，蚕丝自绕。冷雨凄风之夜，鬼唱新声，落花飞絮之天，人温旧泪。如意事何来八九，春梦无痕，伤心人还有二三劫灰，共话多难。平生难得，又逢海上，不祥名字，何妨再落人间。马生太贱，他日应无买骨之人，豹死诚甘，此时且作留皮之计。此《小说丛报》所由刊也。原夫小说者，俳优下技，难言经世文章，茶酒余闲，只供清谈资料。滑稽讽刺，徒托寓言，说鬼谈神，更滋迷信。人家儿女，何劳替诉相思，海国春秋，毕竟干卿底事。至若诗篇投赠，寄美人香草之思，剧本翻新，学依样葫芦之画。嬉笑成问，莲开舌底，见闻随录，珠散盘中。凡兹入选篇章，尽是蹈虚文字。吾辈佯狂自喜，本非热心励志之徒。兹编错杂纷陈，难免游手好闲之消。天胡此醉，斯人竟负苍天，客到穷愁，知己惟留斑管。有口不谈家国，任他鹦鹉前头，寄情只在风花，寻我蠹鱼生活。缪莲仙辑，梦笔生花，无聊极矣。王季任著余音，击筑有哦言之即。今文章有价，亦何小补明时。最怜歌哭无端，预怯大难来日，劫后残生，且自消磨于故纸。个中同志，或亦有感于斯文。甲寅春暮徐枕亚撰于春申客次。"刊载"《小说丛报》发刊词二"："富贵本浮云，天地乃逆旅。唐虞佟禅让，强定君臣。汤武擅征诛，夔开僭夺。时移祚易，乐往哀来。殿狎江鸥，宫鸣野雉。花共黍禾，并秀英皇。与狐菟俱藏，革辖貂蝉，丰姿已邈，荆艳楚舞，雅韵何存。衣冠成古邱，花草埋幽径。茂陵之书空聚，仁寿之镜徒悬。篡莽奸曹，永贻万年之臭，拔山盖世，终为一代之雄。彼何传哉！良可笑也。下此游闲公子，无忌知名。窈窕佳人，莫愁新字。居隆金屋，席枕未温，曲重红绡，歌声方已。途穷囊涩，乌啼昨夜之楼，室迩人遐，莺啭谁家之树。青蚨已去，碧玉不来。粉黛三千，黄粱一梦而已。嗟嗟！龟蒙有托，侍儿录名。张泌无聊，妆楼辑记。叹世风之溷浊，睹宦海之潮流。未免有情，谁能遣此。才非压次，且学唇齿于东方笔岂江郎，聊记烟花于南部。环姿瑰态，写宋玉神女之篇，玉振金声，鸣孔父警时之铎。发刊日是为辞。甲寅季春刘铁冷撰。"刊载滑稽小说《乐人梦儿》，定夷，文言。刊载革命外史之一《湘云惨史》，铁冷，文言。刊载社会小说《女丈夫》，绮，文言。刊载幻梦小说《雨梦》，吁公，文言。刊载哀情小说《血鸳鸯》，铁冷，文言。刊载神怪小说《石人流血》，枕亚，文言。刊载滑稽小说《方城尊孔会》，若英，文言。刊载记事小说《芙蓉绡》，醒独，文言。刊载寓言小说《华胥国》，簋笙，文言。刊载实事小说《苦旅行》，双热旧作，文言。文后有枕亚附识："此篇为六七年前双热与余兄啸亚同任一乡校教师时所著，篇中人地时日，悉无虚假，而文情奇特，笔机生动，允推杰作，社会浇薄，对于小学教师，辄多轻视，不知小学教师实为世界上第一种可怜人，不幸更为乡校教师，苦况尤多，不可言喻。前年余承乏某乡校时，亦有一次，冒雨登程，备尝艰苦，曾作小诗以纪其事，特不至如啸亚之甚耳。今余与啸亚均不作此项生活矣。而回首前情，犹惕心目。检箧得此篇，因请于啸亚而付刊焉。世有曾为乡校教师深知此中甘苦者，或读此篇而洒一掬同情之泪乎？枕亚附识。"刊载别体小说《雪鸿泪史》(何梦霞日记)古吴徐枕亚评校，文言。刊载哀情小说《潘郎怨》，定夷，白话章回，此期刊载第一回叙家世江南推望族 求婚姻海上订香盟，第二回芳草斜阳心伤小别 落花流水肠断相思。刊载侦探小说《假币案》，美国泥格辣斯原著，留氓口译，仪鄹笔述，文言。刊载言情小说《铁刹壳村之情剧》，美国 Charles Garvice 原著，留氓译，仪鄹述，文言。刊载奇情小说《峨眉幻相》，英国 William Le Queux 原著，倪灏森译，文言。刊载《东讷说荟》，内有宁波盗、孙剑才、某生、马贼、山东道等篇。刊载《铁冷杂记》，内有寿大爷、守财奴、谐联、窗户、悍妇、烟屁、急智、私娶、奇病等篇。刊载《燕居斋笔记》(一)，双热。刊载"上海四马路中市国华书局广告"："《賨玉怨》出版预告：此书为毗陵李定夷先生所著，都十万言，曾逐日刊登《民权报》，声价之高，久已脍炙人口，至文笔之哀艳，结构之新颖，尤为余事，惟是皇皇巨册，韫椟深藏，迄未刊单行本问世，兹经本局与定夷君再三磋商，始以版权相让，复经定夷君细加藻饰，重行编次，原稿只二十八回，兹加为三十回，并请枕亚铁冷诸小说家为之序跋，业已付印，不日出版，精装一册定价大洋六角，爱读小说者幸勿交臂失之，先此布告。《鸳湖潮》出版预告：此书亦定夷先生所著，七万言，曾逐日刊登《中华民报》，与《賨玉怨》异曲同工，当报端刊竣时，投函请刊单行本者络绎不绝。内容之美，价值之高，概可想见。兹经定夷君细加修饰，亲自校勘，由本局发行单行本，海内文豪位置弁首，诚小说界之巨臂也。业已付梓，不日出版，精装一册定价大洋五角，有小说癖者幸留意焉。先此布告。李定夷启事：《霭玉怨》《鸳湖潮》俱将出版，倘蒙海内文豪锡以题词，毋任欢迎，函寄上海四马路国华书局转交可也。如递到过迟，不及付梓，当于再版时加入，以副雅意。"

6 月

1 日 《东方杂志》第十卷第十二号刊载《侠女破奸记》(不许转载)，英国加伦汤姆著，刘幼新译，文言。

同日，《申报》"自由谈"之小说栏刊载哀情小说《满园花》(十九)，天虚我生，文言。刊载家庭小说《浮生恨》(二十)，浮生，文言。

同日，《时报》小说栏刊载《胠箧之王》，法国玛黎瑟勒勃朗著，吴门瘦鹃译，文言。"余兴"栏刊载小说《新西游记》，旁附图画署"上海妇女百怪之四"，珠儿，白话。

同日，《生活日报》"小说"栏刊载《骸石缘》，屈惠司原著，易时译，文言。附张"生活艺府"之小说栏刊载《壬癸风花梦》，白话章回。

同日，《中华小说界》第六期"短篇"栏刊载醒世小说《土馒头馅》，陈家麟、陈大灯，文言；义侠小说《翩鸿》，瞻庐，文言；家庭小说《厄利维亚》，霆锐、瓶庵，白话；言情小说《毒》，枕亚，白话；滑稽小说《顽童日记》，半侬，白话；历史小说《武灵尘》，延陵，文言。"长篇"栏刊载侦探小说《八一三》，卓呆、天笑，白话。"名著"栏刊载《红楼梦索隐提要》，王梦阮。"丛话"栏刊载《小说丛话》(续前期)，成。刊载"《中华小说界》招登广告"："各业欲求营业之发达，首当使人人咸然于该号货物之美、定价之廉、用者之益、购者之便。凡兹种种既已输入于人之脑中，则销行之广自可操券。其法惟何端赖广告。顾广告之法甚多，而登报亦为一端。登于日报者其效速而短，且逐日刊登，其价甚昂。登于月报者其效广而久，月仅一次，其费较廉。方今欧美商人群推为世界巨擘，然其间往往有小资本家不数年而遂成巨商者，得益于广告之力居多。此固稍有商业知识者所共知也。本杂志延请小说大家若琴南、天笑、冷血、卓呆、瓶庵诸君编译外国名著及自撰短篇小说，趣味浓厚，文字渊雅，图画美丽，定价低廉。火车轮船之上，茶余酒后之时，消闲遣闷，为上流社会人人必读之书。若登广告于此，其利自可操券。兹特辟广告栏以便各宝号刊登以资推广。如欲刊登者，请即将底稿送至抛球场中华书局沈润生、李仲纲、朱筱棠先生手收，以便刊登。如在一面以下，第一期概行奉赠，以酬雅意，第二期以后如何刊登，本局当视期限之长短酌定刊资，兹将价目表列下：

	等第	地位	一期	半年	全年
广告价目	特等	一面	三十元	一百五十元	二百五十元
	上等	一面	二十元	一百元	一百六十元
	普通	一面	十二元	六十元	一百元
		半面	七元	二十五元	六十元

特等(底页外面)上等(封底面里页及论前)其余为普通。

2 日 《申报》"自由谈"之小说栏刊载哀情小说《满园花》(二十)，天虚我生，文言。刊载家庭小说《浮生恨》(二十一)，浮生，文言。

同日，《时报》小说栏刊载《肤箧之王》，法国玛黎瑟勒勃朗著，吴门瘦鹃译，文言。"余兴"栏刊载小说《新西游记》，珠儿，白话。

同日，《生活日报》"小说"栏刊载《骸石缘》，屈惠司原著，易时译，文言。附张"生活艺府"之小说栏刊载《壬癸风花梦》，白话章回。

3 日 《申报》"自由谈"之小说栏刊载哀情小说《满园花》(二十一)，天虚我生，文言。刊载家庭小说《浮生恨》(二十二)，浮生，文言。

同日，《时报》小说栏刊载《胠箧之王》，法国玛黎瑟勒勃朗著，吴门瘦鹃译，文言。刊载《蓓德小传》，笑，文言。

同日，《生活日报》"小说"栏刊载《骸石缘》，屈惠司原著，易时译，文言。附张"生活艺府"之小说栏刊载《壬癸风花梦》，白话章回。

4日　《申报》"自由谈"之小说栏刊载哀情小说《满园花》（二十二），天虚我生，文言。刊载情海惨史《贵胄血》（一）（英国圭克士原著），亦僧译，文言。

同日，《时报》小说栏刊载《胠箧之王》，法国玛黎瑟勒勃朗著，吴门瘦鹃译，文言。"余兴"栏刊载短篇小说《一本日记》，醉公，白话。

同日，《生活日报》"小说"栏刊载《骸石缘》，屈惠司原著，易时译，文言。附张"生活艺府"之小说栏刊载《壬癸风花梦》，白话章回。

5日　《申报》"自由谈"之小说栏刊载哀情小说《满园花》（二十三），天虚我生，文言。

同日，《时报》小说栏刊载《胠箧之王》，法国玛黎瑟勒勃朗著，吴门瘦鹃译，文言。"余兴"栏刊载短篇小说《鼠谈》，志铿，白话。

同日，《生活日报》"小说"栏刊载《骸石缘》，屈惠司原著，易时译，文言。附张"生活艺府"之小说栏刊载《壬癸风花梦》，白话章回。

6日　《礼拜六》第一期刊载"礼拜六赘言"："或问：子为小说周刊，何以不名礼拜一、礼拜二、礼拜三、礼拜四、礼拜五，而必名礼拜六也？余曰：礼拜一、礼拜二、礼拜三、礼拜四、礼拜五，人皆从事于职业，惟礼拜六与礼拜日乃得休暇，而读小说也。然则何以不名礼拜日而必名礼拜六也？余曰：礼拜日多停止交易，故以礼拜六下午发行之使人先睹为快也。或又曰：礼拜六下午之乐事多矣，人岂不欲往戏园顾曲，往酒楼觅醉，往平康买笑，而宁寂寞寡欢，踽踽然来购读汝之小说耶？余曰：不然。买笑耗金钱，觅醉碍卫生，顾曲苦喧嚣，不若读小说之省俭而安乐也。且买笑觅醉顾曲，其为乐转瞬即逝，不能继续以至明日也。读小说则以小银元一枚，换得新奇小说数十篇，游倦归斋，挑灯展卷，或与良友抵掌评论，或伴爱妻并肩互读，意兴稍阑，则以其余留于明日读之。晴曦照窗，花香入坐。一编在手，万虑都忘，劳猝一周，安闲此日，不亦快哉！故人有不爱买笑，不爱觅醉，不爱顾曲，而未有不爱读小说者，况小说之轻便有趣如《礼拜六》者乎？《礼拜六》名作如林，皆承诸小说家之惠，诸小说家夙负盛名于社会，《礼拜六》之风行可操券也。若余则滥竽编辑为读者诸传书递简而已。读者诸君勿因传书递简者之粗鄙，遂屏绝妙之书简而失之，则幸甚。中华民国三年六月六日《礼拜六》钝根书于编辑部。"刊载《塔语斜阳》(一名《三富主塔》)，小蝶。前有天虚我生识："吾子小蝶，居醉灵轩，每当夕阳西下，时与灵筠女士喁喁而语三宫主塔轶事，女士盖回回之裔，熟于典籍。故言阿勃兰宫历史甚详。吾子好奇，乃一一笔之于书，积稿既夥，以眩阿母，为予所见，则觉其写景叙情之处，每涉非非之想，转为我所弗如。钝根索我新著，初欲假署天虚我生之名，继念兹事，固非我所悉也，且其用笔，亦与我异。爰为略叙缘起，缀之篇首，以当介绍。甲寅五月天虚我生识。"文言。刊载侠情小说《朝霞小传》，剑秋，文言。刊载滑稽颂辞短篇小说《礼拜六》，署名"大错"，文言。刊载哀情小说《棠影录》，东茔，文言。刊载怨情小说《西冷幻梦》，语侬生，文言。刊载滑稽小说《博学大家》，剑秋，文言。刊载札记小说《活死人》，剑秋，文言。刊载短篇小说《阿妹》，沪生译，文言。刊载记事小说《急智》，了青，文言。刊载《拿破仑之友》，瘦鹃译，文言。刊载短篇小说《礼拜六》，钝根，文言。《礼拜六》，周刊，创刊于 1914 年 6 月，至 1916 年 4 月百期停刊。1921 年 3 月复刊，又出满百期后终刊。主要作者周瘦鹃、陈小蝶、王钝根等。

同日，《申报》"自由谈"之小说栏刊载情海惨史《贵胄血》(三)(英国圭克士原著)，亦僧译，文言。刊载侠情小说《北美妇》(一)(美人柏列希著)，是吾译，文言。

同日，《时报》小说栏刊载《胠箧之王》，法国玛黎瑟勒勃朗著，吴门瘦鹃译，文言。"余兴"栏刊载滑稽短篇《计变》，吴门非非生，文言。

同日，《生活日报》附张"生活艺府"之小说栏刊载《壬癸风花梦》，

白话章回。

7 日 《申报》"自由谈"之小说栏刊载情海惨史《贵胄血》(四)(英国圭克士原著),亦僧译,文言。刊载侠情小说《北美妇》(二)(美人柏列希著),是吾译,文言。

同日,《时报》刊载"言情小说《红泪影》"广告:"此书叙英伦一侯门之家事,其初老侯爵以专制之故致其媳飘零异国,受尽凄凉,终以客死。其子继执家政,尊重自由,而冥冥中乃庇及其女,此一书之大旨也。中叙才女数人,皆多病多情,工愁善恨,有一女以争婿之故,不惜呈身献媚,继以辣手阴谋,甚类宝钗之于宝玉,译者全仿《红楼梦》体裁为之,以飞花滚雪之笔写金迷纸醉之场,藻耀高翔,情思宛转,洵近日小说界中独开生面之作,每部四册,定价大洋一元四角,总发行所上海福州路东首朝南第十二号广智书局。""余兴"栏刊载滑稽短篇《计变》,吴门非非生,文言。刊载《蓓德小传》,笑,文言。

同日,《生活日报》"小说"栏刊载《骸石缘》,屈惠司原著,易时译,文言。附张"生活艺府"之小说栏刊载《壬癸风花梦》,白话章回。刊载"新剧小说《家庭恩怨记》"广告:"《家庭恩怨记》一剧原是新剧同志会陆镜若君编撰排演,现本社与君商允,特请天随室主编为小说,文笔绮丽,趣味深浓,爱观新剧者不可不手置一编,现已付印,首冠新剧巨子化妆小照,每回加有铜版细图,装订精美,准阳历六月廿二号出版,总售处上海棋盘街中华图书馆、扫叶山房、艺林书局、科学书局、四马路来青阁、共和图书馆、时务书馆、海左书局、新民新剧社、民鸣新剧社、世界新剧社、戏世界报,总批发处上海四马路中老华商旅馆对门新剧小说社。"刊载"《民国艳史》出版广告"。

8 日 《申报》"自由谈"之小说栏刊载情海惨史《贵胄血》(五)(英国圭克士原著),亦僧译,文言。刊载侠情小说《北美妇》(三)(美人柏列希著),是吾译,文言。

同日,《时报》小说栏刊载《肤箧之王》,法国玛黎瑟勒勃朗著,吴门瘦鹃译,文言。

同日，《生活日报》附张"生活艺府"之小说栏刊载《壬癸风花梦》，白话章回。

9 日　《申报》"自由谈"之小说栏刊载情海惨史《贵胄血》（六）（英国圭克士原著），亦僧译，文言。刊载侠情小说《北美妇》（四）（美人柏列希著），是吾译，文言。

同日，《时报》小说栏刊载《胠箧之王》，法国玛黎瑟勒勃朗著，吴门瘦鹃译，文言。刊载《蓓德小传》，笑，文言。

同日，《生活日报》附张"生活艺府"之小说栏刊载《壬癸风花梦》，白话章回。刊载"注意悲剧小说《恶家庭》出版了"广告："《恶家庭》一剧为新民新剧社社长郑药风先生所编，描摹黑暗家庭状态，可谓无不毕具，个中情节最为悲惨，凡曾参观斯剧者无不泪下沾襟，诚新剧中有一无二之佳构，但各新剧团排演斯剧每分为数本，一夕之间不能演完，沪上过客尝有未窥全豹之叹，本社深知此意，特请耕鱼室主编为小说，印成专书，以厌阅者之心，约一百数十页，计三万余言，文章简浅，趣味深浓，大有可观，首冠新剧巨子化妆小影及是剧部化，内装铜版细图数幅，凡爱观新剧、爱阅小说者不可不手置一编，即演剧诸君亦不妨购置一册以资参考，至于装订精美，尤其余事，洋装一厚册，定价四角，印书无多，来购勿迟。"

10 日　《民国》第一年第二号"文艺"栏刊载小说《骷髅出海记》，戴骷髅生戏译，文言。《民国》第二号中华民国三年、日本大正三年六月初十日发行。

同日，《小说丛报》第二期刊载"小说丛报序"（倦鹤）："自社会教育之说兴，而于粲生花舌、现优昙相以外，其纸贵洛阳，名齐邺下者，唯野史稗官，与日钞月旦，并行于世界。盖孩提之子，市井之夫，目不能识一丁字，而无不知文绣之为华，口不能诵三百篇，而无不闻乐歌而神王。此其审美之性，与生俱来，因而导之，则视古圣贤之高文典册、科学家之精义微言，其入人为较深，其收效为较捷。小说者，以文学之作用，具审美之精神，而予人以兴味者也。往者犹有神怪之谈、诲淫之书为风化梗，杂事秘辛，读者诋其亵，齐谐志异，世人议其诞，今则陈义必高，选言尤雅，或历史或地理，纬以科学眼光，或侦探或冒险，竭其幽渺思虑，《茶花女》情托高洁，《吁天录》义阐平等。无不探灵蛇之珠，剖荆山之璞，夺鬼斧之工，运匠心之妙，寓言什九，蒙人本非谬悠，滑稽一传，齐赘托于讽谏，意各有指，识由此宏，是亦极文学之能事，而不得以说部为卑无高论已。然而鼎尝一脔，厌飫未足疗饥，流衍百川，支派犹嫌歧出，虽千金或享敝帚，片羽亦重吉光，而何如集千腋以为裘，合八风以奏雅，之为得哉，则有丛书之编。源出汉魏大成之集，声振金石说郛，起于前稗，钞踵于后，五光十色，藻采纷披，西鳞东鲽，鳞爪一纲，晚近以来，此体尤盛，是洋洋之大观，非涓涓之细流矣。往读吾友枕亚灏森铁冷诸子所著书，或写梨花子影，或解石上之缘，弄柔翰而夺江花，披画史而记温树，久已不胫而走，有口皆碑。兹复出其绪余，纂为巨制，以有《小说丛报》之作。土壤不让，成泰岳之高，愿力无边，说如来之法。予因慨夫霸者，愚民柔民之术行。古人造士选士之义，晦庶不加，教人不悦学，以致满村争唱，弦歌不如弹词，老妪都解，史成不如演义，谈施耐庵而色变，歌王实甫而神怡，风会所趋，滔滔不返，则欲宏木铎警众之教，奏顽石点头之功，舍小说又何由哉？兹编冶东西为一炉，纳雅俗于同轨，茶余酒后，月下灯前，人手一编，有不独扩其闻见，抑以沦其性灵者，意在斯乎？意在斯乎？"刊载"注意！注意！注意！《黄花旬报》出版通告"："本报编辑者为徐天啸、吴双热、徐枕亚。诸君以痛快淋漓之笔墨，寄嬉笑怒骂之文章，专以灌输优美的学识。于一般普通商学界为主旨。内容分八大部分(一)社论(二)记载(三)说海(四)艺林(五)风月谈(六)庄谐录，议论正大，材料丰富，印刷优美，装订精雅，月出三册，逢每月之一号十一号廿一号按期出版，每册零售价洋一角五分，定阅及批发收价尤特别从廉，第一二期已于阳历六月一十一号出版，特此通告。总发行所上海美租界七浦路六百二十七号《黄花旬报》社，代售处上海国华书局、文明书局、扫叶山房、民权出版部及本外埠各大书局。"刊载"民权出版部广告"："已出各书:《玉梨魂》六角,《铁冷丛谈》五角,《锦囊》(再版已出)五角,《民权素》(第一集)五角,《孽冤镜》五角,《兰娘哀史》二角。未出各书:《民权素》(第二集)、《箸超箸蝶花劫》、定夷译《红粉劫》,不日出版。总发行所上海四马路麦家圈口,分售处各埠大书局。"刊载小说(福尔摩斯最近探案)《托病捕凶》,英国 A. Conan Doyle 原著,(留氓译)(仪鲰述),文言。刊载(红羊佚闻之一)《僧侠》(枕亚),文言。刊载(烟花小史之一)《忆香别传》(铁冷),文言。刊载(滑稽小说)《虫学校》(双热),白话。刊载(怨情小说)《一颗梅》(觉),文言。刊载"题《小说丛报》"(索然):"笔焰光飘忽,重燃劫后灰。寓言庄子趣,杂志秘辛材。旧恨芟金缕,新声溯玉台。蛮笺千百幅,幅幅断猿哀。铁血挥愁帚,茳蓠清狎鸥。屈骚情恻恻,言外笔如锥。正论投时弃,旁敲亦可儿。言情司各脱,探事福摩斯。铸句赔心泪,参禅瀋脑思。采风天录阁,不仅豹留皮。狐鼠江山劫,鱼龙翰墨场。主文多谲谏,信史倩稗官。共启吴潜社,群开李贺囊。鸡林争宝贵,开卷盥薇香。"刊载(家庭小说)《假儿》(定夷),文言。刊载(奇情小说)《玻璃内之画像》(圣陶),文言。刊载(哀情小说)《双鸳恨》(东讷),文言。刊载艳情小说《有情眷属》(慕韩),文言。刊载"题《小说丛报》"(赖波民):"毕竟文人慧多,连篇累牍费张罗,毛锥三寸龙蛇动,泣鬼惊神子夜歌。 笔代燃犀直道昌,涵今茹古墨花香,文章有价人争诵,一纸风行贵洛阳。诸公文字感人深,短句长篇字字金,今日书成尤足重,诙谐嘲笑寓规箴。 弄笔文场雅自负,贻灾梨枣有谁知,诱淫海盗滔滔是,辟谬归真仗我师。杜宇声声哭断魂,凄风苦雨蔽中原,尘寰垂死芸芸众,同向诸公乞偈言。"刊载醒世小说《出风头》,醒独,文言。刊载别体小说《雪鸿泪史》(何梦霞日记),古吴徐枕亚评校,文言。刊载滑稽小说《小说迷》,独鹤,白话。刊载《红楼百咏》:"曩者尝于《民权报》端,广征《石头记》题词,一时名作如林,得心折者四人焉,一翟楚材,一陈医隐,一沈慕韩,一许晴庵,今锦囊一集,行世以来,久已蜚声艺苑,不才亦得附尾彰名。至为幸事。今春遇楚材于海上。乱离识面,倍觉情长，诗酒流连，重温韵事，讵不一月，楚材复以他事去沪，蕉绿樱红，索居正苦，忽慕韩自吴淞来，驱车过访，相与登楼觅醉，尽竟日欢，临行袖出近著《红楼百咏》见示。余受而诵之，率多哀感顽艳之作，前编各挥翰藻，等诸裘集众狐。兹册独占风骚，喜得管窥全豹，玩复之余，不忍释手，因请于慕韩而付刊焉。(枕亚附识) 红楼百咏自序：《红楼梦》一书，巫山云雨，半宋玉之微辞，洛浦神仙，亦陈留之谰语。然而金钗十二，迷离粉黛之场，蛱蝶成双，扑朔慵酣之地，寻前宵好梦，被有余温，聆昨夜清謌，音犹在耳。固足以骋怀寄兴，惬境醉心矣。无如名花易瘁，圆月常亏，乡号温柔，天名离恨，一抔黄土，瘗落花于苦雨声中，十丈情丝，吊宿草于斜阳影里。粉零玉陨，真真之面目全非，鬓影衣香，盼盼之形容何在。谁堪遣此，人孰无情，于是墨雾催诗，愁云掩梦，言厮兰蕙，动屈子之哀吟，体尚香奁，踵韩郎之韵事，率成百律，约计千言，呕长吉之血花，搜唐衢之泪雨。模糊弄影，可谓情里言情，惝恍肤词，直是梦中说梦。"刊载哀情小说《潘郎怨》，定夷，此期刊载第三回 半夜谈心客来不速 扁舟赴约予倩信芳。刊载《红楼百咏》，慕韩，"青梗峰石 絮果兰因事渺然，粉零玉陨梦如烟。花能常好心拼醉，海纵无涯卫可填。情重自应推作圣，愁多只恐碍昇仙。分明来去都成幻，不向三生叩宿缘。绛珠仙草 灵根一自谪泥途，瘦小堪怜说藐姑。仙卉岂同凡卉尽，血花拼与泪花枯。万重幽怨同僵茧，百事输人合茹荼。辁返九天春有主，不将遗恨吊苍梧。警幻仙子 九霄环佩下尘埃，几度晨钟唤不回。飞絮迹随流水去，落花魂化美人来。绮罗岂尽生前梦，粉黛都成劫后灰。好证菩提还本性，鸾飘凤泊总堪哀。茫茫大士 温柔乡里筑愁城，唤醒痴顽佛力撑。洛浦湘垒原是梦，木鱼玉盌总含情。偿完泪债魂应化，悟到空花恨可平。桂院飞香明月夜，猛芟宿孽返神清。渺渺真人 重返娲皇离恨天，涅槃挥尘共谈禅。石根莫证三生果，昙影终归一现缘。宝镜尘昏菱蚀彩，红楼梦渺月飞烟，还从佛座温清火，斩净情根即是仙。"刊载侦探小说《假币案》(续)，美国泥格辣斯原著，留氓口译，仪鄹笔述，文言。刊载言情小说《铁刹壳邨之情剧》，美国 Charles Garvice 原著，留氓译，仪鄹述，文言。刊载奇情小说《峨眉幻相》（续），英国 William Le Queux 著，倪灏森译，文言。刊载"《消闲钟》出版广告"："本杂志编辑主任为李定夷君，内容丰富，价值便宜，月出一册，每册实洋一角，外埠另加邮费一分，不折不扣。第一期业已出版，目次如下：（哀情）《我见犹怜》（掌故）《碧云娘外史》（艳情）《自由花》（名译）《情天血幕》《墨隐庐琐记》《穷庐诗话》《墨隐庐谐谈》《痴恋徒文集》仆本恨人述《恨人新语》，洋装一册，批发特别从廉。第二期第三期均在印刷中，代售处上海七浦路小说丛报社，四马路国华书局，神州图书局，民权出版部，及各大书坊。上海小南门外复善堂街百忍里第一号消闲钟社启。"刊载"《琴心报》广告"："《常熟周报》之一种，主张超然，内容有社论、纪事、时评、小说、文苑、话潮、余兴之署，逢星期二发行，定阅全年者连邮费小洋八角，编辑兼发行所常熟县东街三十六号，编辑兼发行人吴双热谨启。""译丛"栏刊载《斯考脱南极探险记》，醉颠译，式穉述，文言。刊载"上海四马路中市国华书局广告"："《霣玉怨》出版预告：此书为毗陵李定夷先生所著，都十万言，曾逐日刊登《民权报》，声价之高，久已脍炙人口，至文笔之哀艳，结构之新颖，尤为余事，惟是皇皇巨册，韫椟深藏，迄未刊单行本问世，兹经本局与定夷君再三磋商，始以版权相让，复经定夷君细加藻饰，重行编次，原稿只二十八回，兹加为三十回，并请枕亚铁冷诸小说家为之序跋，业已付印，不日出版，精装一册定价大洋六角，爱读小说者幸勿交臂失之，先此布告。《鸳湖潮》出版预告：此书亦定夷先生所著，七万言，曾逐日刊登《中华民报》，与《霣玉怨》异曲同工，当报端刊竣时，投函请刊单行本者络绎不绝。内容之美，价值之高，概可想见。兹经定夷君细加修饰，亲自校勘，由本局发行单行本，海内文豪位置弁首，诚小说界之巨擘也。业已付梓，不日出版，精装一册定价大洋五角，有小说癖者幸留意焉。先此布告。李定夷启事：《霣玉怨》《鸳湖潮》俱将出版，倘蒙海内文豪锡以题词，毋任欢迎，函寄上海四马路国华书局转交可也。如递到过迟，不及付梓，当于再版时加入，以副雅意。""谐林"

栏刊载谐文，内有《鹰犬讼》(若洲)、《新心经》(双热)等篇。"笔记"栏刊载《烟云缥缈录》元牺著，文言。刊载"上海四马路中市国华书局广告"："新剧小说《不情人》出版：《不情人》即《恶家庭》，新剧家郑正秋得意之作，久已脍炙人口，无庸赘述。兹托评剧家脉脉君并阳羡生(即云云)编为小说，悲欢离合、淋漓尽致，复经文豪管义华、罗端甫二君序文，更为生色焉。爱新剧爱小说者幸速购焉。洋装一册，定价二角。新剧小说《妻党同恶报》出版预告：文豪罗端甫先生编辑叶小凤、陈倦鹤两君序文，端甫文学优美，前《民权报》《民国新闻报》主撰论说，摇笔千言，洋洋洒洒，都成名论，而于小说尤所擅长，有《双文恨史》之作刊载《民权》。惟小说惜墨如金，不可多观，兹经友人商之数四，始得斯作，业已付印，不日出版。新剧小说《家庭恩怨记》出版预告：《家庭恩怨记》新剧同志会之佳作，分前后二本。他剧团甘拜下风。兹书即本其原有脚本编辑而成，陆菲菲君主稿。洵新剧小说之佳构也，现已付印，不日出书。"刊载"上海棋盘街文明书局出版之名著"广告，内有《上下古今谈》《黑奴吁天奴》《稿者传》《冶工轶事》《炭画》等："《上下古今谈》，阳湖吴敬恒先生著，每部四册，插图精美，定价八角。此书又名《无量数世界变相》，以说部之体裁，寓科学之至理。盖吴先生对于社会教育所演科学先生之一种也。全书以家人厮养之旅谈，发挥宇宙玄妙之现象，叙述之佳，控颞引末，首尾毕具，能将科学真理，世界观念，纵横错出，输入于不知不觉之中。间作趣语，尤如天花乱坠，拍案叫绝，其兴味之浓郁，诚为消闲家之妙品，而引据材料之丰富，则又为普通人之好友，至于指示进化事实之精确，则又教育家科学家文学家社会学家之宝笈，阅之足以增智慧，瀹思想，真生面别开、雅俗共赏之作。家庭学校，均所必需。……《黑奴吁天录》林琴南先生所译欧美小说，久已脍炙人口，而此书尤为先生第一经意之作。书中详述美洲黑奴之惨状，情文悱恻，读之可歌可泣，虽曰小说，而丁此种族竞争之时会，国人正可引为殷鉴，且全书警惕语甚多，读之尤足为振作志气，激励精神之助，爱国保种之士，幸速购读。教育小说《稿者传》法国麦尔香原著，上海朱树人译述，洋装一册价五角，本书为法国著名小说，叙述农家之乐趣，园艺之生活，林泉之风景，家庭之教育，缠绵曲折，无微不显，译笔亦婉转有致，雅俗共赏，读之令人淡其奔逐嚣尘之俗见，拓其高尚优美之襟怀，诚能有裨人心世道，所述栽培植物之法，悉合学理，尤为农业家园艺家不可不读之书。教育小说《冶工轶事》法国刚奈隆原著，上海朱树人译述，一册定价三角半。今人竞言国民教育，而徒为童子敷陈名义，整襟而谈，使略记模糊影响之字句，实不如演空言为实事，令读者如见组织动作之迹，较为有益。此书之作，即本此义。书中借一寻常冶工，以说部体裁，示国民应尽之义务，当守之职分，意旨深远，译笔简雅，读之易具共和国民之常识。社会小说、文学小说《炭画》波兰显克微支著，会稽周作人译述，精印一册附著者小影，定价二角半。炭画者，义取简略图形如稿本也。盖犹写一社会之模型而已。著者为波兰文豪。所作小说，多哀艳动人。此书尤悱恻而深刻，为其生平得意之作。译笔醇厚透辟，能将书中人物之神情意态，曲折达出，读之妙绪纷披，且可为学文之助，至其陈义高尚，叙述雅洁，尤非寻常小说可比。分局北京琉璃厂、奉天鼓楼北、广州双门底、天津大胡同，印刷所上海甘肃路。"刊载"本报征文条例"："本报各门皆可投稿。实事的短篇尤所欢迎。中选者分三等酬赠。甲等千字三元，乙等二元，丙等一元，有不愿受酬者，请于稿尾注明，当酌赠本报若干册以答雅谊。各稿无论合用与否，概不寄还。如有以文艺诗词笔记谐谈杂著及各种游戏摄影风景照片寄本报者，采用后以当以本报相酬。"中华民国三年六月初十日出版《小说丛报》第二期，每册定价大洋四角，编辑主任徐枕亚，发行者小说丛报社，代印者文明书局，总发行所上海美租界七浦路小说丛报社第六百念七号门牌。本埠分售处国华书局、扫叶山房、艺林书局、民权出版部、文明书局、江左书林、会文堂、来青阁书庄。外埠分售处南京中华书局、南京共和书局、苏州振新书社、苏州玛瑙经房、苏州文怡福记、苏州小说林、苏州文津书林、汉口教育图书社、汉口新学会社、松江明新书局、松江益智书社、常州晋升山房、常熟学福堂、江阴宝记书庄、南通月报代派社、绍兴笑报社、北京直隶书局、北京龙文阁、奉天章福记书局、厦门新民书庄、云南维新书局。

同日，《申报》"自由谈"之小说栏刊载情海惨史《贵胄血》(七)(英国圭克士原著)，亦僧译，文言。刊载侠情小说《北美妇》(五)(美人柏列希著)，是吾译，文言。

同日，《时报》小说栏刊载《胠箧之王》，法国玛黎瑟勒勃朗著，吴门瘦鹃译，文言。

同日，《生活日报》"小说"栏刊载《骰石缘》，屈惠司原著，易时译，文言。附张"生活艺府"之小说栏刊载《壬癸风花梦》，白话章回。

11日 《申报》"自由谈"之小说栏刊载情海惨史《贵胄血》(八)(英国圭克士原著)，亦僧译，文言。刊载侠情小说《北美妇》(六)(美人柏列希著)，是吾译，文言。

同日，《时报》小说栏刊载《胠箧之王》，法国玛黎瑟勒勃朗著，吴门瘦鹃译，文言。

同日，《生活日报》"小说"栏刊载《骰石缘》，屈惠司原著，易时译，文言。附张"生活艺府"之小说栏刊载《壬癸风花梦》，白话章回。

同日，《神州日报》"神皋杂俎"栏刊载《清史演义》(禁转载)，陆士谔，白话章回，至本年6月11日止。

12日 《申报》刊载"小说周刊《礼拜六》出版"广告。"自由谈"之小说栏刊载情海惨史《贵胄血》(九)(英国圭克士原著)，亦僧译，文言。刊载侠情小说《北美妇》(七)(美人柏列希著)，是吾译，文言。

同日，《时报》刊载"《古今笔记精华》出版预告"："本局冯清文学家汇集汉魏六朝及唐宋元明清以迄近代名人笔记凡关于说部者，撷其精华，分类编纂，将古今之异闻奇事汇为一编，以供文学家小说家之谈助，全书二十四册，凡十万余言，现已付印，不日出版，定价四元，预定者只收半价洋二元，邮资另加。上海棋盘街广益书局总发行所启。"刊载"新出《新野史》洋装四册，定价每册三角，《新艳史》洋装上下二册，每册三角五分，以上两种现已付印，不日出版。上海万卷新书楼启。"刊载"冷红生著社会小说《金陵秋》定价四角"广告："闽县林琴南先生以小说得名，即自称冷红生者也。先生著作等身，惟小说以译述为多。此书乃其自撰，以燃犀之笔，描写近时社会，述两军战争，则慷慨激昂，叙才士美人则风情旖旎，允为情文，兼茂之作。寄售处上海棋盘街商务印书馆。"小说栏刊载《肰箧之王》，法国玛黎瑟勒勃朗著，吴门瘦鹃译，文言。

同日，《生活日报》"小说"栏刊载《骸石缘》，屈惠司原著，易时译，文言。附张"生活艺府"之小说栏刊载《壬癸风花梦》，白话章回。

13 日　《礼拜六》第二期刊载《蝴蝶相思记》，丹徒包柚斧，文言。刊载婚事小说《爱波影》，如深译，文言。刊载家庭小说《征妇》，蔚云，白话。刊载时事短篇《某知事》，天韵，文言。刊载社会短篇《顽童》，天韵，文言。刊载滑稽短篇《聂尔生别传》，余生，文言。刊载《塔语斜阳》（续），小蝶，文言。

同日，《申报》"自由谈"之小说栏刊载情海惨史《贵胄血》（十）（英国圭克士原著），亦僧译，文言。刊载侠情小说《北美妇》（八）（美人柏列希著），是吾译，文言。

同日，《时报》刊载《红楼梦索隐》提要载《中华小说界》第六期，现已出版，上海河南路中华书局发行"广告。小说栏刊载《肰箧之王》，法国玛黎瑟勒勃朗著，吴门瘦鹃译，文言。刊载《蓓德小传》，笑，文言。"余兴"栏刊载短篇小说《催醒术》，天醉，白话。

同日，《生活日报》"小说"栏刊载《骸石缘》，屈惠司原著，易时译，文言。附张"生活艺府"之小说栏刊载《壬癸风花梦》，白话章回。刊载民权出版部广告："《民权素》第一集五角，《铁冷丛谭》五角，《锦囊》再版已出，箸超著《蝶花劫》定夷译《红粉劫》出版预告，《兰娘哀史》二角，《玉梨魂》六角，《掣冤镜》五角。"

14 日　《申报》"自由谈"之小说栏刊载侠情小说《北美妇》（九）（美人柏列希著），是吾译，文言。

同日，《时报》小说栏刊载《肰箧之王》，法国玛黎瑟勒勃朗著，吴门瘦鹃译，文言。

同日，《生活日报》附张"生活艺府"之小说栏刊载《壬癸风花梦》，白话章回。

15日　《中华教育界》民国三年六月第十八号刊载教育小说《纪念之纽扣》，卓呆、畹滋，文言。

同日，《申报》"自由谈"之小说栏刊载侠情小说《北美妇》（十）（美人柏列希著），是吾译，文言。

同日，《时报》小说栏刊载《肱箧之王》，法国玛黎瑟勒勃朗著，吴门瘦鹃译，文言。刊载《蓓德小传》，笑，文言。"余兴"栏刊载短篇小说《国文教员之鞋》，杜寿潜，白话。

同日，《生活日报》"小说"栏刊载《骸石缘》，屈惠司原著，易时译，文言。附张"生活艺府"之小说栏刊载《壬癸风花梦》，白话章回。

16日　《申报》"自由谈"之小说栏刊载侠情小说《北美妇》（十一）（美人柏列希著），是吾译，文言。

同日，《时报》小说栏刊载《肱箧之王》，法国玛黎瑟勒勃朗著，吴门瘦鹃译，文言。"余兴"栏刊载小说《枕与被子之一夕话》，迷信，文言。

同日，《生活日报》附张"生活艺府"之小说栏刊载《壬癸风花梦》，白话章回。

同日，《神州日报》"神皋杂俎"栏刊载《清史演义》（禁转载），陆士谔，白话章回，至本年7月20日止。

17日　《申报》"自由谈"之小说栏刊载侠情小说《北美妇》（十二）（美人柏列希著），是吾译，文言。

同日，《时报》小说栏刊载《肱箧之王》，法国玛黎瑟勒勃朗著，吴门瘦鹃译，文言。"余兴"栏刊载短篇小说《戏迷》，耽放，白话。

同日，《生活日报》附张"生活艺府"之小说栏刊载《壬癸风花梦》，白话章回。

18日　《申报》刊载小说广告："《黛痕剑影路》：札记小说，安吴胡寄尘著，所纪多没人侠客之事，文笔极佳，非他种新小说可比，洋装一册定价四角。《弱女飘零记》：奇情小说，叙两女士同罹患难，始而相怜，继而相妒，终乃相友，文词爽利，结构离奇，为近今新小说中不可多得之作，洋装一小册，定价二角。《蕙娘小传》：哀情小说，春梦生著，叙一女士自述其生平之事，凄顽哀戚，曲折缠绵，文笔雅洁，后附《冰天鸿影》，为寄尘之佳作，两种合刊，一小册价洋二角。发行所上海、汉口、广州、长沙、开封广益书局各埠书庄发行。""自由谈"之小说栏刊载侠情小说《北美妇》（十三）（美人柏列希著），是吾译，文言。

同日，《时报》小说栏刊载《胠箧之王》，法国玛黎瑟勒勃朗著，吴门瘦鹃译，文言。

同日，《生活日报》"小说"栏刊载《骸石缘》，屈惠司原著，易时译，文言。附张"生活艺府"之小说栏刊载《壬癸风花梦》，白话章回。刊载"注意，新剧小说社新出版之小说《恶家庭》《家庭恩怨记》《新茶花》"广告。

19 日　《申报》"自由谈"之小说栏刊载侠情小说《北美妇》（十四）（美人柏列希著），是吾译，文言。刊载"《小说丛报》第二期出版"广告。刊载广告："箸超著，哀情小说《蝶花劫》出版预告，定价五角。《玉梨魂》六角。《铁冷丛谈》五角。《锦囊》再版已出，五角。《勃雷克探案之一》出版预告。《民权素》第一集五角。《孽冤镜》五角。《兰娘哀史》二角。总发行所上海四马路麦家圈民权出版部。分售处各埠各大书坊。"

同日，《时报》小说栏刊载《蓓德小传》，笑，文言。"余兴"栏刊载纪事小说《走尸》，乐天生，文言。

同日，《生活日报》"小说"栏刊载《骸石缘》，屈惠司原著，易时译，文言。附张"生活艺府"之小说栏刊载《壬癸风花梦》，白话章回。

20 日　《说报》第十二期"文艺部"之"小说"栏刊载哀情小说《迷离梦》，九呆子，文言；刊载短篇小说《小姑》，张相，文言；刊载言情小说

《杜鹃花》，余懋章，文言；刊载社会小说《新镜花》，涛痕，白话章回。

同日，《礼拜六》第三期刊载伦理小说《行再相见》，瘦鹃，白话。刊载苦情小说《卖花女》，韦士，文言。刊载寓意小说《歌雏劫》，韦士，文言。刊载短篇游戏《杀脱头》，东茔，文言。刊载警世小说《女总会》，剑秋，文言。刊载家庭小说《白门秋柳》，不才，文言。刊载短篇小说《中国难得之少年》，了青遗著，文言。刊载滑稽短篇《憨公子》，息游，文言。刊载短篇小说《老泪》，天韵，文言。刊载社会小说《妖火》，瘦蝶，文言。刊载历史短篇《十六日之元首》，沪生译，文言。刊载滑稽小说《滑稽大家》，觉迷，文言。刊载滑稽小说《梧桐井》，小蝶，文言。刊载探奇小说《回风》，仁后，文言。刊载滑稽短篇《三礼拜六点钟》，大错，文言。刊载《塔语斜阳》（再续），小蝶，文言。

同日，《申报》"自由谈"之小说栏刊载侠情小说《北美妇》（十五）（美人柏列希著），是吾译，文言。

同日，《时报》小说栏刊载《胠箧之王》，法国玛黎瑟勒勃朗著，吴门瘦鹃译，文言。刊载《蓓德小传》，笑，文言。

同日，《生活日报》"小说"栏刊载《骸石缘》，屈惠司原著，易时译，文言。附张"生活艺府"之小说栏刊载《壬癸风花梦》，白话章回。

21 日　《申报》"自由谈"之小说栏刊载侠情小说《北美妇》（十六）（美人柏列希著），是吾译，文言。

同日，《时报》小说栏刊载《胠箧之王》，法国玛黎瑟勒勃朗著，吴门瘦鹃译，文言。刊载"《小说丛报》第二期出版"广告，后附内容简介。

同日，《生活日报》"小说"栏刊载《骸石缘》，屈惠司原著，易时译，文言。附张"生活艺府"之小说栏刊载《壬癸风花梦》，白话章回。

同日，《大共和画报·小说画》刊载札记小说《琵琶怨》，江都李涵秋著，文言，至 1914 年 7 月 25 日止。《大共和画报·小说画》每页有"随报附送"字样。

22 日　《申报》"自由谈"之小说栏刊载侠情小说《北美妇》（十七）（美人柏列希著），是吾译，文言。

同日，《时报》小说栏刊载《胠箧之王》，法国玛黎瑟勒勃朗著，吴门瘦鹃译，文言。"余兴"栏刊载理想小说《快乐之一生》，乐天生，文言。刊载《蓓德小传》，笑，文言。

同日，《生活日报》"小说"栏刊载《骸石缘》，屈惠司原著，易时译，文言。附张"生活艺府"之小说栏刊载《壬癸风花梦》，白话章回。

23 日　《申报》"自由谈"之小说栏刊载侠情小说《北美妇》（十八）（美人柏列希著），是吾译，文言。

同日，《时报》小说栏刊载《胠箧之王》，法国玛黎瑟勒勃朗著，吴门瘦鹃译，文言。

同日，《生活日报》"小说"栏刊载《骸石缘》，屈惠司原著，易时译，文言。附张"生活艺府"之小说栏刊载《壬癸风花梦》，白话章回。

24 日　《申报》"自由谈"之小说栏刊载侠情小说《北美妇》（十九）（美人柏列希著），是吾译，文言。

同日，《时报》小说栏刊载《胠箧之王》，法国玛黎瑟勒勃朗著，吴门瘦鹃译，文言。刊载《蓓德小传》，笑，文言。

同日，《生活日报》附张"生活艺府"之小说栏刊载《壬癸风花梦》，白话章回。

25 日　《法政学报》第二卷第六号"小说"栏刊载哀情小说《湘灵怨》，孟文翰，文言。（《世界发展俱乐部》次号续登）

同日，《小说月报》第五卷第三号刊载"林译小说丛书，五十种九十七册（特价十元赠书券二元），八月底止"广告，内容同前。刊载"商务印书馆出版林琴南先生译最有趣味之小说"广告，所列书目同第四卷第二号。"短篇小说"栏刊载《面包趣谭》，美人欧亨利原著，幼小新、铁樵，文言；刊载《技击余闻补》，无锡钱基博，文言；刊载《虎头裔孙》，善之，文言；刊载《掠卖余谈》，善之，文言；刊载《骨董祸》，指严，文言。"长篇小说"栏刊载《黑楼情孽》（续），英马尺芒忒原著，闽县林纾笔述，静海陈家麟口译，文言；刊载《西班牙宫闱琐语》，译《海滨杂志》，西班牙公主欧里亚自述，澍生、铁樵，白话。刊载本社通告，为征稿启事，内容同前。

同日，《申报》"自由谈"之小说栏刊载侠情小说《北美妇》（二十）（美人柏列希著），是吾译，文言。

同日，《时报》小说栏刊载《胠箧之王》，法国玛黎瑟勒勃朗著，吴门瘦鹃译，文言。刊载《蓓德小传》，笑，文言。

26 日　《申报》"自由谈"之小说栏刊载侠情小说《北美妇》（二十一）（美人柏列希著），是吾译，文言。刊载《侠女花弹词》（九）（续四月三十日），东莹，白话。

同日，《时报》小说栏刊载《胠箧之王》，法国玛黎瑟勒勃朗著，吴门瘦鹃译，文言。刊载《蓓德小传》，笑，文言。

27 日　《礼拜六》第四期刊载灵秘小说《瑶台第一妃》，不才，文言。刊载苦情小说《新婚一夕话》，剑秋，文言。刊载短篇笔记《刘戈》，韦士，文言。刊载短篇笔记《戮蛇》，韦士，文言。刊载游戏小说《脑后城》，野民，文言。刊载奇侠小说《侠盗》，文言。刊载短篇笔记《手术》，温倩华女士，文言。刊载社会小说《黑狱天良》，俄国托尔斯泰著，瘦鹃译，白话。刊载探险小说《海底狱》(A Prison Under The Sea)，亚可，文言。刊载苦情小说《郎心何忍》，瘦鹃译，文言。刊载《塔语斜阳》（三续），小蝶，文言。

同日，《申报》"自由谈"之小说栏刊载侠情小说《北美妇》（二十二）（美人柏列希著），是吾译，文言。刊载《侠女花弹词》（十），东莹，白话。

同日，《时报》小说栏刊载《胠箧之王》，法国玛黎瑟勒勃朗著，吴门瘦鹃译，文言。

28 日　《申报》"自由谈"之小说栏刊载侠情小说《北美妇》（二十三）（美人柏列希著），是吾译，文言。刊载《侠女花弹词》（十一），东莹，白话。

同日，《时报》小说栏刊载《胠箧之王》，法国玛黎瑟勒勃朗著，吴门瘦鹃译，文言。

29 日 《申报》"自由谈"之小说栏刊载侠情小说《北美妇》(二十四)
(美人柏列希著),是吾译,文言。刊载《侠女花弹词》(十二),东莹,
白话。

同日,《时报》小说栏刊载《肤箧之王》,法国玛黎瑟勒勃朗著,吴
门瘦鹃译,文言。

30 日 《申报》"自由谈"之小说栏刊载侠情小说《北美妇》(二十五)
(美人柏列希著),是吾译,文言。刊载《侠女花弹词》(十三),东莹,
白话。

发生于本月但日期不详之事件

《夏星》第一卷第一期刊载"本志宣告":"……六 如有自撰或译述
小说投稿本社者酬率从渥,如系迻译,连同原本寄阅,不用者一律寄
还"。刊载小说《梅花泪》,周焯,文言。《夏星》综合杂志,政论文章讨
论政治,发扬国学;文学方面有诗词、小说、史料等。内容分言论部、
法令部、纪事部、专件部、学艺部等。民国三年六月至民国三年八月,
共出两期。

7 月

1 日 《东方杂志》第十一卷第一号刊载《罗刹因果录》(不许转载),
俄国托尔斯泰著,闽县林纾笔述、静海陈家麟译意,文言;历史小说
《绛带记》,法国大仲马原著,不许转载,天游,白话。

同日,《新剧杂志》第二期"言论"栏刊载《脚本与小说》,江郎。
"小说"栏刊载《鬼婿》,译华盛顿笔记,白萍,文言;言情小说《马上女
儿》,心梅,文言;写情小说《绿窗恨》,孟鸣,文言。发行人张蚀川,
编辑人夏秋风。

同日，《中华小说界》第七期"短篇"栏刊载伦理小说《林桂复仇记》，士伟，文言；记事小说《秋藾》，瞻庐，文言；科学小说《发明家》，毅汉、天笑，文言；社会小说《江村夜话》，启明，文言；滑稽小说《洋迷小影》，半侬，白话；侦探小说《左手》，小青，文言。"长篇"栏刊载侦探小说《八一三》，卓呆、天笑，白话。"名著"栏刊载《红楼梦索隐提要》，王梦阮。"来稿俱乐部"栏刊载短篇《青灯红泪录》，程毓岩，文言；短篇《某村》，轶池，文言；短篇《暮钟断韵》，薜桃，文言；短篇《幻镜花》，孤儿，文言；短篇《记女盗事》，狐儿，文言；短篇《知事梦》，章鉴，文言。"丛话"栏刊载《小说丛话》（续前期），成。

同日，《申报》"自由谈"之小说栏刊载侠情小说《北美妇》（二十六）（美人柏列希著），是吾译，文言。刊载《侠女花弹词》（十四），东莹，白话。刊载"快看哀情小说《鸳湖潮》"广告："是书为昆陵李定夷先生所著，先生为近世小说家，著作等身，久为社会所欢迎，近由本局觅得三稿。（一）鸳湖潮曾逐日刊于中华民报，（二）賨玉怨，（三）红粉劫，俱曾逐日刊于民权报，内容之美，声价之高，与民权报之《玉梨魂》《孽冤镜》等小说一时瑜亮固无轩轾。本局本拟将三书嗣时出版，乃自刊出版预告，后问询者购书者络绎不绝。《鸳湖镜》业已印就，爰先行出版，以副爱阅诸君之意。是书结构纯用倒提法，一洗平铺直叙之陈腐，事实尤为新颖，所述名士佳人，凡六七人，人人结局各异，布局得宜，不落窠臼，至文笔哀艳，词藻丰富，犹为余事，泂小说界唯一无二之杰构也。全书都七万言，另有枕亚铁冷仪（无加耳）醒独东纳海绮天一等文学家之序文、题词数十首，封面用美人画，精装一册，大洋五角，《賨玉怨》《红粉劫》不日出版，此布。上海四马路画锦里西国华书局谨启"

同日，《时报》刊载广益书局小说广告："《黛痕剑影录》，札记小说，安吴胡寄尘著，所纪多美人侠客之类，文笔极佳，非他种新小说可比，洋装一册定价四角。新出《弱女飘零记》，奇情小说，叙两女士同罹患难，始而相怜，继而相妒，终乃相友，文词爽利，结构离奇，为近今新小说中不可多得之作，洋装一小册，定价二角。《蕙娘小传》，哀情小说，春梦生著，叙一女士自述其生平之事，凄顽哀感，曲折缠绵，文笔雅洁，后附《水天鸿影》，为寄尘之佳作，两种合刊，一小册洋装价洋二角。发行所上海、汉口、广州、长沙、开封广益书局及各埠书庄。"小说栏刊载理想小说《千周纪念》，蕉心，文言。刊载小说《余之七月一号之日记》，毅汉，文言。刊载理想短篇小说《东方太晒士万岁》，瘦鹃，白话。刊载短篇小说《纪念会》，逸虎，文言。

同日，《爱国白话报》"小说"栏刊载《张黑虎》，亚铃，白话，至8月13日完。

2日 《申报》刊载"购新剧小说社书籍者注意特别赠品"："《恶家庭》，一剧为新民新剧社社长郑药风先生所编黑暗家庭状态，可谓无不毕具，个中情节最为悲惨，凡曾参观斯剧者无不泪下沾襟，诚新剧中有一无二之佳构，本社特请耕渔室主编为小说，印成专书以厌阅者之心，约一百数十页，计三万余言，文章简浅，趣味深浓，大有可观。《家庭恩怨记》，一剧原是新剧同志会陆镜若君编撰排烟，与各社所演大有出入，并加排续本，其中情节良好之至，本社与君商允，特请天随室主编为小说，文笔绮丽，趣味深浓，大有可观，诚小说中之杰构也。《新茶花》一剧原名《缘外缘》，数年前春阳社王钟声与许啸天君编撰，乃近时著名之爱情新剧，海上新旧各舞台每演一次，观者无不争先恐后，本社特请小说家勤补齐王编为小说，计三万数千言，百数十页，其中情节较剧中更为周到，以上三书均已出版。各书内皆附有新剧巨子化妆小影及剧中人物化装图十数幅，印刷精良，装订良美，凡爱观新剧及喜闻小说不可不手置一编，印书无多，速购勿迟，每部洋装一册，定价四角，批发从廉。购书者注意特别赠品，本社系新剧家及文学组织而成，所编小说纯持改良社会宗旨，现已出版三部，曰《恶家庭》曰《家庭恩怨记》曰《新茶花》，出书未久，深蒙社会欢迎，同人等无以为报，特请夏秋风先生专编《妻党同恶报》一部以作开幕纪念赠品，凡以上三种小说内均附有赠单一纸，若持有此项赠单三纸者即可向本社领取《妻党同恶报》一部，详细章程请阅书内置单便知，《妻党同恶报》定于阳历七月十五出版，出版后三日即请持单来取书不误，所有篇幅装订铜版细图，以上三种书籍无有低昂，零售四角，批发从廉。本社前发出之《恶家庭》均未附赠单，因一时仓卒不及，抱歉殊深，凡已购书诸君祈带书来本社再行给补，此启。总售处上海棋盘街扫叶山房、艺林书局、中华图书馆、科学书局、四马路共和图书馆、来青阁、民鸣新剧社、海左书局、甲寅代发行所、群学社、新民新剧社、世界剧报社，总发行处四马路中老华商旅馆对门新剧小说社，外埠全国各大书坊。""自由谈"之小说栏刊载侠情小说《北美妇》（二十七）（美人柏列希著），是吾译，文言。刊载《侠女花弹词》（十五），东莹，白话。

3日 《申报》"自由谈"之小说栏刊载侠情小说《北美妇》（二十八）（美人柏列希著），是吾译，文言。刊载《侠女花弹词》（十六），东莹，白话。

同日，《时报》刊载"《虞初近志》再版已出定价五角，《满清稗史》十八册二元五角，《清季野史》洋装三册一元，发行所上海、汉口、广东、长沙、开封广益书局。"

4日 《礼拜六》第五期刊载哀情小说《赤钳恨》，韦士，文言。刊载社会短篇《卖花女郎》，剑秋，文言。刊载侠情小说《雌雄侠》，丹徒包柚斧，文言。刊载《斗室天地》，补拙译，文言。刊载哀情小说《后悔》，胡寄尘，文言。刊载《真假爱情》，瘦鹃，白话。刊载《塔语斜阳》（四续），小蝶，文言。

同日，《申报》"自由谈"之小说栏刊载侠情小说《北美妇》（二十九）（美人柏列希著），是吾译，文言。刊载《侠女花弹词》（十七），东莹，白话。

同日，《时报》刊载小说《都老爷》，铁樵，白话。刊载《蓓德小传》，笑，文言。

5日 《申报》刊载"大人最适宜之消夏品"广告，内有写情小说《泪珠缘》广告："是书为著名小说家天虚我生钱塘陈蝶仙先生少年得意之作，书中运笔、用意、写情、结构，无一部脱胎于红楼梦而又无一落红楼梦之窠臼，红楼梦中有缺陷，是书则皆弥补之，于情字上无丝毫遗憾，能使普天下才人读之皆欣然满意，现无上之乐观，至其点缀之处，诗词酒令，无不新颖绝伦，引人入胜，而于音律一道语之尤详，实是融贯古今，阐前人所未发之秘，是尤得未曾有，精心结撰，淘写情小说中空前绝后之杰著也，全书共百余回，今初二三集已先出版，定价每集大洋四角。上海棋盘街中华图书馆发行。""自由谈"之小说栏刊载侠情小说《北美妇》（三十）（美人柏列希著），是吾译，文言。刊载《侠女花弹词》（十八），东莹，白话。

同日，《时报》刊载《蓓德小传》，笑，文言。

6 日　《申报》"自由谈"之小说栏刊载侠情小说《北美妇》（三十一）（美人柏列希著），是吾译，文言。刊载《侠女花弹词》（十九），东莹，白话。

同日，《时报》刊载小说《都老爷》，铁樵，白话。"余兴"栏刊载短篇小说《新三国》▲诸葛亮七出祁山，乐天生，白话。

7 日　《申报》"自由谈"之小说栏刊载侠情小说《北美妇》（三十二）（美人柏列希著），是吾译，文言。刊载《侠女花弹词》（二十），东莹，白话。

同日，《时报》刊载《蓓德小传》，笑，文言。

8 日　《申报》"自由谈"之小说栏刊载《侠女花弹词》（二十一），东莹，白话。

同日，《时报》小说栏刊载《胠箧之王》，法国玛黎瑟勒勃朗著，吴门瘦鹃译，文言。"余兴"栏刊载滑稽小说《天然墨盒》，天醉，白话。

同日，《新闻报》"庄谐丛录"刊载《新五才子》。

9 日　《申报》"自由谈"之小说栏刊载《侠女花弹词》（二十二），东莹，白话。刊载《新开篇》，瞻庐，文言。

同日，《时报》小说栏刊载《胠箧之王》，法国玛黎瑟勒勃朗著，吴门瘦鹃译，文言。"余兴"栏刊载短篇小说《盲人瞎话》，新树，文言。

10 日　《教育研究》第十三期"杂纂"栏刊载教育小说《牧牛教师》

(续第十二期)，揆、笑同著，文言。

同日，《民国》第一年第三号"文艺"栏刊载小说《骷髅出海记》，戴骷髅生戏译，文言。"文艺"栏刊载《拟编纂文学通史例言》，文史，未完。《民国》第三号中华民国三年、日本大正三年七月初十日发行。

同日，《申报》"自由谈"之小说栏刊载寓言短篇《自由梦》(一)，白话。刊载《侠女花弹词》(二十二)，东莹，白话。

同日，《时报》小说栏刊载《胠箧之王》，法国玛黎瑟勒勃朗著，吴门瘦鹃译，文言。

11日 《礼拜六》第六期刊载历史小说《无名之英雄》，率公，文言。刊载风俗实事《花桥调秋记》，文言。刊载滑稽小说《花间人影》，天白，文言。刊载短篇小说《电误》，幼新，文言。刊载社会短篇《争婿讼》，韦士，文言。刊载社会小说《马牛鉴》，剑秋，文言。刊载实事短篇《埋儿惨史》，恨人，文言。刊载清秘史外录之十四《香妃异闻》，指严，文言。刊载神怪小说《妖魔窟》，双热，文言。刊载侠情小说《香草美人》，小蝶，文言。刊载《真假爱情》(续)，瘦鹃，白话。刊载短片名著《樱唇》，英国柯南达尔原著，常觉译，白话。

同日，《申报》"自由谈"之小说栏刊载寓言短篇《自由梦》(二)，白话。刊载《侠女花弹词》(二十三)，东莹，白话。

同日，《时报》小说栏刊载《胠箧之王》，法国玛黎瑟勒勃朗著，吴门瘦鹃译，文言。刊载《蓓德小传》，笑，文言。

12日 《申报》"自由谈"之小说栏刊载社会小说《两种天》(钝根)，文言。刊载《侠女花弹词》(二十五)，东莹，白话。

13日 《申报》"自由谈"之小说栏刊载《侠女花弹词》(二十六)，东莹，白话。刊载滑稽小说《臭虫的势力范围》，钝根，文言。

同日，《时报》小说栏刊载《胠箧之王》，法国玛黎瑟勒勃朗著，吴门瘦鹃译，文言。"余兴"栏刊载小说《算学教员之眼镜》，书，文言。

14日 《申报》"自由谈"之小说栏刊载《侠女花弹词》(二十七)，东莹，白话。刊载滑稽小说《续水浒》，钝根，白话。

15 日 《妇女时报》第十四号刊载"上海有正书局发行新出版书目"广告，内有"时报短篇小说第一集，一册三角，此集为《小共和国》《短剑三林》《擒醉人之友》《电气死刑》《常春楼》《小屋中之一夜》《不速客之拿破仑》《存根簿》《指纹》《死人之室》诸短篇，言情历史侦探等体俱备，短峭味永，均系著者杰作，汇印成册，极便检阅。"刊载"原本红楼梦、原本聊斋志异"广告。刊载"《霜刃碧血记》吴门周瘦鹃译，每册大洋四角"广告："此书叙一瞽者踣于道，经一女子救入巨厦，此巨厦中忽出现一暗杀案，瞽者累欲告发，咸为女子所泥，不果，后女子竟设法使瞽者之目重明，利用为傀儡，演成种种可惊可骇之国际交涉大案。然卒为瞽者辗转侦破而与所爱结婚，情节奇幻，令人拍案称绝。全篇厘为三十章，七万数千言，按日登载《时报》，早博社会欢迎，兹复汇印成帙，凡二百余页，首尾衔结，开卷了然，洵言情小说中别开生面者已。《时报短篇小说第一集》三角五分，《九十三年》四角，《空谷兰》七角，《情网》八角，《阿难小传》五角，《环球旅行记》四角，《女学生旅行记》六角五分，《销金窟》四角，《雌雄影》三角五分，《双泪碑》一角，《莫爱双丽传》三角，《双□丝绸》三角五分，《曼玳琳》九角五分，《土里罪人》四角，《新西游记》三角，《梅花落》八角。上海有正书局发行。"刊载奇情小说《塚中人语》，蛰庵 钏影 同著，文言。刊载《恨海波澜》，梁溪阿骥，文言。民国三年七月十五发行。

同日，《民权素》第二集刊载"欢迎新著"广告："箸超著《蝶花劫》：《蝶花劫》哀情小说也。著之者何人，箸超也。箸超曷为著是书，其友吁公尝以见闻告，去年曾披露于《民权报》，惜未告终止，而仓卒之间结构又欠良。今精而纂之，完全脱稿矣。内容都十八章，凡六万二千余言。言情则流露皆真，用笔亦巨细不苟。借哀情之题目，寓警世之苦心，至词料之丰富，尤其余事。佐以汪君绮云之水彩画，令阅者爱不忍释，诚遣情只极品也。书已出版，定价五角。松笠译《勃雷克探案之一》：欧洲侦探小说输入于中土者不下百数十种，虽变幻离奇，各尽其妙。然或失之奥，或失之歧，读之令人爽心豁目者固多，读之令人头重脑昏者，盖亦不少。是书为英国巨室约翰立后故事，情节非常诡奇，笔法亦极突兀，经松笠君研心译述，用笔如斩钉截铁，不以描摹见长，佐以箸超君之眉批，令读者便于了解。诚侦探小说中之善本也。定价二角，批发从廉。总发行所民权出版部。"刊载"枕亚杰作《玉梨魂》"广告："枕亚君为小说界巨子，近顷著作，洛阳为之纸贵，而《玉梨魂》一书尤其最初之杰作，匠心运去，彩笔挥来，有缜密以栗之功，无泛滥难收之弊。计自悬价而后风靡海内。虽续版已至五次，而购买者尤络绎于途，其声价之高贵，可谓一时无两。本部为珍重名书起见，凡印刷装订逐渐求精，冀副爱阅诸君之盛意，定价六角。""《民权素》第一集"广告："近数年来坊间丛志不下数十种，然或出入政治，说规玄奥，或逢迎社会，语涉村俚，求其体裁宏富、取去精严，殆未有过于《民权素》者。查第一集出世而后，风靡海内，不过一月之间初版已将告罄，其价值之高贵可以不言知之，同人等冀副爱阅诸君之盛意，爰本精益求精之旨，以续编第二集较之第一集真所谓有过之而无不及者，书已出版，价仍五角，诸君请手置一编，当信斯言之不诬也。""说海"栏刊载记事短篇《嫠妇血》，铁冷，文言；记事短篇《龙钟丐》，吁公，文言；趣情短篇《萧郎谣》，花奴，文言；幻情短篇《青衫泪》，定夷，文言；记事短篇《三云碑》，枕亚，文言；伦理小说《满腹干戈》，箸超，白话；侦探小说《茉莉花》，芙岑，文言；滑稽短篇《冬烘先生》，双热，文言；滑稽短篇《雀声》，双热，白话。刊载"人人欢迎之小说"广告，内有双热著《孽冤镜》、双热杰作《兰娘哀史》《铁冷丛谈》，总发行所民权出版部。刊载《小说丛报》广告。刊载"箸超卖文"广告。刊载"介绍小说家吴双热"广告。

同日，《申报》"自由谈"之小说栏刊载滑稽小说《新牌水浒》（续昨），钝根，白话。刊载《侠女花弹词》（二十八），东莹，白话。

同日，《时报》小说栏刊载《胠箧之王》，法国玛黎瑟勒勃朗著，吴门瘦鹃译，文言。

16日 《申报》"自由谈"之小说栏刊载滑稽小说《风送美人来》，觉迷,文言。刊载《侠女花弹词》(二十九),东莹,白话。刊载《催眠术》,钱香如,文言。

同日,《时报》小说栏刊载《胠箧之王》,法国玛黎瑟勒勃朗著,吴门瘦鹃译,文言。刊载"时报短篇小说第二集出版"广告。刊载《蓓德小传》,笑,文言。

17日 《申报》"自由谈"之小说栏刊载寓言小说《自由梦》,(三)(续十二日),蔚云,白话。刊载《侠女花弹词》(三十),东莹,白话。

同日,《时报》小说栏刊载《胠箧之王》,法国玛黎瑟勒勃朗著,吴门瘦鹃译,文言。

18日 《礼拜六》第七期刊载社会小说《穷愁》,叶匋,文言。刊载折狱小说《毒药案》,柚斧,文言。刊载任侠小说《粉城公主》,渔郎,文言。刊载社会小说《不倒翁》,觉迷,文言。刊载社会小说《大错》,胡寄尘,文言。刊载短篇纪事小说《郑生》,一鸣,文言。刊载滑稽小说《空中堕头记》,野民,文言。刊载哀情小说《孤凰操》,息游,文言。刊载写情小说《五十年前》,瘦鹃译,文言。刊载侠情小说《香草美人》(续),小蝶,文言。刊载短篇名著《樱唇》(续),英国柯南达尔原著,常觉译,白话。刊载艳情小说《蘸著些儿麻上来》,双热,文言。

同日,《申报》"自由谈"之小说栏刊载短篇小说《两地观》,东莹,文言。刊载寓言小说《自由梦》,(四),蔚云,白话。

同日,《时报》刊载"箸超著《蝶花劫》五角,《民权素》五角。上海四马路麦家圈口民权出版部启"广告。小说栏刊载《胠箧之王》,法国玛黎瑟勒勃朗著,吴门瘦鹃译,文言。刊载《蓓德小传》,笑,文言。

19日 《申报》"自由谈"之小说栏刊载寓言小说《自由梦》,(五)(续十二日),蔚云,白话。

同日,《时报》小说栏刊载《胠箧之王》,法国玛黎瑟勒勃朗著,吴门瘦鹃译,文言。

20日 《申报》"自由谈"之小说栏刊载寓言小说《自由梦》,(六),蔚云,白话。刊载"新出版札记小说《专乡赘华》"广告:"(明末清初之遗事），是书为清初顺康间华亭名士董阆石先生之原本，当时明社宗墟，海内鼎沸，先生奔走四方，三入京洛，既而栖迟里门，自少迄老，取耳目所及者笔之于书，其间异闻逸事，或得之邸报，或得之目击，或得之交游，要皆确有根据者，奇奇怪怪，足令阅者拍案叫绝，书凡四卷，约十万言，装订四册，首冠绘图十六帧，外加锦套，定价大洋五角，外埠寄费免加邮票，以九五折计算。总发行所上海新闸聚庆里四百另八号光华编辑处，代售处（上海）扫叶山房、千顷堂、国华书局、海左书局，苏州振新书庄、文怡福记、图书总汇，天津利亚书局、新华书局，汉口六艺书局、教育图书，全国各大书局均有出售。"刊载"一月十八日礼拜六出版第七期，每册价银一角"广告，内列其目录。刊载"欢迎新出版《民权素》第二集、箸超著《蝶花劫》"广告："注意：敝部因力求完美起见，两书迟至今日出版，蒙远近爱读诸君纷纷函询，良用感铭，二集（价仍五角），《蝶花劫》定价五角，批发从廉，预定之书一律五角，于本日寄出，特此布。上海麦家圈四马路东口民权出版部启。"刊载"毕公天编《慕侠丛纂》出版预告"，内有小说一栏。

同日，《时报》小说栏刊载《肤箧之王》，法国玛黎瑟勒勃朗著，吴门瘦鹃译，文言。刊载《蓓德小传》，笑，文言。"余兴"栏刊载短篇小说《善饭军》，新影，文言。

21 日　《申报》"自由谈"之小说栏刊载滑稽小说《风送美人来》（续七月十六觉迷著），天虚我生，文言。刊载滑稽小说《丐王》，剑秋，白话。

同日，《时报》小说栏刊载《肤箧之王》，法国玛黎瑟勒勃朗著，吴门瘦鹃译，文言。

同日，《神州日报》刊载"《旧小说》预约月底截止"广告："此种小说有千余种，而预约只售三元，价格之廉，无有过于此者，今预约券不过数日即将截止，爱读诸君其亦欲得此便宜乎？商务印书馆"。"神皋杂俎"栏刊载《清史演义》（禁转载），陆士谔，白话章回，至本年 8 月 25 日《神州日报》"神皋杂俎"栏刊载《清史演义》，青浦陆士谔撰，白话章回，此已为第五集卷一（三百三十）。

22 日　《申报》"自由谈"之小说栏刊载《侠女花弹词》（三十一），东莹，白话。刊载滑稽短篇《续风送美人来》，独鹤，文言。

同日，《时报》小说栏刊载纪事短篇《接印之一刹那》，新鬼，白话。"余兴"栏刊载滑稽小说《妙算》，橙塘杜寿潜，文言。

23 日　《申报》"自由谈"之小说栏刊载《侠女花弹词》（三十二），东莹，白话。刊载"《賣玉怨》出版"广告。

同日，《时报》刊载《蓓德小传》，笑，文言。

24 日　《申报》"自由谈"之小说栏刊载《侠女花弹词》（三十三），东莹，白话。刊载短篇鬼话《九幽新国记》，（酒丐戏拟），文言。

同日，《时报》小说栏刊载纪事短篇《接印之一刹那》，新鬼，白话。刊载《蓓德小传》，笑，文言。

25 日　《小说月报》第五卷第四号刊载"林译小说丛书，五十种九十七册（特价十元赠书券二元），八月底止"广告，内容同前。刊载"中国图书公司和记发售国学扶轮社原版《香艳丛书》都十八册"广告："原价二十元，预约价六元，是书计分二十集，共订八十册，搜辑历来闺秀邦媛之趣史，香草美人之骚怨，间及宫闱琐事，词苑丛谈，有关一代文人之盛衰者，靡不借钞秘本，汇印成册，庄谐共赏，情文相生，而所选文体，亦皆落落大方，纤不伤雅，既可为遣兴之资，复可得作文之助，前由国学扶轮社印行，原价二十元，兹特重行印刷，发售预约券，仅收价洋六元，本年阳历十月底截止，先交三元，阳历十一月出版，续交三元取书，另加布套洋五角，邮费每部五角半，轮船铁路不通之处，每部另加二角半，如要装箱，加价一元，惟须自取，不代邮寄，另印样本函索即寄。总发行所上海中国图书公司和记，寄售处上海及各省商务印书馆。"又曰："上海国学扶轮社出版各书版权，业已完全售归本公司，该社出版各书，约分经史、文集、诗集、尺牍、丛书数类，大都为古今名人之撰著，实为世间希有之本，现由本公司接续印行，兼托各省商务印书分馆代售，特此附告。""短篇小说"栏刊载《技击余闻补》，钱基博，文言；刊载《夜阑人语》，君复，文言；刊载《显微镜》，吴门天笑生译，文言；刊载《崔慧瑛》，善之，文言；刊载《辽东戍》，玉田赵绂章，文言。"长篇小说"栏刊载《黑楼情孽》(续)，英马尺芒忒原著，闽县林纾笔述，静海陈家麟口译，文言；刊载《西班牙宫闱琐语》，译《海滨杂志》，西班牙公主欧里亚自述，澍生、铁樵，白话。刊载"商务印书馆发行小本小说"广告："侦探小说《白巾人》二册二角，侦探小说《车中毒针》一册一角，侦探小说《宝石城》一册一角，侦探小说《指环党》一册一角，侦探小说《毒药罇》一册一角，警世小说《一束缘》一册一角，义侠小说《双鸳侣》一册一角，社会小说《白头少年》一册一角，言情小说《媒孽奇谈》一册一角，滑稽小说《化身奇谈》一册一角，侦探小说《桑伯勒包探案》一册一角，侦探小说《多那文包探案》一册一角，侦探小说《圆室案》一册一角，侦探小说《三人影》一册一角半，侦探小说《华生包探案》一册一角，言情小说《鸳盟离合记》二册二角，言情小说《情侠》一册一角，言情小说《血泊鸳鸯》一册一角，言情小说《双乔记》一册一角，言情小说《空谷佳人》一册一角，侦探小说《金丝发》一册一角。"刊载本社通告，为征稿启事，内容同前。

同日，《中华童子界》第一号刊载儿童小说《小雕刻家》，白话；刊载童话《呆笨人与聪明人》，白话。

同日，《申报》"自由谈"之小说栏刊载短篇小说《风流掌》，是龙，白话。刊载滑稽小说《杀风景》，觉迷，文言。

同日，《时报》刊载"商务印书馆《旧小说》预约期限只有七天，购者从速"广告。刊载无政府党轶事之一《钟鸣一下》，逸虎，文言。

同日，《礼拜六》第八期刊载侦探小说《毒札》，译 Cosmopolitan，July 1914，史九成，文言。刊载神怪小说《绿格子少年》，老鹭，文言。刊载游戏小说《跌杀哉》，野民，文言。刊载滑稽小说《老学究》，剑秋，文言。刊载滑稽小说《白狼》，是龙，文言。刊载滑稽小说《阿妈》，觉迷，文言。刊载神怪小说《梦游冥府记》，峡猿，文言。刊载写情小说《花开花落》，瘦鹃，文言。刊载侠情小说《香草美人》(再续)，小蝶，文言。刊载侦探小说《樱唇》(再续)，常觉，白话。刊载艳情小说《蘸着些儿麻上来》(续)，双热，文言。

26 日　《大共和画报·小说画》刊载艳情小说《双花记》，江都李涵秋著，文言，至 10 月 21 日止。

同日，《申报》"自由谈"之小说栏刊载滑稽小说《风送美人来》，野民，白话。

同日，《时报》刊载无政府党轶事之一《钟鸣一下》，逸虎，文言。刊载《蓓德小传》，揆、笑，文言。

27 日　《申报》"自由谈"之小说栏刊载《侠女花弹词》(三十四)，东莹，白话。刊载滑稽短篇《无遮大会》，东莹，文言。刊载滑稽小说《老学究》(见二十四日本报第二张)，觉迷，文言。

同日，《时报》刊载无政府党轶事之一《钟鸣一下》，逸虎，文言。"余兴"栏刊载滑稽小说《走肉国》，章鉴，文言。

28 日　《申报》"自由谈"之小说栏刊载《侠女花弹词》(三十五)，东莹，白话。刊载历史滑稽《裸人国》，剑秋，白话。

同日，《时报》刊载无政府党轶事之一《钟鸣一下》，逸虎，文言。"余兴"栏刊载滑稽小说《走肉国》，章鉴，文言。刊载《蓓德小传》，揆、笑，文言。

29 日　《申报》"自由谈"之小说栏刊载《侠女花弹词》(三十六)，东莹，白话。刊载短篇纪事《出险》，天韵，文言。

同日，《时报》刊载"快睹！《旧小说》预约期限只有三天了，商务印书馆启"广告。刊载无政府党轶事之一《钟鸣一下》，逸虎，文言。

30 日　《申报》"自由谈"之小说栏刊载短篇小说《近墨者》，卓呆，文言。刊载《侠女花弹词》(三十六)，东莹，白话。

31 日　《申报》"自由谈"之小说栏刊载短篇小说《近墨者》(续)，卓呆，文言。刊载寓言小说《自由梦》(七)，蔚云，白话。

同日，《时报》刊载"快睹！《旧小说》预约期限只有一天了，商务印书馆启"广告。刊载短篇小说《废物园》，蕉心，白话。

发生于本月但日期不详之事件

《娱闲录》第 1 期"异闻录"栏刊载《五宋斋志异》，文言。"笔记"栏刊载《王孝子传》，署名"卢"，文言；刊载《女巫》，毋我，文言；刊载《丹崖僧语》，毋我，文言；刊载《曾和尚》，毋我，文言；刊载《父子艳福》，壁经堂，文言。"小说"栏刊载滑稽小说《夫人之审判》，觉奴，文言；刊载短篇小说《斗》，觉奴，文言；刊载西史小说《岩窟王》(禁止转载)，法国岳珂著，毋我口译，觉奴笔述，文言；刊载时事小说《女界进化小史》，利群，白话章回。《娱闲录》四川公报社出版，为《四川公报》的增刊，娱乐性刊物。主要刊登长短篇小说、剧本、文苑等，同时刊登有少量人物、时事图片，文字为半文半白话。自民国三年七月起至民国四年止，共出二十四期。

《小说丛报》第三期刊载"第四期名译预告"："本社前译福尔摩斯侦探案《托病捕凶》颇受社会欢迎，今又有《潜水艇图》被窃之新案为英国文豪 Aeoau Doyle 原著，特请水心、仪鄜二君合译，以飨阅者，事实离奇，文笔古茂，自不待言。且一期登完，免劳盼望，特色一。又有意大利宫闱秘史《密柬》一篇，为英国文豪 Wiuiam Le Rueux 所著，亦力请灏森君译出，以公同好，特色二。想爱读敝报者当鼓掌欢迎页。谨此预告。"刊载"《五铜圆》"广告："《五铜圆》为一种最新奇最滑稽最廉价之特别周刊。由双热、天啸、枕亚诸君分任编辑，每礼拜出版一次，内容无一不备，无一不滑稽，阅之能令人积闷都消，闲愁都去，诚苦恼世界之良药也。每册只收印刷费铜圆五枚，定阅念五期一元五，十期一元八角，外埠每册加邮费一分，如以邮票代钱，概作九折，自七月五号出版以后，远近争先购阅，每期销数竟达四五千以上，本刊之价值从可知矣。诸君欲开笑口，盍兴乎来。上海美租界七浦路六百二十七号《五铜圆》周刊社。"刊载"民权出版部广告"："枕亚著《玉梨魂》定价六角，双热著《孽冤镜》定价五角，双热著《兰娘哀史》定价二角，箸超著《蝶花劫》定价五角，《民权素》(第一二集已出版)每册定价五角，《铁冷丛谈》定价五角，《锦囊》(再版已出)定价五角，松笠译箸超批《勃雷克探案之一》(印刷中)定价二角。总发行所上海四马路麦家圈东口。”“短篇小说”栏刊载革命外史之二《弱女流浪记》(琼英女史叙略)，铁冷演述，文言。刊载名人轶史《胡屠》，芜城，文言。刊载新聊斋志异一则《豚尾怪》，不才，文言。刊载红羊轶闻之二《草付道人》，枕亚，文言。刊载言情小说《情感》，东讷，文言。刊载社会小说《贫女泪》，圣陶，文言。刊载家庭小说《姑恶》，愚若，文言。刊载趣情小说《升降机》，美国 Paul West 原著，倪灏森译，文言。刊载纪实小说《鸳鸯错》(参观第一期新嫁娘诉轿夫呈事略)，扬州小杜来稿，白话。刊载滑稽小说《冰教师》，南邨，文言。“长篇小说”栏刊载别体小说《雪鸿泪史》(何梦霞日记)，古吴徐枕亚评校，文言。刊载侦探小说《假币案》(续)，美国泥格辣斯原著，留氓口译，仪鄦笔述，文言。刊载奇情小说《痴人福》，英国马剖利原著，仁灼译，仪鄦润词，文言。刊载滑稽小说《学时髦》，双热，白话。刊载实事小说《攀特卢轶史》Aleandre Dumas 法国大仲马原著，水心、古月合译，文言。刊载《红楼百咏》慕韩：“贾宝玉 百种缠绵万种痴，生生死死说相思。若求璧合珠连日，除是花枯泪尽时。茜帐魂销妃子恨，蓉城肠断美人词。槐黄秋捷卿休忆，若问归期未有期。林黛玉 带得愁根敛翠颦，泪痕点点渍罗巾。魂同秋冷吟残月，身似花飞泣莫春。病到深时容病懒，能情死处见情真。谁教瑜亮生斯世，恨结心头气不伸。薛宝钗 才华文藻说萧娘，魂染蘅芜体自香。绝艳如花存冷澹，幻缘似梦倏凄凉。早工结托殷勤态，深解周旋粉黛场。情断故人遣婢嫁，一生惟有负潇湘。史湘云 生来豪迈出风尘，曼倩襟怀妙语新。絮起吟争诸美席，月明肠断六朝春。鹤肩半袒林间影，鸾彩中沉镜里人。扑朔迷离浑莫辨，木兰原是女儿身。李纨 芳年早自赋离鸾，别后音容想像难。质冷岂争桃李艳，节坚能傲雪霜寒。风临燕树心虽喜，泪溃熊丸力已殚。垂老痛余缘底事，社闲吟歇百花残。王熙凤 金钗斜压鬓蟠云，放诞风流最出群。舌粲莲花迷五色，心藏机械刻三分。生前奇妒鸳鸯谱，劫后空伤蛱蝶裙。雏凤飘零怜息弱，定知幽怨郁孤坟。"刊载滑稽小说《小说迷》(续)，独鹤，白话。"文苑"栏刊载《兰娘哀史跋》，泊庐著。"译丛"栏刊载《斯考脱南极探险记》(再续)，醉癫、式稗合译，文言。刊载"本社特别启事"："本社编辑者定夷、遁隐同时抱恙，不克握管，长篇小说《潘郎怨》及《黄花冈传奇》本期暂停，俟二君病愈后当于第四期中增刊数页以补本期之缺。"刊载"征遗闻(值课者枕亚)"："体例，洪杨时代之遗闻遗事可为小说资料者，不拘白话文言，以达意为止。期限，无定期信到日随时发表，赠品从优。收卷处上海七浦路小说丛报社。"

8 月

1日 《东方杂志》第十一卷第二号刊载《罗刹因果录》(不许转载)，俄国托尔斯泰著，闽县林纾笔述、静海陈家麟译意，文言；历史小说《绛带记》，法国大仲马原著，不许转载，天游，白话；《五十故事》之《罗马之武士》《帝王之内容》，文言。

同日，《礼拜六》第九期刊载哀情小说《柔乡苦海录》，瘦菊，白话。刊载写情小说《恨不相逢未嫁时》，瘦鹃，文言。刊载写情小说《紫罗兰》，天生寄庐，文言。刊载侠情小说《死鸳鸯》，剑秋，文言。刊载教育小说《好孩子》，胡寄尘，文言。刊载滑稽小说《体面贼》，觉迷，文言。刊载侠情小说《香草美人》(三续)，小蝶，文言。刊载艳情小说《蘸着些儿麻上来》(再续)，双热，文言。

同日，《中华小说界》第八期"短篇"栏刊载侦探小说《冤》，天笑，文言；言情小说《心病》，梅梦，文言；寓言小说《物语》，懒僧，白话；

滑稽小说《财奴小影》，半侬，白话；社会小说《伦敦之质肆》，半侬，白话。"长篇"栏刊载侦探小说《八一三》，卓呆、天笑，白话；社会小说《牢狱世界》，冷、绿衣，文言。"来稿俱乐部"栏刊载《不可思议之侦探》，陈守黎女士，文言；《医说》，天泪，文言；《卖猴人》，沈锄云，文言；《粉西施》，盖仙，文言。"丛话"栏刊载《小说丛话》，成。刊载"怡情悦性之无上妙品《旧小说丛书》第一辑"广告："从前稗官野史不少杰，描写社会形形色色，无不惟妙惟肖，可以针俗，可以醒世，如《三国志》《聊斋志》《红楼梦》《水浒》《西游记》等，不下百数十种，均脍炙人口，素有价值。兹特选择十六种先成第一辑，都一百四十册，大小一律，字迹清晰，印订佳美，暂收半价，可谓极廉，并配以精致木箱，置诸案头，足令图书生色，茶余酒后，手此一卷，诚绝妙之消遣品也。定价八元，暂取半价四元，如需木箱，另加一元，外埠邮费一元。上海开智社出版，各省中华书局发行。"

同日，《申报》"自由谈"之小说栏刊载寓言小说《自由梦》(八)，蔚云，白话。刊载"消暑第一妙法莫如看新剧小说"："苦暑久矣，欲觅消暑良法不可得，惟阅新剧小说可以无出户之劳，有清风徐来之致。现已出版之三大新剧小说。《恶家庭》，编剧者郑药风，著作者耕渔室主。《家庭恩怨记》，编著者陆镜若，著作者天随室主。《新茶花》，编剧者王钟声、许啸天，著作者勤补斋主。每部约三万余言，定价大洋四角，批发从廉。发售处各大书局及民鸣新剧社均有出售。总售处上海四马路中市一百十八号半新剧小说社启。"

同日，《时报》刊载短篇小说《废物园》，蕉心，白话。刊载《蓓德小传》，揆、笑，文言。

2 日 《申报》"自由谈"之小说栏刊载寓言小说《自由梦》(九)，蔚云，白话。

同日，《时报》刊载短篇小说《神变》，潜时，文言。刊载滑稽小说《两误之奇谈》，淮安杨介清，白话。

3 日 《申报》"自由谈"之小说栏刊载寓言小说《自由梦》(十)，蔚云，白话。刊载理想小说《南柯记》(泗滨茎鹤)，文言。刊载"《小说丛报》三期出版"广告。

4日 《申报》"自由谈"之小说栏刊载社会小说《老农叹》，剑秋，文言。刊载寓言小说《自由梦》(十一)，蔚云，白话。刊载历史短篇《一字书》，沪生，文言。

同日，《时报》刊载短篇小说《神变》，潜时，文言。

5日 《申报》"自由谈"之小说栏刊载《芦中人》原名 Silas Marner，英国女小说家 George Elliot 原著，中华林竹贤译，文言。

同日，《时报》刊载"《说林》第七、八、九，第十、十一、十二册出版"广告："是书取本馆前三年《小说月报》中之短篇小说，重行编纂汇订袖珍小本，装制甚精，取携极便，兹自第七册至第十二册，均已出版，每册仍定价二角。商务印书馆启。"

6日 《申报》"自由谈"之小说栏刊载《芦中人》原名 Silas Marner，英国女小说家 George Elliot 原著，中华林竹贤译，文言。刊载《侠女花弹词》(三十七)，东莹，白话。

同日，《时报》"余兴"栏刊载滑稽小说《蚕豆》，蝶狂译，文言。

7日 《申报》"自由谈"之小说栏刊载《芦中人》原名 Silas Marner，英国女小说家 George Elliot 原著，中华林竹贤译，文言。刊载《侠女花弹词》(三十八)，东莹，白话。

同日，《时报》"余兴"栏刊载滑稽短篇《粉蝶讥猫》，橙塘杜寿潜，文言。

8日 《礼拜六》第十期刊载清秘史外录之十六《欢喜菩萨》，指严，文言。刊载札记小说《恐怖》(土耳其苏丹哈密之轶事)，瘦鹃译，文言。刊载惨情小说《双泪落》，休宁华魂，文言。刊载滑稽小说《鞋何在》，黑子，文言。刊载哀情小说《离恨天》，恨人，文言。刊载诡奇小说《无身之国》(参看第七期)，野民，文言。刊载悲惨纪事《心碎矣》，瘦鹃译，文言。刊载滑稽小说《钝根造孽》，觉迷，文言。刊载侠情小说《香草美人》(四续)，小蝶，文言。刊载艳情小说《蘸着些儿麻上来》(三续），双热，文言。

同日，《申报》"自由谈"之小说栏刊载《芦中人》原名 Silas Marner，英国女小说家 George Elliot 原著，中华林竹贤译，文言。刊载《侠女花弹词》（三十九），东莹，白话。

同日，《时报》"余兴"栏刊载滑稽小说《元铁牢》，迷信，文言。

9 日　《申报》"自由谈"之小说栏刊载时事小说《求雨》，剑秋，文言。刊载《芦中人》原名 Silas Marner，英国女小说家 George Elliot 原著，中华林竹贤译，文言。刊载《侠女花弹词》（四十），东莹，白话。

同日，《时报》刊载滑稽短篇《古董铺》，茧庐，文白夹杂。"余兴"栏刊载《睡狮》，潜时，文言。刊载《蓓德小传》，揆、笑，文言。

10 日　《民国》第一年第四号"杂著"栏刊载《南徼稗说》，邓歘。《民国》第四号中华民国三年、日本大正三年八月初十日发行。

同日，《申报》"自由谈"之小说栏刊载社会小说《危机一发》，钝根，文言。刊载《芦中人》原名 Silas Marner，英国女小说家 George Elliot 原著，中华林竹贤译，文言。刊载《侠女花弹词》（四十一），东莹，白话。

同日，《时报》刊载滑稽短篇《古董铺》，茧庐，文白夹杂。

11 日　《申报》"自由谈"之小说栏刊载《芦中人》原名 Silas Marner，英国女小说家 George Elliot 原著，中华林竹贤译，文言。刊载《侠女花弹词》（四十二），东莹，白话。

同日，《新闻报》"庄谐丛录"刊载滑稽小说《负不起了》，谷病秋，白话。

12 日　《申报》"自由谈"之小说栏刊载时事小说《旧官僚逃难》，剑秋，白话。刊载《芦中人》原名 Silas Marner，英国女小说家 George Elliot 原著，中华林竹贤译，文言。刊载《侠女花弹词》（四十三），东莹，白话。

同日，《时报》刊载《蓓德小传》，揆、笑，文言。

同日，《新闻报》"庄谐丛录"刊载短篇小说《乡邻有斗》，独鹤，白话。

13 日　《申报》"自由谈"之小说栏刊载《芦中人》原名 Silas Marner，英国女小说家 George Elliot 原著，中华林竹贤译，文言。刊载《侠女花弹词》(四十四)，东莹，白话。刊载滑稽小说《体面人》，觉迷，文言。

同日，《时报》刊载侦探小说《转盘陀》，蛰庵，白话。"余兴"栏刊载《余兴园》，章鉴，文言。

14 日　《申报》"自由谈"之小说栏刊载哀情小说《验契》，东莹，文言。刊载《芦中人》原名 Silas Marner，英国女小说家 George Elliot 原著，中华林竹贤译，文言。刊载《侠女花弹词》(四十五)，东莹，白话。

同日，《新闻报》"庄谐丛录"刊载短篇小说乡邻有斗》，独鹤，白话。

15 日　《法政学报》第二卷第七号"小说"栏刊载《世界发展俱乐部》(续第二卷第五号)，孟文翰译，文言。

同日，《礼拜六》第十一期刊载复课小说《雾中人面》，瘦鹃译，白话。刊载纪事小说《黑室鸳鸯》，天生寄庐，文言。刊载侠情小说《好男儿》，剑秋，文言。刊载诡奇小说《此中人语》(一名《盗桃源》)，指严，文言。刊载教育小说《私塾》，潜时，文言。刊载纪事小说《阿木林》，马二先生，文言。刊载短篇小说《天半笙歌》，海虞天愤，文言。刊载滑稽短篇《齐宣王问爹》，慕夸，文言。刊载言情小说《闺中人语》，是龙，文言。刊载哀情小说《可怜侬》，休宁华魂，白话。刊载言情小说《惝惝艳史》，南邨述，文言。刊载侠情小说《香草美人》(五续)，小蝶，文言。刊载艳情小说《蘸着些儿麻上来》(四续)，双热，文言。

同日，《申报》"自由谈"之小说栏刊载哀情小说《验契》(续)，东莹，文言。刊载《芦中人》原名 Silas Marner，英国女小说家 George Elliot 原著，中华林竹贤译，文言。刊载《侠女花弹词》(四十六)，东莹，白话。

同日，《时报》"余兴"栏刊载滑稽警世《投稿鉴》，君谁舍予，文言。

16 日 《申报》"自由谈"之小说栏刊载《芦中人》原名 Silas Marner，英国女小说家 George Elliot 原著，中华林竹贤译，文言。刊载《侠女花弹词》(四十七)，东莹，白话。刊载游戏小说《哀的美敦书》，野民，文言。

同日，《时报》"余兴"栏刊载讽刺短篇《某志士》，秋圃，文言。

同日，《新闻报》"快活林"刊载滑稽小说《鬼话连篇》，无我，白话。

17 日 《申报》"自由谈"之小说栏刊载《芦中人》原名 Silas Marner，英国女小说家 George Elliot 原著，中华林竹贤译，文言。刊载《侠女花弹词》(四十八)，东莹，白话。刊载社会小说《体面盗》，补拙，文言。

同日，《新闻报》"快活林"刊载滑稽小说《鬼话连篇》，无我，白话。

18 日 《申报》"自由谈"之小说栏刊载《侠女花弹词》(四十九)，东莹，白话。刊载《芦中人》原名 Silas Marner，英国女小说家 George Elliot 原著，中华林竹贤译，文言。

同日，《白话捷报》"小说"栏刊载《杨莲史》，亚铃，白话。

同日，《新闻报》"快活林"刊载滑稽短篇《雨师与朱光佛之谭话》，独鹤，白话。刊载《賨玉怨》出版广告。

19 日 《申报》"自由谈"之小说栏刊载游戏小说《哀的美敦书》，野民，文言。刊载《芦中人》原名 Silas Marner，英国女小说家 George Elliot 原著，中华林竹贤译，文言。刊载《侠女花弹词》(五十)，东莹，白话。

同日，《时报》"余兴"栏刊载短篇纪事《演说名家》，振华，文言。

同日，《新闻报》"快活林"刊载滑稽短篇《雨师与朱光佛之谭话》，独鹤，白话。

20 日 《说报》第十三四期合刊"文艺部"之"小说"栏刊载言情小说《杜鹃花》(续十二期)，余懋章，文言；刊载社会小说《恶姻缘》，余懋章，文言。

同日，《申报》"自由谈"之小说栏刊载《芦中人》原名 Silas Marner，英国女小说家 George Elliot 原著，中华林竹贤译，文言。

同日，《时报》刊载侦探小说《转盘陀》，蛰庵，白话。刊载《蓓德小传》，揆、笑，文言。"余兴"栏刊载小说《打碎饭碗》，迷信，文言。

同日，《新闻报》"快活林"刊载小说《快活林》，海宁无我，文言。

21 日　《申报》"自由谈"之小说栏刊载《芦中人》原名 Silas Marner，英国女小说家 George Elliot 原著，中华林竹贤译，文言。刊载"哀情小说《鸳湖潮》再版出书"广告："是书为昆陵李定夷先生所著，初版方逾一月完全售罄，声价之高，概可想见，兹再版业已出书，并加入题词评语封面，较前尤佳。全书精采略述如下。一、书中所述名士美人凡六七人，人人结局各异，造意奇妙。二、记事用倒提法，一洗平铺直叙之嫌，布局奇妙，三、文笔香艳，字字珠玑，读之可泣可歌，摘辞又奇妙，定价仍大洋五角，《賣玉怨》存书无多，购者从速。上海四马路中国华书局启。"

同日，《时报》刊载侦探小说《转盘陀》，蛰庵，白话。"余兴"栏刊载《神石》，潜时，文言。

同日，《新闻报》"快活林"刊载滑稽小说《欧战声中之老学究》，觉迷，文言。刊载讽世小说《大人……来了》，天荣我生，白话。

22 日　《礼拜六》第十二期刊载幻想小说《子为皇帝》，天白，文言。刊载寓言小说《穷鬼》，惜侬，白话。刊载拾遗小说《黑儿》，是龙，文言。刊载诙奇小说《亚尼蒙城记》（参看第十期），野民，文言。刊载侠义小说《烟扦子》，是龙，白话。刊载奇侠小说《燕子》，剑秋，文言。刊载短篇纪事《巡警捕盗》，梦亚，文言。刊载短篇小说《花鼓戏》，梦亚，文言。刊载社会小说《博徒之儿》，叶匋，文言。刊载哀情小说《可怜侬》（续），休宁华魂，白话。刊载言情小说《愔愔艳史》（续），南邨述，文言。刊载艳情小说《蘸着些儿麻上来》（五续），双热，文言。

同日，《申报》"自由谈"之小说栏刊载《芦中人》原名 Silas Marner，英国女小说家 George Elliot 原著，中华林竹贤译，文言。刊载短篇纪事《烈女魂》，鸣公，文言。

同日,《时报》刊载广告:"《童话》第一集《中山狼》(第廿四编)《怪石洞》(第廿五编),文字浅显,事迹新奇,儿童读之,皆大欢喜。每册大洋五分。商务印书馆启。"

同日,《新闻报》"快活林"刊载滑稽短篇《外国籍》,高洁,白话。

23 日 《申报》"自由谈"之小说栏刊载《芦中人》原名 Silas Marner,英国女小说家 George Elliot 原著,中华林竹贤译,文言。

同日,《时报》"余兴"栏刊载滑稽小说《三变》,迷信,文言。刊载《蓓德小传》,笑,文言。

同日,《新闻报》"快活林"刊载讽世小说《麻雀之护法神》,独鹤,白话。

24 日 《申报》"自由谈"之小说栏刊载《芦中人》原名 Silas Marner,英国女小说家 George Elliot 原著,中华林竹贤译,文言。刊载李定夷奇情小说《红粉劫》出版广告,上海四马路中国华书局启。

同日,《时报》刊载侦探小说《转盘陀》,蛰庵,白话。"余兴"栏刊载滑稽短篇《方便案》,长庚原稿,镇海轶池,文言。

同日,《新闻报》"快活林"刊载滑稽短篇《阿木林打茶围》,爱楼,文言。

25 日 《小说月报》第五卷第五号"短篇小说"栏刊载《技击余闻补》,无锡钱基博,文言;刊载《祝县令》,瞻庐,文言;刊载《妙莲艳谛》Guy De Manpassant 原著,西神残客,文言;刊载《卖鱼孃》,指严,文言;刊载《双刀张》,善之,文言;刊载《绮兰》,善之,文言;刊载《黑李》,练溪渔父,文言。"长篇小说"栏刊载《鹣鲽姻缘初集》,泖东一蟹,前曰:"本书根据《媚姝奇遇》《过垆志感》《沙溪妖乱志》《东华录》《明史列传》《明史庄烈纪》、张煌言《满宫词》、陆次云《圆圆传》《绛云楼后遇》《贰臣传》《先正事略》《汴围湿襟录》",此期刊载第一回 撰稗官开宗明义 访遗坟溯本循源,第二回 惜家财绝意捐监生 贪妆奁有心谋寡妇,第三回 失节妇帮夫苦操作 守钱奴殡父吝货财,第四回 朱氏忆夫成疗疾 三郎醉酒捉奸情,第五回 玉丫头私通阿寿 温巡检夜审朱三,

第六回 阶下囚舅爷受屈 梁上人小婢离魂，第七回 黄亮功中年思续娶 刘三秀早岁号神童，第八回 归账目无心逢美女 送钱米有意访媒翁，第九回 刘肇周盗卖奁田 黄亮功圆婚处女，第十回 郁士英巧语说亲 刘肇周昧良卖妹；刊载《西班牙宫闱琐语》，谧箫，白话。刊载"林译小说丛书"广告："零售价值三十六元，全部定价洋十六元。闽县林琴南先生为当代文豪，所有译述欧美名家小说久为海内所倾倒，惟从前所印版本大小不齐，易散难聚，不足以厌读者之望，本馆用特汇刊林译小说五十种，内分伦理、言情、冒险、寓言、社会、实业、历史、军事、滑稽、哀情、侦探、神怪各类，共订九十七册，装成一箱，俾资披览，兼便携带，计原书价值三十六元，现定廉价，全部仅售十六元，以答惠顾诸君之雅意，邮费中国境内每部七角五分，挂号费在内，如要装箱，加价一元，惟须亲取，不代邮寄，尚祈鉴察为幸。上海商务印书馆。"刊载吴翔亭《旧小说》广告："说部之国粹，稗官之模范，全部定价六元，零售甲集二册六角，乙集六册二元四角，丙集一册三角，丁集四册一元四角，戊集二册六角，己集五册一元八角"，内容介绍同前。刊载"本社通告"广告，为征稿启事，内容同前。

同日，《中华童子界》第二号刊载儿童小说《毒箭》，白话；刊载童话《福寿草》，白话。

同日，《申报》"自由谈"之小说栏刊载《芦中人》原名 Silas Marner，英国女小说家 George Elliot 原著，中华林竹贤译，文言。

同日，《时报》刊载侦探小说《转盘陀》，蛰庵，白话。"余兴"栏刊载滑稽短篇《方便案》，长庚原稿，镇海轶池，文言。刊载《蓓德小传》，笑，文言。

同日，《新闻报》"快活林"刊载滑稽短篇《快死林》，澹园，文言。

26 日 《申报》"自由谈"之小说栏刊载社会小说《穷民泪》，剑秋，文言。刊载《芦中人》原名 Silas Marner，英国女小说家 George Elliot 原著，中华林竹贤译，文言。

同日，《神州日报》刊载"天放主编《新笑史》"广告："天放子为滑稽巨子，每一发吻，令人捧腹不置，此书材料丰富，趣味浓郁，内容三百余则，分为四编，洋装二册，定价四角，代售处神州日报社。""神皋杂俎"栏刊载《清史演义》，青浦陆士谔撰，白话章回，至本年 9 月 5 日。

同日，《新闻报》"快活林"刊载滑稽短篇《十二点钟》，独鹤，文言。

27 日　《申报》"自由谈"之小说栏刊载《芦中人》原名 Silas Marner，英国女小说家 George Elliot 原著，中华林竹贤译，文言。

同日，《时报》刊载侦探小说《转盘陀》，蛰庵，白话。"余兴"栏刊载《说余兴》，振华，文言。

同日，《新闻报》"快活林"刊载滑稽短篇《牛郎织女之一夕谈》，海宁无我，白话。

28 日　《申报》"自由谈"之小说栏刊载短篇小说《奴隶之希望》，马二先生，白话。刊载《芦中人》原名 Silas Marner，英国女小说家 George Elliot 原著，中华林竹贤译，文言。

同日，《时报》"余兴"栏刊载寓言小说《猫斗》十五龄童砭砭，文言。

同日，《新闻报》"快活林"刊载滑稽小说《寡老》，觉迷，文言。

29 日　《礼拜六》第十三期刊载写情小说《冷与热》，瘦鹃，文言。刊载哀情小说《遥指红楼是妾家》，瘦鹃，文言。刊载神怪小说《鬼窟求金记》，余生，文言。刊载滑稽小说《六百文》，南雀，白话。刊载游戏小说《钝根造孽》（续觉迷），乃，白话。刊载应时小说《欧西风云中之七岁童》，华魂，文言。刊载滑稽小说《绣花鞋》，觉迷，文言。刊载艳情小说《二仙缘》，侍仙，文言。刊载游戏小说《酒碗池鱼》，犀然，文言。刊载侠情小说《香草美人》（六续），小蝶，文言。刊载警世小说《双妒记》，梅郎，白话。

同日，《申报》"自由谈"之小说栏刊载《芦中人》原名 Silas Marner，英国女小说家 George Elliot 原著，中华林竹贤译，文言。

同日,《时报》刊载侦探小说《转盘陀》,蛰庵,白话。

同日,《新闻报》"快活林"刊载滑稽小说《四公子结婚》,剑秋,文言。

30 日 《申报》"自由谈"之小说栏刊载《花木兰传奇》,天虚我生。刊载《芦中人》原名 Silas Marner,英国女小说家 George Elliot 原著,中华林竹贤译,文言。

同日,《时报》刊载侦探小说《转盘陀》,蛰庵,白话。刊载《蓓德小传》,笑,文言。

同日,《新闻报》"快活林"刊载社会小说《冒充野鸡之脱险》,觉迷,文言。

31 日 《申报》"自由谈"之小说栏刊载短篇滑稽《七夕》,野民,文言。刊载《花木兰传奇》,天虚我生。刊载《芦中人》原名 Silas Marner,英国女小说家 George Elliot 原著,中华林竹贤译,文言。

同日,《时报》刊载侦探小说《转盘陀》,蛰庵,白话。刊载《蓓德小传》,笑,文言。

同日,《新闻报》"快活林"刊载醒世小说《应酬苦》,爱楼,文言。刊载国华书局启"奇情小说《红粉劫》出版"广告。刊载国华书局启"哀情小说《鸳湖潮》再版出书"广告。刊载光华编辑社启《虞初广志》广告。

发生于本月但日期不详之事件

《夏星》第一卷第二期刊载哀情名理小说《生涯》,张漆室,文言。

9 月

1 日 《小说丛报》第四期刊载"民权出版部广告",内有《玉梨魂》《孽冤镜》等。"短篇小说"栏刊载清宫秘史《丽娟小传》,仪鄑,文言;

明季惨史《陈阎二典史外传》，定夷，文言；红羊轶闻之三《江采霞传》，式穉，文言；纪事小说《醉中错》，若洲、铁冷，文言；意宫秘史之一《密柬》，英国 WilliamLeQueux 原著，倪灏森译，文言；滑稽小说新聊斋志异之一则《黄山遇仙记》，老枕，文言；革命外史之三《易簀语》，纳川，文言；警世小说《金婚》，南邨，文言。"长篇小说"栏刊载别体小说《雪鸿泪史》（何梦霞日记），古吴徐枕亚评校，文言；福尔摩斯侦探新案《潜艇图》，英国 A. Conan Doyle 原著，水心、仪鄞合译，文言；侦探小说《假币案》，美国泥格辣斯原著，留氓口译，仪鄞笔述，文言；滑稽小说《学时髦》（续），双热，白话；哀情小说《潘郎怨》，定夷，白话；纪事小说《攀特庐轶史》（续），法国大仲马原著，水心、古月合译。"补白"栏刊载《红楼百韵》，慕韩。刊载上海四马路中市国华书局广告，内有《黛玉怨》再版出版广告，《鸳湖潮》再版出版广告。刊载哀情小说《茜窗泪影》广告。刊载《定夷丛刊》广告。刊载"本报征文条例"："本报各门皆可投稿，实事的短篇小说尤所欢迎。　中选者分三等酬赠，甲等千字三元，乙等二元，丙等一元。有不愿受酬者请于稿尾注明，当酌赠本报若干册，以答雅谊，各稿无论合用与否，概不寄还。　如有以文艺诗词笔记谐谈杂著及各种游戏摄影风景照片寄本报者，采用后亦当以本报相酬。"刊载《红羊佚闻》出版预告。刊载《铁冷碎墨》广告。

同日，《中华小说界》第九期"短篇"栏刊载"清季六十年历史、慈禧太后一生事实《慈禧外纪》全一册，定价一元二角"广告："有清末叶，开中国未有之局，主之者实为慈禧太后。其一生事实，大之关系中国之存亡，小之亦足见宫闱之逸事。顾以忌讳孔多，从无纪实之书。迩年虽有一二小册，亦复一鳞一爪，未具全豹。识者引以为憾。本书为英人濮兰德、白克好司二氏所著，详述慈禧一生事实，凡其家世状况，幼时生活，被选入宫，三次训政，以逮其终，无不记载翔实，纤细靡遗。其特色有四：一，无忌讳，此书出于外人之手，遇事直书，毫无顾忌，其中政变诡局，宫廷奇闻，颇有微吾人所不知者。二，富趣味，宫廷逸事，宗室琐闻，大半皆小说材料，阅之令人忘倦。三，插图多，慈禧太后大阿哥，以及宫嫔宫廷照片凡十余幅，其尤可贵者，为慈禧太后之画，李莲英之字，内务大臣景善之亲笔日记，皆从来所未见。四，考证确，此书原本，间有讹误，外间不全之译本，尤不堪卒读，本书经译者陈君冷汰贻先昆仲，博采各书，参以见闻，为之详加考证，期无谬误。五，定价廉，全书四百余页，凡二十万言，定价一元二角，欲知清季历史，宫闱秘事者，不可不手此一编也。""短篇"栏刊载滑稽小说《良医》，天笑、毅汉，文言；刊载家庭小说《灰博士》，霆锐、瓶庵，文言；刊载义侠小说《银十字架》，瘦鹃译，文言；刊载纪事小说《大梦大觉》，瞻庐，文言；刊载警世小说《再来人》，枕亚，文言。"长篇"栏刊载侦探小说《八一三》（续前期），卓呆、天笑，白话；刊载社会小说《牢狱世界》，冷、绿衣，文言。"来稿俱乐部"刊载《邻语》，海虞翁克斋，文言；刊载《雪里红》，士伟，文言；刊载《哭声》，王粿魂，文言；刊载《铁板铜琵》，我尊，文言。刊载"上海中华书局出版杂志类"广告，其中有《中华小说界》，月刊一册，定价二角，全年二元，邮费外加。

同日，《申报》"自由谈"之小说栏刊载《花木兰传奇》，天虚我生。刊载游戏短篇《天孙语》，□庐，文言。刊载《芦中人》原名 Silas Marner，英国女小说家 George Elliot 原著，中华林竹贤译，文言。刊载《小说丛报》三期出版广告。

同日，《时报》刊载侦探小说《转盘陀》，蛰庵，白话。

同日，《新闻报》"快活林"刊载社会小说《奇狡之骗术》，高洁，文言。

2 日　《申报》"自由谈"之小说栏刊载《花木兰传奇》，天虚我生。刊载短篇记事《十八人之曹操》，舻胗，白话。刊载《芦中人》原名 Silas Marner，英国女小说家 George Elliot 原著，中华林竹贤译，文言。刊载"奇情小说《红粉劫》出版"广告。

同日，《时报》刊载《蓓德小传》，笑，文言。"余兴"栏刊载《牛女话》，迷信，文言。

同日，《新闻报》"快活林"刊载滑稽小说《木樨香味》，独鹤，文言。

3 日 《申报》"自由谈"之小说栏刊载《花木兰传奇》,天虚我生。刊载《芦中人》原名 Silas Marner,英国女小说家 George Elliot 原著,中华林竹贤译,文言。

同日,《新闻报》"快活林"刊载滑稽短篇《官场话》,澹园,白话。

4 日 《申报》"自由谈"之小说栏刊载《花木兰传奇》,天虚我生。刊载《芦中人》原名 Silas Marner,英国女小说家 George Elliot 原著,中华林竹贤译,文言。刊载"哀情小说《霍女》出版广告":"是书为著名小说家沈肝若先生所著,其首二章曾经揭载江声报上,读者感谓,其情节离奇,不落他人窠臼,且文笔雅洁,洵非率意涂□者可比,精印洋装,至为美观,定价大洋五角,趸批从廉,发行者人和小说社,总代发行所四马路国华书局。"

同日,《新闻报》"快活林"刊载小说《知事热》,亦僧,文言。

5 日 《礼拜六》第十四期刊载警世小说《不知情》,指严,文言。刊载军事小说《爱国曲》,顽石生,白话。刊载劝世小说《苏州城内之四马路》,黑子,白话。刊载滑稽小说《抄袭家》,海鹤,文言。刊载警世小说《双妒记》(续),梅郎,白话。刊载侦探小说《鲁格塞》,醉灵撰首,蝶仙续成,文言。刊载苦情小说《苦命尼》,离离,文言。刊载侠情小说《香草美人》(七续),小蝶,文言。

同日,《申报》"自由谈"之小说栏刊载《花木兰传奇》,天虚我生。刊载《芦中人》原名 Silas Marner,英国女小说家 George Elliot 原著,中华林竹贤译,文言。

同日,《时报》刊载"中华书局新出版《慈禧外纪》洋装一册,定价一元二角"广告,内附其五大特色。刊载侦探小说《转盘陀》,蛰庵,白话。刊载《蓓德小传》,笑,文言。"余兴"栏刊载滑稽小说《牛羊猪争长》,栖露,文言。

同日,《新闻报》"快活林"刊载社会小说《逆旅一夕话》,觉迷,文言。

6 日　《申报》"自由谈"之小说栏刊载《花木兰传奇》，天虚我生。刊载《芦中人》原名 Silas Marner，英国女小说家 George Elliot 原著，中华林竹贤译，文言。刊载记事小说《我爱郎君郎爱国》，觉迷，文言。

同日，《时报》"余兴"栏刊载滑稽小说《装枪》，迷信，文言。

同日，《爱国白话报》"小说"栏开始刊载《借尸还魂》，冷佛译，文言。

同日，《新闻报》"快活林"刊载小说纪事《各界人物之谈屑》，侠隐，白话。

7 日　《申报》"自由谈"之小说栏刊载《花木兰传奇》，天虚我生。刊载《芦中人》原名 Silas Marner，英国女小说家 George Elliot 原著，中华林竹贤译，文言。

同日，《时报》刊载《蓓德小传》，笑，文言。"余兴"栏刊载小说《老学究》，蕉心，文言。

同日，《新闻报》"快活林"刊载社会小说《呜呼小学校》，蛰民，文言。

8 日　《申报》"自由谈"之小说栏刊载《花木兰传奇》，天虚我生。刊载最新时事《月蚀》，剑秋，白话。刊载《芦中人》原名 Silas Marner，英国女小说家 George Elliot 原著，中华林竹贤译，文言。

同日，《时报》"余兴"栏刊载小说《老学究》，蕉心，文言。

同日，《神州日报》刊载"商务印书馆林译小说出版"广告："特价发售，加赠书券，展期阳历九月二十四号截止，购者从速。闽县林琴南先生所译小说五十种，分订九十七册，原价三十六元，现定特价十元，并赠书券二元，邮费中国境内七角半，再林译小说剳第一编至第念一编曾印说部丛书中，如已购说部丛书不愿重复者可购第念二编至第五十编（计念九种），特价六元五角，并赠书券一元三角，邮费五角。""神皋杂俎"栏刊载《清史演义》，青浦陆士谔撰，白话章回，至本年 9 月 11 日止。

同日，《新闻报》"快活林"刊载短篇纪事《打上海》，渔郎，文言。

刊载"《小说旬报》出版预告"。刊载"哀情小说《霍女》出版广告"。

9 日 《申报》"自由谈"之小说栏刊载《花木兰传奇》，天虚我生。刊载《芦中人》原名 Silas Marner，英国女小说家 George Elliot 原著，中华林竹贤译，文言。

同日，《时报》刊载侦探小说《转盘陀》，蛰庵，白话。

同日，《新闻报》"快活林"刊载警世小说《贫民泪》，高洁，白话。

10 日 《民权素》第三集刊载"历史、种族、言情、军事、国民小说秋心译《葡萄劫》出版预告"："年来坊间出版小说汗牛充栋，然什八九哀情滑稽，非颓丧则醉梦，欲觅一顽廉懦立之佳构殊不可得。《葡萄劫》一书为泰西名人宏著，经海门陆秋心先生迻译，中叙希腊志士不堪土耳其之横暴，揭竿革命，光复故土事，纬以儿女之情爱，情节离奇，可歌可泣，英雄儿女，铁马金戈，直使读者有入山阴道上，应接不暇之乐，诚近今说界独一无二之善本焉。先生译斯文，曾递载《民立报》第一篇小说栏，绵亘三年之久，都二十余万言，译笔之典雅畅达，士林早有定评。兹先生以远近同志敦促出版，故以全书版权让与本出版部。本出版部获此巨制，愿与国人珍为拱璧，因之印刷装订，逾格求精，谅服膺先生与欢迎本出版部者，当莫不以先睹为快焉。书已发刊，敬先露布。总发行所民权出版部。"刊载箸超卖文广告。刊载箸超著《蝶花劫》广告。刊载松笠译《勃雷克探案之一》广告。刊载枕亚杰作《玉梨魂》广告。刊载《小说丛报》广告。刊载"介绍小说家吴双热"广告。"说海"栏刊载寓言短篇《乞丐梦》，蓉屏，文言；记事短篇《塚中妇》，剑鸣，文言；哀情短篇《湘灵墓》，荫吾，文言；奇情短篇《似侬》，花奴，文言；怪诞短篇《编草成金》，梅魂，文言；孽情短篇《燕市断云》（宪民原稿），枕亚，文言；侠情小说《女儿红》（悟痴原著），双热，文言；义侠小说《刺马记》，悟痴，文言；伦理小说《满腹干戈》（续第二集），箸超，白话。刊载"人人欢迎之小说"广告，内有《孽冤镜》《兰娘哀史》《铁冷丛谈》等。

同日，《申报》"自由谈"之小说栏刊载《花木兰传奇》，天虚我生。

刊载《芦中人》原名 Silas Marner，英国女小说家 George Elliot 原著，中华林竹贤译，文言。刊载"《小说旬报》第一期出版"广告。刊载《虞初广志》广告。

同日，《时报》刊载侦探小说《转盘陀》，蛰庵，白话。刊载《蓓德小传》，笑，文言。"余兴"栏刊载实事短篇《月蚀》，文言。

同日，《新闻报》"快活林"刊载滑稽小说《卖花媪侦探》，亦僧，文言。刊载侠义小说《跛丐》，桃源樵隐，文言。

11 日　《申报》"自由谈"之小说栏刊载《花木兰传奇》，天虚我生。刊载《芦中人》原名 Silas Marner，英国女小说家 George Elliot 原著，中华林竹贤译，文言。

同日，《新闻报》"快活林"刊载滑稽短篇《假道学》，□甦，文言。刊载滑稽小说《中国之福尔摩斯》，海宁无我，文言。

12 日　《礼拜六》第十五期刊载虚无党小说《翻云覆雨》，英国维廉勒格著，瘦鹃译，白话。刊载苦情小说《菱角西施》，双热，文言。刊载哀情小说《床底鸳鸯》，离离，文言。刊载游戏小说《救命符》，休宁华魂，文言。刊载侠情小说《雪里红》，韦士，文言。刊载侦探小说《鲁格塞》(续)，醉灵撰首，蝶仙续成，文言。刊载苦情小说《苦命尼》(续)，离离，文言。刊载侠情小说《香草美人》(八续)，小蝶，文言。

同日，《申报》"自由谈"之小说栏刊载奇闻短篇《奇狗》，王天一，文言。刊载《花木兰传奇》，天虚我生。刊载《芦中人》原名 Silas Marner，英国女小说家 George Elliot 原著，中华林竹贤译，文言。

同日，《时报》"余兴"栏刊载寓言小说《智鸟》，纯权，文言。

同日，《新闻报》"快活林"刊载奇情小说《泥美人》，爱楼，文言。

13 日　《申报》"自由谈"之小说栏刊载《花木兰传奇》，天虚我生。刊载《芦中人》原名 Silas Marner，英国女小说家 George Elliot 原著，中华林竹贤译，文言。刊载滑稽小说《旧历七月十五夕之大战》(军人)，文言。

同日，《时报》刊载《蓓德小传》，笑，文言。"余兴"栏刊载短篇纪实《官战》，蕉心，文言。

同日，《新闻报》"快活林"刊载滑稽短篇《投稿悲乐观》，拙，白话。

同日，《神州日报》"神皋杂俎"栏刊载《清史演义》，青浦陆士谔撰，白话章回。至 12 月 5 日《神州日报》止。

14 日 《申报》"自由谈"之小说栏刊载《花木兰传奇》，天虚我生。刊载《芦中人》原名 Silas Marner，英国女小说家 George Elliot 原著，中华林竹贤译，文言。刊载应时小说《水陆舟车》，啸庐，文言。刊载"最新侦探小说《勃雷克探案之一》，古越俞松笠译，古越蒋箸超评"广告。

同日，《时报》刊载侦探小说《转盘陀》，蛰庵，白话。

同日，《新闻报》"快活林"刊载滑稽小说《知事落第》，谷病秋，白话。

15 日 《法政学报》第二卷第八号"小说"栏刊载《水楼记》(《水荫丛书》中之一节)，孟文翰译，文言。

同日，《正谊》第一卷第五号"艺文二"栏刊载小说《侠骨忠魂》，原名 Les Trois Monsgnietairns ，法国大仲马著，无我译，文言。

同日，《申报》"自由谈"之小说栏刊载《花木兰传奇》，天虚我生。刊载《芦中人》原名 Silas Marner，英国女小说家 George Elliot 原著，中华林竹贤译，文言。

同日，《新闻报》"快活林"刊载滑稽小说《魔术家之吸引力》，觉迷，文言。刊载"哀情小说《贾玉怨》再版已出"广告。

16 日 《申报》"自由谈"之小说栏刊载《花木兰传奇》，天虚我生。刊载滑稽短篇《汝成为我命中之魔》，天虚我生，文言。

同日，《时报》刊载侦探小说《转盘陀》，蛰庵，白话。

同日，《新闻报》"快活林"刊载社会小说《失业悲》，秋霜，文言。

17 日 《申报》"自由谈"之小说栏刊载《花木兰传奇》，天虚我生。刊载滑稽短篇《汝成为我命中之魔》(续)，天虚我生，文言。

同日，《时报》刊载侦探小说《转盘陀》，蛰庵，白话。刊载《蓓德小传》，笑，文言。

同日，《新闻报》"快活林"刊载社会小说《骗中骗》，蛰民，文言。

18日 《申报》"自由谈"之小说栏刊载《花木兰传奇》，天虚我生。刊载滑稽小说《中立》，扫绿，文言。

同日，《时报》刊载"宗教小说《归元镜》出版"广告："此书共八十回，情节动人，可泣可歌，须知亲朋眷属、富贵功名、离合悲欢、是非人我，本不啻一场杂剧，此书于此反复叮咛，令阅者解于目，警于心，憬然悔悟，而得方便法云，连史纸精印一厚册，附图二十面，每册价洋二角。上海望平街有正书局及各省分局同启。"刊载侦探小说《转盘陀》，蛰庵，白话。"余兴"栏刊载短篇纪实《葬身鱼腹》，励澄投稿，文言。

同日，《新闻报》"快活林"刊载警世小说《饱暖思淫欲之对面想》，亦僧，白话。

19日 《礼拜六》第十六期刊载哀情小说《此恨绵绵无绝期》，瘦鹃，文言。刊载讽刺小说《眼儿媚》，痴侬，白话。刊载滑稽小说《两侦探》，双影，文言。刊载家庭小说《管家妇》，天生寄庐，文言。刊载醒世小说《风流孽报》，休宁华魂，文言。刊载短篇小说《美人面》，野民，文言。刊载奴隶小史之十五《波臣腥闻》，指严，文言。刊载侠情小说《香草美人》（九续），小蝶，文言。

同日，《申报》"自由谈"之小说栏刊载《花木兰传奇》，天虚我生。刊载短篇小说《聋哑获贼》，阆仙，白话。刊载"哀情小说《黛玉怨》再版已出"广告。

同日，《时报》"余兴"栏刊载短篇滑稽《操新语》，竹中人，文言。

同日，《新闻报》"快活林"刊载醒世小说《浮……沉……》，真如，文言。

20日 《大共和画报·小说画》刊载言情小说《英雄儿女》，谈社英女士著，文言，至11月18日止。

同日，《申报》"自由谈"之小说栏刊载《花木兰传奇》，天虚我生。刊载家庭小说《嫣红劫》，常觉、小蝶合译，天虚我生润文，文言。

同日，《新闻报》"快活林"刊载滑稽短篇《芋艿炸弹》，侠隐，文言。

21 日　《申报》"自由谈"之小说栏刊载《花木兰传奇》，天虚我生。刊载家庭小说《嫣红劫》（二），常觉、小蝶合译，天虚我生润文，文言。

同日，《时报》"余兴"栏刊载《七月十五》，潜时，文言。

同日，《新闻报》"快活林"刊载滑稽小说《中国之福尔摩斯》，海宁无我，文言，文末注明"不受酬"。

22 日　《申报》"自由谈"之小说栏刊载《花木兰传奇》，天虚我生。刊载家庭小说《嫣红劫》（再续），常觉、小蝶合译，天虚我生润文，文言。

同日，《时报》刊载侦探小说《转盘陀》，蛰庵，白话。

同日，《新闻报》"快活林"刊载时事小说《考试祸》，见心，文言。刊载滑稽小说《假陈天

23 日　《申报》"自由谈"之小说栏刊载《花木兰传奇》，天虚我生。刊载家庭小说《嫣红劫》（四），常觉、小蝶合译，天虚我生润文，文言。

同日，《时报》"余兴"栏刊载短篇小说《中秋节》，凤蔚，文言。

同日，《新闻报》"快活林"刊载社会小说《丧尽天良》，太憨，白话。

24 日　《申报》"自由谈"之小说栏刊载《花木兰传奇》，天虚我生。刊载家庭小说《嫣红劫》（四续），常觉、小蝶合译，天虚我生润文，文言。

同日，《时报》"余兴"栏刊载滑稽短篇《禁烟调查员》，纯权，白话。

同日，《新闻报》"快活林"刊载小说《无告孤雏》，真如，文言。刊载本报启事："快活林征文征书条例"，其中"小说笔记译丛分三等，甲、每千字三元，乙、二元，丙、一元。"

25 日　《小说月报》第五卷第六号刊载启事："程君善之所著短篇共三十余则，名《尘庵见闻录》，已将版权让与本社，程君自言中有数

篇前曾登某日报，自愿负责，与本社无涉，特此声明。"刊载"中国图书公司和记发售国学扶轮社原版《香艳丛书》都十八册"广告："原价二十元，预约价六元，是书计分二十集，共订八十册，搜辑历来闺秀邦媛之趣史，香草美人之骚怨，间及宫闱琐事，词苑丛谈，有关一代文人之盛衰者，靡不借钞秘本，汇印成册，庄谐共赏，情文相生，而所选文体，亦皆落落大方，纤不伤雅，既可为遣兴之资，复可得作文之助，前由国学扶轮社印行，原价二十元，兹特重行印刷，发售预约券，仅收价洋六元，本年阳历十月底截止，先交三元，阳历十一月出版，续交三元取书，另加布套洋五角，邮费每部五角半，轮船铁路不通之处，每部另加二角半，如要装箱，加价一元，惟须自取，不代邮寄，另印样本函索即寄。总发行所上海中国图书公司和记，寄售处上海及各省商务印书馆。"又曰："上海国学扶轮社出版各书版权，业已完全售归本公司，该社出版各书，约分经史、文集、诗集、尺牍、丛书数类，大都为古今名人之撰著，实为世间希有之本，现由本公司接续印行，兼托各省商务印书分馆代售，特此附告。""短篇小说"栏刊载《技击余闻补》，无锡钱基博，文言；刊载《国学阐明会》，白话；刊载《海影泪痕录》，王善余，文言；刊载《飞来峰》，善之，文言；刊载《杨大头》，善之，文言。"长篇小说"栏刊载《鹣鲽姻缘初集》，泖东一蟹，此期刊载第十一回 刘庚虞详叙丑历史 黄元甫首做富家翁，第十二回 追往事钱谦益合会 播新政李三才聘贤，第十三回 崇祯登基讹传点秀 肇周得信竭力央媒，第十四回 答兄信刘肇周嫁妹 赖媒金黄亮功娶妻，第十五回 刘三秀屈志守钱奴 吕半仙惊心贵造女，第十六回 吕半仙算命触先机 刘三秀耽心忧后嗣，第十七回 领干儿张媪献计 邀兄长三秀写书，第十八回 黄亮功初会庚虞 刘肇周硬荐七舍，第十九回 登堂见礼三秀拒兄 同室读书七舍戏妹，第二十回 刘七讲书遭责打 朱三陪客访勾栏，第二十一回 张天如停舟访名妓 杨爱姑投刺谒清流。刊载《清宫二年记》广告，内容介绍同前。刊载"林译小说丛书"广告。刊载吴翊亭《旧小说》广告，内容同前。刊载"本社通告"，为征稿启事，内容同前。

同日，《中华童子界》第三号刊载儿童小说《我将来之大总统也》，汉儿来稿，白话；刊载中华书局《旧小说丛书》第一辑广告。

同日，《申报》"自由谈"之小说栏刊载《花木兰传奇》，天虚我生。刊载家庭小说《嫣红劫》（六），常觉、小蝶合译，天虚我生润文，文言。

同日，《时报》"余兴"栏刊载滑稽小说《寿头麻子做寿》，新树，文言；刊载侦探小说《转盘陀》，蛰庵，白话。（此期开始《转盘陀》小说从第一版移至第四版。）刊载"商务印书馆《小说月报》第五卷四号现已出版，目录繁多，不及备载，每册定价二角半，全年十二册二元五角，邮费另加。"

同日，《新闻报》"快活林"刊载社会小说《人道之贼》，觉迷，文言。

26 日　《礼拜六》第十七期刊载言情小说《杏儿别传》，韦士，文言。刊载哀情小说《瑶光情泪记》，天白，文言。刊载奇情小说《黑梅夫人》，应千遗译，叶匋重撰，文言。刊载侦探小说《情海……祸水》，瘦鹃译，白话。刊载冒险小说《孤店村》，呐公，白话。刊载警世小说《双妒记》（再续），梅郎，白话。刊载《香草美人》，小蝶，文言。

同日，《申报》"自由谈"之小说栏刊载《花木兰传奇》，天虚我生。刊载家庭小说《嫣红劫》（六续），常觉、小蝶合译，天虚我生润文，文言。

同日，《时报》刊载侦探小说《转盘陀》，蛰庵，白话。（在第四版）

同日，《新闻报》"快活林"刊载札记小说《夫死……夫妇》，蕙云女士，文言。刊载滑稽短篇《卖菜佣》，蛰民，文言。

27 日　《申报》"自由谈"之小说栏刊载《花木兰传奇》，天虚我生。刊载家庭小说《嫣红劫》（七续），常觉、小蝶合译，天虚我生润文，文言。

同日，《时报》刊载广告："《中华小说界》九期出版，本期要目繁多，不及细载，每册二角，全年十二册二元，邮费每册二分。上海抛球场中华书局出版。"刊载侦探小说《转盘陀》，蛰庵，白话。（在第四版，紧挨余兴栏目之前)"余兴"栏刊载短篇纪实《尚校长》,罗绣鹃,文言。

同日,《新闻报》"快活林"刊载神怪小说《僧朗月》,南邨,文言。

28 日 《申报》"自由谈"之小说栏刊载《花木兰传奇》,天虚我生。刊载家庭小说《嫣红劫》(八续),常觉、小蝶合译,天虚我生润文,文言。

同日,《时报》刊载侦探小说《转盘陀》,蛰庵,白话。(在第四版)"余兴"栏刊载纪事短篇《农夫叹》,茧庵,文言。

同日,《新闻报》"快活林"刊载滑稽小说《侬投稿》,许茸颠,文言。刊载"苦情小说《湘娥泪》出版"广告。

29 日 《申报》"自由谈"之小说栏刊载《花木兰传奇》,天虚我生。刊载家庭小说《嫣红劫》(九续),常觉、小蝶合译,天虚我生润文,文言。

同日,《时报》刊载侦探小说《转盘陀》,蛰庵,白话。"余兴"栏刊载短篇滑稽《羊行大律师》,诗癯,文言。

同日,《新闻报》"快活林"刊载滑稽小说《海底会议》,侠隐,白话。

30 日 《申报》"自由谈"之小说栏刊载《花木兰传奇》,天虚我生。刊载家庭小说《嫣红劫》(十续),常觉、小蝶合译,天虚我生润文,文言。

同日,《时报》刊载侦探小说《转盘陀》,蛰庵,白话。"余兴"栏刊载短篇小说《验车票》,抱璞子,文言,对话用白话。

同日,《新闻报》"快活林"刊载滑稽小说《哥哥》,剑秋,文言。

发生于本月但日期不详之事件

《繁华杂志》第一期"小说林"栏刊载言情小说《误解婚姻》,老谈,文言。刊载哀情小说《红莲劫》,秋水,文言。刊载侠情小说《浣衣女》,瘦菊,文言。刊载寓言小说《痴梦》,昔醉,文言。刊载滑稽短篇《休休居士》，热庐，文言。刊载滑稽短篇《偷钱赎命》，瘦菊，文言。刊载滑稽短篇《癫头鼋》，钱香如，白话。刊载理想小说《繁华世界》，雪泥，文言。刊载社会小说《续海上繁华梦初集卷一》，海上警梦痴仙漱石氏著，白话章回。《繁华杂志》综合性刊物，文言文体裁，主编孙玉声，笔名"海上漱石生"。以消闲为号召，宣扬"容我著书消岁月，管他飞檄动兵戈"，1914 年 9 月至 1915 年 2 月，共出 6 期，锦章图书局编，撰述员老谈、剑云、明霞、冷遹。

发生于本月但日期不详之事件

秋季《留美学生季报》第三号，无小说栏。刊载中华书局发行小说广告，内有《情竞》《情铁》《庐山花》《心狱》《窃中窃》。刊载中华小说界社启大著作《古今笔记平议》出版广告。刊载《慈禧外纪》广告。刊载中华书局预告"空前绝后之大著作出现《红楼梦索隐》"。民国三年九月初版。

10 月

1 日　《东方杂志》第十一卷第三号刊载《罗刹因果录》（不许转载），俄国托尔斯泰著，闽县林纾笔述、静海陈家麟译意，文言；历史小说《绛带记》，法国大仲马原著，不许转载，天游，白话。

同日，《世界杂志》第一卷第一号"世界艺府"栏刊载小说《红面盆之秘密》，湘蘅，文言。《世界杂志》，编辑者于天声，发行者简哲之，发行所上海四马路中西大药房对过世界杂志社。每期售大洋三角。

同日，《中华小说界》第十期刊载《慈禧外纪》广告，内容介绍同前。刊载"写情小说《情铁》林纾译述，全二册，定价六角"广告："是书为林琴南先生最近之作，中载一贵女被弃于夫，愤而与工业家结婚，爱情不属，徒以任情之举，泄其怨毒之气，后此工业家用情挚深，百折不回，卒被感化，以身就夫云。"刊载"言情小说《情竞》全二册，定价六角"广告："书载一贵族男子，订婚后妒念极重，禁止其妻与外家交接，其妻爱情虽笃，而骄傲任性，不甘受其夫之束缚，卒与另一贵爵，携抱跳舞，夫见之恚甚，不辞而行，后经种种波折，始得破镜重圆，情节离奇，文辞雅赡，言情小说中之杰作也。"以上二书中华书局发行。刊载"社会小说《心狱》全一册，定价四角"广告："此书为俄国文豪托尔斯泰原著，吾国马君武先生译述，合东西两大家成此巨制，思想之高尚，文笔之精美，洵可谓珠联璧合，一时无两。内容系一少女被诱于贵族而失身，终身堕落，陷于法网，此贵族适为陪审官，裁判其狱，良心发现，宛转气恕，以赎往日之罪，暮鼓晨钟，发人深省，有功于社会之作，不仅作小说观也。"刊载"言情小说《庐山花》全二册，定价六角"广告："书系一少女改扮男装，路遇少年救之，同居日久，深陷情网，而此少年则终始不知，仅视为有朋兄弟之爱，后经中途分散，辗转寻获，少年亦承嗣袭爵，揭破庐山真面，遂成夫妇，事迹离奇曲折，于言情小说中独辟一蹊径。"以上二书为中华书局发行。"短篇"栏刊载义侠小说《璧侠》，汉章，文言；纪事小说《罗雀儿》，瞻庐，文言；哀情小说《默然》，半侬，白话；复仇小说《逸叟》，畸人，文言；政治小说《府尹》，补拙，文言。"长篇"栏刊载侦探小说《八一三》，卓呆、天笑，白话；言情小说《圆月》，瞻庐，文言。"来稿俱乐部"刊载《的溜圆》，行之，白话；《卖花女郎传》，王梅魂，文言；《难可逆料》，志侠，文言。

同日，《申报》"自由谈"之小说栏刊载《花木兰传奇》，天虚我生。刊载家庭小说《嫣红劫》(十续)，常觉、小蝶合译，天虚我生润文，文言。

同日，《时报》刊载侦探小说《转盘陀》，蛰庵，白话。"余兴"栏刊载纪事小说《学龄风潮》，天言，文言。

同日，《新闻报》"快活林"刊载家庭小说《一千镑》，定夷译，文言。

2 日　《申报》"自由谈"之小说栏刊载《花木兰传奇》，天虚我生。刊载家庭小说《嫣红劫》，常觉、小蝶合译，天虚我生润文，文言。

同日，《时报》刊载侦探小说《转盘陀》，蛰庵，白话。"余兴"栏刊载滑稽寓言《中秋物语》，振华，文言。

同日，《新闻报》"快活林"刊载社会小说《可怜之素姑》，花奴，我。

3 日　《礼拜六》第十八期刊载哀情小说《两全难》，韦士，文言。刊载纪事短篇《噫嫁矣》，双影，文言。刊载清季轶闻小说《贵胄飘零记》，率公，文言。刊载《鬼新娘》，英国乾姆司霍格著，瘦鹃译，白话。刊载纪事小说《呜呼惨哉》，了生，文言。

同日，《申报》"自由谈"之小说栏刊载《花木兰传奇》，天虚我生。刊载家庭小说《嫣红劫》（十二续），常觉、小蝶合译，天虚我生润文，文言。

同日，《时报》刊载侦探小说《转盘陀》，蛰庵，白话。"余兴"栏刊载短篇时事《母女问答》，今醉，白话。

同日，《新闻报》"快活林"刊载滑稽小说《新营业》，僧匡，文言。

4 日　《申报》"自由谈"之小说栏刊载《花木兰传奇》，天虚我生。刊载家庭小说《嫣红劫》，常觉、小蝶合译，天虚我生润文，文言。

同日，《时报》"余兴"栏刊载滑稽小说《偷儿》，潜时，白话。

同日，《新闻报》"快活林"之小说栏刊载《血泊鸳盟传奇》，小热昏。

5 日　《申报》"自由谈"之小说栏刊载《花木兰传奇》，天虚我生。刊载家庭小说《嫣红劫》，常觉、小蝶合译，天虚我生润文，文言。

同日，《时报》刊载小说《卖国奴之妻》，瘦鹃译，文言。

同日，《新闻报》"快活林"刊载纪事小说《贼徒上当》，花奴，文言。刊载"中华书局出版《慈禧外纪》洋装一册一元二角"广告。

6 日　《申报》"自由谈"之小说栏刊载《花木兰传奇》，天虚我生。刊载家庭小说《嫣红劫》，常觉、小蝶合译，天虚我生润文，文言。

同日，《时报》刊载小说《卖国奴之妻》，瘦鹃译，文言。"余兴"栏刊载滑稽小说《马鹿语》，凤蔚，文言。

同日，《新闻报》"快活林"刊载奇情小说《一宿缘》，瓶庵，文言。

7日 《申报》"自由谈"之小说栏刊载《花木兰传奇》，天虚我生。

同日，《时报》刊载"军事小说《英德战争未来记》中国图书公司和记发行"广告："此书为一千九百五年英人卫梨雅原著，逆料英德不十年必开战，因虚构事迹，以警国人，此书出而议院有改练陆军之议案，至今日欧洲战事忽起，英遂与于联军之列，与德交战，是此书价值，视寻常小说，高出一筹，想留心时局者必以先睹为快也，译者为小说大家天笑生，其文笔之佳，不待赘言，全书二册，定价九角五分。"刊载小说《卖国奴之妻》，瘦鹃译，文言。"余兴"栏刊载滑稽短篇《侏儒之利用》，橙塘杜寿潜，文言。

同日，《爱国白话报》"庄严录"栏开始刊载《孝义节》，剑胆，白话。

同日，《新闻报》"庄谐丛录"刊载《新五才子》。

同日，《新闻报》"快活林"刊载家庭小说《贤妇泪》，醒独，文言。

8日 《申报》"自由谈"之小说栏刊载《花木兰传奇》，天虚我生。刊载家庭小说《嫣红劫》，常觉、小蝶合译，天虚我生润文，文言。刊载滑稽小说《中国之福尔摩斯》，立三，文言。

同日，《时报》刊载小说《卖国奴之妻》，瘦鹃译，文言。"余兴"栏刊载纪事短篇《中秋赏月记》，罗绣鹃，文言。

同日，《新闻报》"快活林"刊载社会小说《无法保护》，陆蛰民，文言。"庄谐丛录"刊载侦探小说《古塔双尸》，法国沙龙著，鸳评，文言，至本月14日止。

9日 《申报》"自由谈"之小说栏刊载《花木兰传奇》，天虚我生。刊载家庭小说《嫣红劫》，常觉、小蝶合译，天虚我生润文，文言。刊载"苦情小说《湘娥泪》出版"广告："昆陵李定夷氏善为小说，《湘娥泪》其一夜，是书系叙述一女子之惨史，思妇之苦，离妇之苦，嫠妇之苦，一笔传来，描写尽致，事固可泣可歌，笔又亦香亦艳，自预告露布以来，将及三月，荷蒙各界欢迎，预定者日以数起，只以石印五彩封面，稽延时日，今始出版，爱读定夷文字者，幸速来购，毋致后至向隅也。洋装一册，定价大洋三角，再《定夷丛刊》《茜纱窗影》征求题词，海内士人，如有所□，径寄本书局可，上海四马路国华书局启。"

同日，《时报》刊载小说《卖国奴之妻》，瘦鹃译，文言。"余兴"栏刊载滑稽小说《二老学究问答》，栖云，白话。

同日，《新闻报》"快活林"刊载短篇纪事《巡捕掌》，渔郎，文言。

10 日　《礼拜六》第十九期刊载神怪小说《孤宵幻遇记》，叶匋，文言。刊载短篇小说《阿郎安在》（一名鹃声），瘦鹃，文言。刊载短篇小说《万不得已》，瘦鹃，白话。刊载新江南野史之《焦溪焚掠记》，指严，文言。刊载短篇小说《坟场谈话录》，幻影女士，文言。刊载短篇小说《柔纳》，四郎，文言。刊载滑稽小说《钥匙世界》，钱方鼎译《安东新报》，文言。刊载侠情小说《三童传》，韦士，文言。

同日，《申报》"自由谈"之小说栏刊载《花木兰传奇》，天虚我生。刊载家庭小说《嫣红劫》，常觉、小蝶合译，天虚我生润文，文言。

同日，《时报》刊载小说《卖国奴之妻》，瘦鹃译，文言。"余兴"栏刊载滑稽小说《二老学究问答》，栖云，白话。

同日，《新闻报》"快活林"刊载讽世小说《国庆》，瓶庵，文言。

11 日　《申报》"自由谈"之小说栏刊载《花木兰传奇》，天虚我生。刊载家庭小说《嫣红劫》，常觉、小蝶合译，天虚我生润文，文言。

同日，《时报》刊载小说《卖国奴之妻》，瘦鹃译，文言。"余兴"栏刊载纪事小说《农夫叹》，淡，文言。

同日，《新闻报》"快活林"刊载讽世小说《夏大爷开会》，定夷，文言。

12 日　《申报》"自由谈"之小说栏刊载《花木兰传奇》，天虚我生。刊载家庭小说《嫣红劫》，常觉、小蝶合译，天虚我生润文，文言。刊载滑稽短篇《戒指违禁》，佐彤，文言。

同日,《时报》刊载小说《卖国奴之妻》,瘦鹃译,文言。"余兴"栏刊载小说《地狗草狗》,迷信,文言。

同日,《新闻报》"快活林"刊载社会小说《落得好推头》,佐彤,白话。

13 日 《申报》"自由谈"之小说栏刊载《花木兰传奇》,天虚我生。刊载家庭小说《嫣红劫》,常觉、小蝶合译,天虚我生润文,文言。

同日,《时报》"余兴"栏刊载滑稽小说《乖乖我的儿呀》,吁侬投稿,白话。

同日,《新闻报》"快活林"刊载滑稽小说《女巫受窘》,花奴,文言。

14 日 《申报》"自由谈"之小说栏刊载《花木兰传奇》,天虚我生。刊载家庭小说《嫣红劫》,常觉、小蝶合译,天虚我生润文,文言。

同日,《时报》刊载短篇纪事《张三丰弟子古胜人之神技》,闲人,文言。"余兴"栏刊载寓言小说《王小辫子》,悼愚,文言。

同日,《新闻报》"快活林"刊载讽世小说《新窃贼》,橙塘杜寿潜,文言。

15 日 《法政学报》第二卷第九号"小说"栏刊载哀情小说《坪荪泪》,孙季洪,文言;《泪沾襟》,庐龙孟文翰,文言。

同日,《中华教育界》民国三年十月第二十二号刊载教育小说《翡翠光阴》,半侬、畹滋,文言。刊载"中华书局大征文"广告,其中第九项为"短篇小说(不拘种类,略如《中华小说界》所等各篇,每篇以三千字至一万字为度)"。

同日,《申报》"自由谈"之小说栏刊载《花木兰传奇》,天虚我生。

同日,《时报》刊载短篇纪事《张三丰弟子古胜人之神技》,闲人,文言。"余兴"栏刊载短篇寓言《珊瑚岛》,半仙魏羽投稿,文言。

同日,《新闻报》"庄谐丛录"刊载《新五才子》,至本年 10 月 19 日。

同日,《新闻报》"快活林"刊载记事小说《学校中之国庆》,振华,文言。

16 日　《申报》"自由谈"之小说栏刊载《花木兰传奇》，天虚我生。刊载惨情小说《白发少年》，□□，文言。

同日，《时报》刊载"商务印书馆《童话》第一集三十编《湛庐剑》出版，定价每册大洋五分"广告。刊载"《小说海》征文广告，上海棋盘街中国图书公司和记谨启"广告："本公司创办小说杂志一种，定名'小说海'，月出一册，短篇小说、杂著、诗词及小品文字，应有尽有，准民国四年阳历一月一号出版，海内宏达，若一译著见惠，无任欢迎，（润格每千字自一元至三元），惟原稿在三千字以内者，用否概不奉还，专此奉告。"刊载"《中华小说界》十期出版"广告。刊载短篇纪事《张三丰弟子古胜人之神技》，闲人，文言。"余兴"栏刊载滑稽小说《换口奇谭》，孝宗，白话。

同日，《新闻报》"快活林"刊载神鬼小说《蛇鬼》，东埜，文言。刊载复仇小说《杀人女》，英国维廉勒苟著，瘦鹃译，白话。

17 日　《礼拜六》第二十期刊载忏情小说《飞絮沾泥录》，叶匋，文言。刊载哀情小说《无可奈何花落去》，法国施退尔夫人著，中华瘦鹃译，文言。刊载理想教育小说《家学渊源记》，指严，文言。刊载警世小说《双妒记》（三续），梅郎，白话。刊载侠情小说《剑胆箫心》，圈点悉仍原著，杏痴，文言。

同日，《申报》"自由谈"之小说栏刊载《花木兰传奇》，天虚我生。刊载滑稽纪事《知事夫人之木偶警察》，桐陂乙燃子，文言。

同日，《时报》刊载短篇纪事《张三丰弟子古胜人之神技》，闲人，文言。"余兴"栏刊载滑稽小说《聋瞎趣谈》，孝宗，白话。

同日，《新闻报》"快活林"刊载警世小说《也是嘉耦》，高洁，文言。刊载复仇小说《杀人

18 日　《申报》"自由谈"之小说栏刊载《花木兰传奇》，天虚我生。刊载侦探小说《疑案》，日本北村簑人著作，中国马二先生译意，白话。

同日，《时报》刊载短篇纪事《张三丰弟子古胜人之神技》，闲人，文言。"余兴"栏刊载滑稽小说《聋瞎趣谈》，孝宗，白话。

同日，《新闻报》"快活林"刊载滑稽小说《鬼外交》，亦僧，文言。刊载复仇小说《杀人女》，英国维廉勒苟著，瘦鹃译，白话。

19 日　《申报》"自由谈"之小说栏刊载《花木兰传奇》，天虚我生。刊载侦探小说《疑案》，日本北村簪人著作，中国马二先生译意，白话。

同日，《时报》刊载短篇纪事《张三丰弟子古胜人之神技》，闲人，文言。

同日，《新闻报》"快活林"刊载《恶作剧》，定夷译，文言。刊载复仇小说《杀人女》，英国维廉勒苟著，瘦鹃译，白话。

20 日　《公言》第一卷第一号刊载社会小说《潭州梦》，抱一，白话章回；幻情小说《镜中花》，平子，文言。编辑发行长沙公言杂志社。

同日，《小说丛报》第五期"短篇小说"栏刊载明季痛史《卖卜人》，式稗，文言；艳情小说《菱塘艳女》，铁冷，文言；宋末惨史《骷髅山》，枕亚，文言；侦探小说《一夕事》，灏森，文言；断狱小说《宣城案》，东讷，文言；奇情小说《镜中缘》，扬州小杜，文言；哀情小说《青灯影》，蕉心，文言；哀情小说《碧血簪》，惜誓，文言；清季稗史之一《芦中人》，味芩，文言；哀情小说《鸳鸯塚》，秋梦，文言。"长篇小说"栏刊载别体小说《雪鸿泪史》（何梦霞日记），古吴徐枕亚评校，文言；福尔摩斯侦探新案《潜艇图》，英国 A. Conan Doyle 原著，水心、仪鄹合译，文言；侦探小说《假币案》，美国泥格辣斯原著，留氓口译，仪鄹笔述，文言；滑稽小说《学时髦》（续），双热，白话；哀情小说《潘郎怨》，定夷，白话；奇情小说《痴人福》（续），仁灼译，仪鄹润辞。"补白"栏刊载《红楼百韵》，慕韩。刊载"征求遗闻"广告："值课者枕亚。体例，洪杨时代之遗闻遗事可为小说资料者，不拘白话文言，以达意为止。期限，无定期，信到日随时发表，赠品从优。收件处本报编辑部。"

同日，《申报》"自由谈"之小说栏刊载《花木兰传奇》，天虚我生。刊载短篇小说《小车夫》，剑秋，白话。

同日，《新闻报》"庄谐丛录"刊载侦探小说《古塔双尸》，法国沙龙著，鸳评，文言。

同日，《新闻报》"快活林"刊载社会小说《单级学校》，天韵，文言。刊载复仇小说《杀人女》，英国维廉勒苟著，瘦鹃译，白话。

21 日 《申报》"自由谈"之小说栏刊载《花木兰传奇》，天虚我生。刊载侦探小说《疑案》（再续），日本北村篝人著作，中国马二先生译意，白话。

同日，《时报》小说栏刊载短篇小说《赁屋》，毅汉，文言。"余兴"栏刊载小说《王小二》，小徐，文言。

同日，《新闻报》"快活林"刊载侠情小说《陈大刀》，蛰民，文言。刊载复仇小说《杀人女》，英国维廉勒苟著，瘦鹃译，白话。

22 日 《申报》"自由谈"之小说栏刊载《花木兰传奇》，天虚我生。刊载侦探小说《疑案》（三续），日本北村篝人著作，中国马二先生译意，白话。

同日，《时报》小说栏刊载短篇小说《赁屋》，毅汉，文言。"余兴"栏刊载纪实小说《当票》，孝宗，白话。

同日，《新闻报》"庄谐丛录"刊载侦探小说《古塔双尸》，法国沙龙著，鸳评，文言。

同日，《新闻报》"快活林"刊载滑稽神鬼小说《季阿三》，徐枕亚，文言。刊载复仇小说《杀人女》，英国维廉勒苟著，瘦鹃译，白话。

23 日 《申报》"自由谈"之小说栏刊载《花木兰传奇》，天虚我生。

同日，《时报》小说栏刊载短篇小说《赁屋》，毅汉，文言。

同日，《新闻报》"快活林"刊载滑稽短篇《啥格相惊天下》，阿佛，文言。刊载复仇小说《杀人女》，英国维廉勒苟著，瘦鹃译，白话。"庄谐丛录"刊载侦探小说《古塔双尸》，法国沙龙著，鸳评，文言。至本年 11 月 21 日止。

24 日 《礼拜六》第二十一期刊载言情小说《似曾相识燕归来》，瘦鹃，文言。刊载医学轶闻《生人解剖之魔王》，黑子，文言。刊载侦探小说《侦探误》，离离，文言。刊载短篇哀情《黛痕》，恨人，文言。刊载札记小说《神箭手》，剑秋，文言。刊载历史小说《玛瑙英雄》，竞夫，文言。载侠情小说《剑胆箫心》，圈点悉仍原稿（一续），杏痴，文言。刊载侠情小说《香草美人》（续），小蝶，文言。

同日，《申报》"自由谈"之小说栏刊载滑稽小说《魔玉》，卓呆，白话。刊载短篇小说《行路难》，剑秋，文言。

同日，《时报》刊载"时报短篇小说第三集出版"广告。小说栏刊载短篇小说《赁屋》，毅汉，文言。

同日，《新闻报》"快活林"刊载滑稽小说《裤裆中之炸弹》，瘦蝶，文言。刊载复仇小说《杀人女》，英国维廉勒苟著，瘦鹃译，白话。

25日　《小说月报》第五卷第七号"短篇小说"栏刊载《哀吹录》，法国巴鲁萨原著，静海陈家麟译意，闽县林纾笔述，文言；刊载《技击余闻补》，无锡钱基博，文言；刊载《小说题跋》，心史，文言；刊载《巴黎女子》，本法人孟普桑原著，随波、珠儿，白话；刊载《瞽叟传》，善之，文言；刊载《李四娘》，善之，文言。"长篇小说"栏刊载《鹣鲽姻缘初集》，泖东一蟹，此期刊载第二十二回 杨爱姑大骂陈卧子 徐佛奴勤询钱牧斋，第二十三回 交好运朱三返常熟 易芳名柳是谒虞山，第二十四回 读古风谦益见名姝 讨荐书朱三投礼部，第二十五回 崇祯朝重要究科场案 会真体工吟唱和诗，第二十六回 徐佛奴削发为尼 柳如是甘心作妾，第二十七回 和新诗黄蕴生辞馆 解僻典柳如是结婚，第二十八回 钱牧斋偕老绛云楼 吕维祺殉难河南省，第二十九回 福禄宴惨杀藩王 文武官议立新生，第三十回 马士英拥兵迎福邸 豫亲王奉命下江南；刊载《断雁哀弦记》，毅汉、天笑同译，文言。刊载"林译小说丛书。零售价值三十六元，全部定价洋十六元"广告，内容同前。刊载吴翊亭《旧小说》广告，内容同前。刊载"商务印书馆小本小说"广告，所列书目同前。刊载"本社通告"，为征稿启事，内容同前。

同日，《中华童子界》第四号刊载儿童小说《铅笔物语》，白话；刊载童话《观月草》；刊载小说广告，内有《情竞》《心狱》《庐山花》《情铁》。

同日，《申报》"自由谈"之小说栏刊载滑稽小说《魔玉》，卓呆，白话。刊载短篇社会小说《小学教员》，禹甸，文言。

同日，《时报》小说栏刊载短篇小说《赁屋》，毅汉，文言。"余兴"栏刊载理想短篇《文盗》，严悲观，文言。

同日，《新闻报》"快活林"刊载滑稽小说《地理教员》，弃觚，文言。刊载复仇小说《杀人女》，英国维廉勒苟著，瘦鹃译，白话。

26 日　《申报》"自由谈"之小说栏刊载滑稽小说《魔玉》，卓呆，白话。刊载滑稽短篇《女检查》，魏冰心，文言。

同日，《时报》"余兴"栏刊载短篇小说《血性男儿》，严悲观，文言。

同日，《新闻报》"庄谐丛录"刊载《新五才子》，至本年 12 月 25 日。

同日，《新闻报》"快活林"刊载滑稽小说《军人胆》，弃觚，文言。刊载复仇小说《杀人女》，英国维廉勒苟著，瘦鹃译，白话。

27 日　《申报》"自由谈"之小说栏刊载滑稽小说《魔玉》，卓呆，白话。

同日，《新闻报》"快活林"刊载风俗小说《呜呼上海之儿童》，高洁，文言。刊载警世小说《女剧团》，不才，文言。

28 日　《申报》"自由谈"之小说栏刊载滑稽小说《魔玉》，卓呆，白话。刊载短篇应时滑稽小说《登高》，东莒，文言。

同日，《时报》小说栏刊载《死仇》，毅汉，文言。

同日，《新闻报》"快活林"刊载神怪小说《活灶君》，侠隐，文言。刊载警世小说《女剧团》，不才，文言。

29 日　《申报》"自由谈"之小说栏刊载醒世短篇《刘半仙》，天长□隐，文言。

同日，《时报》小说栏刊载《死仇》，毅汉，文言。"余兴"栏刊载小说《共叹》，迷信，文言。

同日，《新闻报》"快活林"刊载社会小说《没字碑》，律西，文言。刊载警世小说《女剧团》，不才，文言。

30 日 《申报》"自由谈"之小说栏刊载滑稽小说《魔玉》(六续)，卓呆，白话。

同日，《时报》小说栏刊载《死仇》，毅汉，文言。

同日，《新闻报》"快活林"刊载记事小说《吃寿面》，醒独，文言。刊载警世小说《女剧团》，不才，文言。

31 日 《礼拜六》第二十二期刊载忏情小说《觉悟》，瘦鹃译，白话。刊载社会小说《夫妇之秘密》，小青译，白话。刊载实事短篇《声声泪》，幻影女士，文言。刊载义侠小说《古刹中之少年》，无我，文言。刊载滑稽小说《美人之贻》，陈侠民，文言。刊载警世小说《双妒记》(四续)，梅郎，白话。刊载侠情小说《剑胆箫心》(再续)，杏痴，文言，分章回。

同日，《申报》"自由谈"之小说栏刊载滑稽小说《魔玉》(七续)，卓呆，白话。刊载惨情小说《同命鸳鸯》，科吾，文言。

同日，《时报》刊载"《绣像新小说》征文"广告："本社为改良社会起见，特创办《绣像新小说》一种，海内文豪如有宏著，无论文言白话，长篇短篇，轶闻笔记，一律欢迎，合者酬金分三等，甲等每千字酬洋三元，乙等每千酬洋二元，丙等每千字酬洋一元，不合者无论长短仍将原稿奉还，如有出色当行者酬金格外从丰，来稿者请寄上海英界宁泉录中旺弄安乐坊一百九十五号共和编译局内绣像新小说社，并请注明姓名地址以便通函接洽。绣像新小说社启。"刊载"《礼拜六》第二十二期十月三十一号出版，售银一角"广告。刊载"《小说丛报》五期出版"广告。小说栏刊载《死仇》，毅汉，文言。"余兴"栏刊载侦探小说《侦探之侦探》，阿呆，文言。

同日，《新闻报》"快活林"刊载滑稽短篇《新教员》，逸虎，文言。刊载警世小说《女剧团》，不才，文言。

发生于本月但日期不详之事件

《繁华杂志》第二期"小说林"栏刊载言情小说《误解结婚》(续)，老谈，文言。刊载洪杨佚闻之一《青萍剑》，定夷，文言。刊载译说撷新之一《茶花女本事》，指严，文言。刊载探险实纪《冰窟余生录》，澳人德雷司贸森原著，羁魂、瘦菊合译，文言。刊载侦探小说《弱妹奇冤》，休宁程华魂，文言。刊载冒险小说《地下战争》，刊载冒险小说《地下战争》，日本枫村居士原著，丹阳张苏译，文言。刊载奇情小说《栽赃案》，翩鸿、瘦菊同译，文言。刊载哀情短篇《陈姬》，六一，文言。刊载白话短篇《一片可怜声》，钱香如，白话。刊载社会小说《续海上繁华梦新书卷之一》，海上警梦痴仙漱石氏著，白话章回。

11 月

1 日　《东方杂志》第十二卷第四号刊载《罗刹因果录》(不许转载)，俄国托尔斯泰著，闽县林纾笔述、静海陈家麟译意，文言；历史小说《绛带记》，法国大仲马原著，不许转载，天游，白话。

同日，《妇女时报》第十五号刊载"时报余兴编辑部《余兴》"广告，内中要目有"小说十篇"，上海有正书局发行。刊载"中华民国唯一日刊《时报》"广告："《时报》六大特色，一本报社说公明正大不偏不倚，均由当世明达才哲之士执笔；一本报新闻确实快捷，机敏灵活，海内外每日均有电信；一本报短评皆警辟透彻，对症发药，短兵相接，实开各报之先；一本报纪事皆以优美之笔达之，令人阅之增无量兴味；一本报小说笔记杂俎余兴为本报之特长，于文学家最占优势；一本报图画最精，能自制锌版，逐日以世界最新之图画供献读者。上海四马路望平街口，全年十元，半年五元。"刊载原本红楼梦、原本聊斋志异广告。刊载《松山绿衣女》，彭想痴，文言。刊载奇情小说《塚中人语》，署名"蛰庵"、"钏影"同著，文言。刊载家庭小史《母……儿》，蕉心，文言。刊载《霜刃碧血记》广告。民国三年十一月一号发行。

同日，《中华小说界》第十一期"短篇"栏刊载滑稽小说《大好头颅》，天笑、毅汉，文言；纪事小说《大石面》，冻华、瓶庵，文言；醒世小说《咏而归》，半侬，文言；言情小说《土窖盟心》，颂芟，文言；寓言小说《玻璃神》，树人，文言。"长篇"栏刊载侦探小说《八一三》，卓呆、天笑，白话；哀情小说《此何故耶》，半侬，白话。"来稿俱乐部"栏刊载《药肆异闻》，马樾，文言；《蛇魔首》，李心玉，文言；《临碧轩笔录》，佛影，文言。

同日，《申报》"自由谈"之小说栏刊载滑稽小说《魔玉》(八续)，卓呆，白话。刊载惨情小说《同命鸳鸯》(续)，科吾，文言。

同日，《时报》刊载商务印书馆广告："《小说月报》第五卷第六号每册定价二角半，预定十二册二元五角，邮费另加，《说林》第十三十四册每册定价二角，邮费另加。"小说栏刊载《死仇》，毅汉，文言。"余兴"栏刊载纪事短篇《脆……快》，佑民，文言。

同日，《新闻报》"快活林"刊载滑稽小说《魁星求乞》，爱楼，文言。刊载警世小说《女剧团》，不才，文言。

2 日 《申报》"自由谈"之小说栏刊载滑稽小说《魔玉》(九续)，卓呆，白话。

同日，《时报》小说栏刊载《死仇》，毅汉，文言。"余兴"栏刊载短篇小说《美满姻缘》，茹塍，文言。

同日，《新闻报》"快活林"刊载滑稽短篇《剪绺贼》，味雪，文言。刊载侠情小说《剑声花影》，青浦陆士谔撰，白话章回。"快活林"之笔记栏刊载短篇小说《湘中五杰》，瓶庵，文言。

3 日 《申报》"自由谈"之小说栏刊载滑稽小说《魔玉》(十续)，卓呆，白话。

同日，《时报》刊载"侦探小说《大宝窟王》出版"广告："吴门天笑生译，此书述一剧盗眷恋一伯爵侄女，以致酿成杀人巨案，几经多数侦探，始克知其底韫，其间情节离奇，初读之如入五里雾中，令人恍惚迷离，不可究竟，及至障翳消而真清现，正凶得而黑幕除，则又令人拍案叫绝，呼奇不置也。他若写儿女之柔情，描烈士之义侠，莫不栩栩如生，烦毫三添者矣。斯篇实为译者平生健著，嗜奇者尽亟购之，毋失交臂，定价大洋四角，上海望平街有正书局及北京、天津、南京、苏州分局发行。""余兴"栏刊载短篇小说《美满姻缘》，茹塍，文言。

同日，《新闻报》"快活林"刊载滑稽小说《许三大姑娘之害人》花奴，文言。刊载侠情小说《剑声花影》，青浦陆士谔撰，白话章回。"快活林"之笔记栏刊载短篇小说《湘中五杰》，瓶庵，文言。

4 日　《申报》"自由谈"之小说栏刊载滑稽小说《魔玉》（十一续），卓呆，白话。

同日，《时报》"余兴"栏刊载短篇小说《美满姻缘》，茹塍，文言。

同日，《新闻报》"快活林"刊载滑稽短篇《废物利用》，諟明，文言。

5 日　《申报》"自由谈"之小说栏刊载滑稽小说《魔玉》（十二续），卓呆，白话。

同日，《时报》刊载"商务印书馆最新出版小说《绿波传》《娜兰小传》"广告："《绿波传》，本书兼贞姬美人侠女合一炉而冶之，言情则矢志不二，言侠则视死如归，言武艺则巾帼而英雄，言意气则胡越而肝胆，读之觉可泣可悲，亦复可喜可慕，新著小说中希见之书也。全一册定价二角半。《娜兰小传》，本书述一极贫爵邸却富女婚贫女，阅尽艰难，终成美满良缘，种种阻力，不期均为其种种助力，原著体物绘情，纯用白描，其负有盛名也固宜，而译笔亦能斟酌尽善，畅无余蕴，全书二册，定价八角。""余兴"栏刊载女侠小说《无耳车夫》，小徐，文言。

同日，《新闻报》"快活林"刊载滑稽小说《福尔摩斯之门徒》，马二先生，白话。刊载侠情小说《剑声花影》，青浦陆士谔撰，白话章回。

6 日　《申报》"自由谈"之小说栏刊载滑稽小说《魔玉》（十三续），卓呆，白话。刊载滑稽小说《乞儿国》，马二先生，白话。

同日，《时报》小说栏刊载《屐齿痕》，英国奥斯丁莉利门著，瘦鹃译，白话。"余兴"栏刊载短篇滑稽《鸡翅生爪》，文言。

同日，日《新闻报》"快活林"刊载滑稽小说《一千两》，蛰民，文言。刊载侠情小说《剑声花影》，青浦陆士谔撰，白话章回。

7日 《礼拜六》第二十三期刊载海洋秘史《拿破仑岛》，天白，文言。刊载忏情小说《千钧一发》，瘦鹃，白话。刊载义侠小说《三义士传》，剑山，文言。刊载警世小说《双妒记》(第五章续)，梅郎，白话。刊载侠情小说《香草美人》(续)，小蝶，文言。

同日，《七襄》第一期刊载《发刊词》，鹣鹣。刊载短篇小说《七襄》，小凤、倦鹤，文言。刊载短篇小说《茜衣女》，英国嘉陵生渥文原著，清道校人阅潜楼译，文言。刊载短篇《诗祸》(清轶史之一)，倦鹤，文言。刊载短篇《贼之小说家》，小凤，文言。刊载短篇《白生》，倦鹤，文言。刊载长篇哀情名著《百合子》，日本菊池幽芳原著，□直译，文言。刊载长篇侦探小说《霍笃士忏悔记》，劫灰，白话。刊载长篇《古戍寒笳记》，小凤，白话章回。刊载长篇《珠箔飘镫录》，鹣鹣，白话章回。刊载"本社启事"："征求小说：(一)种类：军事、外交、科学、政治、教育、探险。(二)酬金：鸿文巨制不吝酬报。(三)附则：稿件不还，抄袭不录，誊写明白，弗可背面兼写，不录者恕不作覆，收稿处望平街七襄社。"《七襄》每月三期，逢七发行。编辑兼发行者上海望平街七襄社二百十九号。

同日，《申报》"自由谈"之小说栏刊载滑稽小说《魔玉》(十四续)，卓呆，白话。

同日，《时报》小说栏刊载《屐齿痕》，英国奥斯丁韭利门著，瘦鹃译，白话。"余兴"栏刊载纪事小说《厅长》，锦城郎，文言。

同日，《新闻报》"快活林"刊载滑稽小说《小肠气》，阿佛，文言。刊载侠情小说《剑声花影》，青浦陆士谔撰，白话章回。

8日 《申报》"自由谈"之小说栏刊载滑稽小说《魔玉》(十五续)，卓呆，白话。刊载滑稽短篇《偏心》，东茔，白话。

同日，《时报》刊载"编译小说诸君鉴"："收买工商小说，须事迹新颖而有兴味者，至篇幅长短，词句文俗，皆无论矣。请送棋盘街艺林书局转交阅看，如合格再为面商可也。"小说栏刊载《屐齿痕》，英国奥斯丁韭利门著，瘦鹃译，白话。"余兴"栏刊载纪实小说《滑稽调查》，郁悼愚，文言。

同日，《新闻报》"快活林"刊载滑稽小说《哑人国》，大颠，文言。刊载侠情小说《剑声花影》，青浦陆士谔撰，白话章回。刊载国华书局"艳情小说《美人福》出版先声"广告。

9 日　《申报》"自由谈"之小说栏刊载滑稽小说《魔玉》（十六续），卓呆，白话。

同日，《时报》小说栏刊载《屦齿痕》，英国奥斯丁荛利门著，瘦鹃译，白话。

同日，《新闻报》"快活林"刊载社会小说《上海之侠客》，不才，文言。刊载侠情小说《剑声花影》，青浦陆士谔撰，白话章回。

10 日　《申报》"自由谈"之小说栏刊载滑稽小说《魔玉》（十七续），卓呆，白话。

同日，《时报》小说栏刊载《屦齿痕》，英国奥斯丁荛利门著，瘦鹃译，白话。"余兴"栏刊载小说《胀破喉咙》，迷信，文言。

同日，《新闻报》"快活林"刊载滑稽短篇《为吃风菱成眷属》，瘦蝶，文言。刊载侠情小说《剑声花影》，青浦陆士谔撰，白话章回。

11 日　《申报》"自由谈"之小说栏刊载滑稽小说《魔玉》（十八续），卓呆，白话。

同日，《时报》小说栏刊载《屦齿痕》，英国奥斯丁荛利门著，瘦鹃译，白话。"余兴"栏刊载短篇小说《余兴作祟》，茹塍，文言。

同日，《新闻报》"快活林"刊载滑稽小说《遂为夫妇如初》，哈哈，文言。刊载侠情小说《剑声花影》，青浦陆士谔撰，白话章回。

12 日　《申报》"自由谈"之小说栏刊载滑稽小说《魔玉》（十九续），卓呆，白话。刊载应时小说《孟嘉买帽子》，剑秋，白话。

同日，《时报》小说栏刊载《屦齿痕》，英国奥斯丁荛利门著，瘦鹃译，白话。"余兴"栏刊载短篇小说《余兴作祟》，茹塍，文言。

同日，《新闻报》"快活林"刊载滑稽小说《拆穿西洋镜》，觉迷，文言。刊载侠情小说《剑声花影》，青浦陆士谔撰，白话章回。

13 日　《申报》"自由谈"之小说栏刊载滑稽小说《魔玉》(二十续)，卓呆，白话。刊载应时小说《孟嘉买帽子》，剑秋，白话。

同日，《时报》小说栏刊载《屧齿痕》，英国奥斯丁莆利门著，瘦鹃译，白话。"余兴"栏刊载短篇纪事《仙人劫》，今醉，文言。

同日，《新闻报》"快活林"刊载滑稽小说《失裤贼》，蛰民，文言。刊载侠情小说《剑声花影》，青浦陆士谔撰，白话章回。

14 日　《礼拜六》第二十四期刊载清秘史外录之附录《虎儿复仇记》，指严，文言。刊载伦理小说《阿兄》，瘦鹃，白话。刊载滑稽小说《雌威》(一名《新纽约》)，幼新译，白话。刊载幻想小说《可怕之大行星》，峡猿，文言。刊载短篇小说《急智》，阿蒙，文言。刊载红羊轶闻《负情女子》，屈蠖，文言。刊载侠情小说《剑胆箫心》(三续)，杏痴，文言，分章回。刊载警世小说《双妒记》(五续)，梅郎，白话。

同日，《申报》"自由谈"之小说栏刊载滑稽小说《魔玉》，卓呆，白话。刊载滑稽小说《北方之冻》，野民，文言。

同日，《时报》小说栏刊载《屧齿痕》，英国奥斯丁莆利门著，瘦鹃译，白话。"余兴"栏刊载短篇小说《上水船》，教子，文言。

同日，《新闻报》"快活林"刊载滑稽小说《散花仙子》，约瑟，文言。刊载侠情小说《剑声花影》，青浦陆士谔撰，白话章回。刊载国华书局广告"哀情小说《红粉劫》再版出书定价六角，《鸳湖潮》三版出书定价五角，《賣玉员》三版出书定价六角，《湘娥泪》再版出书定价三角。"

15 日　《法政学报》第二卷第十号"小说"栏刊载《水楼记》(续第八号)，庐龙孟文翰，文言。(本报前登之《世界发展俱乐部》应俟《水楼记》登完后再行续登，此告。)

同日，《申报》"自由谈"之小说栏刊载滑稽小说《魔玉》，卓呆，白话。

同日，《时报》小说栏刊载《屧齿痕》，英国奥斯丁莆利门著，瘦鹃译，白话。"余兴"栏刊载短篇纪实《可怜语》，悯尘，白话。

同日，《新闻报》"快活林"刊载滑稽小说《好一个修身女教员》，铁毙，文言。刊载侠情小说《剑声花影》，青浦陆士谔撰，白话章回。

16 日 《申报》"自由谈"之小说栏刊载滑稽小说《魔玉》，卓呆，白话。

同日，《时报》小说栏刊载《屐齿痕》，英国奥斯丁莸利门著，瘦鹃译，白话。"余兴"栏刊载纪事短篇《来宾之目的》，茹腾，文言。

同日，《新闻报》"快活林"刊载滑稽小说《虚惊》，亚民，文言。刊载侠情小说《剑声花影》，青浦陆士谔撰，白话章回。

17 日 《七襄》第二期刊载短篇《凌波阁》，韵清女史，文言。刊载短篇小说《茜衣女》(续)，英国嘉陵生渥文原著，清道校人阅潜楼译，文言。刊载滑稽短篇《呆儿》，太上，白话。刊载短篇《勃谿囚》，以太，文言。刊载长篇侦探小说《采緼》，英国各南特伊尔原著，□直译，文言。刊载长篇侦探小说《霍笃士忏悔记》(续)，劫灰，白话。刊载长篇《古戍寒笳记》(续)，小凤，白话章回。刊载长篇《珠箔飘镫录》(续)，鹓鸰，白话章回。

同日，《申报》"自由谈"之小说栏刊载滑稽小说《魔玉》，卓呆，白话。刊载短篇小说《卖果童》，旅沪淑笙，文言。

同日，《时报》小说栏刊载《屐齿痕》，英国奥斯丁莸利门著，瘦鹃译，白话。

同日，《新闻报》"快活林"刊载滑稽小说《轧妍头》，花奴，文言。刊载侠情小说《剑声花影》，青浦陆士谔撰，白话章回。

18 日 《申报》"自由谈"之小说栏刊载滑稽小说《魔玉》，卓呆，白话。刊载社会小说《拆白党》，不才，文言。

同日，《时报》小说栏刊载《屐齿痕》，英国奥斯丁莸利门著，瘦鹃译，白话。

同日，《新闻报》"快活林"刊载节义小说《孤儿寡妇》，狮儿，文言。刊载侠情小说《剑声花影》，青浦陆士谔撰，白话章回。

19 日 《申报》"自由谈"之小说栏刊载滑稽小说《魔玉》，卓呆，白话。刊载短篇小说《黠凶犯》，原名 Murder，原著者 Violet. M. Methly,

译者可可，梅郎，文言。

同日，《时报》小说栏刊载《屡齿痕》，英国奥斯丁弗利门著，瘦鹃译，白话。

同日，《新闻报》"快活林"刊载滑稽小说《真爱情》，醒独，文言。刊载侠情小说《剑声花影》，青浦陆士谔撰，白话章回。

20日　《公言》第一卷第二号刊载社会小说《潭州梦》（续），抱一，白话章回；社会小说《天宝遗事》，平子，文言。

同日，《小说丛报》第六期"短篇小说"栏刊载哀情小说《秋坟断碣》，吁公，文言；边事小说《凉山客话》，定夷，文言；革命外史之三《小星怨》，南溟，文言；艳情小说《金闺一宵》，铁冷，文言；奇情小说《险些儿打散鸳鸯》，双热，文言；家庭小说《娇痴镜》，仪鄹，文言；艳情小说《爱影》，东讷，文言；纪事小说《骈指案》（半呆原稿），枕亚，文言；风俗小说《十姊妹》，秋梦，文言；明季遗闻《卧龙遗隐》，鹓，文言。"长篇小说"栏刊载别体小说《雪鸿泪史》（何梦霞日记），古吴徐枕亚评校，文言；孽情小说《琵琶泪》，箸超，文言；言情小说《爱情之兑换券》，水心，文言；哀情小说《潘郎怨》，定夷，白话；侦探小说《假币案》，美国泥格辣斯原著，留氓口译，仪鹓笔述，文言。刊载哀情小说《余之妻》广告。刊载本社特别征文广告，内有长篇小说。刊载《美人福》广告。刊载"侦探小说《辣女儿》出版先声"广告："侦探小说夥矣，汗牛充栋，更仆难数，然佳者绝少。《辣女儿》系廉江江山渊所译，情文并茂，叙英国一女郎，与某生哀情弥笃，欲与结缡，而某难之女郎，出下策，手刃父，而凶器上镌以生名，逼生与之偕遁，生卒不可。后经侦探种种运筹，果获主犯。情节离奇，文笔雅洁，佐以李定夷君之眉批、总评，提纲挈领，意味盎然，诚侦探小说中不可多得之佳著也。业已付印，即日出版。国华书局最新出版书籍。"

同日，《申报》"自由谈"之小说栏刊载滑稽小说《魔玉》，卓呆，白话。刊载短篇小说《黠凶犯》，原名 Murder，原著者 Violet. M. Methly，译者可可，梅郎，文言。

同日，《时报》小说栏刊载《屐齿痕》，英国奥斯丁弗利门著，瘦鹃译，白话。

同日，日《新闻报》"快活林"刊载滑稽短篇《足下》，瞻庐，文言。刊载侠情小说《剑声花影》，青浦陆士谔撰，白话章回。

21 日　《礼拜六》第二十五期刊载哀情小说《WITING》，瘦鹃，文言。刊载普法战争轶闻之一《孤村焚烧掠记》，天颢，白话。刊载侠情小说《但为卿故》，瘦鹃译，文言。刊载滑稽小说《情欤苦欤》，英国白伦诺赖新著，警己，白话。刊载教育小说《追悔》，黑子，文言。刊载社会小说《白纺衫》，天愤，文言。刊载福尔摩斯最新探案《恐怖窟》，科南达里原著，常觉、小蝶合译，文言。刊载警世小说《双妒记》(续)，梅郎，白话。

同日，《申报》"自由谈"之小说栏刊载滑稽小说《魔玉》，卓呆，白话。刊载短篇小说《黠凶犯》，原名 Murder，原著者 Violet. M. Methly，译者可可，梅郎，文言。

同日，《时报》小说栏刊载《屐齿痕》，英国奥斯丁弗利门著，瘦鹃译，白话。

同日，《新闻报》"快活林"刊载滑稽小说《刁滑？糊涂》，觉迷，文言。刊载侠情小说《剑声花影》，青浦陆士谔撰，白话章回。

22 日　《申报》"自由谈"之小说栏刊载滑稽小说《魔玉》，卓呆，白话。刊载战争小说《爱仇》，阿侬译著，剑秋润文，文言。

同日，《时报》小说栏刊载《屐齿痕》，英国奥斯丁弗利门著，瘦鹃译，白话。

同日，《新闻报》"快活林"刊载滑稽小说《女强奸》，律西，文言。刊载侠情小说《剑声花影》，青浦陆士谔撰，白话章回。

23 日　《申报》"自由谈"之小说栏刊载滑稽小说《魔玉》，卓呆，白话。刊载滑稽小说《趣报》，椿年，文言。刊载广告："哀情小说《红粉劫》再版出书定价六角，《鸳湖潮》三版出书定价五角，《賨玉怨》三版出书定价六角，《湘娥泪》再版出书定价三角。以上四书俱昆陵李定夷先生所著，出版以来四海风行，不胫而走，万家传诵，有口皆碑，洵能于小说界独标一帜者，《賨玉怨》《鸳湖潮》再版早售罄，日来零售批发者仍络绎不绝，为印刷所所误，今方出版，除寄出预定之件，存书又已无多，购者从速，《红粉劫》再版出书已将一月，存书亦已寥寥，后来者将有向隅之叹，《湘娥泪》价廉物美，亦已再版，《定夷丛刊》初版存书亦将罄矣。总发行所上海四马路画锦里西首国华书局启。"刊载"哀情小说出版露布《茜窗泪影》"广告。

同日，《时报》小说栏刊载《屟齿痕》，英国奥斯丁茀利门著，瘦鹃译，白话。

同日，《新闻报》"快活林"刊载社会小说《此中人语》，佛甦，文言。刊载侠情小说《剑声花影》，青浦陆士谔撰，白话章回。

24 日 《申报》"自由谈"之小说栏刊载滑稽小说《魔玉》，卓呆，白话。刊载滑稽小说《接吻奇谈》，憨人著，文言。

同日，《时报》刊载"闺秀之说部月刊《眉语》第一号已出版"广告："踏青招凉，赏月话雪，璇闺姊妹，风雅名流，多有及时行乐者。然良辰美景，寂寂相对，是亦不可以无伴，本社乃集多数才媛，辑此杂志，锦心绣口，句香意雅，虽曰荒唐，演述闺中游戏，而谲谏微讽，潜移默化于消闲之余，未始无感化之功也，每当月子湾时，是本杂志诞生之期，爱名之曰眉语，兹将第一号要目宣布如下：……。总发行所棋盘街新学会社。"小说栏刊载《屟齿痕》，英国奥斯丁茀利门著，瘦鹃译，白话。小说栏刊载《屟齿痕》，英国奥斯丁茀利门著，瘦鹃译，白话。

同日，《新闻报》"快活林"刊载滑稽短篇《纪晓岚误我》，瘦蝶，文言。刊载侠情小说《剑声花影》，青浦陆士谔撰，白话章回。

25 日 《上海滩》第三期"短篇小说"栏刊载艳情《双雕记》，醒吾，文言；社会《小女郎》(少年场之二)，生公，白话；忏情《乔生》，怀秋，文言；哀情《香冢闻鹃记》，慕韩，文言；滑稽《幻镜》，张八，文言。"长篇小说"栏刊载哀情《春闺怨》，天弘，白话章回；言情《筘声鲽影记》，倚虹，文言；滑稽《英雄谱》，持戟之士，白话。《上海滩》每月三册，逢五出版，每册大洋一角，编辑者上海滩社编辑部，经理发行者上海派克路昌寿里夏星社。

同日，《小说月报》第五卷第八号"短篇小说"栏刊载《哀吹录》，法国巴鲁萨原著，静海陈家麟译意，闽县林纾笔述，文言；刊载《技击余闻补》，无锡钱基博，文言；刊载《阿春》，君复（此后第五卷第十二号《小说月报》出广告，更正为"醉墨先生"著），文言；刊载《兰陵女侠》，西神，文言；刊载《长髯翁传》，瞻庐，文言；刊载《梅花岭遗事》，指严，文言。"长篇小说"栏刊载《鹣鲽姻缘初集》，泖东一蟹，此期刊载第三十一回 佛库伦诞生无父兄 皇太极巧使美人计，第三十二回 博爱妃屈身为婢 洪督师改节降胡，第三十三回 乘势进兵力争明社 巧言说主心向吴郎，第三十四回 情密密真心爱陈沅 怒冲冲假义责吴骧，第三十五回 破唐通多尔衮进关 获陈沅吴三桂续旧，第三十六回 辅幼主多尔衮盗嫂 媚太后范文程议婚，第三十七回 访美人多铎渡江 演新剧由崧失国，第三十八回 黄得功为国尽忠 柳如是劝夫全节；刊载《断雁哀弦记》，毅汉、天笑同译，文言。刊载"唯一无二之奇书《清宫二年记》"广告，内容介绍同前。刊载"中华民国三年十月商务印书馆出版新书"广告，内有"《说林》第十四集，一册二角，言情小说《娜兰小传》二册八角，本书述一极贫爵邸，却富女，婚贫女，阅历艰难，终成美满良缘，情节奇诡，译笔简净。言情小说《绿波传》一册二角五分，本书兼贞姬美人侠女合一炉而冶之，其中言情、言侠、言武艺、言意气，皆描摹尽致，可泣可歌。《童话》第一编第三十集《湛卢剑》五分……《小说月报》第五卷五六号每册二角五分"。刊载"本社通告"，为征稿启事。

同日，《中华童子界》第五号刊载儿童小说《腹中之战争》，白话；刊载《慈禧外纪》广告。

同日，《申报》"自由谈"之小说栏刊载滑稽小说《魔玉》，卓呆，白话。刊载历史滑稽《孟嘉买帽》（二），剑秋，白话。

同日，《时报》小说栏刊载《屐齿痕》，英国奥斯丁萧利门著，瘦鹃译，白话。"余兴"栏刊载滑稽短篇《私塾学校》，今醉，文言。

同日,《新闻报》"快活林"刊载小说《咸啤酒》,谐隐,文言。刊载侠情小说《剑声花影》,青浦陆士谔撰,白话章回。

26 日　《申报》"自由谈"之小说栏刊载滑稽小说《魔玉》,卓呆,白话。刊载痴情小说《美女花》,原名塞里爱侯爵之美女,Mlle dp la Seigliere,法国桑滔著 Fales Sandeall. 中华民国小山、梅郎合译,文言。

同日,《时报》小说栏刊载《屐齿痕》,英国奥斯丁弗利门著,瘦鹃译,白话。"余兴"栏刊载短篇纪事《新新台》,今醉,白话。

同日,《新闻报》"快活林"刊载滑稽小说《杨戬配眼镜》,秋霜,白话。刊载侠情小说《剑声花影》,青浦陆士谔撰,白话章回。

27 日　《七襄》第三期刊载短篇小说《茜衣女》(续),英国嘉陵生渥文原著,清道校人阅潜楼译,文言。刊载短篇《蠹鱼语》,朴庵,文言。刊载短篇《狸奴感遇》,韵清女史,文言。刊载《定番戈》,倦鹤,文言。刊载长篇侦探小说《采缅》,英国各南特伊尔原著,□直译,文言。刊载长篇侦探小说《霍笃士忏悔记》(续),劫灰,白话。刊载长篇《古戍寒笳记》(续),小凤,白话章回。

同日,《申报》"自由谈"之小说栏刊载滑稽小说《魔玉》,卓呆,白话。刊载痴情小说《美女花》(二),原名塞里爱侯爵之美女,Mlle dp la Seigliere,法国桑滔著 Fales Sandeall. 中华民国小山、梅郎合译,文言。

同日,《时报》刊载民权出版部广告:"新出版《破涕录》……小说界之福音秋心译《葡萄劫》上下卷现已付印不日出版……《民权素》(一二三)每五角,《玉梨魂》六角,《冤孽镜》五角,《铁冷丛谈》五角,《蝶花劫》五角,《兰娘哀史》二角,《医药观》一至五每二角。上海四马路麦家圈口民权出版部。"小说栏刊载《屐齿痕》,英国奥斯丁弗利门著,瘦鹃译,白话。

同日,《新闻报》"快活林"刊载滑稽小说《自由结婚》,鹏魂,文言。刊载侠情小说《剑声花影》,青浦陆士谔撰,白话章回。

28 日　《礼拜六》第二十六期闲情小说《终南捷径》,叶匋,文言。刊载侠情小说《中华民国之魂》,瘦鹃,文言。刊载冒险小说《飞艇》,

英国华尔德著，松笠译，文言。刊载警世小说《素雪小史》，茹胜、不才同述，文言。刊载神怪小说《塚中人》，阿蒙，文言。刊载滑稽小说《假胎》，觉迷，文言。刊载福尔摩斯最新探案《恐怖窟》(续)，科南达里原著，常觉、小蝶合译，文言。刊载警世小说《双妒记》(续)，梅郎，白话。

同日，《申报》"自由谈"之小说栏刊载滑稽小说《魔玉》，卓呆，白话。刊载痴情小说《美女花》(三)，原名塞里爱侯爵之美女，Mlle dp la Seigliere，法国桑滔著 Fales Sandeall. 中华民国小山、梅郎合译，文言。

同日，《时报》小说栏刊载《屐齿痕》，英国奥斯丁弗利门著，瘦鹃译，白话。

同日，《新闻报》"快活林"刊载滑稽短篇《快活林中鸟》，双热，文言。刊载侠情小说《剑声花影》，青浦陆士谔撰，白话章回。

29 日　《申报》"自由谈"之小说栏刊载滑稽小说《魔玉》，卓呆，白话。刊载痴情小说《美女花》(四)，原名塞里爱侯爵之美女，Mlle dp la Seigliere，法国桑滔著 Fales Sandeall. 中华民国小山、梅郎合译，文言。

同日，《时报》小说栏刊载《屐齿痕》，英国奥斯丁弗利门著，瘦鹃译，白话。"余兴"栏刊载纪事短篇《落花飞絮》，佑民，文言。

同日，《新闻报》"快活林"刊载滑稽小说《孤哀子》，徐徐，文言。刊载侠情小说《剑声花影》，青浦陆士谔撰，白话章回。

30 日　《申报》"自由谈"之小说栏刊载滑稽小说《魔玉》，卓呆，白话。刊载痴情小说《美女花》(四)，原名塞里爱侯爵之美女，Mlle dp la Seigliere，法国桑滔著 Fales Sandeall. 中华民国小山、梅郎合译，文言。

同日，《时报》小说栏刊载《屐齿痕》，英国奥斯丁弗利门著，瘦鹃译，白话。"余兴"栏刊载短篇纪实《悲声》，潜时，白话。

同日，《新闻报》"快活林"刊载滑稽短篇《五元一小遗》，肝若，文言。刊载侠情小说《剑声花影》，青浦陆士谔撰，白话章回。

发生于本月但日期不详之事件

《繁华杂志》第三期"文艺志"栏刊载《调查小说界》,(佛影),文曰:"美国去年一年中新刊小说共八百七十九种,著作者四百九十七人,一人著一种以上者仅五十三人,又其中三百五十六人系男子,一百十四人系女子小说家云。""小说林"栏刊载言情小说《误解结婚》(再续),老谈,文言。刊载清秘史外录之十七《于湖尼侠》,指严,文言。刊载探险纪实《冰窟余生录》(续),羁魂、瘦菊合译,文言。刊载《弱妹奇冤》(续),休宁程华魂,文言。刊载戏名小说《新南柯梦》,芦中人,文言。刊载《陌路姻缘》,钱香如,文言。刊载一字小说《司令官》,劲芳,白话。刊载冒险小说《地下战争》(续),日本枫村居士原著,丹阳张苏译,文言。刊载社会小说《续海上繁华梦初集卷之一》,海上警梦痴仙漱石氏著,白话章回。

12 月

1 日 《东方杂志》第十一卷第六号刊载《罗刹因果录》(不许转载),俄国托尔斯泰著,闽县林纾笔述、静海陈家麟译意,文言。

同日,《中华小说界》第十二期"短篇"栏刊载冒险小说《鬼域》,霆锐、瓶庵,文言;历史小说《假帝案》,春岩,文言;言情小说《好消息》,瞻庐,文言;理想小说《应接室》,卓呆,文言;社会小说《沧桑感》,秋山、瓶庵,文言。"长篇"栏刊载哀情小说《此何故耶》,半侬,白话;社会小说《豹变》,索隐,文言。"来稿俱乐部"栏刊载《哀音》,非天,文言;《孽缘》,燕,文言;《拾遗》,马樾,文言。刊载《慈禧外纪》广告,绍介同前。

同日,《申报》"自由谈"之小说栏刊载滑稽小说《魔玉》,卓呆,白话。刊载短篇小说《奇男邸》,鹓公,白话。刊载痴情小说《美女花》(五),原名塞里爱侯爵之美女,Mlle dp la Seigliere,法国桑滔著 Fales

Sandeall. 中华民国小山、梅郎合译，文言。

同日，《时报》"余兴"栏刊载实事小说《吾陕晦气》，螺隐，文言。

同日，《新闻报》"快活林"刊载滑稽短篇《储蓄票与刘鸿声》，独鹤，白话。刊载侠情小说《剑声花影》，青浦陆士谔撰，白话章回。

2 日 《申报》"自由谈"之小说栏刊载滑稽小说《魔玉》，卓呆，白话。刊载短篇小说《奇男邸》(续)，鹓公，白话。刊载痴情小说《美女花》，原名塞里爱侯爵之美女，Mlle dp la Seigliere，法国桑滔著 Fales Sandeall. 中华民国小山、梅郎合译，文言。

同日，《时报》小说栏刊载《屐齿痕》，英国奥斯丁弗利门著，瘦鹃译，白话。"余兴"栏刊载短篇小说《糊涂虫》，俞庭勉，白话。

同日，《爱国白话报》"庄严录"栏刊载《吴月娇》，剑胆，白话。

同日，《新闻报》"快活林"刊载滑稽小说《鸳鸯影》，马二先生，文言。刊载侠情小说《剑声花影》，青浦陆士谔撰，白话章回。

3 日 《申报》"自由谈"之小说栏刊载滑稽小说《魔玉》，卓呆，白话。刊载短篇小说《奇男邸》(再续)，鹓公，白话。刊载痴情小说《美女花》，原名塞里爱侯爵之美女，Mlle dp la Seigliere，法国桑滔著 Fales Sandeall. 中华民国小山、梅郎合译，文言。

同日，《时报》小说栏刊载《屐齿痕》，英国奥斯丁弗利门著，瘦鹃译，白话。"余兴"栏刊载短篇小说《一梦之缘》，茹塍，文言。

同日，《新闻报》"快活林"刊载滑稽小说《复辟梦》，砚涛，白话。刊载侠情小说《剑声花影》，青浦陆士谔撰，白话章回。

4 日 《申报》"自由谈"之小说栏刊载滑稽小说《魔玉》，卓呆，白话。刊载短篇小说《奇男邸》(续)，鹓公，白话。刊载痴情小说《美女花》，原名塞里爱侯爵之美女，Mlle dp la Seigliere，法国桑滔著 Fales Sandeall. 中华民国小山、梅郎合译，文言。

同日，《时报》小说栏刊载《屐齿痕》，英国奥斯丁弗利门著，瘦鹃译，白话。"余兴"栏刊载社会小说《哭》，重远戏墨，白话。

同日，《新闻报》"快活林"刊载滑稽短篇《范杞良》，如威，白话。

刊载侠情小说《剑声花影》，青浦陆士谔撰，白话章回。

5日 《礼拜六》第二十七期哀情小说《老农家乘》，韦士，文言。刊载滑稽小说《甏牖新梦》，叶匋，文言。刊载实事小说《橡皮傀儡》，美国 Edw&rd Eggleston 著，半侬译，文言。刊载诡奇小说《雪肤之黄金发》，黑子译，文言。刊载苦情小说《孤鸾泪》，梅郎，文言。刊载家庭小说《阿母之苦心》，可可、梅郎，白话。刊载学校小说《趣童》，是龙，文言。刊载侦探小说《亚森罗蘋之劲敌》，瘦鹃译，白话。刊载福尔摩斯最新探案《恐怖窟》（续），科南达里原著，常觉、小蝶合译，文言。

同日，《申报》"自由谈"之小说栏刊载滑稽小说《魔玉》，卓呆，白话。刊载短篇小说《奇男邸》（续），鹓公，白话。刊载痴情小说《美女花》，原名塞里爱侯爵之美女，Mlle dp la Seigliere，法国桑滔著 Fales Sandeall. 中华民国小山、梅郎合译，文言。

同日，《时报》小说栏刊载《屐齿痕》，英国奥斯丁弗利门著，瘦鹃译，白话。"余兴"栏刊载社会小说《哭》，重远戏墨，白话。

同日，《新闻报》"快活林"刊载滑稽短篇《续储蓄票与刘鸿声》，率觚，白话。刊载侠情小说《剑声花影》，青浦陆士谔撰，白话章回。

6日 《申报》"自由谈"之小说栏刊载滑稽小说《魔玉》，卓呆，白话。刊载痴情小说《美女花》，原名塞里爱侯爵之美女，Mlle dp la Seigliere，法国桑滔著 Fales Sandeall. 中华民国小山、梅郎合译，文言。

同日，《时报》小说栏刊载《屐齿痕》，英国奥斯丁弗利门著，瘦鹃译，白话。"余兴"栏刊载社会小说《哭》，重远戏墨，白话。

同日，《神州日报》刊载民权出版部"新出版《破涕录》《葡萄劫》"广告。"神皋杂俎"栏刊载《清史演义》，青浦陆士谔撰，白话章回，至本年12月31日。

同日，《新闻报》"快活林"刊载滑稽小说《复辟声中之某学究》，秋霜，文言。刊载侠情小说《剑声花影》，青浦陆士谔撰，白话章回。

7日 《七襄》第四期刊载短篇小说《茜衣女》（续），英国嘉陵生渥文原著，清道校人阅潜楼译，文言。刊载短篇科学小说《□山神马》，寄尘，文言。刊载滑稽短篇《歪会》，劫灰，白话。刊载短篇侦探小说《灰手印》，以太，文言。刊载长篇侦探小说《采緺》，英国各南特伊尔原著，□直译，文言。刊载长篇侦探小说《霍笃士忏悔记》（续），劫灰，白话。刊载长篇《珠箔飘镫录》（续），鹓雏，白话章回。刊载长篇《古戍寒笳记》（续），小凤，白话章回。

同日，《申报》"自由谈"之小说栏刊载滑稽小说《魔玉》，卓呆，白话。刊载痴情小说《美女花》，原名塞里爱侯爵之美女，Mlle dp la Seigliere，法国桑滔著 Fales Sandeall. 中华民国小山、梅郎合译，文言。

同日，《时报》小说栏刊载《屐齿痕》，英国奥斯丁苿利门著，瘦鹃译，白话。

同日，《新闻报》"快活林"刊载滑稽短篇《福尔摩斯与鼠》，觉庵，文言。刊载侠情小说《剑声花影》，青浦陆士谔撰，白话章回。

8 日　《申报》"自由谈"之小说栏刊载短篇小说《鱼腹指环》，马二先生，前半部分文言，后半部分白话。刊载痴情小说《美女花》，原名塞里爱侯爵之美女，Mlle dp la Seigliere，法国桑滔著 Fales Sandeall. 中华民国小山、梅郎合译，文言。

同日，《时报》小说栏刊载《屐齿痕》，英国奥斯丁苿利门著，瘦鹃译，白话。"余兴"栏刊载短篇小说《良心》，佑民，文言。

同日，《新闻报》"快活林"刊载实事小说《压寨夫人》，狮儿，文言。刊载侠情小说《剑声花影》，青浦陆士谔撰，白话章回。

9 日　《申报》"自由谈"之小说栏刊载痴情小说《美女花》，原名塞里爱侯爵之美女，Mlle dp la Seigliere，法国桑滔著 Fales Sandeall. 中华民国小山、梅郎合译，文言。刊载滑稽小说《美容术》，跛者，白话。

同日，《时报》小说栏刊载《屐齿痕》，英国奥斯丁苿利门著，瘦鹃译，白话。"余兴"栏刊载短篇小说《良心》，佑民，文言。

同日，《新闻报》"快活林"刊载讽世小说《新八阵图》，亦僧，文言。刊载侠情小说《剑声

10 日　《申报》"自由谈"之小说栏刊载痴情小说《美女花》，原名塞

里爱侯爵之美女，Mlle dp la Seigliere，法国桑滔著 Fales Sandeall. 中华民国小山、梅郎合译，文言。刊载滑稽小说《美容术》，跛者，白话。

同日，《时报》小说栏刊载《屐齿痕》，英国奥斯丁苿利门著，瘦鹃译，白话。"余兴"栏刊载教育小说《选举贼》，默儿，文言。

同日，《新闻报》"快活林"刊载滑稽短篇《后股夹郎》，瞻庐，文言。刊载侠情小说《剑声花影》，青浦陆士谔撰，白话章回。

11 日　《申报》"自由谈"之小说栏刊载痴情小说《美女花》，原名塞里爱侯爵之美女，Mlle dp la Seigliere，法国桑滔著 Fales Sandeall. 中华民国小山、梅郎合译，文言。

同日，《时报》小说栏刊载《屐齿痕》，英国奥斯丁苿利门著，瘦鹃译，白话。

同日，《新闻报》"快活林"刊载滑稽小说《我误妻房》，徐徐，文言。刊载侠情小说《剑声花影》，青浦陆士谔撰，白话章回。

12 日　《礼拜六》第二十八期刊载苦情小说《孝女佩蘅传》，秋梦，文言。刊载奇情小说《心头病》，幼新译，文言。刊载战事小说《维廉第一》，觉迷，文言。刊载爱情小说《爱河水》，知先，文言。刊载国际秘密侦探小说《秘密之府》William Queux 原著，太常仙蝶译，文言。刊载侦探小说《亚森罗蘋之劲敌》(续)，瘦鹃译，白话。刊载福尔摩斯最新探案《恐怖窟》，科南达里原著，常觉、小蝶合译，文言。

同日，《申报》"自由谈"之小说栏刊载痴情小说《美女花》，原名塞里爱侯爵之美女，Mlle dp la Seigliere，法国桑滔著 Fales Sandeall. 中华民国小山、梅郎合译，文言。刊载滑稽短篇《烟化普及》，攒绝，文言。

同日，《时报》小说栏刊载《屐齿痕》，英国奥斯丁苿利门著，瘦鹃译，白话。

同日，《新闻报》"快活林"刊载滑稽短篇《新测字》，瘦蝶，文言。刊载侠情小说《剑声花影》，青浦陆士谔撰，白话章回。

13 日　《申报》"自由谈"之小说栏刊载痴情小说《美女花》，原名塞里爱侯爵之美女，Mlle dp la Seigliere，法国桑滔著 Fales Sandeall. 中华民国小山、梅郎合译，文言。刊载社会小说《急智》，傻人，文言。

同日，《时报》小说栏刊载《屐齿痕》，英国奥斯丁莆利门著，瘦鹃译，白话。"余兴"栏刊载讽刺小说《某舍监之须》，武进王醒晨，文言。

同日，《新闻报》"快活林"刊载滑稽短篇《还债》，半侬译，白话。刊载侠情小说《剑声花影》，青浦陆士谔撰，白话章回。

14 日　《申报》"自由谈"之小说栏刊载痴情小说《美女花》，原名塞里爱侯爵之美女，Mlle dp la Seigliere，法国桑滔著 Fales Sandeall. 中华民国小山、梅郎合译，文言。

同日，《时报》小说栏刊载《屐齿痕》，英国奥斯丁莆利门著，瘦鹃译，白话。"余兴"栏刊载滑稽小说《女权世界》，今醉，白话。

同日，《新闻报》"快活林"刊载滑稽短篇《详梦者言》，觉庵，文言。刊载侠情小说《剑声花影》，青浦陆士谔撰，白话章回。

15 日　《正谊》第一卷第六号"艺文二"栏刊载小说《侠骨忠魂》，原名 Les Trois Monsgnietairns，法国大仲马著，无我译，文言。

同日，《申报》"自由谈"之小说栏刊载写情小说《爱神之魔》（一），可儿，白话。刊载痴情小说《美女花》，原名塞里爱侯爵之美女，Mlle dp la Seigliere，法国桑滔著 Fales Sandeall. 中华民国小山、梅郎合译，文言。

同日，《时报》"余兴"栏刊载短篇纪事《秋夜余兴》，城北大郎，文言。

同日，《新闻报》"快活林"刊载言情小说《情血》，东埜，文言。刊载滑稽小说《凉亭下》，庸庵，文言。

16 日　《申报》"自由谈"之小说栏刊载写情小说《爱神之魔》（二），可儿，白话。刊载痴情小说《美女花》，原名塞里爱侯爵之美女，Mlle dp la Seigliere，法国桑滔著 Fales Sandeall. 中华民国小山、梅郎合译，文言。

同日，《时报》小说栏刊载《屐齿痕》，英国奥斯丁莆利门著，瘦鹃译，白话。"余兴"栏刊载历史小说《补恨》，孝宗，白话。

同日，《新闻报》"快活林"刊载滑稽短篇《道德软……盗贼软》，亦僧，文言。刊载言情小说《情血》，东垫，文言。

17日　《七襄》第五期刊载短篇小说《江城冷梦》，秋江，文言。刊载短篇《翁恶》，秀州谭天，文言。刊载短篇《白罗衫》，韵清女史，文言。刊载短篇《破家史》，倦鹤，白话。刊载长篇侦探小说《霍笃士忏悔记》(续)，劫灰，白话。刊载长篇《古戍寒笳记》(续)，小凤，白话章回。刊载长篇哀情名著《百合子》(续)，日本菊池幽芳原著，□直译，文言。

同日，《申报》"自由谈"之小说栏刊载写情小说《爱神之魔》(三)，可儿，白话。刊载痴情小说《美女花》，原名塞里爱侯爵之美女，Mlle dp la Seigliere，法国桑滔著 Fales Sandeall. 中华民国小山、梅郎合译，文言。

同日，《时报》刊载"侦探小说《胠箧之王》出版"广告："吴门瘦鹃译，此书叙一剧盗谋劫某富豪之宝藏，行径诡奇，令人不可测度，而造成此种罪恶原因，实由于该盗恋爱富豪之女书记而起，虽经著名侦探，多方购缉，然卒被免脱，竟偕富豪之女书记以去，其情节之离奇，与夫文笔之恣肆，诚为罪恶史中，别开生面者也。每册大洋四角。上海望平街有正书局及北京、天津、南京、苏州分局同启。"小说栏刊载《屐齿痕》，英国奥斯丁苇利门著，瘦鹃译，白话。

同日，《新闻报》"快活林"刊载滑稽小说《老少年》，律西，文言。刊载言情小说《情血》，东垫，文言。

18日　《民国》第一年第六号刊载"《十日刊》第一期已出版"广告，目次中有"小说界"一栏，列小说目录如下：记事《十日刊万岁》(夷夷子)、哀情《验契》(东垫)、寓言《妾之心》(无)。又有第二次要目预告："新颖小说《春闻梦》(肝若)、滑稽小说《十日刊造孽》(夷夷子)"。《民国》第六号中华民国三年、日本大正三年十二月十八日发行。

同日，《申报》"自由谈"之小说栏刊载写情小说《爱神之魔》(四)，可儿，白话。刊载痴情小说《美女花》，原名塞里爱侯爵之美女，Mlle dp la Seigliere，法国桑滔著 Fales Sandeall. 中华民国小山、梅郎合译，文言。

同日，《时报》小说栏刊载《屦齿痕》，英国奥斯丁茀利门著，瘦鹃译，白话。"余兴"栏刊载短篇记事《哀雁》，世界一尘，文言。

同日，《新闻报》"快活林"刊载滑稽短篇《织妇之智》，痴生，文言。刊载国华书局"侦探小说《辣女儿》出版了"广告。

19 日　《礼拜六》第二十九期刊载纪事小说《劫后余生述》，六符，文言。刊载痴情小说《画里真真》，瘦鹃，文言。刊载侦探小说《伦敦之贼》，秋梦，文言。刊载惨情小说《楠森厅》，东纳，文言。刊载实业小说《奉赠一圆》，美国 Franklin Conger 著，半侬译，文言。刊载鬼写小说《妒术》，阿蒙，文言。刊载滑稽小说《储蓄票》，觉迷，白话。刊载短篇小说《棺中盗》，艮如，文言。刊载福尔摩斯最新探案《恐怖窟》，科南达里原著，常觉、小蝶合译，文言。刊载侠情小说《剑胆箫心》（四续），文言。

同日，《申报》"自由谈"之小说栏刊载写情小说《爱神之魔》（五），可儿，白话。刊载痴情小说《美女花》，原名塞里爱侯爵之美女，Mlle dp la Seigliere，法国桑滔著 Fales Sandeall. 中华民国小山、梅郎合译，文言。刊载"侦探小说《辣女儿》出版了"广告："是书系江山渊原译，李定夷评点，造新洁颖，摘辞雅意，书叙英国某女郎眷恋某生，女父为巨商，女刃其父，谋夺家产，凶器上锈以生名，迫生偕遁，后经侦探煞费心力，始获正犯，其间被嫌者三人，误捕者两次，疑阵满布，曲折环生，邱壑之佳，一时无两，兼之定夷之眉批评语，意味盎然，尤属名贵，业已出版，封面用珂罗版制辣女儿图，精装一册，定价大洋三角五分，总发行所上海四马路画锦里西国华书局。"

同日，《时报》"余兴"栏刊载忧时小说《小学童》，茹塍，文言。

同日，《新闻报》"快活林"刊载滑稽短篇《邻妇效颦》，瞻庐，文言。刊载言情小说《情血》，东埜，文言。

20 日　《申报》"自由谈"之小说栏刊载写情小说《爱神之魔》（六），

可儿，白话。刊载痴情小说《美女花》，原名塞里爱侯爵之美女，Mlle dp la Seigliere，法国桑滔著 Fales Sandeall. 中华民国小山、梅郎合译，文言。

同日，《时报》刊载广告："一个月之好机会，爱读小说名著者请看后幅光华编辑社广告。""余兴"栏刊载滑稽小说《穷人之鬼》，孝宗，白话。

同日，《新闻报》"快活林"刊载言情小说《丽人影》，高洁，文言。刊载言情小说《情血》，东垫，文言。

21 日　《申报》"自由谈"之小说栏刊载写情小说《爱神之魔》(七)，可儿，白话。刊载痴情小说《美女花》，原名塞里爱侯爵之美女，Mlle dp la Seigliere，法国桑滔著 Fales Sandeall. 中华民国小山、梅郎合译，文言。

同日，《时报》刊载商务印书馆广告："童话《好少年》第一集卅一编，每册定价大洋五分。""余兴"栏刊载短篇小说《苦海》，孝宗，文言。

同日，《新闻报》"快活林"刊载滑稽小说《小先生》，徐徐，文言。刊载言情小说《情血》，东垫，文言。

22 日　《申报》"自由谈"之小说栏刊载写情小说《爱神之魔》(八)，可儿，白话。刊载痴情小说《美女花》，原名塞里爱侯爵之美女，Mlle dp la Seigliere，法国桑滔著 Fales Sandeall. 中华民国小山、梅郎合译，文言。刊载"秋心译《葡萄劫》出版预告、嬉笑怒骂之好文章《破涕录》出版了"广告。

同日，《新闻报》"快活林"刊载短篇轶事《阿慧》，叔良，文言。刊载言情小说《情血》，东垫，文言。

23 日　《申报》"自由谈"之小说栏刊载写情小说《爱神之魔》(九)，可儿，白话。刊载痴情小说《美女花》，原名塞里爱侯爵之美女，Mlle dp la Seigliere，法国桑滔著 Fales Sandeall. 中华民国小山、梅郎合译，文言。

同日，《时报》小说栏刊载《铁窗琐话》，毅汉，文言。(在第三版)

"余兴"栏刊载红楼梦轶闻之一《女伶外史》，马二先生，白话。

同日，《新闻报》"快活林"刊载滑稽短篇《理化教员》，蛰民，文言。刊载言情小说《情血》，东埜，文言。

24 日 《申报》"自由谈"之小说栏刊载写情小说《爱之魔》，可儿，白话。刊载痴情小说《美女花》，原名塞里爱侯爵之美女，Mlle dp la Seigliere，法国桑滔著 Fales Sandeall．中华民国小山、梅郎合译，文言。

同日，《时报》小说栏刊载《铁窗琐话》，毅汉，文言。（在第四版）"余兴"栏刊载红楼梦轶闻之一《女伶外史》，马二先生，白话。

同日，《新闻报》"快活林"刊载滑稽短篇《击碎唾壶》，天鹤，文言。刊载言情小说《情血》，东埜，文言。

25 日 《小说月报》第五卷第九号"短篇小说"栏刊载《哀吹录》，法国巴鲁萨原著，静海陈家麟译意，闽县林纾笔述，文言；刊载《技击余闻补》，无锡钱基博，文言；刊载《顽儿冢》，瞻庐，文言；刊载《歌讖》，却尔司佳维原著，竞夫，文言；刊载《鹃哀》，诗庐，文言。"长篇小说"栏刊载《鹣鲽姻缘初集》，泖东一蟹，此期刊载第三十九回 殉国难柳夫人遇救 荐门客周抚使拜官，第四十回 虎阜登临叠遭讥刺 龙舟竞渡粉饰太平，第四十一回 媚新朝大赛八旗 看胜会巧逢双璧，第四十二回 钱公子隔舫看珍姑 朱三爷下船见秀姊，第四十三回 刘三秀开诚待亲戚 柳如是勤意说婚姻，第四十四回 打姑夫七舍闹事 娶侄媳三秀推恩；刊载《断雁哀弦记》，毅汉、天笑同译，文言。"杂俎"栏刊载《欧美小说丛谈》，孙毓修，此期刊载《二万镑之奇赌》。刊载"最为新奇、最有趣味之小本小说●商务印书馆出版"广告："《美洲童子万里寻亲记》一册一角，《金银岛》一册一角，《白巾人》二册二角，《车中毒针》一册一角，《七医士案》一册一角，《宝石城》一册一角，《双指印》一册一角，《指环党》一册一角，《毒药罇》一册一角，《一束缘》一册一角，《双鸳侣》一册一角，《老残游记》二册三角，《白头少年》一册一角，《芦花余孽》一册一角，《媒孽奇谈》一册一角，《旅行述异》二册三角，《化身奇谈》一册一角，《桑伯勒包探案》一册一角，《多那文包探案》一册一角，《圆室案》一册一角，《三人影》一册一角五分，《华生包探案》一册一角，《希腊兴亡记》一册一角，《鸳盟离合记》二册二角，《天际落花》一册一角，《情侠》一册一角，《贼史》二册四角，《血泊鸳鸯》一册一角，《盗窟奇缘》二册二角，《双乔记》一册一角，《碎琴楼》二册三角半，《空谷佳人》一册一角，《不如归》一册一角半，《金丝发》一册一角，《技击余闻》一册一角，《车中语》一册一角，《时谐》二册三角，《外交秘事》一册一角，《飞将军》二册三角，《新飞艇》二册二角，《荒唐言》一册一角，《海卫侦探案》一册二角，《夺嫡奇冤》二册三角，《脂粉议员》一册一角五分，《冰雪因缘》三册八角，《黑太子南征录》二册三角五分，《薄幸郎》二册三角，《拊掌录》一册一角，《金风铁雨录》三册四角五分，《孝女耐儿传》三册五角，《蛇女士传》一册一角五分，《案中案》一册一角，《剑底鸳鸯》二册三角，《三千年艳尸记》二册三角，《雾中人》三册四角，《天囚忏悔录》一册一角五分，《吟边燕语》一册一角五分，《环游月球》一册一角五分，《块肉余生述前编续编》各二册各四角，《残蝉曳声录》一册一角五分，《双雄较剑录》二册三角，《漫郎摄实戈》一册一角五分，《钟乳骷髅》二册二角五分，《醒游地狱记》一册一角五分，《露惜传》二册三角五分，《滑稽外史》三册七角，《玑司刺虎记》二册二角五分，《侠隐记》三册六角，《续侠隐记》三册八角，《十字军英雄记》二册三角五分，《新旧英雄》一册一角五分，《玉雪留痕》一册二角，《降妖记》一册一角五分，《真偶然》一册一角五分，《合欢草》一册二角，《电影楼台》一册一角，《遮那德自伐八事》二册三角，《卢宫秘史》二册三角，《髯刺客传》一册一角五分，《劫花小影》二册三角，《劫花惨史》一册一角五分，《博徒别传》一册二角，《珊瑚美人》一册二角，《小学生旅行》一册一角五分。刊载"本社通告"，为征稿启事。

同日，《小说月报》第五卷第十号刊载吴翊亭《旧小说》广告，内容同前。"短篇小说"栏刊载《哀吹录》，法国巴鲁萨原著，静海陈家麟译意，闽县林纾笔述，文言；刊载《技击余闻补》，无锡钱基博，文言；刊载《旧时月色》，瞻庐，文言；刊载《妒花风雨》，徐大，文言；刊载

《机师复仇记》，天笑、毅汉同译，文言。"长篇小说"栏刊载《鹣鲽姻缘初集》，泖东一蟹，此期刊载第四十五回 弭宿怨三秀赠媒金 贺乔迁亮功惊制服，第四十六回 起乡兵侯峒曾流血 保家业黄亮功薙头，第四十七回 进秀才锦标第一 赘佳婿白璧成双，第四十八回 听隔壁三秀怜爱女 逼投河七舍丧贤妻，第四十九回 刘三秀多金息讼 钱时肩七夕题诗，第五十回 引贼入门戏调表妹 放儿出井谋害姑娘；刊载《奇觏》，诗庐，文言。刊载"林译小说丛书"广告，内容同前。刊载"最为新奇、最有趣味之小本小说●商务印书馆出版"广告，同上。"杂俎"栏刊载《欧美小说丛谈》，孙毓修，此期刊载《金刚钻带》《耶稣诞日赋》《红种之人杰》《无声之革命》。刊载小说广告："名家小说《离恨天》：林纾王庆骥译，三角五分，著者为卢骚之友森彼得，森氏此书不为男女爱情言也，实将发宣其胸中无数之之里，特借人间至悲至痛之事，曲为阐明，读之令人增无穷之阅历。社会小说《金陵秋》：冷红生著，定价四角，闽林琴南先生以小说得名，即自称冷红生者也。先生著作等身，惟小说以译述为多，此书乃其自撰，以燃犀之笔，描写近时社会，述两军战争，则慷慨激昂，叙才士美人，则风情旖旎，允为情文兼茂之作。商务印书馆出版，寄售处商务印书馆。"刊载"本社广告"："本报向例按年分卷，按卷分号，每年以正月所出为第一号，挨次顺列，自辛亥武昌事起，交通阻碍，延停数月，嗣又遵用新历之故，顺延而下，遂以正月出第十号，十二月出第九号，号数月数，因而参差不齐，殊形不便，现在第五卷第九号照例十二月出版外，所有第十、十一、十二、三号，赶排赶印，一并于阳历十二月内出齐，民国四年正月起，出第六卷第一号，俾号数月数相符，并答爱读诸君之雅意，特此通告。小说月报社谨启。"

同日，《小说月报》第五卷第十一号刊载"最为新奇、最有趣味之小本小说●商务印书馆出版"广告，所列书目同前。刊载吴翊亭《旧小说》广告，内容同前。"短篇小说"栏刊载《技击余闻录》，钱基博，文言；刊载《绿窗红泪记》，瞻庐，文言；刊载《楚骚外纪》，西神，文言；刊载《蛮荒情种记》Gerald Bell，原著，随波，文言；刊载《百尺楼》，指严，文言；刊载《傀儡美人》，竞夫，文言。"长篇小说"栏刊载《鹣鲽姻缘初集》，泖东一蟹，此期刊载第五十一回 欲壑难填二分起意 良医不到半子收成，第五十二回 索孝子服图占家财 梳神仙头惊闻贼警，第五十三回 避贼难泖水葬翁夫 运家财直塘依婿女，第五十四回 刘三秀熀券服乡邻 钱时肩扁舟迎岳母，第五十五回 导旗兵七贼伤生 失主母二仆报信；刊载《奇觌》，诗庐，文言，完。刊载《清宫二年记》广告，内容同前。"杂俎"栏刊载《欧美小说丛谈》，孙毓修，此期刊载《生鸳死鸯》《覆水记》。刊载"林译小说丛书"广告，内容同前。刊载"最有趣味之小说《说林》"广告："每集二角，陆续出版。《小说月报》出版以来，蒙大雅不弃，风行一时，其中短篇小说，标新领异，尤承社会欢迎，兹特将一二三年月报中短篇一百余种汇刻成集，名为《说林》，以便爱读诸君之流览，凡茶余饭后，家居旅行，极良好之消遣品也。"刊载《离恨天》《金陵秋》广告，内容介绍同前。刊载"本社广告"，内容同上一号。

同日，《小说月报》第五卷第十二号刊载广告："本报第八号内短篇小说《阿春》系醉墨先生所著，误作君复，应即更正。""短篇小说"栏刊载《技击余闻录》，钱基博，文言；刊载《灵魂鸟》，竞夫，文言；刊载《帐下卒》，原名"The orderly" Gay de Maudassant 著，西神，文言；刊载《鲑鲞》，瞻庐，文言；刊载《陆沈集》，指严，文言。"长篇小说"栏刊载《鹣鲽姻缘初集》，泖东一蟹，此期刊载第五十六回 姚小虞感恩留仆妇 黄珍姑惊变产男儿，第五十七回 沈犹龙婴城起义 陈卧子投水全忠，第五十八回 李成栋无福见佳人 刘三秀从权认假母，第五十九回 征广东成栋叛新朝 赴南京时肩寻岳母，第六十回 钱时肩再赴南京城 刘三秀选入豫王府；刊载《金虫述异》，美国埃底加阿郎保著，徐大，文言。"杂俎"栏刊载《欧美小说丛谈》，孙毓修，此期刊载《猎帽记》《汉第自传》。刊载"最有趣味之小说《说林》"广告："每集二角，陆续出版。《小说月报》出版以来，蒙大雅不弃，风行一时，其中短篇小说，标新领异，尤承社会欢迎，兹特将一二三年月报中短篇一百余种汇刻成集，名为《说林》，以便爱读诸君之流览，凡茶余饭后，家居旅行，极良好之消遣品也。"刊载《离恨天》《金陵秋》广告，内容介绍同前。刊载"本社广告"，内容同前。

　　同日，《小说月报》第六卷第一号刊载"《小说海》出版广告"："本公司《小说海》第一期内容丰富，趣味深厂，出版以来蒙各界来函镖师欢迎，良用欣慰。兹第二期业已付印，内容短篇小说悉系名作，既美且多，后幅《红楼梦新评》，中有《自由结婚之商榷》，三千余言，议论酣畅，理由充足，尤为当行出色之文，准二月十号出版，每册字数近十万言，定价大洋一角五分。中国图书公司和记谨启。"刊载"新撰《绿波传》洋装一册二角五分"广告："本书兼贞姬美人侠女，合一炉而冶之，言情则矢志不二，言侠则视死如归，言武艺则巾帼而英雄，言意气则胡越而肝胆，读之觉可泣可悲，亦复可喜可慕，新著小说中希见之书也。商务印书馆发行。"刊载"新译《娜兰小传》洋装二册定价八角"广告："言情小说，动辄近于导淫，导婚姻自由之说于吾国，乃为近日男女关系决其横流，良可慨也。本书述一极贫爵邸，却富女，婚贫女，阅尽艰难，终成美满良缘，种种阻力，不期均为其种种阻力，原著体物绘情，纯用白描，其负有盛名也固宜，译笔亦能斟酌尽善。商务印书馆发行。"刊载"商务印书馆发行"广告："《小说月报》月出一册，每册二角五分，预定全年二元五角，邮费每册二分五厘，本报所载长篇小说短篇小说，皆由各名家分类撰译，情文兼擅，附以图画、译丛、杂撰、笔记、文苑、戏曲等，均耐人寻味。《旧小说》六集二十册全部六元，吴曾祺编，上溯汉魏，下迄清末，凡千余种之名家小说，萃其精华，都为一编，诚艺苑之巨观也。《新小说》二百余种，另印目录，函索即赠，伦理、政治、军事、历史、实业、社会、科学、义侠、侦探、冒险、滑稽、寓言、言情、神怪各类无不具备，文言白话，兼擅其长。《林译小说》，五十种，九十七册，全部十六元，本馆前请林琴南先生译述欧美名家小说，发行以来，久为海内所倾倒，惟从前所印版本大小不齐，易散难聚，不足以厌读者之望，兹特汇刊成部，俾使购阅。《小本小说》，一百余种，每册定价一角至二角，本馆为爱读诸君舟车携带购阅便利起见，特选择最新最奇最有兴味之小说百余种，订成小本，廉价发售。"刊载"年假奖品新年赠品"广告："时值年假，学校恒以奖品鼓舞学生之兴趣，下列各书，适合初高小学校之用，以为奖品，最为合宜。时值新年，世俗多以食物玩品赠戚族之儿童，不若赠以有益之图书，俾于游戏之中，增长德智，尤为有益。"内有"《童话》第一集每册五分，第二集每册一角，情节奇诡，宗旨纯正，文字亦极浅显，最适合儿童之用。"刊载"本社启事"："本社自辛亥年九月因交通阻碍，出报较迟，嗣又遵用阳历之故，遂以一月出第十号，致出报号数与月份参差不齐，殊多不便，兹除第五卷九号照常出版外，其第十、十一、十二、三号，赶排赶印，一律于阳历三年十二月内出完，本报向例每卷自为起讫，兹因赶排之故，致馆外特约之稿，未能刻期藏事，只得顺延而下，以故六卷一号中长篇两种仍接前号续排，阅者鉴之。小说月报社谨启。"刊载"本社特别广告"："第一批留学生监督容先生纯甫，中国西学开山祖也，先生毕业于美国耶路大学，生平抱绝大宗旨，谓中国自强，当从教育入手，一八五六年谒太平军首领于南京，翌年，谒曾文正于安庆，遂创办上海制造局，设立兵工学校，旋上说帖于政府，得派遣留美学生百二十人，而先生为之监督，其后戊戌政变，先生与康南海梁新会同时去国，俱详先生自著之My Life in China and America 一书，兹由徐凤石君译成国文，复由本社记者检校数过，定名《西学东渐记》，措辞结构，悉与原书对照，不敢妄参己见，此书关系中国五十年来历史而先生对于文正及洪杨之批评，尤为独具只眼，洵治国闻者不可不读之书，兹于本报第六卷一号起，分期登载。阅者鉴之，再本报自六卷一号起，短篇小说，每期登载十篇左右，其材料期于文字雅驯，思想新颖，有以此种稿件见惠者，倘本社认为需要，不吝破格重酬，此布。上海小说月报社谨启。""短篇小说"栏刊载《跋聊斋志异癫道人》，心史，文言；刊载《回首》，浪子，文言；刊载《记王延善》，山渊，文言；刊载《游侠别传》，西神，文言；刊载《梦泉》，青霞，文言；刊载《俄帝恶谑》(译《大陆报》)，作霖，文言；刊载《金沟盗侠》，王汉章，文言；刊载《鹅膝宝石》法国孔那多咽著，雪生，文言；刊载《蜗角重游》，成之，文言；刊载《情误》，诗庐，文言。"长篇小说"栏刊载《西学东渐记》，容纯甫先生自叙，凤石译述，铁樵较订，文言；刊载《鹣鲽姻缘初集》，泖东一蟹，此期刊载第六十一回 李成栋母白刃遭殃 黄亮功妻红妆堕溷，第六十二回 黑都统迎接满洲太 内总管慎选豫王妃，第六十三回 满太太惊睹佳人貌 张妈妈随进豫王宫，第六十四回 贪都统私索民财 孝珍姑喜闻母信，第六十五回 三秀传书情深舐犊 肇周得信望切攀龙，第六十六回 雌陆贾巧翻三寸舌 女相如拼流五步血；刊载《潜艇制胜记》，柯南达利著，作霖，文言。刊载"本社通告"："一本报各门皆可投稿，短篇小说尤所欢迎。一来稿务祈缮写清楚，并乞将姓名住址及欲得何等酬报详细开示，以便通讯。一如系译稿，请将原书一同掷下，以便核对。一中选者分五等酬谢。甲等每千字五元，乙等每千字四元，丙等每千字三元，丁等每千字二元，戊等每千字一元。一来稿不合者，除长篇立即退还外，其余短篇小说及各种杂稿，概不奉璧。一如有将诗词杂著游记随笔以及美人摄影风景写真惠寄者，本社无任感纫，一经采用，当酌赠本报若干册以答雅意，惟原件概不退还。"

同日，《申报》"自由谈"之小说栏刊载写情小说《爱之魔》，可儿，白话。刊载痴情小说《美女花》，原名塞里爱侯爵之美女，Mlle dp la Seigliere，法国桑滔著 Fales Sandeall. 中华民国小山、梅郎合译，文言。

同日，《时报》小说栏刊载《铁窗琐话》，毅汉，文言。（在第四版）"余兴"栏刊载红楼梦轶闻之一《女伶外史》，马二先生，白话。

同日，《新闻报》"快活林"刊载滑稽短篇《玉皇尝异味》，瘦蝶，文言。刊载言情小说《情血》，东垫，文言。

26 日 《礼拜六》第三十期刊载哀情小说《玉台泪史》，天白，文言。刊载惨情小说《英凤毲》，法国威斯脱原著，蝐僧，文言。刊载滑稽小说《阿爷》，竞夫译，白话。刊载短篇小说《咳苦呀》，雪芳，白话。刊载福尔摩斯最新探案《恐怖窟》，科南里原著，常觉、小蝶合译，文言。刊载侠情小说《剑胆箫心》，圈点悉仍原稿（五续），杏痴，文言。

同日，《申报》"自由谈"之小说栏刊载写情小说《爱之魔》，可儿，白话。刊载痴情小说《美女花》，原名塞里爱侯爵之美女，Mlle dp la Seigliere，法国桑滔著 Fales Sandeall. 中华民国小山、梅郎合译，文言。

同日，《时报》小说栏刊载《铁窗琐话》，毅汉，文言。（在第四版）"余兴"栏刊载纪事小说《徒刑易笞》，骇俗，白话。

同日，《新闻报》"快活林"刊载小说《祭天趣话》，独鹤，白话。刊载言情小说《情血》，东埜，文言。

27日　《七襄》第六期刊载短篇家庭小说《蒋云姑》，痴萍，文言。刊载短篇《白罗衫》(续)，韵清女史，文言。刊载短篇《项西伯》(小青籁书屋笔记之一)，忆鬘，文言。刊载短篇《法律之妾》，倦鹤，白话。刊载短篇《七嬢》，朴安，文言。刊载长篇侦探小说《霍笃士忏悔记》(续)，劫灰，白话。刊载长篇《古戍寒笳记》(续)，小凤，白话章回。

同日，《申报》"自由谈"之小说栏刊载写情小说《爱之魔》，可儿，白话。刊载痴情小说《美女花》，原名塞里爱侯爵之美女，Mlle dp la Seigliere，法国桑滔著 Fales Sandeall. 中华民国小山、梅郎合译，文言。

同日，《时报》小说栏刊载《铁窗琐话》，毅汉，文言。

同日，《新闻报》"庄谐丛录"刊载《新五才子》，至1915年3月1日。

同日，《新闻报》"快活林"刊载小说《祭天趣话》，独鹤，白话。刊载言情小说《情血》，东埜，文言。

28日　《申报》"自由谈"之小说栏刊载写情小说《爱之魔》，可儿，白话。刊载痴情小说《美女花》，原名塞里爱侯爵之美女，Mlle dp la Seigliere，法国桑滔著 Fales Sandeall. 中华民国小山、梅郎合译，文言。

同日，《时报》小说栏刊载《铁窗琐话》，毅汉，文言。

同日，《新闻报》"快活林"刊载滑稽短篇《三千元之失望》，瘦蝶，文言。刊载言情小说《情血》，东埜，文言。

29日　《申报》"自由谈"之小说栏刊载短篇小说《密约》，马二先生，白话。刊载痴情小说《美女花》，原名塞里爱侯爵之美女，Mlle dp la Seigliere，法国桑滔著 Fales Sandeall. 中华民国小山、梅郎合译，文言。

同日，《时报》"余兴"栏刊载哀情小说《苦家庭》，孟啸泉戏墨，白话。

同日，《新闻报》"快活林"刊载社会小说《程家老妇》，不才，文言。刊载言情小说《情血》，东埜，文言。

30 日　《申报》"自由谈"之小说栏刊载家庭小说《嫣红劫》（续十月十四日报）常觉、小蝶合译，天虚我生润文，文言。刊载痴情小说《美女花》，原名塞里爱侯爵之美女，Mlle dp la Seigliere，法国桑滔著 Fales Sandeall. 中华民国小山、梅郎合译，文言。

同日，《时报》小说栏刊载讽刺小说《残疾国》，潜时，白话。"余兴"栏刊载哀情小说《苦家庭》，孟啸泉戏墨，白话。

同日，《新闻报》"快活林"刊载滑稽短篇《乌须药水》，志云，文言。刊载言情小说《情血》，东埜，文言。

31 日　《申报》"自由谈"之小说栏刊载家庭小说《嫣红劫》（续）常觉、小蝶合译，天虚我生润文，文言。刊载痴情小说《美女花》，原名塞里爱侯爵之美女，Mlle dp la Seigliere，法国桑滔著 Fales Sandeall. 中华民国小山、梅郎合译，文言。刊载滑稽小说《大年夜出月亮》，剑秋，吴语方言。

同日，《时报》小说栏刊载讽刺小说《残疾国》，潜时，白话。

同日，《新闻报》"快活林"刊载滑稽短篇《上海之新梅毒》，率觚，文言。刊载言情小说《情血》，东埜，文言。刊载"《茜窗泪影》再版出书"广告。刊载《也是西游记》出书广告。

发生于本月但日期不详之事件

《繁华杂志》第四期"小说林"栏刊载言情小说《误解结婚》（续），老谈，文言。刊载忏情小说《茅山僧》，定夷，文言。刊载神怪言情小说

《绝岛公主》，东埜译，文言。刊载苦情小说《负心郎》，无愁，文言。刊载探险纪实《冰窟余生录》（再续），羁魂、瘦菊合译，文言。刊载家庭小说《美满姻缘》，热庐，文言。刊载滑稽小说《催眠术治病》，钱香如，白话。刊载《弱妹奇冤》（续），休宁程华魂，文言。刊载社会小说《续海上繁华梦新书卷之二》，海上警梦痴仙漱石氏著，白话章回。"香奁"栏刊载《论新年与新小说之关系》，休宁程小珠，文言；刊载短篇家庭小说《瑶姊宁家记》，琼仙，白话。刊载怨情小说《蘼芜怨》，韵清女史著，文言。"小说林"栏刊载言情小说《误解结婚》（续），老谈，文言。刊载传记小说《意索小传》，稚龙，文言。刊载侦探小说《迷藏函》，树声，文言。刊载滑稽小说《琴克司轶事》，东埜译，白话。刊载福尔摩斯新侦探案《赤环党》，英国科南达利原著，羁魂、瘦菊合译，文言。刊载《弱妹奇冤》（续），休宁程华魂，文言。刊载欢情小说《得意缘》（集戏名），颖川秋水，文言。刊载纪事小说《我之新年》，钱香如，白话。刊载社会小说《续海上繁华梦初集卷之二》，海上警梦痴仙孙漱石著，白话章回。"粉墨场"栏刊载《小说与脚本》，报癖，文言。

冬季《留美学生季报》第四号无小说栏。刊载中华书局发行小说广告，内有《情竞》《情铁》《庐山花》《心狱》《窃中窃》。刊载《慈禧外纪》广告。刊载《中华小说界》广告。民国三年十二月初版。

发生于本年但月份不详之事件

《甲寅》第一卷第二号刊载《女蛾记》，老谈，文言。

《甲寅》第一卷第三号刊载《白丝巾》，老谈，文言。

《甲寅》第一卷第四号刊载短篇名著《柏林之围》（Le Siege de Berlin），法国都德著，中国胡适译，文言。刊载《双枰记》，烂柯山人，文言。

《娱闲录》第2期"异闻录"刊载《毋我志异》，毋我，文言；刊载

《义犬》，署名卢，文言。"小说"栏刊载哀情小说《夫人血泪记》，觉奴，文言；刊载《马贼兰巴达》，毋我，文言；刊载印度神话《刺玛王》，毋我、觉奴同译，文言；刊载西史小说《岩窟王》(续)(禁止转载)，法国岳珂著，毋我口译，觉奴笔述，文言；刊载时事小说《女界进化小史》(续)，利群，白话章回；刊载《铁血宰相俾士麦夫人传》，曾兰，白话。

《娱闲录》第3期"小说"栏刊载"短篇著作"，内有艳情小说《爱》，觉奴，文言；社会小说《官话》，觉奴，白话；教育小说《十五年前之师》，觉奴，文言；侠情小说《秋田艳子》，毋我，文言；时事小说《丈夫血泪记》，琦，文言；传记小说《昭君外传》，毋我，文言；历史小说《俾士麦夫人传》(续)，曾兰，白话。"小说"栏刊载"短篇译著"，内有外交秘密《桃花协会》，觉奴、毋我，文言。"小说"栏刊载"长篇译著"，内有印度神话《刺玛王》(续)，毋我、觉奴，文言；西史小说《崖窟王》(续)，毋我口译，觉奴笔述，文言。"异闻录"刊载《毋我志异》，毋我，文言；刊载《识数马就学犬》，樵，文言。

《娱闲录》第4期"小说"栏刊载"短篇著作"，内有滑稽小说《血泪余痕》，觉奴，白话；神怪小说《穿云箭》，毋我，文言；哀情小说《呜呼夫人》，畏尘室主(不受酬)，文言；社会小说《画》，毋我，文言；言情小说《妒影》，毋我，文言；历史小说《薛涛传》，毋我，文言。"小说"栏刊载"短篇译著"，内有政治小说《弭兵阴谋记》，毋我、觉奴，文言；军事小说《亡指谈》，觉奴，文言。"小说"栏刊载"长篇译著"，内有西史小说《崖窟王》(续)，毋我、觉奴，文言；印度神话《刺玛王》(续)，毋我、觉奴，文言。

《娱闲录》第5期"小说"栏刊载"小说短篇"，内有侠义札记《记大刀王五》，刘鹏年长述，文言；毒情小说《负心郎》，觉奴，白话；武技小说《群楼斗剑记》，毋我，文言；记实小说《王大姑》，觉奴，文言；言情小说《秦淮恨》，我闻，文言；讽世小说《邻女语》，懿君，文言；时事小说《咄咄人师》，畏尘女史，文言；滑稽小说《六辨士》，李思莼译(壮悔)，文言；滑稽小说《草美人》，觉奴，文言；讽世小说《公钱》，金羽，白话；游戏小说《四天半》，焘儿，白话。"小说"栏刊载"小说长篇"，内有社会小说《白衣妇人》(不许转载)，丹君述意，纯浩润文，文言；西史小说《崖窟王》(续)，毋我口译，觉奴笔述，文言。

《娱闲录》第6期"小说"栏刊载"小说短篇"，内有伦理小说《兄弟》(北京话)，觉奴，白话；札记小说《康小八》，觉奴，文言；讽世小说《辍耕闲话》，痴儿，白话；社会小说《碧桃》，毋我，文言；义侠小说《无敌先生》，我闻、纯浩，文言；侠情小说《义妓》，定永，文言；短篇刍言《二千八百米突儿》，乡人，文言；社会小说《团总老爷》，觉奴，白话；武技小说《方蛮子》，壮悔，文言；社会小说《铁路谈屑》，平堪，文言；滑稽小说《交易》，壮悔，文言。刊载"小说长篇"，内有冒险小说《英男孝女记》，丹君，文言；西史小说《岩窟王》(续)，毋我口译，觉奴笔述，文言。

《娱闲录》第7期"小说"栏刊载"短篇小说"，内有觉奴札记之一《马和尚》，觉奴，文言；滑稽小说《归来之须》，觉奴，白话；哀情小说《梦云情话》，觉奴，文言；社会小说《盲夫》，秋星，文言；历史小说《秦良玉别传》，毋我，文言；义侠小说《琴剑少年》，毋我，文言；英雄轶事《前夜之拿破仑》，毋我，文言；讽世小说《老长年》，壮悔，文言；记实小说《公园犬》，觉奴，文言；滑稽小说《得失》，壮悔，文言。"小说"栏刊载"长篇小说"，内有滑稽小说《鬼事欤》，畏尘女史，文言；西史小说《岩窟王》(续)，毋我口译，觉奴笔述，文言；家庭小说《孽缘》，定生慧室，白话。

《娱闲录》第8期"短篇小说"栏刊载哀情小说《贼婚》，毋我，文言；社会小说《佛无灵》，壮悔，文言；札记小说《乞丐日记》，觉奴，文言；哀情小说《魏兰芬》，外史氏，文言；札记小说《纽育之幻术》，我闻，文言；奇情小说《双花记》，李思莼、壮悔，文言；札记小说《傅守中》，投稿，文言；短篇小说《烟王》，沧隐，文言；义侠小说《奇童子》，壮悔，文言；短篇小说《榴花怨》，觚斋，文言。"长篇小说"栏刊载滑稽

479

小说《鬼事欤》，畏尘女士，文言；西史小说《岩窟王》，毋我口译，觉奴笔述，文言；家庭小说《孽缘》，定生慧室，白话。

《娱闲录》第 10 期"短篇小说"栏刊载《乞丐日记》，觉奴，文言；《记龙门鲤》，毋我，文言；军事小说《吾殊不值》，觉奴，文言；家庭小说《小实业团》，觉奴，白话；哀情小说《命也欤》，觉奴，文言；滑稽小说《唉》，觉奴，白话；历史小说《白喀特传》，壮悔，文言；讽世小说《一字千金》，壮悔，文言；讽世小说《照海之灯》，李思莼译，壮海，文言；社会小说《自由幸福》，文言。"长篇小说"栏刊载侦探言情小说《美人心》，觉奴，白话；西史小说《岩窟王》，毋无口译，觉奴笔述，文言；述异小说《烂柯小史》，壮悔，文言。

《娱闲录》第 11 期"短篇小说"栏刊载审判小说《天乎》，觉奴，文言；政治小说《伯林宫中之电报室》，毋我译，文言；社会小说《忙之忧喜》，觉奴，白话；国民小说《爱国之饺》，壮悔译，文言；社会小说《兄欤盗欤》，秋星，文言；《记苏菲亚瑶雷事》，毋我，文言；警世小说《情之蠹》，壮悔，文言；滑稽小说《三国演义》，沧隐，文言；哀情小说《军人障》，土花，文言；神怪小说《一声雷》，无为，文言；社会小说《惩霸异闻》，矅生，文言。"长篇小说"栏刊载侦探言情小说《美人心》，觉奴，白话；西史小说《岩窟王》，毋我、觉奴，文言。

《浙江兵事杂志》第二期"小说"栏刊载军事小说《虎窟鸳盟记》（续第一期），若虚，文言。刊载军事小说《血战痕》（未完），若虚，文言。

《浙江兵事杂志》第四期"小说"栏刊载军事小说《滑铁芦激战记》（未完），若虚，文言。刊载军事小说《血战痕》（续完），若虚，文言。

《织云杂志》第一期"小说"栏刊载短篇小说《一封书》，野鹤，文言；苦情小说《孤松》，文言；言情小说《潘旖艳史》，英伦梅爱题造意，泖东张叔通信译，文言；哀情小说《秋月恨》，破浪，文言；烈情小说《葬火》，魔，文言；即事小说《织云》，弱舟，白话；寓言小说《非非想》，阿素，文言；哀情小说《良缘会》，崇玉，文言；诙谐小说《牛女之离婚》，半龙，白话；社会小说《不嫁孽》，明明，文言；滑稽小说

《书呆子》，天然，文言；义侠小说《鹦鹉塚》，云客，文言；风俗小说《壁听》（又名《闹洞房》），望洋，白话。刊载上海扫叶山房"再版已出"广告，内有《最新滑稽杂志》一元二角、《上海之骗术世界》八角、《情人说荟》一元二角、《满清官场百怪录》八角、《绘图骗术奇谈》八角、《唐代小说丛书》二元，总发行所上海棋盘街五百十三号扫叶山房北号。《织云杂志》编辑者顾痴遯、杜啸霞，发行者席悟弈，总发行所上海扫叶山房南号。

《织云杂志》第二期刊载"征求各种遗闻佚事"广告："略分四种，（甲）明季野史，（乙）清宫秘史，（丙）红羊佚闻，（丁）革命外史。海内文豪倘有以上四种遗闻逸事，富于情节，饶有趣味，合于小说笔记资料者，不拘白话文言均可见惠借给。文字因缘，略备赠品以答盛意。惟已经他处登载，幸勿见示。如能径以小说笔记惠赐者，鄙人尤所欢迎，赠品亦格外从优。来稿无论被选与否，恕不奉还，被选者即登载本杂志内。并无限期，随时可寄。稿末请注明姓名住址，以便作覆寄赠，函件请投松江西门外马路桥大街扫叶山房若洲手收可也。值课者若洲。"刊载"扫叶山房新印书目"："《唐代小说丛书》定价二元，《精本虞初志》定价八角，《仿宋本宣和遗事》定价五角，《青楼韵语》定价四角，《说部撷华》定价一元，《精本西厢记》定价三角五分，《第二才子好球传》定价三角，《唐人说荟》一百六十四种定价二元五角，《清人说荟》初集二十种定价一元二角，《绘图骗术奇谈》定价五角，《上海之骗术世界》定价八角，《满清官场百怪录》定价八角，《民国艳史》定价四角。"刊载"《上海之骗术世界》，定价八角"广告："云间颠公前辑《骗术奇谈》销行数万部，颇为社会欢迎。因其事迹奇幻，于人世间机械变诈诸术描写无遗，阅之可以知趋避之法，不特为消遣闲情计也。惟上海一隅地，其欺诈诓骗之事，尤较他处为多。颠公在报界数十年，就所见闻随时记录，凡妓院赌场茶楼戏馆种种骗诈之伎俩变幻百出，虽老于世故者，犹且防不胜防。兹为之逐一描写，几如禹鼎铸奸，他埠人士之初至上海者苟一览是书，可藉知世途险巇，而不致受人诈骗，于旅行不无裨益也。总发行所上海棋盘街五百十三号扫叶山房。""小说"栏刊载短篇小说《警钟》，野鹤，文言；短篇小说《行不得也哥哥》，孽儿，白话；痴情小说《鸳湖孽影》，怡然述略，啸霞氏著，文言；艳情小说《潘旖艳史》(续)，泖东张叔通信译，文言；烈情小说《葬火》(续)，魔，文言；教育小说《牛儿》，阿素，白话；言情小说《斯拉夫之婚姻》，里仁口译，半龙笔述，文言；言情小说《紫薇花下》，破浪，文言；醒世小说《孽缘》，淡，文言；记事小说《陆象贤》，云客，文言；哀情小说《杜鹃声里惨春光》，孤松，文言；社会小说《真假徐娘》，汉侠，文言。刊载"扫叶山房广告《满清官场百怪录》"："是书为云间颠公所著，颠公少年时游幕各省，嗣又厕身报界，数十年九生平所闻见，凡官场奇奇怪怪之事一一笔之于书，有迂谬可笑者，有奸狡可恨者，有卑鄙可耻者，有荒唐可诧者，有糊涂可怜者，有刻画入神处，有如燃温矫之犀，铸大禹之鼎，而满清国祚之因此倾覆即于言外得之，以视《官场现形记》等书籍空言以讽世者，其用意又不同也。书凡四册，计共百则，每则绘有精图，印以洁白连四纸，定价八角，发售处上海扫叶山房及各省书铺。本号开设上海城内彩衣街、上海北市棋盘街、苏州阊门内中市、松江西门外马路桥。"刊载"札记小说《埋忧集》定价五角"广告："是书为归安朱梅叔先生所著。朱系前清咸同时人，读书半生，负才不偶，乃致力于小说家言。所纪多异闻逸事，骤读之似出意想之外，细思之又皆在情理之中，可谓有语皆奇，无事不妙。而笔之惊才绝艳又足以发挥之，其佳处较之《聊斋志异》《五种笔记》二书有过之无不及，偶一批览真足消愁解闷，引起人无穷兴趣也。总发行所上海棋盘街五百十三号扫叶山房北号。"刊载"《民国艳史乙编》，定价四角"广告："民国光复甫阅三年，而女界之艳迹奇情已属纪不胜纪，其间或秉松筠之操，贞列可嘉，或咏芍药之诗，风流自赏，或效木兰之尚武，或如苏蕙之能文，轶事流传，足资谈柄。至若官场韵事，学界艳词，司法界之案牍新奇，军事界之风情旖旎，尤为有语皆香，无事不俊，修竹乡人就所闻见辑成《民国艳史甲编》，出版后大为社会欢迎，一月中售去数千部，兹又搜采民国进近时香艳事迹，辑为乙编，较甲集事更新谐，文尤艳丽，虽其间有邪正贞淫之不同，而为民国女界之特色则一也。总发行所上海棋盘街五百十三号扫叶山房谨启。"

《香艳杂志》第一期刊载中华图书馆简要书目(笔记游记杂说部)广告。"谭薮"栏刊载《小说评》，此期刊载篇目《孙渠甫红楼梦解提要》，怀琴。刊载中华图书馆广告《清季宫闱秘史》。"说部"之"短篇小说"栏刊载滑稽小说《耳聋》，楚香，文言；刊载恶感小说《雨消云散》，来稿，文言；刊载哀情小说《负心郎》，楚香，文言；刊载言情小说《鸾凤缘》，见南山人，文言；刊载言情小说《罗巾媒》，文言；刊载神怪小说《罗浮续梦》，文言；刊载历史小说《约瑟芬》，周瘦，文言；刊载幻想小说《月下梦》，文言。刊载奇情小说《雪婚记》，英哀林孙译自法仲马，仲马译自俄国诗人巴希琴，伯经，文言。刊载《上海孽史》，白话章回。刊载中华图书馆广告，内有小说《女聊斋》、札记小说《栖霞阁野乘》《明末野史》《夕阳红泪记》等。刊载"泉塘陈蝶仙先生著写情小说《泪珠缘》出版初一二三四五集"广告。刊载"征文条例"："……二、文体，凡合于本编宗旨之传记、小说、谐文等及其他之香艳文字。……"《香艳杂志》，编辑者新旧废物，发行者中华图书馆。

《香艳杂志》第二期"短篇小说"栏刊载哀情小说《学海精卫》，韫苏原著，桂青润次，文言；刊载奇情小说《柳娘》，文言；刊载武侠小说《金钏缘》，见南山人，文言；刊载幻想小说《赛青凤》，前人，文言。刊载奇情小说《雪婚记》(续前)，英哀林孙译自法仲马，仲马译自俄国诗人巴希琴，伯经，文言。刊载哀情小说《鸾怨》，一修，文言。刊载《官僚风流史》，萼荪，白话章回。刊载《上海孽史》，白话章回。

《香艳杂志》第三期"短篇小说"栏刊载幻想小说《异梦记》，怀瑾，文言；刊载婚姻小说《诗媒》，见南山人，文言；刊载军事小说《英雌》，前人，文言；刊载惨情小说《妒花风雨记》，病夫，文言。刊载冶情小说《真珠箔》，泣红著，闲闲校，文言。刊载哀情小说《鸾怨》(续)，一修，文言。刊载《官僚风流史》(续)，萼荪，白话章回。

《香艳杂志》第四期"短篇小说"栏刊载爱国小说《卖鸡子者之母》，聿修，文言；刊载义勇小说《二红》，聿修，文言；刊载艳情小说《娴娴》，见南山人，文言；刊载义侠小说《伶侠》，文言；刊载哀情小说《一误再误》，文言；刊载节义小说《断指坟》，文言。刊载家庭小说《二十鞭》，颂西口译，省吾笔述，文言。刊载哀情小说《鸾怨》（续），一修，文言。刊载冶情小说《真珠箔》（续），泣红著，闲闲校，文言。刊载《官僚风流史》（续），蓴荪，白话章回。刊载《上海孽史》，白话章回。

《香艳杂志》第五期"短篇小说"栏刊载短篇小说《一夕缘》，文言；刊载哀烈小说《二十六年之忍辱》，聿修，文言；刊载奇情小说《女暗杀家》，同上，文言；刊载艳情小说《何倩姑》，海昌死友，文言；刊载滑稽小说《迷魂三娘》，建民，文言。刊载冶情小说《真珠箔》，泣红著，闲闲校，文言。刊载哀情小说《鸾怨》（续），一修，文言。刊载家庭小说《二十鞭》（续），颂西口译，省吾笔述，文言。刊载《胭脂井》，无愁，文言。刊载《上海孽史》，桂青，白话章回。